中短篇小说精选

中国文学大系

新时代

吴义勤／主编

2012—2022

城市文学卷 上

小说选刊／选编

中国书籍出版社
China Book Press

图书在版编目（CIP）数据

新时代中国文学大系. 中短篇小说精选. 城市文学卷: 上、下 / 吴义勤主编 ; 小说选刊选编. -- 北京 : 中国书籍出版社, 2024.1

ISBN 978-7-5068-9552-1

Ⅰ.①新… Ⅱ.①吴… ②小… Ⅲ.①中篇小说—小说集—中国—当代②短篇小说—小说集—中国—当代Ⅳ.①I217.1

中国国家版本馆CIP数据核字(2023)第171718号

新时代中国文学大系·中短篇小说精选·城市文学卷: 上、下

吴义勤 主编　　小说选刊 选编

出品人	刘向鸿　徐　坤
图书策划	武　斌　文苏皖
统　筹	成晓春　李云雷
责任编辑	尹　浩
责任印制	孙马飞　马　芝
封面设计	东方美迪
出版发行	中国书籍出版社
地　址	北京市丰台区三路居路 97 号（邮编：100073）
电　话	（010）52257143（总编室）　　（010）52257140（发行部）
电子邮箱	eo@chinabp.com.cn
经　销	全国新华书店
印　刷	三河市富华印刷包装有限公司
开　本	710毫米 × 1000毫米　1/16
字　数	745千字
印　张	58
版　次	2024 年 1 月第 1 版
印　次	2024 年 1 月第 1 次印刷
书　号	ISBN 978-7-5068-9552-1
定　价	198.00元（全二册）

书写新时代文学的新篇章

——"新时代中国文学大系·中短篇小说精选"序

吴义勤

党的十八大以来,中国特色社会主义进入新时代。在新时代新征程上,广大作家积极投身火热的社会实践,深入生活,扎根人民,积极探索创新审美表达方式,热忱描绘新时代的恢宏气象,主题积极向上,现实开拓深广,艺术探索成熟,人性刻划细腻,城市文学、生态文学、乡村振兴文学、女性文学、军事文学等各种类型、各种题材的文学百花齐放,竞相生辉。老、中、青几代作家同台献艺,充满朝气和锐气的新人辈出,新时代文学呈现出勃发盛放的繁荣态势。而在新时代文学的整体格局中,中短篇小说的成就尤为突出,精品力作不断涌现。

城市书写渐入佳境。随着城市化进程的加快,城市生活及城市文化更加丰饶多姿,新时代中短篇小说围绕城市这一现代主体而展开的城市文学书写更加多元和深入。一方面,对于新的城市文化内涵特征以及由此而型塑的城市生活形态进行细致描写,着力展现新时代城市文化新变及城市生活新貌;另一方面,对于城市化所带来的内在问题及其对人的影响进行深刻的反思和探讨。这些内容构成了当下城市文学书写的主要面向。石一枫的中篇小说《世间已无陈金芳》塑造了在北京摸爬滚打的女性陈金芳的形象，她的生命故事蕴含着现代都市中文化、资本、权力、艺术等等诸多元素的倒影；弋舟的短篇小说《出警》从警察的角度写老奎的独特生命经历和复杂人格，同时也折射出当下警察的工作生活状态；蔡东的《月光下》充满诗性，在城与乡、回忆与现实的二元结构中细细描摹那些既亲密又隔膜的亲人之间的情感波动，也藉由小姨这个人物呈现了乡村女性在"进城"后的命运起伏与自我成长。

现实题材小说正能量充沛。脱贫攻坚、全面小康是人类减贫史上的伟大奇迹。在这场攻坚战中，全国各族人民在党的领导下齐心协力，共克难关，涌现了许多可歌可泣的英雄人物和英雄故事。许多当代作家一方面身体力行到脱贫攻坚的一线积极参与行动，另一方面也以他们手中的笔为这场伟大的事业立传，为那些英雄人物画像，书写新时代的山乡巨变。马平的《高腔》讲述了四川省的一个小山村在两年内摘掉贫困帽子的故事，作者融合个人参加脱贫攻坚工作的经验，塑造了丁从杰、牛春枣、米香兰、柴云宽等一众鲜活的乡村人物形象；李司平的《猪嗷嗷叫》以幽默诙谐的笔调巧妙书写了少数民族地区脱贫攻坚的艰辛历程以及置身其中的各类人物的复杂内心世界。

女性文学风景独好。现代以来，女性作家始终是中国文学发展的有生力量，从丁玲到杨沫到铁凝，历史上各个时期的中国文学都闪现着女性作家的动人身影。在新时代，女性作家有着更为积极主动的参与性和更加强大的建构能力，她们以女性的敏锐与独特体验，细腻书写新时代生活的斑斓图景，形成了别具特色的女性文学图景。黄咏梅的《父亲的后视镜》从一个女儿的视角来写父亲，写出了一位带着时代印痕的平凡父亲的不凡一生；潘向黎的《兰亭惠》将一位青年女性面对不同物质条件、不同情感观念时的艰困状态浓缩在一顿简短又漫长的晚餐中，精巧而精彩。

军事文学主旋律高昂。新时代以来，和平与发展是时代的主题，军旅作家们一方面致力于展现和平时代的军营生活和军人精神风貌，另一方面对于历史的回望也构成了他们的重要写作面向。徐贵祥的《红霞飞》重回历史现场，生动书写了红军宣传队的革命故事，塑造了何连田、杨捷惠等鲜活生动的典型人物；陆颖墨的《金钢》讲述了一只技艺高超又颇通人性的军犬的故事，在茫茫南海上，军人与军犬在军营中结下的友谊令人感动；董夏青青的《在阿吾斯奇》书写了新时代发生在西部边防的精彩故事，新时代的军人以新的励志故事展现着当代军人的精神风采。

生态文学异军突起。新时代以来，党中央高度重视生态文明建设，提出"绿水青山就是金山银山"的生态理念，生态文明建设更是被提升到国家战略的高度。广大作家自觉吸纳新生态理念，并以文学的方式进行新的审美表达和理念弘扬，生态文学创作成为新时代文学的一道独特风景。阿来的《蘑菇圈》延续了其一贯对于生态问题的思考，通过对机村故事的书写，强调了建设一种有机平衡的生态关系的重要性；林森的《海里岸上》是新时代的海洋故事，通过海里与岸上的两域空间书写，传递了一种新的海洋生态观念；少数民族作家潘灵的中篇小说《太平有象》以巧妙的视角书写边地村庄在现代化进程中所遭遇的难题，彰显了人与自然和谐共生的重要性。

青年小说家崭露头角。青年作家是中国文学的未来和希望，也是新时代文学的有生力量。在新时代文学的舞台上，在新时代小说的百花园中，"80后""90后""00后"青年小说家纷纷崭露头角，并正在走向成熟，不断推出精品力作。"80后"作家张悦然始终保持着稳定的创作状态，持续推出新小说；2015 年前后涌现的"铁西三剑客"（班宇、双雪涛、郑执），以新的主题书写和审美风格快速登上新时代小说的舞台，并正在成为文坛瞩目的中心；来自内蒙古的"00 后"作家渡澜在近几年以一系列灵动而充满才气的作品迅速进入大家的视野。此外，孙频、文珍、杨知寒等青年小说家的崛起，更是给新时代小说增添了无限的文学可能性，他们青春的身影、青年的力量给新时代文学带来了更多的活力和锐气，也承载着新时代文学的未来和希望。

总之，新时代文学的广阔天地正在我们面前浩浩荡荡地展开，新时代文学正在书写中国文学的崭新篇章。《小说选刊》编辑部编选这套"新时代中国文学大系·中短篇小说精选"丛书可谓正逢其时，既是对新时代小说发展历程的一种回顾与检视，也是对新时代小说家队伍的一种检阅，丛书遴选党的十八大以来各报刊所刊发的优秀中短篇小说，某种意义上，它们既是新时代中国的一个文学镜像，又是新时代中短篇小说发展成就的一个缩影。通过这套丛书，广大读者一方面可以了解和领略新时代文学的发展状貌和突出成就，另一方面也可以通过作品更好地了解新时代以来我们党领导人民所走过的不平凡的道路，了解我们的祖国在新时代正在发生的翻天覆地的变化。

本丛书所选的大都是《小说选刊》选载过的优秀作品，需要特别说明的是，尽管丛书篇目的遴选，经过了认真的研究和反复的讨论，但文学作品的认定和选择本来就是一个见仁见智的话题，每个人心中都有自己的艺术与审美标准。因此，这套丛书代表的仅仅是编辑部的一种眼光和判断，一种选择和强调，这不是评奖，入选与否不是小说水平高低的证明，我们无意也不可能取代其他各种小说选本，而由于丛书体量和篇幅所限，遗珠之憾更是在所难免，但无论如何，对文学本身的虔诚与敬畏、对作家劳动的尊重、对小说艺术可能性的期待，是始终贯穿编选全过程的。恳请读者朋友们理解，也期盼大家批评指正。

　　还要说明的是，本丛书是徐坤主编率领《小说选刊》的全体编辑同志辛勤编选出的，我只是盛情难却被邀请挂名主编，并没有参与具体的工作。在此，还要特别感谢中国书籍出版社对文学事业的大力支持，感谢出版社领导在文学出版方面的敏锐与魄力，感谢责任编辑的劳作与辛苦。

　　是为序。

2023 年夏于北京

　　（作者为中国作家协会党组成员、副主席、书记处书记，中国作家出版集团党委书记、管委会主任，鲁迅文学院院长。）

目录

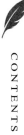

CONTENTS

城 市 文 学 卷

霞满天

王 蒙

1

在王蒙上小学的时候，看到一拨男女大学生从大街上走过，不知道为什么，我替他们觉得焦躁：他们年纪这样大了，还在一堂一堂地上课、做作业、考试，我从他们身上，看到的是急迫与不安，是期待与得不到，是成长带来了或有的腻歪与疲劳，闹不准还有点空白，就这样上学呀学上呀六七千昼夜，老天。

我是急性子，一辈子催促自己和亲人，被说成是"催人泪下"。我觉得人生的最大痛苦和冤枉，是徒然等待，推迟进行，一些操作与发生耽误了点、分、秒。

在我满三十岁的时候，吓了一跳，怎么噌不楞噔就三十了呢？哪儿来了个三十而立？果然仨拾？我什么都没准备好，无缘无故、无着无落、无声无色地三十岁矣！三十功名桌与椅，八十里路门与户！我还有一肚子青春的烦恼与火热，诗情与故事，大志与大言，大心与大胆，还有点滴的露珠儿似的才华，像一位可敬的老师说的，我并没有做没有写也没有弄出什么瓜果李桃儿来呢。

四十岁，一九七四，"五七"干校刚毕业，我已经老大。少小才刚老大悲，喁喁未罢踽踽归，人生奋力拼八面，不可空空走一回！

安徒生的一个故事，一个坟墓碑文上写着类似如下的文字：

逝者是一个作家，但是作品尚未动笔。

逝者是一个画家，尚未来得及准备画布。

逝者是一个政治家，亟待首次竞选演说。

逝者是一个运动员，梦里获得了世界冠军。

大意如此，不是原文。

二十世纪七十年代，我觉悟了，不能只知道等待。我开始正式动笔，《这边风景》的花与叶绣将起来。此前，"五七"干校休假期间，已经试写了一些段落。其中有一段写伊犁农民春天大扫除，还有俄罗斯族妇女擅长以石灰水兑蓝墨水把墙刷成天空的淡蓝色。我提道：这是当地的习俗，也是爱国卫生运动的实践。一位老夫子式挚友，听了"爱国卫生"四字，笑得岔气。没有办法，我有我的底色，我的童子功，我的不同路子。

曰：革命。

2

四十二三岁以后，日子正常化、顺当化了。我对五十岁六十岁七十岁八十岁……的反应日益淡定，活进深处意气平，当然必须稳住阵脚。淡定也是晚近时兴起来的词，此前，我更习惯的是燃烧、激越、献身、豁出去，英特纳雄纳尔，让暴风雨来得更猛烈一些吧。

嘲笑"爱国卫生运动"一词语的挚友体格极佳，在新疆，冬季零下三四十度，他户外步行半个多小时来我家做客，帽子都不戴，他的鼻子与耳朵都呈现出胡萝卜色，不以为意。现在却说成不以为然，"为意"与"为然"都分不清，咱们这个中国的认字儿情况到底是咋啦？我的挚友喜欢喝酒，喝多了走出房门，找一个墙角把迷魂汤子与已经咽下的食物倒逼出来，呕吐干净。回来坐到小饭桌前再吃再喝，谈笑风生，面不改色，同时用普通话、陕甘方言、维吾尔语、俄语掺杂上英语德语说着笑话。同桌的朋友，都称颂他是"铁胃人"。

他吸烟，又买不起好烟，他吸的香烟又臭又辣，并于吸吐过程中时有小规模爆炸叭叭叭儿叭儿出现。

更奇特的事是他的儿子看了一个极好的影片，《大浪淘沙》，学上面的自缢镜头悬梁，就这样离开了人世。为此，我们全单位的人，他的众多的好友，制定了劝慰他与安排大侄子后事的精细方案，做了，了结。

他喜欢读书，喜欢研究比较语言学，向我传授遇到特殊情势，可以用背诵书页或外语单词生字的方法，稳定情绪，心理治疗，利用一不小心就会白白浪费的时间，有所长进，自然入定，百毒不侵。他认为苦学也是气功，在被一批中学生死缠烂打不可开交的时候，他背诵普希金的长诗《叶甫根尼·奥涅金》而意守丹田，进入情况，完事以后，他一个人弯腰练功立在台上，泥塑木雕，拽也拽不下来。

老夫子定力如山。

我让他给我背诵"叶"诗，他只说了一段，说是普大喜奔的金子一样诗人诗句里说："走遍俄罗斯，找不到一个女人长着美丽的脚板。"

提到俄罗斯女人的脚，带来的是阔大感与生命力度，自然令一批中国亲苏中老年知识分子开怀畅阔不已。

我们当中有的人，有的为普希金的诗作中出现了这样的低俗，面露憾色与痛惜，老夫子突然独树一帜：

"你们怎么这样不懂、不通、不解呀！酸溜溜的小男人才会发生为普天才改诗的冲动！普希金有多么体贴，多么亲切，多么含情，美丽中饱含生猛！再温暾他也是俄罗斯！"

讲到俄罗斯，他用俄语原发音，像是说"嘞儿阿斯衣！"（Россия）

元音 o 发类似 a 的音，味道果然不一样。

是吗？你又觉得老夫子他体贴了普诗人，超越了诗，超越了最最可笑的小布尔乔亚与风雅，超越了文学与儒学的呆气，超越了传统，更超越了爱情、失恋、追求、懊悔、挑剔、肝肠寸断、要死要活。他的本真天性小小子劲儿可以与普希金、莱蒙托夫、杜牧、李后主、贾宝玉，也不妨加上唐·璜比肩。

他还讲过由于一段时间夫人回内地探亲，他把家里弄得乌七八糟，夫人回家后大怒失态，对他又骂又打，又哭又喊，又抢又跳，小施家暴。观察着夫人的声像，他想起了"酣歌醉舞""珠歌翠舞""燕歌赵舞"……一串串四字成语，他觉得非常幸福，比世界许多地方许多历史时期许多人要幸福得多多。

"语言啊语言，学那么多种语言，为什么不会为自己的生活细节作出最佳命名呢？"老夫子说。

为此，他含蓄地写了新诗，登在那一年本自治区文学期刊"批林批孔"专号上，大意是林彪和孔老二，想破坏人民的幸福，我们仍然是载歌载舞，莺歌燕舞，快乐欢欣，声色琳琅。

他说自己的老婆发起脾气来，堪称声色琳琅的啊。

我离开边远地区后不太久，传来他患咽喉病症的消息，之后急剧恶化离世。我始终感觉到他在离去的那一刻，可能脸上露出了一个轻松却不无诡异的笑容。

他是个大好人，后来，他在世时对他歌舞交加的夫人告诉我说，老夫子已经预感到了改革开放快速发展的好时候，他临别时说："你们会有非常好的生活。"

愿他安息。

3

另一个北京油子老乡，也差不多同一个时期，咽癌去世，他一直闹腾移民国外，靠边疆已经移民到澳洲的俄罗斯族艺术家友人帮忙，终于实现了移民梦。出发前患病住院，迅速走了，他的故事我写在一篇小说《没情况儿》里。我的感觉是他离去时说了一句京腔话："齐了，您。"

后来访问澳大利亚墨尔本时请他妻子、舞蹈家——曾经是谢芳的同伴、一位心直口快的女性，吃饭，她说到自己的移民洋梦，她希望拥有一艘自己的游艇。

流光匆促或堪哀，四海五湖运未裁，游艇白帆卿且觅，碧空银浪鹭鸥来。

后来见到的是与他们同事的另一家老北京，他们移民海外后回京探亲，我请他们吃饭，他们为北京面貌改变之迅速而极不习惯，甚至啧有烦言，意思是说他们此次回来，找不到自己的老家了，北京变得让他们不认路了……我不知道说什么好：一日千里好，还是妥留故迹好？发展变化、旧貌换新颜，还是平和保守、一切大体照旧好？

而他们的在本土上过体育学院打手球的闺女，则埋怨老朋友见到他们只知道请吃饭，说得我尴尬惭愧。据说小朋友曾经心仪一个残疾人，被父母劝退了。

心灵、心理、心愿、心病、心犹不甘。出国生活、定居、归化，滋味究竟何如？

是的，陈寅恪大师说过，去国移居，恰如寡妇再醮，不可总是怀念前夫，更不可再叽叽咕咕抱怨前夫。

还有两位对我极尽关心帮助照拂的老领导，老河北人，打死他们他

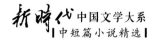

们也不会反认他乡作故乡的啦。他们在我最艰难的时候对我伸出援手。二位都是离世于口腔癌。他们都是河北人，都爱吃刚出锅的热饺子，都在包饺子时评论面和得要软硬合度，筋道弹性，得心应手。他们俩都爱说"打倒的媳妇，揉倒的面"。其实他们是最最良善的爱妻主义者，是媳妇面前的五好丈夫。我想念他们，感恩他们，绝对不能辜负他们。

4

三十多年前，我一度因颈椎病而狼狈不堪，那时我发狂地写作，又被通知参加许多会议，接待各种来访友人，国籍不一。一旦病起来，旋转性晕眩，天旋地转，深感恐怖。在一个海边的中等城市文艺之家，我看病疗养了一个多月，认识了一位海滨城市比我大五岁的朋友。

他姓姜，是该市政治协商会议领导人。面相很好，尤其是目光明亮，他每天注意看报，皱眉思索，还与我不断切磋讨论苏联在斯大林去世后的变化与埃及、伊拉克的政局，直至赤道与北极南极。他有点驼背，有点秃顶，还有点东张西望。他很健谈，既谈市、省、北京的领导干部的升降前瞻回顾，也谈吃喝玩乐与半荤半素的笑话与谜语。麻烦的是他的口音比较重，说话大舌头，发不出"儿"音来，该发"儿"的时候，他发的是"哦"，这样他的说话至少有三分之一我听不清原文，但自以为能猜出他的话语里的百分之八十的原意。

我们有时和另外两位年轻人一起打麻将牌，年轻的"手哦"胡乱出牌，但是常常和（读胡），市政协主席就点评说："傻小子睡凉炕，全凭火力壮。"

那里是革命老区，他父亲是抗日烈士，他小时候当过儿童团长，抓过地主"还乡团"的探子，在北京的革命大学，他学习过一年，在省委所在城市的党校,学习过两期。他的老区少年积极分子与根正苗红的来路,使我觉得十分亲近。

分别后不到一年,听到了他因病去世的消息,使我十分震惊,兹后又屡屡听到他的故事,更是令人嗟叹。

说是他老家有一个不无精明却又不务正业的小伙子,乘上了发展市场经济的东风,开头是崩爆米花,后来卖煎饼馃子,再后来加上包子、老豆腐、烧鸡、炒肝,置备了流动餐车,成了小财主。小老板还经营社会政治,不但当了政协委员,还取得了有关部门给予组织保安公司的批件,成了家乡一个能人。

说是此位能人以当地眼光中的高薪,聘用了一位练硬气功的保镖,保镖在自己左臂上刺青,上书"恩公姜勇"四字。他与我的牌友同宗,都姓姜,论辈分儿他应该叫主席爷爷。

姜主席到了年龄,下岗了,人们议论说,小老板事业与财力的飞速发展,使姜同志艳羡有加,出招帮助他多方发展,并且抵押了房产,贷款投资,与小老板亲密合作。

小老板傻(精)小子睡凉炕,火力越来越壮,被鼓动睡上了从未与闻的"期货"市场大炕。已经一步登高的傻(精)小子,"成功"得太顺利了,他还要一步登天,冲天,超越太空,他还要拉上已经退休的大官与他一起飞天高冲:结果是上当受骗,不但赔得精光光,而且负上了债。

傻(精)小子也是接纳了旁的坏小子的主意,早早花钱办下了太平洋一个岛国的护照,突然间消失踪迹。而我们的姜主席,就这样地跟随着傻(精)小子,从热炕上一直跌入无底深潭。

此事闹得沸沸扬扬,省纪检委与检察院来到此地进行立案调查,老姜突然死亡,正式说法是心肌梗死,也有人说,说不定是人设自尽的。

详情不好过问。

是个惨痛的愚蠢与白痴的悲剧故事。我们会奇怪志士与贪官、艰苦高尚与蝇营狗苟、有板有眼与全无常识、可敬可亲与无耻无赖之间怎么会这样近在咫尺。而在主题新闻纪录片中听到大贪腐分子侈谈什么三观缺陷、为人民服务的方向不够坚定、崇高伟大的信仰缺失的时候，我完全不能相信我的耳朵，他们明明是刑事犯罪啊，他们是蛀虫、是骗子、是利欲熏心、是无恶不作、是社会主义与人民利益的死敌，怎么他们像是在检讨自己没有赶上张思德、刘胡兰、董存瑞与雷锋啊？！

同时我又回忆起二十世纪改革开放初期，万事起头难，万事起头鲜，万事开头美，万事开头欢；春潮正澎湃，春风涨满帆，春意暖人心，春花喜人寰，春气大浩荡，春雨润万田；一番风光，透着可乐、可为、可笑、可奇，新鲜芽苗，破土出长，什么都有可能，什么都不一定，摸石头，湿布鞋，飞越彼岸，节奏翻一番。讲的是思想更解放一点，胆子更大一点，步子更快一点，是抓住机遇，是呼唤是号召是杀出一条血路，是奋力变动力，是无商不活，无工不富，无农不稳；是各种商品等待着出入产销，各种人才等待着发财致富。只要你干，三十天就成事，三百天就成精，三千天就完蛋……伟大的中国，古老的中国，镇定的中国，机遇满满的中国，大风大浪小花小草摇摇晃晃时有新变的中国啊，你的生活是多么有趣，你的机遇与政策誉满四海啦哇！

看官，以上是本小说的"楔子"。您知道什么是"楔子"吗？中华传统小说与戏曲，常常要有个帽儿戏、帽儿段子。比如听戏，刚开幕，戏园子不像现在的剧场那么有秩序：找座位的，招呼亲友的，递手巾把儿的，卖孝感酥糖的还在闹腾。需要台上先蹦跶蹦跶，渐渐聚起观众的注意力。读小说也是一样，开个头，对世道人情、生老病死感慨一番，

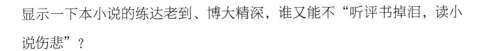

显示一下本小说的练达老到、博大精深，谁又能不"听评书掉泪，读小说伤悲"？

5

该说到正题上了。

随着市场经济的发展与计划生育规范的推进，养老事业养老产业渐渐发展、壮大、升级、攀高。长者之家的名称，有的人从《易经》《诗经》《楚辞》《汉赋》上找词儿，唐以后的都嫌俗浅。长者之家的工作人员，各个受过专业训练，持有民政部门颁发的从业执照。医疗、康复、饮食、娱乐、心理抚慰、绿化、环境都有专业团队机构与责任部门，会客、剧院、舞厅、书画、棋牌、球馆、卡拉 OK、酒吧、咖啡、书报……各种不同性质与规模的餐饮、琴室都有专门房舍、设备、服务人员。入住要有会员卡，购卡费五十万至百万元，月服务费还要收万元左右。VIP 型的更高。

我的一个老友人的孙女名叫步小芹，争取到了民政部门的指导支持，创业兴办了一个称为"谙赟"的敬老院，"谙"读"案"，熟悉之意，"赟"读"毕"，是说美丽，你认不得与读不准，她的命名就更算成功了。

两年后对这个长者之家名称，说是反映不佳，又赶上民政局局长问小步起这样的名字，又要立"案"，又要枪"毙"，究竟是想跟谁过不去？她顺势立即改名为通俗易懂的"霞满天"三字。

这个过程令我想起历史演义小说对于武将阵前对打的描写，常说是"卖一个破绽"然后如何如何，以退为进，以破绽求机会。绝了。

"霞满天"以后，果然前来联系入住的老人增加了百分之四十，收费在各种压力下减少了百分之十六。步小芹是明白人，明白人不较劲办糊涂事儿。这加强了有关部门对于步总"听招呼"的好印象。

我应邀到她们的六万平方米建筑面积地盘上看了一下，并听她讲了前所未有的奇葩故事：

二〇一二年，"霞满天"这里入住了一位七十六岁的女性教授，她曾经受到过举国公认、大名鼎鼎的某学界泰斗的夸奖，她号称懂十余种外语。她入住的时候有大学的三位年轻工作人员陪同前来，提包推箱，还有一位男士十分谨慎地专为她推着一小车贵重物品，包括工艺瓷器、镜框照片、一幅油画和美国原装戴尔电脑与DUO无线蓝牙音箱。资深美女教授的名字叫蔡霞。奇怪的是她自己拿着一个专用网兜，内装一个篮球。进入了房间以后，她首先做的不是打量门窗、采光、生活设备、洗手间，也不在意到窗口看到的风景与建筑。她做的第一件事是从手袋中拿出一个粘钩。把平滑的底片紧紧贴在同样平滑的床头墙面上，摩挲摩挲，使粘钩底片与平滑墙壁之间完全吻合，无胶胜胶，真空零距，然后稳稳当当地把篮球网兜挂到了上面。她眼眶含泪，面带笑容，自语说："你陪着我呗。"

莫非她曾经是知名的国家女子篮球队的体育明星？个头却不像啊。

以蔡老师的身材、风度、举止、穿着和笑容，更不用说她的知识学问经历名气，来到"霞满天"长者之家，可说是春雷滚滚，春风飒飒，春雨潇潇，春花灿灿，一举激活了高端昂贵、似嫌过于文静的疗养院，引起了"霞满天"的浪漫曲高调交响。一批男生休养员，特别是单身男生休养员，最小的六十岁，最大的一百零三岁，为之换了心情，换了发型，换了领带与裤缝，换了英国衣料、意大利裁缝、法国围巾，和不但是法国而且是戛纳附近的世界第二小国、面积一点九平方公里的摩纳哥公国出产的三件套男用化妆品和德国亚马孙电动剃须刀。

还有说是焕（不仅是换）了三观的。

然后出现了一些如果是如今，实应上网的文学戏剧小品抖音。有的男士由于望蔡兴奋眉目呆痴，受到夫人痛斥。有的男生由于从蔡教授出场以后再也听不清夫人的问话也延迟拉长了与夫人交谈的节奏，被夫人察觉，不止一家提出了在本院开展"反带"（节奏）的口号。同样女士中也有对于蔡老师的眼神的质疑，她们说女性品德，主要看眼睛目光，水汪汪、眉目含情、娇媚弄姿、过于灵活生动、迹近勾引卖弄的眼睛眼神眼白与瞳眸，是各国各地各民族淳风良俗所不可允许不宜接受的，对于白骨精、画皮、蜘蛛精、玉面狐狸的眼光，一定要警惕，不能去看，不可回应，不准对视，严禁眉来眼去。

同时本所管理团队，一致认定，这些话语只是老年寂寞性的自我调笑、自寻安慰、自作多情、自解心宽，类似歇后语："管丈母娘叫大嫂子——没话找话儿。"

蔡老师的高雅与美丽是磁石，也是刀刃，是温情，更是尊严，是暖洋洋，同时是冰雪的凛然不可造次；只消比较一下蔡老师的亭亭玉立，与一帮子酒肉穿肠、大腹便便、口气臭浊、举止鲁拙的俗物蠢男的风度观感，也就没有人再说什么了。

更不要说舞会上的情景啦，每个周末，这里都举行一次舞会，下场跳起来的不超过休养员的百分之十，但是多数人都会前来，坐在软椅上，喝杯小桌上的茶水或者软饮料，听一听半生不熟的探戈舞曲《彩云追月》《鸽子》，华尔兹《中国圆舞曲》《青年圆舞曲》《皇帝圆舞曲》与《蓝色的多瑙河》……

每次舞会之前已经有了不知多少关于蔡教授将要、会要、可能要、大约前来或者不来、迟到或者早退或者准时，起舞、或者只看、或者未定，或者随机下池的消息。蔡老师已经成为传播与猜测的话题，成为舞会的兴奋点，舞翁之意不在舞伴，不在蓬猜猜，不在灯光乐手清咖果盘，而在蔡霞一人。有佳人兮女神之光，下舞池兮温雅淑良，万般风韵兮似隐步态，鸽子探戈兮展翅飞扬。

而老男生们随之浮想联翩、自作多情、忽然豪放、时而沉郁、希望失望、期待成空，增益了对于生命与爱情的品尝想象、回味反刍，也许更美好的说法是想入非非，ICBC，爱存不存，若尽不尽，罗曼蒂克，余音袅袅。最喜应为耄耋时，春光阅尽心犹痴，轻盈一笑天光丽，桃李春风舞未迟。

一位级别与教育程度最佳的男生对太太说："进了长者之家，难免烦闷，所有的人告诉你好好休息，休息休息休息，人生只剩下了休息，那就等待最好的休息吧。然而，我们不能不承认，凡是没有死亡的人都是活人，凡是活人都有人生的权利和义务，欲望和文明，向往和期待，还有那么一点点'坏'劲儿。苏教授，噢，你看我连人家的姓都记错了，人家姓蔡，姓蔡？菜彩材采猜揌，一个提手，一个思想的思，它念'塞'，也念'猜'，你说好不好？为什么不让寂寞的单调的等死的老年变成随缘一笑、且歌且舞的幸福老年呢？"

好的，道行已经突破纪年、岁月、加减乘除，若再无想入非非，痴心依旧，其悲切更欲何如？否定之否定之否定即肯定之否定之肯定，更是肯定之肯定，其乐无穷，其乐连连！乐天乐地，乐山乐水，君子饮酒，神仙抱朴，遨游天外，蓬嚓击鼓，玄之又玄，善哉妙舞！

百年不过小歌舞，汇入了时代大歌舞，康姆尼（公社）式的大歌舞！

6

蔡霞老师进院两年即二〇一四年，七十八岁，她跌了一跤。

对于"霞满天"这样的高级长者之家来说，这是严重事故，这个事故几乎使业内部分股票崩盘。

所有的讲养生与医学常识的人都宣扬老人勿摔，摔人无老。伤筋动骨一百天，老人平躺三个月又十天后，内衰五脏六腑神经肛肠，外废四肢五官筋骨皮肤，并从头脑开始衰弱颓唐迷茫荒凉；只能从骨科病房直奔骨灰美罐。

不好理解的是跌了这一跤，蔡老师身体损伤有限，大腿轻度骨裂与肌肉瘀伤，卧床三周后可在护理协助下下床行动，生活自理，康复进展大大优于寻常，金刚不坏之身。瞧人家！

但她的风度形象与精神状态出现了一点变化，开始显出过去未有过的刹那迟钝呆滞，怔怔忡忡，与原来的神仙风韵开始脱离。跌跤时下颚与口唇也有撞地与擦伤，好了以后似乎微微有一点天包地的上下齿的不吻合。

她的跌伤惊动了她所在的大学，新来大学担任校党委书记的一位领导邵教授带了院系负责人前来看望。步小芹等长者之家的行政与服务与医疗负责人也都陪同大学领导进到蔡的宽大的住室。他们发现，蔡老师的说话风格产生了一些变化，说话比摔伤前声音小，速度快，口型不到位，口齿有些不清，但她的声音低沉立体、脉脉含情、如歌如诉、感染动心。

随行的外国语学院院长没话找话儿，指着网兜问道："您这样喜欢篮球吗？床上躺着，还能拍打一个大篮球？"

蔡霞翻了一下眼珠，一瞬间显出了那么大的眼白，把别人吓了一跳。

　　也许是长期当老师当的吧，过去蔡老师说话非常注重交流、互动，只一说话，她的目光一定注视着听话的对方，与对方的表情相互呼应。对方听得入神，有首肯与关注的表情，她会显出满意、津津有味、益发要讲精彩讲生动讲透彻；对方没太在意或者有点没听明白，她会立即反思自己可能讲得不够清晰，是不是第三人称人家可能听不出是指谁来，或有其他疑点，同时她也会自省是不是讲得无味，需要生动；人生一世，时时刻刻离不开的是生动二字；她会立即予以必要的补充、强调、变更语词与语气，吸引对方的注意，推进对方的理解接受。

　　现在呢？为什么她的说话增加了自言自语的韵致？她的说话平添了几分低垂眼帘、忧郁温存、自恋自怜。过去说话是显然的对唱，现在呢？是自我中心的独唱咏叹调。

　　而在听到随行院长的问话以后，她的表情是何等诡异！

　　停了一会儿，十秒钟，看望她的人与她自己，双方失去话题线索。

　　又过了十秒钟。

　　询问篮球的老师觉得尴尬，有一点不对劲。

　　蔡霞目光里出现了几许火星，她随意一笑，念念有词："谢谢书记，党委的报告批下来了，教育部决定给我授荣衔，给我发国家科学与教育奖金，还有香港的学术基金会说要支持我千万元人民币。我非常感谢，我请求不要奖励我个人，我喜欢的是低调行事。"

　　她讲这几句话的调子像是在念稿，如果不说是祭祀词与祈祷词的话。

　　她的话使大学的探视人员吃了一惊，教授怎么了？天啊！她产生了幻觉，她无中生有，白日说梦！

7

告辞后，邵书记与院长等到霞满天长者院的主持人、王蒙的老同事孙女步小芹院长的办公室，共同探讨。当然，将获巨奖是幻想中事，而蔡教授在大学从来没有过幻听幻视胡言乱语的记录。步小芹找来了本院心理医师，回答是他也略有所感。他说摔跤的那一天是蔡老师拿着自己的篮球到体育馆投篮，投了好多个，累得气喘吁吁，一个球也没有进，她神态失常，平白无故地跌了一跤。后来，出现了一点意外的变化。但蔡教授的想象型谈吐，与精神病学所认定的幻觉、幻听、妄想，尤其是迫害狂，全然不同；她绝无与不存在的对手争论纠结，感觉到某种危险、恐惧、紧张、压抑……这些负面的情绪与心理病态。相反，她有时的低声含笑自言自语，更像是一个美好的假设，一首诗，一个温馨的微笑，一次巧遇，一种闲暇中的自慰，文静中包含着一点悲哀，与悲哀一起，还有几分得意——她的温存、春风、细雨……还有学历，她怎么可能不自得自诩？那种平缓与自美自赏的想象是正面的、丰富的与深情的。心理医师甚至认为，蔡霞老师的幻觉是文学性、诗学性、教育学性、养生学性质的，她太聪明了，提提神就想说一说，怎么说就怎么像。虽然她此生遭遇过重大的不幸，现在孤身一人，但是她仍然充满对于生活、对于他人、对于自己的光明与善良的爱抚与信念。她不像最近一位颇有名气的文学人，却要匪夷所思地隐身离去。另一位山呼海啸的大家，绽放了令天地增辉的鲜花，又向珍爱的一切泼遍了腐臭毒辣的脏水……禀赋超人的女性，钻起牛角尖，吓唬人。

心理医师还说，在医学课堂里没有听导师讲解过类似的病例，医学研究档案与学理假设上也没有这种说法，但是根据他近二十年的临床经

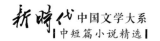

验，他认为蔡霞的横空出世的受奖婉拒说，其实是一种语言训练、交际经验回顾、思维培育、世情重温，也是一种老龄存盘过期乱码的智能补偿。老来失去多，不失又如何？幻想宜美妙，美妙自快活。仍然多谦逊，俯首先谢过，彬彬有礼处，教养育亲和。

蔡霞其后一天给十几个熟人打电话，说到自己将要受奖而坚决谦辞的故事，这相当令人惊骇。但总体上说，蔡老师的情况无恙，预后甚佳。那些接到了她的辞谢奖项故事电话的友人，开始或有一怔，很快便是恭喜恭喜的笑声，而听到了她的谦辞坚辞的态度之后，也都一律表示理解和赞扬，认为蔡老师做到了著名人物、教授、清雍正九世孙，爱新觉罗·启功先生所题的北京师范大学校训八个字，"学为人师，行为世范"，启功体书法，温良恭俭，精纯沉静。

此后大学的同事们来探望教授，她的受奖说、谦辞说有些发展，说是收到了外事部门信息，将要授予她菲尔兹国际数学奖，她强调自己的专业是语言学，但是加拿大的专家坚持要发奖给她，指出她关于语言的符号学论述适用于数学的符号理论。她学的当然不是数学，她岂能接受数学奖欤？不仅是数学奖，甚至于纽约方面试探着与她讨论，要给她颁发基泰精神病学奖。

"遗憾的是，世界上只有精神病学奖，没有精神病人奖。"

她与客人们都忍俊不禁，多人赞佩她的幽默与机锋。

说得多了，听者就接受了。人们对她的辞奖说闻怪不怪，点头称是。美丽的荒谬，也比疯婆子怨怼的卖弄好一点，要知道，她已经退休二十九年，到本长者疗养院也两年了。本院的休养员长者显示某些心理不平衡不稳定的记录，并非少数。

慢慢地，她的倾诉不断发展，可以兴，可以观，可以群，可以戏嬉喜怨了。她加上了新的节目，她开始对人说她将晋升级别与军衔，先是少将，可以称她为蔡将军了，最近又说是快要获得中将军衔了，她也坚决请辞。一个多月后，在她的生日，校长来看望她的时候，她说她受到印度宝莱坞、美国好莱坞、韩国希杰娱乐公司，还有伊朗的电影人阿巴斯的热邀，希望她写作与出品一部关于中国的故事片电影剧本。

莫惊奇，事事有来历，凭空不会兴灾异，幻梦也非凭空至，悲到尽头应是喜，牛到极处又无趣，与时俱化是实际，努力努力再努力，未成大器仍优异，总还是，勤勤恳恳，爱怜众生，脚踏实地，嘿嘿，嘻嘻，她是有、一点点、个人的脾气。

8

更离奇的是二〇一三年本地民政部门干部前来巡视检查，收到一封休养人员郦女士举报信，说是郦女士的先生、著名朗诵艺术家、六十三岁的美男子宋春风受到了蔡霞的吸引乃至骚扰，写信人的家庭完整受到威胁，要求将蔡某人请到本院其他分支院所去。

高龄长者能出此等事情？他们本应该万事看透、宠辱无惊、色即是空、古井无波？不，那可能是古代，是血压低、血糖低、血脂与胆固醇"四低"的时代。全面小康、总量第二、购买力世界第一、拥有百分之二十以上中产阶层人口的时代，高龄长者们有可能渐成为终其一生、老而不衰、飘风骤雨、石破天惊、爱爱仇仇、永远的激情飙客。怎么能提前消停、过早瞑目、早早退避三舍？

稍稍打听了打听，观察了观察，民政巡视组作出结论：并无此事。巡视员找郦女士沟通，郦女士主动撤诉，此话带过。

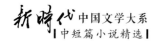

又过了一年，蔡霞的自慰自语，有所压缩，只有最亲密的访客来时，她才压低分贝，感叹这么一回，而且不要求任何回应，不怕你是微笑、疑惑、点头称是或者摆手劝阻。她说完了她的，如同宗教信徒做完了早课，立即回到现实生活世俗杂务之中，谈论房价、SARS 疫情、气温、晴阴、湿度、狗不理包子铺、快递网购、垃圾分类与厕所革命、防止便秘与生理病理诸事务。长者们普遍认定，对于他们，排泄远重于摄入，小康以降，三天辟谷，有益无损，三天不走动，大难临头。

9

二〇一五年来了蔡霞教授的闺密，送来了一批唱盘与 U 盘新款，她的住室从此音乐涌动。她很快迷上了新疆的《十二木卡姆》，像哭，像笑，像呐喊，像调情，像婚礼，像乡愁，像怒吼，像赏花，像暴风大雪，像相思苦恋，像胡杨也像大漠，像甜瓜也像坎儿井，更像千年不倒不死不烂的大漠胡杨。蔡霞随而起舞，有两次感动得哭湿了枕头。她还引用新疆维吾尔族舞蹈家的名言："一天没有起舞，便觉得辜负了人生。"

有五六个老头儿受到了这风情浓重的声乐与器乐的吸引，他们走近蔡老师房室，门外蹭听，他人走过，他们赶紧走远一点，等人少了他们回来再蹭。蹭蹭蹭，人生须蹭足，蹭天蹭地蹭音乐，生活即歌舞，人生如老虎，虎虎生威大志竖，一日寻它千百度，真善美无数，大美在身旁，大美在己手，大美在此处，大美在前何庸怵？

后来听得多的是莫扎特的《加冕弥撒》，蔡霞听这部作品的时候脸上是含泪的微笑，她轻轻点着头，既有欣赏，又有认同，还有赞叹，连连伸出大拇指。她告诉步院长说："你听这个女高音独唱，她是一个非裔歌唱家。"

她听舒曼也听《茶花女》，听日本演歌也听腾格尔。听十九世纪出生，拜恩戈尔德的歌剧《死城》，听着听着会从椅子上站起来，行立正礼敬，她说，无怪乎人们说是德意志通过这部歌剧，从战争的黑暗与崩溃中开始走出来了。

她也听"文革"中的红太阳颂歌，特别是张振富与耿莲凤对唱的藏族歌曲："您是灿烂的太阳，我们像葵花，在您的阳光下幸福地开放。您是光辉的北斗，我们像群星，紧紧地围绕在您的身旁……"她听得满眼热泪。她小声说："早春最爱唱这个歌……"这里，没有人知道她说的是什么。个别人以为蔡老师说的是春寒料峭的清明前季候。

二〇一七年，蔡霞八十一岁，大年三十头一天晚上的本院联欢会上，蔡霞用俄语、英语、法语、波斯语朗诵了普希金、拜伦、艾吕雅、哈菲兹的诗，再用汉语作了翻译，她重新显示了风度与聪敏，良好教育与自信，饱经沧桑与活力坚韧。

霞满天长者之家的心理医疗主任医师说，是时间与音乐，或者是音乐与时间，治好了她的精神疾患。反正音乐是时间的艺术，旅游是空间的求索与发现，它们的医疗作用都是很大的。

为什么提到了空间的旅游？也还少有谁知道情况。霞满天，并没有旅游业务，小步他们还不敢组织古稀耄耋群体的大空间活动。

第二天晚上她看 CCTV 的春节晚会，边看边有议论与不甚满足，不甚满足也仍然津津有味地从猴年末尾看到了除夕夜的子时三刻。

从此，蔡霞渐渐恢复了初到"霞满天"的最佳状态，没有发音不清，没有天包地，没有念念有词，没有幻觉奇谈，没有走路时的身体摇摆。八十一岁的她更加从容、成熟、尊严、体面、清晰、克己、多礼。她提

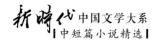
升的是人境、圣境，也许可以说是佛境，她离开的是言语的迷失，她清醒地告诉步院长："我知道我有点胡言乱语，对不起，我有点憋闷，我不服我的倒霉噩运，我想着我应该有点幸运、福气、彩头，我相信我的生活里会有许多美好的东西出现。没有也会有，没有当作有，心里有，念里有，想着有，话里也要有。我要快乐，我要幸福，我不信我会常常不幸，我要的是高雅与幸福，不是炫耀，不是撞大运，我又不愿意显摆显佩。我想撒撒气儿，我要坚持我是福星，不是灾星。当年胡风是主张自我扩张的。后来扩张到笆篱子里去了。太有好意思了。"

王按：后来，步院长说，这些一时露头的偏失，全部自动清零，冰雪洁净。王说："我感觉到的是一种痛苦与对痛苦的反击宣战。她，要表达的是成功与胜利她本来应该胜利和成功。"

王按：侃侃而谈，念念有词，这就是岁月积蓄，逝者有声。是反刍与消化，是遗忘与淘汰雪藏，是珍惜与告别，又是永恒的安宁与纪念。人会消失干净，仍然有话语留存。笔补造化天无功，病里微言意不穷！

渐行"渐远"，可以用五线谱上的五个表示"渐弱"的"p"符号来表示，一年一年，不愉快的记忆渐行渐远。蔡霞有不愉快的记忆，步院长注意履行为休养员的私生活保密的规则。还没有告诉王蒙。

青春百样美，老态P般甜，活到惊人处，苍天变蔚蓝！爱情耽热火，歌赋醉华年。香蚁（酒）得佳贮，举杯叹月圆。

老泪思早先，新诗记变迁，春秋酿深意，广宇惊鲜妍，惜爱愁应忘，欢欣乐未眠，此生多感触，何日不缠绵？

谁无不称意？谁有金刚身？敢历八番苦，乃游四海新。悲哀怜楚楚，喜乐忆津津，受用天人趣，清流洗净真。

唧唧得与失，恨恨谁人知。开阔艰难后，清纯困苦时。少年多激越，

成长渐矜持，灿烂容光焕，丰饶岁月痴。

　　亲爱的读者，王蒙从小就想写这样一篇作品，它是小说，它是诗，它是散文，它是寓言，它是神话，它是童话，它是生与死、轻与重、花与叶、地与天，它不免有悲伤，有怨气，有嘲讽，有刻薄与出气，有整个的齐全的祸福悲喜。同时，尤其重要的与珍贵的是刻骨铭心的爱恋与牵挂，和善与光明，消弭与宽恕，纪念与感恩，荡然与切记，回肠与怀念。

　　高尔基说过陀思妥耶夫斯基的作品像是狼写出来的。高不喜欢陀。我没有感触到陀的狼性。而且，某种情势与条件下，我们固然不可以请狼先生放羊，但不妨容许狼写两篇小说试试，同时注意防护，注意狼的利爪与獠牙。

　　珍惜文学，珍惜生命、生活、生机、生长、使命、运命、受命、人生。不能接受对"生命"一词的一分钟猜疑与敌视。病态、冷漠、敌视与仇恨生命批判生命的人怎么能算人呢？我们珍惜的人又是什么人呢？且请读下去再读下去。

10

　　当步院长告诉蔡教授她的爷爷是王蒙的好友，她说我也与王爷爷谈得来的时候，蔡霞说她愿意让王蒙了解她的经历。

　　说是蔡霞对步院长说：

　　你不可能信服我的命运，我的遭受，我的不幸，我的噩耗。屋漏再遭连夜雨，船迟偏遇打头风。走平路落马，进高厅撞墙。躺平偏中十分准，低头巧遇二把刀。绊跤星点石子，砸头颗粒流星。

　　我敢问，谁见过比我更倒霉的老姐？

　　我生于一九二六年，一九四五年十九岁赴英留学，不必说我出身于资产阶级，我知道我的原罪。我在剑桥大学学法语、西班牙语与俄语，当然前提是先学好英语。我结识超拔英武的中国留学生篮球队队长，比我大两岁的薛建春。我俩在剑河边牵手行走，我们谈论民国的徐志摩和校园皇后陆小曼，梁思成和林徽因，以及为林小姐终身不娶的逻辑学家金岳霖。我们欣赏两岸的秀美，听醉了教堂的钟声悠扬，忧虑着抗战胜利后国内形势的严峻与危难，我们感到了中国即将大变，这又使我们心跳加速，全新的国家与前景在向我们招手。

　　……一九四九年新中国成立前夕，我们赶回北京，我们俩参加了大中学生的暑期学习团，我们听了大诗人艾青的讲演，听到对于徐志摩和他的诗《别拧我，疼》的嘲笑，惭愧极了，也兴奋极了，革命改变着一切，我们也见到了周扬与丁玲。我分到四川大学的外语学院，他分到文化部的外事局。一九五四年，我们二人结婚，两地分居，好不容易确定了我调来北京，与建春团聚。

　　一九五六年，建春作为随团外语干部随中国艺术团去拉丁美洲演出两个月，中间在瑞士德语区苏黎世市休整排练。那时美国对新中国采取封锁政策，赴拉美阿根廷、巴西、智利 ABC 三个大国与遥远陌生的乌拉圭巴拉圭唱京戏、耍坛子、跳红绸舞与唱陕北民歌，是一件突破局限、扬眉吐气、走向世界的大事。那时当然没有中国直通拉丁美洲间的民航航班，我们的人员分两批，走莫斯科、布拉格、苏黎世、墨西哥，再到拉美其他国家，这是个辛苦麻烦的航程。回程从苏黎世到布拉格一段，本来建春是坐第二班飞机的，另一位在瑞士遇到亲戚的团里的同志报批以后临时与建春换了航班……想不到头一班飞机出了事故，建春三十岁，与我结婚两年，死于空难。我哭了三年，患上角膜炎、结膜炎、青光眼直到鼻炎。为什么，这究竟是为什么呢？不为什么，不为什么，为什么这样的不幸会降临到我的头上？我，我的祖上，究竟造了什么孽，犯了什么罪，害了什么人，让我受到这样的天谴地震空难！

或者说，有天大的不幸者，也就有天大的福气，有池鱼之祸、无妄之灾者，也就有天上掉馅饼，地涌醴泉，穆清祥和，符瑞天相。

我说的是建春有个弟弟，比他小六岁，比我小五岁，名叫逢春。他没有建春的苦学勤勉，也没有哥哥的高大英俊，但是他极其聪明伶俐，而且有一副意大利的澎湃与俄罗斯的多情男高音好嗓子，毕业于苏联莫斯科柴可夫斯基音乐学院声乐系。在他哥哥去世三周年，一九五九年十一月，我三十三岁的时候，他来找我……

命，这都是命。他唱了一晚上怀念与爱恋的歌曲，唱了格林卡的《北方的星》，唱了柴可夫斯基的《连斯基咏叹调》，也唱了刘半农诗、赵元任曲的《教我如何不想她》。前者表达了年轻稚嫩痴情的连斯基在与叶甫根尼·奥涅金决斗丧命前的心情，"啊，青春，你在哪里？"这样的歌词令人销魂。而"不想她"呢，就像后来李谷一的《乡恋》一样，推动开始了一个新时代。

连斯基的歌，本应该由铜管与大提琴奏出序曲，我的这位小叔子逢春，以闭嘴的鼻音模拟序曲与过门的伴奏，他一个人变成了一个乐队，管、弦、弹拨吹奏打击乐器齐全，而主要是自己的男高音独唱；再有他说在苏联，他的俄语名字就是连斯基·谢尔盖，他在苏联姓谢尔盖，是因为谢尔盖的发音最接近薛，而俄语里难以拼出汉语中的 uē 这种复合元音。与此同时，他拿出来了递给我看的，是一九四九年的日记，他写到了我与他哥哥回国，十七岁的逢春见到我后受到了什么样的震撼。他写到他一夜不眠，只想着我这位"天使"与"圣女姐姐"。

"我决定自杀，我已经见到了，听到了，想到了也融化了，我已经活到了这样一个熔断点。与蔡姐姐见了面，可以了，满足了，确实是生存过了也飞翔了失事了，我已经变为彩霞和礼花，变为奏鸣和独唱，变为跪在蔡霞姐姐面前的一块永远的石头。我还需要什么呢？"

……不用说别的了，我嫁给了建春的遗弟逢春，也可以说是另一个建春。原来，我与建春的婚恋是一个建构一个寻觅，后来与建春的胞弟，是一个巧遇一个偶然，是幸运之鸟大难以后立即栖落到我的霉运的额头，甚至于是我从人生中坠落，撞上了逢春，撞成了我们俩的满怀爱恋。我嫁给了中国式加意大利兼俄罗斯式的歌声，嫁给了他的疯狂的对于嫂嫂姐的恋情，嫁给了永远的我与剑桥、苏黎世、布拉格、意大利与俄罗斯的缘分与灾难，嫁给了《太阳出来喜洋洋》《教我如何不想她》《啊，你冰凉的小手》和《今夜无人入睡》，嫁给了《青春，你在哪里？》《黑桃皇后》，嫁给了一个无论怎么说，有哥哥的脸型、有哥哥的嘴角、有哥哥的笑容更有哥哥的口音哥哥的眨眼的另一个男孩子。

11

蔡霞继续说：是的，出嫁在一九五九年，似乎也可以说，同时是一九五六年，还同时是一九四五与一九四九年的重版，是时间的多重叠加，是人与国与家，还有我正在逝去的青春的情与梦的热遇……当然，你算得出来，一九四五年，我十九岁，四九年，我二十三岁，五六年，三十岁了；而建春三十一岁之时，逢春二十五岁。五九年，三十三岁的我与二十八岁的逢春在北京结婚。各种机缘，我们举行了盛大的婚礼，在北京颐和园听鹂馆，五桌婚席。

结婚十三个月，一九六一，我们得到了一个儿子，起名叫早春。早春更是建春的几何相似形制图，是建春再世，是我的与建春、逢春、早春三春的生活，从儿子呱呱坠地重新从头开始。

奇特的是，早春在幼儿园就是拍皮球的冠军，小学三年级他长得个子很高，他喜欢球类运动。高小他已经开始打儿童篮球，初中一年级他就选入了中学的篮球校队。父与子两代打过的篮球，是我的命根子。

对不起，猖狂，与逢春结合，我又觉得我是世界上最幸运的一个人，大恸反得喜，深埋又还阳，得了儿子后，何事再牵肠？我，我正是陷入大悲哀大痛苦，哭泣成病的准寡妇当中，康复得最快乐最完美最称意的唯一一个特例。我被命运砍了一刀，养好伤，受用了命运带给我的新的可能，新的机会，新的补偿，是痊愈的快乐，是康复的成功，是另一回新生，是咸鱼翻身，是命运碾轧后直起腰，爬起来，起跳，一米八，超过了打破世界纪录的郑凤荣，她是一米七七。

我想的是什么呢？你必须活着，活好，活着就有爱，活着就有情，活着就有戏，活着就有天空和太阳，活着就是春天，花开，叶绿，水流稀里哗啦，鱼戏南北西东，鸟也滴滴沥沥地叫，虫也变蛾变蝶升空，虫儿们组成了绿色的夏天的夜夜室外乐队。

乐观是不是轻薄？佛家讲究大悲、慈悲、悲悯，应该怎么样去感应和体悟？

我的罪，我的罚，我的悲，远未做好准备。这是幼稚，更是浅薄。

12

蔡霞继续说：一九八一年，学校暑假期间，逢春出国演出。我们的

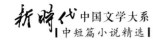
儿子参加完高考，信心十足去上一本。快要满二十岁的早春，回到他爹他大爷老家，一个著名的旅游景区 N 市郊区农村。山川壮丽的农村在改革发展中开始兴旺，民居发展开放，接待八方来客，吹海风、洗海澡、吃海鲜、坐海船，躺在海滩上穿着泳衣晒太阳，外加登山爬山看日出采野菜、戏弄松鼠、偶尔看到五颜六色的山鸡。一九八一年的八月六日，是阴历七月初七，是鹊鸟搭桥，让牛郎与织女相会的七夕，是中国的情人节。在 N 市模仿国外新建成的一个游乐场，早春赶上去玩翻滚过山车，突然过山车的钢缆机件出了问题，几名游人坠落。幸亏那天游人不多，斯地斯时人们的购买力还相当有限，游乐场式的地方，只有部分人问津。就这样也遇难二人伤七人。我的早春离开了我们，提前会他的伯伯建春去了。

请问，你们谁能相信，这样的十年不遇、百年难遇的事儿，像一颗流星在太空坠落，两次坠落不偏不正，全都瞄准到我蔡霞灾星的脑门子上了。

我到现在也不能相信，不，这太夸张，这不真实，这不是真的，是编的，是胡思乱想的走失。如果是真的？这就是不可能的。如果说这也可能，那就只能是假的。是的，我在八一年八二年集中力量思考与研习的是概率论，我的遭遇出现的概率绝对近于零。这应该也是一个数学悖论，如果一切都是可能出现的，那么就是必然等于，一切的不可能也都是可能的；如果不可能也是可能的，那么不可能就和不可能相悖，如果可能中包含着不可能，可能就与一切不可能是相通与相等的。那么不可能究竟是可能还是不可能呢？可能 = 不可能？不可能 ≠ 不可能？不可能是可能的还是不可能的呢？

我的遭遇让我几乎得上了菲尔兹国际数学奖。"="这个等号本身就

是剑桥大学十六世纪时候开始使用，然后普及到世界的！

那一年我五十五岁，逢春五十岁，早春是永远的十九岁。

你说什么？作家王蒙？他比我小八岁。他对长者院的生活很关心？好的，你可以把我的故事告诉他。

13

蔡霞说："是的，我是白虎星，我是扫帚星，我是《圣经》里传递天谴信息的约拿，我是'Estrella de desastre'（西班牙语：灾星），我是魔鬼撒旦，我怎么成了妖孽？底下的事更难于启齿……"

步小芹后来把蔡霞的奇异的经历背景继续讲给王蒙。

年已半百的歌唱家薛逢春的声乐事业正当日益兴旺，儿子的事让他突然衰老，儿子的死亡使他失声，他糗到了家里。

过了一年半，蔡教授由于她的外语专长，随着改革开放与对外关系的发展，仅仅顾问、评委之类的名衔就获得了十几个，应联合国秘书处的邀请她带着学生访问了纽约与日内瓦的联合国机构以后，又担任了中国的对应机构的顾问职务。五十二岁的逢春不但声带痊愈上台演唱了，而且被邻省的一所艺术院校聘请为声乐教授。

如此这般，薛逢春与她，原来就风风火火，人五人六，虽遇大难，兼职合法化以后他们的名声与添加的收入飞跃增加。他们常常体会与称道本土的敬老文化传统，时间使得有专长的长者价值不断升级，岂止小康，岂止中产，他们绝然地进入了高收入阶层。一九八三年，他们买了三百多平方米的独套别墅商品房，从蔡霞家乡雇用了沾亲带故的家政服务员，称蔡霞为表姨的李小敏。

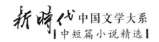

李小敏二十一岁，读过高中，上过两年烹调培训班，她已经参加过两个年度的高等学校入学考试，未能够得着分数线，为维持生计愿意做家政服务，并在下一年再试一次高考。

李小敏浓眉大眼，瓜子脸庞，上唇丰厚，下唇稍稍兜起，言语清晰，口齿伶俐，眼里有活计，手里有灵巧与气力，表现的是新农村的无限希望。从来了以后薛家清爽整齐，顺风顺水，深合蔡霞心意。得机会她就辅导小敏高考应试，特别是小敏的弱项外语，得到蔡师指点引领以后，突飞猛进，二人对她次年夏季的考试，信心大大提高。

一九八四，李小敏考取了一类大本，学外语。蔡霞挽留她周末或其他自由度大的时间依旧住在她与逢春定居的别墅房里，适当帮助家务。他们也在日常零花方面给小敏以慷慨的资助，又给了小敏大批她这里用场有限的各式服装鞋帽。她与逢春常常出差在外，而几年来超市的供应越来越方便，家务劳动大大减轻，有个小敏（干）闺女，生活走向圆满无忧。

蔡老师喜欢这个孩子，心想，有这样一位亲情打工妹、莘莘学子，有这样一位有志气的本乡本土本家的年轻人，使她们的家庭产生了新的活力新的感觉新的希望，她决心资助她学好功课，直至毕业就业。她决定等小敏毕业后把她正式认作己出，后继有人，也是缘分。

小敏进入大学三年多，一九八八年，蔡霞陪学校邀请接待的一位国外的教育专家到西部少数民族地区几所大学交流。恰好此时逢春感受时令小恙，减少了出差，回家休息。等蔡霞回到家，发现诸多蹊跷。

真正的，挖心丢命吞噬蔡霞人生的大难横空出世！

14

王蒙想：没有比她这里发生的事更简单、更麻烦、更无耻、更自然、更无话可说、更丢人现眼的了……

伟大的恩格斯在《家庭、私有制和国家的起源》中讲过："如果说只有以爱情为基础的婚姻才是合乎道德的，那么也只有继续保持爱情的婚姻才会合乎道德。"这就是说，以不爱了为理由解除婚姻关系是天经地义的。还有说是："如果感情确实已经消失，或者已经被新的热烈的爱情所排挤，那就会使离婚无论对于对方或对于社会都成为幸事。"这话十分精彩，尤其对于长期的封建旧中国，曾经有那么悠久的岁月，人们常常被剥夺了自主求偶、享受生命所不可或缺的情爱的人们，得知了上面的两句话，振聋发聩，幡然新生，山呼万岁。

但王蒙还是想说一句，正像没有爱情的婚姻其实很不道德一样，没有道德的爱情，也绝对不会是有可靠的幸福和前景的，更不会是有保障、有责任，执子之手与子偕老的生命一个温暖的重大方面。人际关系，包括性爱关系、家庭关系、亲子关系、夫妻关系，岂能有太多太过分的失道德非道德反道德缺德缺阴德！没有道德的盲目爱情，可能表现的是人类性格与个性中原始、自私、乖戾、粗鄙、野蛮、丑恶、矫情、挑剔、嫉妒、诽谤、怨怼、仇恨，没有丝毫人文意识的这一面。从相爱得要死，到相互攻击伤害仇恨毁灭、不共戴天，使家庭成为绞肉机，使情侣成为仇敌，这中间只有一步之遥。不讲任何道德的爱情带来的多半不是幸福，而是烦恼灾祸，不是浪漫，而是自欺欺人，不是健康，而是变态、疯狂、折磨、毒辣，是从千言万语的美丽，到千头万绪的丑恶狰狞。

没有道德的婚姻，还可能是阴谋与骗局，是桎梏与牢笼，是虚与委

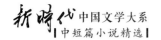

蛇的伪爱情；爱起来千姿百媚，不爱起来千疮百孔；经营起来红利滚滚，表演起来曲极其妙；恶劣起来流氓无赖，冷热软硬暴力俱全。

有多少人享受着充满爱情、高尚情怀、受到社会肯定、法律保护、道德提升的婚姻！有多少人从来没有享受过、没有知道过、没有试验过人类的文明使男女能够如此和合相悦幸福！也有多少人受到了受够了如梦如痴、乌烟瘴气，要死要活的歇斯底里，还不断地出来什么家暴、冷暴、杀妻、杀夫、肢解、转移、隐匿尸体……的报道，使人想到恋爱结婚成家不寒而栗。

在电视节目里，从《社会与法制》节目中频频看到的是情人夫妻间刑事犯罪案件，让爱情与婚姻彻底摆脱道德，让爱情绝对排他地诗化流行歌曲化，也许就难免同时进入了民事至刑事案件的法学范畴啦。

15

蔡霞说："我明白了人生的某些好与坏，生与死，成与败，在没有发生以前它们只是不可思议的偶然，是不一定有因果链、报应循环、预兆预警的。一旦发生，就是绝对，就是必然，就是宿命，就是无暇张嘴咀嚼更无暇思考拿主意，你已经，你必须，你只能生吞活剥、原原本本地咽下去！

那么，哼哼，稳稳地给我站好了，敲起小鼓，要的是你给阎王爷跳一场独舞！要的是你给命运一个回应，一个决心，你不用怕，从拔舌地狱始，剪刀、铁树、孽镜、蒸笼、冰山、油锅……各式地狱多灾海都不妨走一遭，然后你挺起身形，鼓起勇气，你不能垮，你要死马活医，置之死地而后生；你还要再学十种外国语言文字，再走百个千个美丽的风景，

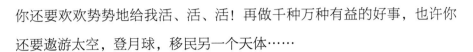

你还要欢欢势势地给我活、活、活！再做千种万种有益的好事，也许你还要遨游太空，登月球，移民另一个天体……

至少给人们留下你的灵魂的记录与痕迹。

荒唐的痛苦正像一种病毒，摧毁生命的纹理与系统，同时激活了生命的免疫力与修复功能。我明白了，我不可能更倒霉更悲剧了。已经到头，已经封顶。我蔡霞反而坚定了一种信心。生活呀，你敢荒唐，我就敢坚决，你能狠毒，我就能消化排泄，也许是满不在乎，你下损招辣手我反而觉得小意思而已而已；老天爷完成了男男女女，相恋不已，相乐不已，礼义不已，也永远有厚颜失态不雅出轨不已，对此事的态度，可以做到愈益坚毅清明，云开日出，演到哪一出就算哪一出。人只能以善求礼义，不可能以暴行礼义。

蔡霞说，在她最痛苦的时候逢春安慰了她、爱抚了她、填补了她，她冷静全面地评价了逢春。她知道，逢春是个好男人，作为不拒绝不轻视通俗唱法，时而与通俗歌星有所合作的美声歌唱家，作为被许多女生评为有"女人缘"的男生，他多次被同行和粉丝异性青睐，被出自高官大款名门以及工农兵杰出人物的娇养女孩儿们招手入梦，他对蔡霞"嫂子"讲过十几个堪比柳下惠坐怀不乱的故事，逢春说，十九世纪以后，已经没有这样的人与事了。他自尊自爱自强，他爱妻敬妻护妻，对于"娱记"们来说，对于粉丝们来说，他已经是太严肃太正经，"正经"到影响票房的程度了。但是他也有把持不住的时候。他开始老了，他意识到他已经快用不到把持什么了。

何况这里还有一句话，没有人挑明过，但是蔡霞清清楚楚：薛家优秀的两兄弟，都以她为妻为指望，不孝有三，无后为大，中华文化注重传宗接代，香烟永续，这是血脉深处的基因，除不净的。

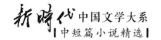

蔡霞是逢春的爱妻，但她也忘不掉，她是嫂子，长嫂如母，这又是一句传统老话，这样的嫂叔文化使她益发幸福温暖，陶醉疼爱，却又有所不安、含羞、不好意思，一直觉着未必撑得到永远。还有年龄，那时候有哪个国人知道其后十五年才有的法国总统马克龙与小丽的婚配年龄范式？这应该也算是法国对爱情文化的一个贡献。

早春的游乐场事故，甚至使她反思自身对于薛家的凶险，雪灭于菜，她在噩梦中看到了这么四个字，梦中大喊大叫，把走南闯北的歌唱家吓得也变了声儿。虽然饱受西洋文化的浸淫，也仍然具有洗不清的古老中华的集体无意识根脉。

16

小敏悔恨至极。逢春与小敏，在蔡霞面前，争着骂自己，逢春说："我没出息，我下作，我糟蹋了外甥女，我可以去自首，我犯了罪……"

小敏说："我贱，我没见过这么好的男人，我该死，我当时想的真是就这么一回，死了也不冤枉了。我把薛先生拉下了水……"

蔡霞敏感地注意到，一直称薛逢春为姨父、"叔叔"的李小敏，已经坚定地称比她大三十二岁的薛逢春为先生了。已经先生了，还说什么？在我们的传统里，未婚女生上了床，这是比天大的事儿啊。人生路途上，女生比男生更勇敢、更决绝、更以命相搏，女生可以比男生更清醒地走上不归，女生比男生更经得住事儿。

何况，他们生活在爱情婚配也处于前所未有的变局的时代。

某种意义上，蔡霞告诉步小芹说，痛苦在于发生了这样的丑闻，然后一切由她做主，她必须，她成了决定三个人，不，加上后来得知的小敏腹内胎儿，共四个人的命运的主宰。逢春与李小敏是两个罪人，胎儿等待出世，无辜无恙，无声无息无能。生活与命运的主动权，集中落入蔡霞手心。

她可以选择驱逐李小敏。李小敏表示接受，不找"先生"任何麻烦，同时拿出了医院的尿液与血HCG检查证明，她已经怀上了薛逢春的孩子。

蔡霞还提出可以认李小敏为干妹妹，孩子她偕同抚养，承认李小敏是孩子的生母。他们可以给小敏付高额损失赔偿金。李小敏可以另寻配偶，他们支持她的正当婚姻，光明前途。

听到这话，逢春几乎想给嫂妻下跪，蔡霞手一挥，眼圆睁，阻止了他。

小敏断然拒绝。她决定立刻告辞，回大学住，不对任何人透露胎儿的父亲是谁，她独自一人承担未婚先孕的历史责任。她要求的只是为她的人工流产手术提供医护帮助。

逢春歌唱家痴呆呆地注视着小敏，泪流如注。

就在此时，蔡霞嘴角一撇，略略一笑，这是这个大节点上她唯一闪过的一次冷笑。她用了不到两秒钟，她大声用俄语喝道："разводиться！（离婚）好的，我决定了，我说的算。我以建春原配，早春儿子加我的名义说话。连斯基·谢尔盖，咱们俩准备好身份证、结婚证，明天就去民政局婚姻登记处办理离婚手续！"

然后她用中文又说了一次。

她感觉连斯基·谢尔盖这个俄语名字，现在用着比较容易接受得多。她在剑桥学过俄语，逢春在苏联留过学，除了汉语外，俄语是他们俩人的通用语言。从逢春的俄语名字讲起，像是讲一个俄国留学生的远东西伯利亚故事——история。对于她本来没有任何意义的、有点可笑的名称，存在的就是合理的，这个名字就这样活起来了，派上用场了。先用俄语沟通一下，非常必要，这是离婚的决定，也是两人共同度过了共和国初期中苏友好时代的一个纪念，有始才有终，有终并不忘始。

蔡霞遇大难而更清楚明白决断，临大事有静气，她一丝一毫的犹豫与为难也没有，立即作出决定。正是由于冥冥中蔡霞自觉灾星的铁帽子向她死死地扣下来了，她必须以身阻击，必须发力千钧，决不哭天抹泪，那样只会是携手崩溃灭亡。她这样的噩运万里挑一，百千年一个，那么概率论告诉她，她必须迎上。她与薛建春、薛逢春、薛早春世俗缘分已尽，她爱他们，她感恩他们，她仍然想着他们，她留下了当年建春、后来早春玩过的篮球，作为她的圣物和出嫁薛门的永远纪念，陪伴她一生不会孤独，不可寂寞，不会怨天尤人。她要栽种别处的生活奇葩。生活在别处，因为生活无穷，你的 N 经历对于生活的 ∞ 来说，近于零。你永远有需要追求与摸索的崭新的生活领域。你必须忘记逢春与小敏的尴尬低俗，你可以换位思维，理解与原谅一切。清醒的原谅比清醒的复仇有意思。她感谢自己最痛苦的时候得到了逢春小叔子、后来是正正经经丈夫的保护。她此时，愿意全力保护逢春与小敏的名声和未来。

她毅然决然，她脑洞大开，突然感觉这不一定就是坏事。她创造了家庭变故中以最小的伤害与痛苦、最大的和平与好意、克己复礼地免灾除咎的稀有样板范例。

不幸唤醒了她的高雅、宏毅、豁达，不幸使她更加慈悲、宽恕、担当。人生几十年，得失俱有限，善恶一念间，但愿心如莲。她认定，逢春可以在二十七岁时如痴如梦地相思尚无人知道即将大难临头的嫂子，那么他也有可能，出现某种冲动，感应一个崇拜他、迷恋他的事业与英俊的，这样一个鲜花怒放女子，她蓦然以蛾扑火、以身饲虎。正是迟迟未谢春，骊歌一曲感郎君，荒唐本是寻常事，迷惑一双孽障人。毕竟本无猜，事情做出来，查无大恶意，或显凡俗胎，事本无可恕，情或有侧歪，吉凶凭卿意，罪赦任卿裁。且在不测中，找出欢喜来！

各有各的遗憾与安置。人生谁无憾？生活谁无灾？咬住牙关后，导出金玉来！可称妥善，难以无缺，求仁得仁，差强人意。

关键在我。

亲爱的建春、逢春、薛家兄弟，我爱你们。

亲爱的早春儿子，当亲朋好友强烈反对我与你爹分手的时候，我回答他们："早春给我托梦了，儿子他说，'妈妈，你做对了，好妈妈。'"

儿子的话一言九鼎。儿子仍然与我在一起。没有人敢于再说什么庸俗低级的话了。

果然早春那时节频频入梦，鼓励了我，安慰了我。梦中见到早春的时候，我听到了建春的声音，只有音频了。啊，坠落于苏黎世——布拉格的航线上。再没有梦到过建春，因为建春不想打扰她与逢春的生活。在梦里听到建春的话语声音的同时，响起了斯美塔纳的交响诗《伏尔塔瓦》。布拉格的河流，流逝于迷人的交响，四溅的水花，还有捷克斯洛伐克的一去不复返的记忆。

那也是一种国家记忆，已瓦解了的国家的记忆。

后来，离异了，捷克与斯洛伐克。

人间有离异，正如有集聚，捷克斯洛伐克，蔡霞逢春亦。

亲爱的小敏，祝你幸福。

蔡霞说：一对新人结婚的时候，我们祝福他们爱爱一生，白头到老。那么假若祝词没有完全兑现，不是爱爱一生，而是半生多半生少半生若干年月，如果头发没有全白，如果是半白、灰白、略白，然后，你们拜拜，你失去了他，他失去了你，这是可能的，这是人们尤其是女生应该有所准备的。

罗曼·罗兰的话是："凡是不能兼爱欢乐与痛苦的人，便是既不爱欢乐，也不爱痛苦。"何况是为了逢春弟弟。也可以为小敏小丫头。这丫头不是那鸭头，头上哪有桂花油？曹雪芹就能原谅与包容她们，包括袭人、小红、彩霞、彩云……

陀思妥耶夫斯基说过，他害怕的是辜负了自己承受的痛苦。天！陀是当真写出了沉甸甸的痛苦，没有烧包，没有矫情，没有小题大做，更没有一点点个人鼠目寸光的怨毒。你可以摇头叹气，你可以抹一抹眼角的咸泪，你可以苦笑嘲笑耍笑怜悯悲悯大赦天下，两人的事归两人，自己的良心只有自己知道怎么安置。

什么？嗯，不是灾星，这不是我的选择，而是我的巧遇。要与我的巧遇拼到底，拼到骨灰罐，拼到成为一张遗像挂墙。已经连连承受了灾祸，但并非注定了要承受灾祸，更要使劲减少灾祸。有灾难可以，认灾星不必。死者常已矣，生者犹於戏，命运孰得悉，大数据哪里？家破人犹存，情了心未寂，以善良待人，以善良惠己，修福福得以，秀善善永志，为人须得体，好好活下去！

蔡霞心平气和地解决了她面对的尴尬与难题。号啕大哭的是逢春，捂着脸涕泣、叩头如捣蒜的是李小敏。

最后，蔡霞与逢春双双自愿离婚。

离婚以后第一件事，她到了布拉格然后维也纳。她乘坐了伏尔塔瓦游艇，听着乐曲美美地大哭一场，这才到了她要哭的时间与地点。如果在家里包括老家的建春与早春墓地哭，只能刺激逢春与小敏。在布拉格当晚，她梦到了长着马克思式大胡子的捷克古典音乐奠基人贝德里赫·斯美塔那来见她。甚至到了维也纳听上《蓝色的多瑙河》了，她还挂牵着

水声叮当如铜铃的《伏尔塔瓦河》。

蔡霞哭建春、哭早春、哭自己的泪水，从北京流到了布拉格，从黄河长江，流到伏尔塔瓦河，然后流进易北河，向着德国的文化古城德累斯顿，然后是德国第二大城市、海港汉堡，最后与泰晤士河一起流到北海去了。

17

小步说老人院里的奇葩太多了，九十岁以上寿者，都是奇葩。不寿而能奇乎？不奇而能寿乎？不寿不奇能算好好地活了一世一遭一回乎？

奇葩逢奇葩，奇葩创奇闻。悲哀即功课，快乐绽缤纷。生老与病死，苦乐与悲欣。何物愁与恼，何得乐与欣？何事罚与罪？何为丑与损？反身求诸己，光明日日新。

一九九一年秋天，小敏生下了逢春的又一个儿子。逢春给小儿子起名"又春"。逢春毫无斟酌地几乎给蔡霞留下了他们所有的房产与积蓄。李小敏千恩万谢蔡霞的宽宏，臊眉耷眼地接受了逢春的求婚，断然否定了自家父母关于彩礼的要求，并声明推迟二十年再正式举行婚礼，以表达对表姨的尊重，随时等蔡姐回来她就滚蛋。她与逢春领了结婚证，目的是为了孩子。但对于家乡人，不举行婚礼，等于结婚仍待完成。

直至二〇〇八年九月二十日，斯年的中秋节后第六天，得知蔡姐去了不可思议的远方，七十七岁的逢春与四十五岁的李小敏，带着十七岁的儿子，回老家聚集李家村亲友吃了一顿自称地方全席的流水席，算是新婚喜筵。

那么，请猜猜，薛逢春与李小敏婚宴的时候，蔡霞在哪里呢？

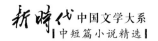

什么？猜不着？我告诉你，二〇〇八年整个九月下旬至十月份，八十二岁整的蔡霞，人在南极。

逢春与小敏离开蔡霞以后，蔡霞也趁退休机会辞去了部分社会兼职。第一步，她添置了乒乓球案子网子球拍黄球白球，她与一批同事同学在她那里赛起了乒乓球，而且，与众不同的是她喜欢打削球，她心仪的是五十年代的球星林慧卿，她的削球下旋动作舞蹈感非常强烈优美。她认为她的打球，美比胜不胜利更重要。第二，她以七折至三折的廉价购置了哑铃、拉力器、动感单车等健身器材，坚持锻炼身体，并以这些健身器材招待欢迎来客。

第三，更加牛气冲天的是她报名参加了民间办的话剧表演培训，并且自行与本校学法语的研究生，排练了法国文学作品改编的舞台剧《八美图》，前后演过五场，全部用法语，至少是高调震撼了外国语大学、法语留学生与在京讲法语的各类人士。她说，她可以好好做一些自己想了多年没有做的事情了。

她说，与《八美图》中八个女人一个大男人的丑恶毒辣故事相比较，她只能说自己的生活幸福。

一九九二年秋天一过"十一"国庆，她自驾出游新疆天山南北，去的时候走北路，张家口、大同、呼和浩特、包头、银川、兰州，整个河西走廊，哈密、吐鲁番、乌鲁木齐。在新疆她又走了伊宁、新源、库尔勒、喀什、和田，她前后走了两个月，尽看了雪峰、云杉、胡杨与白桦林、高山湖泊、戈壁长河、草原、马场、牧民毡房、高昌遗址、交河古城、喀什噶尔清真大寺、十二木卡姆、沿叶尔羌河两岸的刀郎木卡姆，还有维吾尔族加蒙古族风味的哈密木卡姆。

尤其难忘的是天山北麓中果子沟的哈熊。从乌伊公路上走，在兵团经营的五台公路服务区住一夜，第二天她经过了可克达拉——绿色的原野，走到隶属博尔塔拉蒙古族自治州的沙地中的绿洲精河县午餐，还享受了"抱着火炉吃西瓜"的奇妙经验。饭后到达了高山湖泊——当地人称作三台海子的巨大的高山咸水赛里木湖，走过狭窄的峡谷果子沟。那里长满了野生小苹果，进入秋冬，苹果落地，发酵变化，获得了芳香酒精成分。由于当地长住的多是哈萨克牧民，那里的大个子熊只，也被称为哈熊。可喜的是蔡老师亲眼看到了吃了太多的酒香野果的哈熊摇摇晃晃的酒仙步态。

凭借果香化酒仙，哈熊醉舞亦奇观，微醺更觉身轻雁，飞越天山一顾间。

屡遭磨难女儿身，教授多灾祸患临，自从峰下观熊舞，能不怡然笑煞人？

亲亲别后是新疆，游罢天山岂断肠？驿路遥遥情最切，匆匆歌舞是家乡。

回京时候，南路，经过细长的甘肃，她走陕西西安、河南洛阳三门峡郑州、河北邯郸石家庄。回来以后，她整理新疆记事，改来改去，念念不已。

天山南北自驾游以后，蔡霞对自己的旅途留影颇觉遗憾，北疆草原，那拉提山谷，喀纳斯天堂，尼勒克长廊，库车杏花村，阿城镇苏河口，喀什大寺，她硬是没有留下配得上轰轰烈烈的此行的照片。于是她购买了摄影用直升机，学会了全套操作本领，回到了航模比赛的学生时代，她从天地，从山河，从城乡，从东西南北，寻求与开拓着恋恋难舍的美丽。她留下了人见人爱，人人赞美艳羡的摄影图片。

次年，她又自驾车去云南，滇池、洱海、玉龙雪山、丽江古城、崇圣寺、三塔、石林，到处是花朵，到处是树木，到处是奇瑞山水路程。回程外加偌大四川与重庆市。

18

又过了一年，她五月份自驾再游西藏，甘肃的敦煌令她神往赞美，青海西海（青海湖）令她沉醉流连，进入西藏，零下一度，然后二三四五六摄氏度，渐生暖意，蓝天白云雪峰伸手可触，藏羚羊、牦牛、经幡，新奇开眼，令自诩"光杆司令"的蔡霞教授平添生机。从海拔不到一百米到五千米；越过十几座山岭关隘；穿过金沙江、澜沧江、怒江、三江并流的壮丽景色；经过泥石流群，经过了不知多少次寒温易貌，也是日日经四季，天天历人生，终于到了西藏拉萨，布达拉宫、大昭小昭寺、八角街，住进最初是与外资合作的拉萨拉威国际酒店。

干脆说，蔡霞虔诚而又嘚瑟，她拜了布达拉宫的观音菩萨化身白度母——卓玛嘎尔姆或妙音天女。她学会了梵语六字真言"唵、嘛、呢、叭、咪、吽"。她喝了青稞酒，她请了唐卡药王法相，这里不可叫购买。关键是，拉萨五昼夜，她东跑西颠，没有吸过一次氧，海拔再高，没有她的心气高，心脏再吃力，没有她的精力健，倒霉倒霉，疾风知劲草，事故事故，事乱见忠良，祸大激神力，灾多好转身！苦难到了极点，她只有快乐，只有起兴加油，只有抵抗到底，只有祝福惜福信福求福……再无其他选择。

心知肚明，不选择快乐与爱恋，难道能选择哭啼啼、怨狠狠、家乡的话叫"一头撞煞"吗？不，不，不，不！

她不想那样。永远不会，绝对不会。

一九九六年，她进入古稀，后来她觉得不如叫作"鼓戏"之年。她觉得进入新生活新年代以后，不妨用革命样板戏《沙家浜》中胡司令的名言："（这茶）喝出点味儿来了。"来形容自己的心态了。

理应是京剧里正经高贵的韵白，锣鼓点节奏，花旦问："茶饮可还中意？"净行（花脸）答："喝出一些滋味来了！"其中"滋味"二字，声调突然提高八度，音量也大大增加了分贝。而"了"读"燎"，大声，起伏曲折，行板如歌。

她还去了俄罗斯伊尔库茨克、贝加尔湖、北中南欧洲名城。去了突尼斯、尼日利亚、南非的好望角、伊朗的四十柱宫、埃及的卡纳克神殿。

她乘坐了各线游轮，旅行社则写邮轮，大概是为了避讳落水而游的"游"字吧。蔡霞连死都不怕，还避讳游游水吗？

19

二〇二一年，在"霞满天"院里，王蒙终于见到了九十五岁庆生的蔡霞"院士"。

步小芹的"霞满天"长者院事业有成，她已经在全国建立了三座分院。她说蔡教授自从二〇〇五年春节联欢会上做了多种语言的朗诵以后，立刻被全院称为院士，其实她是教授，并不是科学院院士。还有人说是香港的浸会大学与北京师范大学在珠海合办了博雅学院，他们聘请了一批海内外知名的学者做该学院的院士。也行。

步小芹干脆说：蔡霞教授，现任霞满天长者院院士，院之名士学士，名正言顺，岂有疑义？

九十多岁了，蔡"院士"仍然挺直着腰身，脸上嘴角上呈现着幸福的笑容。

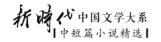
这样的气质与腰板，能不院士吗？

蔡"院士"的身世故事以多种多样的版本在本院包括各地分院传播，包括了各式添油加醋。事迹经过了民众的涂染便变成了动人的传奇。最富想象力的说法是说她在伦敦留学时与一位名叫张伯伦、要不就叫丘吉尔的本岛贵族男友生过一个儿子，名叫约瑟。四九年蔡薛情侣回北京参加中华人民共和国开国大典，张伯伦或丘吉尔不让约瑟回"共产党中国"，她"忠、慈"难以两全，把孩子丢在了大不列颠英吉利。后来，儿子约瑟定居北欧。住在马尔默、卑尔根，或者安徒生的故乡欧登塞，或者惊世骇俗的挪威剧作家易卜生的故乡希恩，或者此前或此后他曾经待过的北极圈内的格陵兰岛。说法越多越离奇，生活的魅力就会越强有力，也就越来越现代和后现代。然后院士就更加院士化了。

院士本人主攻语言学，后来又都知道了她在剑桥选修过生物化学第二专业。在这个"霞满天"院里，没有谁说得清什么是生物化学，而她本人，回答旁人提问时说：生物是有生命活力的物质，有营养摄取，有呼吸，有排泄，还有细胞的生长与死灭。生物化学研究生物体的化学进程。还要用化学合成的方法，科学技术的手段来解决生物体的某些产生、抑制、调整与改变的进程。最简单地说，李锦记老抽与二锅头的生产就是生物化学。尖端一点来说，一八九七年毕希纳兄弟发现没有活细胞的酵母抽提液也可以进行复杂的发酵生命活动，从而颠覆了生机论。把无生命的物质与有机物质、离不开一定的物质的生命联结起来了。

解答之后，人们就更加糊涂敬畏了。人们理解，这样，女娲用泥土捏出人来，十分合理。蔡霞是"霞满天"的顶尖宝塔。但她之被人熟知，更多的原因是她朗诵的诗词与她的超高龄美貌。人们还说她一生学问深、经历惨、出身高、命运糟，才在十来年前在本院犯了精神病，破天荒的是，

病着病着就好了，她有不一样的经历，不一样的学养，不一样的活力。

她大大方方，老而不衰，她的全身，她的颜面，每次让你看着都那么舒服顺当自在适意。不知道为什么，她的面颜上根本没有过多的纹络与干枯的皮肤，也没有任何赘肉，只有从容润泽和优美笑靥。所以她不显老，无须表现自己尚没有老。文化驻颜信可称，微微笑过醉芙蓉，哈啰你好皆如意，甘甜酸涩乐人生。她不显弱，更不会逞强。她的永远的含笑的表情透露着幸福与自足，文雅与高贵，她的声音平和淡定，她出现在任何一个场合都带来一股清风，使在座的其他人互视而笑。她的出现又永远像没有出现，像飞过了一只燕子或者飘过一朵薄云，除了愉悦，对一切都只有浮光掠影，高雅文明，没有瓜葛与掺杂。不黏糊。

曾经有过杂音，曾经有过尘埃，曾经有过病症，曾经有过过程，曾经有过对于陌生的比自己优胜的人的敌视；现在，终于功德圆满，院士修炼，与天为徒，天人合一，莫得其偶，是为道枢。

还有她的多礼，一个陌生人走过她身边，她会报之以和善的目光，一个人向她微笑，她立刻回报以春光明媚的感激，她似乎马上轻轻点头与收颈。而当有人叫着"大姐"或者"院士"向她致意的时候，她会缓缓地站立起来。你不禁惊叹，她站立得那样从容而且完美。不像有的老人，七十一过就不敢再坐沙发了，从软软的沙发上他会根本无法及时站立。医生说是老男人坐太柔软的沙发会有伤睾丸。长者院这里还有一位老画家，由于见到大人物急于起立，扭伤了腰。现在还每天用红外线理疗仪治疗。

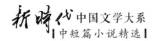

20

在庆贺她的九五之尊生日，二〇二一年，院里举行了蔡霞摄影展，引起轰动。一些外来的摄影家赞不绝口；少数人则是称赞她的摄影用无人机。之后，自助餐聚会上，蔡霞应请求讲了她的南北极旅行故事。她说：

二〇〇八年，咱们国家的北极旅游开始起动后，我在中秋的第二天开始了南极之旅。只说到"旅"，且不说"游"，我不是仅仅旅游，我只是追求精神的救赎和世界的我尚不知的那一面。我的旅游是朝圣，是深省，是学习，是寻找归属。当然也是探险。我想更多地知道一点，我们活一辈子，离不开一辈子，却仍然说不清道不明的我们的世界。

……我们先到达了阿根廷的布宜诺斯艾利斯，然后从北到南坐了三个小时的飞机，到乌斯怀亚市海港，登上了豪华的游轮。我们经过了被称为魔鬼海峡的德雷克海峡，飓风每天二十四小时，吹倒了大冰山，激起摩天大楼一样高的海浪与雷鸣一样的轰响，吹得游轮颤抖摇摆吓人。而那里一座座的蓝冰山冰丘，是十万年才能形成的。还有一座座黑色冰山冰丘，五十万年才能形成。姜是老的辣，冰是老的黑，深奥严实啊，我们的世界的"极"点。

我们需要勇敢，也需要恐惧，经历了战胜了恐惧才有勇敢，才好吹牛。

极，就是终极，就是绝对，就是无穷。说法是，到了南极，四面八方十六路只剩下了北方。离开南极点，往哪儿走都是北，以北半球的人来说，南极就是地球上的最远。当然，这是从地理学从方向与道路角度作出的判断，如果从数学从立体几何上画图论证，另当别论。

还看到了成千上万的企鹅，说是南极有六百万只左右的企鹅在那里

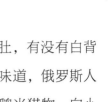

生活，密密麻麻，白的白，黑的黑，黑背白肚的黑背白肚，有没有白背黑肚的我闹不清了。还有一种白脖子上系黑带，很绅士味道，俄罗斯人称它们是警官企鹅。我亲眼看到了一只鹰隼拿一只小企鹅当猎物，向小企鹅决杀俯冲，四只大企鹅迎战以身护崽，这里边肯定有小企鹅的父母，另两位大企鹅呢？它们有亲友，物种认同，和斗争底线哲学。

有大鲸鱼，鲸鱼能将海水喷到旅客的游艇上，也许是欢迎？人类后来认识到，人之屠鲸，太残酷，太过分了。我们看到了废弃的捕鲸船，我们对鲸鱼难免歉疚。南极也有大海豹，有一说是海豹的智力比猩猩更发达。

南极还有探险队员的坟墓，人是先锋，也有时是恶徒，是牺牲者，也是享受者。南极有我们中国的科学考察站，最早的站位于乔治岛。那里有一个小伙子是我的一个同学的孙子。我给他带去了国内刚刚度过的中秋节的一块广式月饼，我大叫着呼喊他的名字找到了他。我们游客的全部行李在阿根廷国内航班上不能超过三十市斤。一块从伟大祖国带去的蛋黄莲蓉月饼，引起轰动，在场的科考人员分而食之，有的感动得流了眼泪。

……后来去了北极，北极最多的动物是白熊。北极最吸引人的是极光，极光闪耀，我伏地痛哭，我在极光里看到了"坚强"两个大字，既然不怕活一辈子，就只有坚强二字。我留了影。去过极地的人都说，他们的心永远留在了极地与极光里。

21

世界怎么这么大，这么新奇，这么令人震惊？人生人生，你走不

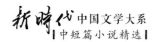

完你的人生，世界世界，你看不完你的世界。直至最后一分钟，你仍然觉得生未了，情未了，思未了，做未了，你仍然感觉到人生苦短，也就是人生甘甜，无论如何，请不要怀着对人间的冤屈与憎恨离世。蔡霞相信，南极本来是企鹅、鲸鱼与海豹的世界，鲸鱼已经生活了五千万年，企鹅是三千六百万年，地球本身是四十六亿年，而人类的存在只有三百万年。

人被天地被世界被大块创造出来，唯独我们有感知有思维有欢乐有痛苦有造孽也有反省，有夸大也有侵略，有反思也有坚忍。我们知道了学习。我们应该做怎样的人？做怎样的事？说怎样的话？痛苦怎样的痛苦？开心怎样的开心？我们这些远没有企鹅资深的新新一族群，我们足足地折腾了世界，一直到南北极，一直到太空，我们从灾难与成就两方面，应该得到启示与淡定。

国外有这样的惊天之论：人类应该要求自己，人类应该有所不为，不要使人类变成地球的恶性癌细胞。

你与幸福同行，与灾祸角力，被小人诬告，因不解而对一切津津有味，因大限而庄严，因辽阔而小心翼翼，因新知而热烈，因无端而难舍。

九十五岁的蔡霞与八十七岁的王蒙见面，她笑着说："我读过你的《夜的眼》和《初春回旋曲》。"

"什么？回旋曲？"我一怔，一惊。

《初春回旋曲》一直在我心里，发表以后没有一个人说起过它，以至于听到蔡霞的话我想的是，好像有这么一篇东西，可是我好像还没有写过啊。

似有，似无，似真，似幻，似已经写了发表了，似仍然只是个只有我知道的愿望。

她说："欧洲民间的轮舞曲，两个不同主题的对比。读着它，就像当真跳了舞。"

她笑得甜蜜。

"谢谢你。"

我问道："我不懂的是，您为什么二〇一二年，在您八十六岁的时候停止了全球化旅行，变成霞满天的'院士'了呢？按我的想法，您应该下一步是旅游到太空啊，可以上月亮或者火星的啦！"

她微微一笑，闭上了嘴，含笑莫测高深。

她说，太空旅行训练有点来不及了，她遗憾的是没有养一只小豹子当宠物，当儿孙，她希望在野生动物的观感中改善人类的形象。

步小芹小声告诉王蒙，"二〇一二年初，中日友好医院查体时候发现她的淋巴结有变化……"

我怔了一下，觉得自己越来越聋，戴上一副五万多元的丹麦出品助听器也还是完全听不清楚。同时非常后悔胡乱提问，转而用目光向小步挤挤眨眨说话："怎么你没有告诉过我？"

小步歪了一下下唇，轻轻挤了一下眼睛，她是想说，"不要提这个事儿"，我以为。

蔡霞嫣然、淡然，而后我要说的是，蔡霞向我飘飘然地说："我，早就，忘记了。"

精彩，豪杰，什么样的风范、人物、面貌一新啊！！！

我心里还说，"然而，你没有忘记连斯基·谢尔盖这个俄国名字。"谢尔盖——Сергей，出自拉丁文，本来就是高大上的意思。许多俄罗斯男人起这个名字。亲爱的高大上啊，你当然也可能通俗与一般化了一回。谁让你也是同样的部件、零件、螺丝与电流组装的呢？

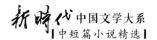

　　王蒙心里还想，也许真的可以请求河北与山西动物园专家与驯兽师帮助，进太行山找上一个刚刚出世的华北豹小崽，请蔡老师养好一只豹子，丰富她的通向期颐的人瑞生活吧。

城　市　文　学　卷

玛多娜生意

苏　童

1

那些年，我也做过生意。

我和庞德合伙的鸢尾花广告公司开张了五个多月，人气很旺，庞德每天都在公司接待好几拨客人，咖啡机烧坏了两台，一次性纸杯用掉了好几箱，但我后来得知，并没有一份像样的合同，那些人都是来找庞德谈艺术的。有一个摇滚乐手喝啤酒喝醉了，捏着那玩意儿在公司里跑来跑去，对着每一盆植物撒尿，嘴里高喊，Come on! Come on! 那些杜鹃、龟背竹、发财树不知所措，没几天，就一盆一盆地枯死了。

必须介绍一下庞德。他是我的朋友，一个业余诗人，一名音乐发烧友，本业则是美术设计，朋友圈公认他为最有艺术才华的人，但现在，他是我们公司的经理，才华不能挣钱，要它何用？大家可以想见我的恐慌，五个月颗粒无收，我对庞德的敬佩，已经变成了愤怒。我多次奚落了庞德的无能，也顺带抨击了他所热爱的一切事物，诗歌的酸腐、音乐的无用，甚至诋毁了庞德最崇拜的大师毕加索，说他不过是个色情狂。也许是类似的电话接多了，庞德的抵御非常理智，逻辑性很强，他说，我请问你，失去一点金钱，就有资格诋毁艺术吗？然后我听着他对经营的失败做出流利的辩解：一切都归咎于一个香港天皇巨星的爽约，朋友介绍来的合作伙伴极不可靠，其中一个是诈骗犯，还有一位洽谈户外广告的家具商人，竟然是目不识丁的文盲。后来不知怎么提到了公司的名称，他埋怨

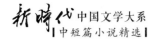

我们盲目听从一个女画家的建议，注册了鸢尾花这个倒霉的名字。鸢尾的花季很短很短，知道吗？梵·高画了鸢尾花就疯了，知道吗？现在可好，鸢尾的诅咒应验了，我也快被你们逼疯了。说到这里，他旧事重提，我本来是要叫南方草原的，记得吗？庞德大声嚷嚷，南方，草原，多么开阔多么好听的名字，是你们反对的。

那一阵子庞德还坚持续租太平洋酒店裙楼的写字间，悉数保留所有雇佣的员工，每天西装革履，开着他的桑塔纳轿车出没在太平洋酒店。他对人心惶惶的员工说，放心吧，苹果树上的最后一只苹果，一定是最红最甜的。有人告诉我，他女朋友桃子生日的那一天，他给桃子送去了九十九朵玫瑰，这让我怀疑他对浪漫与享乐的追求，会把公司账户上最后一点余额挥霍一空。我再一次打电话谴责了庞德，也就是那一次，庞德与我翻脸了。我听见庞德电话里的声音变得傲慢而尖锐，你那点钱，可以撤走，我根本不在乎。然后在一阵蓄意的沉默之后，他向我亮出一张底牌，令人难以置信。玛多娜，玛多娜你知道的吧？庞德清了清喉咙说，我透露一个消息给你，玛多娜要来了，我们的大生意，马上来了。

我在太平洋酒店的咖啡厅里看见了庞德。

他和一个陌生姑娘面对面坐着，喝咖啡，说话，耸肩膀。与以往一样，庞德与姑娘在一起的时候显得格外帅气，意气风发，耸肩的动作会极其频繁。我走过去的时候，他似乎忘了之前的不悦，很大度地向我介绍了身边的姑娘。深圳来的简玛丽小姐，玛多娜生意的合作伙伴。他这么说着，看我猜疑的表情，用胳膊肘捅了我一下，轻声补充道，简老大的侄女啊。

庞德嘴里的简老大，我当然知道是谁。所谓广告界的大鳄和教父，一个传奇的成功人士，白道黑道还有红道，路路皆通。我只是本能地怀疑这笔大生意的真实性，庞德社交生活的浮夸与芜杂，多少让我对这个陌生姑娘心存戒备。我记得很清楚，简玛丽当时没有站起来，似乎是回敬我多疑的眼神，她皱皱眉，将一只手懒懒地伸出来，让我握一下，明显是作为恩赐的。她将嘴里的咖啡渣吐在纸巾里，团了团扔在烟灰缸里，怂怂地说，这叫什么咖啡？瞟一眼远处的侍者，又宽宏大量了，说，什么样的地方做什么样的咖啡，不计较了。什么时候我带你去喜来登，那儿的蓝山咖啡，还算不错。

是一个时髦、高贵而且神秘的姑娘，穿皮裙，短靴，白衬衫。肤色微黑，脸形稍显方正，谈不上多么漂亮，但是，有某种说不出的动人之处。当她的面孔朝向庞德，眼神单纯清澈，微笑的时候，那一丝妩媚与羞怯，似乎还属于一个少女，偶尔目光朝我瞥过来，一切都不同，我从她的脸上发现某种明显的骄矜与冷酷之色，我相信那是刻意流露的，对我的多疑，她给予了必要的报复。

我其实插不上什么话。他们在热切地谈论玛多娜。她的音乐。她的舞台。她的造型和头发的颜色。甚至谈及她新婚的丈夫，一个英国导演，他最近拍了一部什么黑帮电影，杀人，杀得很浪漫。我急于打探玛多娜巡演的代理细节，庞德明确阻止了我，称现在我们还没有资格商谈细节，鸢尾花能否承接这笔生意，还要等简玛丽回到深圳再说，一切都要简老大决定。听起来这是可信的。我问简玛丽，简老大是你叔叔还是伯父？她抿了抿嘴唇，用征询的眼神看看庞德，庞德照例耸耸肩。她突然凌厉地看着我，你猜呢？我并没有从她眼睛里发现任何的虚弱，倒是看到一丝孩子气的调皮，我像庞德一样耸了耸肩，这怎么猜？她发出了突兀的一声冷笑，其实你猜得出的。然后她从包包里掏出一支口红，开始修补唇妆，问我，吕先生你听过玛多娜吗？我说我听过，就是一时不记得她唱了什么了。她斜睨我一眼，忽然灿烂地一笑，我知道你们这款男人最喜欢什么，《像一个处女》，你肯定喜欢吧？

玛多娜生意后来不了了之，这在我们很多人的预料之中。好在事情并未能向前推进，除了庞德陪同简玛丽去黄山和杭州的那点旅游费用，鸢尾花公司并没有什么损失。那个简玛丽究竟是不是骗子，暂时成了我们心底的一个悬念，难以追究。

朋友圈内有人在上海遇到过简老大，有幸与他攀谈了几句，自然问起了那笔玛多娜生意，回答是确有其事，只不过中间人太多，演出承包商那边的预付没有谈拢，生意最后黄了。后来问起简玛丽这个人，简老大矢口否认，说他从来没有什么侄女。大家对简老大浪漫的私生活都有所耳闻，身边美女如云，否认是侄女，并不排斥是其他什么人，简玛丽与简老大的关系尚待多方查考，那朋友只好自己找台阶下，说，一定是碰巧了，姓简的人不多，那姑娘恰好也姓简。

鸢尾花真的很快凋谢了，广告公司关了门。庞德愤怒了几天，又沮丧了一阵，最后一次去公司的办公室，他枯坐在办公桌前，对着一本画册发呆，手里把玩着一把美工刀。有人注意到那是梵·高割耳后的自画像，立刻引起了警惕，告诫他道，庞德你别想不开，公司开开关关很正常的，割了耳朵你怎么泡妞？割了耳朵你怎么听音乐？庞德说，别吵，我离发疯还早呢，我不过是在体会，什么是背叛，什么是悲伤。还好，庞德最后化悲痛为力量，他只是用美工刀在办公桌上刻了四个大字：壮志未酬。刻得缓慢艰难，因为是篆体的。之后他把美工刀扔在字纸篓里，扬长而去了。

有一段时间庞德销声匿迹。谁也找不到庞德，包括他的女友桃子。

庞德向我们描述过他的好多人生计划，最惊人的莫过于去青海塔尔寺做喇嘛，其中并不包括失踪这一项。有人猜他是设法去美国了，那是他多年的梦想。但桃子说庞德被美国大使馆拒签了，无论是去拉斯维加斯听玛多娜的演唱会，还是去哈佛大学留学的计划，暂时都还是庞德的空想而已。

桃子是少年宫的琵琶老师，也是圈内公认的淑女，容貌酷肖邓丽君。之前庞德狂热地追求她，追了三年，还是个朦胧的恋人。桃子的父母嫌庞德浮夸不可靠，一直反对女儿的爱情。等到桃子终于说服了父母，准备谈婚论嫁，庞德却不告而别了。我们都同情桃子的境遇。她的生活已经习惯了两个内容：被庞德宠爱，孩子和琵琶。庞德不在，孩子和琵琶的陪伴便可有可无，桃子的生活彻底失去了平衡。她憔悴了许多，跑到庞德的所有朋友那里哭诉，言辞之间多少流露出对我们这班朋友的抱怨，是我们把庞德拉上一条贼船，现在船沉了，大家都不管他了。哭到伤心处，桃子要大家设法转告庞德一个限期，如果在六一儿童节之前不回来，她会抱着琵琶从少年宫的塔楼上跳下去。有点危言耸听，但桃子以满眼泪水告诉我们，那不是威胁。看着一个知书达理楚楚动人的淑女形象，转眼成为一堆绝望恐怖的碎片，大家都心痛，也感慨爱情的变幻无常。都说他们的爱情是一坛浓烈的蜂蜜，可是这坛蜂蜜居然就打翻了，打翻之后凝结成一把锋利的刀，连我们都被刺伤了。

寻找庞德，就这样成了一件人命关天的事，当然也成了我们这个朋友圈的义务。证券公司的小辛先找到了一丝线索。是一张用傻瓜相机随意拍下的照片，背景灯光紊乱刺眼，导致影像有点模糊，但还可以分辨出庞德那张意气风发的面孔。倚靠在他身边的那个外国女郎，银发红唇，艳光四射，引起了我们的一片惊叫，玛多娜玛多娜！那分明就是大家错失了的玛多娜。庞德真的去了美国吗，这么快，他就见到玛多娜了吗？

很快就冷静下来，不可能的。定下神来分析那个玛多娜，应该是一次模仿秀，一个替身而已。细看照片的一角，隐约可见庆祝什么股份公司上市的横幅标语。至于庞德身边的那个冒牌玛多娜，她眼神里放出的空茫而妖媚的气息，几可乱真，但仔细甄别容貌，应该是我们的同胞。是谁呢？有人说出了几个当红歌星的名字，而我当时就联想起了简玛丽，只是印象里的简玛丽脸形稍显方正，做玛多娜的替身，她的脸该怎么拉长呢？还有鼻梁和眼窝，是怎么化妆的呢？

后来的消息证实了我的直觉。那个玛多娜，是蛇口玛多娜，所谓蛇口玛多娜，其实就是简玛丽。我们寻找庞德的义务，就这样演变成对一个外地女孩的暗中调查。

很快就水落石出了。简玛丽的履历背景，不像庞德说得那么神秘，也不像我们猜想的那么简单。她最初是川东一个小城的歌舞团演员，跟着几个朋友南下深圳，成立了一个舞蹈团，专门为晚会伴舞。舞蹈团不久散了，朋友各奔东西，只有她留了下来，拜师学声乐。有很多深圳一带爱泡夜场的朋友，见过她狂放的歌舞，说她唱功一般，经常对口型，但舞台形象令人难忘，劲爆火辣，性感无敌，蛇口玛多娜这个艺名，对于简玛丽来说是恰如其分的，她确实住在蛇口。有人了解到的信息属于隐私，说简玛丽曾经被一个香港的中年地产商包养，有一次不知为何拿了一只高跟鞋追打那个香港人，从电梯追到公寓大堂，再追到停车场，邻居们看见她用高跟鞋将香港人的轿车玻璃砸出一个坑，光着脚提着鞋子往回走，对邻居说，这下有点爽了。所以，她在那幢公寓里又有个特殊的绰号，叫作有点爽。还有一些人在电视上见过简玛丽。她参加过很多选秀活动，也在几部电视剧里跑过龙套，甚至还经商，是一种韩国美

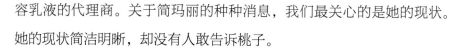

容乳液的代理商。关于简玛丽的种种消息，我们最关心的是她的现状。她的现状简洁明晰，却没有人敢告诉桃子。

听说在深圳，简玛丽与庞德已经同居了。

2

五月将尽的时候，桃子的父母和庞德的兄嫂联袂去了趟深圳，把庞德押回来了。

不知道为什么，庞德如此归来，竟仍然给人衣锦还乡的感觉。他约了我们一帮老友见面，不在以前我们的聚点太平洋，而是在喜来登酒店的西餐厅，喝香槟，吃牛排，花销明显要贵很多。桃子也在，她很少说话，只是以一种悲伤的手势握着庞德的手，告知我们爱情失而复得的艰辛。庞德穿了一套奇怪的镶白边的黑色西装，当我们对他的西装表示出好奇，他不以为然，说，你们是穿惯冒牌货了，少见多怪，知道吗？阿玛尼的新款，从来都这么出位。我们又问他出位是什么意思，他懒得解释了，耸耸肩，给我们递上了新的名片。公司名字叫热带风暴演出经纪公司，他身兼三职，法人、董事长、总经理。有个朋友讽刺地说，庞德你在深圳就这三个职务？不止的吧？庞德倒是不介意，自嘲道，别的职务，名片上就不写了。他身边的桃子听出了话音，脸上乍然变色，大家就不忍心再拿庞德开涮了。无论如何，六一的隐患已经消除，他们的复合是一件好事，至少省却了朋友们的烦扰。

最初谁也不知道，简玛丽尾随庞德，一起回来了。庞德后来声称他对此毫不知情，那是否谎言，我们一时无法证实。只是在事情发生之后，我们很多人联想起桃子那天在喜来登西餐厅的奇遇，她不过是去了趟洗手间，白色长裙的裙摆上，居然被人用口红打了一个红色的大叉叉。

那天是六月五号了，照理说桃子的通牒已经失效，但她还是上了少年宫的塔楼。学习琵琶的孩子们说，有个金色头发的玛多娜阿姨一直在等桃子老师，后来庞德叔叔也来了，他们在课堂里听见庞德叔叔与玛多娜阿姨在外面争吵，等到孩子们跟随桃子出去，庞德叔叔已经不见了。当天的琵琶课程因此草草结束。孩子们看见桃子和玛多娜阿姨说着话，先是在草坪上，后来桃子老师就拿着琵琶往塔楼上走，那个玛多娜阿姨跟在她身后。

她们站在塔楼上，塔楼上有一面鲜艳的少先队队旗迎风飘展，她们就站在那面旗帜下面，为爱情交涉。两个人影，一个是黑色的，一个是蓝色的。孩子们听不清她们在塔楼上的交谈，只是目睹了黑色与蓝色长时间的对峙，突然，他们听见了玛多娜阿姨尖利的声音，你跳啊，你跳我陪你跳！

孩子们看见他们的桃子老师扶着栏杆哭泣，看起来真的有跃身而下的危险。有聪明的孩子叫来了别的老师。书法老师先来了，据说他一直暗恋着桃子，他径直冲向了塔楼，随后少年宫的负责人严老师也来了，严老师不敢上去，她脸色煞白，嘴唇哆嗦着，向着塔楼质问，那位小姐，你从哪儿来？玛多娜阿姨回答，从地球上来。严老师跺了跺脚，又向桃子发出了严正的谴责，这是少年宫！看看你头顶的旗帜吧！桃子你别让爱情冲昏头脑，孩子们都看着你呢，当着孩子们的面，就在少先队队旗下面，你怎么敢？立刻下来！

桃子被书法老师扶下来的时候，一直用琵琶盒子遮着自己的面孔，很明显她不想让孩子们见到她崩溃的样子，但琵琶盒子遮掩不了她颤抖的身体。桃子的身体在颤抖，她不停地对孩子们说，对不起对不起，我太软弱了，不配做你们的老师。有个女孩上去扶住了桃子，出于一颗爱憎分明的心，女孩朝玛多娜阿姨啐了一口，你不是玛多娜，你是女魔鬼！

少年宫的人们都看着玛多娜阿姨。那天她黑衣黑裙，戴着两个硕大的贝壳耳环，脚踝上套了一圈彩色布条，布条上系了一只红色的铃铛。他们看见她皱起眉头，用纸巾擦去了女孩的唾沫。再抬起脸来，她猩红的嘴角出现了一丝宽容的微笑。你那么小，还不懂玛多娜。她用手指在女孩脸上刮了一下，有时候玛多娜是仙女，有时候她就是魔鬼。

3

简玛丽就这样成了一个黑暗的传说。

六月发生的事情，让我们对庞德失望透顶，甚至无法确定他的归来，究竟是为了与桃子复合，还是为了与她做个了断，或者干脆相信，庞德到最后都没有拿定主意，他是需要桃子，还是需要简玛丽。对于庞德残存的友谊，迫使很多朋友向他晓以利害，告诉他简玛丽今天对桃子有多么冷酷，未来对你就有多么冷酷。庞德为简玛丽做出了辩护，你们不了解她。他说，她其实很善良。有人尖刻地问，跟一块石头比，还是跟一头狼比？他说，跟我们大家比。又说，跟我在一起的时候，你们不知道她是多么善良。这是可能的，因为爱情。大家没有反驳，他便来了精神，你们猜猜看，她收留了多少流浪猫？没人理睬，他自己回答，举起一个巴掌说，五只啊，她收留了五只流浪猫，一只叫白玛，还有一只叫花玛，跟我们睡在一起的。又期盼地看着大家，等待谁来提问白玛和花玛是什么意思，偏偏没人配合他，他只好自己解释，白玛是白猫，就是白色玛多娜的意思，花玛是一只花猫，花花玛多娜，懂了吧？看朋友们的表情充满讥讽，他无奈了，整了整领带总结道，我知道你们对她有偏见，你们不懂得爱，爱，是独占性的。告诉你们吧，是爱的独占性，才让她变得那么疯狂。

庞德留在了我们的身边。可以说，是在多种逼迫之下做出的选择，也许算是悬崖勒马，也许是出于对桃子剩余的爱，也许，仅仅是某种畏惧，他害怕桃子的以死相胁。不久之后，庞德与桃子举行了婚礼。桃子那天的打扮，以及她的一颦一笑，都酷似我们众人热爱的邓丽君。有个朋友注视着容光焕发的新娘，忽发感慨，说，毕竟是在我们的地盘上，看，邓丽君打败了玛多娜！

我们挽留了庞德，多少也为自己挽留了一些累赘。庞德的热带风暴公司还在，只是离开了简玛丽，也就离开了玛多娜，离开了玛多娜，他对自己能做什么陷入了空前的迷惘。他与桃子的婚房坐落在聋哑学校附近，有一天路过那里，他看见两个美丽的聋哑女孩在学校门口以手语激烈争论，忽发奇想，决定要组织一场聋哑人辩论大赛，让电视转播。必须承认，我们的朋友圈里不再有人愿意与庞德合作，却有人还愿意赞美他的创意和智慧。庞德受到了鼓励，开始为此奔忙。聋哑学校方面倒是有兴趣借此推广他们的品牌，电视台也勉强承诺，可以先录一台节目，看看节目效果再说。关键是赞助商，要找一个愿意赞助聋哑人辩论的商家，很不容易。那一段时间里我们频频接到庞德的电话，记得最清楚的就是庞德沙哑而充满激情的声音，类似宣言，也好像是恫吓。会轰动的，这一次，商业效益跑不掉，社会效益无法估量，一定会轰动的，他说，你们现在敷衍我，到时后悔也来不及！

只剩下桃子陪着庞德，到处游说。那个做大理石生意的郝老板，我们原来都不认识，听说是桃子琵琶班上一个学员的父亲。庞德能够与郝老板签署赞助协议，是琵琶，或者说是弹琵琶的桃子立下了汗马功劳。庞德那一阵子去赴郝老板的饭局，总是带着桃子，或者说，是桃子带着庞德和琵琶，吃完饭，她照例要为满桌客人弹一曲《春江花月夜》。我们知道，那是桃子最擅长的琵琶曲。

电视台录制节目的前夕，我们很多人受到了庞德的邀请。为了见证庞德这次辉煌的起步，我也去了电视台的录播大厅。庞德忙得团团转，无暇顾及我们，只是匆匆地向我们介绍了郝老板。那是个胖胖的黑乎乎的福建男人，笑起来很憨厚，眼神里又透出几许精明。桃子陪着他，不知为什么，看起来并没有多少成功的喜悦，倒是心事重重的样子。

聚光灯下的聋哑孩子们在辩论一个关于爱与怜悯的主题，相信那是庞德的构想，对于孩子们来说有点难了，所以我不断地看到一个美丽的聋哑女孩忘记台词，急得要哭的样子，另一个男孩则情绪激烈，以旋风般的手语向对手发起攻击。我问旁边的人他说了些什么，原来那男孩在控诉对手不配谈爱与怜悯，昨天夜里他还被对手逼迫，喝了一杯尿液。突然，那男孩涨红了脸，以手做枪，扳动扳机，向对手做了个开枪的动作。下面一片哗然，有人不停地哄笑，我隐约听见庞德在摄影机那边大叫，红方红方！二辩住嘴！Cut！Cut！

桃子和郝老板静静地坐在一起，有点混乱的录像场面并没有影响他们的坐姿。他们的腿应该在一起，挨得近一些，无伤大雅。但是我无意中瞥见，他们的手在暗处交流。郝老板抓着桃子的手，尽管很快被桃子推开，但我相信，那不是我的幻觉。在郝老板与桃子之间，似乎已经发生了什么。我所不能确定的是，在桃子与庞德之间，到底发生了什么。这么快，桃子就决定背叛庞德吗？为了庞德，桃子背叛了庞德吗？他们之间那份以命相许的爱情，再一次让我陷入了疑惑之中。

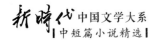

庞德的聋哑学生辩论大赛在电视台播出了一期，紧急叫停了。有关部门认为节目导向不明，又涉及特殊人群，没有任何积极意义。庞德写了洋洋万言的申诉材料，奔波于各个部门，最终徒劳，不得不放弃了他的心血之作。之后他疝气发作，住进了医院。我们到医院去看他的时候，他有点委顿地总结了自己的得失，我跟官僚机构天生打不了交道，我还是适合做音乐。他说，你们知道吗，玛利亚·凯丽要到香港了！大家一下就都不说话了。庞德的眼睛放出光来，我过几天准备飞香港，去见见她的经纪人，我有个同学在纽约，认识那个经纪人。我们看他的眼神，等着他的下文，果然他的声音开始变得神秘，那个经纪人对中国市场很有兴趣啊，这是个好机会，你们有兴趣吗？

我们因此提前离开了庞德的病房。在走廊上，我们遇见了桃子。桃子一脸倦容地提着她的琵琶，说是刚刚去乐器行给琵琶换了弦。我们问她是否要跟庞德一起去香港。她露出一丝哀婉的微笑，还去香港呢，机票都买不起了。现在都是我在挣钱养家。她突然拨响了琵琶，拨出一声刺耳的杂音，我现在，上门给学生做家教啊！

4

那年冬天多雪。

庞德在一个雪夜不约而至，敲响了我家的门。一定是临时起意，我注意到他只穿着毛衣和睡裤，满身雪花，看见我他的手举起来，亮出一只料酒瓶子，你看，我家里的料酒都喝光了。他说，现在没地方买酒，你借我一瓶酒。

他的眼神是破碎的，走路的脚步已经踉跄。我把他扶进屋子的时候，他很感恩，忽然在我脸上亲了一下，喷出一嘴酒气。他说，还是朋友好，只有友谊，可以天长地久。

其实我猜到发生了什么，桃子去为郝老板的女儿做家教，做出了些意外的插曲，庞德与桃子分居多日，朋友圈里已经有所耳闻。大家没有想到的是，庞德悬崖勒马，桃子变了心。听说郝老板的妻子曾经找到少年宫去，不知为何，最终也跑到了少年宫的塔楼上。桃子跟着那女人，与她并排站在一起，桃子说，你想想好要不要跳，要跳就数一二三，我陪你跳。这件事听起来很像谣言，桃子这么快就变成了简玛丽，谁也不敢轻信，但有人认识少年宫那个美术老师，按照他吞吞吐吐的口径来推敲，似乎那是真的。

我不知道该怎么开导庞德。我们坐下喝酒。他不说话，指指喉咙，捂捂胸口，意思是嗓子哑了，心碎了。我害怕他跟我谈论他的婚姻危机，试探道，你喝成这样，我们还是谈谈诗歌谈谈音乐吧，要不谈谈毕加索也行。

他目光炯炯地审视着我，看透了我的畏惧，忽然发出一声尖锐的冷笑，诗歌，是狗屁。音乐，也是狗屁。顿了一下，打了个嗝，他哑着嗓子说，毕加索算老几？他不过是艺术的男妓。

我几乎要笑，不忍心，打岔道，玛多娜呢？玛利亚·凯丽呢？她们是什么？

他想了想，没有再贸然羞辱他曾经的偶像，只是坚定地摇着头，我现在不听她们了，一个太商业，一个太肤浅了。他说着从毛衣里挖出一张CD来，你可以放一下听听，震撼，震撼，我现在天天听这个，听一下，心情就好多了。

是一张黑色封面的进口CD，银色的骷髅头长了两片鲜艳的红唇。我不认识那一排花哨的洋文。庞德介绍道，骷髅玫瑰乐队，曼哈顿的地下摇滚。我好奇地把CD放进音响，先听见一阵阵呻吟，伴随着玻璃碎裂汽车奔驰和推土机打桩机的噪声，然后各种电声乐器涌入，夹杂着一个女声疯狂的尖叫。正值夜深人静时分，我赶紧把CD退出来，问庞德，谁给你的CD？吵死人了。他的脸上又出现了我所熟悉的神秘表情，你猜。我照例不猜。他说，是简玛丽给我的，她现在在纽约。又问，你知道那女主唱是谁？我摇头。他说，听不出来？就是简玛丽啊！她的乐队，键盘，吉他，贝斯，鼓手，不是白人就是黑人！他们去过黑暗厨房演出，黑暗厨房你听说过的吧？简玛丽现在不跳舞，做地下摇滚，成功了！

我知道简玛丽去了纽约。我以为她是去寻找玛多娜的，预计她暂时会在一家中餐馆或者服装厂洗衣店打工。庞德嘴里简玛丽的成功，我凭本能觉得可疑。然而，庞德不容我对简玛丽的成功提出任何质疑，他捏着拳头捶了下大腿，我错过了她，我说过只要给我五年时间，我就会把她打造成国际巨星，你们都不相信我。庞德说着说着伤感起来，抱住头说，我错过了她。也错过了我自己的幸福，我不怪你们，怪我自己被绑架了。我一惊，谁绑架你了？他怂怂地看着我，突然吼道，道德！还有你们这帮虚伪的朋友！你们利用了我的善良！然后是他所擅长的自问自答环节，善良是什么东西，你知道吗？他说，告诉你们吧，善良，是个最大最臭的道德狗屁！

窗外大雪飘飞。我想象此刻纽约的街道上说不定也在下雪，此刻的简玛丽会在做什么，我头脑里却一片空白。我与简玛丽匆匆一面的印象已经模糊，说起简玛丽，我眼前浮现的竟然都是玛多娜且歌且舞的样子，有点吵，有点窒息，但某种妖娆的挑逗隔空而来。真的有点奇怪，一个川东姑娘，就这样以玛多娜的形象驻扎在我记忆里了。

那个雪夜庞德留宿在我家里。他酒醉严重，去卫生间吐了两次。第一次呕吐的间隙，他还清醒，向我透露了下一个人生计划，说他在等简玛丽的绿卡，她有了绿卡，他就可以去美国了。第二次呕吐很厉害，庞德抱住马桶，流出了眼泪。他抱着马桶哭泣，有点胡言乱语了，他说他恨不能从马桶里钻到美国去，要是可以钻过去，简玛丽一定会在下水道的出口等他。

5

现在看来，庞德的去国之路，其遥远程度堪比丝绸之路。简玛丽的绿卡遥遥无期，而庞德等不及了。是一个旅行社的朋友替他安排了一条漫长而诡谲的路线。他先去了云南，从云南去了越南，从越南去了澳大利亚。按照他们事先的计划，最终还是要越过太平洋，目的地确定不变，是美国。

大多数朋友都收到过庞德在悉尼歌剧院门口的照片，是与卡拉扬的演出广告合影，他说他听了卡拉扬的音乐会，无比震撼，还将去听瓦格纳的歌剧《尼伯龙根的指环》，必将更加震撼。这如果是真的，当然令人羡慕，只可惜无从证明。悉尼有我们的朋友。最初我们听到他的消息，大抵是找工作找住房之类的琐事，庞德没少去麻烦别人，后来便失去他的音讯了。大家以为他是设法去了美国，后来知道，庞德没有能去美国，不清楚是他无能，还是简玛丽那边的变故，他瞒着悉尼的朋友，去了新西兰，到一家葡萄园摘葡萄去了。

没有人料到他在新西兰摘葡萄，摘了那么多年。也是葡萄，后来与庞德结下了不解之缘。大约是五年之后的一个夏天，朋友圈里纷纷得知一个消息，庞德回来了，兜里揣着一本新西兰护照。他以一个葡萄酒酒庄经理的名义回来，回来开拓营销市场，顺便邀约了过去的朋友，参加一个品酒会。

五年后的庞德依然相貌堂堂，衣着考究，我们想象的艰辛与沧桑在他的脸上并没有留下多少痕迹，只是白色的紧身西裤夸大了他的肚腩，看起来是发福了。他向我们展示了几款葡萄酒，不停地说着单宁、甜度、果香、黑品诺之类的词汇，我们都听不懂，只是注意到席间有个戴耳环的白人男子，看起来四十岁左右的样子，忙着招呼几个洋人，不时与庞德传递眼神，热烈，多义，还有点诡秘。我们都察觉到他与庞德之间关系亲密，悄悄打听他的身份，庞德说，他是杰克，伟大的酿酒师啊。庞德忽然笑了，笑得有点腼腆，大家都看着他，不明白他笑什么，然后我们就听见庞德压低声音说，他妈的，我明明是一串西拉，被他酿成了一杯夏多内！

我们都对葡萄酒一无所知，也就没有人听得懂庞德隐晦而真诚的告白。庞德的美国梦，他自己已经放下，我却记得清楚。我想起那个雪夜庞德的誓言，忍不住追问他，这些年来，你究竟去没去纽约，见没见过简玛丽？他叹口气说，去了，见了，人家已经是两个孩子的妈妈。我问他简玛丽嫁给了什么人，他说，谁也没嫁，一个女孩，是跟白人的混血，一个男孩，是跟黑人的混血。我一时默然，问，现在呢，她会不会还在等你？他又耸肩，做了个天知道的动作。我试探庞德，你为什么还是单身，你还在等她吗？他发出一种短促而夸张的笑声，不知道是对我的愚蠢表示轻蔑，还是表示感伤。你知道我在等谁吗？他的笑容很快变得狡黠起来，瞥一眼远处杰克的身影，打了个响指，告诉你，我和杰克在等李嘉诚，李嘉诚已经收购了我们隔壁的酒庄，我们在等他收购我的酒庄。又晃了一下手里的酒杯，你看我们的酒，这酒体，这果香！庞德说，都是黑品诺，都在玛尔堡，我们不比他们差啊！

庞德与简玛丽依然隔着太平洋，天各一方。他们之间，似乎还刻意保留着朋友关系。两年前的一个春天，我忽然接到庞德打来的电话，说简玛丽要带着孩子回国探亲旅游，会在我们这个城市停留，他要我们几个朋友替他招待一下简玛丽。坦率地说，大家都想看看这个传奇的简玛丽，现在是怎样的一位母亲，朋友们都一口应允，为了纪念大家的相识，也为了向一个破碎的爱情故事致意，我们特意将他们安排在太平洋酒店。

我们请简玛丽一家吃饭。简玛丽带着两个混血孩子，姗姗而来。她那天穿了件白色镶嵌蓝边的旗袍，头发恢复了黑色，盘成一个复古的圆髻，她的脸被很厚的粉底罩住，口红很重，岁月的痕迹被谨慎地涂抹之后，看起来很像是三十年代的烟草广告女郎。有人这么直白地说出自己的感受，她淡然一笑，说，我的打扮很正常啊，现在纽约流行复古风。

我带去的葡萄酒来自庞德的酒庄。她瞥一眼酒瓶就猜到了，说，基佬酿的酒，味道都很复杂，我要多喝一点。果然就喝了不少，人也显得松弛了。席间不知是谁提起了桃子，被人在桌子底下踢了脚。没想到她倒坦然，主动问，听说桃子后来嫁给一个大富翁了？听说有几个亿？大家猜到是庞德夸大其词了，在任何时候，我们都需要掩护庞德的虚荣心，没有人轻率地接茬，简玛丽也没有再追问下去。庞德酿造的葡萄酒在她身上起了奇妙的效用，她勤于回忆往事，又毫无保留地披露她在纽约的生活。是她自己主动提起了少年宫塔楼上的那件往事。说到跳楼，真的没什么大不了的。我在曼哈顿，差点也要跳，三十七层的大厦啊，比少年宫那塔楼高多了。她这么说着，诚恳地看着我们，我不光是为了爱情，也是为了房租，为了，为了——心碎。她艰难地选择了心碎这个词汇，眼睛里忽然闪烁出一丝泪光，我都已经写好遗书了，我已经走到楼顶了，知道是谁救了我吗？空气骤然紧绷，大家都紧张地看着她，猜测她要宣布的人选，我记得我当时思维偏向电影化，脑子里跳出的是玛多娜，而我注意到对面小辛的嘴型，他明显轻轻吐出了庞德的名字。简玛丽抿了一口酒，以莞尔一笑，原谅了我们的轻浮或愚昧。别猜了，你们猜不到的。她突然用手指着她的混血女儿，是露西亚，露西亚那年才五岁，她穿着睡衣追到楼顶上来了，她对我说，妈咪你别丢下我，我陪你跳，你抱着我，我们一起跳。

一时满桌静默，谁也不敢说话，大家的目光都聚焦在露西亚脸上。露西亚是一个美丽的混血女孩，腿很长，头发是亚麻色的，眼睛有一点点发蓝。我们很少见到蓝眼睛，难以定义露西亚的眼神，它流露的究竟是纯真还是早熟，是羞怯还是无畏。她正与弟弟一起玩游戏机，这时候抬起头，以一种谴责的目光看了看她母亲，她用英语说，妈咪，你喝多了。我不准你再说话了。

简玛丽吐了下舌头，果然不说话了。为了调节气氛，有人小心地与露西亚搭讪，露西亚，小美人，你喜欢玛多娜吗？

露西亚摇了摇头，说，不喜欢，玛多娜早就过时了。

城 市 文 学 卷

大雨如注

毕飞宇

1

丫头不像她的母亲，也不像她的父亲，她怎么就那么好看的呢。大院里粗俗一点的玩笑是这么开的："大姚，不是你的种啊。"大姚并不生气。——粗俗的背后是赞美，大姚哪里能听不出来。他的回答很平静："转基因了嘛。"

大姚是一位管道工，因为是师范大学的管道工，他在措词的时候就难免有些讲究。大姚很在意说话。——教授他见得多了，管道工他见得更多，这年头一个管道工和一个教授能有什么区别呢？似乎也没有。但区别一定是有的，在嘴巴上。不同的嘴说不同的话，不同的手必然拿不同的钱。舌头是软玩意，却是硬实力。

大姚和他的父亲一样，是一个有脑子的人，作为父亲，他希望别人夸他的女儿漂亮，可也不希望别人仅仅停留在"漂亮"上。大姚说："一般般。主要还是气质好。"大姚的低调其实张狂，他铆足了力气把别人的赞美往更高的层面上引。所以说，两种人的话不能听：做母亲的夸儿子；做父亲的夸女儿。都是脸面上淡定、骨子里极不冷静的货。

大姚夸自己的女儿"气质好"倒也没有过，姚子涵四岁那一年就被母亲韩月娇带出去上"班"了，第一个班就是舞蹈班，是民族舞。舞蹈这东西可奇怪了，它会长在一个孩子的骨头缝里，能把人"撑"起来。什么叫"撑"起来呢？这个也说不好，可你只要看一眼就知道了，姚子涵的腰部、背部和脖子有一条隐性的中轴，任何时候都立在那儿。

姚子涵的身上还有许多看不见的东西。——她下过四年围棋，有段位。写一手明媚的欧体。素描造型准确。会剪纸。"奥数"竞赛得过市级二等奖。擅长演讲与主持。能编程。古筝独奏上过省台的春晚。英语还特别棒，美国腔。姚子涵念"Water"的时候从来不说"喔特"，而是蛙音十足的"瓦特儿"。姚子涵这样的复合型人才哪里还是"棋琴书画"能够概括得了的呢。最能体现姚子涵实力的还要数学业：她的学业始终稳定在班级前三、年级前十。这是骇人听闻的。附属中学初中部二年级的同学早就不把姚子涵当人看了，他们不嫉妒，相反，他们怀揣着敬仰，一律把姚子涵同学叫做"画皮"。可画皮决不2B，站有站相，坐有坐姿，亭亭玉立，是文艺青年的范儿。教导主任什么样的孩子没见过？不要说"画皮"，"人妖"和"魔兽"他都见过。但是，公正地说，无论是"人妖"还是"魔兽"，发展得都不如画皮这般全面与均衡。教导主任在图书馆的拐角处拦住画皮，神态像画皮的粉，问："你哪里有那么多时间和精力的呢？"偶像就是偶像，回答得很平常："女人嘛，就应该对自己狠一点。"

姚子涵对自己非常狠，从懂事的那一天起，几乎没有浪费过一天的光阴。和所有的孩子一样，这个狠一开始也是给父母逼出来的。可是，话要分两头说，这年头哪有不狠的父母？都狠，随便拉出来一个都可以胜任副处以上的典狱长。结果呢？绝大部分孩子不行，逼急了能冲着家长操家伙。姚子涵却不一样，她的耐受力就像被鲁迅的铁掌挤干了的那块海绵，再一挤，还能出水。大姚在家长会上曾这样控诉说："我们也经常提醒姚子涵注意休息，她不肯啊！"——这还有什么可说的。

2

米歇尔很守时。上午十点半，她准时出现在了大姚家的客厅里。大姚和米歇尔的相识很有趣，他们是在图书馆的女卫生间里认识的。大姚正在女卫生间里换水龙头，米歇尔叼着香烟，一头闯了进来，还没来得及点火，突然发现女卫生间里站着一个大个子的男人。米歇尔吓了一大跳，慌忙说了一声"堆（对）不起"，退出去了。只过了几秒钟，米歇尔晃悠悠地折回来了。她用左肩倚住门框，右手夹着香烟，扛到肩膀上去了，很挑衅地说："甩（帅）哥，想吃豆腐吧？"嗨，这个洋妞，连"吃豆腐"她都会说了。大姚说："我不在卫生间吃东西，也不在卫生间抽烟。"大姚说话的同时指了指身上的天蓝色工作服，附带着用扳手敲了一通水管，误会就这么消除了。米歇尔有些不好意思，她把香烟卷在掌心，说："本宫错了。"大姚笑笑，看出来了，是个美国妞，很健康，特自信。二十出头的样子，是个长不大的、爱显摆的活宝。大姚说："知错能改，还是好同志。"

人和人就是这样的，一旦认识了，就会不停地见面。大姚和米歇尔在"卫生间事件"之后起码见过四五次，每一次米歇尔都兴高采烈，大声地把大姚叫做"甩哥"，大姚则竖起大拇指，回答她"好同志"。

暑假之前大姚在一家煎饼铺子的旁边又和米歇尔遇上了。大姚握住手闸，一只脚撑在地上，把她挡住，直截了当，问她暑假里头有什么打算。米歇尔告诉大姚，她会一直留在南京，去昆剧院做义工。大姚对昆剧没兴趣，说："我想和你谈笔生意。"米歇尔吊起眉梢，把大拇指、中指和食指撮在一起，捻了几下，——"你是说，沈（生）意？"

大姚说："是啊，生意。"

米歇尔说："我没做过沈（生）意了。"

大姚想笑，外国人就这样，说什么都喜欢加个"了"。大姚没有笑，说："很简单的生意。我想请你陪一个人说话。"

米歇尔不明白，不过马上就明白了，——有人想练习英语口语，想来是这么回事。

"和谁？"米歇儿问。

"一位公主。"大姚说。

美国佬真够呛，他们从来都不能把问题存放在脑袋里，慢慢盘，细细算，非得堆在脸上。经过嘴角和眉梢的一番运算，米歇尔知道"公主"是什么意思了。她刻意用生硬的"鬼子汉语"告诉大姚："我的明白，皇上！"

不过，米歇尔即刻把她的双臂抱在乳房的下面，盯着大姚，下巴慢慢地挪到目光相反的方向。她刻意做出风尘气，调皮了，"我很贵了，你的明白？"

大姚哪能不知道价格，他压了压价码，说："一小时八十。"

米歇尔说："一百二。"

"一百。"大姚意味深长地说，"人民币很值钱的。——成交？"

米歇尔当然知道了，这年头人民币很值钱的了，一小时一百了，说说话了，很好的价格了，米歇尔满脸都是牙花："为什么不呢？"

客厅里的米歇尔依旧是一副快乐的样子，有些兴奋，不停地搓手，她的动态使米歇尔看上去相当"大"，客厅一下子就小了。大姚十分正式地让她和公主见了面。公主在小学毕业的那个暑假接受过很好的礼仪训练，她的举止相当好，得体，高贵，只是面无表情，仿佛被米歇尔"挤"

了一下。大姚注意到了，女儿的脸上历来没有表情，她的脸和内心没关系，永远是那种"还行"的样子。高贵而又肃穆的公主把米歇尔请进了自己的闺房，大姚替她们掩上门，却留了一道门缝。他想听。听不懂才更要听。对一个做父亲的来说，还有什么比听不懂女儿说话更有成就感的呢。大姚津津有味的，世界又大又奇妙。

大姚忙里偷闲，对着老婆努努嘴，韩月娇会意了。这个师范大学的花匠套上袖管，当即包起了饺子。昨天晚上这对夫妇就商量好了，他们要请美国姑娘"吃一顿"。大姚和他的老子一样，精明，从来不做亏本的买卖。他的小算盘是这么盘算的：他们请米歇尔做家教的时间是一个小时，可是，如果能把米歇尔留下来吃一顿饺子，女儿练习口语的时间实际上就成了两小时。

大姚早就琢磨女儿的口语了。女儿的英语超级棒，大考和小考的成绩在那儿呢，错不了。可是，就在去年，吃午饭的时候，大姚无意之中瞥了一眼电视，是一档中学生的英语竞赛节目。看着看着，大姚恍然大悟了，——姚子涵所谓的"英语好"，充其量也只是落实在"手上"，远远没有抵达"舌头"，换句话说，还不是"硬实力"。大姚和韩月娇一起盯住了电视机。这一看不要紧，一看，大姚和韩月娇都上瘾了。作为资深的电视观众，大姚、韩月娇和全国人民一样，都喜欢一件事，这件事叫"PK"。这是一个"PK"的年头，唱歌要"PK"，跳舞要"PK"，弹琴要"PK"，演讲要"PK"，连相亲都要"PK"，说英语当然也要"PK"。就在少儿英语终极"PK"的当天，大姚诞生了"好孩子"的新标准和新要求，简单地说，一，能上电视；二，经得起"PK"。这句话还可以说得更加明朗一点：经历过PK能"活到最后"的孩子才是真正的好孩子，

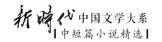

倒下去的最多只能算个烈士。

入夜之后大姚和韩月娇开始了他们的策划，他们是这样分析的：由于他们的疏忽，姚子涵在小学阶段并没有选修口语班，如果以初中生的身份贸然参加竞赛，"海选"能否通过都是一个问题。但是没关系。只要姚子涵在初中阶段开始强化，三年之后，或四年之后，作为一个高中生，姚子涵一样可以在电视机里酝酿悲情，她会答谢她的父母的。一想起姚子涵"答谢父母"这个动人的环节，韩月娇的心突然碎了，泪水在眼眶里头直打圈。——她和孩子多不容易啊，都不容易，实在是不容易。

几乎就在米歇尔走出姚子涵房门的同时，韩月娇的饺子已经端上饭桌了。韩月娇从来没有和国际友人打过交道，似乎有些不好意思。不好意思有时候反而就是莽撞，她对米歇尔说："吃！饺子！"大姚注意到了，米歇尔望着热气腾腾的饺子，吃惊的程度一点也不亚于女厕所的那一次，脸都涨红了。米歇尔张开她的长胳膊，说："这怎么好意思了！"听到米歇尔这么一说，大姚当即就成外交部的发言人了，中国人民的文化立场他必须阐述。大姚用近乎肃穆的口吻告诉米歇尔："中国人向来都是好客的。"

"党（当）然，"米歇尔说，"党（当）然，"米歇尔似乎也肃穆了，她重申："党（当）然。"

米歇尔却为难了。她有约。她在犹豫。米歇尔最终没能斗得过饺子上空的热气，她掏出手机，对朋友说，她要和三个中国人开一个"小会"了，她要"晚一会儿才能到"了。嗨，这个美国妞，也会撒谎了，连撒谎的方式都带上了地道的中国腔。

这顿饺子吃得却不愉快。关键的一点在于,事态并没有朝着大姚预定的方向发展。就在宴会正式开始之前,米歇尔发表了一大堆的客套话,当然,用的是汉语。大姚便看了女儿一眼,其实是使眼色了。姚子涵是冰雪聪明的,哪里能不明白父亲的意思。她立即用英语把米歇尔的话题接了过来。米歇尔却冲着姚子涵妩媚地笑了,她建议姚子涵"使用汉语"。她强调说,在"自己的家里"使用外语对父母亲来说是"不礼貌的"。当然,米歇尔也没有忘记谦虚:"我也很想向你学习罕(汉)语了。"

这可是大姚始料未及的。米歇尔陪姚子涵说英语,大姚付了钱的。现在倒好,姚子涵陪米歇尔说汉语,不只是免费,还要贴出去一顿饺子。这是什么事?

韩月娇迅速地瞥了丈夫一眼。大姚看见了。这一眼自然有它的内容。责备倒也说不上,但是,失望不可避免。——大姚算计到自己的头上来了。

米歇尔一离开大姚就发飙了。他想骂娘,可是,在女儿的面前,大姚也骂不出来,沉默寡言的女儿在任何时候都对大姚有威慑力。这让他很憋屈。憋屈来憋屈去,大姚的痛苦被放大了。大姚毕竟在高等学府工作了十多年,早就学会宏观地看待自己的痛苦了。大姚很沉痛,对姚子涵说:"弱国无外交,——为什么吃亏的总是我们?"

韩月娇只能冲着剩余的几个饺子发愣。热腾腾的气流已经没有,饺子像尸体,很难看。姚子涵却转过身,捣鼓她的电脑和电视机去了。也就是两三分钟,电视屏幕上突然出现了姚子涵与米歇尔的对话场面,既可以快进,也可以快退,还可以重播。——刻苦好学的姚子涵同学已经把她和米歇尔的会话全部录了下来,任何时候都可以拿出来模仿和练习。

大姚盯着电视,开心了,是那种穷苦的人占了便宜之后才有的大喜悦。

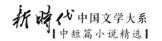

因为心里头的弯拐得过快，过猛，他的喜悦一下被放大了，几乎就是狂喜。大姚紧紧搂住女儿，没轻没重地说："祖国感谢你啊！"

3

晚上七点是舞蹈班的课。姚子涵没有让母亲陪同。她一个人骑着自行车，出发了。韩月娇虽说是个花工，几乎就是一个闲人，她唯一的兴趣和工作就是陪女儿上"班"。姚子涵小的时候那是没办法，如今呢，韩月娇早就习惯了，反过来成了她的需要。然而，暑假刚刚开始，姚子涵明确地用自己的表情告诉他们，她不允许他们再陪了。大姚和韩月娇毕竟是做父母的，女儿的脸上再没有表情，他们也能从女儿的脸上知道自己该做什么。

凉风习习，姚子涵骑在自行车上，心中充满了纠结。她不允许父母陪同其实是事出有因的，她在抱怨，她在生父母的气。——同样是舞蹈，一样地跳，母亲当年为什么就不给自己选择国际标准舞呢？姚子涵领略"国标"的魅力还是不久前的事。"国标"多帅啊，每一个动作都咔咔咔的，有电。姚子涵只看了一眼就爱上了。她咨询过自己的老师，现在改学"国标"还行不行。老师的回答很模糊，也不是不可以。但是，动作这东西就这样，练到一定的火候就长在身上了，练得越苦，改起来越难。姚子涵在大镜子面前尝试着做过几个"国标"的动作，不是那么回事。过于柔美、过于抒情了，是小家碧玉的款。

还有古筝。他们当初怎么就选择古筝了呢？从什么时候开始的呢？姚子涵开始痴迷于"帅"。她不再喜爱在视觉上"不帅"的事情。姚子涵参加过学校里的一场音乐会，拿过录像，一比较，她的独奏寒碜了。

古筝演奏的效果甚至都不如一把长笛。更不用说萨克斯管和钢琴了。既不颓废，又不 NB。姚子涵感觉自己猥琐了，上不了台面。

傍晚的风把姚子涵的短发撩起来了，她眯起了眼睛。姚子涵不只是抱怨，不只是生气，她恨了。他们的眼光是什么眼光？他们的见识是什么见识？——她姚子涵吃了多少苦啊。吃苦她不怕，只要值得。姚子涵最郁闷的地方还在这里：她还不能丢，都学到这个地步了。姚子涵就觉得自己亏。亏大发了。她的人生要是能够从头再来多好啊，她自己做主，她自己设定。现在倒好，姚子涵的人生道路明明走岔了，还不能踩刹车，也不能松油门。飙吧。人生的凄凉莫过于此。姚子涵一下子就觉得老了，凭空给自己的眼角想象出一大堆的鱼尾纹。

说来说去还是一个字，钱。她的家过于贫贱了。要是家里头有钱，父母当初的选择可能就不一样了。就说钢琴吧，他们买不起。就算买得起，钢琴和姚子涵家的房子也不般配，连放在哪里都是一个大问题。

但是，归根到底，钱的问题永远是次要的，关键还是父母的眼光和见识。这么一想姚子涵的自卑涌上来了。所有的人都能够看到姚子涵的骄傲，骨子里，姚子涵却自卑。同学们都知道，姚子涵的家坐落在师范大学的"大院"里头，听上去很好。可是，再往深处，姚子涵不再开口了，——她的父母其实就是远郊的农民。因为师范大学的拆迁、征地和扩建，大姚夫妇摇身一变，由一对青年农民变成师范大学的双职工了。为这事大姚的父亲可没有少花银子。

自卑就是这样，它会让一个人可怜自己。姚子涵，著名的画皮，百科全书式的巨人，觉得自己可怜了。没意思。特别没意思。她吃尽了苦头，只是为自己的错误人生夯实了一个错误的基础。回不去的。

多亏了这个世上还有一个"爱妃"。"爱妃"和姚子涵在同一个舞蹈班，"妖怪"级的二十一中男生，挺爷们的。可是，舞蹈班的女生偏偏就叫他"爱妃"。"爱妃"也不介意，笑起来红口白牙。

姚子涵和"爱妃"谈得来倒也不是什么特殊的原因，主要还是两个人在处境上的相似。处境相似的人未必就能说出什么相互安慰的话来，但是，只要一看到对方，自己就轻松一点了。"爱妃"告诉姚子涵，他最大的愿望就是发明一种时空机器，在他的时空机器里，所有的孩子都不是他们的父母的，相反，孩子拥有了自主权，可以随意选择他们的爹妈。

下"班"的路上姚子涵和"爱妃"推着自行车，一起说了七八分钟的话。就在十字路口，就在他们分手的地方，大姚和韩月娇把姚子涵堵住了。他们两人十分局促地挤在一辆电动自行车上，很怪异的样子。姚子涵一见到他们就不高兴了，又来了，说好了不要你们接送的。

姚子涵的不高兴显然来得太早了，此时此刻，不高兴还轮不到她。她一点都没有用心地看父亲和母亲的表情。实际的情况是这样的，韩月娇神情严峻，而大姚的表情差不多已经走样了。

"你什么意思？"大姚握紧刹车，劈头盖脸就是这样一句。

"什么什么意思？"姚子涵说。

"你不让我们接送是什么意思？"大姚说。

"什么我不让你们接送是什么意思？"姚子涵说。

这样的车轱辘话毫无意思，大姚直指问题的核心，——"谁允许你和他谈的？"大姚还没有来得及等待姚子涵的回答，即刻又追问了一句，"谁允许你和他谈的？"

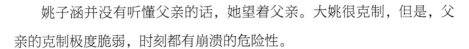

姚子涵并没有听懂父亲的话，她望着父亲。大姚很克制，但是，父亲的克制极度脆弱，时刻都有崩溃的危险性。

和课堂上一样，姚子涵是不需要老师问到第三遍的时候才能够理解的。姚子涵听懂父亲的话了，她扶着龙头，轻声说："对不起，请让开。"

和大姚的雷霆万钧比较起来，姚子涵所拥有的力气最多只有四两。奇迹就在这里，四两力气活生生地把万钧的气势给拨开了。她像瓶子里的纯净水一样淡定，公主一般高贵，公主一般气定神闲，高高在上。

女儿的傲慢与骄傲足以杀死一个父亲。大姚叫嚣道："不许你再来！"这等于是胡话，他崩溃了。

姚子涵已经从助力车的旁边安安静静地走过了。可她突然回过了头来，这一次的回头一点也不像一个公主了，相反，像个市井小泼妇。"我还不想来呢，"姚子涵说，她漂亮的脸蛋涨得通红，她叫道，"有钱你们送我到'国标'班去！"

姚子涵的背影在路灯的底下消失了，大姚没有追。他把他的电动自行车靠在了马路边上，人已经平静下来了。可平静下来的难过才是真的难过。大姚望着自己的老婆，像一条出了水的鱼，嘴巴张开了，闭上了，又张开了，又闭上了。女儿到底把话题扯到"钱"上去了，她终于把她心底的话说出来了，这是迟早的事。随着丫头年纪的增长，她越来越嫌这个家寒碜了，越来越瞧不起他们做父母的了，大姚不是看不出来。他有感觉，光上半年大姚就已经错过两次家长会了。大姚没敢问，他为此生气，更为此自卑。自卑是一块很特殊的生理组织，下面都是血管，一碰就血肉模糊。

大姚难受，却更委屈。这委屈不只是这么多年的付出，这委屈里头

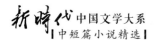

还蕴含着一个惊人的秘密：大姚不是有钱人，可大姚的家里有钱。这句话有点饶舌了，大姚真的不是有钱人，可大姚的家里真的有钱。

大姚的家怎么会有钱的呢？这个话说起来远了，一直可以追溯到姚子涵出生的那一年。这件事既普通、又诡异，——师范大学征地了。师范大学一征地，大姚都没有来得及念一句"阿弥陀佛"，立地成佛了。大姚相信了，这是一个诡异的时代，这更是一片诡异的土地。

这得感谢大姚的父亲，老姚。这个精明的老农民早在儿子还没有结婚的时候就发现了：城市是新婚之夜的小鸡鸡，它大了，还会越来越大，迟早会戳到他们家的家门口。他们家的宅基地是宝，不是师范大学征，就是理工大学征；不是高等学府征，就是地产老板征。一句话，得征。其实，知道这个秘密的又何止老姚一个人呢？都知道。问题是，人在看到钱景的时候时常失去耐心，好动，喜欢往钱上扑，一扑，你就失去位置了。他告诉自己的儿子，哪里都不能去，挣来的钱都是小钱，等来的才是大家伙，靠流汗去挣钱，是天下最愚蠢的办法。——有几个有钱人是流汗的？你就坐在那里，等。他坚决摁住了儿子进城买房的愚蠢冲动，绝不允许儿子把户口迁到城里去。他要求自己的儿子就待在远郊的姚家庄，然后，一点一点地盖房子。再然后呢？死等、死守。"我就不信了，"老农民说，"有钱人的钱都是自己挣来的。"

大姚的父亲押对了，赌赢了。他的宅基地为他赢钱了。那可不是一般的钱，是像模像样的一大笔钱，很吓人。赢了钱的老爷子并没有失去冷静，他把巨额财产全部交给了儿子，然后，说了三条：一，人活一辈子都是假的，全为了孩子，我这个做父亲的让你有了钱，我交代了。二，别露富。你也不是生意人，有钱的日子要当没钱的日子过。三，你们也是父母，你们也要让你们的孩子有钱，可他们那一代靠等是不行的，你们得把肚子里的孩子送到美国去。

大姚不是有钱人，但是，大姚家有钱了。像做了一个梦，像变了一个戏法。大姚时常做数钱的梦，一数，自己把自己就吓醒了。每一次醒来大姚都挺高兴，也累，回头一想，却更像做了一个噩梦。

——现在倒好，个死丫头，你还嫌这个家寒碜了，还嫌穷了。你懂什么哟？你知道生活里头有哪些弯弯绕？说不得的。

韩月娇也挺伤心，她在犹豫，"要不，今晚就告诉她，咱们可不是穷人家。"

"不行"，大姚说。在这个问题上大姚很果断，"绝对不行。——贫寒人家出俊才，纨绔子弟靠不住。我还不了解她，一告诉她她就泄了气。她要是不努力，屁都不是。"

可大姚还是越想越气，越气越委屈。他对着杳无踪影的女儿喊了一声："我有钱！你老子有钱哪！"

终于喊出来了，可舒服了，可过了瘾了。

一个过路的小伙子笑笑，歪着头说："我可全听见了哈。"

4

哎，这个米歇尔也真是，就一个小时的英语对话，非得弄到足球场上去。这么大热的天，也不怕晒。丫头平日里最怕晒太阳了，可她拉着一张脸，执意要和米歇尔到足球场上去。还是气不顺，执意和父母亲过不去的意思。行，想去你就去。反正家里的气氛也不好，死气沉沉的。

只要你用功，到哪里还不是学习呢。

艳阳当头，除了米歇尔和姚子涵，足球场空无一人。虽说离家并不远，姚子涵却从来不到这种地方来的。——姚子涵被足球场的空旷吓住了，其实是被足球场的巨大吓住了，也可以说，是被足球场的鲜艳吓住了。草皮一片碧绿，碧绿的四周则是酱红色的跑道，而酱红色的跑道又被白色的分界线割开了，呼啦一下就到了那头。最为缤纷的则要数看台，一个区域一个色彩。壮观了，斑斓了。恢宏啊。姚子涵打量着四周，有些晕，想必足球场上的温度太高了。

米歇尔告诉姚子涵，她在密歇根是一个"很好的"足球运动员，上过报纸呢。她喜欢足球，她喜欢这项"女孩子"的运动。姚子涵不解了，足球怎么能是"女孩子"的运动呢。米歇尔解释说，当然是。男人们只喜欢"橄榄球"，她一点都不喜欢，它"太野蛮"了。

她们在对话，或者说，上课，一点都没有意识到阳光已经柔和下来了。等她们感觉到凉爽的时候，乌云一团一团的，正往上拱——来不及了，实在来不及了，大暴雨说来就来，用的是争金夺银的速度。姚子涵一个激灵，捂住了脑袋，却看见米歇尔敞开怀抱，仰起头，对着天空张开了一张大嘴。天哪，那可是一张名至实归的大嘴啊，又吓人又妖魅。雨点砸在她的脸上，反弹起来了，活蹦乱跳。米歇尔疯了，大声喊道："爱——情——来——了！"话音未落，她已经全湿了，两只吓人的大乳房翘得老高。

"爱情来了"，这句话匪夷所思了。姚子涵还没有来得及问，米歇尔一把抓住她，开始疯跑了。暴雨如注，都起烟了。姚子涵只跑了七八步，身体内部某一处神秘的部分活跃起来了，她的精神头出来了。如果不是身临其境，姚子涵这辈子也体会不到暴雨的酣畅与迷人。这是一种奇特的身体接触，仿佛公开之前的一个秘密，诱人而又揪心。

雨太大了，几分钟之后草皮上就有积水了。米歇尔撒开手，突然朝球门跑去，在她返回的时候，她做出了进球之后的庆祝动作。她的表情狂放至极，结束动作是草地上的一个剧烈的跪滑。这个动作太猛了，差一点就撞到姚子涵的身上。在她的身体静止之后，两只硕大的乳房还挣扎了一下。"——进啦！"，她说，"——进球啦！"米歇尔上气不接下气了，大声喊道，"你为什么不庆祝？"

当然要庆祝。姚子涵跪了下去，水花四溅。她一把抱住了米歇尔，两个队友心花怒放了。激情四溢，就如同她们刚刚赢得了世界杯。这太奇妙了！这太牛掰了！所有的一切都是无中生有的，栩栩如真。

雨越下越猛，姚子涵的情绪点刹那间就爆发了，特别想喊点什么。兴许是米歇尔教了她太多的"特殊用语"，姚子涵甚至都没有来得及过脑子，脱口就喊了一声脏话："你他妈真是一个荡妇！"

米歇尔早就被淋透了，满脸都是水，每一根头发上都缀满了流动的水珠子。虽然隔着密密麻麻的雨，姚子涵还是看见米歇尔的嘴角在乱发的背后缓缓分向了两边。有点歪。她笑了。

"我是。"她说。

雨水在姚子涵的脸上极速地下滑。她已经被自己吓住了。如果是汉语，打死她她也说不出那样的话的。外语就是奇怪，说了也就说了。然而，姚子涵内心的"翻译"却让她不安了，她都说了些什么哟。或许是为了寻找平衡，姚子涵握紧了两只拳头，仰起脸，对着天空喊道：

"我他妈也是一个荡妇！"

两个人笑了，都笑得停不下来了。暴雨哗哗的，两个小女人也笑得哗哗的，差一点都缺了氧。雨却停了。和它来的时候毫无预兆一样，停

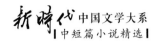

的时候也毫无预兆。姚子涵多么希望这一场大雨就这么下下去啊，一直下下去。然而，它停了，没了，把姚子涵光秃秃、湿淋淋地丢在了足球场上。球场被清洗过了，所有的颜色都呈现出了它们的本来面貌，绿就翠绿，红就血红，白就雪白，像触目惊心的假。

5

姚子涵是在练习古筝的时候意外晕倒的。因为摔在了古筝上，那一下挺吓人的，"咣"的一声，压断了好几根琴弦。她怎么就晕倒了呢？也就是感冒了而已，感冒药都吃了两天了。韩月娇最为后悔的就是不该让孩子发着这么高的烧出门。可是话又说回来，这孩子一直都是这样，也不是头一回了。一般的头疼脑热她哪里肯休息，她一节课都不愿意耽搁。"别人都进步啦！"这是姚子涵最喜欢挂在嘴边的一句话，通常是跺着脚说。韩月娇最心疼这个孩子的就在这个地方，当然，最为这个孩子自豪和骄傲的也在这个地方。

大姚和韩月娇赶来的时候姚子涵已经处于半昏迷状态，她吐过了，胸前全是腐烂的晚饭。大姚从来没见过自己的心肝宝贝这样，大叫了一声，哭了。韩月娇倒是没有慌张，她有板有眼地把孩子擦干净。知女莫如娘，这孩子她知道的，爱体面，不能让她知道自己吐得一身脏，她要是知道了，少不了三四天不和你说话。

可看起来又不是感冒。姚子涵从小就多病，医院里的那一套程序韩月娇早就熟悉了，血象多少，温度多少，吃什么药，打什么样的吊瓶，韩月娇有数。这一次一点都不一样，护士们什么都不肯说。从检查的手段上来看，也不是查血象的样子。那根针长得吓人了，差不多有十公分那么长。大姚和韩月娇隔着玻璃，看见护士把姚子涵的身体翻了过去，拉开裙子，裸露出了姚子涵的后腰。护士捏着那根长针，对准姚子涵腰椎的中间部位穿了进去。流出来的却不是血，像水，几乎就是水，三四毫升的样子。大姚和韩月娇又心急又心疼，他们从一连串的陌生检查当中能感受到事态的严重程度。两个小时之后，事态的严重性被仪器证实了。脑脊液检查显示，姚子涵脑脊液的蛋白数量达到了890，远远超出450的正常范围；而细胞数则达到了惊人的560，是正常数目的56倍。医生把这组数据的临床含义告诉了大姚："脑实质发炎了。脑炎。"大姚不知道"脑实质"是什么，但"脑炎"他知道，一屁股坐在了医院的水磨石地面上。

6

姚子涵从昏迷当中苏醒过来已经是一个星期之后了。对大姚和韩月娇而言，这一个星期生不如死。他们守护在姚子涵的身边，无话，只能在绝望的时候不停地对视。他们的对视是鬼祟的，惊悚的，夹杂着无助和难以言说的痛楚。他们的每一次对视都很短促。他们想打量，又不敢打量，对方眼睛里的痛真让人痛不欲生。他们就这么看着对方的眼窝子陷进去了，黑洞洞的。他们在平日里几乎就不拥抱，但是，他们在医院里经常抱着。那其实也不能叫抱，就是借对方的身体撑一撑，靠一靠。不抱着谁都撑不住的。他们的心里头有希望，但是，随着时间一点一点推移，他们的希望也在一点一点降低。他们别无所求，最大的奢求就是孩子能够睁开眼睛，说句话。只要孩子能叫出来一声，他们可以死，就算孩子出院之后被送到孤儿院去他们也舍得。

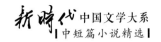

　　米歇尔倒是敬业，她在大姚家的家门口给大姚来过一次电话。一听到米歇尔的声音大姚的气就不打一处来了。要不是她执意去足球场，丫头哪里来的这一场飞来横祸。可把责任全部推到她的身上，理由也不充分。大姚毕竟是师范大学的管道工，他得体，极其礼貌地对手机说："请你不要再打电话来了。"他掐断了电话，想了想，附带着把米歇尔的手机号码彻底删除了。

　　人的痛苦永远换不来希望，但苍天终究还是有眼的。第六天的上午，准确地说，凌晨，姚子涵终于睁开她的双眼了。最先看到孩子睁开眼睛的是韩月娇，她吓了一跳，头皮都麻了。但她没声张，没敢高兴，只是全神贯注地盯着孩子，看，看她的表情，看她的眼神。苍天哪，老天爷啊，孩子的脸上浮现出微笑了，她在对着韩月娇微笑，她的眼神是清澈的，活动的，和韩月娇是有交流的。

　　姚子涵望着她的母亲，两片嘴唇无力地动了一下，喊了声"妈"。韩月娇没有听见，但是，她从嘴巴上看得出，孩子喊妈妈了，喊了，千真万确。韩月娇的应答几乎就像吐血。她不停地应答，她要抓住。大姚有预感的，已经跟了上来。姚子涵清澈的目光从母亲的脸庞缓缓地挪到父亲的脸上去了，她在微笑，只是有些疲惫。这一次她终于说出声音来了。

　　"Dad。（爸）"

　　"什么？"大姚问。

　　"Where is this place？"（这是在哪儿？）姚子涵说。

　　大姚愣了一下，脸靠上去了，问："你说什么？"

"Please tell me, what happened? Why am I not at home? God, why do you guys look so thin? Have you been doing very tough work? Mum, if you don't mind, please tell me if you guys are sick?"（请告诉我，发生什么了？我为什么没在家里？上帝啊，你们为什么都这么瘦？很辛苦吗？妈妈，请你告诉我如果你不介意的话，——你们生病了吗？）

大姚死死地盯住女儿，她很正常，除了有些疲惫。——女儿这是什么意思呢？她怎么就不能说中国话的呢？大姚说："丫头，你好好说话。"

"Thank you, boss, thank you very much to give me this good job and with decent payment, otherwise how can I afford to buy a piano? I still feel it's too expensive, but I like it."（谢谢你老板，感谢你给我这份体面的工作，当然，还有体面的薪水，要不然我怎么可能买得起钢琴。我还是要说，它太贵了，虽然我很喜欢。）

"丫头，我是爸爸。你好好说话，"大姚的目光开叉了，他扛不住了，尖声说："医生！"

"Thank you very much for all the respectable judges. I am happy to be here. May I have a glass of water? Looks like my expression isn't clear, if you like, I would like to repeat what I've said, Okay, may I have a glass of water? Water. God."（感谢所有的评委，非常感谢。我很高兴来到这里。——可以给我一杯水吗？看起来我的表达不是很清楚，那我只好把我的话再重复一遍了，假如重复并不会使我看上去有些愚蠢的话，OK，——可以给我一杯水吗？水。上帝啊。）

大姚伸出手，捂住了女儿的嘴巴。虽说听不懂，可他实在不敢再听了。

大姚害怕极了，简直就是惊悚。过道里传来了急促的脚步声，大姚呼噜一下就把上衣脱了。他认准了女儿需要急救，需要输血。他愿意切开自己的每一根血管，直至干瘪成一具骷髅。

城 市 文 学 卷

会唱歌的浮云

叶兆言

1

1953 年春节是阳历 2 月 14 日，老魏单位里放假四天，这四天，扣除路上时间，也就整整三天。妻子云裳正好身上来那玩意，好不容易才盼到几天探亲假的老魏十分憋屈，很窝囊，很让人恼火。时间就这么不凑巧，老天就这么不帮忙，憋屈也好，窝囊也好，恼火也没用，反正这事不太好对别人说，只能跟自己生气。

老魏所在的工厂，是一家很大的化工厂，在长江北面的六合，也就是在南京城的江对岸。搁在今天，距离市区并不太远，可是在那时候，长江大桥还没建造，可以说很远很远，相当的远。咫尺天涯，一年只能有一次探亲假，怎么使用好，极其珍贵绝对讲究。到了 3 月 5 日这一天，广播喇叭突然放起哀乐，苏联人民的伟大领袖斯大林逝世了。当时的悼念规格非常高，各单位立刻设了灵堂，挂上斯大林像，很多人为这个人的离去戴孝哭喊。

这也是老魏第一次从广播里听到哀乐，从此哀乐开始流行，一旦收音机里播放这个哀婉激昂的旋律，他就知道是死人了，一定是死了个很重要的大人物。斯大林的万人追悼大会在新街口举行，时间是 3 月 9 日，老魏所在的工厂也派代表参加。他和同科室的老王有幸被选中，坐着厂里的两辆大卡车，大清早出发，黑咕隆咚地一路开到江边，乘轮渡过江到下关。然后乘马车到达新街口附近，人已经很多了，人山人海车水马龙。

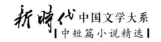

追悼大会很隆重，结束了，率队的马副厂长发话，说这次活动嘛，有意挑了家在南京的同志，当然，也有家不在南京的同志。马副厂长是南京人，新中国成立前是南京的地下党，老革命，资格很高，他知道家不在南京的人，譬如几位从东北南下过来的，可能就没在南京玩过，马副厂长的意思，好不容易进了南京城，今天有一部分人可以先不离开。他跟厂部交代过，明早会再派辆卡车到江对面的浦口来接大家，愿走愿留自己定。

于是兵分了两路，一路人马当天先回去，还有一些同志就留了下来。老魏自然属于留下来的，不止老魏留了下来，与他一起的老王也没走。这个老王在南京上过大学，没毕业，他有位同学是南京人，关系挺不错的，当年上大学，经常去他家聊天。老王想的是借此机会，去看望一下老同学叙叙旧，没想到老同学久不联系，早已离开南京去了西北。老同学的家与老魏家相距不远，也是顺路，老王扑了个空，老魏正好就在他身边。

老王说："没想到会这样，这怎么是好？"

老魏说："没关系，不行就住我们家去，总会有办法的。"

老王就跟着老魏去了他家，老魏突然能够回来，全家都很高兴，也很意外。老魏的老丈人没有参加追悼大会，对追悼会很有兴趣，追着能说会道的老王问这问那。老先生这一年已七十六岁，白发白胡子，穿着中山装，胸前还插着支派克钢笔，依然是民国遗老的模样。老王很有耐心地跟他描述，敷衍了好一会，一起吃中饭，继续聊国际形势，继续说国家前途。那时候，老魏家也就两间房子，老丈人和丈母娘住一间，老魏夫妇带着两个儿子住一间。

云裳回来很晚，她回来的时候，已经是要吃晚饭，桌上饭菜早就放好，老魏和老王开始陪老人喝黄酒。老王向云裳解释，说自己太冒昧了，冒冒失失就跑来打扰。又说他本来准备去中山码头坐一夜，没想到老魏好心人，非要拉他过来，非要让老王住到他家。云裳说你当然应该过来，这不用客气的。老王是个话多的人，特别会讨老人家的好，会说让老人高兴的话，吃饭的时候，基本上一直都是他在说，老魏和云裳也插不上话。

这一年，老魏三十三岁，云裳比他小两岁。老王比他们都大，他们俩既然插不上话，就只能互相对看，你看我一眼，我看你一眼，眼睛里都是话，各自心照不宣。老魏知道云裳心里在想什么，云裳也知道老魏心里在想什么，老魏想表达的是无奈，想表达的是无辜，他也是没办法，只是顺口说了一句，没想到就真把老王带回来了。恰巧话题到了晚上睡觉怎么安排，老王说老魏跟他说过，反正他们家是地板，到时候打个地铺就行。

老魏家说起来有两个房间，其实这两个房间原来只是一间，是一间大客厅，中间用木板隔了一道墙。吃完晚饭继续聊天，老魏大儿子胜武很快要上小学，云裳开始教他识字，因为识了几个字，便让他为大家表演，认纸片上的方块字。纸片上的字是老魏老丈人用毛笔书写，老人家的字很好，非常地道的唐楷。七岁的大儿子胜武很卖弄地表演，两岁的小儿子利和在一旁捣蛋，要抢哥哥手上的纸片。

打地铺确实简单，可是地铺究竟打在哪个房间呢，商量来商量去，最后还是决定安排在老人房间里，毕竟这间略大一点。老魏松了一口气，脸上露出不经意的微笑，正好被云裳看见，狠狠地白了他一眼。这一个白眼反让老魏真的笑起来，一种不加掩饰的笑，掩饰不住的坏笑。云裳便说你笑什么，有什么好笑的。老魏说我回到自己家，为什么不能笑，为什么？

终于睡觉了，终于关灯，老魏迫不及待地掉头睡，摸黑爬到云裳那头去了。大床上还有两个沉入梦乡的儿子，关灯前，老魏与胜武睡在一头，云裳与利和睡在一头。灯一关，他也就不老实了，用不着再老实。云裳害怕弄出声音，不让老魏动，老魏便轻手轻脚小心翼翼。可能是憋得太久，也可能是外面睡着一位老王，距离挨得太近，老王的地铺就在门口，云裳一直在拒绝，一直在反抗，老魏只能霸王硬上弓，不管对方配合不配合，不管对方愿意不愿意，一味使蛮劲，折腾了没几下，刚入港，便心满意足地结束了。

这一夜，老魏睡得非常香，一觉醒来，天都快亮了。云裳没睡好，老魏呼噜声很响，老王的呼噜声更响，隔着门板，一阵阵传过来。迷迷糊糊睡了醒，醒了睡，刚要再次睡着，老魏又来劲了，要二次进宫。这次云裳没拒绝，也没反抗，也谈不上配合，感觉自己是醒着，又好像是睡着了，心里希望老魏快点结束，又好像不太愿意他很快就完事。说老实话，她也不知道自己是怎么想的，有点心不在焉，不知身在何处。隔壁老王的呼噜惊天动地，他已经三十七岁，还是单身，人也很瘦，云裳想不明白老王那么瘦的一个人，为什么呼噜声会这么嘹亮。

2

弹指一挥间，转眼三十多年过去，到了 1991 年的 8 月 20 日。这一天是云裳六十九岁生日，民间有做九不做十的说法，老魏决定隆重庆祝一下。他今年七十一岁，夫妻俩岁数相加，正好一百四十岁。老魏很喜欢 140 这数字，觉得这个数字很吉祥，很有内容。人生七十古来稀，他们老夫妇退休在家，既能吃又能睡，身心健康，这个那个什么都行，活得非常愉快。

　　所谓隆重庆祝，无非就是在楼下新开的一家馆子吃一顿。除了自家人，又喊了一位老朋友过来，这个老朋友就是老王。这时候，老王已七十六岁，精神矍铄，头发居然还没有全白，原来是个瘦小子，现在变成了大胖子。他单身很多年，熬到五十多岁，才与比自己小十五岁的小黎结婚，小黎的前夫在"文革"中患病去世，留下一儿一女。两年前，小黎患乳腺癌走了，老王便与继子一起生活。

　　老魏的儿女们都已成家，吃完了各回各家。老王喝得有点多，面红耳赤，老魏夫妇便邀请他上门坐一会，喝口茶醒醒酒。老王没有推辞，说也好，说我是要看《渴望》的，这会赶回家看也来不及了，就到你家去看，看完了再回家。那一阵子，电视连续剧《渴望》正热播，已是播放第二轮，老王认认真真地在补看。老魏夫妇第一轮就看过，都觉得不错，很愿意陪老王再看一遍。老魏说我们可以一起看，看完了，你要是愿意，就在我这住一晚也没关系，反正床铺都是现成，为小孩回来准备的，空着也是空着，对了，我还告诉你，我们现在有空调了，很凉快的。

　　电视剧只放两集，打开电视，第一集都快完了，很快又看完第二集。外面很热，南京的夏天一向是很难过，恰巧老魏家今年新安装了空调。那时候，后来大名鼎鼎的苏宁电器，创业还不到一年，只能说是刚刚起步，大多数南京人家里都没有安装空调。因为用电紧张，能否安装空调也和级别有关，必须是相当级别的干部，才能够得到电力部门的批准。当时的最荒唐之处，商场里已经开始大卖空调，只要你花钱，谁都可以买，买了是否能安装，是否能让供电局盖章，就要看你的能耐。

　　老魏的女婿下海做了生意，思想比较开放，比较新潮，胆子也大，自己先买了一台空调偷偷地享受起来，又为老丈人老丈母娘买了一台。说是未经允许，不能私自安装，否则就属于非法，就有可能取缔。不过你真大胆安装了，也没有什么人会过来干涉。只是电压经常会有些问题，用电高峰的时候，空调就启动不了，因此每天下午四点钟左右，必须先把空调打开，空调机一旦启动，一旦已经开始制冷，就再也不存在打开不了的问题。

老王很羡慕老魏家新安装的这台空调，在南京过夏天，有没有空调，能不能享受空调，完全是不一样的人生。他几乎立刻就下了决心，明年夏天一定也要买台空调，一定要买，不管电力部门允许不允许，管它合法不合法，一定要安装。说起来，老王也算离休干部，也是一把年纪，能享受就应该赶快享受。从老魏所在的科室调走以后，老王一直都在人事处上班，老魏说根据你老王的级别，很可能是可以使用空调的，你可以先申请申请，如果可以，就不用像我们这样偷偷摸摸。

老王说："今天就在你们家，有空调真是舒服，这么凉快，都舍不得离开。"

老王又说："还记得上一次住你们家，那次也是冒冒失失，一晃多少年过去，唉，我们是真的老了。"

老魏家的空调装在客厅里，老王说住下就住下了，有空调的感觉确实不一样。云裳为老王找了一套换洗衣服，先安排他洗澡，然后他们夫妇分别洗澡，再然后是洗衣服，随手把老王换下来的衣服一起洗了，晾在阳台上。云裳提出要去小房间，说她不怕热，吹吹电风扇就可以睡，说她其实也不是特别喜欢空调。老王便连声说这不行，肯定不行，这不是要让我走的意思吗？云裳想想也对，离开空调房间真的会很热，说那好吧，我歪在单人沙发上先睡，你们把长沙发放下来，一边看电视，一边聊，想怎么聊就怎么聊，想聊多晚到多晚。

老魏家客厅里有张可以折叠的长沙发，打开来就是大床，两个男人继续聊天，聊到临了，都有些犯困，都开始打哈欠，迷迷糊糊中，电视里插入新闻，说苏联领导人戈尔巴乔夫被抓起来了，莫斯科正式宣布宵禁。报道来得很突然，老魏和老王大吃一惊。男人对政治总会有些莫名其妙的激情，他们立刻困意全无，想弄明白怎么回事，可惜电视里新闻，就短短几句话，播完便没下文。遥控器不停地换频道，换来换去，好不容易有报道，说到一大半，已是最后几句话。电视节目终于都结束了，变成了一个个足球一样的测试圆台标，仍然没弄明白究竟发生了什么事。

第二天一早，天还没亮，云裳醒了。两个男人还在呼呼大睡，呼噜声此起彼伏，也不清楚哪个是老魏，哪个是老王，声音都响，都是地动山摇。她不由得想起很多年前，也就是上次老王借住在她家的那个夜晚，那时候还住在老房子里，云裳父母都还健在，她和老魏以及两个儿子睡在里屋，老王与她父母睡外屋，睡地铺。那时候，老魏偶尔也会打呼噜，那时候老王的呼噜已经很响，隔着一扇房门，像冬日的西北风一样呼啸，正是因为太嘹亮，云裳永远忘不了。

当然也是因为那一晚特殊，因为那个特定的日子，他们有了女儿玲安。金风玉露一相逢，对于分居两地的夫妻来说，每一次探亲都会不同寻常。老魏家的新居偏东朝向，天刚蒙蒙亮，朝霞红了半边天，初升的太阳很快通过窗户射了进来。两个男人还在睡，睡得正香，睡得太香了，云裳悄悄爬起来，上了趟厕所。单人沙发睡觉并不舒服，然而有了空调，总比在外面好，在没有空调的岁月，夏日南京是著名的火炉，晚上根本没办法睡个安稳觉。

老魏和老王终于也醒了，老王惦记着还要听收音机里的早间新闻，云裳说我和老魏天天早晨要去公园锻炼，我们可以一边去散步，一边听你的新闻。老王就笑了，说什么叫我的新闻，新闻是国家大事，怎么变成我的了？三个人刷牙洗脸，老王换上自己的衣服，与老魏夫妇一起去公园。老魏家附近有个小公园，不仅有人在散步，还有人在吊嗓子唱京戏。云裳为老王找了个小半导体收音机，因为不经常用，也不知是电池原因，还是接触不好，一会有声，一会又没声，老王想听听新闻，想听听来自莫斯科的消息，结果也不能如愿，还是听不明白。

散完步，一起在小摊子上吃烧饼油条，沿街放了一排小凳子，就两张小餐桌，一人一碗豆浆。老王又是羡慕又是感叹，说你们的这个小日子，过得才叫舒心，才叫爽快，天天能散个步，再吃个烧饼油条，这才是人过的日子，现做出来的烧饼油条就是好吃，就是不一样。老魏说天天都这样，也没什么，很容易的事。老王说什么叫没什么，能这样就行，就很不错了，唉，可惜我们这一生，知道什么叫好日子，开始明白人应该怎么活，人生都已经快到尽头了。

老魏说你老王能想开一点不就行了，到我们这岁数，到我们这把年纪，钱留着也没用，想吃就吃，想用就用，你说你还留着那些钱干什么呢？老王叹气，说话是这么说，毕竟我是一个人过，也没什么意思对不对？停顿了一下，又接着往下说，我那个儿子和儿媳妇呢，对我也不能算不好，不过毕竟不是一代人，话也说不到一起去，想法也不一样，要是小黎她还在，小黎还在，两口子一起过，情况就完全不一样了。

一提起小黎，三个人不约而同，突然都不吭声。看得出来，老王并不想提到小黎，不愿意提到自己已经不在的妻子。尤其不愿当着老魏夫妇的面，而老魏夫妇呢，也是尽可能地避免谈起。老王只不过是脱口而出，说了便有些后悔。云裳情不自禁地看了老魏一眼，老魏立刻也显得很不自然，有一些尴尬，有一些沮丧。老王低头不语，此时此刻，大家心情都变得很沉重。云裳叹了一口气，说人生无常，想不到我们几个人中，小黎最年轻，反倒是她最先离去。

3

送走老王回到家，老魏与云裳已一身臭汗。南京的夏天就是这样，南京的夏天就是个大蒸笼。回家的路上，在菜场顺便买些菜，买了几条黄鳝，买了点青椒和洋葱。黄鳝是现杀，老魏很擅长爆炒黄鳝这道菜。一路都无话，云裳有些话想说，憋在肚子里没说，很难受。老魏知道她有话要说，云裳不说，让他这么干等着，要等她说出来，也挺难受。

到了家里，老魏先把杀好的黄鳝放进冰箱，然后摊开纸墨，脱去汗衫赤着大膊，用小楷抄一遍《摩诃般若波罗蜜多心经》。年轻的时候，老魏喜欢写毛笔字，后来多少年都放弃了，退休以后才重新拾起。他最初是习隶书，老了反而转向毕恭毕敬的楷书。老魏坐在那写字，云裳开始收拾房间，把收起的长沙发重新放下，理了理，再一次折叠起来。

过了一段时间，云裳拎着老王换下来的衣服，走到老魏面前，说老王穿过的这衣服，我也不准备洗了，直接扔了吧。老魏一怔，说要扔就扔了，你用不着跟我说。云裳说我当时就是挑了一条你没必要再穿的短裤，看这料子也不像全棉的，不瞒你说，我早就想扔了。老魏继续写字，他知道云裳有洁癖，别人穿过的内衣，她肯定是要嫌弃，是不是全棉并不重要，她要扔就扔，也没什么舍不得。

到了中午要做菜，老魏系上围裙，从冰箱里拿出黄鳝，十分细心地洗干净。云裳在一旁当下手，青椒和洋葱已为他收拾好。油锅已经下油了，油开始升温，开始冒起青烟，老魏正准备将黄鳝下锅，云裳轻轻地在旁边问了一句：

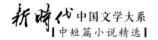
"老魏你能不能跟我说句老实话，你和小黎不会真有过一腿吧？"

老魏一怔，将手中的黄鳝倒入油锅，"喳"的一声，手上快速翻炒，嘴里嘀咕了一句：

"说什么啦？"

云裳不吭声，沉默了一会，看老魏做菜。老魏手上一阵忙乱，将爆炒过的黄鳝盛出来，再加油，爆炒青椒和洋葱，加上各种作料，将煸过的黄鳝再次倒入锅中，继续翻炒，加胡椒粉加水淀粉，洒上明油，然后正式起锅，盛菜装盘。云裳不说话，一直看着老魏，老魏终于忙完，老魏终于又一次开口：

"你脑子里又在想什么呢，真是莫名其妙。"

"是有点莫名其妙。"

"让我说你什么好，真不知道该怎么说你。"

云裳笑了，说我知道不应该这么问你，不应该问，我也就是随口问问，你千万不要往心上去。云裳说也就是突然想到，脑子里突然就有了这些念头，其实我早就说过，你与小黎真要有什么，也没什么大不了，真要是有了什么，我是说真要有什么，不开心的可能不光是我，老王心里会更不好受对不对，他应该更在乎对不对？云裳的意思是男人肯定更应该吃醋，男人肯定更不能忍受戴绿帽子。明知道老魏不想听这些话，不愿意听这些话，云裳还是忍不住要说，说了，就有点停不下来。她说不光是我在乱想，我在胡思乱想，老王很可能也一直在这么想，对不对？

老魏说："你要让我说什么呢？"

云裳说："我又不要你说什么，我已经说了，这事我早就不在乎了。"

云裳嘴上说不在乎，心里当然不是这么想。时过境迁，她这一生中，如果说夫妻之间真有什么太在乎的事，可能就是这一桩。老魏也知道她会在乎，知道她很在乎。女人的心思永远琢磨不透，每一次结局都是一样，云裳嘴上说不在乎，说相信老魏，心里还是非常在乎。这次过生日要请老王，说起来也是云裳的主意，她主动提出来，她提出来了，老魏还真没办法拒绝。云裳说我这一辈子最后悔的，就是从来也没有与小黎好好谈一次，我也是真够傻的，有太多的机会，好几次话都到嘴边，都没说，都没好意思说出来，唉，为什么不趁她活着的时候，把话说说清楚呢？

小黎显然是云裳心中永远解不开的疙瘩，永远是飘在她心头的一块浮云。三十年前，那时候女儿玲安刚上小学，老王和一位姓宋的女人，冒冒失失地找到了云裳所在的那所中学。在云裳的办公室，和云裳进行了一场非同寻常的谈话。那个姓宋的女人开门见山，问云裳与老魏的婚姻生活，是不是有什么不和谐之处，有没有感情方面的危机。问题很突兀，很无理，云裳一时都不知道应该怎么回答。她转向老王，问他是不是老魏犯了什么错误。老王那时候刚调往人事处，他支支吾吾地说，这事现在也不好说，我们呢，主要还是想先了解了解情况。

云裳第一次听说有个叫小黎的女人，第一次看到了小黎的照片。不能说那个叫小黎的女人有多漂亮，眼睛不大，眉毛细细的，嘴唇有些翘。老王解释说，小黎丈夫是一名现役军人，他写了一封告状信，说老魏与小黎有着不正当的男女关系。老王特别强调，目前只是那个男的这么说，只是那男的这么认为，究竟有没有这事，组织上也不清楚，他们过来跟云裳谈话，也就是想摸摸情况。那个姓宋的女人始终在观察云裳的脸色，她的表情很严肃，态度很不友好，好像什么事都知道，什么事都在她的掌握之中。

云裳说："你们想让我说什么？"

姓宋的女人说："我已经问过了，你们的夫妻生活，究竟正常不正常？"

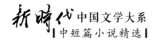

"什么叫正常，什么叫不正常？"

"这个当然只有你们自己才知道。"

云裳看着那个姓宋的女人，痴痴傻傻地回了一句："我不知道，我什么都不知道。"

风雨晨昏人不晓，个中甘苦只自知。云裳与老魏结婚时二十三岁，婚后很快有了儿子胜武，然后又有了利和，同居没几年，老魏就去了江北六合的化工厂，从此开始漫长的夫妻分居。夫妻分居百事哀，一年有一次探亲假，说正常也正常，那年头夫妻分居并不罕见，分了也就分了，老天爷就是这么安排，夫妻因为分居而离婚的也不多。说不正常，当然不应该算正常，绝对不正常，夫妻不在一起过怎么能算正常呢。云裳记忆中，不如意的事情太多，都说久别犹如新婚，最担心的是老魏要回来探亲那几天，自己身上恰巧来例假，有些事拦都拦不住，有些事该来还得来，越担心就越会发生。

那段时间，云裳正准备往六合的一所农村中学调动，只是为了离老魏近一些。她做好了离开南京的准备，为了夫妻团聚，为了能和老魏在一起，她已经决定不再管孩子们。三年的自然灾害时期刚过去，国家经济形势正开始好转，如果没有小黎这事，老魏夫妇很可能会少分居二十年。生命苦短，人生能有多少个二十年。姓宋的那个女人言辞严厉，说破坏军婚的罪行如果确实，你男人是要坐牢的，这个不是什么闹着玩的事，这不是一般的生活作风问题，军婚可是受法律保护的。

结果是不了了之，老魏不承认，小黎也不承认。事出有因查无实据，组织上做出了最后处理意见，认定他们的关系显然有不妥之处，譬如不止一次相约去电影院看电影，曾经在厂外的僻静处散过步，两人也都对对方表示过好感。小黎与老魏在同一科室上班，因为这件事，小黎被调动，去了别的厂区别的科室。也是因为这件事，流言蜚语满天飞，到处有人说闲话，云裳和老魏闹得差点要离婚，调动的事也没有进一步落实。她不止一次地逼老魏把这事说清楚，她想要知道真相，可是老魏说不清楚，没办法说清楚，他说根本就没有什么真相。

　　三十年过后，七十初度的云裳满头白发，早已不在乎什么真相。真相也许就像老魏说的那样，根本没有真相。真相困扰了云裳大半辈子，真相早就变得不重要，真相有没有也就那么回事。退休后的老魏夫妇，与同样也是退休的老王夫妇，关系相处得挺不错。他们最后都从江北六合的工厂区，重新回到南京城里定居。小黎也是地道的南京人，地道的南京女人，她家在城南还有私房，改革开放后私房拆迁，换上了新房子，与云裳家一样，居住环境才大为改善。云裳到了晚年，时不时地会感慨人生，恨他们这一代人活得太压抑，活得太窝囊，会觉得他们的所谓夫妻生活，直到退休才重新开始。退休前一切都是身不由己，感觉就仿佛在石头缝里过日子。退休后分配了新房子，孩子们各自独立，他们才开始有了属于自己的空间，才开始可以肆无忌惮，才可以在光天化日之下，像年轻人一样，甚至有时候比年轻人还过分，尽情地做些自己想做的事情。

　　老魏做的爆炒黄鳝，略微有些小失败，稍稍煸老了一些。老魏说这都要怪云裳，怪她不应该提起小黎。老魏说不要说我和她没什么，真要是有什么，你也没必要在今天这个日子里提起。云裳说有什么应该不应该，这事我早就不在乎了，你又在乎什么呢。老魏说我怎么能不在乎，当然要在乎，这很影响情绪的。云裳说影响屁情绪，你现在的情绪不要太好，骨头不要太轻。吃中饭前，老魏一本正经地拉上窗帘，打开了空调，说今天我们应该喝点黄酒。通常都是在下午四点多钟，用电高峰之前，他们才会开始启动空调。云裳知道老魏此时兴致勃勃地拉窗帘开空调，显然是有别的目的，是别有用心，无非又是老一套。她知道接下来会发生什么，知道老魏人老心不老，已经蠢蠢欲动。

4

云裳第一次见到小黎，是 1976 年暑假，唐山大地震期间。长江大桥早就通车了，她骑车去江北的六合看望老魏。这是云裳第一次去六合，第一次主动去看望老魏，也是第一次听说老王也结婚了，第一次听说老王娶的女人就是小黎，老王结婚已好几年。

这一代人的称呼很有意思，也不知怎么的，都习惯称"老"或"小"，老魏老王小陈小黎，喊着喊着就固定下来。不止旁人这么叫，夫妻之间也如此称呼。老也好小也好，现在都已经有了白头发，小黎比云裳还要小好多岁，看上去白头发似乎比云裳还要多。这是继上次老王与她谈话后的初次见面，一转间，又是十多年。当时是从厂部电影院出来，看的是一部反击右倾翻案风的影片《决裂》，老王认出了云裳，热情地打招呼。云裳也认出了对方，老王已开始发胖，她不知道他身边的那个女人就是小黎。回到宿舍，才从老魏嘴里得知，才知道他现在的这个太太就是小黎。

第一次见到小黎，云裳心情有些复杂，难免激动又很快平静，反倒是老魏坐立不安，说话都支支吾吾。事发有些突然，没有想到与小黎的见面，会如此直截了当。自从有了那次该死的谈话，云裳整个人生都被颠覆，这以后，她经常会为这事敲打老魏，找老魏的碴，跟老魏赌气，与老魏冷战，老魏呢，做出各种无辜和生气的样子。这个世界上有许多事说不清楚，云裳自己也不太明白，不知道是应该相信老魏和小黎没事，还是应该认定他们就是有事。有时候她这么认为，有时候她又那么认为。

老魏一口咬定自己鱼没吃着，沾了一身腥。老魏说我要是真有这事，你跟我闹我也认，什么事都没有，你凭什么这样，凭什么？

因为夫妻长年分居，长年不生活在一起，最初的那十年，老魏会按时给云裳写信，诉说对妻子的思念之情。云裳一度很享受这个，事实上，她也很想念老魏，然而很少回信，很多话只是放在心上。都说两情若是久长时，又岂在朝朝暮暮，女人和男人不一样，女人再想念男人，那些太肉麻的话也说不出口。自从有了小黎这档事，事情开始变得不可收拾，老魏的情书开始变得尴尬和暧昧，仿佛又有了另外一层含义，可以有另外一种解读，太亲热不好，不亲热也不好。信写来了，云裳懒得回复，故意让它有来无回，一而再再而三，老魏也就干脆不再写信，先是省了事，再以后也就省了心。感情这玩意就这样，冷了就会淡，淡了也就渐渐无所谓。

两人如果再往前走一步，要离婚也就离了，离了就离了。老魏与小黎究竟是怎么回事已不太重要，很长一段时间，他们的婚姻不死不活，只能说是聊胜于无。云裳平时根本也不会想到老魏，老魏恐怕也是这样，因为分居，一年见一次面，法律上的离不离婚就那么回事。好在这段时间正好是"文革"，这个运动那个运动，世道也不怎么太平，什么事都能忍，什么事都能凑合。到日子老魏还会回来，回来探亲无非老一套，再到日子，老魏又走了。南京长江大桥通车后，两个人都希望有所改变，老魏与云裳商量，是不是考虑买辆自行车，有了自行车，来往可以方便许多。

结果还真是买了辆自行车，只是让云裳先用，当年她是一心想往老魏所在的六合调动，打过申请报告，为了小黎这事犹豫了一下，耽搁了，没想到最后把她调到南京南面的江宁，离江北的六合更远。那个时代的人都很听话，必须服从组织分配，一切听从党安排，领导上真这么决定了，想更改都不行。当时的最高省领导是省革命委员会，委员会的主任是许世友将军，许将军在江宁弄了几个小煤矿，配套建立了小学和中学，云裳正好就被选中去当化学老师。那地方在今天也不算远，可是搁在当时，骑自行车起码一个多小时，只能每周回一次南京。因此说起来，老魏夫妇的家在南京，事实上那段时间，云裳每周回去一次，老魏一年回去一次，真不太像个正常的家。

云裳在江宁待了两年多，煤矿不弄了，根本就挖不出什么煤。她也重新调回南京城，这时候，林彪事件也发生过了，她已经五十岁，父母都不在了，都已死了好多年。孩子们也一个个地离家，老大胜武大学毕业分配去了石家庄，老二利和中学没毕业就当兵去了，女儿玲安在农村插队。人说老就老，云裳开始有些在乎老魏，开始不断地思念他，少年夫妻老来伴，她突然觉得身边没有男人的日子，真的是很不好。老魏的想法也差不多，过去这二十多年，有老婆的单身汉岁月，实在是太不好过。有了大桥，从六合的厂区回南京方便许多，骑自行车两个多小时也就到了，于是探亲节奏开始改变，不再是一年一次，改成每个月回一次家。

1976 年的夏天，云裳五十四岁，再过一年就要退休，忽然心血来潮，忽然特别想念老魏，决定不顾路途艰难，骑车去老魏那里过暑假。没想到会立刻遇到小黎，也没想到很快又会遇到地震。唐山大地震很遥远，与这里风马牛不相及，可是流言不止，大家都生活在谣传的恐慌之中。有那么一阵，户外都在搭建简易防震棚。与小黎的见面纯属偶然，这工厂有几千号人，有好几个厂区，隔得也很远，老魏与老王夫妇平时很难见面，或者说根本就不见面。云裳相信情况就是这样，她变得十分理智，变得通情达理，既没跟老魏撒气，也没让老魏下不了台。大老远骑了三个小时自行车，好不容易才来到这，不值得为若有若无的小黎，再闹得不可开交。

再往后，云裳和老魏不仅不再回避，而且可以心平气和地谈论。最初向组织交代问题，老魏只承认和小黎一起散过步，散步时拉过手。这事有人亲眼看见，想赖也赖不了。一起看过电影，这也是在吃瓜群众眼皮底下发生，同样抵赖不了。坐在电影院里，坐在黑暗中，又干了些什么，又做过些什么，难免有不同版本，坊间传说很多。小黎和老魏各自的表述就不一样，拉着手是肯定的，暧昧是肯定的，有一点过分也不容置疑。发乎情止乎礼，时间是大冬天，都穿着厚厚的棉裤，再怎么暧昧和过分，也就那么回事。

从老魏嘴里，云裳听到不少与小黎有关的八卦。按照老魏的交代和描述，显然还是有所遗憾，显然还是心有不甘。与小黎没走到什么实质性的地步，但是，但是可以肯定，从老魏所在的科室调走，在新的工作环境，小黎起码又与两个不同的男人发生过婚外情。这事很多人都知道，根本瞒不住。小黎有个众人都知道的毛病，只要干那活做那事，就会忍不住发出杀猪一样的声音。破坏军婚的罪名确实存在，小黎前夫老韩为此很痛苦，非常烦恼，一次又一次给厂领导写信，可是小黎属于那种不怕撕破脸的女人，敢做敢当，老韩也拿她没什么办法。为了保住婚姻，最后不得不妥协，最后不得不让步，只能灰溜溜地要求转业，转业到老魏他们厂的保卫处，当处长。

老韩所在的保卫处，与老王所在的人事处，房门恰好正对着，大家低头不见抬头见。都觉得小黎这位前夫是个非常不错的男人，人长得也挺帅，都觉得小黎太过分，不应该那样对待自己老公。老韩转业到地方上，夫妻不再分居，关系变得正常，开始恩恩爱爱过日子，对小黎可以说是百般呵护。渐渐地，与老王也越走越近，成为无话不说的好友。他们是同乡，老韩参加过抗美援朝，手臂被炸弹炸断过，身体一直不好。进厂时正好"文革"开始，不久诊断出患了癌症，拖了没几年，临终前托付老王，希望能帮着照顾好小黎，照顾好他留下的一儿一女。

就这样，老王到了五十多岁，终于结束单身生活，与小黎结了婚。婚后感情相当好，据说小黎曾向老王忏悔，说年轻时不懂事，对不住老韩。她对老王的照顾无微不至，还为他怀过一次孕，可惜最后小产了，没有能够保得住胎。和老王刚结婚时，厂里单身汉闲着无聊，经常会溜过去听房。小黎家住在一楼，最西边一个单元，楼前有一片很矮的小树林。都把这事当笑话讲，也是因为有人会偷听，老王和小黎不得不小心翼翼，不得不让她嘴上咬住一块毛巾，不得不把床脚垫了又垫。可是真一点动静都没有，很快又传出另外一种流言，这就是老王不行了，他的那个什么很可能有问题。

老王很生气，真的很生气，非常不服气。老王最不愿意别人觉得他老，虽然他比小黎大了十五岁。个性倔强的老王好钻牛角尖，知道有人无聊，知道无聊的人下作，不要脸，他索性大气一些，他索性豪放一些。让一切禁忌都去他妈的，老王想怎么样就怎么样，老王要怎么样就怎么样。不就是有人想听个什么吗，不就是想知道老王还行不行吗，那就给他们来一个痛快。老王将计就计，让小黎嘴里不用再咬毛巾，床脚不平也懒得再去垫。老王甚至还故意很配合地喊上一两嗓子，厂保卫处派人躲在他家屋外留守伏击，一下子抓到了五个偷听的小年轻，都是厂技校的学生。

口无遮拦的老王说自己直到结了婚，才开始怀疑人生，才开始感慨人生。失之东隅，收之桑榆，老王说他想不明白，不明白怎么就单身了那么多年，直到跟小黎在一起，才知道成双结对的好，才明白有女人有

家庭的不一样。老魏告诉云裳，老王曾不止一次地对他吹牛，说自己绝
对没问题，说自己很厉害。说他的婚姻开始晚了一些，可是宝刀不老，
起点很高，过了七十往八十走，仍然天天还照样晨勃。云裳一时不太明
白这话，老魏笑着向她解释，她听了十分鄙视，撇着嘴说你们男人真无聊，
真是老不正经。老魏说我们这一代人，只能是到了老了，退休了，才能
老不正经，年轻时想不正经都不行。

　　云裳与小黎见面后不久，那一年十月，"四人帮"粉碎了。老王也
到退休年龄，紧接着云裳退休，小黎退休，女人退休年限要早一些，最
后才是老魏。说退休就都退休了，虽然退休，大家精力依然旺盛，还有
用不完的劲，美好生活才刚刚开始，好日子刚开头。社会突然之间发生
了大变化，他们的人生也跟着大变化。首先是居住环境改善，这是最重
要的一个进步，因为住得都不太远，可以经常聚在一起打麻将。云裳
和小黎都喜欢打，女人的麻将瘾往往比男人更大。有一段时候，也就是
二十世纪的八十年代，几乎天天都要打几圈麻将。

　　打来打去也就那么几个女人，不是在老王家，就是在老魏家，或者
在老钱老杨家。老王和老魏只有遇到三缺一，才会偶尔上场。退休生活
别有一番天地，女人们在一起打麻将，嘴里往往不肯闲着，不是嗑瓜子，
就是胡说八道，什么都说，什么都敢说。最喋喋不休的是老钱，她是国
营菜场的退休职工，回忆起物资缺乏年代，总会有股按捺不住的得意。
作为一名卖鲜肉的小刀手，当年讨好她的人实在是太多。上岁数的人回
忆年轻时，都会说当年怎么好，青春总是美好的，说着说着话锋转移，
变成了忆苦思甜，突然感慨当年那样的日子，怎么稀里糊涂地就过去了。
譬如一说起夫妻分居，老钱就很疑惑，忍不住要问云裳，说你们夫妇是
他妈怎么熬的。

有一天在老王家打麻将，云裳和小黎都已听牌，等着有人点炮，结果旧话重提，老钱又说起云裳和老魏的分居，说这都叫什么事呀，这么多年，是怎么熬过来的。没想到她打出去的这张牌，一炮两响，正好是云裳和小黎都想要的，云裳很平静地回了一句：

"什么叫什么事呀，这不就是熬过来了吗？"

城　市　文　学　卷

书童

张　炜

1

伍老坐在落地窗前，看远山和白云。"总算在生日之前完结此事，甚好。"他饮一口茶，站起，拉拉吊带裤，去了另一个房间。

案上宣纸已经铺好。写点什么？提笔良久，未能落墨。终于想起了一段话，稍加改动写下来：

"当我回首往事的时候，不因虚度年华而悔恨，也不因碌碌无为而羞愧。"

下面还有。哦，还要改几个字才好。

"我能够说：我整个的生命和精力，都献给了最壮丽的事业，为祖国的文化建设而奋斗。"

端详一番，盖上名章。稍停，又加一枚闲章。

他抚着胸部，眯上眼睛。"七十八年过去，弹指一挥间。"他看看沾了一点墨的手：近六十年，都是在这座城市度过的。"所以，舍不得。"

他转向几个大书架：宝贵的积存，跟随半生。"所以，要在一起。"

电话响起，是远方的儿子。对方谈的是父亲即将来临的生日：一家三口要飞回来。儿子如今成了一个"人物"，住在一线城市。

"伍老培养了多么杰出的后代！"这句话成为朋友们的口头禅。他少有回应。

儿子声气高昂，从来如此。挂念父亲，想念父亲，等等。最后儿子问：

"李佳佳怎样？干得怎样？"

"啊，她就那样。"

通话毕。屋内沉寂，如同心境。"'门可罗雀'，'人走茶凉'。"他念着这两个词，颇能深悟。

李佳佳是儿子为老父选来的保姆，四十六岁，微胖，明眸灼人。她让这里窗明几净，随处条理，常有炖鸡的香味。

伍老读书，听到了肩头的喘息。她正盯着他手中的书，小声念出："寻寻觅觅，冷冷清清，凄凄惨惨戚戚。"

伍老闭上眼睛。她退开，擦拭书架，挪动一个内画烟壶。"哎哟。"她手中的东西差点滑脱。

她刚转身，他就把那物件收入屉中。一件价值不菲的古物，老友所赠。"宝物要藏啊！"老友前天来过，盯着它，又看走来的保姆。

老友的目光落在她高高的胸部，时间稍长。伍老殊为不快。"真好。"对方把玩烟壶。

伍老与李佳佳闲谈，得知她独居有年，嗜读。"您老书可真多！"她咂嘴。

入夜，很晚了，灯还亮着。他发现另一个人也在翻书。

大约是她来到的第一个月末，伍老攀上梯子取书，她在后面喊了一声。他跌下来。事情变糟。

肋与背皆痛。呻吟，忍住不去医院。她为他敷药，理疗，手法娴熟。她双手按背，像弹琴一样。"我这架老琴。"他心里说。

第三个夜晚，他可以翻身了。她把他的内裤拉下一截，涂药。他欠身举手："不可。"

伍老自己敷药。厨房散出浓香。她把汽锅端到桌上，发出"啊啊"声。

一起用餐，相对而坐。有些闷热。他的眼睛不能平视。碎花薄衫近在咫尺，低领，高耸低凹。他低头喝一口汤，离去。

深夜难眠。黎明时分扳指算来，她在这里恰好满月。

早餐是牛奶和蛋卷，几片面包，鲜榨果汁，红茶。结束时空气凝住。他说："哦哦，佳佳，我要去外地长期疗养了。所以，当然，回来再联系。"

他为自己的谎言而难堪。

2

老友为伍老叹惜。"又是一个人了。"说着走到案前，索要上面的大字。对方习画，偶尔送来一幅。不敢恭维。

第二天，老友呈上新作：一老翁中箭，手抚伤处，不无痛苦。空白处题："俺老汉荷尔蒙分泌已很少了，怎么丘比特还乱箭射俺呢？这不是浪费资源吗？"

伍老将画放好，待人走后展开。不无趣思。老翁即老友。人与画皆不敢恭维。他与对方同一年退休，先后独居。老友添一保姆，五十许，半年后同居。

收画。铺开宣纸。犹豫片刻，写下两个字："晚晴。"

继续饮一杯苦茶。"清寂固美，只不好享受。"他搓手，翻找出一沓稿纸：刚刚开头的回忆录。已经放了许久，难以接续。

文笔实在艰涩。半生献身公务，而今才知著述之苦。原来字句连缀之难，远远超乎想象。至此，他想到在任时对文秘人员多有斥声，泛起愧意。

他想老友。对方曾当面竖起拇指："身居高位，仁智长者"；背后却说：

"一个笨蛋！"

"也许这家伙所言不虚。"他闭上眼睛。

傍晚时分，前秘书来了。当年后生已近半百，职抵副局。秘书对他时下处境深感忧虑："总不能一个人啊！这事得办。让有关部门帮忙，找好的！"

"让我清静一段吧。"他婉拒。

秘书摇摇头，走了。两天后秘书再来，极为认真："有个人打理是必须的。想听听具体意见。"

伍老沉默了一会儿，最后说："经组织办理，自然会好。我嘛，希望年龄差距拉大一些。"

"哦，明白了。"秘书离开。

一个星期之后，上午十时，有人领进一个小姑娘：十七岁，微胖，面容端俊，有些木讷。

伍老心生怜惜。来人介绍：李兰童，自幼失父，初中未毕业就进城打工。

"也姓李。兰花，童子。好。"他倒水，取水果，口中喃喃。

李兰童喝水，看他的吊带裤。她刚饮几口就站起，走向客厅角落的拖把。伍老摆手："不急。今天休息。"

午餐由伍老做，李兰童在一旁站着，很快上手。他看到了，她的一双手很小，很粗糙。

从中午开始，姑娘不再停息。她活动时蹑手蹑脚。伍老午休时，觉得屋内有一只游动的小鼹鼠。他披衣下床，对正在擦洗的她说："休息，休息。"

两天之后，室内一切归置完毕，洁净无比，采购充足。她看着他："老爷。"

因为少了一个字，令他大惊。"叫'伍伯'。""伍伯。"

"小童，"他眯上眼，"咱们没有那么多活儿。"他取来一本书，掂掂，又换成画册，交给她。

她坐下翻画册。

他去案前写字。墨味很重。她进来，站得稍远，两手捏紧那本画册。

"书上字可都认得？"

"认得一半儿。"

"另一半我来教你。"他放笔取茶，李兰童先一步端上。

3

再有几天即为生日。伍老想着儿子一家，等来的只是电话：因处理某一"事件"，飞不回了。"'事件'，那可要处理好。"伍老说。

"这就叫'官身不自由'。"他看窗外，李兰童看他。

该准备生日了。时间充裕。他说："我们两人，不是很好吗？""伍伯。""蛋糕要有的。一束花。嗯，我要饮一杯老酒了。"

伍老找出一个雕花烛台。"有了它，也就有所不同。"

秘书提来礼物：海参鲍鱼，顶级红茶。"只有他还记得这个日子。"他对她说。

"我可忘不了你的事。"秘书刚走，老友就来了，笑嘻嘻，提着一张"寿"字。字很大，篆体。老友寻找张贴的地方，一转头怔住。

李兰童捧着一个蓝花瓷钵从旁走过。

"哦哟，"老友盯着那个背影，"新的？大胖孩儿！"

老友待的时间稍长。伍老沏一壶茶。老友饮茶如酒，眼窝红了："我就佩服一句话，'走自己的路，让别人说去'。"

人走了，那句话留下来。"他是什么意思？"伍老自问，摇头。

夜晚来临。罐中一大束花，雏菊、鸢尾、勿忘我和玫瑰。烛光闪闪。蓝花瓷钵里是南酒鳜鱼。焗芦笋。黄蛤汤。一杯老酒。

"小童也饮一点。"他分出小半杯。

她只沾了一点。伍老与之碰杯，她以水代之。伍老只好将酒倾入自己杯中。

多好的夜晚。伍老记起：自己从未置办烛光与鲜花。"我不走这一经。"他抬头看她。

"我不喜洋派。"他自语，看蛋糕："孩子买过花。"举杯，一饮而尽。又添半杯。

太静了。也许要有一点音乐。不过这一切只该为青春准备，那就是"小童"了。

"这是最好的一个生日。"他去取蛋糕，对方赶在前边，切好奉上。

晚宴已近尾声。伍老脸有些红，搓一下眼睛。李兰童坐在烛光下，像个瓷娃。他心里有一些话，还是说出来。

"你还是个孩子，伺候一位老朽，实在不值。我想，我们之间该有一种，嗯，全新的关系。"

李兰童站起。

"请坐。我是说，这里活儿很少。就让我做你的老师吧。几年后，仅就文科而言，说不定能抵个硕士。"

"伍伯，我，定准当好保姆。"

"你这么小。别耽搁大好时光。杂务甚少，咱们一起分担。我们都有更大的事情要做，还远不到终点。"

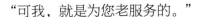

"可我，就是为您老服务的。"

他摇头："别信那些话。相互帮助吧。我如果不能把你变成一个学问孩子、一个有志青年，就是失职。"

"可是，伍伯。"她没有坐下。

"我们不谈这个了。今夜以后我会仔细计划一下。"他端起杯子，发现已经饮尽。

4

饮茶，读书，写字，为伍老三大功课。一年前想写回忆录，开了个头，而今算是搁下了。文路坎坷，无力攀缘。

"清静是福"，"我也得闲"。每幅占半张宣纸，盖名章闲章。"小童以为如何？"他问。

她试读，一字未错。"都好呀。"

"差得多呢。半生耗在公务上，早就文事荒疏。今天只得重新起步。我还要著述。"

最后两个字过于沉重。

他摞起几本小书，由易到难排好次序，交给她：凡不识的字，都用红笔圈起，待我详解。

下午四时，伍老携一把木剑去公园。学过太极剑，殊难，最后几经删减，留下来的倒也别致。

他寻个僻处舞剑：两手握柄探刺，缓缓倾身，直到不能自持才一个转体，右手做成剑指，凌空一挥。这一节常常引起观叹。

园中闲人颇多，并无僻处。不过啧啧之声令人愉悦。收功，器具装入蓝绒绣花布套。回程拐个小弯，买一些菜蔬。

进门时李兰童正在翻书，叫一声，接过伍老手中物品。

晚餐后讲书。他不会拼音标注，只好重复读着，努力克服方言。"人这一辈子，乡音紧随。"他沾点口水，翻到下一页。

这个场景让他想到外祖母：星夜河边，灯下，多少故事啊。哦，童年。一切不再复返。"光阴哪！'老骥伏枥'，如此而已！"

他合上书，看李兰童：大眼漾水，鼻中沟可真深。"多好的孩子！"他心中长叹一声，说："让我们一起努力吧！"

"伍伯，我会学好。"

"嗯。我呢，"他看着她锃亮的、微鼓的额头，"我也要开始著述。我常想啊，这一生走来，还欠一部书哩！"

"什么书？"

"不知道。诸事未定，正权衡哩。回忆录或可作罢，往事想多了徒增伤感。"他垂下眼睛，"不过，心里总有些话要说。"

"伍伯会有书。"

"嗯，我啊，少年多艰，青年奋斗，中年后更不轻松：受过委屈，也惩戒了一些人。"他转向灯影，"在大是大非面前，人总该有些决断。我至今无悔。"他起座，掐腰站了一会儿。

"我至今无悔。"他回到寝室，又重复一句。

每天早茶后总要写几张大字。她站在一旁。"写字无非心情，有时出字，有时不出字。"他说。

她知道"出字"就是写得好。她说："'出字'。"

"不然。"他远近端详刚写下的字，捏起几张团在纸篓中。"在古代，你这样的小童，会在一边研墨的。"他对弯腰看纸篓的她说。

"那我研墨吧。"

"不了，如今有现成墨汁。省了工序，也少了古意。"

写字颇累，额生汗粒。他喝茶，让她坐在一边蒲团上。"像我这样的老人，古时身边都有一个童子，那是'书童'。他（她）要收拾笔墨，出门担上茶点书函什么的。"

5

天渐热。伍老不喜空调，多用蒲扇。李兰童单衣汗湿，他特意为她放置风扇。傍晚时分，两人一起出门。没去公园，寻到一家高档商场。他要为她选几套夏装。

"浅色，宽松，棉麻质。"他对店家说。

她一一试过。"伍伯，忒贵。""无妨。"

最后去鞋柜。他对服务员说："白色凉鞋，牛皮。"

她试鞋。他发现她没穿袜子，胖胖的脚丫，大拇趾甲比常人约短三分之一。

"很好。怎样？"

"好。忒贵。"她脱掉鞋子，退开一步。

"孩子，这不关你事。"他让她收好物品，自己去交钱。

他们提着大小包裹出门。他说："这事理应早办。"

回家马上更换衣装。松软布衫，宽裤。伍老上下打量，目光落在那个比常人略小的趾甲上。"甚好。小童。"

他一口气写下几张大字，将笔塞进她的手中："试试无妨。"

"伍伯，不行。"

他将"古为今用"几个大字拉近，让她照葫芦画瓢。她屏气用笔，好不容易描完。伍老呼叹："稚气可掬！啊呀！"

他说："再写。"她汗透衣衫，脸色红涨，坐下一动不动。

"从今儿起日日习字，不要辜负这张书案。"他把她的字选了几张，放到一边。

老友来了，一起赏鉴李兰童的字。老友笑："笔画要连起来。"

他们喝茶。老友说："我见到环子了。""谁？""雨子女人的儿子。雨子，记得吧？"

伍老的杯子凝在唇边。当然记得。一个胆大妄言的家伙，已失去公职。当时他力主严惩。后来就不知音讯了。

"雨子返乡第二年就不在了。女人改嫁。环子在十字口超市，管一个摊子。你家童子常去。原来他们是兄妹。"

失眠之夜。那个倔强苍白的面孔如在眼前。"雨子，嗯。"

早餐饮双倍的茶，又加一杯咖啡。他赞许食品："好的食材，产地至关重要。"说完看着小童。

"啊，我选的是有机食品，贵些。"

"无妨。就该如此。"

无心写大字。他又翻出那一沓稿纸，坐在写字台前。她端茶，看那支老式钢笔。他说："嗯，人这一辈子总有些话要说。我说过，我要著述。"

"您一定'出字'的。"

他拍打那沓稿纸："没那么容易。老了，写不动了。搬不动字句了。"

"伍伯会成。我帮您什么？"

"孩子，你念书识字就好了。杂务不多，不可劳累。一切务必从简。"

"写书太苦。我会好好做。我给您炖汤。"

6

李兰童出门买菜，伍老一起。他们进了一家超市，她直奔水果摊和鱼肉摊。摊前一个络腮胡小伙子仰起脸。"这是主家，伍伯。"她又向他指指伍老，转过脸："我哥环子。"

伍老看着小伙子：一双细长眼。从五观神气上看，差异颇大，也许没有血缘关系。"嗯。"他心里说。

"伍伯写书累呢，你呀，要挑最好的给我！"她指指冷柜里的鲫鱼和排骨。

小伙子将鱼去鳞，剁好排骨，装在袋中。他指指邻摊："新来的水芹。"小伙子揩手，看着伍老。伍老笑笑。小伙子说："不错的老头儿。"

他们离开。她说："我哥嘴贫。"伍老点头："不错的小伙子。"

水芹鲫鱼，清炖排骨。午餐时，伍老说到那个小伙子："眼睛不像你。"她点头又摇头："嗯。不是亲哥。"她为他舀汤："比得上亲哥。"

他明白了，小伙子是继父前妻的儿子。想听下去，她没有再说。

午休时，李兰童收拾碗筷，又去书房忙碌了很长时间。伍老起床后，发现案上新裁了一沓宣纸，砚台洗得锃亮，钵中清水也换过了。

他倾墨，蘸笔，却迟迟未能写成一个字。"今天不出字。"他叹一声，掷笔离开了。

半个下午都在写字台前翻那沓稿纸，总算写了几行，又涂掉。重新回到写大字的案前。倾身取笔，浓墨欲滴，赶紧下笔。写下七个字："霜叶红于二月花"。

她端着印泥。他又写一张："江山如此多娇"。

夜深了，伍老把那沓稿纸携到寝室，盯着上面涂去的几行。"这是很难的。写一本书，可不是容易的事。"他将稿纸放到床头柜上。

那个苍白倔强的面孔从眼前闪过。

该休息了。倚在床头出神。"我可不信这样的巧合。"他想起秘书曾和雨子同事，哼一声，拨通了电话。对方吞吐一番，承认："首长，哦，是的。我知道她。怜惜，是的。"

又一个无眠之夜。

上午，他饮过茶，抚着蓝绒绣花剑套。"小童，在家好生念书。"叮嘱一句，出门去了。

他在园中一角呆坐，木剑抽出半截，又插入。沿园边走，一直踏向人行道。

他最后走进那家超市。人不多。他径直走向那个络腮胡。小伙子两眼一直盯着他，手里正在磨刀，一根金属棒挥得眼花，碰在刀上噼啪作响："喂，伙计，书写得怎样了？快了吧？"

"啊啊，实在惭愧。"他低头，看柜子。

小伙子用一团棉纱擦手，"你对我妹好，我就对你好。买啥？"

"哦。看看。"伍老攥紧剑套，汗粒滚落下来。他呼吸平缓了，问："好孩子，家里长辈都好？"

小伙子白一眼，答："我爸还那样，害喘。我妈养鸡。"

"啊，养鸡。好。"他摸着胸口。拥来一些顾客。他退开，稍停，去邻摊买了一把水芹。

回家，进门是炖汤的浓香。小桌上有一本打开的书、一支笔。书上画了不少红圈。

7

儿子难得来一次电话。这次谈的是中秋节，说一定回家。"能否实现，则是另一回事。总会发生一些'事件'。需要他来决断。"他放下电话，对她说。

离过节还有些日子。天气尚热。"我的孙女小你几岁，"他看着她，"顽皮呢，我在她额头描一个蚕豆大的红点儿。"

"真好。"她说。

伍老看她的脑门。那儿缺一个红点。宽软衣裤，双髻，恰似书童。她去案前倾墨、置水钵、铺宣纸。

"孩子，你进步好快。而我，著述难成。"

"为什么？"

"因为，孩子，人常常有心无力。这事比你想的要难得多。"

她挨近些，不再说话。他再次看她的额头："这里该有个红点儿。"她仰头时，他将食指伸向印泥，按了一下。

她去镜前，反身时脸色红红的。

"妥妥的'书童'。不过，孩子，我并非那些骄奢的'员外'。"他声音低到不闻，一边说一边走向落地窗。

直到午餐，她一直没有除去额上的红点。伍老用餐巾擦眼。他低头时，又看到了她稍短的大拇趾甲。

餐后就"书童"二字多说了几句。他告诉她：古时，真假斯文的"员外"身边总有一童子，伺候文墨，郊游时担上书函茶点。

"我也能做。"她说。

"在家无妨。出门这样，人家会侧目的。"他的目光长时间看着窗外，

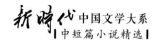

偶尔落向她的额头。

第二天，她的额头才洗干净。不过他看那个开阔的脑门，总觉得红点还在。

写字台上那沓稿纸碍眼，掂了掂，放进抽屉。"不过，我总该有所著述。"他念叨，在书架前徘徊，不时取下一册翻弄。

有一本由短句辑成的小书。"格言集"，他看得入迷，小童呼唤用餐，他没有听见。

午休起床，还是看那本小书。"格言，真如编者所言，'乃一民族智慧和语言的结晶'。"他对她举起小书，拍打："所有书籍，最重要的，莫过于'格言'。"

几天后，一个想法在心里成形：那部回忆录搁下，或可尝试写一些短语嘛。"年迈之人缺少的是精力，而非见识和经验。"他自语，找出一个仿牛皮封面的笔记本。

他在本子扉页上写下两个字：格言。她走过来，他把本子合上。"著作贵在精当，而不在冗长。一诗一赋都可存世，浩浩长卷未必可读。"他接过她递来的茶盅，"小童，我日后要记些心得了。"

说过这句话之后，一连多日眉头不展。要想很多事，想一个意旨深远的句子。不成。"看来这事不可操之过急。"

多么精致的笔记本，原来一直在等人。他踱步，走近，离开。有了，脑际出现了一句，马上。他写的字字工整：

"人间重晚晴，人老当自重。"

反复看，合上。总算开张了，有了第一句，后面自然不难。

一夜好睡。一大早起来，首先打开那个本子。看了一会儿，一阵犹豫：上面的话似乎眼熟。"如果别人说过，那就不成。那还不属于自己。"

他抚着胸口。尽管多有不舍，还是画掉了本子上的话。

8

他因为苦思，一连三天未到案前。看书不能专心，胃口尽失。"小童，我知道什么是世上最难的事了。"

"是'著述'。"她说。

"一般还好。格言，那是'结晶'。明白吗？"

她点头，想到的是腌菜缸中洁白的盐晶。她最看不得老人皱眉的样子。她把宣纸裁成不同的尺幅，洗砚，更换钵中清水。

她做了蜜汁桂花糯米藕，在茶几旁放置一碟。"香，软。"他吃一片。

"伍伯该去练剑了。"她记起他七天没有出门。

"也是。闷在屋里不好。"他取过蓝绒绣花剑套，掸几下，抬起头："咱们今天携上吃物，几本书，去外面野餐。"

提议好极了。她擦拭一个竹网提盒，放入保温壶和糕饼、几碟小菜。"书。"他提醒，包裹笔记本。

他们去公园。提盒颇重，她不得不歪着身子。他要提，她拒绝了。"我们如果有一个竹担，那好多了。"他说着，看一眼她的额头。

找到一片浓荫。闲人稍远。铺一块塑胶布，再加一层粗布织巾，放好驱蚊盒，摆上茶盏。他打开一本书，看了一会儿，起身舞剑。

午餐简而精。热茶，冷碟，五香花生和蜜汁藕。园中还有野餐者，几个男女在不远处吃吃喝喝。

他注意到三个中年男子：双手抓住汉堡，大口吞食。咀嚼肌绷紧，牵拉得脸庞变形。吃相很丑。一旁的女子舔着手指，抓起奶茶吸起来。

　　他从他们身旁走过，放慢脚步。他们继续吃喝，大声说话。

　　她收拾提盒。他离开前又看一眼那些男女。"除了喧哗，这里还好。咱们该有真正的郊游，可惜太远。"

　　走出园门的一刻，他问："小童，还记得你爸的样子吗？"她一怔，摇头。"哦。没事。今天好极了。"

　　他一连两天在家，看书，写大字。她站立一旁，他让她也写。"如果小童不成学问青年，那我就是失职。"他把她稍稍端正的字拣出，放好。

　　每周都去公园待一个上午，野餐后回家午休。常遇到吃汉堡的男女。伍老说："女人吃汉堡就像小鸟啄食，喝奶茶则不然。""为什么？"他不答。

　　第二天中午，他让她叫了一次外卖，专点汉堡和奶茶。他在镜前看自己的吃相，发现与那些人并无二致：因为要防止食物夹层脱落，必得双手卡住；咀嚼，吞咽，喉结上下移动。整个人至少老了五岁。

　　他观察她吸奶茶的样子：双颊内收，嘴唇缩着，实在说不上好看。"嗯，明白了。这没有什么可说的。"

　　午休前，他打开笔记本，在涂过的笔迹下记了一句："男人最怕汉堡。"看一看，再添上一行：

　　"女人最怕奶茶。"

　　她走过来，看本子上刚写的两行字。

　　他一字一顿读过。"小童，这是我这些天的发现。也许过于平俗，可毕竟是观察所得。哦，从没听谁这样说过。"

　　"是呀。没有呀。"

　　"孩子，要知道，真理有时并不深奥。"

　　午休推迟了。他们交谈时间稍长。他说到了自己在任时："那会儿总讲'深入生活'，'实践出真知'。而今，瞧瞧，就是这么回事。"

她伏在笔记本跟前。

他抬头望向窗外："小童，我们真该制一副竹担了。"

"嗯呐。"

"担子一边是食水，一边是书。颤颤悠悠。'到生活中去'。"

"嗯哪。"

城 市 文 学 卷

叶落桃园

刘庆邦

开篇的话

重凤昆启万，敦本庆家昌。这像是一句五言诗，我试图读出其中的诗意。可我读来读去，实在寻找不出诗意在哪里。我愿意承认，这每一个字都是好汉字，都像是挑粮食种子一样挑选出来的，粒粒结实饱满，掷地有声。可惜每个字都是孤立的，字与字之间并没有建立起内在的联系，没有生发诗意。虽说每个字本身都有它的意思在，都可以单独阐释，但还是停留在说文解字意义上的意思，而不是诗歌的意思。还拿粮食作比，尽管每一粒粮食都是好粮食，如果没有融合，没有发酵，没有蒸煮，就不会变成酒浆。谁想从"粮食"中品出酒味儿，只能是徒劳。

那么，这些字是干什么用的呢？告诉朋友们吧，这是排列在我们《刘氏族谱》上的字，是我们刘氏家族的人起名字用的。一辈又一辈的人，都必须按照族谱规定的字严格执行，绝不允许有半点乱谱。除了我在开头写到过的十个字，后面以五言形式整整齐齐排列的还有不少字。我不知道这些字最早是谁挑选出来的、排列出来的。但我敢肯定，这些字的敲定，是有文化并对文字有深究的人干的。我还敢肯定，那个人就是我们刘家的先人。先人早已离我们而去，像仙人一样不可寻觅。但先人留下的这些字，不能不让我们这些后来者心生敬畏，并有一些神圣感。

有心的朋友可能注意到了，我提到的十个字中，有一个庆字。对了，庆字是我名字中间的一个字，我属于庆字辈。从庆字辈往上数，就是本

字辈、敦字辈、万字辈等。本字辈是我的父辈和叔叔辈，敦字辈是我的爷爷辈，万字辈就是我的太爷爷辈。在我的记忆里，我还很小的时候，村里万字辈的太爷爷已寥寥无几。仅存的几位，也是老态龙钟，朝不保夕。反正我从未见过我的亲太爷爷。敦字辈的虽说比万字辈的多一些，但也处于整体性的衰落期，行将退出村里的历史舞台。比如我爷爷弟兄四个，大爷和四爷早就死了，在我尚未出生时就死了。我爷爷呢，在我还是一个少年的时候，他也死了。只剩下一个三爷。三爷也是满头白发，进入老境，只能做一些在生产队的场院里看场院的轻活儿。此时村里的中坚力量是本字辈的叔叔们。我粗略算了一下，属于刘姓本家的叔叔们大约有一百多位。在那个阶段，村里到处都是他们强壮的身影，粗喉咙大嗓的声音，还有旺盛的雄性气息。不仅犁地耙地、摇耧撒种、放碌扬场等一应庄稼活儿由他们承担，连生产队的大队长、小队长、会计、记工员，包括学习毛主席著作辅导员等，都由叔叔辈包揽。如我之辈的庆字辈，还远远排不上队。按长江后浪推前浪的说法，我们庆字辈那时还没有形成波浪，对本字辈的叔叔们还起不到任何助澜作用，而叔叔们的波浪正在滚滚向前的浪头上，的确把他们敦字辈的前浪推得够呛。可以说，在当时总路线、大跃进、人民公社三面红旗的旗帜下，在整个公社化、集体化时期，我的叔叔们在村里都是主导性的力量。如果说本是根本的话，那个时期我们刘楼村的历史根本上都是他们创造的。如果说本是一本书的话，书本里的主要人物和次要人物都是那些叔叔们。

四十多年来，我已经写了不少小说，在小说中也刻画了众多人物。每个人的生命有限，经历有限，写作资源也有限。有时我觉得，自己的写作资源已经使用得差不多了，好像没什么可写的了。有一天蓦然回首，我竟然发现，那么多的叔叔，我一个都没有写过。真的，有的叔叔我可能在作品中偶尔提到过，但都是一些陪衬性的边边角角，从没有把写作的焦点对准其中任何一个叔叔，没有把其单独请出来，当成一个主要人物来写。

还有一点需要说明的是，在本字辈的那一辈人中，我父亲是第一个出生，排在打头的位置。其后陆续出生的本字辈的人，都是我父亲的堂弟。也就是说，所有的本字辈的人，没有一个人是我的伯伯，统统是我的叔叔。为了把众多的叔叔相区别，在叫某个叔叔的时候，我往往要按他们的排行叫，或连他们的名字一起叫，比如本成叔、本生叔、本功叔等。

叶生叶落，月圆月缺；四季更迭，生命更替。在我们看来也就是一转眼的工夫，叔叔们开始走下坡路，一个接一个走到地平线下面去了。我几乎每年都会听到村里的堂弟们向我报告，说哪个叔叔走了，哪个叔叔也走了。他们走到哪里去了呢？他们从村里走到村外，最终走到坟地里去了。地上鼓起一个个圆圆的坟包，上面安着一个圆锥形的坟头，坟包代表着他们的身，坟头代表着他们的头，每个叔叔都成了一成不变的"胖叔叔"。

不用说，我们村的时代，目前进入了由庆字辈的哥哥和弟弟们当家主事的时代。庆字辈的弟兄们表现得不是很好，除了少数人在村里留守，大多数都选择了逃离。不要说别人，我自己就是较早的逃离者之一。不过，只有脱离了村庄，我才有了故乡的概念，成了有故乡的人。同时，离开故乡我才知道，故乡是我们的根，人虽离开了故乡，根还留在那里。一如每个人都不能擅自改变自己的梦境，故乡还是最让我梦绕魂牵的地方。因此，每年清明节前夕，我都要回老家看一看。在墓园里扫墓烧纸的时候，大姐、二姐会把周边隆起的新坟指给我看，说东边的那座坟里埋的是哪位叔叔，西边的那座坟里埋的又是哪位叔叔。不管大姐、二姐指给我看

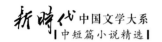

哪个叔叔的坟，我都会马上想起那个叔叔生前的样子。恍惚之中，我似乎看见有的叔叔在坟中站起身来，在跟我打招呼。我还仿佛听见有的叔叔在对我说：听说你这孩子不是会写点东西嘛，你怎么不写写我们呢？

好吧好吧，我现在就着手写你们。每个人的一生都是一本书，都值得书写。可村里那么多叔叔，我不可能把每个叔叔都写到。我要挑故事比较多、有代表性的叔叔写，或者说挑我自己比较感兴趣的叔叔写。我所写到的叔叔，难免会有一些对逝者怀念的意思，但我不打算为任何一位叔叔立传，更不会为任何一位叔叔歌功颂德。我想通过叔叔们，写出人生的苦辣酸甜，写出人性的丰富和复杂，写出个体生命起伏跌宕的轨迹，写出艰难的尘世带给我们的命运感，并写出时代打在他们心灵上的深深的烙印。有写得不好、不对和对叔叔有冒犯的地方，请叔叔们不要生气，一定要谅解你们的侄子啊！

有评论家朋友知道了我要写关于叔叔们的系列小说故事，说我的小说写到这个份儿上，胡写都可以。这话让我吃惊不小，胡写？什么叫胡写？怎么才算胡写？这个我得想想，我得好好想想。我想，所谓胡写，是不是希望我放开想象，打破小说原有的规矩，突破小说原有的界限，写得新颖一些，给读者一些陌生感呢？我还想，朋友的话后面也许还有话，话后面的话，是不是嫌我以前的小说写得过于保守，过于老实，过于循规蹈矩，写的小说太像小说呢？我怎么办？要不咱也玩一把玄的，弄一把疯魔，胡写一下试试？我想来想去，不行呀，那一套咱不会呀，玩不来呀！我的体会是，每个人的写作，是跟这个人的天性联系在一起的，或者说是由天性决定的，怎么写，不怎么写，一出手就决定了，想改变是很难的。勉强改变，有可能会失去天性，同时失去自我。算了，饶了我吧，我真的不会胡写，请允许我还是老老实实地写吧！

加上我这次写的对象都是我的叔叔、我的长辈、我们同宗同族，血脉相连，我对他们是尊重的。我写了他们，已经过世的，有可能会在天上注视着我；尚未过世的，会在人间关注着我，我应该写得小心翼翼，更加严谨，更加诚实，怎么敢信口开河，胡说八道呢？

　　好了，开篇的话已经说得不少了，下面开始讲第一位叔叔的故事。

　　这个叔叔，我叫他大叔，他是我三爷的大儿子。

　　从小到大，直到十九岁外出到煤矿参加工作，我从没有见过这位大叔。别说见了，我连听说都没听说过，好像这位大叔压根儿就不存在。三爷有三个儿子，我只见过他的二儿子和三儿子。我目睹过三爷的二儿子娶新媳妇儿，也目睹过三爷的三儿子娶新媳妇儿。他们娶的新媳妇儿脸上都搽了粉，都穿了新衣服和绣花鞋，的确很新的样子。他们结婚后，仍和我们家住在同一个大院子里。三爷、三奶奶和他们的两个儿子、两房儿媳住在坐东朝西的四间草顶房子里，我站在我们家坐北朝南的堂屋门口，就可以看到他们的门口。有时关起门来，我都能听见叔叔和婶子吵架的声音。在那段不算短的时间里，我误以为三爷只有两个儿子，我擅自把他的两个儿子的排位上移，把老二排到了老大的位置，把老三排到了老二的位置。记得有时我把二叔喊成了大叔，把三叔喊成了二叔，他们并没有纠正我。三爷和三奶奶还有一个大儿子，作为父母，他们肯定不会忘记，但他们表面上像是忘记了，因为我从未听到过他们提起大儿子的事。我母亲记忆力极好，她应该记得三爷还有一个大儿子，在对我们讲过去的事情时，母亲像是故意回避着什么，也只字不提三爷家大儿子的事。

　　这是为什么呢？若干年后我才知道，原来大叔十九岁外出当兵，在

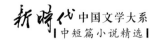
国民党的军队里当上了一个小军官。淮海战役之后，他在死人无数的战场上捡回一条命，跟随溃逃的国民党军队，跑到台湾岛上去了。他一到台湾，就与家人中断了联系，一中断就是三十多年。三十多年对大叔来说是漫长的，他时常隔着大海，向着大陆家乡的方向眺望。但天茫茫，海茫茫，他什么都看不到。他和家里亲人的隔断，像是生死之隔，阴阳之隔。要打通隔离，恐怕像打通生死和阴阳一样难。

按我们村大多数人的估计，大叔凶多吉少，十有八九是死在战场上了。乱飞的枪子儿又不长眼，谁碰上枪子儿都得死。既然大叔当的是国民党的兵，既然国民党是战败方，大叔死了就算了，别提他了。除了大叔，我们村还有一个姓范的年轻人，他也是在国民党的军队里当兵，也是大战之后生死不明，音信全无。三十多年后，大叔总算和家里亲人联系上了，总算又回到了故乡，可那个姓范的年轻人至今如灰飞烟灭，一点儿信息都没有。

我们老家离淮海战役的战场不是很远，我三爷就当过淮海战役的支前民工。他推着一种叫"小土牛"的独轮车，去前线为解放军送过粮食。事情就是这样有意思，三爷明知他的大儿子是在国民党的军队里服役，也明知解放军打的是他的大儿子所在的部队，他却心甘情愿地去给解放军的部队送粮食。国民党的军队之所以失败、共产党领导的解放军之所以胜利，这不能说不是一个小小的原因。你想啊，连当爹的都不向着儿子了，儿子哪有不失败的道理呢！三爷知道，国民党的军队战败后，在战场上的雪地里丢下很多尸体，根本来不及收拾就跑了。直到第二年的春天雪化、尸化时，哪里有腐化的尸体，哪里的麦苗就长得旺一些、高一些。三爷难免联想起他的儿子，他估计自己儿子的命运也不会好到哪里去。但他还抱有侥幸心理和一线希望，暗想自己的儿子也许还活着，也许跑到台湾去了。在这方面，三奶奶堪称一个有执念的人，她坚定地认为，她的大儿子还活着。她的理由很简单，人在世上行走，只要没得到具体的、确切的、不好的消息，就说明她的大儿子还在人世上活着，她不会掉泪，不会放弃对大儿子的思念。

老两口对大儿子的思念和念叨，只能在家里，或在夜间，都是在私下里进行，白天当着别人的面，他们守口如瓶，从来不提大儿子。哪怕三奶奶是在私下里念叨大儿子，三爷也顿时有所警惕，好像怕隔墙有耳的耳听去似的。新中国成立后，三爷家被划成贫农成分，三爷当上了贫协会的成员。在斗地主、分田地的时候，三爷表现得相当积极。听我母亲讲过，在批斗一个刘姓万字辈的地主时，因地主个子高，三爷个子低，三爷跳起脚来才能抽到地主的嘴巴子。三爷当然清楚，在那阶级斗争年年讲、月月讲、天天讲的年代，阶级敌人除了地主富农，后来还增加了"反坏右"。反是反动分子，或反革命分子；坏是坏蛋分子；右是右派分子。按上面划定的标准衡量，如果三爷的大儿子还活着，而且是在台湾，当是"黑五类"之一的反动分子。而三爷家呢，当是反动分子的家属，简称反属。天哪，那可不行，万万不行！那不是从革命的骨干变成革命的对象了嘛！三爷所采取的办法就是两个字，不提。五年不提，十年不提，二十年不提，在人前关于大儿子的事半个字都不提。世上人来人去，如果一个人老不被人提及，时间一长，这个人就被淡忘了、遗忘了，跟消失了差不多，跟从来没存在过差不多。应该说三爷的不提取得了应有的效果。拿我来说，很长时间我都不知道大叔的存在。我母亲跟三爷的想法是一样的，她也是害怕家庭社会关系中多出一个反动分子来。在类似的事情上，我们的母亲已饱受折磨，变得格外敏感。这是因为，我父亲就在冯玉祥部下当过国民党的军官。虽说我父亲在抗战胜利之后

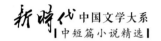

就退伍还乡，并在 1960 年去世，但他还是被人说成是历史反革命分子，以致使他的子女受到株连，受到歧视。我初中毕业后，曾两次积极报名要求参军。体检是合格了，一政审就把我刷了下来。

大叔第一次从台湾往家里写信是 1979 年，从他 1949 年离开大陆，时间整整过去了三十年。如果他离开大陆时还是一个青年的话，三十年后他差不多已经变成了一个老人。三十年的一万多个日日夜夜，大叔不会忘记他的家乡，不会忘记他的父亲母亲、兄弟姐妹，也不会忘记对大陆动态的关注。大叔定是从台湾的新闻报道中注意到了，大陆开始了改革开放，不再以阶级斗争为纲，变成以经济建设为中心。大陆把地主富农的帽子都摘掉了，每个人都是国家公民，处在平等的位置。大陆发布了《告台湾同胞书》，调子上开始出现了缓和的迹象，并向台湾同胞发出召唤。就是在这样的背景下，大叔试探性地给家里写了第一封信。后来大叔回忆说，为了写这第一封信，他不知流了多少眼泪，眼泪不知打湿了多少信纸。算起来，他的父亲母亲都七十多岁了，他不知父母还是不是在世。一般来说，农村人的岁数能超过七十就算不错，能活过八十岁的不是很多。他担心这一辈子恐怕不一定能见到父母了。一想到这里，他就禁不住流下泪来。当时台湾和大陆还不通邮，大叔把信寄给在香港九龙的朋友，由朋友转寄到大陆的河南省沈丘县刘庄店镇南面三里的刘楼村。在信封上，收信人大叔没写三爷的名字，写的是自己的名字，他的名字叫刘本德。我们村还有一个叫刘本德的，他是刚刚摘帽的地主家的儿子。队长从大队里把信捎回后，就交给了村里的刘本德。村里的刘本德确有一个舅舅在香港居住，他以为是舅舅给他寄的信。他拆开信，找识字的人把信念来念去，信上的话跟他一点儿关系都没有。于是，他把信退还给了队长。既然信已经拆开了，队长就把信交给一个在村里教小学的老师，让老师在吃饭场里把信念一念，看看这封信跟村里人到底有没有关系。老师念信时，三爷也在饭场里吃饭。三爷对这封信并没有很注意听，他不会想到会有人给他写信。但是，当他无意中听到写信人自我介绍说：我的大名叫刘本德，我的小名叫天增。天增？三爷听到天增二字，如在晴天里听到天边传过来的一声雷，他一下子愣住了。同时他的手不由得哆嗦了一下，手里的饭碗差点儿掉在地上。他对念信的老师说：你再念一遍，他是说他叫天增吗？老师把那段话又念了一遍，确认写信人的小名是叫天增，老师说，天是天地的天，增是增加的增。三爷的眼圈儿顿时有些发红，说话也有些喃喃，他说：天增是我的大儿子啊！又说：天增你这孩子，你真的还活着吗？

快，快把信念给他娘听听！三爷让老师拿着信跟他一块儿回家去了。

三奶奶生了病，正在床上躺着。听老师念了信，特别是听大叔在信里写道：娘啊，儿不能在娘跟前尽孝，都是儿的不孝啊！三奶奶一下子哭了起来。她还像儿子小时候叫儿子的小名一样，说：增儿啊，增儿啊，你真是小增儿吗？

老师是本字辈，他劝三奶奶说：三大娘，大哥有信儿了，这是天大的喜事，你应该高兴才是啊！

三奶奶不哭了，挣扎着从床上坐了起来，她说：我早就知道，俺大儿不会死。他娘还没死呢，他怎么能死！他不回来，我就不死！

大叔的信，在村里产生的效应是轰动性的，一时间，全村的家家户户都在谈论这件事。要是搁前几年，特别是在"清理阶级队伍"的时候，出这样的事情可不得了，一定会被村干部视为阶级斗争新动向，把大叔视为阶级敌人、反动分子，并把大叔的来信与蒋介石反攻大陆联系起来看待。说不定村干部还会把这件事向公社革命委员会汇报，还说不定

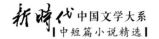

革命委员会要派人对信件和三爷三奶奶进行审查。然而，山不转水转，三十年河东转河西，随着风向的转变，人们的看法像被新风荡涤过一样，很快变得跟以前不一样了。村里人没有再如临大敌，只是有些惊奇，原来村里还有这么一个本字辈的人，三十年没有一点信儿，现在终于有了信儿。村里年轻人说，以前没听三爷三奶奶说过他们还有一个大儿子呀，两个老人的嘴可真够严的。村里人估计，名字叫刘本德的大叔既然还活着，一定是在台湾做了官，发了财，混出了人样儿。当时生产队还没有解散，土地还没有分田到户，打工的潮流还没有兴起，人们还都在村里待着。听到大叔来信的消息后，人们纷纷到三爷三奶奶家里去了，好像大叔已经从台湾回来了一样，他们要看看大叔长什么样。来到三爷三奶奶家里，他们要求看信，要求把信的内容听一听。看到了大叔的信，他们像是看到了大叔一样。喜事让三奶奶的精神好了不少，她不在床上躺着了，要求吃饭，要求吃药，说一定要等到她的大儿子回来，跟她的大儿子见上一面。接着，三爷三奶奶就把已经分开家的全家人召集在一起，开始商量给大叔写回信的事。商量的结果，一是告诉大叔，他的爹娘都还活着，全家人都很好；二是希望大叔能赶快回来与家人团聚。三爷的二儿子也是读过初中的人，这封回信本应由他来写，但他不敢写，他说他现在是提笔忘字，写不成句儿。他又说，台湾使用的是繁体字，他不会写繁体字。家书抵万金，给大叔回信的事事关重大，没办法，三爷只好请那位念信的老师来写。

此时我已从河南的煤矿调到北京工作，大叔从台湾给家里写信的事，我很快就得到了消息。欣喜之余，我想三十年哪，都是中国人，都在一个地球上，中间只隔着一片海，却三十年不通消息，不相往来，这是多么悲哀的事情。好在这种悲哀总算到了该结束的时候。我还想到，一个人一辈子能有几个三十年呢，能活过两个三十年就算幸运，能活到三个三十年的总是少之又少。如果再过三十年，大陆仍闭门不开，三爷三奶奶肯定会成为逝者，再也得不到大儿子的信息，再也见不到他们的大儿子。大叔也是一样，他已经在台湾熬过了第一个三十年，肯定熬不到第二个三十年，只能在终生遗憾中离开人世。我当时已经开始学着写小说，每天都想发现新的小说题材。以三奶奶盼望大儿子归来的过程为线索，我能不能写成一篇小说呢？因为每个人的一辈子都活在盼望之中，不管干什么，其实都是在创造盼头。人有了盼头，就活得提精神，有劲头。而人一旦失去了盼头，就像霜打过的瓜园一样，瓜秧子很快就枯萎了，就没了生气。三爷三奶奶也是一样，他们心里定是装着对大儿子的盼头，才提着劲儿活了下来。小说还真的写出来了，题目只有一个字，叫《盼》。小说很快在河南的《奔流》杂志发了出来。

在三爷三奶奶的热切期盼中，大叔终于回来了。等大叔踏上大陆的土地时，时间又过去了九年，到了1988年秋天。大叔在台湾住在桃园县，他从桃园机场坐飞机，绕道香港，飞到郑州。从郑州下飞机后，他打了一辆出租车，不惜长途奔跑几百里，不惜花费好几百元的打车费，直奔家乡而来。听老家的人对我描述，大叔穿着西装，打着领带，手上戴着镶有红宝石的金戒指，气宇轩昂，完全是一副衣锦还乡的样子。是年，大叔已六十多岁，两鬓已有了白发。"少小离家老大回，乡音无改鬓毛衰。"大叔一见到三爷三奶奶，就按传统的礼仪，双膝跪地，给二老磕头。他说：爹呀，娘呀，都是儿子不孝啊！大叔喜极而泣，磕第三个头时，眼泪已经流得一塌糊涂。

三爷和三奶奶也哭了。三奶奶说：我的儿，赶快起来吧！你回来了，啥都有了！

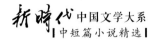
三爷也说：你不能回来，这不能怨你，不能怨你。

三十九年还故乡，这在刘楼村的历史上是开天辟地第一回。大叔的真人还乡，乡亲们的反响比大叔第一次往家写信造成的轰动还要大。得到消息后，村里人纷纷到三爷家看大叔去了，上岁数的人去了，年轻人去了，孩子们也去了。三爷家屋里挤满了人，院子里拥满了人，连院门外的村街上都站了不少人。来看大叔的，除了一些上岁数的人经过自报家门后，大叔依稀还能辨出一点当年的模样，绝大部分人大叔都不认识。这些人需要说出他们的爹、爷爷，甚至是太爷的名字，大叔才能知道他们是谁家的后代。不断介绍，不断回忆，不断对号，屋里发出一阵阵感叹和笑声。秋高气爽，天地澄明。这真是一幅生动的游子归来图啊，这真是难得的盛况啊！

大叔带回的有足够的香烟和糖果，男的来了有烟抽，妇女和孩子来了有糖果吃。除此之外，凡是去看望大叔的成年人，大叔发给每人十元钱。十元钱，在当时来说，在农村来说，可以买一篮子鸡蛋呢，不算少了。于是一传十，十传百，去看望大叔的人更多些。有的残疾人因行动不便，平日并不出门，听说去大叔那里能领到钱，也让家人把他带到大叔面前领钱去了。有的人外出打工并不在家，但他的父母谎称其走亲戚去了，也代他领了一份钱。一个傻女人直言不讳地向大叔伸手：给我钱！还有一个妇女，以为大叔不认识她，记不住她，她领了十元钱，转了一圈，又跟大叔要钱去了。大叔是没认出她来，但别人记得她领过钱了，指出：你不是领过钱了嘛，怎么又要领！这一弄场面就有些尴尬，有些不愉快。大叔认为，人一穷，就不太顾脸面了。他说：算了，不就是多给她十块钱嘛，没什么！

大叔从台湾归来的消息，迅速传遍十里八乡。一些嫁出去的闺女听到消息，也从四面八方回娘家去看大叔。比如我姑姑，我的大姐、二姐和妹妹，都备了礼品，赶回刘楼看望大叔。这让大叔很高兴，也有些感动。少不得，大叔也要给她们一些钱。二姐对我说过，大叔给她的钱就不是十元钱了，而是五十元。二姐她们注意到了大叔手上戴的宝石戒指，问大叔他的戒指能值多少钱？大叔说，他的戒指是用美元买的。美元？啥是美元？她们问。大叔说，美元嘛，就是美国的钱。一美元能换八九块钱人民币。大叔的样子有些谦虚，说他的这枚戒指不值多少钱，也就是一两千美元吧。姐妹们在心里用乘法乘了一下，乖乖，这一个戒指就值一万多块钱哪！

总的来说，大叔第一次回老家给人的印象是台湾很富裕，大叔很有钱，这次回老家，大叔撒了不少钱。相比之下，大陆的人就显得有些穷酸，让大叔很是同情。

大叔第二次回老家是 1990 年秋天。如果说第一次一个人回老家带有探路的性质，第二次回老家就显得比较正式，比较隆重。之所以这样讲，是因为大叔带着家眷一块儿回来的。他不仅带了夫人，还带了大女儿和二儿子。在礼品方面，大叔带回了两台日本产的彩色电视机，还带回了不少金首饰。有点儿可笑的是，据说大叔还带回了一袋子面粉。不过这个说法我没能得到证实。大叔的夫人，也就是我的大婶子，是台湾本地的高山族人。大叔比大婶子大十多岁，大叔和大婶子结婚后，生了三个儿子、两个闺女，可谓儿女满堂。大叔虽说流落在异乡，但他在外乡生了根，开了花，结了果，过成了一大家子人，这也是他值得骄傲的地方。问题是，老家各方面的条件太差了，大婶子他们吃不惯，喝不惯；坐不惯，睡不惯；听不惯，看不惯。一切都不习惯，每一天都很难熬。特别是老家的茅房，他们觉得老家的茅房太脏了，脏得臭气熏天，简直不敢进去，每次进茅房他们都视为畏途。大婶子和堂妹的忍受能力还好一点儿，那个堂弟就不行了，他留着长发，一副现代青年的样子，一点儿都不懂掩饰自己，一点儿都不配合大叔，一天到晚不开眼、不开心、不开颜，甚至连口都很少开，表现的是抵抗的态度。堂弟在台湾土生土长，好像对所谓的老家一点儿都不认同，他仿佛在说：什么老家不老家，跟我有什么关系呢？堂妹在老家期间，也发生了一件事，她的钱被人偷走了，偷走的还是美元。她在老家并没有外出，她放在背包里的钱怎么会被人偷走呢？是谁偷了她的钱呢？这让堂妹很是不解，也很是不悦，对老家的印象不是很好。

好在大叔事先对大婶子、堂妹和堂弟有许诺，这次回老家看望老人是一个方面，还有一个方面，是要带他们到北京旅游。结果他们在老家只强撑了两三天，我母亲就带他们到北京来了。

大叔他们到北京来，自然是奔我而来，我和妻子都热情欢迎他们。我们家虽然只有两居室，我还是让大叔他们住在了家里。家里是显得拥挤一些，但卫生条件毕竟比老家好多了。大叔他们要在北京玩几天，让我给他用美元换一些人民币。有一个细节我记住了，大叔从身上往外掏美元时，先把自己的皮带从腰里解了下来。原来皮带是双层，是从两侧往背面对缝折叠起来，形成了一个夹层。把美元竖着一折，正好藏在夹层里。这样一来，美元就是大叔的皮带，也是大叔的腰，大叔在，美元在，贼人想把美元偷走不大容易。我想，堂妹肯定没有采用这种办法带美元，她的美元才被小偷偷走了。看来还是大叔有经验，有防范意识，善于保护自己的财富。

当时，北京有不少人想到国外淘金、发展，美元相当走俏。记得大叔给了我两千美元，我没出我所在的工作单位，美元就被同事们争相兑换走了。

　　大叔拿着换来的一万五千多元人民币,带领家人游览了故宫、颐和园、天坛、长城等名胜古迹,玩得很是高兴。接着,他们一行人乘车到南京去了,要在南京继续游览。

　　这次大叔回到台湾时间不长,也就是到了转过年的 1991 年春天,三奶奶就去世了,三奶奶享年九十一岁。三奶奶已经两次见到她的大儿子,临死前是欣慰的,没留什么遗憾。

　　大叔有遗憾,因为三奶奶去世时,他没能赶回来为母亲送葬。

　　到了 1994 年的冬天,三爷也去世了。三爷比三奶奶小三岁,去世时也是九十一岁。

　　在我们刘楼村的历史上,寿命能超过九十岁的,在三奶奶之前史无前例。两口子的寿命都超过九十岁,更是前所未有。可以说,三奶奶和三爷在我们村的人寿史上创下了两项纪录,先是三奶奶的单人纪录,后是三奶奶和三爷的双人纪录。村里人认为,他们两个之所以如此长寿,是与对大叔的盼望和大叔的回归分不开的。

　　可叹哪,在三爷去世的时候,大叔仍没能赶回见三爷最后一面。听我母亲说,三爷临死前,不断念叨大叔的小名儿,一再问大叔回来没有?家里人只能说快了,快回来了!台湾和大陆虽同属一个中国,但因为有这样那样的限制,大叔不是说回来就能回来,不是想回老家奔丧马上就能如愿。按老家的规矩,作为长子,在给三奶奶和三爷送葬时,柳幡应该由大叔扛,恼盆应该由大叔摔。大叔不能赶回,扛幡和摔盆只得由二叔刘本堂代替。大叔后来再回老家,只能在三爷三奶奶坟前长跪大哭。

　　2003 年初春,我接到中国作家协会的通知,要我参加中国作家代表团,去台湾访问,与台湾的作家交流。接到通知后,我第一个想到的是大叔,觉得正好可以借机去台湾看望一下大叔。大叔回到大陆好几次了,我们作为在大陆的大叔的亲属，却从没有一个人去海峡对岸看望过大叔。有来无往非礼也，这不太应该。三爷和三奶奶当年年事已高，不宜远行。大叔的两个弟弟和弟弟的孩子们因经济条件不允许，也不可能去看望大叔。只有我有条件，也有机会，代表我们家族去看望大叔。这一年的三月五日，我母亲因病去世。大雪纷飞之中，我在老家刚办完母亲的后事，是胳膊上戴着黑色的孝标去的台湾。这时去台湾仍不能直飞，我们从北京飞到香港，从香港转机飞到了台湾的南部城市高雄。从高雄坐大巴车一路北上，过阿里山、日月潭等地，最终到达台北。在台北活动期间，我向作家代表团团长陈建功请了一天假，专程去桃园县看望大叔。见到大叔，大叔一眼就看到了我戴的孝标，知道我母亲去世了，神情有些黯然。我在大叔家靠后墙的供桌上，看到了三爷和三奶奶的大幅黑白遗像，遗像前面是烧香用的香炉。这表明大叔把三爷和三奶奶的魂灵请到了台湾，逢年过节就给他们烧香。听人说过，台湾对中华传统文化的坚守比大陆做得要好。大陆一个运动接着一个运动，又是"文化大革命"，又是"破四旧"，又是"批孔"，老是跟传统文化过不去，以致连祖先都不尊敬了。拿我们家来说，因为我们家是刘家的长门，三辈先祖的灵牌都在我们家的堂屋里供着，有重字辈的刘重车，凤字辈的刘凤来，还有昆字辈的刘昆刚，我们家跟祠堂差不多。然而"文化大革命"一来，那些灵牌，包括三座用檀香木精雕而成、用来放置灵牌的主楼子，都被拉到西地埋到地底下去了，弄得刘家的人后来过年时想给祖先磕头都找不到地方。

中午，大叔带我到外面的饭店吃了一顿具有台湾风味的饭。大叔的大女儿和大儿子也过来了，亲切地叫我大哥，陪我一块儿吃。在大叔家里，我没见到大婶子。吃饭时，我仍没见到大婶子。我只是礼节性地问了一句大婶子呢，没敢多问。大叔说：你大婶子在高雄上班，赶不过来。其实，对于大叔和大婶子的婚姻状况我是知道一些的。大叔有一个台湾朋友，过北京时曾托我给他用美元换人民币，他跟我说了大叔到台湾后的一些情况。大叔在台湾退伍后，长时间孤身一人，迟迟找不到对象。后来有人给他介绍了一个山里穷人家的农村姑娘，他答应给姑娘和姑娘家一大笔钱，比他小十多岁、才十几岁的那位高山族姑娘就答应嫁给了他，就成了我们的大婶子。婚前和婚后，大叔确实给了大婶子和大婶子的娘家不少钱，但与大叔当初的承诺还有一定距离。因此，大婶子一直对大叔有意见，说是大叔蒙骗了她。大婶子生下的几个孩子，大婶子都不怎么管，几乎都是大叔一手喂大的、带大的。后来，大婶子就一个人到高雄去了，说是在美发店当理发员。大叔和大婶子长期处于分居状态，没离婚跟离婚差不多。那次大婶子和大叔一块儿回大陆，不知大叔背地里跟大婶子说了多少软话，做了多少动员工作，才把大婶子拉到老家去的。大叔对大婶子的确有愧疚的地方，他拿不出那么多钱，以兑现他对大婶子的承诺。大叔退休后，名誉上虽被称为"荣民"，工资并不是很高。为了赚钱回大陆，大叔都过了古稀之年，还去工厂打工挣钱。更让我没有想到的是，大叔的朋友告诉我，大叔还捡废品卖钱。这么说来，大叔回老家送给乡亲们的钱，既有大叔作为"荣民"的退休工资，也有大叔打工和捡废品挣的钱。像大叔这般年纪，应是含饴弄孙、安度晚年的时候，可为了积攒回大陆的路费和其他花销，大叔还得以老迈之躯，辛辛苦苦挣钱，这不能不让人唏嘘！

转眼到了2008年，这年北京要举办世界瞩目的奥林匹克运动会。春节期间打长途电话给大叔拜年时，我顺便邀请大叔到北京看奥运。借用一句外交辞令，大叔愉快地接受了邀请，大叔说：可以呀，到时候我一定去！大叔问给我带点儿什么，是带酒还是带茶叶？我说，什么东西都不要带，现在台湾有的东西，北京都有。说不定台湾没有的东西，北京也有。

奥运会开幕前夕，大叔像从全世界云集到北京的运动员一样，提前来到了北京。说了不让大叔给我带东西，大叔还是给我带了一盒台湾产的茶叶。大叔说：这个茶叶好呀，这是台湾的高山茶。我说好好，谢谢大叔！本来我想说，我冰箱里有西湖龙井，有信阳毛尖，这才是中国的好茶，但我没有说。大叔还带了一些小礼品，让我妻子挑选，那些小礼品有手表、手串、手镯等。自从使用了手机之后，妻子看时间都是从手机上看，已经不戴手表了。对于别的小东小西，妻子也看不上。可是，既然大叔大老远地把礼品带来了，妻子不挑一样也不好，不能扫了老人家的兴。于是，妻子要了一只电子手表。

大叔到街上转了一圈，回来一再夸北京的东西便宜，什么东西都便宜。他从市场上买回了一大块猪肉，还买回了一双皮鞋。妻子悄悄看了我一眼，意思是说，现在大家都在减肥，这么多猪肉什么时候才能吃得完呢！大叔把皮鞋拿给我看，说多好的皮鞋呀，才三十块钱就买了下来。大叔说，这双皮鞋他穿上有些小，就送给我穿吧。我明白大叔的心意，这双皮鞋他原本就不是为自己买的，而是特意为我买的。我一眼就看出来了，大叔买回来的皮鞋虽说也油光闪亮，有模有样，但根本不是皮鞋，而是塑料仿制品。这样的所谓皮鞋一点气都不透，穿上就烧脚，我是不会穿的。有句话我差点对大叔说了出来，我脚上正穿的皮鞋是花了六百多块钱买的，比大叔买的皮鞋贵了二十多倍，这才是真正的牛皮鞋，而且是名牌皮鞋。话到了嘴边，我没有说出来，只是笑了笑，对大叔表示了感谢。这说明，大叔对大陆的看法有可能还停留在他第一次回大陆的1988年，以为大陆的经济还是不够发达，大陆的人还是很穷。大叔有所不知，从 1988 年到 2008 年这二十年来，大陆已发生了日新月异、翻天覆地的变化，大陆的经济发展水平已经超过了台湾，个人收入也大大提高。从大的方面说，北京能举办奥运盛会，对国家的综合国力就是一个很好的证明。从小的方面说，国家的发展变化看人民的日常生活，穿鞋的变化，就是有力的说明。还有，我的工资收入，加上我的稿费收入，已远远超过了大叔的收入。

我在北京的郊区密云买有一套房子，妻子驾车，送我和大叔去密云，我们叔侄通过电视直播看奥运。中国运动健儿每天都能拿到金牌，大叔看得兴致勃勃，一再说厉害，厉害，太厉害了！我每天都和大叔喝酒，一块儿碰杯，干杯，为夺取金牌的运动员祝贺，给中国喝彩。高兴之余，我们谈到了祖国统一的问题。大叔对台湾的现状很是不满，希望大陆与台湾能早日实现统一。大叔有些悲观，说他年纪大了，可能看不到统一的那一天了。大叔谈到，从大陆到台湾的老一辈，都盼着大陆与台湾统一，而台湾的一些年轻人，包括他的孩子们，对统一不是很积极。之所以不积极，是他们担心，说不定什么时候大陆又要搞什么政治运动，经济上又会出现什么波动。

我买的房子在六楼，楼里没有安装电梯。大叔每次和我一块儿往六楼爬时，我发现大叔都气喘吁吁，有些费劲。我要扶一把大叔，大叔很要强，说没事儿，不让我扶他。我劝他慢点儿，爬两层，喘口气，歇一会儿，再接着往上爬。大叔说：没关系……我……我还行……还是坚持一口气爬到六楼。我意识到，大叔已是有着八十四岁高龄的老人，这次回到大陆，下次还能不能回来就很难说了。奥运结束后，我还意识到，应该千方百计搞到一两张奥运比赛门票，带大叔去奥运场馆的现场看一两场比赛。这样让大叔在家里看电视，跟大叔在台湾看电视有什么两样呢！我有些懊悔。

五年之后的 2013 年冬天，我们敬爱的大叔在台湾的桃园与世长辞，自从 2008 年那次回大陆后，大叔再也没有回过大陆。这年的春节前夕，当大叔的大儿子刘庆国打电话告诉我大叔去世的消息时，我心里一酸，禁不住流下了眼泪。

生前大叔回老家时，每次都要到我们的老坟地里看一看，拜一拜。大叔亲口对我说过，等他百年之后，他的骨灰也要埋在我们的老坟地里。我不知道，真的不知道，大叔的这个愿望能不能实现？

城　市　文　学　卷

王不见王

杨少衡

1

据我们所知，刚开始时王文章总说"五百年前是一家"，甜言蜜语地跟王均套近乎，热切得就像恨不得再成一家。可惜彼王不是此王，人家王均有定力，洞若观火，始终对王文章之流保持高度警惕，予以有效钳制。

王均初到任时，有一天在大会场开会，会间她在台上侧身，指指台下第一排偏中位置一个男子，低声问坐在身旁的县长娄士宗："那位是谁？"娄说明："林耀，建设局局长。"王点头，忽然举手轻拍，命坐在另一侧、正在念稿的县委副书记陈冬木暂停片刻。场上大小官员一时惊讶，不知女书记忽然有何见教。当时大家除了知道她是目前本县老大，名字比较中性不像通常女名，但是长相宜人外，其他的都不甚了解。这时就听王均点名，要台下第一排林耀局长站起来。林耀没料到竟是自己中了头奖，急忙听命起立，站得笔直，却不知道究竟是哪里长得好，忽然就给领导看中了。王均也不说话，伸出手，拿食指与中指比个夹东西的动作。众人诧异，随即一起恍然大悟：原来是指抽烟。那时林耀右手持一支笔，左手夹一支烟，正一边做记录，一边吞云吐雾。

林耀顿时红脸，像是业余小偷被抓了现行。他赶紧把香烟扔在会议桌下边地上，拿鞋尖踩灭。而后王均比了比，示意他坐下，命陈冬木继续。

那时场上很安静。

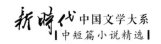

　　说起来，林耀这个头奖中得有点冤：室内公共场所禁止吸烟早已归为常识，本会场却由于某个特殊历史原因属于另类，其时场上星星点点，各角落有若干轻烟隐然升腾，此起彼伏，并非只有林耀一个在抽。虽然吸烟有害健康，毕竟还有相当比例烟民在为国家烟草税做贡献。这些烟民会犯烟瘾，时候到了就跟鸦片鬼一样直打哈欠。开会听报告长时间保持注意力不容易，有时难免感觉疲劳，这时候来支烟可以提神，有助于认真学习会议精神。这么说是不是歪理？无论如何，显然人家王均书记并不认同。林耀的倒霉在于所掌管单位比较重要，开会位置靠前，让王均一眼盯住，用两根指头夹起来修整一番，以警示场上其他烟民。其实林耀胆敢公然于领导鼻子底下抽烟，也属事出有因：那时候可不仅台下若干下属抽烟学习重要精神，主席台上领导也有，就在县长娄士宗身边，离王均不过两个位置。该领导面前有位牌，身材瘦长，就是王文章。距离如此之近，无须侧身观察，烟味肯定已经对王均有所骚扰，她不会不知道身边这位"五百年前是一家"正在干啥。但是她做视而不见状，没有命王文章当众站起来，因为人家毕竟是常务副县长，在党政两套班子里都有名字，排位仅次于陈冬木，应当得到足够尊重，给他留点面子。这个时候活该林耀被当众收拾，那其实也是做给王文章看的。林耀把香烟往地上一丢，王文章手上那支烟也不翼而飞，不知道去了哪里。

　　会后，王文章表扬王均，说王书记堪比当年林则徐，举重若轻。林则徐钦差大人虎门销烟声势浩大，使尽九牛二虎之力。王均书记会场禁烟没多说话，只盯住一个人，用了两根手指头。

　　王均询问："王副像是有点看法？"

　　王文章表示并无看法，百分之百拥护。他还借机做了点说明，称多年前本县人大即已制定、颁布公共场所禁烟规定。当时他就下决心响应号召，公文包里塞满戒烟糖。后来发现不行，糖比尼古丁还有杀伤力，为防止血糖过高，不得已继续"吸毒"。本来也还注意点影响，尽量低调，找个没人的旮旯，背地里用力猛抽几口，依依不舍赶紧扔掉，叫做"秒吸"，偷偷摸摸，做贼心虚。没料时来运转，遇上了张书记。张书记在王书记之前，掌握本县大政近一届。这位领导烟瘾不一般，他在台上做报告时，台子左边放茶杯，右边放烟灰缸，一口水一口烟，喝水抽烟两不耽误，从容不迫，公共非公共场所无差别，全县大同。张书记任上烟民们感觉特别宽松，特别有尊严，老大抽，大家跟着抽，主席台上互相扔烟，自由自在，其乐融融，没有谁敢来干涉。所谓"上有所好，下必甚焉"，第一把手就是这么厉害，率领本县成为禁烟另类。岂料好景不长，张书记忽然出事了，虽然出的事与抽烟没有直接关系，毕竟造成了本县香烟环境历史性改变。现在王均来当书记，会场上林耀那些人吞云吐雾，主要还是习惯驱动，下意识而已，并不是有意冒犯领导，他们没那个胆子。

王均说："抽烟不是问题，是非才是问题。"

"当然。明白。"

女书记是非观念很强，什么对，什么不对，眼睛里有条线。她敢拉下脸，时候到了绝不含糊，难得的是亦能掌握分寸，让人不容小视。该书记来历比较特殊，"五百年前一家"私下调侃，把她称为"伞兵"也就是"空降兵"，指其从外边下到本县任职。事实上由于干部交流力度大，加上任职回避制度要求，如今县区一级党政主官基本都是外地人，从本地成长起来的很少，因而所谓"空降"概念普遍适用，不同的只是降落高度有所区别。有的书记县长是从邻近县区提过来的，那是低空跳伞；有的是从市直下来，可以算是中空；最厉害的是高空跳伞，也就是从省里直接下到县里任职，这种领导自高处而来，见过大世面，非王文章一类井底之蛙可比。从省里下来的人当然也有区别，其中来自几大部门的尤其厉害，因为素质、历练与环境有别。王均下来前是省纪委一个处长，那个地方哪有等闲之辈？王还有基层工作经历，曾在省城城区一个街道办事处当过书记，后来成为区纪委书记，再到省纪委，此刻派来本县掌管一方，级别上是平级调动，明摆的是重视、培养，来日方长，未来不可限量，本县肯定只是她履历记录的一个小站点而已。以她这种来历，特别是在前任书记出事后从省纪委直下本县，不说所谓"有点事"的官员心里害怕，自认为"没啥事"的也不敢乱来。

"禁烟"事件过后没几天，女书记下乡调研，去了岭脚镇。刚刚开始看点，陈冬木突然来电话，报告了一起意外事件：本县北岗乡发生一场车祸，一辆卡车在一条乡际公路陡坡处倾覆，摔到沟底，车上人员非死即伤，目前已确认死亡四人，送院抢救七人，其中三名垂危。事件发生后，当地政府与相关部门迅速展开救援并立即向县里报告，分管安全的谢副县长正召集应急局等部门人员赶往北岗乡。这种规模的事故，按规定必须立刻报知书记、县长，亦须报告市里。当天王均下乡，县长到市里开会，副书记陈冬木管家，得知情况后陈亲自给王均打电话，询问可有什么指示。

王均了解："伤员送县医院抢救了吗？"

北岗乡与县城距离较远，交通比较差，现场救援人员担心时间和伤情不允许，先把伤员就近送到北岗卫生院抢救，视情况与需要再考虑转院。县政府已命卫健委通知县医院做相应准备。

王均要陈冬木做好调度，此刻最重要的是救命，想尽一切办法保住伤员性命。事故情况按规定该怎么上报就赶紧上报。她还交代："有什么变化及时告诉我。"

"明白。"

接电话时，王均一行在岭脚镇区附近察看蔬菜基地，那里有大片塑料大棚，当地书记、镇长陪同王均视察。王均放下手机后扭头看了一眼，指着大棚区背后那片大山问了一句："这个方向往哪里？"

那座山就是北岗，土话称"北岭"。岭脚镇位于北岗山前低岭丘陵地带，北岗乡则在山那边。准确说不需要翻过山，眼睛所见，低山部分属岭脚，高处那些地盘就归入北岗乡地界了。

"近在咫尺啊。"王均下了决心，"去。"

她决定临时调整日程，立刻前往北岗，亲自探望伤员，督促救治。随同调研的县委办主任吴平赶紧劝说，称北岗看近实远，"望山跑死马"，加上路不好，车跑不快，挺费时间。车祸死人这种事，谢副县长赶去处置足够了，不需要第一把手亲自到场。王书记百忙之中，打打电话提提要求就已经非常重视了。

王均笑笑："打电话有你就足够了。"

她执意前往，说走就走，吴平哪里拦得住。一行人离开岭脚不久，新消息再次传到：送北岗卫生院救治的三名垂危者中，有一人已经不治。这位伤员不幸离世也造成本次事故不幸升格，以死亡五名进入了"较大安全事故"范围。

那一段路果然难走，曲折而坎坷，路面破损严重，呈所谓"畸肩"状，好比人的肩膀一高一低。驾驶员本人出自北岗，情况了解，路况熟悉，技术也过硬，"畸肩"难不倒，全程四十来分钟完成。他们突然到达乡卫生院时，现场人员个个措手不及，这是因为动身前王均特意交代不许提前通知，保证当地人员专心于救援，不需要分心筹划如何接待不期而至的王均一行。这么考虑貌似有道理，其实不合常规，县委书记驾到，哪有不提前通知的？但是人家王均就这样，或许是想趁众人对她了解尚少之际，来一次突然袭击，看看下边这些人在突发事件中表现如何。

没料到他们撞进了一场吵闹。吵闹发生于卫生院门诊楼一楼，挂号室对门的一间办公室里，该室房门紧闭。王均一行匆匆到达时，在挂号室了解车祸伤员此刻何在，值班人员指着走廊后边，报称都在手术室。一行人赶紧转身往那边走，突然一旁屋子传出怒骂，还有大喝："快去！猪啊！"一行人诧异之际，紧闭的房门突然打开，一个人从里边跟跄而出，显然是被从后边推了一把，后边那个人可厉害，他不光推，还抬起一条腿，似乎要加踢一脚，只是动作没有完成，戛然而止。

有一两秒意外静场，然后是一声招呼，非常惊讶："王书记！"

竟是王文章，他非常及时地把一条长腿收了回去。被推出门挡在他前边差点挨一脚的那个人是郑光辉，本乡乡长，此刻满脸尴尬。

王均问："怎么啦？"

王文章笑笑："王书记亲临现场，真快！"

他立刻命郑光辉赶紧带路，随同王均去手术室慰问伤员。

王均问："情况怎么样？"

王文章报告说，重伤三人走了一个，另两个目前还撑着，情况依然危急。乡卫生院抢救条件不足，却又担心伤员死在运送路上。他考虑不能再等，得搏一下。已经命救护车紧急出动，送两个重伤号到县医院，医生随行护送，随时处理紧急状况。其他伤员生命无忧，就在乡里治疗观察。

"王书记有什么指示？"他问。

王均说："你安排。"

他们匆匆去了手术室。手术室外急救通道上，救护车已经到位，警示灯闪烁。乡卫生院院长和医生们以及若干乡干部都在那里忙碌。一听来的这位竟是本县新任女书记，大家一时紧张。王均说："别慌，做你们该做的。"

她在那里待了半个来小时，慰问伤员，听取汇报，提出若干要求，而后离开。王文章一直紧随左右，直到把王均送上轿车。

上车后王均才问了一句："怎么是王副呢？"

陈冬木曾明确报告由谢副县长前来应急，怎么忽然变成王副县长了？王文章虽是常务副县长，此时还应由分管安全的县领导出场才是。另一个疑问是王文章怎会如此神速？王均从近在咫尺的岭脚镇赶来尚需一点时间，王文章怎么可能比王均还快？不仅提前到，指挥安排之余，还能把郑光辉叫到房间里闭门谈话，怒骂，又推又踢，如此了得。难道他搭了架直升机？

吴平立刻打电话，一问明白了：此刻谢副和他那队人马还在路上，正在爬北岗山呢。王文章跑到现场发号施令应是自行应急介入，就好比王均自己从岭脚跑到北岗。作为常务副县长，本县排名第四的领导，听到出事消息特意赶来了解并现场指挥救援也属正常，不算越权。至于王文章哪里搭的直升机，吴平提出一个合理解释：王文章是北岗人，其母住在乡下老家，今天是周六，估计是昨晚回家探母，住了一夜，今晨听到消息便就近赶了过来。

王均问："'嘎林内'是什么？"

吴平张口结舌，不知道王均问个啥。王均提到了刚才王文章与郑光辉在屋子里吵，她听到了一连串"嘎林内"，那是讲啥呢？吴平"啊"一声，明白了，连说那是土话，粗话，不太好听的，骂人的。

"不是骂猪的？"

王文章在房间里骂猪，那应当也属骂人，把郑光辉骂为猪。至于"嘎林内"的准确意思，还真不好直接对王均翻译。吴平拐弯抹角解说，土话"林"即"你"，"内"则是"娘"，"嘎"其实就是"干"。是啊，就是那个意思。

王均一撇嘴："该去刷刷牙。"

那意思是嘴臭，净粗话。

她还问了一个问题："这里有个'游客服务中心'？"

"有的。"吴平回答，"在建重点项目。"

"有多远？"

吴平答不出来，前排驾驶员替主任回答："还有五公里多。"

"知道路吗？"

"知道。"

"去看看。"

王均怎么会提起这么一个中心？主要是刚才郑光辉汇报，出车祸的卡车是游客服务中心工地运输车，死伤的都是工地民工。卡车载石头到工地，返程是空车，民工下班，图方便，爬上卡车跟着下山。货车车斗载人是违规的，司机可能还属疲劳驾驶，结果在陡坡上反应失当，摔了，司机本人也丧了生。

王均要去游客服务中心，并非拟勘察车祸现场，确定事故原因，这种工作归专业人员，即便是县委书记也未必能干。王均想看的只是工地，以对该服务中心有个大体印象，之所以想去留个印象，与车祸无关，另有缘故。

他们在那条路上走了近半个小时。路很窄，路面更差，有众多陡坡，若干地段已经被施工车辆碾出深深的车辙。翻过一个山坡，眼前突然开阔，一片工地赫然展现在前方半山坡上，这就是在建中的游客服务中心，属于本地"莲花山风景区"。工地范围不小，包括在建的一座大楼及其附属设施，还有一个大广场。大楼还在脚手架包围中，看上去有三层左右。大楼周边地形高高低低，有各种施工车辆在工地上穿梭。

按照王均的要求，驾驶员在坡顶停车，没有直接开进工地。王均下车，站在山头上观看工地。吴平紧随。

王均问："怎么会在这里搞这个项目？"

吴平有些支吾："是……那个……张拍的板。"

"总指挥是王文章？"

"是……是的。"

在建中的项目颇具规模，大楼及其附属设施加上广场出现在这一片山地间，某种程度上可称气势不凡，问题却也显而易见：号称游客服务中心，而游客在哪里？谁来让本中心提供服务？即便"莲花山景区"内容无限丰富，就目前而言，不说四面八方的游客拥在曲折难行的北岗乡际"畸肩"路上通行困难，仅从乡集到工地车辙遍布的这五公里路，就接连几个陡峭地段令人印象无比深刻，复制刚刚发生的"较大安全事故"无不条件充分。有哪些浑身是胆的游客敢来一试身手？交通状况所限，此间一座宏伟壮观的游客服务中心岂不是注定成为摆设？巨大投资岂不是注定去打水漂？

王均表情严肃，但是没有公开发表意见。看过工地后，一行人动身离开，再经北岗公路，回到了岭脚镇，继续她在该镇的调研活动。

两天后，王均在办公室接到王文章电话，后者请求王均安排个时间，想向她汇报一些工作。王均说："来吧。"

王文章是特意来做解释的。原来他母亲早在半年前就被他接到县城，帮助管他儿子。王那天去北岗不是因私探亲，是专程察看游客服务中心工地。该工地近期施工进度不太理想，他很不放心。他在周五晚间到北岗，第二天上午叫了郑光辉一起上山，本来也打算把乡书记叫上，不巧那位回县城，不在下边，只抓住一个郑光辉。刚到半路，忽然听到车祸消息，王文章临时改变行程，带着郑去了卫生院。

"跟王书记不期而遇，哈。"王文章打哈哈。

"遇得挺突然。"王均忽然问一句，"那个郑光辉还行吧？"

这回王文章可没拿嘴踢，他满口好话，夸奖郑光辉是把好手。北岗现任书记是机关出身，基层经验少，比较弱，目前该乡工作主要靠郑撑着。游客服务中心那一摊子，王文章挂总指挥，现场具体问题还是靠郑去解决。

"我听说王副对这个项目还是很上心的。"王均说。

王文章称自己是北岗人，家乡难得开建一个重点项目，当然得多关心。但是项目总指挥是前任张书记硬要他干的，以熟悉本乡本土情况好协调为理由。他本人倒是真不愿意，本乡本土，有些事情反而不好处理，叫"本地猪屎厚沙"。

王均没听明白："什么'厚'？"

是土话，俗话，所谓"厚沙"就是多沙。说的是本地猪拉的屎里净是沙，不像外边的猪屎干净，意思是本地事情难缠。说来也真是，例如征地搬迁，游客服务中心那片工地迁了一个自然村，平了两个小山头，那山头上全是当地百姓的祖坟，干这种事哪会不挨骂？有人骂王文章是本乡人祸害本乡，"汉奸"，骂得他就像当年那个汪精卫。郑光辉也是北岗人，同样挨骂，"小汪精卫"。

"郑光辉其他方面怎么样？"王均还问。

王文章知道王均问的当然不是郑光辉颜值几分。他解释，郑光辉那个事他原本不知道。那种事一向都是你知我知，没有谁会自己说出去，就好比前任张书记"与多位女性发生不正当男女关系"，得等涉案出事才给曝出来。郑光辉乡长当了一届多，几年间换了三任书记，就是没用他，着急了，想提拔，也想调到外边条件好的乡镇任职，便利用春节拜年，请求"领导关心"，给张送软包中华烟两条，礼金四万。张出事后交代出来，郑被办案人员叫去做了认定。送钱这种事无论什么理由都不应该，还好数额不算大，是从郑妻储蓄卡上领出来拿去送的，来路还清楚，不是受贿所得。郑肯定要因此受个处分，暂时无望提拔，看起来他还经得起，目前工作依然很努力。

"当时他只找过张？"

当时郑也找过王文章，只是大家都清楚，这种事别人只能帮助说几句话，解决问题还得找老大。而且王文章不主张郑光辉离开北岗，总让郑老老实实待在那边干，郑不敢跟他多说。相求时郑也送了一条烟，没送钱，因为王不收钱，郑也不需要送。算起来，他俩属远亲，比"五百年前"还近一点。郑是王文章外婆那个村子的人，辈分更高，王文章得称他"表舅"。由于这层关系，有时候王会跟郑开开玩笑，彼此"阿猫阿狗"什么的。

显然他想对那天与郑光辉的吵闹略做解释，但是只谈阿猫阿狗，小心地不再提猪，也不谈什么"嘎林内"。这位表外甥与他表舅间的瓜葛哪会这么简单？那一天王均亲眼所见，王文章真是火大了，如果不是外边有人，王文章那一脚肯定踢到郑光辉屁股上，一点都不会客气。此刻王文章一味掩饰，只说好话，轻描淡写，王均也不多问，转口了解另外一个情况。

"我记得张的案子里也有跟游客服务中心项目相关的。"她说。

据王文章所知，游客服务中心工程招标时，中标单位给张送过钱，具体数额有好几种版本，准确数据多少，得等案情公布才清楚。如今一个项目特别是重点建设项目涉及方方面面，程序特别复杂。论证、立项、设计、征迁、招标、施工，很多环节都牵扯利益，需要领导拍板。张本人喜欢抓权，大事都得他定，一些利益方通过各种方式，拐弯抹角重点进攻他，他自己把握不住，就出了事。不过张的事情主要出在县城城区改造的几大项目上，这头油水大。莲花山风景区游客服务中心项目没有多少肥肉。

"你呢？当时也有人进攻吗？"

"免不了。"

王文章称自己胆小。农家子弟，出自一条大山沟，靠早起晚睡努力读书，好不容易考上大学，成为公务员，祖坟冒青烟了。一路摸爬滚打，终于当了这么个小官，很不容易，得特别珍惜。不敢说没有半点问题，人情往来，一盒茶一条烟什么的，都有，钱绝对不碰。有人怀疑他跟早先那位张书记之间有问题，其实他跟张的主要个人往来就是扔一支烟，点一次火。张腐败是张的事，他没跑去合伙。张涉案后交代了一堆人和事，除了郑光辉等一批科级干部，班子里也有多人被叫去问，传闻纷纷，他并不在其中，不是吗？张对他不错，放手使用，主要因为他肯做事，也能做点事而已。

"也想跟王书记提个要求，要个事做。"他忽然表示，"王书记刚来不久，本来不该给书记出题目。只怕别人赶到前边了，先容我说一说可行？"

"说。"

原来是涉及"客专"项目。该项目是近年本省交通建设一大重点，设计线路经过本县。该"客专"一期工程也即东段工程两年前开工，目前已接近完工，二期也就是西段工程已经提上议事日程。本县路段属二期工程，按上级要求，沿线各县需要成立相应机构，确立负责领导，协调各方，配合建设部门做工程。王文章提出让他来管这个事，理由是这条"客专"经过本县的路段，大多位于北岗乡，他来处理比别人有利。于他本人而言，为家乡做点事也属应该。

"都是出于公心？"

王文章嘿嘿，承认也有点私心，也许能在家乡留个好名声，不能总是什么汉奸汪精卫。搞得好，也许还能有一些意外好处，比如来日有机会让儿子挤进"客专"线，当个车站售票员什么的。哈哈，开玩笑。

王均说："主动要求挑重担很好，具体还得研究。"

"主要看王书记态度。"

王均直截了当："我觉得你不必多考虑这个。"

"书记认为不合适？"

"像你自己说的，那叫什么？猪屎沙多？"

王文章干笑："哈，也是。"

王均告诉他，据她了解，前任那位张的案子尚未结案，案情可能还会发展，还可能牵扯到一些人和事。她很希望除了目前已经涉案的那几个，本县干部特别是班子里的同志不要再被牵扯，都能平安过关。但是也不能心存侥幸，如果确实有些事情，还是主动向上级交代为好，不要等人家说出来，被叫去查问才坦白，那就被动了，只怕悔之莫及。这一点，她曾经在班子里讲过，王文章想必还有印象。

王文章笑笑："感觉像是指着我说的。"

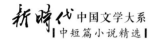

"我更希望像你自己说明的那样，什么事都没有。"

王均还强调，身为县领导，除了廉政大事，其他方面也不是不需要注意。比如文明规范，讲话做事多注意为好。也就是所谓牙刷干净。调侃也要适当，避免不良影响。例如"空降兵""跳伞""五百年前是一家"什么的，尽管并无恶意，难免也会被人解读出其他意味，不如不讲，该严肃要严肃。实际上她也是拿这些与大家共勉，并不是指着哪一个说的。

"明白。"

都说到这种程度了，还能不明白吗？

2

王文章决意走为上。以我们观察，这个决心于他下之不易。王文章所谓"走为上"并非不告而别，更不是非法潜逃。他考虑的是合法途径，离开一段时间，暂避。为什么做此考虑？主要因为王均。

那时候王文章已经不讲"五百年前是一家"，因为王均有提醒，也因为事实上确与"一家"相距甚远，尽管县委班子里姓王的只有他俩。私下里王文章自嘲，叫做"王不见王"，这位女书记很厉害，好比林则徐，禁烟坚决，不容置疑，烟鬼们怎么办？只好避之唯恐不及。这当然只是调侃。王文章自知此王不是彼张，自己很难让她放心，特别是人家目光炯炯，于王文章经常如芒刺在背，这种目光下小日子不太好过，似也不容易做成事，以长远计不如先躲一躲。出于个人情况，王文章很难远走高飞另谋高就，必须以暂离而非长久甚至永久离开为基本选择。

那时候发生了一个意外情况：刘兴玉在西藏出了事情。刘兴玉是本县县委常委、统战部部长，数月前刚成为本市四位援藏干部之一，参加本省本批援藏干部队伍，去了西藏对口支援县，在那里担任县委副书记兼副县长，仅次于担任县委书记的本市另一位援藏干部。按照现行办法，刘去西藏后与本县工作脱钩，但是原职务依然保留，以利两地配合。刘进藏后工作非常努力，不料却在下乡调研时遭遇山石崩塌，刘在同车人员保护下跳车，逃生中被飞石砸中，腿部重伤，所幸被及时救出，性命无虞。由于伤情较重，养伤需要较长时间，恰本期援藏工作刚刚开始，为保证任务完成，本省援藏领队建议迅速更换人员，经省领导同意，本市奉命挑选接任人选。理论上说，这位继任人选应在全市范围内挑选。由于刘兴玉出自本县，其援藏后，本县上下发动，在支援项目、筹措资金上多方努力，以支持刘完成本期援藏任务，为保证这些项目资金落实到位，眼下由本县选派人员接替刘，比从其他县区挑选更为有利。这一考虑使选派范围和竞争大大缩小，被王文章视为机会。一届援藏为期三年，目前仅余两年多，算来不长，归来后有一定选择余地，回到本县相对方便，职务还有望上升。这两年多时间里本县情况可能还会有些变化，例如王书记可能高升，换来个汪书记，虽然不能指望姓汪的就不是林则徐，毕竟王不见王还是值得期待。

问题是此王要走，也还得过彼王一关。

他找王均谈了话，请求书记支持。

王均问："感觉你很迫切，为什么？"

王文章说："机会难得。"

"你说想为家乡做点事，忽然又动心其他机会？"

王文章表示，可以先去为西藏人民做点事，回来再为家乡做点事。

他当然必须这么说。什么"王不见王"之类，只供私下调侃，实上不了台面。

王均不含糊，表态明确：援藏很重要，任务很艰巨，有时候可能还会遇险，好比刘兴玉。王文章愿意去接手，必然反复考虑过，对困难和危险有足够思想准备，也属勇挑重担。这件事的推荐权在市里，决定权在省里，如果征求她的意见，她会支持。

从王均那里讨到这句话，王文章信心倍增。他写了一份申请报告，亲送市委主要领导，并做当面请求。他还利用开会之机到省里找够得着的上级领导做工作，请求给予支持。而后他开了一份书单，从县图书馆借来一大堆与西藏有关的书籍，关在办公室，通宵达旦阅读，恶补西藏知识，志在必得。应当说王文章争取这一机会很有利，首先是内定挑选范围限于本县，几乎去掉百分之九十的竞争者。其次是王文章本人资历胜人一筹，比刘兴玉都有资格。刘是在确定援藏后才提任县委常委的，而王是现职常务副县长，此前还当过两年副县长。以这样的资历，他不争取便罢，一旦真想去，且不要求提拔，别人很难跟他争。加上王被认为是"肯做事，能成事"，这就更其有利，把握性比较大。综合各方面因素分析，王文章此番"走为上"确实可期，眼看轮他去"高空跳伞"了。问题是"空降"都是从高处往低处跳，西藏位于世界屋脊，海拔那么高，从本县前往，还不如说是坐上火箭，"嗖"的一蹿直冲云端。

王文章想"坐火箭"也还有若干不确定因素，其中最具威胁力的还是其干净程度。王文章曾为涉案的那位张重用，令人有所存疑。该案是省纪委办的，王文章到底有没有问题，可不可以让他"坐火箭"，要上级才能把握。

那一天王均命人通知王文章，让后者于第二天上午去岭脚镇参加一个现场会，商讨该镇防洪堤改造项目。岭脚镇镇区挨着清溪河，现有防洪堤建于二十世纪末，当时经费紧张，项目标准较低，而作为北岗山区降水下泄主通道的清溪河夏秋水量集中，堤坝存在隐患。王均上次到岭脚调研时听到了这方面的反映，认为关乎民生和人民生命财产安全，须全力推进堤坝改造。那天现场会去了几大县领导，王文章虽不管水利，却因常务副县长分管财政，需要参与。

王文章给王均打了个电话，表示完全赞成改造岭脚镇区防洪堤，财政方面是县长一支笔，他协助分管，党政两位主官决定的事，他完全照办。现场会他可不可以请假呢？不凑巧他明天得到省城去一趟，是约好的事情，昨天他已经跟县长请过假了。

王均问："公事吗？"

王文章略支吾："也是准备援藏吧。"

"不是还没定吗？"

王文章忽然转口："最近岭脚那条路不太好走啊。"

"比你那个游客服务中心难走？"

"那倒不是。"王文章说，"这几天天气特别不好。"

"这不是更需要吗？"

王文章笑笑："不说了，听书记安排。"

王文章所谓"天气不好"指的是下雨。时逢雨季，近段时间本地降雨集中，气象预报明日亦有大雨。王均所谓"更需要"说的是这种时候到现场看洪水更直观，更明白堤坝改造非常需要，刻不容缓。

不料出师不顺，王文章乌鸦嘴竟一叫灵验：第二天上午，一行人被大水阻挡在岭脚镇外两公里处。

这里有一条小溪，是清溪河的支流，小溪上有一个小水电站，建有一条水坝，该水坝同时亦为过溪通道，有一条村道从水坝上通过。这条村道比北岗游客服务中心那五公里山路当然好多了，平坦，弯道亦不急促，平时车辆也不多。近日由于镇区公路改造，通行车辆暂时改走这条村道，水坝便成为车辆进出镇区的必经之路。由于连日降雨，小溪水面暴涨，此刻竟至淹没水坝。从河岸上看，只见一片大水，有一座建筑孤零零立于水中，那是电站的泄洪闸装置，下部已经被淹没。隐隐约约，还可见两道横栏在水线上下起伏，那是堤坝两侧的矮道栏。

当天上午两王同行，两辆越野车一前一后停在河岸边。王文章下了车，从后边跑到前边王均这辆车旁。

"不能过，危险。"他对王均说，"恐怕得考虑改期。"

此刻除了这条洪水淹没的村道，再无另外通道可达岭脚镇区。从降雨情况判断，几小时内洪水只会更大，不会消退，因此坐等亦没有意义。这时还能怎么办？王均坐在车里，眼睛盯着那片大水。凭着水面上那座建筑和隐约浮现的道栏，可以大体判断堤坝走向。水虽然淹过堤坝，似乎还没涨到足以淹没越野车的车轮、车头，理论上车还可以涉水而过。问题是谁也不知道会不会车行一半突然没水熄火。且上游洪水还在下泄，情况瞬息万变。半个多小时前，娄士宗与陈冬木刚刚从这里过去，到岭脚镇打前站，当时还什么情况都没有，岂料转眼水就没过堤坝。此时冒险过河，弄不好突然有更大水头来袭，没准儿车会给推倒，甚至会连车带人给洪水推过道栏，滚入堤下，被洪水卷得不知去向。这时还能怎么办呢？没有其他选择，只能如王文章建议，打道回府，另择吉时。明天有一位市领导到本县调研，王均需要陪同，接下来还有其他急迫工作日程，现场会少说也得推到一周之后，甚至更长时间，这于王均是个大问题。

她问驾驶员："这层水开得过去吗？"

驾驶员看看前方，再往上游看一眼，口气不太确定："应该……可以。"

"那么走。"王均下了决心。

没有什么事比水火更急迫。面对大水，尤其感觉此间防洪堤建设之重要，王均决意冒险，涉水前进。驾驶员听命发动，车刚缓慢开出，突然外边有人用力拍打车身，"砰砰砰"一阵响，急促之至。

竟是王文章。他站在一旁等王均他们掉头，不料一看这个车居然往前拱，他着急，扑上前就拍打车身。

驾驶员停了车，打开车门问："王副怎么啦？"

王文章张嘴就骂："嘎林内！你找死啊！"

驾驶员支吾道："这是，这是领导。"

王文章当然知道，没有王均下令，驾驶员哪敢擅自往水里开。这个时候他也不跟王均说，只是挡在车头前，转身朝后边招手。眨眼间，他那辆车开了过来。

"不许急，我先过。"他命王均的驾驶员，"好好看着。不行了我会退回来。如果过去了，你再跟。"

然后他上了他的车，命司机往水里开。

几分钟后他们越过了河道中线。

王均下令："跟上去。"

两部车过了河，安然无恙，人车平安。

到了岭脚镇政府，下车后王均问王文章："你就这么敢，当着我的面骂我的司机？"

王文章检讨，称自己并非胆大包天，也没骂人，只是着急了，土话随口而出。如果眼睁睁站在一边，看着女领导给洪水冲走，他没法交代，还会永远被人耻笑，一辈子抬不起头，那样的话还不如自己给冲走。

"要是王书记给冲走了，我怎么办？"他说，"我还有求于王书记呢。"

"有吗？"

他再次提到请王支持，听说最近市里将做推荐人选决定。

王均没有吭声。

现场会后，王均找娄士宗了解情况，问的是王文章请假的细节。通知王参会时，王报称拟往省城办事。他是不是真的跟县长请过假，以什么理由？

王文章主要工作在政府那头，一般事项请假直接找娄士宗即可。娄确认，王文章所报属实，说是约了一个医生，专家，要带儿子去省城看医生。当时县长不清楚王均有意让王文章参加现场会，电话里就同意他走。带儿子看医生这种事完全就是私事，怎么说"也算准备援藏"？绕个弯差不多也可以算一点：此去两年，一跑远在天边，事前有必要把后院事务安排清楚，例如给老娘买件棉袄，给老婆买包面膜，给儿子配副近视眼镜。虽都属私事，可视为预备远行。

王均还是那句话："不是还没定吗？"

几天后，王均到市里开会，市委书记和组织部部长一起找她谈话，就援藏干部继任人选正式征求她的意见。王均明确表态，建议由陈冬木去接刘兴玉。陈冬木是现任县委副书记，挑选他能体现本市对援藏工作的重视，也有利于本期援藏任务的顺利完成。

组织部部长很含蓄地提了一句："王文章好像很迫切。"

王均回答说，王文章曾找过她，当时她也曾明确表态，可以支持他去。但是现在考虑，还是推荐陈冬木更合适。

王均回到县里，立刻通知王文章到她办公室。也就几分钟，王文章赶了过来，脸上带着笑，或许认为已经心想事成。显然他一直关注着事情的进展，也有渠道打听到市领导找王均谈话的动态，不需要多久，谈话的具体情况可能也会传到他耳朵里。王均不等别人去告诉他，直接找他来，亲口相告。

王文章呆若木鸡。

"我只是表示了我的态度。如果市里决定还是你，我会服从。"王均说。

王文章干笑一声："书记这一巴掌把我拍死了。"

"你不是还坐在这里吗？"

"没戏了。"王文章不满，"王书记答应过的。"

"我改主意了。"

"为什么？"

王均问："'王不见王'什么意思？王容不得王？"

王文章不吭声，起身离去。

几天后，市里上报推荐人选，果然是陈冬木，王文章出局。王均作为县委书记，她的意见无疑分量独具，上级领导当然也自有把握。

这是为什么呢？悄悄地便有些议论在县里县外传开，比较具体的猜测还是涉张，也就是跟那位前任张书记的案子牵涉了。王文章为什么急于远走高飞？所谓"王不见王"只是表面原因，及早逃避才是内在驱动。只要能够走成，即使张案终于扯到他身上，只要情节不是特别严重，办案部门不太可能跑到西藏去把他抓回来，那样的话对本省本市声誉会有影响，也必然对本期援藏任务的完成造成不利。因此最大可能是暂挂，待他回来后再收拾。这就是说王文章为自己争取了两年多时间，他可以在这段时间里内外兼修，有关系跑关系，没关系找关系，待到一朝凯旋，时过境迁，问题可能变小了，过关就相对容易。王文章的如意算盘大约就是这么打的。可惜他碰上王均，上级领导当然也掌握了若干情况，该算盘终于给打翻在地，接下来自有好戏，可以拭目以待，看王文章那些

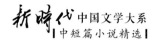
事还怎么收场。

果然，不到一周时间，市委组织部干监科通知王文章前去，领导要找他谈话。王文章按要求到达，才发现谈话领导竟有两位，除了组织部一位副部长，还有一位市纪委副书记。这是一次两家联合进行的干部约谈，这种谈话通常出自市委主要领导要求，对相关干部某些问题进行了解。以组织部为主，表明问题暂时还没达到交纪委调查的程度，但是约谈与交代过程中如有新的发现，也可能非常迅速地发展成案件。

两位领导给了王文章一份单子，列有十几条他们要了解的问题。王文章必须做当面汇报，还需要写出书面说明。

王文章看了那个单子，说："有几个是老问题，以前做过说明了。"

"可以再做说明，也可以进一步补充。"领导说。

问题集中在王文章近些年负责的一些项目的立项、招标、用地、开支等方面，其中包括莲花山风景区游客服务中心项目。两位领导要求王文章谈谈该项目情况，王文章还是那三段：前任书记拍板，总指挥硬安给他的，他本人没有利用以牟取私利。

"这个项目一直有反映。"领导说。

"我知道。"王文章说，"当时有人骂我汉奸，现在还有人骂。"

"你没觉得项目有问题吗？"

王文章沉默片刻，突然改口："我还是直说吧。"

或许因为正式约谈开不得玩笑，也可能因为自知真实情况摆在那里，上级总会掌握，不能总是推三阻四。王文章干脆直接都搅到自己身上，承认这个项目，包括此前的"莲花山风景区"，都是他全力推上去的。起初几乎所有人都不认为项目搞得起来，包括那个张。是王文章千方百计运作，组织专家调研认证，提出建设规划，具体组织设计、争取省市项目经费支持、开展招商，一直到组织招投标，项目落地施工，所有环节都是他为主操作，他为之不遗余力。为什么？因为他是总指挥，更因为他是北岗人。总指挥表面上是张硬要他干，实际上是他跟张直接讨要，只是请张帮他做个姿态，这样接手有利于避嫌减骂。他之所以力推这个项目，主要是考虑家乡条件不好，产业薄弱，百姓贫穷。北岗石产业曾经兴旺过十几年，打石锯石运石卖石，搞得山疤路破河流污染，终因环境破坏严重被叫停。石产业下马后，北岗百姓还能吃什么？不能都出去打工吧？他考虑还是靠山吃山，开发旅游是可行的一项，毕竟有山有水，大树参天，奇石遍地，可登山、可漂流。人文资源也丰富，例如有一座秀才楼，一家三代出秀才。有一园石牌坊，大大小小二十几座。

"是不是还有一个土匪洞？"

确实有。该"土匪洞"常被人拿来调侃，视为王文章的忽悠瞎搞。这些人其实是不了解情况。北岗民间有句谚语"莲花山土匪洞"，"莲花山"说的是那儿主峰加周边山岭看上去像是观音菩萨的莲花座。那一带山岭地貌独特，有大量石洞群，只要识路，从山腰石洞钻进去，可以从山顶钻出来，还可以钻到周边山岭去。因为易守难攻，早年间曾有多股土匪盘踞，前前后后匪患闹了百年，所以才有"土匪洞"之名。在"莲花山风景区"规划里，"土匪洞"成为当地十大景观之一，改名为"剿匪洞"。这不是乱改，是有历史依据的。解放初，北岗一带聚集近千土匪，四处流窜，危害严重，解放军派了一个团的兵力，加上县大队、区小队、民兵，在北岗剿匪三个月。由于地形复杂，土匪剽悍，仗打得很艰苦，解放军、民兵加起来牺牲了三十多人，终于彻底清除百年匪患。事后当地修了烈士墓，立了"剿匪胜利纪念碑"，现在都成了资源，既是自然，也是人文。规划风景区时，王文章提出可以借助这一资源，搞一个剿匪野战游戏项目，到时候让几组游客分别扮演土匪、剿匪部队和民兵，给他们发游戏枪，定几条规则，安排合适路径，在保证安全前提下，让他们钻进山洞，乒乒乓乓打个痛快。有人讥笑这是"王氏土匪游戏"，他认账，确实是他提出来并列入风景区旅游规划，他相信如果能办起来，该项目一定红火。还有人举报他以开发旅游为名，坑蒙拐骗偷，靠欺瞒忽悠把上级扶持资金、银行贷款和开发商资金骗到老家北岗山沟里打水漂，他认为说得对，也不对。如果继续坚持，把项目办起来，那就是一片新天地。如果项目中途下马，给搅黄了，所有努力包括金钱就打了水漂。

"你担心这个吗？"

王文章承认，前任张书记出事给带走后，他就预感游客服务中心项目可能会遇到波折，那段时间隔两天他就要抽空去工地一趟，有时是半夜三更赶来回，催迫施工单位全速赶工。这也是想搞出既成事实。一般而言，投入越多，中止或者回头就越难。另外工程上也需要有一个段落，例如那座主楼，如果在封顶前停工，雨季一到，缺乏防护的墙体有可能被雨水渗透受损，严重的话将导致整个儿垮塌，那就前功尽弃。把封顶完成，就可以有效保护墙体，哪怕工程意外中止，东西还在那里，不会倒掉。出于这些考虑，他才拼命催促。千不该万不该，工地上居然出了事，而且是他最痛恨的车祸事故，一翻车死亡五人，列入较大安全事故，还引发更多注意和质疑。

"现在主楼封顶了没有？"

"已经完成。"王文章说，"终于松了口气。"

他觉得工程中止已经迫在眉睫。新书记王均到任后，面对各种质疑之声，必定会下决心重新开展论证。既然无法继续推进，他还不如暂时避开。他相信无论请什么专家来论证，都不可能一边倒，都还会有保留意见。特别是工程投入已经那么大，谁敢一句话拿几包炸药"轰隆"炸光，背起一堆债务？最不利的情况就是烂尾两三年，待他援藏归来，时过境迁，或许就能继续开始。

"现在火箭坐不成了。"他自嘲，"红景天喝了一堆，全白干。剩下大半箱只好塞到床铺底下，人家陈冬木不要那个。"

"很遗憾？"

他觉得也好，也许莲花山工程不用再等两三年。

"你在这个项目里没有经济方面的问题吗？"

王文章说，哪怕他是个大贪、巨贪，也不会在家乡这种项目上贪半分钱。

"那么你在其他项目上怎么贪？"

王文章即修改自己的说法，发誓迄今为止没在任何项目上贪过半分钱。

这种事能靠赌咒发誓解决吗？几天后，一组精干人员从市里悄悄进驻本县，加上本县配合人员，一起对王文章相关问题进行初查。调查人员了解的范围跨越十来年，从王当副乡长起，直到当下，王管的项目几乎都给问了个遍，整整查了十来天。

然后王均找王文章谈了一次话。王均告诉王文章，经请示市委领导同意，决定免掉王文章"莲花山风景区游客服务中心"项目总指挥一职，工程暂停，重新组织专家论证，以便做出科学决策。

王文章不吭气，好一会儿才表示："我预料到了。"

王均要求王文章正确对待。她还说，尽管有不同看法，王文章所做的大量工作和努力还是得到公认，总体尚好，骂王文章"汉奸汪精卫"

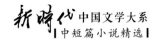

绝对是定性错误。

第二条王文章也预料到了：干部群众反映王文章存在若干问题，其中收受、转送高档香烟问题比较突出。要求王本人认真整改。

王文章感叹："不如直接要求我戒了。"

"做得到吗？"

王文章摇头，称有时候人还得靠点什么，比如他得靠一支烟。

最后一条可称好消息：根据调查人员反馈，外界所反映的王文章几大问题，特别是所谓"涉张"事项，经查，暂未发现其违法违规的确凿证据。类似调查的结果通常直接报告上级，无须向相关对象反馈，但是可以给当地主要领导做点通气，由其把握。鉴于王文章的情况，王均认为可以对本人有所告知。

王文章笑了："是不是出乎王书记预料？"

这话有点张狂了。

王均回答："在我预料之中。"

王文章惊讶。

"但是我需要确认。"她说。

王均不讳言，王文章确实做过不少事，所谓"肯做事，能成事"，但是针对他的举报与议论也不少。市委领导对此很重视，她也认为有必要搞清楚，所以才会有相关查核。现在确认了，看来这个王在这方面也还可以放心。王均感到高兴。

问题是机会已经不再，王文章床铺底下大半箱红景天已经用不上了。

王均提起一件事：按照上级要求，县里正在考虑成立"客专"项目配合指挥机构，需要确定负责领导。她个人意见，要王文章来承担。她记得王曾经跟她提过这件事，不过今天还需要正式征求王本人意见。如果王还愿意，她就准备按程序正式提出。

"你也可以不干。"她说。

王文章喜出望外："真的吗？"

"你说呢？"

"谢谢王书记信任！"

"但是呢？"

王文章明确："没有但是。"

"需要再表演一回，表明是我硬要你干的吗？"

"不需要了。"

3

"客专"是个啥？那就是一条铁路，或称高速铁路、高铁。"客专"的全称是"客运专线"，表明了这条高铁的特定性。

本县目前没有一寸铁路。直到被"客专"线工程设计师画上一条虚线，才一举跻身未来的全国高铁网，也进入本省的"一横"之中。本省高铁规划通俗称之为"三纵三横"，"客专"属于中间那一横，其东端为本省省城，西端则穿越省界，接入国家高铁网中一条连接几座大城市的骨干线路，本省省会将通过"客专"与它们连成一线。本县有幸为"客专"途经，完全因为地理位置：这块地盘恰属本县，你不想经过也得经过。同样的原因，这条线只能走本县的北岗乡，难以另谋高就，因为北岗在本县海拔最高，地理上属于本省中部一座山脉的余脉，而"客专"大体沿该山脉南坡而行。高铁有其缺点，没法像村道一样忽上忽下，得讲究高度坡降，当然也得考虑巨大成本。数年前"客专"规划刚刚披露，本

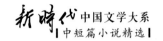

县便有大量反映，希望此段线路南移，从本县县城至少从岭脚一带经过。经多方努力，未遂，高铁还是高高在上，唯青睐北岗。线路难以调整，只能退而求其次谋求"设站"，这一艰巨任务非王文章莫属。

所谓"设站"指建一个火车站。"客专"线原本规划于本市地界设一个站点，具体位置有东、西两方案，尚未最后确定。原因是本市北部三个县都属途经，三县都想争取，但是又各有想法，所谓"各怀鬼胎"，原因相同：线路只在山区一线通过，离县城都有一定距离，三个县不约而同，都想争取线路南移并于靠近县城位置设站，结果无一成功。王文章是北岗人，如果"客专"线只是途经他的家乡北岗，那么北岗人在付出土地、劳动之后，可以幸福地"看到铁路修到我家乡"，却难以获得更多利益。如果有一个车站设在北岗，情况顿时大变，必定会有一条连接车站与县城的高等级新公路作为配套项目提上议事日程，这将根本改变目前的交通状况，"畸肩"路将从此进入历史，北岗将从一个偏远闭塞之地一变而为本县铁路、公路结合的新兴交通枢纽，必定极大促进各相关产业发展，这便是全盘皆活。不说别的，王文章全力以赴的莲花山风景区及其游客服务中心，忽然就不再是"坑蒙拐骗偷"的打水漂项目，而是极富远见的产业发展措施了。

王文章当年就是拿"客专"线和设站作为重大利好，促成了"游客服务中心"项目的确立。如果到头来这条线不修，或者本地不设车站，那么王文章的鼓吹谋划全得死个直挺挺，包括"游客服务中心"，当然也包括他自己。为什么王均甫一上任，王文章迫不及待就请求把"客专"事项交给他？那不仅是勇挑重担，更是救命之策。这个项目谁都可以来牵头，但是肯定没有谁会比王文章更切身、更上心、更急迫。王均改变主意，把王文章从"火箭发射场"扣下来，把"客专"任务交给他，可谓看得很准。当然,如她这种有洁癖的领导,更强调委以重任之际,需要确认此人手脚基本干净。

王文章发表体会:"女领导有两种,一种很一般,一种很厉害。女领导一旦厉害起来,真是没有哪个男领导可比。"

下级表扬上级,可以不吝美言。王文章表扬王均是数十年里最好的第一把手,一举为本县注入了未来发展的强大动力。其实王这么表述也属自我表扬。王文章当然也自认跟王均没法比。女领导是老大,他只排名第四。女领导高屋建瓴,他满裤管泥巴。最重要的是女领导出于公心,而他私心重重。作为本地人,他自知将终老本地,如果只为自己捞取好处而不为家乡干些事情,本地人骂娘会骂进他的骨髓,让他来日躲进骨灰盒都不得安宁。眼下他在台子上,人们只能在背后骂他汉奸,一朝下台了,满街的人都会当面吐他口水,他可不想享受这种"美好待遇"。无论如何,他必须为家乡做点好事,留点美名。王均是省里派下来的,根本不需要考虑这个,只需多说少做平稳过渡,不必计较干过些啥,不出大事就好。时候一到,照样提拔走人,无须在意这个地方又怎么啦,谁会在这里想念或者骂娘。但是王均就是不一样,与本县干部群众同心同德,敢于面对巨大困难,不惜付出艰辛努力,任职一方造福一方,办实事办大事,绝不敷衍。本县干部群众看在眼里,铭刻在心,永不忘记。

王均问:"这些话跟以前那个张书记也说过吧?"

王文章脸皮结实,面不改色:"他喜欢听。"

"打包带走,去跟他说。"

这个重要指示贯彻落实不太容易。

虽然从此不再"高屋建瓴",王文章倒也不负所望。这个人确有能力,加上有一股劲,如他自嘲,拿出当初"坑蒙拐骗偷"那些招数,加上"好工"

也就是锲而不舍，不达目的誓不罢休，难题被一一破解，"客专"站点终于最后敲定，设于北岗乡，定名为"莲花山站"。这一过程中，前台上蹿下跳的是王文章，后台遥控指挥的是王均，后者起的作用可称巨大，不仅在于对前者的支持，还在于王均直接处理了几大审批难题。

半年多后，"客专"线和车站项目开始征地搬迁，王文章奉命常驻北岗项目指挥部，紧盯不放，没有特别重要的事项不得离开。王均自己隔三岔五上山检查督促，确保项目按计划顺利进行。

那时出了件事情：有一天下午，县统计局局长丁家声匆匆上山，面见王文章，报告了一个急迫事项："截止期马上就要到了，怎么办，王副？"

王文章问："截止到哪个钟点？"

丁家声答："今天下午五点半，本周最后一个工作日下班时间。"

王文章不吭气了。

丁家声匆匆前来，牵扯到一份重要报表，涉及上年度本县 GDP 的确定。GDP 通常称为国内生产总值，它很重要，能反映经济发展，也能表现政绩，因此也可能被造假或注水。本县在前任张书记手上，曾接连数年 GDP 增长排名全市第一，这得益于争取的一些重点项目和招商项目接连落地，但是也有相当部分的浮夸，也就是数据水分。比如北岗乡，原先石产业产值耀眼，治理整顿后石厂倒光了，产值数据却不能少，必须以每年百分之几增长。王均到任后发现了这个问题，提出要挤水分，把数据做实。今年年初，县统计部门按照她的要求，组织力量细致工作，提出了一组新的统计数据，比之原数据有相当比例降幅。这份新数据当即被王文章压住，命统计部门先不要拿出来。

从担任常务副县长那时起，王文章一直分管统计部门，本县 GDP 那些事，没有谁比王文章更心知肚明。王文章向王均做了一次个别汇报，建议慎重处理。压水分搞准数据肯定是对的，却也得防止连锁问题发生。如果按照统计部门提供的新数据，那么本县发展增速将从当年全市前列一变而为倒数第一。

王均说："这不是问题。该是多少就是多少。"

"但是也会直接影响全市统计数据。"

本县调低数据后，全市的数据也将跟着相应下调，如果幅度过大，本市在全省内的排名会因之生变。这件事不仅影响本县，还影响全市。王文章建议可由书记、县长一起去向市主要领导和分管领导汇报，然后再定。

王均听进去了，与县长娄士宗一起去市里汇报了情况。市长把统计部门领导叫来一起研究，最终同意本县对数据做一定调整，但是不同意一步压到位，因为牵动太大，产生的数字缺口难以填补，只能视情况逐步消化。根据市领导的这个意见，县统计局做了一个新的上报方案，称之为 B 方案，比之前那个大压水分的 A 方案有较大回调。因为事关重大，王文章对丁家声强调，上报该方案务必直接请示王均。王均对该方案很不满意，一直压着不让报，直到截止期临近。

丁家声上山时，公文包里放着那份 B 方案。他告诉王文章，近日曾通过各种方式多次请示，王均一直不表态。昨日王均去省城开会，行前丁再次找她报告，她还让等。可能是想借在省城开会之机向上级领导反映，争取再压一点。问题是今天下午下班之前务必报送数据。丁家声给王均打电话，未联系上，可能因为会场不能开机。后来又发了短信，未见回复。无奈，只能上山面见王文章，请示怎么办。

王文章问："你请示过娄县长吗？"

请示过了。娄士宗说这个事只能请王均拍板。

"既然这样，干吗还找我？"

"王副分管啊。"

"我还能管过书记和县长？"

丁家声一时语塞，什么话都说不出来。

王文章问了一个问题，就丁家声的经验，此刻王均还有争取余地没有？丁家声直截了当回答："已经到了这个时候，不可能。"

"哪怕误期，到头来她还非得在你这张表上签字，是这样吗？"

"恐怕是的。"

"这好比你抓了只绿头大苍蝇，她得生吞下去，不吞还不行。是吗？"

"我哪敢啊！"

王文章叹口气，称王均那样有洁癖的领导哪会心甘情愿活吞苍蝇。与其大家合伙，逼人家女领导痛不欲生自己去生吞，不如找个消化功能更强大的人替她吞了，然后还可以帮她出一口恶气。这个人该是谁？不就是活该分管王副吗？

他在那张报表上签了名，还有"同意上报"四字。丁家声拿回报表，却不离开，手发抖，脸发白，说不出话。王文章问："你是怕王书记回来后撤你职？"

他点头。

"我来跟她报告，没你事。"

丁家声走后，王文章给王均发了一条短信，称由于王均在会场无法联络，时间不允许再等，他已经以分管领导身份签字，命统计局将 B 方案报送，特此报告。

王均怒不可遏，当晚从省城给王文章打来电话，命王文章立刻去把数据报表撤回来，待研究后另行上报。

王文章说："王书记尽管批评我，事情不好再变了。"

王均摔了电话。

如果王均坚持，这份数据当然可以设法先撤下来，但是撤回本身马上会成为一大问题，其后果可能更难承受。王均作为第一把手，对此肯定心知肚明。基于这个判断，王文章才敢擅自做主，造成既成事实，让她不得不接受了事。

王均回到县城后，王文章在第一时间前去听训。王均冷若冰霜，劈头盖脸又是一顿怒批。所谓"替女领导吞苍蝇，还帮她出一口恶气"原来是这么回事，果然一如王文章事前所预料。王文章的消化功能确实强大，当场仅虚心听取批评，绝不多做解释。王均这种厉害领导明察秋毫，她哪里会看不明白，实无须王文章喋喋不休自我表白。他只检讨自己存有私心，从前任张开始，统计名义上由他分管，实际张本人总是亲自过问干预关键数据的确定与上报，不容他人多嘴。但是现在如果追究，张得负领导责任，王作为分管也跑不掉。张已经涉案给抓了，王还在，一旦惊动上级，王文章便首当其冲了。出于这种顾忌，王文章很希望数据水分慢慢消化掉，平稳消解，不要闹大。

"即便需要我承担责任，也希望能缓一缓，日后再追究不迟，眼下不是时候。"王文章说，"难得王书记信任支持，让我能为家乡做点事。'客专'项目进展正在节骨眼上，那比什么A方案B方案要紧。"

王均不吭声，明显的那股气一点也没消。

几天后，王文章在北岗接到了县政府一份传真件，就领导分工调整征求意见。他注意到统计局已经划到别的领导名下，不再由他分管。

娄士宗打电话做了说明："是王书记的意见。说是让你专心去做'客专'。"

"感谢，这是书记县长对我的关心支持，完全拥护。"王文章表示。

事情悄然而过。王文章专注于北岗，王均时时过问，一切似乎都恢复正常，但是他们彼此清楚，这件事谁也不会忘记。

夏日里，"客专"莲花山站隆重奠基，举办了一个奠基仪式。按照"隆重简朴"要求，仪式定于上午九点进行。王均早早的，七点就亲临现场，恰巧又遇上王文章声色俱厉发飙，骂的居然还是郑光辉。

"到时候少放一颗，"他吼叫，"老子砍了你！"

王均脸一拉："又怎么啦？"

其实没什么，王文章命郑光辉安排于会场四周悬挂四串大鞭炮，准备四个人，四个打火机。刚才一检查，所准备的打火机里有一个打不了火。还有供嘉宾奠基用的八把"锅铲"也就是铲土的铲子，王文章发觉其中有一把铲口有缺损，因此怒骂。

此刻郑光辉已经接任北岗书记，表外甥对他可丝毫没有更谦恭，不同的只是当众没见抬脚。王均一到，王文章马上变脸，夸奖郑光辉总是知错就改，少了个打火机，居然把王文章口袋里那个掏去凑数。

王均没多说，即开始检查。她天不亮动身，驱车近两小时，提前赶到北岗，是因为今天的奠基仪式虽然规模不大，于本市本县却是意义不凡，本市分管副市长将亲自出席以示重视，必须确保无误。王均察看现场，检查各种细节，包括王文章的状态。

"怎么人不人鬼不鬼？"她不满。

王文章称已经备好一件戏服，放在指挥部里，到时候一换就成。

他所谓"戏服"即正装、西装，正式场合目前需要那个。此刻没到时候，他身上是一件夹克，也还算齐整，只是这里一斑那里一点有不少烟洞，显示资深烟民地位。王均嫌他不人不鬼，主要是他灰头土脸，头发乱，

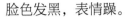

脸色发黑，表情躁。

他说：“工地上待着，人就躁了。”

王均听汇报，看现场，走了一个多小时。王文章紧随，寸步不离。王均注意到他的动作有些怪异，左手总插在裤兜里，从不拿出来，却又动个不停。起初王均没太在意，后来越看越觉得刺眼，忍不住问一句：“你那个手怎么啦？受伤了？”

“没有。”

他把手从裤兜里掏出来，拍一下，表明一切正常。

但是剪彩时出了意外：郑光辉的四挂鞭炮放得山响，一颗不缺全给点着，供嘉宾铲土的八把铲子把把完好，不见差错，掉链子的竟是王文章自己。他换了“戏服”，站在王均身旁，为左侧最后一位剪彩嘉宾。动剪时他用左手抓着彩条，右手持剪刀，居然两手发抖，接连几剪，没有哪刀能剪到底。一旁王均发现不对，看了他一眼，他低声喊了一句：“王书记帮我。”

王均即接过他的剪刀，只一下，刀到带断，干脆利落。

简短仪式结束，送走市领导，王均看到王文章又把左手伸在裤兜里。

“到底是什么？”她眉头一皱问。

“没什么。”

“掏出来。”

王文章把东西从裤兜里掏出来。原来就是一盒烟，已经给捏成一团烟渣，一把杂碎。烟盒皮、过滤嘴、烟丝、烟纸，啥都有，就是没有一根完整的。

是犯瘾了。为了准备奠基，他已经三个晚上没睡完整觉。他不怕熬夜，只要有烟。今天上午没办法克服，陪同王均抽不得烟，搞得人不人鬼不鬼，

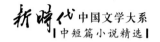

剪刀都拿不稳，瘾急了只好拿手指头在裤兜里解决，把一盒香烟一根根捏碎。

王均问："谁有烟？"

郑光辉赶紧掏口袋。

"给他。"

没再多说话，女书记上车离去。

事后王文章调侃：经过成功举办"客专"莲花山站奠基活动，不仅本县交通和产业发展迎来历史性时刻，本县良好香烟环境也在开始恢复。

一星期后，市里考核组来到本县，一直深入到北岗工地。这个考核组考核对象仅一员，却是王文章。不久王文章被任命为县委副书记。本县原专职副书记陈冬木援藏去了，保留本地职务，归来后肯定另有重用。因工作需要，王文章被增补为副书记，接手陈冬木原分管的那些事务。

自始至终，王均没跟王文章谈这件事，但是显然她是关键，没有她力荐不可能有这个安排。这位领导很公正，该批评敢拉下脸，该关心照样关心。

王文章升职后继续驻扎于北岗，主要任务依然是"客专"项目，以及游客服务中心。后者经过了专家论证，在"客专"动工设站之后，重新上马已经没有疑义。王文章没再兼总指挥，只是一并管了起来。

然后有一个报信电话打到王文章手机上，消息惊人："听说搞到林则徐了！"

是林耀，县建设局局长，曾经被王均拿两根指头夹起来示众过。他说的"林则徐"是谁？知道的就是机关里若干烟鬼，其发明专利还归王文章。当年林则徐禁烟获罪，被清朝皇帝贬到新疆。眼下王均的事与禁烟无关，一星半点火苗都没有，只涉及一些数字。数字并不是易燃品，却可能意外自燃，一旦数字像汽油一样猛烈燃烧起来，其后果非常严重。此刻这些燃烧的数字竟是本县 GDP 数据，涉及年初那份 B 方案。时间已经过去近一年，那些数字像是已经进了垃圾箱，谁知道竟会突然起火：有人举报本县数据不实，涉嫌造假，恰又赶上省内一起类似案件被上级查究、曝光，省领导高度重视，批示督办，省、市统计部门的联合调查组突然来到本县。

林耀听说事情可能会"搞到"林则徐那里，却不知道王文章才是最可能被"搞到"的那一个。如今类似调查都是所谓"问题导向"，任务只在查问题，不是来发红包。本县 GDP 的问题实不难查，曾经有过的一份 A 方案很能说明情况，找到那东西毫不困难。一旦问题查实，责任人必受处理。这种事的处理不同于贪污受贿，平常情况下不一定很重，撞到风头上就不好说了，严重的话会伤筋动骨掉几顶乌纱帽。具体而言，王均作为第一责任人要承担责任，王文章是分管领导，过去注水有一份，如今还一再主张不要急压，且涉嫌擅自做主，情节如此亮眼，更是跑都没处跑。

王文章骂了一句："该死。"

他把自己关在指挥部办公室里，整整待了一个上午，自称"考虑问题"，命众人不得干扰。实际上他是在里边抽烟，打主意，图谋自救。等到他出门时，那里是一屋子混沌，像是被一颗烟幕弹直接命中。

王文章直奔县城，途中给陈雄挂了一个电话。陈雄是市统计局局长，此刻与省统计局调查组一起下到本县，驻扎于县宾馆。王文章报称自己有重要情况要向调查组和陈雄报告，请陈安排时间听取。王文章自称清楚调查组刚刚进驻，工作正在有序开展。王曾分管统计，必定会被列为调查对象，可以等待调查组按既定工作安排，通知他后再来汇报。只因

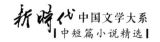

为近段时间他负责"客专"等重点工程，常驻于北岗，那边任务很紧，事情很多，只怕到时候调查组有请，他却给缠住了，弄不好会影响调查进展。今天恰好到县城处理一些事务，还有一点时间可以利用，这才主动联系，请求汇报。

"谁让你找我们？"陈雄很警觉，"你们王书记吗？"

王文章称自己没有跟王均报告，他也不会报告。所谓"王不见王"，王均让他守在北岗，不要到处乱跑，调查组到来这件事也还没有通知他。要是他向王均报告，那就是给自己找事了，因为他要反映举报的也包括王均的一些问题。

陈雄动作迅速，即与调查组负责人沟通，几分钟后便通知同意王文章前去。

王文章向调查组呈送了一份《情况说明》，作为书面依据，同时亦做当面口头汇报。有关 A 方案 B 方案的过程被他完整介绍，只是隐掉一个细节，就是他曾建议书记、县长向市领导汇报，他们也真的去汇报并得到了一些指示。说出这些无异于举报反映，相当于把责任推到上级那里，使事情扩大化复杂化，因此王文章不谈。这是不是隐瞒真相？可以斟酌。该情况别的人或许不知道，陈雄本人非常清楚，根本无须王文章举报。是不是需要向调查组报告，怎么报告，陈雄自有把握。王文章也报告了自己擅自做主签字上报报表的过程，并不讳言如此大胆的原因就是害怕承担分管责任。王文章强调两大要点：一是此前本县数据水分，主要责任是那位出事的张，王文章作为分管领导只能听从。二是王均到任之后高度重视实化数据，B 方案已经有所体现。未能全部压实有具体原因，非王均所能为。王文章在王均未曾同意的情况下，出于个人考虑擅自做主报送不实数据，主要责任在他本人，不在王均。

他不是自称要举报吗？这么举报算个啥？无异于见义勇为，或者不如说是投案自首。调查组最关注的其实就是所谓"举报"。为什么人家愿意在既定安排之外，先听这个王反映问题？因为他提到举报"包括王均的一些问题"，这是调查组需要的线索与要害。王文章知道怎么才能引起他们的注意，果然一语中的。

这是举报个啥？有如给领导提意见："一心工作太不注意身体了。"变种拍马屁而已。不同的只是王文章自我揽责加自请处分，表现得尤其充分。

王文章报告完情况，即驱车返回北岗，谁也不找，谁也不说。隔日，王均给他打了个电话，张嘴就批。

"谁让你那么干！"她怒气冲冲，"我不需要！"

"王书记不需要，王副书记需要。"王文章回答。

王文章需要什么？他解释：眼下他最怕王均离开本县，无论是出事还是高升。他曾突然梦到本县书记姓汪了，当即吓醒，发觉只是个梦，如释重负。他跟调查组谈的都是实情，所做的表示也都发自内心。

调查组在本县工作了两周时间，终于拿出一份调查报告，而后相关人员根据他们所负责任受到了相应处理，王均以负有领导责任被通报批评，而王文章受到严重警告处分。身处风头，这样的处分可算相当温和。另外还有一项众人均意料不到的结果，就是王均所希望的"压水分"竟通过这些处分得以实现。

王文章自嘲称，投案自首果然有助减轻处罚。处分是应该的，只要帽子还在，就可以继续做事。他自感得意的是有王均陪斩，一个小通报对王均不算什么，却可能让她无法那么快提拔走人。她在本县多留一点时间，于本县人民、"客专"等重点项目、他的家乡北岗以及他本人都是巨大的福气。

有天中午，王均只带一个随员，突然光临北岗，事前没有通知。时值午饭饭点，王文章蓬头垢面，不人不鬼，被抓个现行：他在指挥部，身边围着几个人，一人一个饭盒，一边吃饭一边开碰头会。王文章吃饭时居然还能抽烟，一支香烟在烟灰缸上袅袅冒气，下边是满满一缸烟灰。王边吃边抽，物质精神两不误，拿尼古丁当下饭菜。他本人背心短裤拖鞋，包装得就像个包工头，身边围着的都是小工头。

王均驾到，大家一时慌了手脚，王文章赶紧招呼给王书记搬凳子上茶水，一边拿条裤子往腿上套。王均没多理睬他们，眼睛转向房间另一个角落，盯着看，离不开。

这里竟是另一个风光：有一张小桌，小桌后边坐着一个小男孩，大约十岁模样，长相清秀，满面阳光，非常招人喜欢。小男孩面前放着个饭盆，还有厚厚的一本书。他在一边吃饭一边看书，对屋子里大人的喧闹充耳不闻。

"这孩子是谁？"王均发问。

王文章招呼："小章，过来问书记好。"

男孩闻声而动，王均顿时心里一紧：小桌后边不是椅子，是一个轮椅。男孩推着轮椅滑过来，动作轻盈纯熟。他说了声："书记阿姨好！"童声清脆。

王均笑笑："好孩子，真有礼貌。"

她让男孩去吃饭，好好吃，细嚼慢咽，不要光顾着看书。

这孩子是王文章的儿子，放暑假在家。王文章的妻子在银行工作，近日行里安排业务培训，去省城，儿子在家没人管，他把他带回北岗，跟他一起住指挥部。

"孩子奶奶呢？"

"这段时间也在北岗老家，住在大妹家中。"

王均说："我要跟你谈件事。"

王均此来必有要事，因为很突然，很意外。近期北岗的几大项目进展顺利，铁路路基施工已经全线拉开，隧洞桥梁齐头并进，施工单位都是国字号大公司，本县主要是提供保障，配合处理涉及地方的各种事务。由本市和本县为主承建的"莲花山站"主体建筑、广场和配套建筑都已开建，配套公路设计方案已经通过，动工可期。"游客服务中心"主楼也开始内装修。这些情况，王文章都及时向王均汇报过，没有什么可让她不放心的，无须她突然赶来。此刻会是什么事呢？王文章赶紧命人打开会议室空调，把王均请到里边，单独谈。

很意外：王均考虑让王文章走人，离开他现在正在负责的重点项目，离开家乡北岗，也离开本县，去当"空降兵"，做一次"低空跳伞"。

这事怎么提起？明年是换届年，市里着手考虑换届干部事项，市委组织部部长通知王均，让她下周一到市里，部长要陪同市委书记跟她一起研究本县领导层人员的去留升退，让她提一个初步建议。王均考虑王文章是本地人，不能在本县当县长、书记，只能提人大主任或政协主席，本县现任那两位都可以再干一届，轮到王文章至少在五年之后，从长远考虑，不如择机离开。由于前些时候统计数据不实的那个处分，目前他还不能提拔，可以考虑先平调到比较重要的县、区去，日后再谋求发展。王均想向市委建议让王文章去城中区，该区地位重要，是市机关所在地，人口与经济总量在全市排头。该区有几个重点项目要上，王文章抓项目有经验，能力强，非常适合。如果王文章去，很快就能进步，一段时间后，顺利的话可接任区长，提拔到其他县区也有可能。那就打开了大的发展空间，日后有望从县区长到书记，直到进入市级领导层。这种事当然也有很多不确定性，靠自身努力，也要看机遇。王均觉得有必要先与王文章沟通，听听王个人的意见，她本人倾向于让王离开。

王文章"啊"了一声："很意外。非常意外。"

"你留在这里继续抓这些项目当然很好，换谁也不如你。"王均说，"但是机会难得，错过就可能耽误了。"

王文章问："王书记是不是听到什么反映，感觉我有问题？"

王均说，任何事情都有正反两面，有一利必有一弊。本乡本土固然有利，也有所谓"猪屎沙多"之说。王文章抓"客专"项目以来，成效显著，大家有目共睹，存在若干争议也属难免，目前并不构成问题。她之所以考虑让王文章离开，确实也想让他避开日后可能遇到的某些问题，主要的还是希望为他争取一个发展空间。

"明白了。谢谢王书记。"

王文章道谢，然后断然拒绝。他说，如果是他有问题有所不宜，无须调离，可以就地免职，就地调查处理。如果不是这样，那就让他留在这里继续做这些事情，无须考虑他日后如何。就他本人情况，把他提到北京去当个部长，也不如让他留在本地当包工头。他早就清楚自己不能有任何奢望，只能选择终老家乡，死了就埋在这里。

"为什么？"

因为孩子，王均已经看到了。这孩子是王文章的一块心病。孩子原本很健康，很聪明，人见人爱。上小学一年级那年，也是暑假，由于工作忙，顾不上，他把孩子送到北岗，交给母亲照料。孩子调皮，与村中小朋友打打闹闹，跑到公路上，不幸被一辆拉石头卡车撞到，从此有赖于轮椅。王文章悔恨自责，他的脾气和烟瘾都是那以后上来的。从此他也最痛恨车祸，谁要在他面前谈论车祸，谁就像是跟他有仇。王文章平时打哈哈开玩笑，什么"空降兵""汪精卫"的，更多的只是排遣，苦中作乐。孩子已经残疾，可以想见一生的艰难。做父亲的希望尽量让他生活得好一点，父母在时有人照料，父母不在了也能有人关照，死死待在家乡可能是最有利的选择。

"到其他地方孩子就没人管了？"

当然没那么绝对。如果调到区里工作，可以把家安在市区，对孩子的教育和成长也许更有利。如果职务还能继续向上，掌握一定权力，想必还会有更多人来关心这孩子。但是总归不是自己的乡土，自己只算那里的过客，没办法指望太多。时候到了，身边的人一哄而散，丢下个残疾孩子怎么办？留在本县，再不济也还有七大姑八大姨可以指靠，顾念旧情的肯定也会更多，只要他多做好事。现在的"客专"线和风景区建设对本县特别是北岗太重要了，视同做功德。做好这件事，家乡人们就会记住他。他们会说："那个人虽然挖过人家祖坟，也还是做过一些好事。"这可能有助于他的孩子日后过得更好一点。

王均批评："井底之蛙。"

她问了一件往事：有一回她让王文章随同去岭脚镇开现场会，涉险过洪水。后来才听说他原本要带儿子去省城看医生，那是准备去看什么医生？王文章回答，确实是约了一个专家，不是看眼睛配眼镜，是看神经内科，据说那位主任能治他孩子这种病。那一天没去成，隔了一周又去了，最终还是白走，孩子站不起来，已经无药可治。

"刚才谈到的事情，你是不是愿意再考虑一下？"王均问。

"王书记的好意我心领了，但是请千万不要提出来。王书记一定要答应，日后我和我的家人，包括儿子都会感激不尽。"

王均摇摇头："好自为之吧。"

下午两点，王均动身返回，行前在指挥部大厅四处张望。

"孩子呢？睡了吗？"

王文章吼了一声："小章，出来。"

眨眼间，小轮椅忽地从一根柱子后边闪现，在厅里轻快地转了半圈，停在王均和王文章面前。

王均说："哎呀，小朋友这是骑滑板啊。"

小男孩快活地笑。他告诉王均，他能用轮椅踢足球，班里还没有谁踢得过他。

王均摸了摸小男孩的头，说了句："这孩子真不容易。"

她的眼眶竟然悄悄一红。

王均没有孩子。她丈夫在省城一所大学做行政工作。不知是因为工作忙，耽误了，还是从一开始就打定主意丁克，他们没有孩子。但是她喜欢孩子，毕竟是女人。

一个月后，本市传出爆炸性消息：王均调任城中区区委书记。

原来她找王文章谈话另有由头，并不只是她说的那样。一个县委书记即便要推荐手下干部，最多也就是提出那个姓王的可以平调出去任职，不可能具体到建议调城中区干个啥，想这么做必有特殊前提。显然王均知道自己即将调任该区，有意让王跟她过去抓重点项目，甚至考虑日后提起来做搭档，真是极其看重。她不能提前透露自己的变动，王文章不知底细，谢绝她的好意。不过即使她把底细和盘托出，王文章似也很难下决心死在本县之外。

王均这一调任别有意味：城中区地位特别重要，历任区委书记都是高配，同时任市委常委，或副市长。王均则是平级调动，没有提拔。或许因为不久前刚因数据风波受到处理，尽管很轻微，却不好立刻就提，只能分步走。无论如何，把这么重要的一个地方交给她，表明了对她的看重，该女领导果然厉害，如王文章所评价。但是王文章也有看走眼的地方，例如他断定王均能在本县多留几年，结果被证明是错了，人家转眼就用这种方式"跳伞"而去。

这个结果对王文章极其震撼，如五雷轰顶。

4

那天市里会议结束时，王均把娄士宗叫住，问了些情况，提到了王文章。

"这个王胆子大。"王均说，"有一回当着我的面骂我的驾驶员，你知道吧？"

娄士宗嘿嘿："这家伙是有毛病。"

"帮我带个话，让他好自为之。"王均说，"我都记着呢。"

这一重要指示于当天晚间即传达给王文章，未曾过夜，原因是市里的书记会议很重要，本县连夜开会传达，王文章被叫出北岗参会听精神。娄士宗把王均的话带到，王文章听罢眨了一下眼睛，脱口道："不会吧？"

"你去问她。"

王文章自嘲："虽然我表现还行，挡不住女领导爱记仇。"

王均调离本县后，"王不见王"，城中区委王书记管不着本县王副书记了。不料该局面只维持了半年，王均提升一级，被任命为市委常委，进入市委领导班子，虽然主要工作还在城中区，就领导层次而言又成了王文章的上级。娄士宗在王均走后接任本县书记，娄个头瘦小，心眼也比较小，记仇水平不逊于女领导。当年本县书记姓张时，娄一直受压制，张喜欢瘦高不爱瘦小，没把县长放在眼里，却重用王文章，时常越过娄直接给王下指令，搞得常务副县长比县长还牛，娄士宗不知道的事，王文章知道。娄士宗能忍，表面上逆来顺受，心里当然满肚子火，直到张出事才感觉出了口气。王均到任后，县里屡有人质疑王文章"涉张"，娄士宗实有所推动。幸而王均客观公正，查无问题，该用就用，让王文章过了一段舒心日子。当时娄士宗审时度势，跟王均保持一致，对王文章也比较客气，彼此相安无事。王均对娄、王之间的内情心知肚明，她临离开时想把王文章调离，可能也因为担心日后不是"王不见王"，是"娄不容王"。不料王文章死心眼，放弃大好机会，铁定要死在本县。娄士宗成为第一把手后延续王均做法，让王文章继续驻守北岗抓重点项目，那些事确实没有谁比他更合适。但是应该让副书记知道的事情、参与的决策，却不时让王文章待一边去，有时开会都不通知。王文章自嘲这样最好，专职山大王，死心塌地坚守"土匪洞"做功德。王文章并非真的"王不见王"，他不时会给王均打个电话，也曾借机到区委大楼当面汇报，把北岗山上的各重要进展报告给王均，虽然人家如今不管那些事了，王文章却始终不曾怠慢。汇报中王文章从不提个人事情，也不谈娄士宗，王均却很清楚，毕竟主政过本县，她有多条渠道了解。此次让娄士宗带话，她知道娄肯定会以最快速度完成任务。因为她是市领导，也因为娄乐意对王实施敲打。

第二天一早，王均准时到达区委大楼的办公室，她所谓"准时"就是提前半小时，这是她的习惯，除非遇到特殊情况。已经有一个人等候于门外，却是王文章。事前他没有电话联系，直接闯上门来，提前半小时，他对王均的作息规则了如指掌。

王均没有显出意外。她命跟在身后的区委办随员给王文章倒杯茶，同时通知原定于八点召开的一个会议后延，推迟半个小时。

"我要听听王副书记都有什么要说。"她说。

随员给两位领导都倒了杯茶，起身离开，轻轻带上办公室门。

"王书记一定有重要事情要提醒我。"王文章直截了当，"请明示。"

王均反问："有吗？"

王文章记得王均在调任区委书记前，曾专程上山，跟他谈过一次话，当时就说过"好自为之"。直到王均调任，王文章才明白那是什么意思。现在王均带话，重提旧指示，一定又是发生了什么。估计除了重要，还很急迫，同时电话不宜，只能用这种方式提醒王文章注意。所以王才会在最短时间内直接上门面见领导，请求面示。

王均不置可否："你一定有些猜想、估计吧？"

"会不会是郑光明的事情？"王文章问。

"你说一说。"

王文章报告：郑光明是郑光辉的堂弟，实为亲兄弟，郑光辉本人过继给叔叔当儿子，所以两郑又亲又堂。按辈分王文章得叫郑光辉表舅，那么郑光明也算。郑光明当了多年村长、村支书，办石厂赚过些钱。禁止采石后，郑的公司改行做土方工程，拥有钩机、铲车等一批施工设备，在游客服务中心、"客专"线路和配套公路工程中都揽到一些业务。前些时候郑光明突然被带走，县委班子开会时曾简要通报，称郑利用金钱权势，以威胁、人身伤害等非法手段，企图垄断北岗土方市场，涉嫌黑恶，正在接受调查。其后不久，郑案被列为省、市扫黑除恶专项斗争的一个重点案件，挂牌督办。外界传闻纷纷，指郑光明背后有两把黑保护伞，小一点的那把是其亲堂兄，乡党委书记郑光辉，大的那把就是王文章。

"你是吗？"

"领导放心，我不是。"

所谓"本地猪屎厚沙"，王文章在本地负责工程，乡里乡亲众目睽睽，不能不特别小心，秉持公正。王均早就提醒过，任何事情都有正反两面，本乡本土固然有利，也会有相应问题，"好自为之"，对此王文章记得很牢。郑光明为人比较霸道，手脚也不干净，王文章一直对他很警惕。当年王当乡书记时，就曾查过郑光明一些事，给过留党察看处分，撤掉了村支书职务。那一回工地上出车祸，王文章查问时得知出事的卡车属于郑光明那家公司，是通过郑光辉进工地的，气得差点一脚踢翻郑光辉，刚好被王均撞见。但是郑的公司通过合法招标争取工程，王文章并不干涉，因为当年是王文章下令关掉他的石厂，之后还得给人家留条出路。那时候郑光明转行搞土方工程，需要过审批一关，王文章还曾帮助给相关部门领导打过电话，除此之外再无什么瓜葛。王文章心里有数，无论人们怎么议论，都一笑置之。

真的如此坦然吗？其实未必。为什么王均给王文章带话，他立马赶来面见，而且主动提及郑光明一案？显然该案不可能如太平洋海沟里的一条疑似泥鳅一样与他毫无干系。说来王文章也属足够敏感，娄士宗话一带到，他脱口称"不会吧？"为什么有这种感觉？因为他知道王均不可能因当年驾驶员挨骂如此记仇。那件事的要害不是王文章刷牙不挤牙膏，拿本地粗话怒骂驾驶员，是他把王均的车挡在身后，自己先下水蹚路，不惜替王均让洪水冲走。当时王文章出于本能，并不是刻意表演，王均都看在眼里，她的看法其实是在那一刻改变的。此前王文章于她可有可无，爱走走吧，"高空跳伞、坐火箭"悉听尊便，她不阻挡。那一天之后不是了，她把王文章扣留下来，先查案底，查无问题即予重用。这个变化她自己从不提起，王文章却知道就那回事。因此王均忽然提起骂人，不是记仇，仅是让娄士宗带话的由头，要提醒的肯定不是让王文章多挤牙膏刷牙，那么会是什么？显然有要紧事，很急迫，此刻除了郑光明一案，似无其他。所以王文章才匆匆赶来面见。王均为什么不能说明白点，或者干脆直接给王文章打电话，命其前来听训话或直接相告？显然有所不宜。这种事很严重，很敏感，不比身上夹克尽是烟洞那么寻常。

王均问了一个问题："当年你帮助郑光明过审批关，收受过他什么好处？"

王文章一口咬定没有。对此他非常谨慎。

"你跟他没有任何经济来往？"

"除了有时碰面抽他一两根烟，再无其他。"

"金钱呢？"

"没有。"

"股份？"

"王书记听到什么了吗？"

王均不加解释，只命一条：王文章必须放弃一切侥幸心理，立刻前往市纪委投案自首，把自己与郑光明的所有私人经济往来交代清楚。

"我已经说了，没有这种往来。"王文章强调。

"真的吗？"

王文章还是一口咬定。他说，王均到任不久就曾查过他，事实证明他不是那种手脚不干净的人。单只是为了儿子日后生存，他也不会干那种事。

"郑光明已经交代了。白纸黑字，你有股份。"

"不可能！"王文章叫道，"这是谁说的？"

这还用问？王均怎么可能把信息来源告诉他？王均虽是市领导，目前主要工作却在区里，她不管办案，也管不到王文章，无论王涉嫌腐败还是黑恶，都是相关部门的事情，王均无权过问。但是显然她有信息渠道，以她的身份经历，上层、中层、下层都可能有渠道。她告诉王文章，别管是谁跟她说，怎么说，事情究竟如何，王文章问自己就好。她警告说，此刻一味否认无济于事，以她判断，王文章的时间已经不多。赶紧投案自首，争取减轻处罚，也许还来得及。如果没有足够把握，她不会跟王文章说这些话。她不希望在王文章儿子非常需要他的时候，他出了大事。

"真的不是那样！"

这种情况王均见过很多了。初涉案时，几乎每一个"对象"都坚称自己清白。但是案子办下来，最终还是全部承认，几乎没有例外。

"不应该这样对我的！"

王文章叫屈，称自己有幸得王均信任，负责惠及家乡的几大重点项目，他自感不能对不起乡亲和领导，确实是没日没夜，累死累活，不计得失，没有功劳也有苦劳。在王均调任，失去强有力支持的情况下，他忍辱负重，依然坚持不懈，因为他不是在为哪一位领导干活，而是为家乡百姓，当然也为自己。私下里总是自嘲，劳碌委屈不算什么，只要好事做成，让人记挂，日后有助残疾儿子活好一点就可以。现在几大项目都起来了，一天一个样子，眼见得胜利在望，他也没敢松懈，毕竟工程还没全部完成，还有很多事需要去做。哪里想到忽然自己成了黑恶保护伞，还腐败了？他不是那种人，别人不了解，王均最清楚。无论如何，万万不能这样，他无法接受。

"王书记得帮帮我！"

"我是在帮助你。"王均下令，"现在谈那些没有意义了。"

她命王文章不要申辩，按她要求去做，马上。

"王书记！你得相信我！"

王均站起身："你走吧。我要开会了。"

"真的……"

"去跟他们说。"

离开区委大楼，王文章去了附近街上一个牛肉面馆，在那里要了一碗牛肉面。当天早起赶路，他还没吃早饭。由于不想让行踪为人注意，他没用公车，而是叫了出租。

他对老板指了指墙上的禁烟标志："抽一支行吗？"

老板略勉强："抽、抽吧。"

于是一支接一支，直到衣袋里那包烟抽光。这个时段小面馆生意清淡，只卖出他一碗面，老板对污染环境暂予容忍，未强烈干预。

然后王文章拦了一辆出租车，踏上归途。车刚刚从收费口进入高速公路，司机陡然紧张：坐在后排的王文章动静异常，从后视镜上看，他低下头，脑袋顶在前排副驾座的背靠，肩膀剧烈晃动，伴着一串奇怪的"呕呕"声。

司机忍不住问："这位客人，身体不舒服吗？"

他没回答。

"要不要……"

王文章头也不抬，顶着前排椅背低声回答："掉头吧。"

"什么？"

"掉头。"

那时他才抬起头看一眼车窗外。司机大吃一惊：该客竟泪流满面。

高速公路上怎么掉头？只能到下一个收费站口，出站再倒回。半个多小时后，王文章进了市纪委大楼。

事到此际实已无救。如果王文章不是现在自己走进这座大楼，接下来必然就是让这座楼里的工作人员带走。从王均谈话的严厉程度，可知事已急迫，迫在眉睫。如果刚才王文章没有让出租车掉头，而是返回家里躺平，等到人家把他带走，结果会是如何？几乎可以肯定会有"一二三四"，身败名裂，罕见例外，比之他人或许只会少了所谓"与多位女性保持不正当男女关系"而已。但是王文章自己走进来投案又能改变什么？与被带到"规定地点"如数交代，本质上并无区别，不外只是认罪方式不同。自首或许有助于减轻处罚，却不能改变其案性质。因此结果都一样，从此再也没有王副书记，再也无缘"客专""游客服务中心"。多年之后，会不会有人说"那个王虽然腐败黑恶，也还是做了点事"？恐怕未必，无须期待。多年努力，一朝尽去，屈辱无尽，可想而知，再无面目见江东父老、家人，特别是自己的残疾儿子了。

王文章是什么人？这种状况下，居然不服，竟另有图谋。我们都知道他有前科，擅长"投案自首"，当年遭遇数据风波，他把自己关起来闭门抽烟，带着一屋子烟雾余味前去"自首"外加"举报"。这一回涛声依旧，他把人家牛肉面馆污染一番之后，打车中途，含泪折返，故技重演主动上门，却与上一回南辕北辙。

他一张嘴就表示："有一位领导要求我来投案自首。"

跟他谈话的市纪委管办案的副书记即追问："哪位领导？"

王文章回答："不敢说是投案，我是来说明情况的。"

对方即叫来一个干部旁听、记录。此时此地可不容开玩笑。

王文章谈了与郑光明的过往关系，一五一十，什么情况，有何事迹，核心是强调自己清白，与郑没有任何经济往来，没有一分钱，没有一点股份。

"谁跟你说起股份？"对方突然问起具体情节。

王文章称郑光明出事后，县里传闻很多，他多多少少听到一些。

"关于股份他们怎么说？"

"讲得比较含糊。因为确实没有，传闻都出于猜测。"

"你可以谈得清楚一点，不要这么含糊。"

人家问的不是传言多含糊，而是具体人，是哪一个把含糊传闻传递给了王文章。

"主要是有，或者没有。"王文章强调，"确实是没有。"

对方不纠缠有无，唯盯紧人物："是哪位领导要你来投案自首？"

"她肯定也是听到了一些传闻。"

"到底是谁？"

"是王书记。"

王文章直接供出了王均。以职务层次，现在或应称"王常委"，王文章习惯称她"王书记"。王文章报告说，今天上午他到区委办公室拜访王均，汇报"客专"项目近期进展，事前没有电话预约，主要是不想干扰领导既定工作安排。不料刚一见面，王均就追问他与郑光明的关系，明确要求，如果有问题，必须立刻前往市纪委投案自首。他当面报告，没问题。他本人不是郑光明的黑保护伞。王均没有消除怀疑，依然强调让他去纪委自首。因此他来了，郑重申诉：所传问题确实不存在，请纪委领导深入细致了解，不要让他无辜蒙冤。

"你知道，你要对自己的话负责的。"对方警告。

"确实是没有。"

对方让王文章稍候，不要离开。自己站起身走了出去。

他肯定是去请示主管领导，也就是将情况报告给市纪委书记。而后他们会迅速研究一个处置意见，立刻向市委书记报告。

情况相当反常。眼下涉案官员投案自首，或者主动前来报称没有，做个人申诉，都很正常，不算奇怪，像王文章这种方式却不多见：说是来投案，却坚称无辜，而且有意抬出一位市级领导。如果他是一时失言说及，或者迫于讲清楚的要求而不得不交代出王均，那还比较正常。他不是，一张嘴就声称某位领导要他投案，明摆的是在做铺垫，引发注意，随时准备抛出。时下一些犯案官员为了立功减罪，在案件办理过程中检举揭发上级领导，也属常见。王文章却不同，他自称清白，有何需要举报王均以求立功受奖？应当说他提及王均也颇费苦心，细致拿捏分寸，例如他描述过程，表明不是王均通知他来谈事，是他主动找王均报告时谈及郑光明一案。王均虽是市领导，主要工作在区里，管不了王文章，也不管办案，只因在本县当过书记，本县相关案件的传闻传到她那里，这不奇怪。恰王文章自己跑来拜见，出于不希望原手下干部下场太可悲，她严厉敲打，要求王文章正视自己的问题，在还来得及的情况下投案自首，这没什么不对，可以视为要求相关人员配合办案，不同于泄露案情干扰办案。但是王文章如此这般，有意地、公然地把上级领导抬出来，扯进自己的事情里，就显得极不寻常。他有什么必要这么做？莫非他想把王均变成一面挡箭牌，替他抵挡即将到来的危险，这能行吗？无论行或不行，王文章实在非常不应该。王均待王文章不薄，不说以往，就说当下，在完全可以置之不理之际，她好心提醒，试图拉王一把，哪知道转眼就被王文章抛了出去。当年王文章曾经把王均的车挡在身后，自己替领导下去蹚洪水。这一次他反其道而行之，为求自保拿领导顶在前边，无异于把人家拖下水。如此行径，即便达不到汉奸汪精卫水准，实也类同于出卖。

接下来会怎么样？如王均自己说的，没有足够把握，她不会跟王文章谈那些事。作为市领导，王均绝对不是从菜市场某位卖肉小贩那里听到什么传闻，其消息必是来自内部。因此至少可以推断：王文章在郑光明的企业里有股份，该情况已经被郑光明自己交代出来，至于数额有多少，是值一个亿还是一百元，目前不得而知，郑光明肯定已经如数交代。王均或许也已经知道，但是她不能跟当事者说，也无须说，这种事还有谁比当事者自己更清楚？显而易见王文章不值一个亿，却也不会只值一百元，否则也无须劝他去自首。根据王均的严厉警告，可推知对王文章的调查已经启动，采取组织措施已迫在眉睫。王文章心知肚明，却执迷不悟，人已经到了纪委，嘴巴还喊清白。接下来呢？最大可能就是既来之则安之，进去吧，到里边去说清楚。

一小时后，王文章离开市纪委，获准返回。没有顺便"进去"，只是受命深刻反省，随时准备配合组织调查。

他回到北岗，时"客专"项目工程正进入攻坚。北岗区域内两条隧道已全线贯通，一座控制性桥梁全力赶工，本段铁路路基已基本成形。"游客服务中心"工程则进入扫尾阶段，即将大功告成。王文章在他满是烟雾的办公室里发号施令，带着各路人马在工地上周旋，一如既往，不同的只是每一天清晨的太阳于他不再意味着新的开始，而可能是结束。郑光明黑恶案如滚雪球般不断发展，先是郑光辉给带走了，继而轮到北岗乡派出所所长和县公安局一位副局长，该副局此前也曾任北岗乡派出所所长。然后是县建设局局长林耀、现任县政法委书记吴平，黑保护伞之宽广令人瞠目。而最招人热切眼球的王副书记却一直未传"佳音"，老在北岗山上晃来晃去，令人大感不解。随着案情发展和流言四起，王

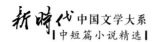

文章的每一次公开露面都有了某种戏剧性，人们交头接耳，总问该王怎么还在这儿。

"毕竟工作需要。"王文章自嘲，"可见肯做事错不了。"

实际上只是时候未到而已，与做事无关。这个世界不缺事，不缺人，当然也不缺领导。少了王文章就没了"客专"和"游客服务中心"吗？当然不是。无论缺了谁，地球照样转，总有那些事要人去做，也总有领导前仆后继。

一个多月后尘埃落定，王文章被宣布停职检查，从此于活跃多年的各种主席台上消失不见，也不再现身于北岗工地。停职不就是个开场吗？接下来该轮到表外甥跟着表舅等人前去"规定地点"了吧？人们拭目以待，却总是没有等到正式消息传来，而此起彼伏的传闻总是被确认为误传。王文章居然始终没有"进去"，直到郑光明案结案，相关人员判的判关的关，王文章也终于修成正果，仅以对郑光明黑恶案以及郑光辉腐败案负有重要领导责任被撤职，降两级，改任北岗乡政府副主任科员。

那时候有关他的一些消息才被慢慢知晓。原来王文章涉案的要害确实就是股份，他在郑光明的公司里确有股份，是当年他出面帮助该公司通过审批后，郑送给他的干股。虽然没有上亿，连本加上数年分红累计也达近百万。蹊跷的是王文章竟然没有从中拿过一分钱，甚至不知道自己有这么巨大的一笔名誉财产。这个事的始作俑者却是大表舅郑光辉，他自己从郑光明手上拿了钱，叫做"亲兄弟明算账"，日后他给某位张书记送过四万元礼金，张出事后，郑光辉供称礼金是从老婆银行卡上拿出来的，不是受贿所得，其实是瞎话，出水者同样是郑光明。当年郑光辉替郑光明游说王文章，请王帮助打几个电话，让郑光明的公司顺利通过审批，事后大表舅命小表舅给表外甥划一块干股，称会私下告诉王，眼下不必拿，日后用得着。不料日后果然有用，郑光明于案发后把它交代出来，白纸黑字，这行字差点就把王文章送"进去"，一举葬送。据称当时对王文章采取组织措施的纪要件已经送交负责领导，签了字即刻实施，这时王文章突然跑到纪委"投案自首"并坚称清白，事发意外且情节比较特殊，相关领导很重视，迅速碰头研究，决定暂缓一步，先把情况搞具体搞准确，再来动这个王。结果从郑光辉那里核对出细节，发觉郑对这笔股份一直"按下不表"，没跟王文章明说，想待"时机成熟"，因此王文章疑似无辜。问题在于王文章目前虽不知情，确实也有一份干股在他名下。如果郑光明不出事，他的公司垄断北岗土方工程，一直做大，王文章名下这笔钱就会越滚越大，一待时机成熟，例如王文章的残疾儿子成人了，需要用钱时，表舅兄弟奉上这笔股金，表外甥不会打灯笼笑纳吗？这种怀疑无疑具有合理性，但是办案只认证据。现有证据表明王文章目前不知情，且这笔干股随着案发已经成了泡影，那也就无须在调查过程中硬要王文章收下。

王文章没像其他人那样翻船沉没，关键却在王均。如果不是她及时严令王文章投案自首，恐怕一两天后王文章就会从北岗山上被直接带走，匆忙间只能往衣袋里塞一包烟。王文章到纪委投案却不认罪，那时候完全可以做自投罗网处理，直接宣布带走，为什么没有？原因也在王均：王文章把王均抬出来顶在前边当挡箭牌，使问题复杂化了。王均为什么要如此帮助王文章？不可能仅因为王曾是其部下。她部下还少吗？哪里能这么管？莫非王均在郑光明一案中也有牵扯？还有一个疑问：王均的信息是从什么渠道得到的？这些问题一定得了解、搞清，这就免不了要询问王均本人。但是她是市级领导，省管干部，就本案触及她需要报告市委主要领导，通过相关程序。如果上升到查她，权限在省委，更非本

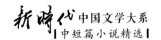

市所能决定。事情从涉及王文章变成涉及王均，这就更需要慎重，更要求准确，更得把握好。因此王文章才得以暂时获准离开纪委大楼，逃过迫在眉睫的危险。这居然就成了他的一个转机，其后幸得办案人员细致，弄清该股份由来，王文章终未翻船落水，只是从一条中型帆船掉到了一条小舢板上。

投案之前，王文章在市区一家牛肉面馆接连抽了一包香烟，显然所有前因后果都被他从香烟里抽出来，吐在满屋子烟雾里。那时他还下不了决心，只在高速公路上痛哭一场之后，才决意实施。他哭个啥呢？遭遇波折？悔不当初？愧对乡人？或者竟是因为即将走出的这一步？无论如何，落水沉没绝对不在他的选项中，因为他自认无辜，也因为其儿子。这残疾孩子还没长大成人，作为父亲，他还没来得及为儿子谋一个赖以谋生的位置，哪怕是他曾提起的"客专车站售票员"。他一定要有个脱身办法，首先必须逃过迫在眉睫的被带走。如果有其他选择，他不会去伤及王均，但是显然他已经走投无路了。尽管抬出王均并不一定有效，技穷之际也只能一试。王均对王文章可谓仁至义尽，他为了自救居然出手把人家抬去挡箭，无论会不会给王均造成重大伤害，对王文章都一样，此生怕是再也难逃"汉奸汪精卫"之名了。

因此唯有痛哭。

5

"莲花山"站举办落成典礼，王均作为首席嘉宾隆重光临。此时她已经卸任城中区委书记，调到市里担任常务副市长。本站是她在县委书记任上争取下来并由市、县为主开建的，当年奠基时她亲自参加，此刻大功告成，落成典礼由她代表市委、市政府出席当然最为合适。落成典礼依然只能"隆重简朴"，却丝毫不减其意义重大。

那天王均提前到达北岗，一如既往。娄士宗率本县一众负责官员早早在现场迎候。下车时她环顾众人，忽然问了一句："那个谁？王文章不在吗？"

王文章还健在，未曾英年早逝，此刻虽未曾在现场晃动，其身份依然还是北岗乡政府副主任科员。值此重大活动于本乡举办之际，按常规王文章应当在这里承担相关接待工作，但却销声匿迹。说来也属正常：如果不是王均光临，是其他某位市领导欣然出席，王文章跑出来摇头晃脑，即使官小帽子轻，也不算太有碍观瞻。王均来了就不一样，王文章曾经为求自保恩将仇报不惜伤及王均，该"感人情节"多为人所传，谁不知道？这个时候谁敢"叫王见王"？即便县、乡领导没留意，当事者王文章自己怎么敢不记仇？这可不是胆大包天出来露一脸勾起领导"美好回忆"的合适时候，此刻得躲远一点，能躲到十八层地狱之下，王文章都会撒腿往那里跑的。说来好笑，这一切似乎冥冥中早有安排：当年举办奠基礼时，王文章空揣着一口袋烟渣，拿着剪刀打哆嗦，几刀剪不断彩带，只好求助王均，岂不早在预示这家伙到头来只好远远躲开？

不料王均竟主动问及，或许重回故地让她不免怀旧？这于远远躲开的王文章当然不算好事，于现场县、乡领导也有些敏感。娄士宗字斟句酌，小心翼翼地向她报告情况，称王文章降职处分后安排在北岗，是出于其本人请求，当时王提出希望能继续参与家乡重点项目建设，将功补过。县里考虑这边几大项目一直是他，没有谁比他更熟悉，让他来配合，帮助出出点子，解决一些具体问题，对工作也有利，便同意了。根据反映，王文章回乡以来总的还是努力的，没有躺平，但是工作中也还有些问题，例如脾气大，话粗，有时还像当初当总指挥一样。这些问题县、乡领导都及时给他指出，要求改进。今天落成典礼因为要求"隆重简朴"，现场出席人员不能太多，因而没安排他。

"是没安排，还是他不来？"王均问。

"这个这个……"

"让他来。"

娄士宗命乡里赶紧通知，要王文章马上到现场。可以先在指挥部待命，等仪式结束后再聆听王均重要指示。

"不。让他马上来见我。"王均明确表示。

这就有些棘手了。既然王均本人要求，把王文章叫来跟她见见何妨？问题是盛典在即，让它顺利完成最重要，此刻必须减少不必要的干扰，以免出意外搞坏情绪。王均提出见见王文章，属于突然起意，否则她早会交代。在北岗这里忽然记起王文章很正常，发令召来之动因就比较复杂。王文章给王均留下的记忆不会全属负面，但是最后沦为"汉奸汪精卫"比什么都恶劣，足以抹除此前所有。或许王均始终搞不明白王文章怎么敢那么干？她需要一个道歉，至少一个解释？也可能这个解释对她根本不重要，但是仍然有必要让王文章再长点记性，让他来，或轻或重点他几句，有助于让他永生不忘。哪怕一句不说，如此见面于他至少已经是一番羞辱。可是此刻即使有谁在现场猛踢王文章一脚，让王均非常解气，但毕竟与落成庆典所需气氛有违，此刻还是营造热烈祥和为上，不宜仇人相见分外眼红，只能等庆典过了，该骂再骂，该踢再踢。

乡党委书记匆匆去打电话，几分钟后他报告称，王文章手机关机，人不知去了哪里，一时无法联系上。娄士宗赶紧请示王均，称已命乡派出所民警协助，务必尽快把王文章叫来。此刻庆典时间将近，可否请王均先入场就位？

王均摆摆手："等。"

举重若轻，就一个字。她什么意思？如果不把王文章像犯人一般带到现场，她就不准备入场了？落成庆典就不能按时进行了？王均是现场最高领导，这种事只能听她的，她不开口，戏还怎么唱？

于是王文章便从十八层地狱之下给抓了出来。他被带到王均面前时，离预定的庆典时间只差十分钟。

从那一次区委大楼拜访，直到此刻，始终"王不见王"。忽然重逢于北岗，按照常规似乎得握个手，但是王均没伸手，王文章也只能把右手藏在身旁。他很客气很恭敬地一句问安："王市长好！"人家领导有水平有高度，她不回答也不问候，只是指着王文章的上身问了一句："还是那件吧？"

她是说衣服。当年举办奠基仪式前，王文章身着一件满是烟洞的夹克，被王均嫌为"不人不鬼"，王文章即去换了一件"戏服"也就是正装上场。此刻王文章看上去依旧那么瘦长，脸上有点风霜，却着装正式，身上似乎就是当年那件"戏服"。

王文章回答称，没有人要求他穿得正式点，他也没有预想到王均会召见，只因为今天这个日子比较特殊，他自觉换了装。在今天这个特殊日子看到王均，心情特别激动，要感谢王均对他的关心帮助，不好之处也请王均多批评指正。

他或许是在用这种方式表达某种迟到的歉意，与当初出租车上的痛哭遥相呼应。

王均说："你可以先抽一支烟，平静一下。"

王文章称早已戒了。从那时候起，痛下决心，痛改前非。

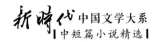

"你儿子呢？都好？"

他儿子已经上中学了。他戒烟后，孩子居然随之变了个样子，如今越发懂事，学习很自觉。王文章已经提升了儿子未来的预期，觉得可以去考大学，至少是二本。或许到时候可以考一本执照，去当"客专"线上的列车司机？电气化列车，应该不需要靠脚去踩刹车，轮椅推上列车也早就不是问题。估计目前轮椅列车司机还不曾有，如果他儿子能开一先河，那就牛了，名闻天下。

王均一笑："告诉他，书记阿姨祝他心想事成。"

场上娄士宗诸位这才放下心来。如此看来庆典氛围情绪不受威胁，无须担心仇人相见分外眼红了。不料王均一开口又出了一个巨大难题。

"去给他准备一把剪刀。"她交代。

给谁？王文章！王均下令把王文章抓捕到案，既不是要叫来羞辱，也不是让他当观众看热闹热烈鼓掌，居然是让他上台参加剪彩。这显然是不合适的。按现任职务大小排，至少得多加十几二十把剪刀，这才轮得到王文章。问题是王均提出来了，娄士宗怎么办？看到娄面有难色，王均笑笑，问是不是剪刀不够用，不够没关系，她那把可以让出来。

于是只能照办。

落成仪式拉开帷幕，圆满成功。

"王又见王"这幕场景迅速流传，令我们大感意外。根据王文章对"客专"项目做过的努力，论功行赏，往他手里塞一把剪刀，虽说出格也还可以理解，王均亲自来递这把剪刀就隆重得过于刺眼。人可以不记仇，却总得记点好歹吧？对王文章这种"汉奸汪精卫"不往七寸里打就属功德无量，何须如此高看？

这里边是不是另有缘故？

有一种最具颠覆性的见解，认为连王文章都自惭形秽、躲在出租车里痛哭的"汉奸"出卖行径，人家王均并不那么看。该领导高瞻远瞩，胸怀宽广且是非分明。她早就说过，王文章总体尚好，骂他"汉奸汪精卫"绝对是定性错误。也许当初她命王文章投案之际，心中已然有数，并不担心王文章怎么说，相反，她把王文章逼去自首，就是准备让他说出去。王均对王文章有一个基本判断，嘴上严厉，心里却不排除他可能确实没有问题。如果他真是拿人钱财股份，命其自首有助于减轻处罚；如果没有问题，他自会极力叫屈，拼命挣扎，在落水前抓住任何一根稻草。如果王文章把她当一根稻草，那就让他抓，她自有处理的办法与把握。敢把王文章逼上梁山，还怕他说？或许他这一说，王均才好对王文章的事情发表一些看法，提供一点个人意见？毕竟她是老领导，对这个人比较了解。王文章早已不归她直接领导，办案人员不来相问，她实无资格对王文章及其案子说三道四，王文章扯出她倒是让她有了机会。问题是王文章算个啥？值得她如此在意吗？涉案官员好比麻风病人，让人避之唯恐不及。王均不避涉嫌，不惜伤及自身，只管伸出手去，为什么呢？顾念王文章有功劳有苦劳？记起王文章曾见义勇为？或者竟是因为一个能用轮椅踢足球的男孩？王均在跟王文章严厉谈话时提到过他儿子，说她不希望在那孩子非常需要他的时候，他出了大事。显然她一直记着那个小男孩。小小年纪不幸致残的孩子应该得到帮助，对他来说，父亲出事会比天空塌陷还要严重。王均跟那孩子其实只见过一面，那是一个忙碌的中午，一个满面阳光、快乐活泼的小男孩把一辆轮椅当作滑板，轻快地滑行到她面前，说了声"书记阿姨好！"童声清脆。

孩子的声音无疑最具穿透力。

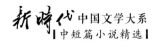
　　无论是什么，"王不见王"已成过去。"客专"线现已通车，"莲花山风景区"游人如织，当年曾沦为笑柄的王氏"剿匪野战"游戏正在那些山洞里打得如火如荼，众多年轻游客乐此不疲。

城　市　文　学　卷

李海叔叔

尹学芸

1

那个黄昏，李海叔叔毫无征兆地来了。他把电话打到我家里，让我到北外环去接他。我是骑车去的，回来时，李海叔叔是跟我走回来的，我一路几乎没怎么跟他说话。他这是第一次到我自己家来，路上絮絮地告诉我，这座县城他曾经无数次地路过，但从来没有停下脚。我懂他的意思。县城西边的那条道是国道，是山里下山时的必经之路，一直朝南走，就到我的老家罕村了。叔叔无论说什么，我都没有吭声。好在叔叔并没有减少说话的兴致，他倒背着手，优哉游哉地走，夸外环的路修得好，绿化也不错，都快赶上承德了。就是最后这句话，让我心里膈应了一下。我气鼓鼓地想，你儿女都在承德，承德的虱子就都是金眼圈。不得不承认，我当时促狭得毫无道理。原因只有一个，眼下的李海叔叔，是一个不受欢迎的客人。

叔叔打电话的时候，我正陪父母斗小牌。一岁多的女儿在摇椅里睡觉，被电话铃声惊醒，烦躁地大哭起来。听说李海叔叔已经到了城北，父亲把手里的纸牌横着丢在了桌子上，皱着眉头说："干啥来？"父亲的意思是，你没有必要来，这里没有人想你。或者，你根本就是不知趣，来得实在多余。父亲的情绪影响了我，父亲不喜欢的人也很难让我喜欢。所以陪叔叔走的这一路，我都打不起精神。

来到楼下，叔叔问我住几楼，我说住二楼。叔叔仰头往楼上看，说

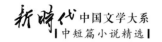

一楼脏，二楼乱，三楼四楼住高干。我说，有房子住已经不错了，还管他住几楼？到了我家里，母亲还有一丝热情，给叔叔沏茶，端水果。父亲则坐在床边，望着窗外，一直都没怎么正眼看叔叔。叔叔跟他找话说，父亲就一哼一哈。这种尴尬叔叔显然是心知肚明，但他毫不在意。晚饭就是棒子面粥，没有因为李海叔叔到来而稍有改善。这也是父亲授意的。叔叔一边喝粥一边说，自己的五个孩子都出息，大女儿海棠一个夏天就买了五条裙子。她工作在保安公司，属公安局管。大儿子自贡工作在政府机关，很快就要提科长了。最小的儿子自奋也顶替他去了矿上做钳工，跟煤黑子一点边儿都不沾。去苦梨峪问问，一家五个孩子都在外工作的人家有没有，一个都没有！只有我李海一家！叔叔说得激动，两只眼球按捺不住要跳出眼眶。叔叔无论说什么，都没人接下言。父亲、母亲和我，以及我的女儿，我们都在各行其是。叔叔的声音就像锯条切割木头有种撕拉声，那种声音从他抻长的鸡皮包裹的喉咙里冒出来，听着那叫一个凄切惨淡。叔叔就像独角戏演员，没人喝彩依然演得十分卖力气。孩子哭着要吃奶，我有些难为情。但我的难为情母亲不懂，把孩子往我怀里塞，孩子像小猪一样往我胸前拱，我心一横，把衣扣解开了。

　　房子只有二十九平方米，一大一小两间。里间我们一家三口住。外间兼作客厅，有一张折叠沙发，夜里放下来安顿父母。晚上十点叔叔也没有要走的意思，即使父亲话里话外一再暗示这里没有他的容身之地，外面不远处就有旅店，但叔叔置若罔闻。没奈何，我和爱人各奔单位，把床让给父母，父母把沙发让给了叔叔。转天早晨我来给孩子喂奶，发现叔叔已经走了。县里的医院新进了一台 CT 机器，这种机器据说只有北京上海的大医院才有。叔叔从河北的某个山村来我家，就是听说了这台新机器，他是专门来照 CT 的。

"他没有病却来照 CT，看来是钱多烧的。"父亲气哼哼地总结。

母亲说："你桌子上的那本书有用么？你叔叔也不问价儿，临走直接装进了包里。"

我确认了是一本青年作家的短篇小说集，书名叫《希望之星》。首篇是我的《难得浪漫》，写这些年的情感经历。还真是巧，里面的一段内容，写的是我和自贡哥似是而非的故事。

母亲唠叨说："这么多年过去了，他还是把别人的家当成自己的家，把别人的东西当成自己的。一点变化也没有。"

我看见父亲"横"了母亲一眼。他不愿意母亲谈起这个人。

我赶紧说："那本书我还有，他拿走就让他拿走好了，不耽误事的。"

叔叔来我家的事，我第一时间告诉了哥哥和姐姐。他们几乎不约而同地问，叔叔是空着手来的？我说，是空着手来的。哥哥说，他没有带兜子？我说，他没有带兜子。姐姐问，他没有给孩子钱？我说，他没有给孩子钱。他们就在鼻子里哼了声。我们这边的风俗，久不上门的客人是不兴空手的，就像初次遇到从未谋面的小孩子要给看钱一样。当然，哥哥姐姐所说的兜子还不是这个意义上的，这一点，我在后面专门会讲到。那个时候，叔叔大约已经有四五年没有跟我家联系了，如果不是他主动来，我们差不多都把他忘了。

他成为一个话题在我们嘴边挂了一段时间，后来，终于不再提起。

2

关于李海叔叔的故事，实在是太漫长了。

我最早的记忆，是六岁或者七岁那年害眼病，在炕上躺着。父亲上窑回来，在院子里喊，来客了！来客了！

父亲嘴里的喜气，把全家人都调动了起来。哥哥担起水桶去挑水，母亲和面，姐姐烧火。然后是吭吭擀面条的声音。我在屋里就能听见一家人热火朝天。我的两只眼都被药膏糊住了，父亲让我喊叔叔，我坐起来，举着脑袋睁眼瞎一样喊了声，却没看清叔叔长什么样。叔叔拍了拍我的头顶，在炕上撒了一把糖，我摸到了一颗剥开放进嘴里，真甜。

那种奶香味，一直甜了我好几年。

这顿饭，只有父亲和叔叔两个人上桌子。事后据姐姐说，母亲只下了两个人的面，多一口的富余也没有。面条是姐姐擀的。父亲和叔叔吃完，盆里就只剩下井拔凉水空空荡荡，还有寸把长的一截面条漂呀漂。姐姐说，断条了，面还是有点软。母亲说，是煮的时候绕到了笊篱上。叔叔连说捞面好吃，擀面、切面、煮面的功夫和火候都恰到好处，吃到嘴里滑溜却不失韧性，是他吃过的最好的面条，比矿里的食堂做得好。这在当时简直是最大的赞美，想想吧，姐姐擀的面条好过矿里的食堂。那可是个大矿，有两千多口人。姐姐做的面条居然能打败那么多人，想不自豪都难！叔叔还特意赞扬了那卤，炒了两个鸡蛋放到炸好的花椒油里，那种香味简直要把房盖顶了去，不好吃才怪！

母亲对姐姐说："你叔叔夸你呢。"

姐姐的得意似乎就在脸上挂着，说："叔叔爱吃我擀的面，以后常来。"

叔叔说："那晚上就再擀一次吧。"

姐姐高兴地说："好！"

晚上的面条，母亲又减了一半的面。母亲和面的时候，父亲就去菜园子里给烟叶打尖儿。不打尖儿的烟苗就往高里蹿，长得像树一样。饭熟了叔叔却不肯上桌子，说要和大哥一起吃。"大哥"就是我的父亲。

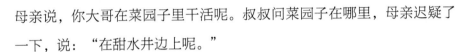

母亲说，你大哥在菜园子里干活呢。叔叔问菜园子在哪里，母亲迟疑了一下，说："在甜水井边上呢。"

叔叔说："我去找。"

母亲说："你不认识路。"

我从炕上爬了起来，自告奋勇说："我认识路，我带叔叔去。"

说来也怪，叔叔没来时，我的眼睛肿得像烂桃一样，啥也看不清。这种情况已经有两三天了。叔叔来了一天，我吃了三块奶香味的糖，眼疾也大好了。叔叔牵着我的手，往菜园子方向走。我发现叔叔高身量，白皮肤，重眉大眼，大背头一根不乱，穿一身毛蓝色的中山装，完全是一副干部派头。从打看清了叔叔，我就喜欢上了他。甜水井是我们这一条街的饮用水井，哥哥挑水就来这里。路过几户人家，我话痨一样介绍这家人叫多头，那家人叫二灯，都是我要好的小伙伴。还说甜水井的井壁上有麻雀窝，有一天，我亲眼看见一只小麻雀从里面飞了出来，却不敢飞回去。小麻雀在井沿上喳喳地叫，等来了它妈妈大麻雀，大麻雀张开翅膀把它抱走了。这边有甜水井，那边就有苦水井。苦水井洗头头发是黏的，用梳子都梳不开。但队里的牲口不怕苦，它们统统喝苦水井里的水，喝得咕咚咕咚的。我也不知道我说的话叔叔爱不爱听，我不太好意思看叔叔的脸。他也实在是太高了，站在我身边，像一棵树一样。

父亲从老远的地方看见我们走过来，就用握着一把烟叶的手往回轰我们，说你们先去吃饭吧，我干完了活再回去。叔叔说，我跟大哥一起吃。父亲看着一大片烟地说，你先去吃，你先去吃。我干完还得等一会儿呢。叔叔就牵着我的手回来了。桌子上他一个人吃面条，又把那只盆子吃得空空荡荡。叔叔打着饱嗝坐在炕沿上抽烟，我失望地小声对姐姐说："以为面条能剩下一些呢。"姐姐说："馋了是吧？馋了就咬嘴里子。"我

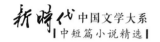
愤怒地叫了一声："姐姐！""咬嘴里子"的话，差不多就相当于骂人了，意思就是吃肉，也就是自己吃自己。姐姐这话说得足够刻薄，一下子让我知道了什么叫羞臊。

果然，父亲回来天都大黑了。父亲蹲在屋檐底下吃饼子。那饼子是白薯面和棒子面的混合体，黑乎乎的，一股霉腥味。我对那个味道深恶痛绝，手里掰碎了，却不愿意往嘴里填，饼子渣落在了地上。母亲毫不张扬地打了我一巴掌，看上去是虚虚晃了一下，其实手上是用了力道的，因为母亲的嘴角使劲扯了一下。若是往常，我会气得哭一场。姐姐就管我叫"哭吧精"，说我眼窝子浅，动不动就长泪短泪。但眼下，一切看在叔叔的面子上，我忍了。父亲三口两口就吃完了一个饼子，又举起一大碗稀粥喝了个精光。我呆呆地想，父亲为啥不早回来呢，早回来就可以跟叔叔一起吃面条了。父亲喝完粥，手拿空碗又发了一会呆，暮霭像纱帐一样笼罩了他，父亲黧黑的脸孔失去了柔和，眉目逐渐变得模糊了。

我不知道父亲在想什么。

爷爷在饲养场喂牲口，常年吃住在那里。父亲把碗递给母亲，说我和李海先去饲养场。母亲应了声，把碗放到锅台边上，边走边用围裙擦手，来到了鸡窝旁。母亲蹲下身去，伸手就从里面掏出只公鸡，把两只翅膀掀起来叠在一起，给了父亲。父亲提着公鸡和叔叔先后走出了院子，到了外面，两人就肩膀并了肩膀。事后我才知道，那一晚父亲和叔叔到爷爷面前去行了跪拜礼。大礼过后，他们就成了结拜兄弟，理所应当的叔叔就成了爷爷的亲儿子。

两个人回来时，脸上的笑意都藏不住，一黑一白两张脸都冒着一种圣洁的光。若干年后我仍然想不好如何形容这种表情，我只能说，他们的那种笑容真的有些神圣。是那种羞怯的、含蓄的、隐秘的、温暖的种种元素，同时出现在两张丝毫不一样的面孔中，那种感觉，除了神圣，还是神圣！

父亲在屋里宣布：从今天开始，李海就是你们的亲叔叔！

母亲正倚在墙柜上纳鞋底，听了这话，脸上的笑容突然也变得神圣了！

母亲热切地说："那敢情好！"

我和姐姐在炕里边坐着，倚着被垛。我有些不明白，悄声问姐姐："老叔还是不是爷爷的亲儿子？"

姐姐撇着嘴说："当然不是。"

姐姐大我七岁，基本上她说什么我就信什么。父亲兄弟两个，爷爷也是兄弟两个。爷爷的弟弟我们叫二爷爷，家里没有孩子。听母亲说，二奶奶曾经生过一个丫头，起名领弟。意思是，领来一个弟弟。可领弟不仅没领来弟弟，连自己也没保住。二奶奶信鬼神，常年偷偷在卧室的里间磕头烧香。领弟从小就胆子小，有一天晚上出去解手，据说看见了通天扯地的大白人，结果把自己吓死了。二爷爷从打解放就在村里当干部，如今已经当了二十多年。二爷爷家拖累少，是我们这条街上最富裕的。老叔和老婶不待见爷爷奶奶，总往二爷爷家里奔，后来干脆两家并成了一家。吃食堂的时候，二爷爷家的粮食吃不完，我奶奶饿死了，我爷爷饿得全身浮肿，也没能得着二爷爷和老叔的照应。埋葬奶奶时，老叔像外人一样在人圈外看热闹。他对别人说，他要养着二爷爷和二奶奶，和我们这个家没有关联了。这些历史从父母嘴里传了下来，都快成传说了。

所以姐姐说老叔不是爷爷的亲儿子，我果断相信了。

姐姐悄声说："李海叔叔才是爷爷的亲儿子。他跪在地上磕了三个响头，又喝了滴了鸡血的酒，李海叔叔就是亲的了。"

我问："如果不喝滴了鸡血的酒，会是亲的么？"

姐姐说："当然不会。兄弟有相同的血，才会是亲的。否则，即便李海叔叔管爷爷叫爸爸，他也不会是亲的。"

我确实难以置信，问："李海叔叔叫爸了么？"

姐姐说："当然叫了。他是爷爷的亲儿子，当然叫爸了。"

我立刻热血沸腾，浑身的每一个细胞都似乎雀跃起来。我那么喜欢的李海叔叔成了爷爷的亲儿子，我的亲叔叔，世界上没有比这更美妙的事了！

我问姐姐："你高兴么？"

姐姐说："当然高兴！他下次来我还给他擀过水面，把面和得硬硬的！"

我想起了奶油味的糖果，心里有点沮丧。姐姐能给李海叔叔擀过水面，我能给李海叔叔做什么呢？李海叔叔的糖，让我分给了好几个小朋友，你可别以为我会一人给他们一块，我没有那么大方。我是把一块糖咬成许多瓣，最小的那一瓣，大概比芝麻大不了多少。

几年以后，李海叔叔第一次到我家来的时间，在我们家曾经引起过争论。爷爷说一样，父亲说一样，哥哥说一样，姐姐说一样。他们各有各的参照。比如，爷爷会说，队里枣红马下驹那年，枣红马喝了鸡汤么。父亲说，我那年上窑地，挣了四百五十块钱。姐姐说，一天做了两顿过水面，这样的日子从来没有过。哥哥说，我是不是那年买了上海全钢手表？没人征求我的意见，其实我也有一肚子话想说。只不过，大人说话我老也插不上言儿。一家人在那里争论不休，母亲端着簸箕进来了，把一簸箕玉米棒子"哗"地倒在了炕上，我们一齐动手，创的创，搓的搓。母亲说，那年大旱，队里每人分了十二斤麦子，我们全家才分了七十二斤。

大家一下子不言语了。母亲说的是对的，那年叔叔临走时，把几斤白面刹到了自行车的后座上，怕不牢靠，找了长绳子五花大绑。

母亲是个特别能算计的人。只有那一年，我们家的麦子没有吃到年对年。

3

叔叔给父亲做过三个月的徒弟，他们是在窑厂认识的。

父亲每年春天，都要去河北那一带的窑厂做短工。父亲有打砖坯子的手艺，每月能摔出一万多块。而像他一样的手艺人，能摔出七八千块已经不错了。据说父亲在那一带有着很高的知名度。父亲每年出去务工，都要请大队会计吃饭，然后请小队队长吃饭，因为他要带着大队的介绍信和小队的请假条。这两样，都需要加盖公章。每年请人家吃饭都像过鬼门关一样，好酒好菜预备了，还惟恐人家不来。人家答应来，也不会来得痛快，要三请四叫才行。虽然父亲挣的钱大部分要交给生产队，再由生产队记工分，但毕竟还有剩余。你能用手艺挣活钱儿，这在当时，是遭嫉恨的。

有一天，窑主来找父亲，说从今天开始你带个徒弟，叫李海。是附近矿上的"右派"，来窑厂改造的。父亲问窑主啥叫"右派"。窑主说，他也说不准，反正不是什么好人。父亲问"右派"做了啥坏事。窑主说，他疯狂反对毛主席。父亲立时仇恨满腔，咬着牙说，那就让他来吧，看我怎么收拾他。

窑主有点不放心，说你就把苦的累的活计交给他干就行，还别把他累坏了。矿里说了，他是八级钳工，还得随时去矿上干特殊任务呢。

父亲与李海叔叔一见面，就觉得他不是干苦力的人。那样的高挑个儿，那样白净的皮肤，衣着那样整齐，哪能一天到晚跟泥水打交道呢？父亲听窑主说，李海这样的钳工，整个松山煤矿也没几个。所以他虽然是"右派"，却是个牛"右派"。在矿上，都敢倒背着手走路。平时这样走路的一般得是矿长级的人物。父亲佩服有本事的人，所以见了李海的面，就把他疯狂反对毛主席的事忘了。李海叔叔拿铁锨要锄泥，父亲马上把铁锨抢了过来。父亲说，你一边坐着就行，活不用你干。

坯场附近有草棚，李海坐在那里抽烟。也给父亲卷烟，点火，吸一口，然后插到父亲的嘴里。李海叔叔的卷烟纸，都是成条的，白的，寸把宽，一叠一叠的。不像父亲的卷烟纸，白报本，报纸，马粪纸，赶上啥是啥。父亲的两手都是泥，若是往常，父亲每天最多能吸两三支，洗手要跑很远的路，父亲也不愿意耽搁时间。否则那一万多块的砖坯，哪里摔得出来。砖坯是青砖没进窑烧制前的叫法，因为是纯粹的黄黏土，砖坯光亮齐整，码上去简直严丝合缝。自从李海叔叔一来，父亲多了帮手，反而降了速度。父亲有时一天能吸二十几支烟，吸得那叫一个心满意足。

李海叔叔爱说话，这也是父亲降了速度的主要原因。父亲要从草棚的方向往远处摔砖坯，一行四块，像排兵布阵一样。可如果离得远，就听不见李海叔叔说话了。为了能听见说话，父亲总是在拐过来时多耽搁一下时间。父亲听得很认真，是因为李海叔叔说的话他都觉得新鲜。李海叔叔先说自己是怎么当上"右派"的。厂里中层干部开理论学习会议，李海叔叔用一只烟头烫报纸。烟头燃尽了，李海叔叔把报纸拿了起来，被人发现报纸背面的主席像，正好被烟头烫出了个洞。父亲听得直打冷战，李海叔叔却像没事人一样。他说烫的是报纸，又不是活人，有人也许拿着报纸就去擦屁股了。厂领导找他谈话，说多亏这是在内部发现的，内部处理，你就当个"右派"算了。若是被人宣扬出去，你就得蹲大牢，吃枪子。哪有当个"右派"这么轻松简单。

松山煤矿两千多人，出了三个反革命，"右派"却只有李海一个，还是矿里自己定的。矿里的领导告诉他，按罪行，他也应该是个反革命。可当时矿里正在搞一项技术革新，事关安全生产，正干到半截上，若真把他抓起来，任务就完不成了。所以给他好歹安个名目，到窑地来避风头。李海自己也说，要不是这个安全生产的任务，他估计该戴手铐了。

李海叔叔还爱谈他的家事。他在石家庄上的技术学校，考学的时候，他是年龄最大的学员。中专毕业，顺便也把城市姑娘马爱花搞到了手。马爱花在书店卖书，李海叔叔就每天到书店看书，其实一本书也没看下去，他的眼睛，始终围着马爱花的身影转。岳父岳母都以为李海叔叔是承德市里的人。他们私下商量说，远是远了点，城市小了点，但风景还不错，皇帝都愿意到那里歇着，将来咱们也可以到那里去当皇帝。既然姑娘乐意，那就把她高高兴兴打发了吧。结了婚才知道，李海叔叔的家在山沟里，离承德还有两百多里的路程。关键是，李海叔叔被分配到了松山煤矿，离石家庄也是十万八千里。等于是，哪都不挨哪。马爱花的工作关系转不过去，叔叔给她出主意，让她辞职。结果马爱花偷偷把工作辞掉了。这下岳父岳母不干了，大姨子小姨子不干了，大舅子小舅子也不干了，他们一致认为李海叔叔把马爱花骗了。他们声势浩大地支持马爱花离婚。马爱花也动摇过，那时他们已经有了一个儿子，有一天突然来了封加急电报，上写父亲病危。马爱花忙不迭地回了家。李海叔叔等一天人不回来，又等一天人还是不回来。李海叔叔心说不好，找到石家庄才发现，岳父根本没有病，马爱花跟同学去看电影了！李海叔叔让马爱花跟他回家，

马爱花说，要在娘家待上几个月，好好享受享受，那个穷山沟能憋死人
了。这还了得！李海叔叔赶紧找到邮政局，给家里发了个电报，电文只
有两个字：回电。转天，连着三封电报都是加急的，上面都是相同的电文：
孩子病危，赶紧回家！李海叔叔看着马爱花收拾东西，假惺惺地说别着急，
晚两天走没事。马爱花不满地说，孩子病了你都不着急，你还是亲爹么！
两人奔波了一天来到了家门口，看见刚会走路的儿子正在追蝴蝶，孩子
病危原来是李海叔叔临走之前导演好的！

李海叔叔说到得意处，笑得周围的空气哗哗啵啵直响。李海笑父亲
也笑，周围干活的人不明白是怎么回事，跑过来看稀奇，李海便又当故
事说了一遍，父亲在旁边默默地听着。父亲听第二遍，居然像听第一遍
一样津津有味。父亲佩服李海，还在心里拉近了与李海的距离。这个晚上，
父亲请李海喝酒，两人就着一个老咸菜，居然喝到了后半夜。

是李海提出要与父亲结拜的。父亲觉得自己是粗人，配不上李海叔叔。
可李海叔叔说，啥粗人细人，咱哥俩感情好，就是亲人。李海叔叔运气不错，
当了三个月的徒弟没怎么干活，三个月后，厂里就把他调了回去，只是
降了两级工资。他就是在调回去之前跑到我家拜亲的。父亲说，这也是
李海叔叔的主意。李海说，娘没了，爹还在，应该去给爹磕个头。这个爹，
指的就是我爷爷。

李海叔叔第一次来我家之后的许多年，我的大脑里是空白，就像那
些岁月从没在我的脑子里走过一样。相似的记忆，总是有相同的场景，
年复一年几乎都没有变化。李海叔叔每年都是正月初一来我家拜年。他
工作的地方，是承德西部，家则在承德东部的一个深山区，紧临那条武
烈河。从家到松山煤矿，或是到我家，是同等的距离，几乎都是一两百
里的路程。春节放了年假，叔叔从煤矿骑车回家，在家过了年，再骑车

来我家拜年。不是三年两年，甚至不是十年八年，一晃就坚持了二十多年。这样一份情感，想不珍贵也难。

初一下午三四点钟，父亲穿着簇新的衣褂，晃着肩膀攀上了河堤。我们这一条街的人都知道，父亲是去接叔叔了。我家到河堤大约有五十米，但到远处的大桥，大约有一公里。父亲不会一直走到桥头，而是在离桥三四十米的拐弯处，来回溜达。我们猜，父亲这样做是为了掩饰内心的焦灼，他不愿意让叔叔看到他等候已久的样子。从早晨到现在，父亲都没怎么好好吃饭。他这一整天都因激动显得坐卧不宁。而这时候的家里，姐姐一准在擀面，母亲一准在烧火。大锅里的水哗哗翻滚着，不时添加，既为了暖炕，也为了耗损。因为长时间的沸腾，锅底会起一层白碱。只要李海叔叔一迈进家门，面条就得下到锅里，似乎让他多等一分钟，都是罪过。父亲接了叔叔许多年，几乎从没落空过。要知道，平时我们和叔叔几乎没有什么联络，都靠临走时的那两句对话。

父亲问，明年初一还来么？叔叔说，还来。

李海叔叔不单是我家的亲人，也是我们这条街的亲人。叔叔来的这天晚上，屋里通常没有我们的座位，炕上炕下都是人。女人爬上炕，男人排在炕沿上，挤的都只能放半个屁股。还有人在院子里打一晃，看屋里的人实在装不下，看一看，听一听，悻悻地转身往回走。逢到这个日子，我们全家人的脸上都是喜气，父亲母亲出来进去合不拢嘴。在我们的眼里，或者，在我的乡邻们的眼里，叔叔就是高门贵客，是见过大世面的人。他随便说点什么，都是我们不知道的。比如，他说煤矿的小火车，像条蛇一样在山里钻来钻去，很多人就想不明白，火车又没有腿，怎么就能走路。山上都是石头，怎么能在石头堆里掏出一条路，那些石头不会掉下来么？比如，叔叔还会说起大鼻子尼克松来中国访问，天还很冷，他吃完饭就在院子里搓煤球。有人问为啥让人家客人搓煤球，叔叔认真地说，他不能白吃中国人的饭，美国人都很自觉。

我跟小伙伴们踢毽子，因为叔叔的缘故，总是踢得心不在焉。身边不时有人凑过来问这问那，叔叔几个孩子，都叫什么名字。叔叔家待的城市大不大。婶婶是不是售货员。叔叔这次来有没有带奶香味的糖……只要是有关叔叔的话题，我什么都愿意回答。只不过，有的答案是叔叔讲过的，而有些答案，就是我编的。比如，叔叔的五个孩子中，两个女孩三个男孩，名字都让我们的耳朵起了茧子，所以这些问题回答起来一点都不费力。至于叔叔的家，我知道那是在深山区，有坡上坎下，家里的粮食，差不多就种一种大黄米，孩子们都没见过水稻和小麦。这是叔叔诉苦的时候我听来的，可听来的话，我却不愿意告诉其他小朋友。我只说，叔叔一家就住在大城市，有很高的楼，有很大的公园。旁边就是电影院。婶婶就在一个很大的商场卖点心，卖不了的点心允许统统拿回家里，家里经常都不用做饭。小伙伴的眼睛都直了，流着哈喇子看着我。她们实在想不出那样一种生活有多幸福，我们长这么大，就在代销店见过点心，实在是，指甲大的那样一块点心也没吃到嘴里过。

至于奶香味的糖，叔叔只带来过那一次。但在我的嘴里，一定是年年要带的。小伙伴多头是我的同龄人，气得哼哼说，你叔叔年年给你带糖，可你就给我们吃过一次！我解释说，糖都被母亲锁进了柜子里，我没办法啊！

小伙伴排着队跟我回家看李海叔叔。她们大多躲在门帘后，扒着门框偷偷往里看一眼。叔叔用侉侉的声音招呼说，进来啊。结果他们都是耗子胆儿，谁都不敢进，哗啦一下全跑了。多头对我说，你叔叔长得真叫俊，简直就像周总理。我很得意，那种高兴劲，就像是真的周总理到我家来了一样。

4

叔叔一般在我家里住三天，初四一大早，就要上路了。初三的这个傍晚，是我家最为忙乱的。叔叔的后车座上夹着一个青灰色的旅行包，很大，能装进一个小孩子。母亲第一次提在手里掂了掂，就说能装个小孩子。母亲提前跟父亲商量，这个旅行包里装点啥呢？父亲说，还能装啥，粮食。他们家就缺粮食。于是母亲打开缸盖看了看，用一只瓢朝下扡一通，满满一瓢白面就出缸了。母亲把装满了白面的瓢放在缸盖上，回身再拉开旅行包的拉锁，才发现硬皮的旅行包里原来有内容。拿出一个布兜，还有一个布兜。拿出一个袋子，还有一个袋子。母亲一下子就掏出来七八个。当时母亲是在后院的储藏室里，是蹲着的。而我正在门前踢毽子，我发现，母亲突然"哎呀"了一声，一屁股坐在了地上。她显然是让那些布兜、袋子吓着了。她让我把父亲喊了来，两个人头碰头摆弄那些布兜袋子，嘴里咕哝着商量了老半天。最后一致决定，哪个布兜、袋子都不能空着走。烟叶、粉条、薯干、花生、瓜子、红小豆、白爬豆、芝麻、棉花、黏面、小米……只要我们家有的，不管是啥，统统带给叔叔。于是叔叔走的时候，自行车就像是全副武装一样。车把上，后座上，绑的绑，挂的挂，都是装满了货物的布兜和袋子。最多的一次，母亲曾掏出来过十二个袋子。既有学生用的帆布兜子，又有临时用布条缝制的布袋子。母亲翻看了一下针脚，都是粗针大马线的。我说，婶婶的针线活不好，不如您的好。母亲说，别瞎说。你婶婶是干啥的，我是干啥的。你婶婶是在大城市当过工人的。在我们老家的语系中，凡是城市的、吃商品粮的人，都统称是工人。

实在没东西可装，母亲去邻家借了十个鸡蛋煮熟了，说给叔叔路上打尖用。母亲边煮鸡蛋边自责，叔叔在路上要走差不多一天的时间，过去从来没想起来过要给叔叔准备打尖的食物，叔叔这一天都要饿肚子。从那一年开始，十个煮熟的鸡蛋就成了保留曲目。为了能让叔叔满载而归，我们全家半年前就要口挪肚攒。比如队里分了花生，母亲提前会把给叔叔的一份单独放着。有时候我们嘴馋从袋子里偷着抠几粒，但会自觉不动其中的一个袋子，因为那是准备送给叔叔的。

数不清多少个正月初一，父亲在河堤上的暮霭中接到了叔叔。那个时候，父亲差不多在河堤上已经转了一两个小时。远远地看到一个骑车人过来，父亲停下了脚步，仔细辨别，觉得模样像叔叔，遂疾步往前走。叔叔戴着一顶狐皮帽子，帽子耳朵张开着，随着土路的颠簸，呼扇呼扇，从远处看，就像会飞的风筝。他一下一下紧着蹬车，看见父亲迎他，越发加快了脚下的速度。我无数次地想象，他们的相逢应该像电影，有一种激动人心的力量，让围观的人湿了眼睛。可现实总是让我失望，他们的见面平淡无奇，他们只会平淡无奇。多是叔叔跳下车来，喊一声"大哥"。父亲应一声，就没事了。既没有拥抱，也没有问候。让看热闹的人很是失望。父亲接过叔叔的自行车往回走，这一天的等待就算结束了。连我似乎都能听到父亲那颗悬着的心"咚"地落地的声音。

爷爷给我起了个外号"电报车"，是说我嘴快腿也快，总是第一时间跑回家，告诉母亲叔叔来了，然后再跑到饲养场，告诉爷爷叔叔来了，还要张扬地告诉我遇到的所有人，我叔叔来了！不知为什么，爷爷总没有我期待的那种对叔叔的热情，他与父亲刚好相反。饲养场有一间筒子房，爷爷靠在廊柱底下搓麻绳。我旋风一样跑过去，大声喊，爷爷爷爷，叔叔来啦！爷爷一张平静的脸看我，说，慢点跑，别栽了。我的印象中，爷爷从没回家看过叔叔，除了那次行大礼，叔叔也再没张罗来看过爷爷。这段时间里，爷爷仿佛是不存在的一个人。按说这事儿有点匪夷所思，只有我在写这部小说时，才发觉这绝对是个问题。可惜当时都被叔叔带给我家的热闹掩盖了，我们甚至没人想起爷爷这个人。

爷爷是夏天去世的。我已经记不起来是哪一年的夏天，三年级，或者四年级？我提着筐拿着镰刀去采猪草，在河堤上碰到了我的老师，老师叫着我的名字打趣说："王云丫，你的眼窝没湿，不应该啊！"我不知如何应答老师的话，不好意思地笑了下。家里，爷爷直挺挺地躺在门板上，身上盖着青色的布单子。木匠在打棺材，大师傅在埋锅造饭，里外都是忙碌的人。父亲母亲得空偷偷抹一把眼泪。我很得意我的眼窝没湿，故意把脖子往上挺了挺。我刚走到河对岸，就看见有人在坡下一手推着车，一手搭着凉棚朝我看。我惊喜地对身边的伙伴二灯说："快看！这人好像是我叔叔！"二灯在风中甩了一把鼻涕，嘲讽说："拉倒，你凡是看见体面的人都以为是你叔叔。"二灯醋天寡地的话根本没有打击我，我眼睛盯着那人，拧着身子快步往前走。那人也一直在看我，往坡上走了几步，他首先说："这不是云丫么？"就听"哗"的一声，我被一股巨大的温暖包围了，叔叔出现得可太是时候了！我跑过去喊了声叔叔，告诉他爷爷去世了，家里正打棺材呢，大师傅正在埋锅造饭呢。叔叔说，那我回来得正好，怪不得这两天心里总是闹得慌。你去干啥？我说我去采猪草。家里的老母猪要下崽了，每天都会吃很多猪草。叔叔回家了，我挽着二灯的手臂往前走。我的甜蜜幸福与二灯的灰心丧气形成了鲜明对比，这一路我俩都没好好说句话，二灯始终跟我拧着脖子。爷爷去世的事并没有通知叔叔，叔叔能够赶过来磕头纯属偶然。叔叔也因为这件事声名鹊起。大家都说叔叔虽然跟爷爷没有血缘关系，却跑了这么远来让爷爷"得济"，比那个人强。

"那个人"，无疑指的是爷爷的另一个儿子，我的老叔。

关于"得济"，我稍稍解释一下。在我们老家那个地方，老人最大的"得济"，就是临死之前儿女能看一眼。或者，在灵前磕个头，送亡者上路。否则，你就是平时再孝顺，照顾得再周到，老人去世时你没在身边，这也是没得济。古语说的"父母在，不远游"，折射的可能也有这个道理。许多年里，老叔基本上与我家断绝了关系，所以爷爷去世时，根本就没见着他的身影。叔叔这次来，是来跟我家借钱的，没想到正好赶上爷爷的葬礼。

5

从打我记事起，我家就住在一个四合院里，是土改分得的胜利果实。正房的其中一间，住着二爷爷二奶奶，对面是生产队的粮库。我家跟老叔住东厢房，而西厢房住了一户外姓人。倒房里住的则是被分胜利果实的那家人，是个富农。印象中，他总揣着袄袖在院子里晃，终年挨批斗。斗争他的人让他管蒋介石叫爹，他不叫，被人打断了一条腿。

老叔和老婶就算过继给了二爷爷家，也没履行啥手续。他们只是持续地年复一年地不过来看我爷爷，我爷爷便对我父亲说，你就当没有这个兄弟吧。

二爷爷要了处宅基，要到外面盖房。某天我父母上工回来，才发现好好的房子被拆得只剩下了一半。砖瓦石料木材都被老叔扯走了。我家这一间半房子，侧面成了一个巨大的伤口，若是浇一场大雨，一准坍塌。

母亲一下就哭出了声，围着房子疯了似的转来转去。父亲原本又要去河北的窑厂去上工，因为房子成了这样，不得已留了下来。父亲安慰母亲说，要不也该盖房子了，孩子眼瞅就大了，不能总挤在一起睡，该分窝了。

要想盖房，先得拆房，计算有多少建筑材料能够重复利用。房子落了架，松木檩柁一敲梆梆响，父亲在这边忙碌，富农揣着袄袖歪着肩膀远远地看着，说劈成一半也比现在的木头结实。这整个一座宅院都是富农的爷爷盖的，据说松木都是用胶皮大车从东北拉来的。富农的话让父亲茅塞顿开，如果能把这些木材劈开，一层房的材料就都有了。父亲指挥帮工的人把木材抬到了院子的一个角落，老叔来了。老叔说，这房子也有奶奶一份，既然奶奶都过世了，就应该有他的老儿子一份。说完，走向那架最粗的房柁。父亲一看急了眼，连忙站到了圆木上。怎么也没想到老叔一猫腰把圆木抬了起来，一下就把父亲撅了个仰八叉！父亲摔在地上起不来，嘴里却不停地破口大骂。父亲骂人这一生也仅有这一次。不幸的是，爷爷就在不远处听着。老叔一看父亲态度强硬，灰溜溜地走了。我家的三间房子后来盖了起来，一看就是将就的，檩条和房柁都是白生生的茬口。这是一九六九年的事。

一九七六年的秋天，父亲从大队要了宅基，在苦水井附近盖起了一层四破五。这在当时的村里也是件轰动的事。儿时的伙伴多头家里经常因为这个干吵子，多头妈说多头爸废物，一辈子挣不来活钱儿。瞧人家云丫的爸，一层四破五的大房，像气儿吹的似的眨眼就盖了起来。

但这层房命运也不长久。上梁时木材还是湿的。我们住在里面几年，房柁总像下雪一样飞一种奶茶色的粉末，有时直接就能飞到饭碗里。仔细一看才知道，原来是木头里面生了虫子。那些虫眼越来越多，房柁眼瞅着不能承重，父亲就在下面支了根木头，就像屋里长了棵树一样。后来这根木头也真发了芽，是棵柳树，顶住房柁的地方，长出了一簇绿生生的叶子。

一九八五年，父亲手里攒了些钱，决定把房子推倒重盖。这回是当做百年大计来盖的。当时我高中毕业以后在村里的服装厂上班，利用停电的时间，曾经跟父亲跑过几次木材市场。父亲选的木材，都是最贵的东北红松，每一根橼子都是红松的，俊俏笔直，连个疤痕都不带。我高中时的成绩不错，家里一直对我的高考抱着希望。可是我偷偷地学文科考了理科，是想早早步入社会体验生活写小说。写了四五年，浪费了若干纸墨和电费，却一事无成。母亲大字不识，却能从村里给我拿回退稿信——她是怕别人看见。

有一次父亲跟老叔吵架，因为什么忘记了。老叔指着父亲的鼻子说，瞧你的孩子，瞧你的孩子！老叔的意思是，你的孩子没出息。老叔主要指的是我，因为我总半宿半宿地开着电灯浪费电，成了村里人嘴里的笑话。没想到父亲理直气壮说，我的孩子怎么了，比你家的强！我的儿子当老师，我的闺女会写小说！这话简直惊世骇俗啊，大哥当的是民办老师，而我的会写小说真是不能当话说啊。我只发表过一首诗，赚了一块钱稿费，还让邮递员扣去五分钱。大喇叭一遍一遍喊我去取稿费，我不好意思去取，邮递员把稿费送到了我家里，我躲在屋里不敢出来，羞得恨不能找个地缝钻进去。可父亲不觉得我丢人，就那样骄傲地响声大气说出来，惊了一条街的人。

那层房父亲一共盖了七间。父母住一间，哥嫂住一间。姐姐出嫁了，但父亲特意给我辟出一间闺房。父亲说，我恐怕不能像多头和二灯那样早早就嫁人。只要一天不出嫁，家里就得有你住的地方。

父亲这句话，温暖了我一辈子。

6

有一年的正月初一，父亲没有接到叔叔。月亮升起来了，星星爬满了天空，河里的水因为结了冰，又被寒冷冻裂了，发出了喀拉喀拉的响声。零星的鞭炮清冷寂寥，厚重的夜色像水墨一样铺排，把村庄整个都包裹了。起初，我一直在河堤上陪父亲，后来实在冷得受不了，我先回家了。河堤与街道就是一个 T 字型，我把那条街走完，要拐弯，突然回头看了眼父亲。暗淡的星光下，父亲矗立在河堤上，像一棵长了腿的树。后来这棵树越来越矮，直至消失。我不放心，又跑回了河堤。堤上堤下河边对岸哪里有父亲的影子！我不敢大声喊，怕惊扰了这黑夜。对岸的堤上都是灌木丛，让夜色弄得鬼鬼祟祟。我跑回了家，堂屋里热气蒸腾，锅里的水也不知道添了几回，案板上的面条码放得整整齐齐，母亲和姐姐在包饺子，留待明天早晨煮。我气喘吁吁说，父亲找不着了，哪里都没有。母亲把情况听完，头也不抬地说，他一定是去大马路上接了。我恍然大悟。对岸的河堤下面是一大片高粱田，夏天我们在河里洗澡，曾经到高粱地里吃甜棒。高粱田的那边，就是新修的大马路，一端通到天津，一端通到承德。叔叔每年都是顺着这条路来我家。姐姐问，这样晚不来，叔叔还能来吗？母亲说，是家里有事？是车子坏了？是煤矿没放假？真是急死人了。我坐在灯光的暗影里嗑瓜子，想着在马路上焦急等待的父亲，有点后悔一个人先跑回来。母亲说，你爸就是死心眼儿，等不来就别等了啊，这大冷的天！我抓了把瓜子装到兜里，说我去找他。母亲斥责说，黑灯瞎火的，丫头家家瞎跑啥。冻不起他就回来了，不用你去找！

父亲在灯影下吃饭的场景充满了忧伤，父亲怔怔的，半天才动一下筷子。面条挑了起来，却没往嘴里放。筷子搭在碗上，面条搭在了筷子上，开始还冒着热气，后来便成了冻僵的蚯蚓。叔叔初一没有来，初二也没有来。不知道叔叔为什么不来，那些给叔叔准备的东西都摆放在储藏间，一样一样，筲箩、簸箕、沙斗子，凡是能用上的东西，几乎都派上了用场，就像穆桂英摆的天门阵一样。叔叔不来，我们还不止是忧伤，还惶惶不可终日，总是担心着，惦记着，恐惧着。我偷偷对姐姐说，叔叔不会是死了吧？姐姐拍了我一掌，嫌话说得不吉利。可转过脸去，她就把同样的话对母亲说了，母亲却没有拍她。母亲说，我们今年可以多吃几顿烙饼了。

天都大热了，我们接到了叔叔写来的一封信，是写给父亲的。解释他今年正月初一没来的原因，是因为生了场大病。这封信只有半页纸，在我们家每个成员手中传阅。叔叔写的是连笔字，很好看，很大气。大家一起唏嘘，总算解开了心中的疑团。大哥那年新定了对象，脸上总有一层桃色水气。他对母亲说，给叔叔留的花生和芝麻不能过夏天，过了夏天就长虫子了，不如我给丈母娘家送去吧？母亲嗔怪地看了他一眼，答应了。信到我手里时，已经是最后一站了。我读初中二年级，开始对文字和行文敏感。我上下看了一眼，说，这信是三个月之前写的。哥哥姐姐不信，抢过去看，日期果然是二月十二号，若按阴历算，那时应该是年后不久。父亲表扬了我，说哥哥姐姐都是高中毕业，却不如人家初中生能看出门道。姐姐狡辩说，我还没看完呢！事后我们问过叔叔，是不是信写得早，寄出来晚。叔叔说不是。那么这封信就是在路上或我们大队给耽搁了。大队的信箱是一个绿皮桶，各种信件经常散落得到处都是。

经过全家一致协商，由我来给叔叔回信。这是我第一次写信，而且是写如此重要的一封信，我没法不认真对待。有好几天的时间，人在教室上课，脑子里就全是信中想写的内容。信写好以后，给全家念，改了又改，抄了又抄。比《红楼梦》披删的次数都不少，我就是从那年才开始看这部大书的。母猪下崽了，哥哥订婚了，姐姐用一尺布票三尺三的面料自己裁了条裤子。父亲不能出去务工了，因为他当了生产队的队长。林林总总，杂七杂八。总是写不全面，总有新的内容需要补充和添加。信写好后，密密麻麻足足四页纸。我最后一次给全家念时，磕磕绊绊念了足有半个小时。明明是写通顺了，可一念又觉得不通顺了。我着急，父亲比我更着急，他的脸上和手上都替我使劲，我一看他，就更紧张了。信念到一半，我都要虚脱了。那个晚上村里有电影，姐姐陪着我，在看电影之前把信庄重地投到了信箱里。电影看到一半，我突然"哎呀"叫了一声，信封上光注意写地址，忘了写叔叔的名字！我和姐姐赶紧挤出人群，来到了那只邮筒旁，信就在里面，可我们却取不出来。邮筒不知什么时候被人上了锁，过去明明是不上锁的啊！转天我们再来找，发现那些信已经被邮递员老吴取走了。好在老吴是个热心人，他到邮局发现了这封没有收信人名字的信，把信退了回来。

这封信开启了我跟叔叔的通信生涯。如果说，写信也可以算创作的话，这无疑是我最早的创作经历，我跟叔叔之间天上地下无话不谈。叔叔写的信，一点也不比我写的短，而且都是鼓励鞭策的内容。看信和写信，成了我那一段生活中最幸福的事。

7

又一个正月初一，叔叔不是一个人来的，后车座上坐了个小丫头，不用问我们也知道，她叫海棠，是我的妹妹。还有另一个更小的妹妹叫腊梅，比这个叫海棠的小了十分钟，她们是双胞胎。即使是双胞胎，叔叔也一定是带海棠来，因为在叔叔的嘴里，提到海棠的次数要比提到腊梅的次数多得多。海棠从大堤上走下来，我们这一条街都轰动了。当然我这样说有点夸张，所谓轰动，是指我们差不多大的丫头和小子，都从四面飞奔来，要看海棠妹妹长什么样。这个海棠可真是漂亮啊，两条麻花辫又粗又长，刘海弯弯曲曲，她是自来卷！一双大眼睛水汪汪，嘴唇红得像点了胭脂。关键是，她的皮肤青白青白的，真的就像鸡蛋青一样。光是这一样，一下子就把我们比下去了。我们都是上树捉鸟、下河捞虾的野孩子，脸都跟红高粱一个颜色。海棠坐在炕沿上，一只出生不久的小羊羔从柜子底下战战兢兢爬了出来，海棠惊奇地说，这是小狗吧？不怪海棠认错，这只羊羔太像小狗了。身上的底色是白的，却有黑的棕的花斑点，还没长犄角，一张俊秀的小脸毛茸茸，可不就是小狗么。海棠的这个笑话，被我渲染给了很多伙伴听，大家都乐得前仰后合。要说这有什么可笑的呢？许多年以后，女儿跟我出门看见一头牛，女儿说，这是大猪吧？都没有这么好笑。那种好笑一点都不带嘲讽或蔑视，相反，带一种羡慕和景仰。瞧，海棠不认识羊，人家连羊都不认识。这说明了什么，说明了人家的生活的底子跟我们不一样，人家是城市来的！

天知道的，我给这一切打了掩埋。海棠不是不认识羊，只是没认出我家这一只。只要是山区，最不缺的就是羊，因为那里有天然牧场。

海棠不认识羊，成了她身上鲜明的特征。再加上她说话的声音就像小羊羔，更让我喜欢得不得了。我上厕所都要带着她，她实在是太有趣，太迷人了！我把所有的私藏与她分享：没头没尾的书（后来才知道是《青春之歌》，算禁书）、灯芯绒的布包、红油漆的羊骨、几块视若珍宝的手绢……海棠妹妹如果提出想要什么，我会毫不犹豫送给她，包括一件新做的花格褂子都舍得。但海棠妹妹什么要求也没提出，她仔细地替我把东西收好，放到了橱里。母亲正在做饭，喊我去后院拿一把柴火。别多拿，再有一把就够了。我应了声，拉着海棠妹妹一起去了。所谓的柴垛，早就夷为平地了，只剩下了一些碎的柴草节，一二寸长。海棠妹妹看着我把柴草节装到一只粪筐里，惊异地说，这能烧么？这能做熟饭么？我说，我们一直就烧这个啊！海棠说，我们一直以为大爷家的日子就像天堂一样，没想到烧柴都这么困难。我说，我们烧柴一直困难哪。这些柴还是我们捡来的，要跑十里八里的路呢。在饭桌上，海棠对李海叔叔说，爸，大爷家里没柴烧，你应该给他们拉些煤来。海棠直视着叔叔的眼睛，说起话来像大人一样。叔叔说，要说松山矿啥都缺，就不缺煤。新出的一种大同块比山西的煤好烧。海棠说，那就赶紧拉一车来吧。叔叔说，好，等我回去就操办。我看见爸妈兴奋地彼此看了一眼，我则崇敬地看着海棠，小丫头人不大，说起话来却丁是丁卯是卯。

过了不久，一卡车大同块就轰隆轰隆拉来了。叔叔说，他的几个徒弟挑了一晚上，保证里面一块石头也没有。母亲张罗做饭，叔叔说来不及了，他和司机都是偷着出来的，得赶紧回去。两个人连口水都没喝，又把卡车轰隆轰隆开走了。这个晚上，我家没完没了地有人串门子，他们都是来参观的。煤堆在我家院子里，真跟一座山差不多。有人问父亲这车煤有多少，需要多少钱，既然李海在煤矿工作，应该能便宜不少吧？别人无论问什么，父亲都一脸幸福地摇头说不知道。其实连我都知道这车煤是五吨，不知道为什么父亲要刻意隐瞒。许多年以后，我终于明白了这里边的机巧。我问母亲李海叔叔是不是送给咱一车煤，母亲说，他送？那车煤一共二百块钱，李海要走了二百二，说要给司机二十块好处费。我说，可大家都以为李海叔叔白送了咱一车煤。母亲说，还不是怨你爸。咱花了煤钱的事，你爸不让对别人说。

但这车煤还是给叔叔找了麻烦，他在矿里挨批判了，罪名是"倒卖能源"。挨批判的事是叔叔写信告诉我的，他说他一边写信一边写检查。叔叔的信写得很轻松，一点也没因为写检查影响心情。叔叔是个有气度的人，这一点，特别让人崇拜。我特意把那封信藏了起来。没有告诉父母，是怕他们担心。我对自己说，王云丫，你已经长大了，得能扛点事儿了。

8

高三上了多半年，转眼就要面临毕业了。原来一直想脱离学校步入社会写小说，真的要面对这一天了才知道，到哪里去找写小说的门路啊！我们这所乡办中学教育质量差，连续几年没有高考上线的，大家都惶惶不知所终，我则开始烦闷和愁肠百结。偶然在《中国青年》杂志上看到署名潘晓的文章《人生的路啊，怎么越走越窄》，我似乎醍醐灌顶。这不是说我么，我的路就是越走越窄啊！我给叔叔写了封长信，信中散发着少有的悲观甚至绝望的情绪。就好像，我还没有踏上人生旅途，所有的路就成了断头路，没有哪条路能带我走向光明。而光明的路什么样，我又不知道。班里的团支书毕业就跟男同学结了婚，男同学是我的邻居，就住在我家前院。我出来进去绕道走，不愿意碰见她。其实是不想碰触她那种生活，仿佛是，那种生活原本是跟我不相关的，一碰触，我就看见了不远处的自己。

可还是有个男同学让我心动了一下。他姓胡，是不远处的柳河套村人。他经常让一个女同学把信捎给我。信是封好的，可我拿到手里一看就知道，封口曾被启开过，因为浆糊还是湿的。这样的结果我一点都不在意，等他的信成了一种慰藉。

过去，我对那个男同学并没有好感，他多少有一点好高骛远。是他信中的一些文字感染了我，他说他希望能遇到这样一个人，和他一起去走天涯。

走天涯的想法，契合了我心底的浪漫和虚无的感觉。

我把这些信息也汇聚到了那封长信里。没想到，一向温和的叔叔突然板起了面孔，给我回了封措辞非常严厉的信，他批评了我。他说你还没有走在路上，怎么就知道路越走越窄？人生的路千条万条，你不走一走，怎么能知道哪条路适合你？叔叔说，我不知道潘晓是谁，但我知道她矫情。人有脚，就是用来走路的。你在雪地上反复沿着自己的脚印走走看，路只能越走越宽，绝不越走越窄！

他把那个男同学说得一无是处，等于兜头给我泼了一盆冷水。冷静下来我好好想了想，高中三年我从来没喜欢过这个男生，眼下对自己妥协，纯粹还是因为觉得无路可走。

信的末尾，叔叔邀请我出去散散心，说也把自贡哥哥叫过来，跟我做个伴。叔叔的这个邀请在我就像久旱甘霖，我太想出去走走了。在这之前，我从没出过远门。

自贡哥哥大我两岁。我们每天除了看电影，就是东游西逛。整座矿山坐落在山环里，附近山上的果子几乎都让我们尝遍了。我第一次知道有种苹果叫美夏，长着红艳艳的脸，个头不大，却很甜。我问自贡哥哥苹果为啥叫这样的名字，自贡哥哥说，夏天来了，它们就美了。我们在树上选最大、最圆、最红的苹果，吃够了，会偷几只装到口袋里。那里的老乡都淳朴，你若是吃，吃多少他都没意见。若是想带了果子出山，如果让他们看见，他们就不乐意了。

自贡哥哥提前走了，李海叔叔带我去城里串门子。是城市中心的一片小平房，我们拐进一条胡同，敲开了一户人家的门。出来开门的是梁叔叔，黑皮黑脸小眼睛，样子有点像马未都。我第一次看见马未都时，就吓了一大跳。叔叔介绍说，梁叔叔是剧团团长，我们今晚去看他导的戏。介绍我时叔叔的口气有一点特别，说这就是天津大哥家的二丫头。就好像，他们昨天还在谈论我。梁叔叔欠着身子往我脸上看，嘴里哦哦地应。看得出他和李海叔叔关系非常好，一句客套都没有。但我看出了别的一点什么，时隔多年，我甚至回忆不起梁家婶婶的样子，她只打一晃，就不见了踪影。但就是那一晃，让我感受到了我和李海叔叔并不受欢迎。好在叔叔不在乎，我是顾不上在乎。到城里的人家做客，我平生还是第一次。每顿饭都是梁叔叔下厨房炒菜，时隔多年我回忆，才醒悟梁家婶婶大概带着两个儿子回娘家了，因为两间小平房，根本住不下这么多人。我第一次知道鸡蛋还可以摊成饼一样装在盘子里，与盘口正好一样大。我们吃了饭匆匆去剧场，梁叔叔陪我们看戏。有个小生出场，梁叔叔说，这个丫头哪都好，就是个子矮，我给她定做了半尺高的鞋，在袍子底下遮着呢。我左看右看，也没看出这个小生是丫头。

李海叔叔做客做得很兴奋，他对我说，这都是好朋友，以后可以常来。

9

父亲当了三年的生产队长，生产队解体了。

开始是有风刮了过来，说别处早就包产到户了。我不信。我喜欢生产队，觉得生产队的集体劳动才是生活。我只是以学生的身份到生产队劳动过，大家比着赛地讲笑话，既动口又动手。比着赛地学偷懒，比着赛地占生产队的便宜。那种生活简单快乐有趣。高中毕业后一直想融入他们之中，但就是缺那么点勇气。从叔叔那里回来的路上，心一下就安静下来了。我对自己说，你没有退路了。是时候了，去参加劳动吧。即便是为了体验生活，也应该有行动了。我从大马路上下了车，一个人往家里走。走到家门口，正好碰见母亲牵着一头驴回家。是头好大的灰驴，大概不情愿被人牵着，头总往缰绳相反的方向挣脱。我帮着母亲把驴轰进了院子，问母亲要干啥活。我以为驴是从生产队借的。可母亲说，驴是咱家分的。那么多人抽勾（抓阄），一下子就让我抓着了。母亲的兴奋溢于言表，说队里一共就有五头驴，又有老，又有小，只有这头驴不老也不小。当然还有牛和马，可那是大牲畜，不适宜在家饲养。

就像倒憋了一口气，我一下就给闷住了。我刚下决心到生产队参加劳动，没想到这样的机会就永远失去了。我还有一件事百思不得其解，大片的土地被切割，机械化怎么操作？现代化怎么实现？各家各户守着自己的一亩三分地，人心就会散如沙。大家心不往一处想，劲不往一处使，要实现共产主义，还不得驴年马月！我整天瞎想，父亲却早早收拾好行囊出发了。母亲说，父亲一辈子挣的钱能压死一匹骆驼。父亲一生就对两样事有瘾，一是干活，二是挣钱。

终于不要介绍信，也不用请假条。我猜，父亲骑在那辆叮当作响的自行车上，心一定是飞起来的。村里建起了服装厂，我带着家里的缝纫机到厂里做了工人。工资不低，但我工作得不愉快。心里总像长了雾，看不清自己，也看不清别人。每天的工作时间是早晨六点到晚上十点，中间只有各半个小时的吃饭时间，要跑着家去，再跑着回来。我把那些所谓灵感的火花，都随手记录在衣服的卡片上。这年的正月初一叔叔是坐长途车来的，他把我关到了门外，说有重要的事跟我父母商量。叔叔走了以后母亲才告诉我，叔叔想跟我家结亲。我不明白，啥叫结亲？母

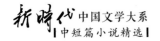
亲戳了我一指头，"你叔叔看上你了，要你做他家的儿媳妇，你乐意不？"

我立刻心如鹿撞。这样的事，在我还是新鲜的。胡姓同学如春光乍泄，那一段很快就过去了。叔叔喜欢我，让我的心里甜丝丝的。后来我想，假如当时父母答应了叔叔，我可能也不会反对。毕竟，我喜欢叔叔，也喜欢自贡哥。自贡哥是一个漂亮的男孩子，我在他面前，甚至有点自惭形秽。他在山上给我砸野核桃，两只手都像生锈似的变了颜色。他只允许我摸白白净净的核桃仁，说女孩子要保护好自己的手。跟他玩在一起十几天，是我有生以来不一样的生活，那种生活轻松，愉悦，时尚，浪漫，我们赤着脚在小溪里淌水，鱼儿就在趾缝间钻来钻去。如果我不想脱鞋袜而又想过小溪，自贡哥二话不说就会把我背过去。我不知道自贡哥是怎么想的，我是喜欢跟他在一起的。但这个喜欢，跟想嫁给他肯定是两层意思。

母亲告诉我，叔叔提出这个要求时，父亲斩钉截铁回绝了。叔叔显然没想到父亲会拒绝得这般彻底，伤心得落了泪。他觉得，是父亲瞧不起他。在这之前，父亲一向是有求必应，叔叔就像是被父亲宠坏了的孩子，对父亲的拒绝没有一点心理准备。我也很难过。我的难过有点莫名其妙。我对父亲拒绝叔叔没感觉，仿佛是，父亲拒绝或接受都不关我的事。我的难过是因为叔叔，叔叔的难过让我觉得不能承受。换言之，我为叔叔的难过而难过。这里面的关系，除了我大概没有谁能够捋清楚。因为我是联络两个家庭的桥梁和纽带，所以父亲郑重其事跟我谈了一次话，明确表示，我不能嫁到叔叔家，叔叔再喜欢我也不行。"那个地方太穷，太远，太偏僻。现在我们家里的日子刚缓上一点劲儿，我不想你去受那个罪——你明白我的意思吗？"

我点点头，明白了父亲的话。多年后想起这件事，我仍觉得父亲是个了不起的父亲。面对这件事，父亲首先考虑的是事物本质，一点也没有被他与叔叔的感情所迷惑。

父亲可以散尽钱财，却没有舍下女儿。

只是，父亲没有想到的是，这个时代变化得快。有朝一日，叔叔的儿女们全都走出了穷山沟。

10

这一年的春天，叔叔给父亲写了封信。在这之前，收信人的名字一直是我。我把信打开，草草看了下，转手给了父亲。叔叔说，他家想盖房子，材料都准备得差不多了，但粮食不够，想跟我家借些小麦。父亲赶忙走进储藏室，掀开水泥做的缸盖看了看，父亲说："你叔叔盖房是大事，他家缺粮食，你们赶紧想法子给他送过去。"经过商量，我自告奋勇和哥哥每人一辆单车上了路。哥哥驮了只大口袋，里面大约有百八十斤小麦。我驮的口袋小些，也有五六十斤。那年是包产到户的第二年，我家分了七块地，种了七块麦田，每块地春种秋收的过程都可以写一本书。家里的缸啊囤啊都被小麦挤满了。哥哥做生意去过一次叔叔的老家，而我是第一次骑车走这么远的路。我们没有走通衢大道，而是选择了小路。哥哥说，小路要翻越两道山梁，但比走大路节省很多路程。

我刚出了县界，人就累得走样了。从我家到县城三十八里。从县城到县界二十五里。出了县界是遵化，到山里还有十几里的路程。而这些，还远没到翻越山梁。哥哥不得不走走停停，等着我。大概是因为不得法，我大腿内侧似乎是磨坏了，火烧火燎地疼。翻越的第一道山梁名叫半壁山，我抬头往上看一眼，都要晕了。别说推着车，车上有重载，就是让我单

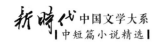

手徒步走，攀上去大概都会累残。大哥躬着腰推车，一手扶把，一手拽住后车座，一步一步朝上走。走出几步，大哥回头说，你先在下面等着，回头我帮你推。可我不忍心让大哥再攀爬一遍陡坡，我对自己说，你不是想体验生活么，这就是生活啊！我咬咬牙，使出吃奶的力气开始爬坡，无奈腿肚子抖得厉害，掌把的两只手也开始不听使唤，刚走出十几米远，就连人带车摔倒了。自行车压在了粮食口袋上，我躺在自行车上，轮盘在我身下哗啦啦转动。腰处有些硌得慌，可我一动不想动。天近正午，太阳白花花的。山峦叠翠，俊鸟高飞。我此时的感觉，是心脏响若重锤擂鼓，口干唇裂，大脑一片空白。山崖下就是大水库，一池碧水映着蓝天白云。可我是一步都不想再动窝，那种累，实在是连咬牙的力气都没有。

这时候，有辆马车停下了。车把式很响地"吁"了一声，拉动了车闸。他用脚碰了下我的脚，问我怎么了？我把脚收回来，坐起了身。车把式是位上了年纪的大叔，有双和善的眼睛。我说我实在走不动了。我看了看驾辕的那匹马，是栗子皮的颜色，有四条健硕的腿。我鼓了鼓勇气说，我要去苦梨峪，您能让我搭个便车么？车把式看了看前方，吃惊地说，苦梨峪在山旮旯呢，你们到那里去干啥？听说我们是去走亲戚，车把式说，我是本地人，都没去过那个地方，连路都不通。看了看粮食口袋，车把式说，他们还有门好亲戚，不容易呀。说完，把鞭子夹到腋下，弯腰把粮食口袋抱到了车上。

车把式说，前面还有闪坡岭，比这个上坡还陡。你一个小姑娘驮这么重的粮食口袋，家里人可真舍得。我赶紧说，我哥哥还在坡上呢，大叔行行好，让我们一起搭车吧。大叔真是好说话，把车赶到坡顶，帮我们把车和粮食口袋一起搬了上去。我和大哥坐在两边的车帮上，伸手扶着自行车，两辆自行车叠放在了一起，口袋则竖在车厢里。大叔坐在车辕上，有一搭没一搭地跟我们说话。听说我们去山里送小麦，大叔回望了一眼，羡慕说，这不得有一百多斤哪！你们可真是实在人，这么老远愣能驮着来！大叔说起那个苦梨峪，大姑娘把筛子当镜子照，草帽底下遮住一块地，全家人穷得盖一床被。总之都是笑话山里人的。我们问大叔是哪里人，大叔自豪地说，是梨花镇人。苦梨峪就是属于梨花镇的，难怪大叔说起梨花镇那么有底气。车到闪坡岭，大叔早早跳下了车辕，也让我们从车上下来了。大叔解释说，不是我心疼哑巴牲口，是这坡太撅，多放只鞋牲口都费力。我说，那就把车子搬下来吧，我们推着。大叔说，换了别人我可不就叫他推着了，你这个小姑娘一路走来不容易。得，就让我的牲口受点累吧。我得意地看了眼哥哥，眉里眼里都是笑。哥哥说，你非要逞能来，要不是遇见这位大叔，看你不得哭一路。走到坡顶，累得大汗淋漓。回头看了一眼，顿觉双膝发软。若不是遇见大叔，就那两个粮食口袋能不能运上来，还真是未知数。

我们重又上了车，顿时觉得眼前风景如画。马蹄声敲击着地面，像是给画面伴奏一样。这一气大叔就把我们拉到了梨花镇，这里离苦梨峪还有七八里。把路指给我们，他就驾车去了另一个方向了。大叔说，我们都管苦梨峪叫断头村，再往里就没路了。

哥哥指着马车走的方向说，上一次他就是从那边来的。

到了村庄附近，路窄得只能放下一只脚。实在走不动，哥哥让我看着两辆车，他回村去搬救兵。哥哥再回来时，身后跟着一大家子人。自贡哥哥跑在最前边。婶婶的身后跟着海棠、腊梅和自强、自奋两个弟弟。我先看腊梅，发现她跟海棠长得一点都不一样。她没海棠漂亮，也没海棠洋气，神情很拘谨，是一个彻头彻尾的山里丫头。我第一眼见到婶婶，就发现她长得像电影演员李秀明，眉眼都非常像。《春苗》在我们村第一次放映时，半个村的小伙子都因为她睡不好觉。婶婶搂着我，心肝宝贝心疼得不得了。自贡哥接过了我的车，弟弟自强接过了大哥的车，大家热热闹闹往村里走，说起这一路的艰辛，转眼就成了云淡风轻。就连大腿内侧火烧火燎的疼，都不在话下了。叔叔家住的是石头房，低矮狭窄。院子是窄窄的一个长条，就栖身在一处石崖的下面。屋里没有顶棚，被烟火熏得乌黑皴裂。吃饭的碗要比我家的碗大一号。第一顿饭就把我吃撑了，黄米饭炒倭瓜，婶婶总是在我没防备的时候把我的碗填满，我咬牙吃了第三碗，一个没防备，婶婶一铲子黄米饭盖过来，又把我的碗盖满了。我实在吃不动了，只得剩了碗底儿。婶婶端过我的碗来吃得香甜，我的心里很过意不去。

在婶婶家待了几天，每天三顿饭都是黄米饭炒倭瓜。其实不应该说炒，应该是焖。倭瓜都是半大的，被婶婶切出厚厚的四方块，焖出来面乎乎的。我怀疑除了放点盐，大概连油和葱花也没有。家里除了五个孩子真的是一贫如洗。来时的新鲜和热闹很快就过去了，我从第二天就开始吃不饱饭，总觉得大黄米像沙子一样噎嗓子，倭瓜也难以下咽，闻上去总有一股铁腥气。为了防止婶婶突然给我的碗里添饭，我总要提心吊胆地躲避。有一次，一铲米饭都盖到了我的手腕上，把腕子上的皮肤都烫红了。

又一次吃饭我只吃了小半碗，婶婶忧心忡忡地看着，满脸都是愧疚。我跟她去坝台上摘瓜，她操着跟这里人不一样的口音，见了人就热切地介绍我。与叔叔在我家一样，我也成了这里最尊贵的客人。这种角色转换在瞬间就完成了，让我觉得神奇。一个女人问："这就是你大哥家的丫头？"婶婶说："是呢，来送麦子了。"那女人满是崇敬地看我，说："山外的日月好呢，看人家长得多水灵。麦子送来多少？"婶婶说："满满两口袋呢。"女人说："这下你家可有白面馍馍吃了，羡煞人呢。"

婶婶抿着嘴笑，那笑容我至今也找不到合适的言辞形容。不是满足，也不是优渥，就是那样一种从心底漾上来的不是甜蜜胜似甜蜜、不是幸福胜似幸福的感觉令婶婶的整张脸都放出光来。她们的对话我不大懂，但意思还是听得明白。没来由的，我就觉得自己尊贵了许多，再看这山这水这人这石头坝台果树庄稼，不由得脸上就有了淡淡的意味。那种意味不用别人告诉我，我是用自己的嘴角感觉出来的。

坝台上是瘦弱的庄稼秧苗，庄稼的空当栽种了些倭瓜。我对婶婶说，嫩的倭瓜炒了才好吃，用酱爆，或者用花椒油，炒出来都很香。婶婶置若罔闻。她还是摘了半老不老的青瓜让我抱着，用指甲都掐不透皮。手里有了分量我突然明白了，嫩的倭瓜必须养老了才能吃，因为，半只倭瓜就可以吃一大家子人。

走在窄窄的畦埂上，婶婶说："丫头，留下来吧。"

我愣了一下，没听明白。

婶婶那个样子回头朝我笑了一下，说："自贡是个好孩子……就是你得受委屈呢。"

我这回明白了，脸有些烫。我问："婶婶，您嫁到这里后悔么？"

婶婶说："后悔。咋不后悔呢？开始天天哭，天天哭，哭得眼睛起了一层皮。"

我问啥叫起一层皮。

婶婶说："就是看啥也看不清楚。"

晚饭以后，横七竖八摆了一炕的人。婶婶跟我们扯闲篇儿。我说起村里服装厂的事，婶婶眼睛直了：村里都有服装厂？服装厂发工资么？我告诉婶婶，就是因为服装厂按时发工资，母亲总给我做"小锅饭"。她说家里有你挣钱，我们可以顿顿吃烙饼炒鸡蛋。发了工资全交给母亲，但我有用项，会跟母亲讨。比如上个月，我发了七十二块钱。头天交给了母亲，转天停电，我跟伙伴要去县城玩，结果看上了一件呢子大衣，花了七十三块钱……

婶婶有点难以置信，问："买了？"

我说："买了。"

屋子里忽然一阵静默。

哥哥下炕大概是想去解手，插话说："云丫现在是我们家的财主，比我工资都高。"

自贡哥干咳了一声，清了清嗓子才说："要是苦梨峪也有个服装厂就好了。"

婶婶叹了一口气，说："我们就是受穷的命。"

叔叔家的屋后是一处高坎，坎上都是灌木丛。从婶婶的言谈话语中，我知道了这里是宅基地，日后要给自贡哥哥盖房子娶媳妇用。午后哥哥他们打牌，我到附近转了转，没发现叔叔在信中写的建筑材料。也就是说，我没发现叔叔家盖房子的迹象。我家盖过房子，所以我熟悉盖房前的所有准备。自贡哥高考失利了，他正准备来年和两个妹妹一起考。叔叔正在等自贡哥的高考结果也未可知。一想到自己不用参加高考，我就打心眼里觉得逍遥。我特意到坎上看了看，灌木丛结成了篱笆，连脚都插不进去。我心说，这要是在我家门前，父母白天没空，黑夜也会把这些灌木拔了去，深翻土地，铺排粪肥，种上蔬菜或庄稼。绝不会任由它们荒芜。这些疑惑我都存在了心里，甚至没有对哥哥谈起。婶婶正在劈劈柴，做午饭用。婶婶劈柴的动作就像个未成年的孩子，生疏得让人胆战心惊。斧头举得高，却总也落不准地方。柴棒子一拨楞，斧头险些砍在脚面上。许是这个家太缺少劳动力，看在我眼里的都是急就章，没有长久的生活准备或储备。比如，邻家劈好的柴垛捆好了码放，齐齐整整，想要做饭了，伸手就取。婶婶家则像个荒败的临时客栈，随时准备迁徙或闭门谢客。若不是丫头小子一个比一个漂亮得有生机和活力，这户人家简直可以称作惨淡。

最小的弟弟叫自奋，总是怯生生地看我，眼里有一种光放射出来。我清楚，这道光就如同我当初看叔叔一样。叔叔照亮了我，我也愿意照亮他。我招手让他过来，他第一句话说："姐，你当我嫂子吧？"我含笑看着他，摇了摇头。他仰头看着我说："你在这里能吃饱，我们全家都会让着你。"我摸了摸他的脸，这是一张酷似女孩的瓜子脸，有着尖尖的下巴。我没有告诉他"能吃饱"对我不是吸引，我还有别的追求。我拍了拍他的脸，说："你快些长大吧，长大了就到山外去找我。"

说了这话，我莫名有了感伤，想起村里寄身的那个服装厂，其实我并不喜欢。

每次叔叔离开我家，我们说得最多的一句话，就是下次带着婶婶来。我们都想见婶婶，母亲尤其想见，一年不定要念叨多少次。结果是，她们终生都没能相见。母亲现在多少有点小脑萎缩，虽然还能玩小牌，但除了自己的儿女，她已经想不起惦记别人了。眼下婶婶就在我面前烧火做饭，人到中年，仍不失美丽。但婶婶做什么都显得笨手笨脚，灶灰抹上了额头，在锅上忙碌时，灶里的火差点烧到裤脚。婶婶曾在大城市的书店工作，许多年的岁月艰辛，婶婶仍眉目清朗。也许就是因为这一份清朗，才能让婶婶在这闭塞的地方隐忍了这么多年。我悄悄跟婶婶换了下位，别说几十年，我大概一年都很难坚持。

有爱情也不行。

我们回来的那个早晨，家里的母鸡忽然下了一只蛋，婶婶说什么也不让我们走，非得把这只鸡蛋吃了才行。灶下烧着火，鸡蛋打在了碗里，上了蒸锅。我们急着赶路，婶婶急着把这只蛋羹蒸熟，可越着急蛋羹越不熟。婶婶不时打开锅来看，那只碗里总是稀拉逛汤。最后我也没能把蛋羹吃到嘴里。婶婶一直把我们送到村外，嘴里还在说，再等一会就好了。

远远离开了那个村庄，我长长舒了一口气。没想到叔叔家的日子这样艰难，我们家费尽心力帮了他们这么多年，原来什么问题也没解决。自贡哥的神情里有了自卑，我无意中看懂了那种自卑，心里"咯噔"了一下。我想是不是我的炫耀和张扬伤害了这个青年。那个陪我在山上玩了十几天的漂亮男孩，因为自卑而变得形象模糊。

我不愿意他这样。

事隔多年又想起那只鸡蛋，水煮，油煎，都比蒸蛋羹好熟。我没有吃到婶婶的那份心意，在我，是件值得庆幸的事。因为我看见了门帘后面那张眼巴巴的面孔，那是自奋，最小的兄弟。

我所有的关于这次苦梨峪之行的记忆，到这里戛然而止。有一次我跟哥哥偶然聊起这件事，我说："那次给叔叔家去送粮食，怎么去的我有印象，怎么回来的我却一点印象也没有。"哥哥说："我有。自贡不知从哪里借了辆自行车，我们出村才发现他跟了上来，然后一直把我们送出了大山，来到了遵化县城。我们在那里打尖，几个毛头小子总对你指指点点。我们以为他们不怀好意，自贡撸胳膊挽袖子要跟人家动武。后来才弄清楚，你的长头发上系了条花手绢，人家觉得你洋气，是在看稀奇。我们和自贡分手时，自贡嘱咐你把手绢摘下来，免得路上再有麻烦。"

我难以置信，"这样重要的事我怎么连一点印象都没有？"

哥哥说："谁知道你都记住了些什么。"

我说："我把手绢摘了么？"

哥哥说："没摘。你那时正臭美，哪里舍得摘。"

我不好意思地笑了笑。年轻时臭美的很多事都记得，却唯独忘了这件事。

11

记不得从哪年开始，叔叔说话的语风语调似乎就变了。到了八十年代末期，我还苦苦地在那条文学的羊肠小道上求索。村里同龄的姐妹都出嫁了，乡邻们看我的眼神越来越复杂，而父母看我的眼神越来越忧伤。自贡哥哥和他的两个妹妹，都大学毕业以后参加了工作。大妹海棠跟我联系得多些，曾经带了男朋友给我相看，回去不久，他们就结了婚。随着家里经济条件的改善，叔叔明显来我家的次数多了。有时一年能来三四次。叔叔是一个喜欢喝大酒的人，一顿午饭能喝到下午三四点。这样的事情过去其实也发生，但因为是在年关时节，大家都闲，所以不怎么让人在意。有一次，叔叔来的时候正赶上秋收，一顿饭总也吃不完，害得父亲母亲没法下地干活。真正的抱怨就是从那时开始的。父亲第一次没有陪完这顿饭，就黑着脸起身离座了。叔叔醉眼迷离，一个劲地问大哥哪去了。没有人回答他，仿佛叔叔的话根本不值得回答。秋收的忙乱在我家尤其显眼，别人家的活计能拉开空当，我家则是集中在两三天内收完种完。因为窑厂还等着父亲淬火，父亲摔了一辈子砖坯，忽然无师自通地学会了烧窑淬火。淬火是技术活，就是把砖坯烧成熟砖，然后通过淬火变成青砖或者红砖。父亲从没失过手，如果失手，则变成夹生砖，青砖不青，红砖不红。

有一天早晨，霜雪让土地长了一层白毛毛。全家人都起床了，父亲却还在炕上躺着。母亲觉得奇怪，父亲应该是全家起得最早的人。母亲过去喊他吃早饭，父亲没有动静。用手拨拉一下头，父亲还是不动。母亲慌了，赶忙找车把父亲送到了附近的医院。我们那个时候才知道医学上有个名词叫脑溢血。好在父亲病得不重，输了几天液，人就转过来了。姐姐闻讯来住娘家，我们俩商量给父亲做点什么好吃的。姐姐说，父亲爱吃馄饨，我们包些馄饨吧。于是和面剁馅，包了馄饨给父亲送到了医院。父亲吃了一个，说，这是馄饨么？这就是没尖的饺子。说完，把筷子放下了。我和姐姐面面相觑，都不知道怎么办。别说做馄饨，我们甚至都很少见馄饨。我们做的馄饨就是比照饺子做的。有一次叔叔到我家来，面条锅里下了几个馄饨，是他教我们包的。当时父亲对馄饨赞不绝口。

父亲在家歇息时，不停地长吁短叹。他一辈子没有这样无所事事过，面对突然出现的大片空白时间很不适应。他总是很烦躁，而烦躁对病情没有好处。母亲跟我商量，要不让你叔叔过来陪陪他？我也觉得这是一个好办法，叔叔会说话，父亲喜欢听他说话。叔叔如果能抽时间过来陪他几天，父亲一高兴，说不定病就好了大半。

我平生第一次到大队去打长途电话。电话机是那种带手摇柄的。先要了乡里的总机，再要松山煤矿，再要机修车间。我坐在排椅上等着。每次电话铃响我都心惊肉跳。拿起来听，是别的电话打进来的。广播喇叭喊谁谁来接电话，我就担心得不行，害怕把我的电话冲没了。大约过了一个多小时，电话又响，我拿起听筒，只听里面有个女声说，机修车间来了。我内心一阵狂跳，听到里面有人喊李海的名字，我激动得都要发抖了。我用很大的力气告诉叔叔，父亲病了，叔叔如果有时间，快过来看看他吧！叔叔问病情重不重，我说是脑溢血。叔叔说，有生命危险吗？我怔了一下，怕叔叔不来，果断地说：有！

可叔叔的到来并没有让父亲哪怕有一点点开心。他让父亲喝酒，父亲不喝；他让父亲吃饭，父亲不吃；他让父亲吃药，父亲也不吃。父亲的厌烦摆在了脸上，他总是把脸朝向里面，侧着身子，把后脑勺对准叔叔。两条腿编着十字花，我甚至能感觉到他赌气般的一动不动。叔叔一个人坐在炕头喝酒，喝得有滋没味。他只在我家住一宿，就匆匆回去了。母亲送他出了院子，我送他走到了河堤上。堤面上长满了父亲接送他的脚印，可惜那些脚印都被岁月的尘埃埋没了，肉眼看不出来。但那些脚印一趟趟的，都在我心里。从我家到河堤那五十米，叔叔没有说什么，我也觉得无话可说。不知为什么，就有一种叫作隔阂的东西自动生了出来，阻碍了我和叔叔的交流。叔叔临走说了两句话：自贡哥哥的工资比他还高。海棠妹妹的一双鞋子花了两百多。我默然。我不知道叔叔说这话是什么意思，不管什么意思，这话茬都让我没法接。

　　现在想一想，这里面应该有嫉妒吧。

　　叔叔这次又是空手来的，而且没有撂下一分钱。过去是因为穷，现在叔叔已经富裕了，再这样一毛不拔，连我都有想法了。但我的想法不会对任何人说。我不说，家里人谁都不说，但我相信，谁的心里都是这么想的，包括我父亲。父亲这次态度如此冷淡，我不用猜也知道，原因就在这里。

　　那天，久不联系的老叔来我家，他是听说父亲有病特意上门来的。老叔给父亲放了二十块钱。一张十块的，两张五块的，都有许多褶皱。二十块钱真是不多，可那是老叔的心意。老叔是庄稼人，两儿一女过得都不好。大儿子信神，每天祷告念经，经常吃了上顿没下顿。女儿嫁在了当庄，年纪轻轻就得了脑血栓。老叔一辈子土里刨食，看上去比父亲还要苍老。老叔坐在炕沿上，几十年的干戈都成了书里的故事。父亲一

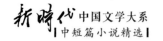

下子眉目舒朗，二十块钱仿佛就是一座桥，连接了以往所有岁月中的坑坑洼洼。那些坑洼原来只值二十块钱，稍稍有点心情就可以填满。那晚老叔想回家吃饭，父亲说啥也不放他走。母亲炒了两个菜，父亲不喝酒，可他看着老叔喝。父亲的眼里都是情愫，似乎老叔是一朵花，怎么看都还嫌不够。老叔喝着喝着就掉了眼泪。爷爷奶奶去世他都没有过来磕头，不知道老叔的心情是不是与这些有关。

12

叔叔就像一个疖子长在了父亲的心里。父亲再也不提他，有时我们不小心谈到他，父亲会非常不耐烦。随之而来的正月初一我们甚至会提心吊胆，担心叔叔来，担心父亲给他难堪。还好，叔叔似乎从我们家的记忆里抹去了，连续几年都没音讯。面对这件事，母亲比父亲心态好。她说父亲傻实诚，宁可自己饿着也要让别人吃饱，这样的傻事你们都不要再做了。母亲说，伤人心呢。

我跟母亲认真地谈了一次叔叔。那些装满了的兜兜袋袋的花生棉花之类的东西不算，只说借钱和借粮，母亲告诉我，叔叔光钱就借了六次！最少的一次借了三十块，最多的一次借了二百八十块，差不多是父亲当窑工半年的收入。而且，哪怕是口头上，叔叔永远没提过一个"还"字！我大叫了一声，凭什么啊？叔叔是挣工资的人啊！父亲的钱都是受苦受累的血汗钱啊！我的眼泪不争气地掉了下来，我觉得，就是因为这些钱，我们让叔叔看轻了！叔叔拿到钱太容易了！叔叔拿着这些钱前脚出门，后脚说不定就去买酒了！母亲叹了一口气，说你爸是哑巴吃黄连，有苦都说不出。当年是看你叔叔穷，后来接济他都成了习惯，想停都停不下来。

罢了罢了，你叔叔家也确实困难，就他那点工资养活一家六口，自己又好吃好喝，说句不寒碜的话，连你爸的零头都不如。我还是气愤难平，说起唯一的那次去叔叔的老家送小麦，那么远的路，那么金贵的粮……可叔叔说粮食盖房用，却分明是在撒谎！

母亲平静地说："他撒谎的次数多了，我都不愿意提。"

我追问叔叔还在什么问题上撒过谎。

母亲说："他有一次借钱说给你婶婶治病，后来自己说漏了嘴。"

我说："我爸知道么？"

母亲说："你爸不信我。他信你叔叔。"

我说："他是不得不信了，就像开弓没有回头箭，他回不来了。"

母亲说："不是，他是真信你叔叔。"

我说："我们跟叔叔交往了那么多年，他当真从没拿过东西么？"

母亲认真地说："怎么没有，他第一次上门拿了一包糖。你那时小，记不得了。那时的一包糖，可真金贵。"

我一下子记起了那股奶香味，甜了我好几年。

有关叔叔的一页就这么翻了过去，三年五年过去了，叔叔没再露面。我们就以为叔叔永远不会露面了。谁知他为了照 CT 竟然来到了我家里，还拿走了我家的一本书。我家的电话号码，是他从老家的大哥那里打听来的。

13

父亲是一九九七年的冬天去世的。父亲去世那天，是他和母亲结婚五十周年纪念日。

　　我现在越来越有些迷信，就是从父亲的葬礼上开始的。老话总说生不由人，死不由人，可有些人的死亡日期，会暗合生命中的一些关键节点。这简直是一种明示。

　　父亲不止一次跟我说，他要存点钱，留给母亲用。他说母亲一辈子也是穷，但从来没有摘摘借借过，不管大钱小钱，手头从没断过。

　　母亲没有因为钱挨过"瘪"。

　　父亲的言外之意是，他百年以后，母亲也不要受穷。

　　每次听到这种话，我都很不以为然。我不耐烦地说："养儿养女是干啥用的，不是还有我们么！"

　　说这话时，是上个世纪九十年代中期，应该是在李海叔叔出现之后的事。那时孩子小，父母一直住在我家。有一天，父亲出去剃光头，回来摇头晃脑对我说，他要去窑地给人家做帮工。说好了，一个月给八百。

　　我一听就急了。说您没跟人家说得过脑溢血吧？没跟人家说因为干活摔断过一条腿吧？没跟人家说腿里还有三根钉子吧？我把父亲狠狠闹了一顿，总算让他打消了这个念头。父亲孩子样地垂着头坐在沙发里，一脸的闷闷不乐。母亲狠狠白了他一眼，说："你说话他还能听一耳朵。若是我说，他早夹着铺盖卷跑了。"

　　我说："人都七十多了，还能跑到天上去？"

　　换来了父亲的一脸苦笑，那脸苦笑里埋藏着很深的寂寞。

　　我是正在上班时被人通知父亲病危的。我打了一辆出租赶回了家，同族的二娘正往外迈门槛，见了我摆手说，二姑娘快进去看看吧，抬头纹都开了。

　　我问二娘干啥去。二娘说，招呼人，给你爸穿衣服。

父亲直挺挺地躺在炕上，显然已经是弥留状态了。我重点看了他的额头，那些皱纹果然平展了，变成了一道道的白印子，脸上虚虚地浮着一层汗水，那汗水却是冰凉的。父亲闭着眼，呼吸若有若无。我附在他的耳边说："爸，我回来了，你听得见么？"父亲全无反应。怔了片刻，我又俯下身去，说："爸，我们要通知李海叔叔么？"

父亲的眼球在眼皮底下突然骨碌了一下，随之便有一滴泪水挤出了眼角。父亲的眼泪让我心疼了，我把脸贴在了父亲的脸上，痛哭失声。母亲从另一个房间抱着寿衣赶了过来，一把把我拉开了。刚好，父亲的嘴里扑出了最后一口气。

事后母亲说，人的最后一口气扑到谁的脸上，谁一辈子都是霉运。

父亲的葬礼简朴简单。村里那时都讲究要"吹"儿，唱大出殡，穿白戴白。我们却只是一块黑纱送别了父亲。我绝口不提我跟父亲之间最后的对话，这是我们两个人之间的秘密。没人想起通知叔叔，那时离叔叔最后一次出现在我家，已经过去了五年。

我偷偷对老天说，父亲这一辈子以助人为乐，还不止是资助了叔叔一家。无论谁家有困难，只要求到他头上，他都会尽心竭力。村里那样多的人家，没有哪家的房子父亲没搁过手。父亲是瓦工，还是木匠。

如果老天有眼，就降一场雪送送他吧。

从火化场回来，天空忽然飘起了鹅毛大雪。雪花稀疏单薄，却盛大，在空中且行且舞，像在进行某种仪式一样。我把脸贴在车窗玻璃上，贪婪地看着远处的旷野。灰白的天际，麦苗蛰伏在冻土里，大雪于它是一种温暖。可我相信，大雪就是为父亲降落的，因为在送行的路上，我一直在祷告，老天一定是听见了我来自心底的声音。

去往墓地的路上，六岁的女儿一直紧紧牵着我的手。我问："你知道什么叫死亡么？”

女儿干脆地说：“知道，死亡就是埋坟。”

倒退几年，父母看我的眼神是忧伤的。他们从不抱怨，但心底的一些想法，会通过注视我的神情流露出来。因为我没结婚，又事业无成。虽然各类文字总在发表，但对我的生存状况没有丝毫改善。我在容留我的那个村庄显得越来越古怪。一个偶然的机会，我的小说改成了电视剧，导演在跟县里领导谈协议时信誓旦旦，说这部戏能拿飞天奖。整个外景选在了离县城不远的一个山区，我却一次片场也没去。我不喜欢电视剧，也不喜欢电视剧组。天气突然冷了，他们因为发不发一件军用大衣也能吵得天翻地覆。但县里的领导喜欢，他们专门有负责联系剧组的人。这个戏结束了，我的许多问题都解决了。这许多问题包括待遇，甚至婚姻。

我得用这些告慰父亲，否则，父亲在另一个世界也会惦记得合不上眼。

日子就是那样不经过，一转眼，又是很多年过去了。

14

自从家里买了车，每年东一趟西一趟跑高速就成了习惯。听说京承高速风景好，就一直憋着想看看沿路的风景。北京城里的奥运会正如火如荼，我们风驰电掣地与五环擦肩而过，一路飙向承德。去之前，我确实没有其他旅行以外的想法，承德不过是我周边的一座城市，与其他城市没区别。临行前，司机严先生提醒我，想想承德有没有要见的朋友，给人家带份礼物。我当时手头正给一件外套缝纽扣，多少有点不耐烦。我说：“就是出去溜达一圈，哪有那么麻烦。”司机严先生就是个不怕麻烦的人，当然，他还有另一个身份，我丈夫。

我又说："承德对我没有吸引力，对于我来说，那就是个从没去过的地方罢了。"

我有一句口头禅：没去过的地方都要去一下，没走过的路都要走一走。

站在承德最繁华的一条大街上，我忽然有些恍惚。这些景物我熟悉，似乎在哪见过。高楼，公园，电影院，点心铺子。时光荏苒了三十几年，它们从我的记忆深处浮现了。似乎是，三十几年前它们已经是这个样子了，不曾有过一丝一毫的改变。没用费力气，我就知道了这种熟悉的感觉来自哪里，这座城市曾经让我做过梦，那些曾与许多小伙伴分享的梦，一直储存在儿时的记忆里。也许她们都忘了，但作为做梦之人，我不但没忘，年龄愈大，记忆反而愈清晰了。

那些梦当然与李海叔叔有关。

当年明明知道李海叔叔的家在深山区，可我却对小伙伴说，叔叔一家住在大城市，有很高的楼，有很大的公园，旁边就是电影院，婶婶在商店卖点心，家里的点心可以当饭吃……那座我梦中的城市，就是承德。眼下我置身在车流人流中，想起了很多遥远的往事。我踢毽子，周围有很多小朋友，他们都对叔叔和叔叔的家人充满了好奇……我想不明白我自己，小小的年纪为什么要撒谎，仿佛是，那种虚荣与生俱来。叔叔一家住在城市或住在山区，与我或我的小伙伴们有什么关系？用现在流行的话来说，真是一毛钱的关系也没有！

叔叔因为住在城市会更被人额外尊敬？或者因为叔叔住在城市我会被人高看一眼？是的。当那块奶香味的糖被我咬成很多块分发掉，它来自城市或来自山村，给人的感觉是不一样的，这一点我有理由相信。因为首先，它给我的感觉就不一样。一颗来自深山沟的糖果，在大家的嘴里，味道会淡很多。事过多年，我仍然清晰地记得当时的场景，童年的伙伴

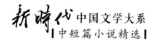

多头和二灯，分到芝麻那样大的糖块也欣欣然。如果她们知道我在糖果的出身上打了掩埋，就是把整块的糖果含在嘴里，她们也不会觉得多么甜吧。

是的，一定是这样！

可我们家欢迎叔叔，并不是因为叔叔来自哪里呀！我还记得那个傍晚，我被叔叔牵着手去菜园找父亲，父亲正在给烟叶掐尖儿。我眼疾初好，发现叔叔高身量，白皮肤，重眉大眼，大背头一根不乱，穿一身毛蓝色的中山装，完全是一副干部派头。我的喜欢溢于言表，而那时，我对叔叔的背景还一无所知。

等等，这些表象莫非是在说明，叔叔自己就是自己的背景？我喜欢的不是叔叔，而是叔叔的背景？我是因为喜欢叔叔的背景而喜欢背景中的叔叔？

故事就是在行进的过程中人为地增加了原料和底色。我从自己，想到了父亲。父亲对叔叔的感情，初始肯定源于自然，但往深里走，也添加了自己的元素也未可知。那年复一年的等待和迎接，现在想一想，是过于隆重和热烈了。叔叔就像一件展品，或一道大餐，或一个品牌，成了若干年里我们家正月初一的标志。有了这个标志，我们家才在众乡邻中显得不同，甚或，增加了几许荣耀。叔叔也一定从这种标志性的身份中悟到了什么，逐渐偏离了自己的航道也未可知。

于是叔叔之于我们家，或明或暗地成了一个象征。

我突发奇想，这其实更像一个合谋，把一份原本淳朴、纯洁、纯粹的情感扭曲了，变异了。时间是经，故事是纬，所有的人物穿行其中，都在随着经纬度的变化而产生裂变。只是那种裂变不是我们理想的方向，于是众多想法彼此纠结，成了解不开的死疙瘩。叔叔最后一次来我家，喋喋不休地说海棠妹妹一年买了五条裙子，潜意识里除了炫耀，也一定是在校正自己的身份。我们那时还在探讨叔叔有没有带来空兜子，事实上，叔叔早就从那种境遇中走了出来。他执意住在我家，不顾我父亲的冷眼，是不是一种最大限度地表白？甚或，他是蓄谋已久、下定决心来做最后的亮相？

再或者，他根本没有去照CT，照CT只是个借口？

我觉得眼前豁然开朗。

车子停在了马路对面，严先生从驾驶室里探出头来，像风一样朝我招手。我知道他是想让我上车，但我此时有了别的想法。我拦住一个行人问，你知道保安公司在哪里么？隶属公安局分管的保安公司。这是海棠妹妹的单位，叔叔最后一次来提了那么一句，重点强调了公安局。我没想记住，却留在了记忆里。我计划问三个人，只问三个人。如果三个人都摇头，我就上车走人。那人刚从一家手机专卖店里出来，看了看我，一转身，指着身后说，喏，那不是？我说，哪个是？他说，那个蓝牌子……那么大的牌子你看不到？我真看不到，我是不相信事情会是这样巧。我问有多远，他看了看我的脚，说你走十步，走十步就到了。我说，是公安局分管的么……那人大概嫌我啰嗦，转身走了。

我计划走十步试试。朝严先生招了下手，示意他开车跟着我。于是我数着脚下的步子。果真有一块白底蓝字的牌子，大字写的是"保安公司专卖"，边上还有一行小字，写的是"承德市公安局"的字样。我一分神，数乱了脚下的步子，但真没有比十步更远。是一处窄小的门脸，与左右的光鲜比，这里仿佛倒退了二十年。门还是旧时的那种门板，塑胶的帘子扭扭捏捏，摸上去冰凉刺手。门脸寒酸，但是觉得寒酸得有气势，因为牌子比左邻右舍都大。我进到里间，是更显狭窄的一方天地，两边

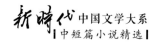

都是格子间，码放的是叠得整整齐齐的灰色保安服。原来这里是卖衣服的。一个女人面朝里侧身坐着，端着搪瓷缸喝水。长发，独辫，顶上的头发浓密，卷曲。听见动静，转过身来看我，又顺势站了起来。她的脸上似乎是笑了下，但那笑容有些羞怯，很浅，倏忽就没了。我忍着心潮澎湃，胳膊肘支在柜台上，含笑看她。她不开口我绝不开口。她迟疑地喊了声："二姐？"就愣在那里了。我努力平静着语调说："我打这里过，随便进来看看……没想到你就在这里工作。"

生活有时候就是这么有意思。有些寻觅踏破铁鞋，有些铁鞋不用寻觅。

我说："你都没怎么变，还那样。"

海棠终于找到了话说："二姐也没变。"

我说："我们有多久没见了？"

海棠仓促地说："你和大哥去我家送小麦……有二十年了吧？"

那一刻，我有些感动。她仓促应答的一句话居然是小麦，可见那次我和大哥的苦梨峪之行分量有多重。我特别想一把揽过她，跟她拥抱，跟她亲亲密密，就像小时候一样。可在心底，总有一种声音拒绝我那么做。有一种矜持在心里，在脸上，也爬上了肢体。我觉得，我应该矜持。这种矜持，是王家对李家的矜持。我有权利那么做。那一瞬间，心中涌起的是几十年的风雨波澜。我观察着海棠，她也没有跟我亲密的愿望和打算。这让我失望，很失望。既然她没有，我又何苦自作多情。我心里，淡淡地漾上来一股液体，酸的，涩的，有毒的，把我往事情相反的方向左右。许多年了，她没有主动给我写过信，没有给我打过电话。她是李家人，她是做妹妹的，无论从哪个角度讲，主动的都应该是她……可如今，站在她面前的反而是我，我除了矜持找不到适合的表情。

我说："送小麦不是最后一次，还有那次你带男朋友去我家……"

海棠有些窘，赶忙说："忘了忘了。可不是，那回是最后一次。"

我们的对话隔膜到毫无温度，就好像每天都要碰面的陌生人，打不打招呼都不影响彼此之间的距离。但我看出她有些慌，扑过去拿手机时，碰翻了脚下的凳子。电话接通了，她背转过身去，小声说："大爷家的二姐来了，你还记得吗？是大爷家的二姐，天津的……你快通知腊梅和自强……"这个电话应该是打给她丈夫的，我猜。海棠随后又摁了电话，这次声音放开了，敞亮地说："哥，大爷家的二姐来了，在我这里呢，你赶快过来吧！"

15

见到自贡哥，那种熟稔的感觉终于回来了。我们甚至抱了抱，是自贡哥主动的。他还开玩笑说："妹夫不吃醋吧？"自贡哥是典型的官员体态，胖了，肚子撅起来了，眼睛让酒精泡浑浊了。自贡哥对严先生说："没有大爷就没有我们一家的现在，我们嘴上不说，心里其实都明白。"严先生自然也知道自贡哥所说的大爷是谁，他见过李海叔叔。曾经因为李海叔叔住在我家里，三更半夜跑到单位找住处。我发自内心地笑了笑，说："过去的事，不提了。"自贡哥说："咋能不提呢？这些年两家少来往，但我们从来没有忘记大爷大娘。"他问大爷大娘身体可好。我说，父亲几年前去世了。母亲在老家跟大哥一起生活，她喜欢住家里的平房。自贡哥说："跟我的老爹老娘一样，死活不肯离开那个穷山沟。"

腊梅和自强都拘谨，他们一个工作在物价局，一个计生委。我问最小的弟弟自奋现在怎么样。自贡哥说，自奋最滋润，当年招工顶替去了松山煤矿，可很快就从那里下岗了。现在自己在老家当老板。去年新盖

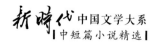

了一溜大房，给套别墅也不换。

自贡哥问，你们是不是刚到？我说刚到。自贡哥说，海棠赶紧去请假，我们陪他们两口子到处转转。我赶忙说，不用麻烦，我们自己随便走走就行，你们忙你们的。自贡哥说，这哪行，到了我的地盘，就得听我的。

自贡哥上了我们的车，坐副驾驶。三辆车浩浩荡荡往避暑山庄走。路上我问自贡哥，叔叔婶婶身体怎么样。自贡哥说，叔叔三年前得了脑血栓，一直瘫痪在床。婶婶就是受累的命，过去家里穷，缺吃少穿。现在家境富裕了，又要伺候瘫子。叔叔身体不行了，脾气却越来越差，不是哭叫就是骂人，吵得四邻不安。

我说："叔叔今年也才七十六岁，跟我母亲同龄，都是属狗的。"

自贡哥说："他总是喝大酒，不把身体喝垮不罢休。"

车内短暂地沉默了会儿。自贡哥扭过身来对我说："二妹，我们从来没有忘记大爷大娘的恩情。真的。"

我的眼圈突然红了。父亲如果听见这句话，应该是个安慰。

严先生是个旅游迷。走进避暑山庄，就把我忘了。两个妹妹和一个弟弟跟在他后面走，不一会儿，就不见了踪影。自贡哥陪着我，我们之间隔着一个人的距离。太阳把我们的身影拉得很长，有好一阵，我们都不知道该说什么。看着气象万千的大园子，我笑了。自贡哥问我笑什么，我说，我从没来过这里，却为这里写过诗，还赚了一块钱的稿费，那是我赚的第一笔稿费。自贡哥问咋写的。我随口吟道：路旁条条翠柳，湖中朵朵荷花。如波深处笼轻纱，湖上漾舟度假。金山巍峨矗立，烟雨楼外生辉，如意洲里青松挺，游客如痴如醉。

哈哈，我自嘲。因为是发表的第一首诗，所以这么多年都还记得。

自贡哥惊奇地说，如波亭、金山、烟雨楼、如意洲，都是里面的景点，你没来过，是怎么知道的？

我说，我是听叔叔说的。他当年坐在我家炕沿上，曾经对避暑山庄如数家珍。后来我买了一块手绢，那上面是避暑山庄的旅游图，我每天晚上都看。后来上面的字都被水洗模糊了。我是没来过这里，可这里的景物，我记了一辈子。

二妹。

哦。

谢谢你。

这是怎么话说的？

当年支撑我们这个家的，除了大爷大娘，其实还有你。

我没做过什么。

那时候家里的那种难，你想象不到。我们唯一的乐趣，就是听我爸讲山外的事情。他走了，那些事情又重复讲，一直讲到他下次来为止。他每次休假回家，都会带一摞你的信，我们轮流念那些信，都被你的文采打动过。那些信装满了一个纸盒子，被我们宝贝似地收藏着。直到后来，里面住进了一只大耗子，那只大耗子又生了一窝小耗子。那些信纸，都被耗子撕碎做棉被了……自奋打开一看，就哭了。

我悲怆了一下，又笑了。信中那些幼稚到让人脸红的句子，那些像蜘蛛爬的字，每行都写不直。有些干脆是用尺子逼着写，就像有一道下划线一样。早些年若是知道它们享受了这般待遇，我会无地自容。

如今，一切都云淡风轻了。

我说，时光过得真快。

自贡哥说，那时的时光才真是漫长，我们跋山涉水去梨花镇上学，目的只有一个，能走出穷山沟，能和你平起平坐。腊梅因为不用功，挨了我爸一顿打。是用藤条打的，穿着厚棉袄，颈窝都抽出了血印子。老爸下手狠，打谁都往死里打。老爸对她说，你成绩这样差，以后谁都瞧不起你，山外的二姐也瞧不起你！腊梅说老爸偏向，带着海棠去山外的大爷家，不带她。她说若是带着我去山外的大爷家，我也会跟海棠的成绩一样好！

我扭过头去，没有让自贡哥看见我的眼泪。我们和他们，原来这样相像。一直都相互影响着，相互依存着，又相互错着位，走过了这许多年。若不是这次偶然见面，我再有想象力，也想不到这一点。

我庆幸这次的私字一闪念，让我和李家有了见面与和解的机会。

不过，话又说回来。自贡哥忽然拉了我一把，一辆汽车从我们身边快速开过，旋起的气浪吹飞了我的帽子。自贡哥赶紧跑过去捡了回来，笑着扣在了我的头顶上。他用轻松的语调说，老爹有这样那样的毛病，可是一个好老爹，一个伟大的好老爹。上学的事我刚才说了，他常挂在嘴边的一句话是：你们五个都算上，上到哪我供到哪，别管我有钱没钱，就是去偷去抢，我去做恶人。

我突然拍了一下自贡哥的肩膀。

他扭头问我干啥。

我想了想，其实没有预备要说啥。

自贡哥问我，你知道什么叫"打秋风"么？

我怎么可能不知道。我打小就知道，大概是家乡的一句俗语。我奇怪自贡哥怎么也知道。

自贡说，有些事你可能不记得了，那时你还小……

我"喝"一声，说我就比你小两岁好不好。

自贡哥宽容地笑了下，接着说，家里穷，年都过得凄惶。每年大年初一老爹都去你家"打秋风"，很多年都不间断。我们在家里眼巴巴地等，从初一等到初四，老爹从不让我们失望，有时也能等到十只煮鸡蛋。十只鸡蛋六个人分，你知道怎么才能分得匀么？

……二妹，二妹，你怎么啦？

我无论如何也忍不住想哭一场的愿望，那种感情太复杂了……到底还是忍住了。可汹涌的泪水把自贡吓着了，他惶惑地问，我说错话了？

我没有告诉他是"打秋风"这三个字刺痛了我。那几十年的等待和期盼……不是这三个字所能涵盖。就说那十只鸡蛋，也不是简单的事。冬天母鸡都不爱下蛋，有时母亲要跑几户人家去借。为了还上人家的鸡蛋，家里的母鸡不知要受多少冤枉骂……我抹了一把眼泪，摇头说不是，不是你说的那样。自贡问，哪样？我没有解释。我情愿相信，时过境迁以后，这只是自贡哥当下的语境，他的话像掠过耳畔的风一样没有分量。

——这就是我们之间的距离。我想。

我们在承德耽搁了三天，李家兄弟几个全程陪同。我和海棠的关系一直很微妙，仿佛是，我矜持，她比我更矜持。我们都是参透了彼此内心的人。吃饭，旅行，住宿，都是她跑前跑后，忙前忙后。可我却感受不到她内心的温度，她更像一个称职的导游员。这一点，让我很别扭。我主动与她攀谈，问起她的丈夫和孩子，她回答得简约而又冷淡：丈夫在人事部门上班，孩子在江南上大学。回答完，转身就去忙别的了。我思忖：莫非自己又居高临下了？那种有恩于人的嘴脸是让人厌烦。我努力调整着自己，心态，神情，脚步。我的心思总围着她在转，不知她是被我起初的矜持所伤，还是这些年形成了这样的性格。或者，她只是以

一种报恩者的心态在在尽责任和义务。想到后一点，我心里就很不是滋味。

我有些后悔，初次见面不该计较太多。

我跟严先生交换对海棠的看法，严先生说："海棠是多好的人啊，不温不火，不徐不疾，礼貌周到。是你对人的要求太高了。"

我说："我总觉得哪里不对劲。"

严先生说："你就爱瞎多心。"

谈起这两天所受到的礼遇。严先生说："过去你们总说人家忘恩负义，这次知道种瓜得瓜了吧？"

我有些心虚，说："别瞎说，谁说人家忘恩负义了？"

严先生说："当年李海叔叔在我们家喝棒子面粥，你忘了？"

我有点难为情。

我们回家的那个早晨，李家的三辆车都来了。后备厢里放满了东西，似乎是要把这些年的亏欠都补齐。我对自贡哥说，你这是干什么？自贡哥说，没事儿，现在咱有条件了。我无言地看着他们把东西塞进后备厢，又打开了车门，往车座底下塞。自贡哥说，我们这代比父辈强，赶上了好时候，他们一辈子活得太辛苦，太憋闷，太委屈。不怕二妹笑话，我们兄妹几个都参加工作了，老爹还非要跑去你家看究竟，看你们的日子过成了什么样。他这一辈子，算是跟你家摽上了。回到家来就长吁短叹，说你二妹都住上楼房了。我说老爹，你放心，将来咱也住楼房，而且一定要比二妹住的楼房高。为了让他满意，我们兄妹几个买楼都买顶楼。别管楼多高，统统高高在上。你说，这不是有毛病么？

"老爹还说了一句话，二妹你准猜不着。"

我问说什么。

自贡哥说："老爹说二妹虽然住楼房，但生活差。吃饭就吃一盆棒子面粥，还不如二十年前呢。"

我笑得收不住，却又悲从中来。

上车前，我和严先生逐一握手，腊梅跑过来跟我抱了下，因为毫无准备，我们甚至刚蹭了一下脸。海棠就在圈外垂手站着。她没有走过来，想了想，我也没有走过去。严先生跟她握手时，停留了足够长的时间。在车上坐好，扎好安全带，我揿下了车窗，重点看了一眼海棠。她真像临风的一株树一样。我挥手时，她也把手举了起来，却没怎么摇，敷衍地晃了下，就转过身走了。

车子要拐弯了，自贡哥还在朝我们望。

16

严先生笑了一下，又笑了一下。我说："你傻笑什么？"

严先生说："当年李海叔叔来咱家，是想看看我们过得怎么样。"

我白了他一眼，纠正说："不是我们，是我。"

严先生说："我说的就是你……演电影都不会有人这么编吧？好歹也是一百多里的路程呢……他那时也有七十多了吧？"

他看了我一眼，手掌用力拍了一下方向盘，"简直比写小说还出人意料！"

我看着前面弯弯曲曲的盘山路，什么也没说。

每年的腊月二十三，我和姐姐都紧着备齐年货给老叔送过去。送晚了怕他自己去市场。老叔住的还是当年二爷爷盖的那层房，屋脊都塌了，瓦楞子上长满了野草。老叔的屋子四处透风，一只蜂窝煤的炉子用来取暖，那一点点火光，看上去很可怜。老婶团坐在床上，围着两条被子。她因为腿病下不了床，一双新棉鞋摆放在床头，还是去年我买的。老婶见到我们就拉住手不放，连续几年说同一件事：我小时候在被子里围着，她在外面骗姐姐说，有人把你小妹抱走了，还不回去看看。姐姐就哇哇哭着往家里跑，每天不定要哭多少次。姐姐得意地对我说，那时就怕你丢了，明白吧？

每次从老叔家出来，我们都感叹，人老真是件无奈的事。想老叔年轻的时候，在生产队打头儿，管着全队四十几个劳动力，每天听着河对岸的火车鸣笛，或看着太阳收工。有一天是阴天，火车也没鸣笛，或者鸣笛声被风刮走了，总之老叔没听到。老叔带着这支队伍锄地，一直干到晌午歪。别人都说该收工了，老叔就是不信，老叔只信太阳和火车的鸣笛声。大家都累坏了，老叔一直都强打精神。回家的路上，老叔唱《小拜年》，一会男声一会女声，给大家解乏。人要是不老该有多好啊！姐姐慨叹。

从老叔家出来，自然就说到了叔叔。那些年，老叔是我们家的伤痛。后来，叔叔也成了这样的角色。父亲如果不是因为他们，说不定能多活些年，父亲去世那年，才七十三岁。父亲对叔叔态度的改变，自己得转多大的弯子！那真是要触及思想和灵魂啊！看到村里的老人在墙根底下晒太阳，我们都很羡慕，不知这是谁家的老人，他们的儿女多有福气啊。

姐姐问："老叔和李海叔叔见过面么？"

我沉默了。

我想起了某一年的正月初一，那时姐姐已经结婚了。老叔特意来看李海叔叔，家里贴了春联，地下都是瓜子皮儿。老叔穿着簇新的蓝布袄过来串门子，进屋就说："我来看看二弟，我来看看二弟。"

他管李海叔叔叫"二弟"。

那时李海叔叔刚进屋不久，一家子的热气都还围着李海叔叔转。因为老叔的到来，骤然就冷了。父亲坐在那里卷烟，叔叔也坐在那里卷烟。母亲、哥嫂和我都在屋里坐着，谁都不看老叔，谁都不跟他搭一句话。老叔靠在门口的墙上，一张脸羞臊得鲜红。他几乎没站稳脚跟，自言自语说了句什么，自己转身走了。

老叔走了，家里立刻一片欢欣。叔叔给纸烟点着了火，狠狠吸了一口，对我们说："还来跟我套近乎，没门！"

因为口音的问题，叔叔说不出那个"门"字的儿化音。但叔叔对老叔的态度，像火盆一样烤热了我们，我们觉得叔叔更亲了。

自贡哥经常有电话或短信过来，各种节日更是周到备至。那种殷勤让我觉得不好意思，有时候电话接通了，都不知道应该说些什么。姐姐还记着当年叔叔提到的两家结亲的茬儿，警告我别瞎联系，瞎联系不好。那天自贡哥又来电话，说有件事，不知道该不该说。我豪气地说：你说。自贡哥说，自从知道我和严先生去了承德，叔叔就中了心病，他每天都念叨我，说云丫该去看他了。说我们家兄妹几个，他就喜欢我。有一天，把婶婶说得不耐烦，婶婶说，你就死了心吧，人家不会来的。叔叔忽然把一碗粥整个扣到了婶婶的脸上，碗边儿把婶婶的眉骨磕了一个大口子，血把眼睛都糊住了。他骂婶婶是乌鸦嘴，说云丫原本是要来的，被你这样一说，人家就不来了。坏事就坏在了你这张臭嘴上！

我默默地听着，没有说什么。我能说什么呢，说什么都觉得不合适。陪着自贡哥叹了回气，就把电话挂了。后来自贡哥又来了三四次电话，都是暗示叔叔如何想我去看他的，我都没有接话茬。

　　我和姐姐住在一个小区里，三天倒有两头能碰面。有时候，我跟姐姐说闲话会说起这件事。眼下家里有车，交通这么方便，去看一下叔叔真不算回事呢。姐姐比我记仇，斩钉截铁说，不去，谁都不许去。这么多年没来往，断了就断了，还拉扯什么。姐姐埋怨我，你去承德就罢了，干啥非要找李家的人呢？如果李海不知道你去承德，也就不会有这些麻烦了。

　　我不得不承认，姐姐说得对。

　　每天的午后，隔壁都有一张小牌桌。我每个月都会过去跟人玩一两把，玩多了会有罪恶感。这天是周末，已经到了上班的时间，大家都没有结束战斗的意思。于是看热闹的拉下了窗帘，把这里变成了一个封闭的世界。就在这个时候，我的电话响了。自贡哥吞吞吐吐说："二妹，想求你个事呢。眼看就要放十一长假了，不知你有啥打算？"我脑子里转了个弯儿，把手机夹到了肩窝里，边抓牌边决定先发制人，"肯定要出门的……跟人定好了先去上海看世博会，然后再走苏杭。怎么，你有事么？"自贡哥说："是这样……你跟老爹说吧。"就听自贡哥在那端说："爸，二妹在那边跟你说话呢。你说，你说话。"电话里突然发出了"噢"的一声叫，很瘆人，把周围的人都吓了一跳。我愣住了，喊了声叔叔。李海叔叔颤抖的高音似乎是哭出来的，"云丫，你啥时来啊？我想你啊！"我说："有空就去看您。"叔叔像小孩子那样急迫，说："你定，现在就定。是明天，还是后天？"我脑海里出现了叔叔眼巴巴的样子，可我没法接他的话茬，只能假装听不见。我说："叔叔你好好的，我改天再给你打电话，我现在正在开会不方便跟你多说。"说完，把手机关上了。大家都在等我出牌，我说了声"不好意思"。牌友问我家里是不是有什么事，我遮掩说，啥事也不如玩牌大紧。

牌一直打到了晚上，然后又去喝酒，又去唱歌，回到家已经很晚了。因为在歌厅又喝了些啤酒，身上难免有酒气。严先生素来不喜欢我在外喝酒，此刻冷着脸说，你越来越像官员了。我打着哈哈说，像官员好啊，我好想像官员。严先生厉声说："你为啥关手机？自贡哥打不通你的电话，还以为你遭谁绑架了！"我点着他的脑袋，借着酒劲说，你态度不好，我拒绝跟你说话。说完，我去洗澡，把水量开到最大。蒸腾的雾气很快把我淹没了。耳边突然响起一声瘆人的叫，那是李海叔叔，隔着时空突然像警报一样回响，让我毛骨悚然。我怕冷一样抱紧了自己的肩，瞳孔慢慢渗出了泪水。

17

姐夫从工作岗位上退了下来，整天一副郁郁寡欢的样子。姐姐对我说，我们开车到哪里去转转吧，散散心。我说，想去哪里？姐姐说，去哪里都行。你们把车开到哪，我们就坐到哪。过了几天，姐姐突然给我打电话说，你不是想去看李海叔叔么？去好了。我问她为啥改变了主意。姐姐答非所问："李海吃了我多少面条啊！"

可不是。姐姐都出嫁了，有时候李海叔叔来，我也要把她接回来，就为了擀面条。李海叔叔总说姐姐擀的面条好吃。

那时姐姐的婆家离我家，足有二十里。

还是严先生开车，姐夫坐副驾驶，我们一行四人出发了。出发前，我给自贡哥打了个电话，说最近手里的工作终于告一段落，我们过去看看叔叔。说这话时，我一副完全放松的语调，不是刻意，是情不自禁。严先生批评我说话太过随意，我回敬说："你懂什么，随意才显得亲近。"

这话当然言不由衷，严先生知道我此刻心里想些什么。感觉中，自贡哥应该对我们的即将出行惊喜交加，这毕竟是他期待很久的。可他却支吾了，连着说，你们到承德来，到承德来吧。我从这话听出了推诿，不高兴地说，我们是去看叔婶，到承德干什么？你们有事就忙你们的，都不用回去。

自贡哥说："不是，二妹……"

我说："如果不方便，我们不进家，就在村头转转。"

我的话说得有点赶尽杀绝。

自贡哥无奈地说："二妹误会了，我们哪能不回去呢。我们都回去，在家等着你们。"

很多年前的记忆轻而易举就回来了。我和哥哥每人一辆单车来送小麦。那时还是沙土路，到处坑坑洼洼。我们早晨四点从家里出发，足足走到了天大黑。若不是路上好心人让搭马车，真不知道会不会被累死。姐夫惊呼，这样陡的坡你们能上来？我打开了车窗，石崖上正好闪出"半壁山"三个红色的大字，想是最近几年新刻上去的。我说，这里的坡不是最陡的，前面的闪坡岭更陡。

在车轮下，感受不到多少坡度，许是修路的时候路基抬高了。虽是九曲十八盘，但路面平整，几乎没有对头车。当年千辛万苦的奔波，如今就是踩几脚油门的事。我心里有淡淡的感伤，当年走这条路刚满十八岁，一晃就过去了三十年，可在我的感觉中，却像发生在昨天一样。沿路的村庄和景物，有的还有印象。这里没有过度开发，很多地方保持着原貌。只是闪坡岭上削掉了半座山，留出了把路拓宽的痕迹。姐夫一个劲地夸这条路修得好，空气没有污染。天蓝水绿林木森森，车在路上走，犹如在森林氧吧里穿行。

那座叫苦梨峪的村庄确实不认识了，有许多高大的房屋，还有不少别墅。整个村庄坐落在武烈河边，下面就是河床，河水淙淙流过，是一处优雅的所在。自奋的七间大房盖得富丽堂皇，我们站在院子里，都有点被那种气势镇住了。右手第一间就是厨房，比我家的客厅还大，足有三十平米。长条案上，摆放着不知多少盘碗，里面都是满满的内容。我吃惊地说：我们才来四个人……你们这是要做席面哪！自贡哥说，我们还有一大家子人呢，也不是光为你们准备的。腊梅和自强都带爱人和孩子来了，但没看见海棠。自贡哥没说海棠为啥没来，我也没问。房子有气势，居然还有几件硬木家具。严先生看见一只五斗橱就挪不动步了，他用指背敲了敲，说这是老的安梨木，不老根本出不来这么精细的花纹。我小声说，咱别小家子气好不好，好歹咱也是见过世面的。

我问自奋是怎么发的家。自奋从外窗台上拿来一块石头举给我说，二姐认识么？我接过来仔细看了下，像铁矿石一样是黑色的，但那种沉郁的黑色中，有金属的光泽。我说，这里是不是有金子？自奋说，二姐就是聪明，这就是含金矿石。我说，原来你是淘金人啊。自奋说，严格说淘金的是别人，我是管理矿山的。我说，给淘金人当老板？自奋点了点头。我问矿山在哪里，他朝北一指，说如果用脚走，得走溜溜一天。

我说，真想去看看哪。

自奋说，那就住下来吧。二姐也好好体验一下淘金人的生活。

几个房间参观完了，我才突然感到缺了点儿什么。我问自贡哥，叔叔婶婶呢？

自贡哥说："还没来得及告诉你，老爹一年前已经去世了。"

我"哎呀"了一声，刚要说"你怎么不早说"，才想起我一直没有给他机会。"婶婶呢？"我问得特别羞愧。

自贡哥迟疑了一下才说："老娘去石家庄了，回娘家了。要不打个

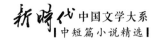

电话请她回来？"

我赶忙说："别。"

腊梅说："上周走的，下周就回来了。大姐、二姐多住几天，就赶上了。"

姐姐失望地叹息一声，说早知道这样，我们下周再来就好了。

她还没见过婶婶呢。

李家三兄弟都遗传了叔叔的喝酒基因。我们这边没人喝，三兄弟却自己斗酒闹得厉害。自奋因为是纯粹的东道主，英雄一样一口就是一大杯。自奋坐在我身边，搂着我的肩膀说，我可想二姐了，二姐是我的亲人。当年二姐临走时把蒸好的蛋羹留给了我，我多会儿想起来，心里都暖和和的。我说，我可不是故意留给你，是鸡蛋羹没蒸熟。自奋说，二姐的心思我明白，老嫌蛋羹不熟，其实就是想留给我吃。那哪里是一只蛋羹啊，是二姐的一片心啊！我想了想，确认他说的是心里话。否则一只鸡蛋的蛋羹不足以让人记三十年。

自奋举起酒杯来跟我碰，"来，二姐，兄弟敬你！"

说完，一杯酒又一饮而尽。

我劝他少喝点，自奋说，二姐三十年才来家这一次，我喝死都是应该的。说完，往后面的沙发上一靠，就打鼾了。

下午我们想打道回府，自贡哥仗着点酒劲伸开双臂挡在车前，说啥也不放我们走。姐姐姐夫跟我们商量说，大老远来的，要不就住一晚吧。严先生说，应该住两晚，这小地方山清水秀的真不错。结果晚饭又喝了起来。因为彼此熟络了，晚上的酒反而喝得轻松愉悦，姐夫和严先生端起了酒杯。大家热闹的时候，我起身离席，站到了院子里。山里的夜空没有光污染，星星都称得上璀璨。我仰头看着它们，不知道哪颗是父亲，哪颗是叔叔。现在他们老哥俩到了同一个世界，不知道是不是已经碰面，碰面了是不是彼此已经宽谅。屋里大概摔了一只茶杯，那种尖锐的声音很刺耳。我朝外走去。门口是一个下坡道，我深一脚浅一脚地走出来，突然有人喊了声：丫头。我一惊，循声望去，一个高高大大的女人在黑暗中走了过来，旋即，捉住了我的手腕。我借着星光看那人，那人一口侉侉的口音说："丫头，是我。"

我吃惊地说："是婶婶？"

天底下只有婶婶曾经叫过我丫头。

婶婶拉着我往前走，拐进一个胡同。手腕始终被婶婶捏着，我走得很不舒服。我说，我们这是要去哪儿？您不是去石家庄了么？婶婶气愤地说，我哪里去石家庄了，他们不就是嫌我丢人么。我说，您丢啥人？婶婶说，一群白眼狼，一个有良心的也没有。说着话，走进了一所院子。这里明显是个老宅院，窗子很小，屋檐下吊着许多红辣椒。走到屋里，一个年老的男人正在地下砸核桃，核桃仁已经装满了一只大海碗，看见我进来，那人顺便把碗端了起来，放到了炕上，说你吃。

地上躺了老大一片核桃皮子，看得出，那人已经砸了好一会儿了。

婶婶用笤帚扫了扫炕，说你吃，专门为你砸的。

屋里悬着一个大灯泡，亮如白昼。我周围环视了一眼，就觉得屋里的陈设仿佛让我走进了三十年前，那些个物件儿似乎都在记忆里。

那个年老的男人矮个，秃头，大圆脸，脸盘像熟透了的向日葵，有一种温暖的气息。婶婶介绍说，这是你新叔，你叔死了以后，我就嫁给他了。

我张口结舌看婶婶，发现婶婶一点都不怎么显老，与我记忆的样子没多少分别。只是鬓边的头发白了，眼神里多了许多慈祥。可也多了凌厉。婶婶右边的眉骨有一道显眼的疤痕。我指着说，是不是碗碴的？

　　婶婶用手摸了摸，说是你叔磕的。几句话不顺他就发疯，他可是好不容易死了。他再不死，我就要熬死了。

　　婶婶坐到炕沿上，抓一把核桃仁给我。婶婶说："从年青的时候嫁过来，就没过过一天好日子。不是缺吃就是少穿，大过年连顿饺子都吃不上，眼巴巴地等着从你家带回来白面。你叔晚上到，我们晚上包饺子。半夜到，我们半夜包饺子。孩子们馋啊，一年到头难得吃上一顿白面。有一次，遇上大雪天，车子骑不动，你叔一直走到大天亮，到家就像个冰人儿，手'锯链'地张不开……一大家子人，那样多的活计，从来也没有人帮帮我……你叔不会干家务活，到死都不会……现在好了，你新叔，啥活都不让我干，我每天早晨一睁眼，饭做好了给我端到被窝来，我不想起来就躺到九十点钟。孩子们看见我就像看见仇人……丫头小子都想让我跟他们过，我现在还能当老妈子，就这也得看人家的脸色……现在好了，我就是个福老太太，谁也别想挡住我享清福！"

　　婶婶在炕沿上盘起了腿。一伸手，一支烟递了过来。随后，蓝色的一簇火苗凑到了鼻子底下。新叔用圆滚滚的一只手环住火机，然后又甩了甩。

　　我说："记得您过去不吸烟。"

　　婶婶说："还不是伺候你叔那几年愁的么？"婶婶使劲嘬了一口烟，把烟圈吐了出来。又说，"丫头，你说我嫁人丑不丑？"

　　我说："这是好事啊，自贡哥应该支持。"

　　婶婶说："他支持？他把人家的门牙都打掉了。"

　　男人张开嘴，把牙上的一个豁口亮给我看。

　　我下炕，拉着婶婶说："走，婶婶跟我回家。他们不能这样对待您。"

　　婶婶说："那不是我的家，我不去。"

我说："您的儿女，您不想他们？"

婶婶说："不想。他们不想我，我也不犯贱。"

我想了想，说："要不这样，您二老今天就早点歇着。明天一早，我和姐姐、姐夫一起来看你们。"

婶婶说："不用过来了，我在街上偷偷看你们一眼就行了。"

我说："不行。"

18

炕太暖和。我和姐姐一个在里、一个在外躲开了烟道，还是热得睡不着。见了婶婶的事，我和姐姐说了。姐姐和我一样，心中许多块垒一下子就被婶婶关于饺子的话冲没了。婶婶当年放弃大城市的工作来这个山旮旯，这一辈子的艰辛谁能体会，连叔叔都不能。我们商量明天怎么办。姐姐主张偷偷去看婶婶，给婶婶放些钱。我说，不行。婶婶不丢人，我们也不丢人，凭啥偷偷摸摸呢？我们就要大大方方去看。姐姐说，就怕因此让婶婶为难。我说，婶婶为难的日子已经过去了，自贡哥把那个老新郎官的门牙都敲掉了。我说得怒气冲冲，从被子里坐了起来。"自贡哥是政府官员，居然能做出这么没品的事，气死我了！"姐姐也坐起了身，说自贡是不怎么样。最不该把婶婶藏起来，让我们大老远来的见不上面。我说，婶婶还是有勇气的人，敢于把事情说出来。姐姐说，她就是勇气太大了，否则当年怎么会跟李海叔叔跑到这个兔子都不拉屎的地方。我说，现在可不是兔子不拉屎，是兔子爱拉屎了。不信明天早晨到武烈河边看看，保准到处都是兔子屎。

悲伤的氛围一下子就被几句戏谑冲淡了。我问姐姐："爱情到底是个什么东西，婶婶这一辈子，似乎就是为了爱情活着的人。"

姐姐说："屁爱情。她就是傻，被人骗了还帮人家生孩子。"

我"噗嗤"一声笑了，说："现在可是生不出来了。"

晚上睡得晚，早上都起不来。太阳出来老高了，一幢房子里还静悄悄的。我和姐姐几乎一宿没睡。姐姐想出去转转，我说，千万不能出去，婶婶肯定在外面候着呢。姐姐说，那不正好？我说，等自贡哥起来，我们大大方方去看婶婶，看他怎么说。听见院子里有动静，我和姐姐穿戴整齐出去了。自贡哥在院子里伸懒腰，腰向后闪，更显得前边像扣了一口锅。

自贡哥热切地说："这么早就起来啦，怎么不多睡一会？"

我含笑看着他，"我昨晚碰到婶婶了，我们先去看看她。"

自贡哥脸上的肉突然痉挛了一下，整体往下拉了一公分。他梗着脖子喊："自奋，自奋！"自奋应了一声出来了，边走边往衬衣里伸袖子。自贡哥说："你陪大姐他们到前院去。"自奋还想装傻，"前院……"看到自贡的脸阴得要下雨，一拧脖子，"我不去。"我说："不要你们陪，我认识路。"说完，拉着姐姐走出了院子。

来到了外面，我用电话叫醒了严先生，告诉他喊姐夫一起出来，我们去看婶婶。严先生说，婶婶不是去石家庄了吗？我说别废话，快点出来。我们四个人走进那间屋子，就像罐头一样把里面装满了。婶婶慌得不知拿点啥东西给大家吃好，那种感觉，真是像极了三十年前。

婶婶一直都在跟我们说叔叔。在她的嘴里，叔叔简直是个混世魔王。尤其是有病瘫痪的那几年，他唯一的乐趣就是折磨婶婶，每天伺候他吃饭，婶婶就伤透了脑筋。婶婶做了什么，他不吃什么。然后就嫌婶婶不好好伺候他，敞着嗓门骂，半个村庄的人都能听得到。婶婶还得提防他什么时候动手伤人，掐一把，杵一拳，或者随手拿到什么东西就朝婶婶的头上砸。伤不到婶婶，他就几天不出好气。如果伤到了，让他见着了血，他会得意地高兴大半天，就好像自己很有作为一样。

姐姐说，叔叔这样不正常，还是因为有病吧？

那个新叔叔插话说，他就是成心的。

我看了他一眼，他说的话我不爱听。我推心置腹地说："自贡哥给我打了几次电话，我都抽不出时间来看叔叔。唉，不知道叔叔的病情这么严重，否则，我说啥也要过来看看他。"

说完这话，仿佛有谁在揪我的后脖筋，我突然有些心慌气短。

婶婶说："对了，他就是天天念叨你，一天到晚说云丫头要来了，云丫头要来了。那天自贡说让他跟你通电话，可只通了一下，就再也不通了。自贡说你那里有事，可他不信，说自贡和手机合伙骗他，愣是把手机要过来，朝着玻璃窗砸了过去。结果手机摔坏了，玻璃窗也砸碎了。自贡一生气回承德了。他就整天哭啊闹啊不吃饭……"

我想起了那天的午后玩牌，听到了叔叔的一声叫，很瘆人。叔叔叮问我什么时候来看他，我匆匆说了几句谎，就关了手机。现在想来，连我那几句谎话叔叔也未必听到。此刻我的脸一定很红，可我淡定地问："叔叔到底是什么时候去世的？"

婶婶说："你先听我说……有一天晚上，他突然说想吃元宵了。我说这不年不节的上哪里去弄元宵？找了几家都没有黏面，你叔说，天津大哥家有，你去他家拿。我说你这是扯疯呢。天津离这里一百多里地，我咋去拿？我从来也没去过那里，也不认识道儿哇！他就不依不饶地又哭又骂，足足折腾了一宿。转天，我只得让自贡从承德送过来。第一个元宵，他吃得好好的。炉子上的水开了，我把元宵碗放到了炕沿上，转身去倒水。我倒水的空儿，他抓了两个元宵一下子都放进了嘴里，伸着脖子往下咽，我灌完水一看，他脸都憋青了，连话都说不出来。我一看事情不好，扔了水壶就跑过来，把他抱住了。我想把元宵给他掏出来，可哪儿掏得出来啊……就这么眼睁睁着人就不行了……苦命的男人啊，我还没伺候够你啊……"

婶婶忽然放声大哭。

我和姐姐也都抹了眼泪。没想到叔叔的结局这么悲惨，被两只元宵要了性命。婶婶骂了半天叔叔，这一刻的感情流露，应该是最真实的。

叔叔在生命的最后时刻没有忘记我的父亲以及曾拿过来的黏面。那些黏面是高粱的，黏高粱。因为分得少，不值得去加工厂，加工厂碾出的面也不黏。一遍一遍推碾子碾轧是我童年悲惨的回忆，我总会想起磨道里的驴。它们可不像玉米那么好碾轧，不定要轧多少次，用箩筛多少回，比白面讲究得不是一星半点。每年春节母亲都蒸一锅黏饽饽头，里面装满了豆沙馅。剩多剩少给叔叔打包，一起打包的还有红小豆。

那些个日子原来都沉淀在了叔叔的记忆里。

我们在屋子里说话，那位新叔叔就在院子里劈劈柴，手法娴熟，举重若轻。我忽然想起了第一次来叔叔家，婶婶笨手笨脚劈劈柴的样子。眼下这些活计，终于有人替她干了。

只是，岁月走得太深了。

19

我们从婶婶家出来，不知怎么的，气氛就觉得不对了，眼神就觉得不对了。一家人到处散落着，却没有谁看我们。自贡哥的笑脸非常勉强，说你们再住一宿吧。我和姐姐赶紧说，不了不了。我们从住的房间迅速拎出几件衣物扔进车里，然后告别。那种叫热情的情感不见了，一切都显得程式化、程序化。连告别的言辞似乎都是提前拟好的，显得特别机械。我们离开时，自己都觉得讪讪的，仿佛是，人家一直都好心待你，你却做了对不起人家的事。世界上没有比你们更差劲的了。关上车门，姐夫激愤地骂了句："连娘亲都不认，什么东西！快走快走！"可我还想看一眼这一家人、这一所宅院……我把脑袋伸到了车窗外，自贡哥虚浮的白脸在我眼前一晃而过。车子风驰电掣抛开了这座纠结了我们两代人的村庄，严先生是厚道人，嘟囔了句："我们去看婶婶，还是应该跟自贡哥讲清楚。这样私自行事，就太不给他们面子了。"

姐夫不以为然，"都是姥姥、姥爷（我父母）养大的，他们有什么面子？"

严先生说："我们这次来得这么仓促，说真的是对人家欠尊重……"

严先生摇摇头，脸上写满了遗憾。

姐姐显然不同意严先生的看法，从鼻子里"哼"了一声。

关于他们，关于我们自己，我什么也不想说了，因为说什么都于事无补。所有的事情看上去都符合程序甚至正义，但只有我自己清楚，这里面有太多的微妙不能对人言。我们这代人，到底跟父辈有着不小的差距。他们能把友谊保持几十年，我们却要通过计算才能得出结论。还不止是心态问题，应该说，骨子里已经成了一种习惯。

我主动坐到了副驾驶，是想好好看一看来时的路。这条承载了我们两家万千情感的路，如今彻底走到头了。姐姐、姐夫都发出了鼾声。我睡不着，我怎么可能睡着呢！我在想那些年的叔叔，和那些年的我们。叔叔年复一年地往我家跑，我们年复一年地焦急等待，现在回头看，感觉一切都值得回味和纪念。这样的等待，在人生中都不可复制。眼泪悄悄从眼角滑落。我想起了叔叔最后也是唯一的一次去我自己家，父亲给他冷眼能够理解，我有什么资格那么对待一位远道而来的老人呢？还别说他是我的长辈，曾经比亲叔叔还亲。他陪我走过了惶惑的青春时代，写的信如果汇集成册，可以出不知多少本书……我是两个家庭交往的最大受益者，自诩天生具有悲悯情怀……我到底是怎么了？

叔叔临终前最大的愿望就是见我一面，可我面对叔叔的这个愿望，表现得足够自私和冷酷。这次的苦梨峪之行成了一面镜子，我好像一下看清了我自己。

难道虚荣与虚伪是一对孪生姐妹？

天空灰白，像是有雨似下非下。车到闪坡岭，我无意中朝车窗外看了一眼。见有个人骑辆老旧的自行车顺着路边走。那是个大个子男人，穿一件蓝工装制服。后车座上，夹了个空蛇皮袋子。我突发奇想，倒退几十年，这不就是李海叔叔么！我揿下了车窗玻璃，见那人不紧不慢蹬着自行车。到了坡顶，突然飞也似的滑了下去。

城 市 文 学 卷

飞来飞去

东 西

1

深夜，熟睡中的姚简被手机的铃声吵醒，同时被吵醒的还有他的夫人。他带着不祥的预感接听，果然，听到的是一串哭泣。这在他的意料之中，又仿佛在他的意料之外，心里紧张悲伤之余竟然还夹杂着一丝丝不那么体面的解脱。他需要确认，哪怕是明知故问，于是，便在姚久久一时半会儿尚不能中断的哭泣中很不礼貌地插了一句"到底怎么了？"，似乎还抱着出现奇迹的幻想。"叔，奶奶上呼吸机了。"姚久久一边哭泣一边说。不是最坏的消息，他想，但愿没那么糟糕。他详细地询问母亲的症状后挂断电话。夫人问："怎么办？我们一起回去吧。"姚简说："疫情这么严重，回国的航班几乎熔断，去哪里搞机票？"夫人说："再难搞也得搞，你妈可就你这么一个后代。"

姚简在网上查询航班，找到一趟从纽约直飞广州的，立刻就订了三张。但第二天航空公司来电，说："疫情原因，航班取消，要不要订一周后的？"姚简在网上又搜了一遍，没找到直飞的，便续订。可第三天，航空公司又来电，说："一周后的航班也取消了，要不要续订半个月后的？"姚简想你这是在开玩笑吗？半个月后回去，加上二十来天的隔离，我还能见到活着的母亲吗？他拒绝了续订，开始托熟人找关系，高价求购飞回中国的机票，包括但不限于直飞。

等机票期间，他每天都跟姚久久视频通话，每次通话他都让她把手

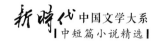

机视频凑到母亲的面前。"妈妈……"他在视频里呼唤。不戴呼吸机的时候，母亲的眼睛会努力地睁开一道缝，吃力地盯住视频，一点一点地舒展面肌，试图给他一个好脸色，但舒展着舒展着，眼看一丝笑容就要浮现却突然一动不动，仿佛静止一般，虽然还有舒展的企图却已经没有了舒展的才华。而大多数时间里她都在昏睡，无论他怎么呼唤她都没有反应，就像地面呼唤发射到外太空的失灵的探测器。

一周后，母亲的病情略有好转，能对着手机视频说话了，但每说几个字便停顿一会儿，仿佛挑重担的人需要歇气。她说："仔呀，妈想让你赶紧回来，但又怕一时半会儿死不了。每次我病重你都回来，可每次你回来我都没死，你飞来飞去的都飞累了。要不再观察几天？看看病情走向，如果实在挺不住，我再让久久通知你，你再回来不迟。"其实，她何尝不想让他马上回来，而他又何尝不想立即回去。

又过了十天，他买到一套高价票，该票先由纽约飞伦敦，再从伦敦转机飞上海，然后从上海转机飞 N 市。他把这套机票打印出来放在客厅的茶几上，一家三口像饥饿时盯着面包渣那样盯着，谁也不吱声。夫人想我是第一个必须放弃回去的，因为我跟婆婆既无血缘关系又无共同的文化背景。儿子想我出生于美国新泽西州，不是奶奶带大的，即使我回去也不是她最大的安慰。

"那么，只能是我一个人先回去了。"

"请代我向妈妈问好。"

"告诉奶奶，我非常非常爱她。"

"谢谢。"

2

姚简隔离完毕，姚久久把他从宾馆接到医院。他蹑脚走进病房，看见母亲静静地躺在床上，鼻孔插着输氧管，脸庞比视频里的至少瘦一圈。他俯身把脸贴到她的脸上，轻轻地叫了一声："妈……"她嘴唇嚅动，眼睛微微一睁，想举手却没有力气举起来，两行泪从眼角艰难地沁出。她等久了等累了，还在他隔离期间就昏睡过去了。

面对没有声音的母亲，他很不习惯，像走错了地方似的。以前他每次回来，耳朵里房间里走廊上轿车内到处都是她的声音："过得好不好？""累不累？""想吃点什么？""怎么瘦成这样了？"一连串的问句像叮叮当当的打铁声此起彼伏，根本没给他回答的机会，仿佛问只是为了问而不是为了要他回答。他把姚久久支开，一个人坐在床边陪护。真安静，现实中的声音都消失了或者说被他屏蔽了，过去的声音争先恐后："别哭，爬起来。""加油，你会考上的。""留学？那是妈妈梦寐以求的事。""但是，你吃得惯西餐吗？""虽然我不适应洛莉，但只要你喜欢就行。""姚旺长多高啦？""你爸走了，就剩下我了。""美国，我去那地方干什么？人生地不熟的，除了给你们添累，弄不好还给你们添堵。""妈理解，你只要一年回来看我一次就行。""不寂寞，妈有妈的生活。"

经过一阵回忆的轰炸，他出现了暂时失听，就像飞机降落时因气压改变而出现的暂时失听，世界又安静下来。仿佛是为了配合听觉，窗外的光线一抖，突然暗淡，就像被谁动了亮度开关。走廊外的花圃，怒放的鲜花因光线的忽然暗淡反而凸显它们的艳丽，有三团红、三团黄，还有两团紫，远远地看着就觉香。他下意识地抽了抽鼻子，觉得不对劲，竟然闻到了一股朽味，以为是下水道或过期食物发出来的，但经过仔细检查才发觉朽味来自母亲的身体。

他很生气，打来半桶热水，先用香皂把毛巾洗干净，再用毛巾给母亲洗脸，抹身子。抹身子时，他才知道母亲的瘦超乎他的想象，瘦得身上的骨头都硌他的手了。瘦是因为她长期患病，但她的指甲为什么会那么长？说明姚久久没有尽到护理的责任，竟然不给母亲勤剪指甲，简直是……他想骂人，但话到嘴边却很绅士地咽了下去。他从床头柜里找出指甲剪，一边给母亲剪指甲一边问："久久多久给你洗一次澡？"母亲没反应。他知道她不会有反应，但这并不妨碍他的自言自语，也并不妨碍他把一年多来想跟她讲的话讲一遍。

傍晚，姚久久来了，她带来了晚餐和母亲的干净衣服。晚餐是给他带的，母亲已经断食，全靠输液维持生命。他没食欲，坐在一旁看她给母亲换衣服。他说："你没闻到奶奶身上的气味吗？"她说："这叫老人味，老了你也会有。""也许吧……"他岔开话题，"要是当初她跟我去美国，哪至于这样，没准连这个病都不会得。"

"到了美国就不生病了吗？"

"那倒不是，也许那边的环境对她更有利……"

"不可能，"她给母亲换上干净的衣服，"看看你们感染新冠病毒的人数，就知道奶奶没跟你去多幸运。"他震了一下，没想到她从这个角度思考问题，更没想到她把他划为"你们"而不是"我们"。他不想默认，也想把憋了又憋的话痛快地说出来。他说："你多久给奶奶洗一次澡？"

"天天都洗。"

"多久给她剪一次指甲？"

"天天都剪。"

明摆着的谎言她却振振有词，好像撒谎的是他，甚至还让他产生了羞愧。他本想用外交辞令，但看着她那副抵赖的模样，顺嘴说了一声："Shit！"也许是美剧看多了，她竟然听懂了，把被单重重地一抖，坐在床边生气，说："叔，你是不是一直怀疑我没有好好照顾奶奶？"他当然怀疑，但他一直没捅破这层窗户纸，直到现在也还在犹豫要不要捅破。"如果你怀疑，你可以另外请人。"还没等他想好词，她先说了。"每月一万元人民币，相当于你们大学里四级教授的工资，难道你就不想挣这个钱吗？"他也下意识地把她划为"你们"。

"我宁可不挣你的钱，也不想让你怀疑；你也不要因为有几个钱，就学美国欺负我们。"

"我欺负你了吗？"

"怀疑就是欺负。"

"那你干吗撒谎？你明明没有天天给奶奶洗澡，却说天天都给她洗；明明没有天天给她剪指甲，却说天天都给她剪了。"

"奶奶这身子骨，经得起天天洗澡吗？再说她的指甲长得那么慢，有必要天天都剪吗？你不了解实际情况就不要满世界指手画脚。要说撒谎，你们美国人撒得更厉害，你们说伊拉克有化学武器，结果找到的却是洗衣粉。"

他无法辩驳。谁告诉她的？他想，当一个护工不看护理手册却天天刷短视频的时候，你就不容易反驳她了。他很想说美国是美国，他是他，但显然她不会同意他的这种切割，在她的意识里他早就等于美国了。他说："那么，我给你买的轿车呢？本来是想让你方便接送奶奶，但你却拿来做网约车，天天接单挣外快，竟然把奶奶一个人晾在病房里。"

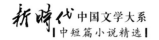
"谁告诉你的？"

"你说呢？"

"真没想到，我对奶奶那么好，她还跟你告密。"她回头看了一眼床上的奶奶，轻轻骂了一声，"叛徒。"

"简儿……"母亲忽然醒了，仿佛是被姚久久骂醒的。姚简走到床边，俯身捧住母亲的手。母亲吃力地断断续续说："别怪久久，是我叫她去做网约车的……"说完，她又昏睡过去，醒来好像就是为了帮姚久久洗白。

3

病房断断续续来了一些客人，都是姚简昔日的同学与旧交。"你还好吧？"他们反复询问、反复打量，充满了对姚简的关切与担心，饱含深深的同情，好像身患绝症的是他而不是奄奄一息的母亲。但是，也有不这么问却仍然想表达这层意思的，比如大学同学张文垂。

"哈哈，老同学……"张文垂声音洪亮，戴着两层口罩走进来。

姚简赶紧起身朝他伸手，但他没接他的手掌，而是用手肘碰了一下他的手肘，生怕握手又得洗手。姚简还在愣神，张文垂已经从床底拉出一张凳子坐下，并指着旁边的凳子说了一声"Please"，好像他是这个房间的主人而姚简是来客。姚简会心一笑，慢慢坐下，发现张文垂的印堂，准确地说是口罩以上的面部闪闪发亮，由此推断他气血充沛心情舒畅。他说："快撑不住了吧？"姚简蒙圈，想他怎么会用这么不礼貌的语言来问候母亲，难道是为了表示两人的关系非同一般？他不想回答却又怕失礼，便很不情愿地说："目前还算稳定，但不知道能撑多久。"

"再这么发展下去，死定了。"张文垂说。

姚简心头一堵，说："抱歉，你是指我的母亲吗？"

"No，no，no，"张文垂赶紧摇手，"我说的不是伯母。"

"那你说的是谁？"

"你就别装啦，我说的是……"

姚简想说"我没装，我真不知道你说的是谁"，但他像憋屁那样把这句话憋了回去，觉得辩解会让他以为他虚伪。如果这是他们做同学那些年的暗语，而自己又偏偏忘了，那岂不尴尬？于是他笑了笑，摆出一副释然的表情。幸好张文垂没追究，而是转移了话题："我知道你在那边混得不好，但前几年我即使想帮你也使不上劲。""还行吧，我觉得……"姚简支支吾吾，仍在揣摩张文垂的言外之意。

"你看你，还在打肿脸充胖子，老弟我现在可是能帮你了。"张文垂拍了拍胸口。

姚简又被他说迷糊了，不知道他要帮他什么，也不知道自己需要他什么样的帮助，眼下除了母亲病危这个难题，他几乎没有别的难题。张文垂看他没有领悟自己的暗示，便直接问："你一年的收入是多少？"

"不多，也就十来万美金。"姚简说完立刻后悔，觉得这个数虽然打了折扣，却还是怕对张文垂形成刺激，于是马上补了一句："不过，这是税前，你知道美国的个人所得税极高。"没想到张文垂一拍大腿，说："Out了，像你这样的人才，在国内年薪至少一百万人民币。""真的？"姚简惊讶，觉得张文垂还是一如既往地喜欢吹牛。但似乎是为了证明自己不是吹，张文垂掏出手机，用免提跟西江大学吴校长通话，说要给他推荐人才。吴校长问推荐谁，他说普林斯顿大学化学系的教授姚简。吴校长感叹，说确实是个人才。张文垂问他愿不愿意引进，吴校长说引不引进还不是你一句话吗？你说引进我们就立即办手续。张文垂说，像他这样的专家年薪是不是应该百万？住房是不是应该不低于一百六十平方米？家属工作也应该一并安排吧？虽然张文垂使用的是问句，但在姚简听来却句句都像命令。果然，吴校长说当然当然，此外还有一笔不小的科研启动经费，还有安家费。张文垂挂断电话，说："过去我不在这个位子上，不知道人才有多奇缺，那么老同学，这事就这么定了。"

"啊……"姚简一脸的诧异，"这么快就定了？"

"这是我一贯的办事风格。"张文垂想摘下口罩，但摘了一半又重新挂上。

"文垂，这么大的事我得慎重考虑，而且还需要跟夫人、孩子商量。"

"有啥好商量的，难道你仇恨钱？"

"那倒不至于……"姚简说完就想，他不是来看望母亲的吗？怎么突然就扯到了人才引进上？我没跟他说过要引进呀。张文垂似乎看出了他的疑虑，说："你现在就给嫂子洛莉打个电话，要不我先把她引进了再引进你？"姚简摇头，说："别，你先把引进的速度降一降，你嫂子是学美国历史的，把她引进发挥不了什么作用。"

"让她改学中国历史，让她知道我们的历史有多悠久，多博大，多精深。"

"关键是我都适应了那边的生活，况且，当初我那么渴望出去，现在一听说这边有钱就屁颠屁颠地回来，别人怎么看暂且不说，自己都觉得斯文扫地、满脸通红。"

"不怪你，当年我们支持出去，现在欢迎回来。"

"请给我一点时间吧。"姚简犹犹豫豫。

"你就是爱面子，放不下身段，不愿意接受我们强大这一事实。"张文垂不耐烦了，起身徘徊，忽然灵光一闪，指着床上说，"难道你就不想回来陪陪母亲？她可是为你奉献了一辈子。"

"当初就是她劝我出去的。"

"现在她的态度变了，不信你问。"张文垂走到床边，提高嗓门，"伯母，你想不想让姚简回来工作？"

"想……"母亲回答，调门还挺高，"那么好的条件，为什么不回来？"

"我说对了吧。"张文垂一击掌。

姚简羞愧地低下头，他没想到母亲竟然醒了，竟然听清了他们的对话。先不说自己回不回来，但至少"回来"这个议题让母亲的心情有了好转。

4

一天，姚简在给母亲洗脸时，她突然把毛巾推开，说："你服侍我这么久，是不是烦了？"姚简说："你给我尽孝的机会，高兴还来不及。""那你能不能回来工作？"母亲认真地看着他，目光里有一丝久违的明亮。姚简不敢回答，生怕影响她的情绪。他想，不是说回来就能回来，就像移栽的树，已经把根扎在新的环境，要想再移栽一次谈何容易。但母亲没有放过他，说："只要你回来，我至少还能活十年。"姚简想如果你能再活十年，那我就是绑架也要把你绑架到新泽西州去，就怕你活不得那么久，就怕你连现在的清醒都是回光返照。

"知道我为什么不愿意跟你出国吗？"母亲突然问。

"你说你不习惯那边的生活。"姚简说。

"那是托词，真实的想法是为了给你留一条后路。"母亲忽然压低嗓门，警惕地看着门口，好像这是一个害怕别人听到的秘密。

"你想多了。"姚简故意提高嗓门。

　　"但从目前的形势来看，我给你留的这条后路留对了。简儿，实话告诉我，你在那边自在吗？晚上敢上街吗？小偷是不是很多？他们歧视你吗？你是不是买枪了？姚旺没吸毒吧？洛莉没出轨吧？一想到你在外面被人欺负，一想到你每天都过着提心吊胆的生活，我就整晚整晚地睡不着，后悔当初把你送出去，你看你，都瘦成啥样了……"母亲一旦有了精力就会毫不吝啬地用来唠叨，这是姚简熟悉的模式，却不是他熟悉的内容。他觉得奇怪，仅仅一年多时间不见，母亲竟然生出了这么多担心。过去，她可从不担心我在外面的生活和工作，难道是越老越敏感或是越病越糊涂？为了让她放心，他卷起衣服露出腹肌，说："这不是瘦，是结实，我每天都健身呢。你看你，都瘦得只剩下骨头了，还好意思说我瘦。"母亲露出一丝笑容，是事实被所爱的人揭穿后开心加尴尬的那种笑容。

　　"老房子我一直给你留着，新房子也给你买了一套。"母亲说。

　　"去年回来，你不是催我赶紧把房卖了吗？"姚简说。

　　"卖了你住哪里？"

　　"我又不是经常回来。"

　　"你那个张同学不是说要把你调回来吗？"

　　"前天，吴校长找我谈过引进的事，我已经拒绝了。"姚简觉得有必要跟她说实话，否则会增加她无端的期盼。

　　她叹了一口长气，仿佛在为他也为自己惋惜，她说："你连房子都没有，你住什么地方？晚上睡桥洞吗？"说着，她的眼眶忽然湿了。她不停地抬手抹泪，悲伤得像个孩子。他说："请你放心，我在新泽西住的是别墅。""你的别墅是租的，我这个有房产证，有房产证的住着才像一个家。"她似乎又回到了清醒状态。他说："我买得起别墅，只是不想买而已，租来住更划算。""又骗我，物价那么贵，你买得起个鬼。你骗别人也就算了，怎么连妈都骗？"她好像又糊涂了。

"我没骗你。"

"你骗我，你一直都在骗我。你骗我说你生活幸福，有房有车有钱，可我一眼都没看见。其实，你什么都没有，一点都不幸福，你就像莫泊桑小说里的叔叔于勒。你骗我说不想回来工作，其实你想回来，只是放不下架子。"

"我的状况我清楚，你不用担心。"

"你不清楚，你好糊涂……"

沉默。他不想跟她争执，知道再怎么争执也改变不了她的看法，因为她似乎在绝症的基础上又叠加了阿尔兹海默症。也许是说累了，也许是对姚简深深地失望，她突然感到胸闷，忽然就不想说话了。护士给她插了输氧管，她安静地躺在床上，她的安静让姚简好一阵不适应。深夜，姚简感到困倦，便伏在床边打盹。醒来已是凌晨四点，他抬头一看，母亲没了呼吸，输氧管已从鼻孔拔出，被她的右手紧紧地攥着。

5

处理完母亲的后事，姚久久开车送姚简回家。车上，姚久久说："叔，我知道是你偷偷拔了奶奶的氧气管。"姚简气得面红耳赤，心脏差点停摆。他舒了一口恶气，说："你的想法比蟑螂还脏。""不止我，所有的亲戚都这么认为。"姚久久双手握着方向盘，仿佛握着真相。"我为什么要拔她的氧气管？难道我就不希望她活得更久一点吗？"姚简按下车窗，急迫地呼吸着外面的空气。

"因为你不想飞来飞去，不想影响你回美国挣钱，不想再支付护理费。"

"停车。"姚简近乎呵斥。

姚久久把车"吱"地停住。"从今以后，再也不要让我见到你。"姚简指着姚久久的脑门一字一句地说完，才打开车门钻出去，"嘭"地把门摔回来。"忘恩负义，我跟你绝交，我们全家都跟你绝交。"姚久久怼了一句，"呼"地把车开走，好像车比她还生气，好像车不是姚简给她买的。姚简愣住，想为什么会有这么多的误解？去年回来时不还是好好的吗？他孤独地站了一会儿，百思不得其解，便朝家的方向走去，一边走一边想，还有谁能相信我？白小鹃，他突然想起了他的初恋女友。

他约白小鹃在茶庄见面，等待期间，他隔着落地玻璃窗看了好久的草坪和湖水。草不是当年的草，水也不是当年的水，但他假装它们还是当年的，只承认周围的树长粗了，长高了。"我知道你的婚姻不幸福。"忽然传来一个女声。他扭过头来，看见白小鹃坐在对面，脸上还是当年那种高高在上的表情，好像她是上帝专程派来俯视他的。虽然他反感这种俯视，却又不得不承认因为她的漂亮而稀释了对她的反感，就像在硫酸里加碱稀释其伤害性。没想到她还保持着当年的脸型与身材，皮肤依然白里透红，就连眼角和脖子也没什么皱纹，也许是因为一直单身，也许是因为注重保养，她看上去显得比实际年龄至少年轻十岁。他一边观察一边想，她怎么一落座就说我的婚姻不幸福？是掌握了确凿的证据抑或是猜测？洛莉不是挺好的吗？她既有事业心也有家庭责任感，平时说话轻声细语，哪怕我说了不对的观点她也总是无条件地先说"OK"，然后再找机会解释。她懂得管控情绪，从来不跟我发生因文化差异而引起的冲突。她就像我的胃，知道什么时候做中餐，什么时候做西餐，什么时候下馆子。如果硬要说我的婚姻不幸，那也只不过是在白小鹃说出来的这一刻我脑海突然产生的一个概念，因为我从来没质疑过婚姻的幸福。

"你母亲住院后，我常来陪她聊天，她有时喊我小鹃，有时喊我洛莉，有时还喊我儿媳妇。"白小鹃说。

"对不起，她的记忆出了问题。"姚简说。

"也许这是她的真实想法，在她的潜意识里一直反感你跟外国人结婚，尤其是……"没等白小鹃说完，姚简赶紧打断："母亲跟洛莉的关系很好。"

"那都是装出来的，她每次看见我，就会把洛莉的照片从手机里调出来进行比较，天哪，洛莉怎么胖成那样了？"白小鹃得意地看着姚简。姚简说："女人嘛，还是丰腴一点好，尤其是到了一定年纪之后。"

"丰腴？"白小鹃张大嘴巴，"那也叫丰腴？叫臃肿好不好？"

"这和婚姻幸不幸福有关系吗？我就喜欢丰腴的。"

"当然有关系，她之所以臃肿是因为有压力，是因为你没有给她幸福，或者说她没有从你这里感受到幸福。"白小鹃一套一套的。

"你说得对。"姚简决定妥协，这几天经历了太多的争论，他不想在离开前再争论一次，于是把茶杯小心地推到白小鹃面前。虽然喝茶能降躁（即降低狂躁），但白小鹃只抿了一口，显然茶量达不到降躁的效果。果然，白小鹃又发话了："姚简，你好可怜。"他假装没听见。白小鹃盯着他，就像狙击手通过瞄准镜盯着目标那样，盯得他的脸一阵阵辣。他扭过头，回避她的目光。她说："像你这样的成功人士，竟然连一个情人都没有，好可怜。"

"这恰恰证明我对洛莉的忠诚。"他感到自豪。

"既然你忠诚于她，那干吗还要约我出来？"

"想找你说说话。"

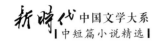

"你想说什么？"

"有人说是我拔了母亲的氧气管，你认为我能做出这样的事情吗？"

"我听说了，亲人群里都在传。"白小鹃迟疑了一会儿，"如果是二十年前，我认为你绝对不会做这种没良心的事，但现在我完全不了解你。再说……你母亲的病一会儿好一会儿坏，这几年你飞来飞去的确实也挺辛苦。这么跟你说吧，我不敢肯定你会拔她的氧气管，但至少你有过拔她氧气管的想法。"

"糟糕，我以为你最了解我，没想到你并不了解，谁会相信我俩曾经在一张床上睡过？"姚简低下头，感到失望。白小鹃感叹，说："姚简，环境会改变人，况且你出去了二十多年，况且西方根本就不讲中国的孝道，你们对生命的理解完全跟我们不同。"

"可我跟你还是一样的。"

"不一样了。"白小鹃伸手在姚简的下巴上撩了一下，姚简的身子本能地往后一躲。白小鹃说："你一躲，就说明你不相信我，语言很狡猾，身体很诚实。既然你都不相信我了，凭什么让我相信你？"

姚简无语，嘲笑自己竟然想从抛弃过自己的女人身上寻找安慰，简直就像幻想病毒自行消失那么幼稚。当初，他们也没多大的矛盾，她蹬掉他仅仅是因为不同意他出国留学，怕他被洋妞勾引。他忍不住重新打量白小鹃。她看见他抬起头来，忍不住又伸手撩了一下他的下巴，他又本能地一躲。她说："你看，想重新建立信任有多困难，当初我摸你的任何一个地方，你不仅不会躲反而会迎难而上。可是现在……"

"现在我已经有老婆孩子了。"

"想不到你们美国人这么保守，姚简呀姚简，无论一个人或一个民族，如果不开放，那就会憋死。难道你不想从我们当初失败的恋爱中吸取教训吗？"

"吸取教训的应该是你。"

"哼……"白小鹃说，"除了对你深表同情，我真没办法救你。"

6

姚简飞向新泽西州，于上午十点回到自家别墅。一放下行李，洛莉
就问："亲爱的，这几天你看社交媒体的亲人群了吗？"姚简说："没
看。"洛莉说："他们怎么那么邪恶？"姚简问："谁邪恶？"洛莉说："你
的中国亲戚，他们说是你拔了母亲的氧气管，让她提前死亡。"姚简说：
"那不叫邪恶，叫误解或误会，你用词重了。"

"可他们都在污蔑你。"洛莉气得满脸通红。

"他们照顾母亲那么多年，蛮辛苦的，批评几句也是为了宣泄情绪，
过一段时间就风平浪静了。"姚简解释。

"我讨厌他们拿母亲的生命来编故事，都是些什么物种呀？"

姚简听得不舒服，便提醒洛莉："亲爱的，请注意你的语言，我们
和他们是一样的。"过去，只要姚简一提醒，洛莉会马上说"Sorry"，
但这次她竟然没说"抱歉"，说明她骨子里仍然潜伏着天生的优越感，
哪怕她平时没有表现，但在不经意间会猛地跳出来。

傍晚，姚旺黑着脸从大学回来了，一进门他就说："爸，你的亲戚
为什么总是用恶意揣测你？"姚简说："我的亲戚不也是你的亲戚吗？"
姚旺说："什么狗屁亲戚，我已经在网上跟他们开骂了。"姚简心里一沉，
后悔没在"亲人群"里及时屏蔽姚旺和洛莉。他怕矛盾升级，劝姚旺停
止骂战。姚旺说："可是我气得肺都要炸了。"姚简说："一个人成熟

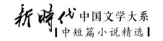

的标志就是能控制脾气。""在谣言面前你不用控制，"洛莉从厨房冲出来，"我支持你骂他们，儿子。"姚简一拍餐桌，说："你们想没想过明年我们还要回去过清明节？还要跟他们打交道，还要拜托他们照看好爷爷奶奶的骨灰？"洛莉和姚旺沉默了，他们用同情的眼神看着他。姚简发现他们的眼神和回国时亲人们看他的眼神相似。

深夜，姚简偷偷打开手机，翻阅"亲人群"里的信息，看见上面全是"阴谋论"。姚久久说她半夜送夜宵，发现叔叔偷偷拔掉奶奶的氧气管，于是赶紧冲进去制止，但已经来不及了。姚简想，她什么时候送过夜宵？我从来都不吃夜宵。姚老大，也就是堂哥，姚久久的父亲，他说他调看了医院的监控，确证婶婶的氧气管是堂弟亲手拔掉的。姚简想他们家不就是想多挣一点护理费吗？但也犯不着这样污蔑陷害。表弟说表哥既有作案的动机也有作案的时间，还有作案的环境。姚简想这个表弟是著名的"啃老族"，在母亲病重期间他连看都不愿意看一眼。姨妈每求他来看一次，他就跟姨妈收一次出场费。除了真正的亲戚，群里还多了一些不认识的人，他们都是姚久久拉进来的。他们不摆事实不讲道理，只是一通乱骂，而姚旺早在几天前就跟他们怼上了。群里塞满了不干不净的语言，每隔两三行就有人问候别人的祖宗。这个"亲人群"是几年前为了方便沟通由姚简拉群的，现在不仅不能在上面友好地沟通，反而成为相互仇恨的场所。姚简很失望，他的手指悬在屏上许久许久，终是下定决心按了下去，就像按下武器的开关。从此，这个群被他解散了，彼此眼不见心不烦。

但是，姚简仍然心事重重，他的脑海时不时会冒出关于氧气管的各种说法，有时候他竟然怀疑母亲的氧气管真是自己拔掉的，甚至会给这种想法配画面，越配越觉得真实。这种想法就像一块创可贴贴在他的脑海，怎么撕也撕不掉。一天午后，他靠在客厅的沙发上打盹，突然梦见了母亲，这是母亲逝世后他第一次梦见。母亲不停地抹着眼泪，说："简儿，氧气管是我自己拔的，你受委屈了。"姚简一个战栗，忽地惊醒，放声大哭。这是母亲逝世后他第一次痛哭，仿佛要哭出全部的悲伤和思念。哭罢，他算了算时差，发现母亲在梦里出现的时间正好是一个月前她离开的时间。

这边午后，那边凌晨。

城 市 文 学 卷

世间已无陈金芳

石一枫

1

那年夏天，小提琴大师伊扎克·帕尔曼第三次来华演出，我的买办朋友 b 哥囤积了一批贵宾票，打算用以贿赂附庸风雅的官员。没想到演出前两天，上面突然办了个学习班，官儿们都去受训了。他的票砸在手里，便随意甩给我一张：

"不听白不听。"

演出当天，我穿着一身体面衣服，独自乘地铁来到大会堂西路。正是一个夕阳艳丽的傍晚，一圈水系的中央，那个著名的蛋形建筑物熠熠闪光。苍穹之上，飘动着鸟形或虫形的风筝。穿过遛弯儿的闲人拾阶而上时，我身边涌动着的就是清一色的高雅人士了，个个儿后脖颈子雪白，女士镶金戴银，一些老人家甚至打上了领结。检票进入大厅的过程中，我忽然有点儿不自在，感到有道目光一直跟着自己，若即若离，不时像蚊子似的叮一下就跑。

这让我稍有些心神不宁，频频四下张望，却没在周围发现熟面孔。走到室内咖啡厅的时候，忽然有人扬手叫我，是媒体圈儿的几个朋友。他们凭借采访证先进来，正凑在一起喝茶、讲八卦。我坐过去喝了杯苏打水，和他们敷衍了一会儿，但目光仍在鱼贯而入的观众中徘徊。

"瞎寻摸什么呢？这儿没你熟人。"一个言语刻薄的秃子调笑道，"你那些'情儿'都在城乡接合部的小发廊里创汇呢。"

这帮人哈哈大笑，我也笑了。片刻，演出开始，我来到前排坐下，专心聆听。琴声一起，我就心无旁骛了。

大师与一位斯里兰卡钢琴家合作，演奏了贝多芬和圣－桑的奏鸣曲，然后又独奏了几段帮他真正享誉全球、获得过格莱美奖的电影音乐。压轴曲目当然是如泣如诉的《辛德勒的名单》。一曲终了，掌声雷动，连那些装模作样的外行也被感染了。前排的观众纷纷起立，后排的像人浪一样跟进，当帕尔曼坐着电动轮椅绕台一周，举起琴弓致意时，许多人干脆喊了起来。

在一片叫好声中，有一个声音格外凸显。那是个颤抖的女声，比别人高了起码一个八度。连哭腔都拖出来了。她用纯正的"欧式装逼范儿"尖叫着：

"Bravo！ Bravo！"

那声音就来自我的正后方，引得旁边的几个人回头张望。我也不由得扭过身去，便看见了一张因为激动而扭曲的脸。那是个三十上下的年轻女人，妆化得相当浓艳，耳朵上挂着亮闪闪的耳坠，围着一条色泽斑斓的卡地亚丝巾。再加上她的下巴和两腮棱角分明，乍一看让人想起凯迪拉克汽车那奢华的商标。

初看之下，我并没有反应过来她是谁。直到她目光炯炯地盯着我时，我才蓦然回过神来。这不是陈金芳吗？

音乐会散场的时候，陈金芳已经在出口处等着我了。此时的她神色平复了下来，两手交叉在浅色西服套装的前襟，胳膊肘上挂着一只小号古驰坤包，显得端庄极了。虽然时隔多年不见，但她并未露出久别重逢的惊喜，只是浅笑着打量了我两眼。

"你也在这儿。"

"够巧的……"

说话间，她已经做了个"请"的手势，往大剧院正门外走去。我也只好挺胸抬头，尽量以"配得上她"的姿态跟上。出门以后她问我去哪儿，我说过会儿我老婆来接我。她看看表，表示接她的人也还没到，刚好可以找个地方聊聊。聊聊就聊聊吧，尽管我实在不确定能跟她聊点儿什么。

大剧院附近的茶室和咖啡馆都被刚散场的观众们挤满了，我们步行了半站地铁的路程，才在劳动人民文化宫对面找到一家云南餐厅。走路的时候，她一直没跟我说话，高跟鞋坚定地踩着地面，回声从长安街一侧的红墙上反射回来。落座之后，她又重新看了看我，然后才开口：

"你也变样了。"

"那肯定，都十来年了，没变的那是妖精。"

"不过你还真不显老。"她抿嘴笑了，"一看就挺有福气，没操过什么心。"

"还真是，我一直吃着软饭呢。"

"别逗了。"

"你不信？那就权当我在逗吧。"我略为放松下来，恢复了固有的口气，同时点上支烟。

她又问我："现在还拉琴吗？"

"武功早废了。"

"过去那帮熟人呢，还有联系吗？"

"也没了。他们看不起我我也看不起他们。"

"这倒像你的风格。"她沉吟着说。

"我什么风格？"

“表面赖不叽叽的，其实骨子里傲着呢。”

这话说得我一激灵。类似的评价，只有我老婆茉莉和几个至亲对我说过，没想到陈金芳对我也是这个印象。要知道，我自打上大学以后就再没见过她呀。我不禁认真地观察起这位初中同学来，而她则毫不避讳地与我对视，两条小臂横搭在桌子上，那架势简直像外交部的女发言人。

很明显，陈金芳在等着我向她发问，比如问问她这些年过得怎么样，曾经干过什么事儿，眼下又在忙什么之类的。然而对于那些曾经生活在窘迫的境遇里，如今则彻头彻尾地改头换面的故人，我一贯不想给他们抒情言志的机会。倒不是嫉妒这些人终于“混好了”，而是因为他们热衷表达的东西实在太过重复。无非是“忆往昔峥嵘岁月稠”的顾影自怜，外加点儿“敢教日月换新天”的豪情，就算把自己“煽”得一把鼻涕一把泪，也藏不住他们眉眼间那恶狠狠的扬眉吐气。只要看看《艺术人生》或者《致富经》之类的节目，你就会发现电视里全是这些玩意儿。

于是，我故意说：“你现在不拿烙铁烫头了吧？”

她愕然了一下：“你说的是什么时候的事儿了？”

“上学的时候呀。那可是个技术活儿，我记得你在很长时间里只剩一条眉毛了。”

出乎我的意料，陈金芳既宽厚又爽朗地笑了：“你还记得呀？现在我也想起来了。后来我只好往眼眶上贴了块纱布，骗老师说是骑自行车摔的。”

她的反应让我很不好意思。那种失态的挑衅更印证了我的肤浅和狭隘，而此时的陈金芳则显得比我通达得多。接下来，我便不由得说出了自己原本不愿意说的话：

“你可真是大变样了……刚才我都不敢认你。”

"也就表面变了，其实还挺土的。"

"这你就是谦虚了，不知道自己在别人眼里已然惊为天人了吗？"我舔舔嘴唇，几乎在阿谀她了，"你究竟是怎么做到的？"

更加令我意外，陈金芳反而对自己避而不谈了。她简短地告诉我这两年"刚回北京"，正在做点儿"艺术投资方面"的事儿，然后就又把话题引回了我身上。她问我住在哪儿，具体在什么地方上班，又感叹我把小提琴扔了"实在是太可惜了"。我则被弄得越来越恍惚，也越来越没法把对面这个女人和多年前的那个陈金芳对上号。

我们有一搭无一搭地聊了许久，普洱茶第二次续水的时候，陈金芳的电话响了一声。她看了看短信说："我得走了。"

我也欠身站起来："那回头再聊。"

我给她留了自己的电话，而她则递给我一张头衔相当繁复的名片。我陪着她走到街上，看到路边停着一辆英菲尼迪越野车。这两年有点儿钱的文化人或者有点儿文化的有钱人都喜欢买这种车，前不久还有一位大脸长发的音乐人因为醉驾被抓了典型，出事儿时开的就是这一款。陈金芳走向副驾驶座的时候，已经有一个身材高挑、二十出头的男人下来为她打开了车门。那小伙子穿着一件带网眼的紧绷 T 恤衫，遭受过腐刑的牛仔裤里露出两个瘦弱的膝盖，看上去倒像某个高级发廊的理发师傅。他对陈金芳颔首，压根儿就没看我，重新发动汽车之后绝尘而去，气流搅得路边的落叶旋转着纷飞了起来。夜风渐凉，再下两场雨，就要入秋了吧。

过了十几分钟，茉莉恰好也加完班，从国贸那边过来接我了。回家的路上，她问我晚上的音乐会怎么样，我随口说"还成"。我又问她今天忙不忙，她说："这不明摆着嘛。"然后车里就陷入了沉默。已经有

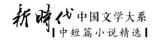

很长时间了，我们之间没什么话可说。

借着立交桥上彩灯的光芒，我偷偷把陈金芳的名片拿出来看了一眼。刚才没有看清，现在才发现，她的名字也变了。陈金芳已经不叫陈金芳，而叫作陈予倩了。她的变化真可谓是内外兼修呀。

2

我第一次见到陈金芳或云陈予倩，还是在上初二的时候。

那天刚下最后一节课，教室里乱糟糟的。大伙儿正准备回家，班主任忽然进来，宣布来了一位新同学。但我们往她身后张望，看到的却是空无一人。老师也有点儿诧异，又探头朝门外寻摸了一圈儿，喊道：

"你进来呀。在外面哨着干吗？"

这才从门外走进一个女孩来，个子很矮，踮着脚尖也到不了一米六，穿件老气横秋的格子夹克，脸上一边一块农村红。老师让她进行一下自我介绍，她只是发愣，三缄其口。老师只好亲自告诉大家她叫陈金芳，从湖南来，希望同学们对她多多帮助，搞好团结。

学生们随即一哄而散。在我们那所部队子弟学校，像陈金芳这样的转校生，基本上每年都能碰上个两三位。他们跟随家人进京，初来乍到时与这里的一切格格不入，好不容易熟悉了环境，跟周围人能说上话了，但却往往又要离开。日子久了，我们这些"坐地虎"就学会了对这些学生视而不见。反正他们随时会从教室里消失，与其深交又有什么意义呢？交朋友也是要讲究成本的。

更何况这女孩一眼而知是从农村来的，长得又挺寒碜，不管从哪个方面说都非我族类。我们咋咋呼呼地从她身边拥过，就像绕开了一张桌子或一条板凳。班上的几个男生跑到操场打篮球，我则倚着篮球架子跟他们臭贫。自从一次打球戳伤手指，造成半个月不能练琴以后，我母亲就严禁我进行这种活动了。就这么消磨到夕阳开始下坠，半边操场都被染红了，我才拎上书包，跟朋友们打个招呼，往校门走去。

这时背后忽然传来一阵哄笑。我循着笑声回过头去，看见了陈金芳。她手上攥着一只印有"钾肥"字样的尼龙口袋，跟在我身后几米开外。当我前行的时候，她便迈着小碎步跟上来，当我站住，她也站住，支棱着肩膀，紧张地看着我。

面对陈金芳的亦步亦趋，我也有点儿不知所措。我本想呵斥她两声，让她离我远点儿，但又一想，那样可能会招来男生们更加夸张的起哄。于是我尽量让自己眼不见心不烦，加快速度回家。

九十年代的北京，天空还相当通透，路上也没什么车。大部分机关职工都骑自行车上下班，前车筐里放着装满萝卜青菜的网兜，透着一股过小日子的家常味儿。我穿过当时的铁道兵大院儿，到长安街的延长线乘上4路公共汽车，经五棵松到达西翠路，下车后再往南步行十分钟，就能看见从小居住的那个家属院了。一路上，共有三尊毛主席塑像扬着手跟我打招呼。这天我的步伐格外快，还像个没规矩的坏小子似的挤到排队乘客的前面。看见院门口那几栋红砖板楼的时候，我的身上微微冒出了汗，而一回头，陈金芳仍跟在我身后。

我有点气急败坏地站住，等着她走近。陈金芳面无表情地朝我挪了几步，像直立的豚鼠似的两手捏着"钾肥"袋子，置于胸前。她突然对我开口："我们家也住这里。"

我"哦"了一声，她又补充道："我姐夫是许福龙。"

好一会儿，我才想起许福龙就是食堂里那个特会和面的胖子。他是山东人，靠着一手做面食的手艺，志愿兵期满之后又留在了我们院儿，而且还结了婚，把老婆也弄了过来。这么说来，陈金芳她姐我也见过，就是在窗口负责盛菜那位。那是个丰满的少妇，长着一对相当霸道的胸部，夏天不爱穿胸罩，两个乳头很显眼地从迷彩短袖衫里面凸出来。打饭的时候，我总听到后勤系统的人逗她：

"你的奶都要喷到饭盆里啦。"

遭受调戏的陈金芳她姐也浑不吝，抢着勺子笑嘻嘻地和人打闹。由此可见许福龙两口子人缘不错。院儿里还有个段子，说是许福龙家里人口多，吃饭挑费高，许福龙便每天蒸出包子、花卷，先往肥大的军裤裤裆里塞上两斤，然后像鸭子一样火急火燎地跑回家里。天长日久，许福龙的生殖器相当于每天蒸一次桑拿，便被烫坏了，失灵了。这个段子的指向自然是陈金芳她姐，众人都认为她那对胸部"可惜了"。而我面对陈金芳，却很想问问她，假如这个故事是真的，那么从裤裆里掏出来的热气腾腾的面食，他们又怎么能够吃得下去呢？

但这时候，陈金芳就转头离开了。我家住在东边某栋红砖板楼的一层，她则要前往西围墙边上的那排平房。后勤系统雇用的临时工都被安置在了那里。

走之前，她还仿佛格外用力地盯了我一眼。

没想到，就在当天晚上，我又见到了陈金芳。那是在吃完晚饭之后，我父亲穿上军装去应付一个突然性的检查，母亲照例把我轰进自己的房间拉琴。到了初二时，我练习小提琴已经达到八年之久，因为技艺进展飞快，在乐团工作的母亲已经不能再指导我了。为了不"耽误"我，她领着我满北京遍寻名师，并且替我做了明确的规划，那就是先拿下几个重要的青少年比赛奖项，然后考进中央音乐学院。这个目标无疑需要旷日持久的苦练，我关上包了一圈隔音海绵的房门，站在窗前，将琴托架在磨出了一层薄薄的茧子的下巴上。

那天我练习的是柴可夫斯基《D大调小提琴协奏曲》。1994年，大师帕尔曼首次来华，他热情地称赞过北京烤鸭之后，便在人民大会堂演奏了这首曲目，而那场演出的现场录音唱片已经被我听坏了好几张。此刻，头顶着被飞蛾搅乱的路灯灯光，我幻想自己就是坐在轮椅上的帕尔曼，而草坪上黝黑一片的颜色，则是如潮的观众们的头发和黑礼服。只不过一转眼，这种意淫就被隔壁老太太跟儿媳妇吵架的声音打断了。

也就是这时，我在窗外一株杨树下看到了一个人影。那人背手靠在树干上，因为身材单薄，在黑夜里好像贴上去的一层胶皮。但我仍然辨别出那是陈金芳。借着一辆顿挫着驶过的汽车灯光，我甚至能看清她脸上的"农村红"。她静立着，纹丝不动，下巴上扬，用貌似倔强的姿势听我拉琴。

也不知是怎么想的，我推开了紧闭的窗子，也没跟她说话，继续拉起琴来。地上的青草味儿迎面扑了进来，给我的幻觉，那味道就像从陈金芳的身上飘散出来的一样。在此后的一个多小时中，她始终一动不动。

当我的演奏终于告一段落，思索着是不是向她隔窗喊话时，一个女人近乎凄厉的喊叫声从远处的夜色中直刺过来。那是她姐在叫她呢。陈金芳嗖地一晃，人就不见了。

3

同学们是什么时候开始集体排斥陈金芳的？

她默默无闻地在我们班上耗了一年，尽管没交上任何朋友，却也没像前两位借读生一样陡然消失，这已经算是个小小的奇迹了。有一度，她的座位曾经空了半个月之久，大家都认为再也不会见到她了，不过也没人觉得遗憾；但某一堂课开始时，她又赫然出现在了那里，仍旧沉默无语，老师一开讲，她就趴到桌子上睡觉。

学校里的课程，她从来就没跟上过。但学习差并不是陈金芳成为众矢之的的原因。大家另有理由。

理由之一，是他们家什么都吃。说这个问题之前，得先介绍一下这家人的人口构成。除了陈金芳及其姐姐姐夫这三个固定成员，那两间小平房里还不定期地住过陈金芳的妈、舅舅、叔叔婶子、表哥表嫂等人。暂居者的面孔虽然常变常新，但总的来说有一条规律，就是许福龙一直生活在外戚当道的局面里。那些亲戚有的是来看病，有的是来找工作，还有的号称什么也不为，就是见到别人"进了北京"，自己也想来"看一看"。有那么一阵，我每天早晨上学的路上，都能看见一辆平板三轮从西平房的拐角驶出来。蹬车的是陈金芳的表哥，一个梨形脑袋，此人的前额被产钳夹得极其窄，窄得不到巴掌宽，头顶还被挤出了一个妙不可言的尖儿。车后坐着陈金芳的妈，她患有股骨头坏死，走路画圈儿；一旁跟着陈金芳的表嫂，作为梨形脑袋的妻子，此人脑袋的质量自然也不会太高，尽管形状无异，但却有轻度痴呆的症状，爱流口水。这一支浩浩荡荡的队伍披星戴月，干的是收废品的营生。而这也是陈金芳家族在北京唯一能够立足的领域了，她的舅舅，一个仅有的看似聪明的亲戚，曾经雄心壮志地企图挺进代订火车票的市场，后来被一伙安徽人揍了一顿，连裤子都扒了，寒冬腊月里只穿一条秋裤，满脸是血地蜷在马路牙子上哆嗦。

关于陈金芳家人口之多、之杂乱，还有一个很直观的说法，是我们班的班主任提供的。她装模作样地去家访过一次，回来感叹说："窗台上只有一只刷牙杯，里面插着七八柄牙刷。"

同学们诧异：这样一来，怎么能分清哪支牙刷是属于哪个人呢？如果他们家人不介意混用，又何必七八把？一把足矣。但陈金芳一家所要迫切解决的问题还不是刷牙，而是吃饭。在春夏之交，我们看见陈金芳她妈沿着院儿里干道上那排杨树走到头，再走到尾，一边画圈儿，一边往塑料兜里捡嫩杨花。院儿东头那棵半死不活的槐树，也被他们家人"号"得够呛。那些年的八一湖还不是封闭公园，水势也大，夏天男生常常下湖游泳，这时却看见陈金芳和她姐、她表哥赤脚站在滩涂上捞小鱼、摸螺蛳，甚至用竹签子扎青蛙。

客观地说，以当时北京的生活条件，再怎么困难的家庭，大米白面总还是吃得饱的，再说他们家还背靠着食堂，还有许福龙的裤裆这个秘密武器呢。他们的自力更生，主要是为了丰富副食。再也许，他们在老家就有这个习惯，只不过带到北京来就显得突兀了。

院儿里上了岁数的人感叹说："三年自然灾害的时候，也就这个吃法儿了。"

更骇人听闻的一件事，是我们学校门口总游荡着一只交配过度、乳头耷拉到地上的野狗，这狗忽然有一天就不见了，而陈金芳家里却飘出了少有的肉香。

排斥陈金芳的理由之二，就直指她个人了。班上的女生恍然发现，原来她还是一个爱慕虚荣的人。这个迹象是逐渐显现出来的。最初，陈金芳一年四季的换洗衣服不超过三套，一件洗了另一件可能还没干，必须得穿着湿的来上学。后来衣服就多了起来，基本上来自于她姐，因此不是红配绿就是粉配紫，"怯"得要命。有一次，她居然穿了一件带垫肩的双排扣西服来上学，那衣服的下摆直垂到运动裤的膝盖上，简直像个唱戏的。这衣服还没穿够半天，她姐就风风火火地追到了学校，劈头给了陈金芳一个嘴巴，然后夺过西服出门办事。而陈金芳脸上印着几道红印，还若无其事地对旁边人解释说，她姐也准备"下海"了，准备开一个酒店。过了两个月，"酒店"还真开起来了，是菜市场旁边的一个小门脸，主营包子馄饨，一群菜贩子坐在露天条凳上吃。

陈金芳还是班上女生里第一个抹口红的，第一个打粉底的，第一个到批发市场小摊儿上穿耳孔的。后来我揶揄过她的烙铁烫头事件，也发生在初三那一年。那段时间，她简直把自己的脸当成了一片试验田，什么新鲜事物都敢往上招呼。她还穿过几天高跟鞋，那鞋不知是从谁家楼道里捡来的，一只鞋跟高，一只鞋跟矮，这导致她走路的时候也深一脚浅一脚的，好像被遗传了股骨头坏死。

在同学们之前，老师已经看不惯她了。"陈金芳啊陈金芳，"我们班主任说，"你们家那么个条件，还穷嘚瑟什么呀？"

孩子的态度更要比大人极端得多，那几乎可以称得上是一场逐渐升级的斗争运动。刚开始是班干部公然用"品质恶劣""忘本"之类的词汇斥责她，后来是女生对她翻白眼儿，呵来斥去，再往后居然发展到了动手的地步。一些男生用跳绳抽她，用粉笔头掷她，还用扫帚把儿捅她的后脑勺。干这些事儿的时候，大家都义正辞严的，但作为旁观者，我必须得证明，陈金芳并没有招过谁惹过谁。时至今日，她每天在学校里说过的话都不超过十句。而说起虚荣，谁又没这个毛病呢？哭着喊着胁迫父母用半个月的工资给自己买一双"耐克"球鞋的大有人在。

对于一个天生被视为低人一等的人，我们可以接受她的任何毛病，但就是不能接受她妄图变得和自己一样。

"你们院儿的陈金芳"，这是别人对我提起她时常用的称呼。这么说的时候，他们挤眉弄眼，话里有话。有两个跟我关系不错的女孩儿遗憾地表示："你呀你，怎么跟那人住一个院儿啊？"听她们的口气，陈金芳就是一块时时作痒的烂疮，谁要是跟她扯上关系，那可真是人生的大不幸。

　　我暗自庆幸，别人没有发现我和陈金芳之间的隐秘联系。自从见面的第一天，我们就把"演奏者"和"听众"的身份固定了下来。她会在晚上八点钟左右出现在我窗前的树下，我在拿起小提琴试音之前，也会望一望外面有没有那个痴痴愣愣的人影。随着我的手上功夫变得越发纯熟，陈金芳的面目不清的身影也在发生着渐进的变化。她的个头长高了，轮廓的弧线也有了明显的凸出和凹陷。如果仅看剪影，任谁都会认为那是一个美好的、皎洁如月光的少女。不知何时开始，我的演奏开始有了倾诉的意味，而那也是我拉琴拉得最有"人味儿"的一个时期。

　　试想一下，假如不是因为这点交情，我会不会也像其他学生一样欺负陈金芳，甚至因为她"是我们院儿的"而欺负得更狠呢？我可从来没在道德品质方面过高地信任过自己。

　　对于我的演奏，陈金芳当然无法做到每场必到。她们家人多活儿多，下了学，她还得到食堂帮助许福龙扛面粉，或者把她妈收来的垃圾分门别类装进蛇皮袋。最长的一次缺席，发生在初三的第二学期，当时陈金芳家里发生了一个挺大的变故：她在老家的父亲正在从鸡屁股里面往外掏鸡蛋，突然就一头扎在鸡窝里，没气儿了。按照城里人的知识推测，可能是突发性脑溢血什么的，但是村里人不计较死因，只在乎结果。他们描述，将死者拖出来时，脑袋上糊着厚厚的一层鸡屎，连头发都变成绿的了。陈金芳的父亲去世以后，她母亲也只好放弃了对股骨头坏死的

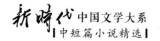

治疗，打算回家侍弄那几亩水田，而他们家的其他亲戚也深感京城的居不易，决定集体还乡。就在这个时候，陈金芳却拒绝回去。她坚决要求留在北京。

这个要求不仅遭到了她妈的反对，连她姐也不同意。家里的田不能不要，活儿不能没人干，而眼下，陈金芳已经成为唯一的健康劳动力。从长远打算，母亲一定还指望着她结婚招婿，充当顶梁柱呢。况且，在姐姐姐夫这里寄人篱下，她又能有什么出路呢？留下来总不能马上到社会上去漂着，总得上学。但初中阶段属于义务教育，所以我们学校才不情不愿地接收了她这个借读生，而到了高中，别说学校不收她了，就是收，她也考不上呀。一个初中毕业生，在北京就和文盲一样。

但是陈金芳听不进去。她像是吞了秤砣，铁了心了。家里人便开始围攻她，逼迫她，那些天里，西平房频频传来打、骂和砸东西的声音，那是一个人对抗一家人的战斗。也实在想象不出来，在学校里不吭不响的陈金芳，居然有着如此坚韧而泼辣的劲头。有一天我正打算练琴，邻居家的老太太过来还毛衣针，顺便拉着我母亲扯点儿闲话，三言两语就扯到了陈金芳身上。

"没见过那么狠的孩子。"消息灵通的老太太感慨，"都闹腾了多少天了？他们家把她轰出去，她就窝在院儿里墙角睡觉……说是宁死不走。说来也是，外地人来了北京谁愿意走呀？在这儿受苦也比回家强……现在又打上了，窗户都砸了。"

我母亲假客气着敷衍几句，就关上了门，但我却不知为何坐不住了。那天白天，我还在学校看见了陈金芳，这时回想起来，她的脸和身上的确都格外脏，后背上还沾着黑乎乎的一块煤灰。这大概就是露天睡墙角的结果吧。

我随意拉了一段练习曲，便独自开门出去。母亲问我干吗去，我说擦琴弓的松香用完了，想到另一栋楼里一个练中提琴的孩子家借一块。出了门，我沿着白杨树的林荫道一路向西，很快就看见了陈金芳一家人租住的那两间平房。果然有块玻璃被打碎了，屋里的灯光像橘子汽水一样泼出来，同时还有他们家人七嘴八舌的喊叫。因为激动，所有人说的都是湖南土话，我只能听懂个大意。她妈说陈金芳"翅膀没硬就想飞"，还说她"忘本"；她姐的话更实际一点，表示已经供她吃供她穿好几年了，以后不想再供下去，"不养吃闲饭的"。

　　陈金芳针锋相对地反击，指出自己一直都在干活儿，何来吃闲饭一说？又表示留在北京，她也不住姐姐家了，"死就让我死到街上，反正你们也不是没把我轰出去过。"她越说越激动，同样的意思颠来倒去地重复了好几遍，最后干脆变成了尖厉的叫喊。那简直是泣血的哀号，虽然站在远处，我只能看见她颤抖不休的身影，但我猜想，她的表情一定是目眦欲裂的，甚至仿佛从嘴里长出了獠牙。

　　她喊得最响的一句话，是用普通话说的："你们把我领到北京，为什么又让我走？为什么又让我走？"

　　这么喊的时候，她好像把体内所有的气一口喷出，随时都会晕倒在地。而没过两秒钟，陈金芳就真的倒了。她姐姐抄起了一只擀面杖，像在食堂抢勺子一样抡起来，画了个完整的弧线，落到陈金芳的天灵盖上。

　　打完之后，她姐也傻了，擀面杖扑棱掉到地上。门外两个看热闹的邻居叫起来："出人命啦！"而这时候，还是默不作声的许福龙比较冷静，他弯腰抱起陈金芳，撞开门，往医务室跑去。一大群人沸反盈天地经过时，我不由自主地往旁边让了两步，同时看见陈金芳在她姐夫胳膊上起伏的身体弧线，看见她的胸脯大幅度地隆起、下降。我还看见黑红色的黏稠的液体顺着她的脖子流下来，稀稀拉拉地洒在地上。

此后的两天，在上学的路上，我都能看到陈金芳洒在水泥路面上的血迹。那些血滴还算新鲜的时候，被清晨的阳光照耀得颇为灿烂，远看像是开了一串星星点点的花，是迎国庆时大院儿门口摆放的"串儿红"。没过多久，血就干涸污浊了，被蚂蚁啃掉了，被车轮带走了。而那起家庭暴力事件的后果，则是陈金芳付出了惨痛的代价，终于留在了北京。她继续沉默着出现在学校里，被同学们排挤、欺负，也继续在暗夜里来到我窗下，听我拉琴。

但自始至终，我也没有隔窗与她说过一句话。

4

再后来，我们就毕业了。凭借小提琴这个特长，我被圆明园那边的一所重点中学招收，开始了平时住校，假期才回家的生活。作为"金帆乐团"的首席小提琴手，我有了许多相当正式的演出机会，参加过和国外学校合办的音乐夏令营，还跟不少"科教文卫"系统的头头脑脑握过手。我与陈金芳那拉琴和听琴的关系自然就此终止。那就像一个无关紧要的秘密，转眼就被当事人忘得干干净净。

在此后的日子里，我们仅仅见过屈指可数的几面。

记得有一次见她，是在高一结束，快上高二的时候。当时我刚参加完暑期的"全国青少年音乐联展"，带着一身海腥味儿从青岛回来。连着游了几天泳，再加上刚下火车，我疲倦得很，经过大院儿斜对面那一排小卖部的时候，一不留神踢倒了两个立在马路牙子上的啤酒瓶。啤酒是半满的，洒了一地白沫，我赶紧弯腰把它们摆正，但为时已晚。两个穿着灯笼般的大肥裤子、脖子上挂着大串金属链子的野小子追了上来，他们骂骂咧咧地推搡我，问我"这事儿怎么办吧"。

那些孩子大都是从丰台来的，有的是职高的学生，还有的干脆辍学在家。很多次，我看见过他们把老实巴交的中学生堵在墙角，一边抽嘴巴一边搜兜儿，连人家脚上的球鞋也抢。对于我们这些"大院儿"里的孩子，他们仿佛怀有先天的仇恨，只要碰上落单的决不手软。我话也不敢说，只是一味心惊胆战地后退，而这时，一只刺满了文身、龙飞凤舞的胳膊已经搭到了我的小提琴琴匣上。

"拿来我看看。"那人笑着对我说，嘴里露出一颗缺了一半的门牙。

这人我见过，是个赫赫有名的痞子，因为门牙的原因，外号叫"豁子"。那几年里，附近的恶性案件似乎都跟这人有关。更让我害怕的是，他对我的琴产生了兴趣。那是一把德国仿制的"斯科拉迪瓦里"，是我母亲托了不少人才买到的。

琴匣被粗暴地从我肩膀上拽下来，我赶紧把它抱在怀里，同时弯腰蹲了下去。这是宁可挨揍也不撒手的姿势，痞子们果然被我的态度激怒了。他们骂着脏话，揪着我的头发，过不了几秒钟，拳脚就会准确有力地落在我的脸上、肋骨上。

就在这个时候，头顶上有个女声响起来："你们丫撑的吧？"我保持着大便的姿势曲颈看去，望到了陈金芳的脸。

陈金芳穿着一双明黄色的塑料拖鞋，脚指甲都被涂成了艳红，它们星星点点地晃动，不知为何又让我想起了当初洒在水泥地上的血迹。再往上，是牛仔短裤下毕露无遗的大腿。她推开那两个小子，又把豁子拉开：

"算了算了。"

豁子似笑非笑地问她："你认识这孩子？"

"说不上认识。"陈金芳干脆地说，然后加上了一句，"不过他是我们院儿的。"

听到她这么说，豁子不知为何露出了乏味的表情。他点上一颗烟，鄙夷地踢了我屁股一脚："滚蛋。"

我落荒而逃，连头都不敢回。跑到家里，心情渐渐平稳下来，我才开始诧异于陈金芳的巨大变化。让我诧异的倒不是陈金芳突然变得漂亮了，而是我当初从来没意识到她也是有可能漂亮的。她涂了透明唇膏，打了眼影，还染了一头耀眼的黄发，这样的装扮令她的脸棱角分明，甚至具备了西方人的立体感。她大面积暴露的肢体散发着蓬勃、咄咄逼人的肉感。更大的变化发生在她的眼神和表情上，过去那种食草动物一般怯弱、忍辱负重的神态早已无影无踪，取而代之的是肆无忌惮的泼辣与轻佻。再想起是这样一个陈金芳保护了我，我的耻辱感就更强烈了，那感觉比在音乐比赛上被技法更加纯熟的高手"盖"过去更加难以忍受。

当天晚上，院儿里的朋友在食堂的小灶为我接风。听说了我的遭遇后，两个虚张声势的小"顽主"先是号称要"灭了丫豁子"，但没几句话就把话题转到陈金芳身上了。在他们的描述中，陈金芳已经变成了一个著名的"圈子"，和公主坟往西一带大大小小的流氓都有过一腿。那些人中年纪小的和我们同龄，年纪大的足有四十多岁，是"文革"时期遗留下来的"老炮儿"。她被豁子"带着"，也就是近两个月的事儿。与这次转手相伴的，自然又是一场血案，豁子曾经趁夜奇袭过陈金芳上一个"傍尖儿"，用一头裹着布条的钢筋把人家的脚踝打碎了。

此时的陈金芳被塑造成了妖娆、轻浮的红颜祸水，同时还具有了莫大的传奇色彩。朋友们眉飞色舞地议论她的时候，已经忘了就在一年前，他们还把她当成一个土包子踹来踹去。她也早就不住在我们院儿的西平房了，而是被谁"带着"，就大大方方地跟谁住到一起。这倒也实现了她当初对她姐姐说过的，"留在北京也不住你们家"的誓言。对于这个臭名昭著的妹妹，也不知她姐姐姐夫作何感想，也许他们管过陈金芳，但管不了，更也许，他们连管都懒得管。她姐的包子馄饨摊儿已经发展壮大，开始兼营给附近的小商铺送盒饭的业务，本来就忙得团团转了。

在青岛那个啤酒之乡，我都没有偷偷从宿舍溜出去喝一杯，那天晚上却不知怎么就喝高了。朋友们还以为我遭到了欺负，还在闷头生气，便纷纷劝慰我说"君子报仇，十年不晚"。我没接他们的话茬儿，独自默默地回了家，坐在自己的床上，垂头看着窗外泄进来的斑驳的月光。

出了会儿神，我突然站起来，拿出琴来。我仍然有点儿晕眩，但竭力站稳双脚，让腰杆笔直，演奏了圣－桑的《天鹅》。这是作曲家在1886 年完成的《动物狂欢节》组曲中的一个段落，旋律凄美哀婉，叫人心碎。

如今想来，我颇为当时的自己感到不好意思：哪儿来的那一股子泛滥的纯情劲儿啊，简直像怡红公子一样，逮着个女的就能觍着脸对人家感时伤怀。我一边拉琴，一边抬眼望着窗外白杨树肃然的黑影，忧伤地寻觅着。我期待自己能像当初一样，发现陈金芳背手靠在树干上。如果这一幕出现的话，我会直视她早已大变的容貌，真诚地感受她浑身上下散发出来的少女的光彩。我还臆想着听我拉琴的时候，她那女流氓式的、满脸浑不吝的表情也消失了，取而代之的则是一派沉静与专注……她的脸上甚至还会带着和我一样的忧伤。

可是很遗憾，那天晚上，陈金芳压根儿就没在我的窗外出现过。理性地想一想，她再也没必要来了啊。以豁子为首的那帮人刚刚向她拉开了新舞台的大幕，她不仅留在了北京，而且陡然意识到自己成了红人儿，

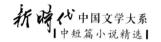

晚上正是她忙得不亦乐乎的时候。我的朋友们声称在很多"上档次"的地方看见她，比如说"民族饭店"旁边新开的那家韩国烤肉，再比如首体南路上的滚轴溜冰场，甚至还有崇文门外久负盛名的"马克西姆"餐厅。"带上"她之后，豁子还买了一辆二手的菲亚特"乌诺"轿车，这在当时的年轻人中，绝对称得上是石破天惊之举了。要知道，在九十年代中后期，司局级干部才能坐上国家配备的老款"丰田"或者"尼桑"，而拥有一辆私家汽车，无论大小，都已经是典型的"成功人士"的标志了。

也就是说，变成了"圈子"的陈金芳再也不需要到我这儿来解闷了。我们演奏者和听众的关系就此宣告结束。想明白这一点之后，我终于停止了拉琴。我的心里突然涌上了被人抛弃的感觉，假如再矫情一点儿，我几乎要吟出一句"从此萧郎是路人"之类的屁话了。可是不得不承认，在此以前，我是从来没打心眼儿里看得起过陈金芳啊。如今人家不来了，我倒一厢情愿地煽起情来……我他妈什么玩意儿啊。

那也是我第一次意识到自己身上充满了虚伪的、专属于知识分子的恶劣脾性。也怪了，从这个角度认清自己之后，先前的羞耻感反而消失了。我几乎是如释重负地躺到床上，转眼就睡着了。

在那之后，我还见过几次陈金芳，都是在暑假或者寒假期间。朋友们对于她的传言，有一些在我这儿得到了证实，有一些则存在出入。比如说，豁子的确开了一辆"乌诺"轿车，带着她穿街过巷，但那车并不只是为了兜风而买的，他们还用它来拉货。万寿路南边有一个小商品批发市场，豁子使出泼大粪、扔砖头等一系列青皮手段赶走了几个浙江人，接管了人家的摊位，陈金芳顺势又摇身一变，成了一个老板娘，专卖广东生产的便宜服装。我到那市场去给谱架配螺丝时，曾看见她着装艳丽地端坐在摊位后面，豁子则满头大汗地跑进跑出，从停在门外的车里将鼓鼓囊囊的蛇皮袋扛进来。此时此刻，他们的形象就不是流氓和"圈子"了，而是像极了一对勤勤恳恳的小买卖人。尤其是陈金芳，她与顾客讨价还价时那副熟练、老到的口气，让人很难相信她连十八岁都不到。只是在有人问起她本人身上穿的、质地明显精致得多的衣服"有没有货"时，轻佻傲慢的表情才会回到她脸上。

"想买这个呀？那得奔'燕莎'。"陈金芳翻了个小白眼说，同时对豁子扑哧一乐。

看起来，陈金芳对眼下的生活状态充满了死心塌地的热情。按照这种趋势，她在此后几年、十几年中的轨迹几乎是可以想见的。比起现如今，当年的经济环境明显要宽松、公平得多，更关键的是机会遍地都有，只要能吃苦会算计，没有什么"背景"的人也能混得丰衣足食，甚至还能发笔小财，一跃进入暴发户的行列。陈金芳和豁子算不算得上情投意合谁也说不好，但起码，这俩人应该有一个共同点，就是都对金钱有着强烈的攫取欲；而在"兄妹开荒"的生涯里，他们的性格也会逐渐被磨砺得踏实、安稳。尤其是豁子，不大不小地吃几次亏，就能让他学会收敛自己的流氓习性和暴脾气。等到他们"妍"累了，会自然而然地结婚，繁殖后代，那时的豁子多半会梳上一个大背头，胳肢窝底下夹着真皮手包，整天忙活的事儿不是满嘴跑火车地谈生意，就是通宵达旦地打麻将；陈金芳呢，她的身体会发胖，她的皮肤和头发会一起变得干黄，她的手上脖子上还会戴个半斤八两的金首饰，她会满嘴脏话地骂丈夫骂孩子，但又随时随地琢磨着能为自家人占点儿什么便宜……

千万别认为我的这番形容有讽刺之嫌，告诉你，这就是那年头的男女"顽主"们浪子回头之后的典型形象。这也是我作为一个同学，对陈金芳报以的相当务实的祝福了。

可是无须展望多年以后，仅仅才过了不到两年，陈金芳就证明了我对她的预期是错误的。与此同时，我还让我母亲对我的预期也落了空。高中毕业后，我没有进入音乐学院，而是被迫改投了一所综合大学。尽管我从小到大拿过厚厚的一摞获奖证书，但却在最关键的"艺考"环节中被淘汰了。主持考试的教授对我的评价是：技巧有余但却缺乏灵感，如同一座过早发掘殆尽的贫矿，提升空间极其有限。他们断定我无论再怎么苦练，也不可能成为一个真正的演奏家，顶多作为一个娴熟的匠人在音乐圈儿里混日子。平心而论，这样的认识不可谓不客观，连我自己都心服口服。

也许是不忍心看到我那么多年的琴白练了，两个好心的老师还把我推荐给了普通高校的管弦乐团，为我换来了几十分的特长生加分。尽管最终拿到了烫金的录取通知书，但我的心情仍然颓丧极了，整个儿人沉浸在漫无边际的失败主义情绪之中。我对小提琴也迸发出了一种近乎生理性的厌恶，几乎一看见那玩意儿就想吐——这也是许多专业琴手改行之后的普遍反应。上大学之前的那个暑假，家人不爱搭理我，我也不想跟他们说话，整天不是把自己闷在屋里，就是骑着自行车在街上闲逛。我黑了一圈儿也瘦了一圈儿，骑车的时候也不抬头看路，而是低头盯着柏油路面上的斑点如蚂蚁迁徙般涌向身后。我还会恶狠狠地诅咒自己：让车撞死才好呢。

有那么一次，我骑着骑着，便真的撞上了什么东西。很遗憾也很庆幸，不是迎面而来的大卡车，而是前方的一辆三轮车。骑车那老头儿也没有嗔怪我，而是像掏自个儿裤裆那样按着车闸，伸着脖子朝马路对面看热闹。

那里围了一圈儿人，尖厉的叫声不时响起。因为正在垂头丧气，我没心思看热闹，便想绕过那辆三轮车，继续漫无目的地游荡。但又一声

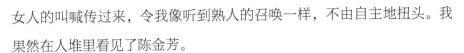

女人的叫喊传过来，令我像听到熟人的召唤一样，不由自主地扭头。我果然在人堆里看见了陈金芳。

她斜坐在地上，背对着一家门脸崭新的服装店，店面的两扇玻璃门上分别印着血红的大字，一边是"精品"，一边是"时尚"。阳光滑过红字照在她脸上，仿佛流得一头一脸都是血。而她脸上确实还附着着许多汁液，大概是眼泪、鼻涕和口水混合而成的。陈金芳捂着她的腰，大口地喘气，旁边的豁子却揪起她的头发，令她像某种水鸟一样伸着脖子仰面朝天，同时用脚狠狠地踩向她的小腹与胯骨，发出了扑扑的声音，很像在踩一只暖水袋上。男人打女人本来就很刺激，何况是打一个蜜桃般的年轻姑娘，群众发出轰然的感慨，有人不凉不热地劝架，却没人真上来阻拦一下。而在挨打的过程中，陈金芳始终是一言不发的，她只是尖叫，噭一声，又噭一声。我突然想起来，过去遭到班上同学欺负时，她也是这个反应。她就像个一捏就响的橡胶娃娃，当疼痛转瞬即逝，她便会归于平静。

也不知是怎么了，血腾地充满了我的脑袋。我头晕眼花，四肢却几乎自主地运转了起来：下车，过马路，冲进人堆，照着豁子的肚子踹了一脚。我从来没有真正与人打过架，因此那一脚踹得很没威力，豁子条件反射地侧了下身，就轻易躲开了。但他还是不得不退开一步，与我对峙。我的表情一定是咬牙切齿的，心里却绝无英雄救美的豪迈气概，而是一片百草荒芜的颓丧。学琴不成、苦功尽废，对自己深深的失望在这一刻膨胀发酵，演变成了破罐子破摔的寻死欲望。陈金芳被打成什么样我才不管呢，我的真实念头，竟然是想借助豁子的手，让他一刀把自己捅了。

我的出现登时让旁观者们"哦"了一声，我猜，他们中的许多人一定把思路往情感纠纷上引了：俩小伙子为了个"圈子"当街动手，多么俗套又多么让人激动。而豁子果然挺配合我的想法，他嘟囔了一句"你丫作死吧"，眼眶里流出空洞的、狼一般的光来。他的右手则缓缓地向牛仔短裤的屁兜儿摸过去。这种人出门都是随身带刀的。从他的眼里，我仿佛已经看到了自己的下场：血溅五步，像狗一样趴在水泥地上，四肢间或抽一下筋。这副耻辱的样子是多么适合给虚无的、没有意义的人生画上句号啊，十八岁的我盖棺定论地想。我的两腿开始打颤，括约肌几乎失灵，费了好大劲儿才没让自己当众尿出来。这不是因为我怕死，而是我正在准备受死。

但只一转眼的工夫，那让人血脉沸腾、灵魂出窍的时刻就结束了。豁子插在屁兜儿里的手刚掏出来，便被一个匆匆赶来的警察攥住。警察熟练地使了个绊儿，把他按倒在地，手反剪在背后上了铐子，然后一边擦汗，一边公事公办地询问怎么回事儿。

群众七嘴八舌，半天也没讲出个头绪。而此时，豁子却一反常态，露出近乎于委屈的表情来。他撅着屁股，脸被按在水泥地上，斜着眼睛看向陈金芳，缺了个口儿的门牙发出嘶嘶的哨音来。

"你是不是不想过了……"他挣扎着对她说，口气与其说是质问，倒不如说像是哀求，"你还有什么不知足的？"

陈金芳呢，她仍沉默不语。她的手还捂在小腹与胯骨的交界处，但表情是淡漠的，近乎凛然。面对豁子被挤得变形的脸，她的眼神如同在看一个陌生人。无论是警察还是围观的人，都竖着耳朵等她说点儿什么，但陈金芳始终没开口。她就那么坐着，仿佛出神入定了。

"你还有什么不知足的？"豁子又叫唤了一声。

警察倒是一副见多识广的样子，他嗤笑一声，拽起豁子，塞进微型面包车改装成的110巡逻车："甭跟这儿散德性了，有话到所里交代去吧——那女的，你也得去。"

陈金芳便顺从地站起来，却没走向巡逻车，而是一瘸一拐地往店门里走进去。这时警察又把注意力转向了我："有你事儿没有？"

我还没说话，陈金芳头也不回地甩过来一句："没他事儿。"

"哦，那你算见义勇为的？见义勇为也得讲究方式方法是不是？"警察晃了晃从豁子那儿缴获的三棱匕首，换了种推心置腹的口气对我说，"听我一句话，国家少了你照转，你们家少了你——不行。"

然后他拍拍我的肩膀，让我哪儿来的回哪儿去，"就没工夫给你写表扬信了。"在众人的注视下，我仍浑浑噩噩，却没离开，而是跟在陈金芳的身后，拐进了店面。这是个新开的服装店，刚装修好，地砖的缝隙还勾着白边儿，不锈钢衣架上空空荡荡的，尚未来得及罗列任何商品。店面后面，有个简易的卫生间，陈金芳缓缓走到带镜子的洗手池前，仔细地梳洗。她拿毛巾把脸上的各种汁液擦拭干净，又长久地凝视镜子里的自己。站在她背后，我看见她眼眶和颧骨上泛起的大块瘀青，也看见她正透过镜子看着我。

毫无预料地，陈金芳转过身来，像鸟一样张开双臂。我便如同受到了什么神秘的召唤，一头扎过去和她拥抱。论个头儿，我已经比她高出不少，但身体却不知不觉地越陷越低，直到单腿跪着，脸埋在她的胸前。在摩挲的过程中，我感到她已经膨胀得相当可观的胸脯反复蹭着我的面颊、耳朵。我把它们挤得变形，它们则让我险些窒息。这还是我有生以来头一次与女性如此密切地肌肤相亲呢，那种气息和质感只在我的春梦里出现过。但是此时此刻，我却毫无邪念，就连少男下意识的血脉偾张也没有发生。我心里很清楚，这是一个失意人和另一个失意人的拥抱。陈金芳散发着近乎母性的慈爱，而我则想要从她那儿得到安慰。我希望

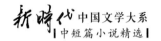

有一个人和声细语地对我说：没关系，你所经历的都是小事儿，不妨碍世界照转生活照过……然而没人说话。我只能箍起臂膀，把陈金芳的腰越勒越紧。

和她相拥的时候，我是不是没出息地哭了，蹭了她一前襟的鼻涕眼泪？这个细节我是真忘了。但陈金芳的气味和触感却像嗞嗞冒烟的烙铁，在我的感官中留下了真切、不可磨灭的记号。

过了些日子，我顺理成章地到大学报了到。我父母大概认可了我这辈子必将沦为一个庸人的前景，从此对我的事儿不闻不问，我呢，更是年纪轻轻便开始学习着用混吃等死的心态应对生活，并且成效斐然。因为脾气出奇的随和，谈吐又不令人生厌，我在脂粉堆里相当如鱼得水，很快就交上了固定的和不固定的女朋友。记得第一次和女孩在路灯底下拥吻时，那姑娘突然推开我，认真地问：

"你以前没和别人这样过吧？"

我居然无言以对。这让她失望极了，那副表情简直像美国宇航员阿姆斯特朗跨出"人类的一大步"后，蓦然看到月球上插着苏联国旗。再往后我就学精了。当外语系的系花茉莉问出类似的话时，我先考虑了一下自己是否真的爱上了她，得到肯定的答案后，我笃定地说：

"当然没有，一直守身如玉地等着你哪。"

"骗人吧你？"茉莉既欣喜又羞涩地埋下了头。啊，原来她们在乎的只是一个态度。

在此情此景中，我会不可遏制地想到陈金芳。这时我陡然意识到，以前把她视为无关紧要的陌路人，这是在骗自己呢。陈金芳变成了我记忆中诡异的存在，她不是我的初恋，却又恍若初恋，她没跟我说过几句完整的话，却又是我绝无仅有的倾诉对象。这样的关系，从她第一次站在我窗外听琴的时候，就埋下了种子。然而现在琴已经被我束之高阁，陈金芳也不知去向了。

周末从大学回家的时候，我曾经专门去过最后一次见到陈金芳的那条街。街道没怎么变样，但服装店的店门已经紧闭，挂着小孩儿手腕粗的链子锁，张贴着转租广告。许福龙倒是又在我们院儿的食堂干了两年，陈金芳她姐的馄饨摊儿则因为卫生不达标被取缔了。后来，这对夫妻也离开了北京，据说是回老家继续开饭馆了。至此，陈金芳和她的家人像是电线杆子上贴的小广告，拿高压水枪一冲，转眼就不留痕迹。对于北京这座城市而言，这也是大多数外来者的命运吧。

曾经"带着"陈金芳的豁子，倒是与我有过一次不期而遇。那是在我大学刚刚毕业的 2002 年，帕尔曼第二次来华，他先在上海音乐学院开设了为期三周的"音乐大师班"，然后在北京举办名为"贝多芬之夜"的专场演出。因为小提琴已经成了我的心病，那次演出我本来不想去听，但又恰恰因为心病，开演当天，我便开始坐卧不安。踌躇良久，我最终还是坐车赶往人民大会堂。这时票已售罄，各路神仙正飘然入场，一队蛮横又神秘的豪华汽车直接堵住了会场入口，穿黑西服的警卫簇拥着一个打扮得像绣球似的胖老太太走出来，并厉声呵斥记者：

"别瞎拍！"

我在台阶下的小广场上晃悠着，想等黄牛上来搭讪。几分钟以后，果然有一个男人凑过来，像电影里的特务接头一般掀开夹克衫的一角："要票吗？"

"多少钱？"

"八百。"

"没那么多钱。"我说。这是实话，那时候我刚到一家事业单位上班，工资少得可怜，几乎每个月底都得到父母那儿蹭吃蹭喝。

那人转身就走，同时轻蔑地骂了一句："操，没钱到这儿干吗来了？"

正是这个"操"，让我留意起这个在黑暗中面目不清的票贩子来。他的上舌音发得很不标准，听起来好像是漏气了。我跟上两步，借着一辆汽车的灯光，果然看清了豁子门牙上的那个洞。

他也认出了我，愣了一下："你还好这口儿呀？"

我点点头，同时恍惚感到自己和他之间还有什么事儿没"了"。他不会再续前缘地捅上我一刀吧？豁子却咧开嘴，近乎粲然地笑了，然后以亲热的口气跟我谈起生意来。他表示，看在"过去在一片儿混"的情分上，可以给五百块钱把票转给我。

"这票我弄来也费劲，还得到院里找人去。"

但这个价格也超过了我的承受能力。我拒绝了他，索然地点上颗烟，望着远处影影绰绰的人民英雄纪念碑发呆。

又过了一会儿，演出正式开始了，广场上的人群稀落了许多。豁子兜售了一圈儿，票仍没出手，便又绕回到我面前：

"一口价，二百。你还能听上上半场。"

我兜里的钱恰好还剩二百多。但这时我却改了主意："算了。"

"别再往下砍了，这票进价就得二百。"他抬手看了看表，焦急地说。

我还没有答复他，却望见大会堂的工作人员已经在关闭正门了。十五分钟的最后入场期限到了，豁子的票彻底砸手里了。他的两个嘴角滑稽地撇了下去，既像哭又像笑，但却什么也没说，垂头丧气地转身离开。

我却追上去，邀请他找地儿喝一杯。豁子诧异了一下，随后和我乘公车来到西单电报大楼侧面的一家酒吧。两杯啤酒下肚，他的情绪好了起来，话又碎又密。我们聊到了过去"那一片儿"的几桩神人神事儿，发现共同认识的人还真不少。显而易见，豁子如今混得不怎么样，掏出来的烟已经不是"万宝路"而是两块五的"都宝"了。他在追溯自己当年是如何挥斥方遒时，透出一种滑稽的英雄迟暮的气息。随着生活越发光怪陆离，那一代"顽主"的好日子终于过去了。而我则看准时机，把话题引到陈金芳身上。

"当初为了个'婆子'差点儿跟你翻脸……用你们的话说，这就叫老鼠操猫 × 吧？"

"你跟她很熟？"

"真就是同学，在班上几乎不说话。你掏刀子的时候我差点儿都尿了。"

豁子爽朗地摆了摆手："没必要害怕，其实我也是外强中干，就想吓唬吓唬你……再说后来警察不是来了吗？"

说到陈金芳的时候，豁子倒是心态平和。他歪着脑袋思考了半天，最后下了这样一个结论："这女的，最大的优点就是——活儿好。"

"我没体验过……"

"那挺遗憾的。我前面'带'过她的那几个人也这么说。"

至于其他方面，豁子对陈金芳其人的评价基本是负面的。他认为她没见识、上不了台面儿，脑子也笨，甚至还不讲卫生，"为了把丫身上的泥儿搓干净，那阵儿没少买老丝瓜。"他还后悔拿出本金来让陈金芳做服装生意，那买卖看似红火兴旺，实则由于不善经营，很快就赔了个底儿掉。而陈金芳呢，丝毫没为俩人的生计考虑过，手头已经很紧了，却还一个劲儿地逛商场、吃西餐，每逢北京有小剧场话剧、音乐会之类的演出，都会死磨硬泡地让豁子给她买票。他如今干的这生计，就是当年蹚出来的路子。

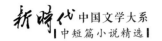

　　"她整个儿一傻逼。刚进城的山炮儿我见多了，但就是没见过这么急吼吼地想要变成贵族的。"豁子越说越激动，索性既厌恶又懊恼地骂起街来，"我那时候真是色迷心窍，为了她跟老家儿都闹掰了，我妈干脆搬到我舅舅家住着去了……就这样丫还不知足呢，后来居然偷偷把店里所有的钱都拿出去，说是想买钢琴。我实在寒了心了，索性抽了她一顿，让她滚蛋……你那时候也够没眼力见儿的，上来就跟我参翅子，现在你评评理，那事儿换你你不跟她急？"

　　我莫名其妙地一激灵："你说她要买什么？"

　　"操，钢琴。"豁子门牙漏气儿地说，"她也不知在哪儿认识了个乐团退下来的辅导老师，人家说她手长适合学乐器，她就死活非要买那玩意儿。当时我们刚刚把摊儿盘出去，租了个门脸房，手里就剩两万多块钱准备到广东上货呢。我刚开始也好好劝她来着，我说就算你真喜欢'音药'，你能保证自己变成钢琴家靠它吃饭吗？顶多是一业余爱好，想买也得等挣了钱再说呀。可她就是不听，跟疯了似的，我把钱锁抽屉里她愣拿改锥撬开了……说实话，我到现在都不明白这人脑子里想的到底是什么……"

　　至此，我总算知道了豁子当街暴打陈金芳的前因后果。实话实说，仅论这桩事情，大部分人都能体会到豁子的委屈和苦衷。他浪子回头，对陈金芳仁至义尽，这样的故事简直像是从九十年代的香港烂片儿里扒出来的——可惜遇人不淑，满腔热血奉献给了一条欲壑难填的白眼儿狼。但再想到陈金芳，我固然不能否认虚荣、肤浅这些基于公序良俗的判断，但仍然感到了一股难以言明的悲凉。她曾经像孤魂野鬼一样站在我窗外听琴，好不容易留在了北京，却又因为一架钢琴重新变成了孤魂野鬼。滑稽的是，力劝陈金芳买钢琴的那位"辅导老师"，我也是认识的。那人水平其实还算可以，给不少小有名气的美声歌手当过伴奏，只不过说话办事完全像个神棍。他有个副业，是充当一家日本琴行的"顾问"，说白了就是推销雅马哈钢琴，为了那点儿提成，每当遇上傻乎乎的妇女儿童，他都会摩挲着人家的手惊叹：

"这跨度，这力度，不弹钢琴就是暴殄天物。"

我自然还联想到了自己学习音乐的经历。与陈金芳相反，我自打懂事儿伊始，就被家人往脖子上按了一把昂贵的小提琴。我没有过选择爱好的权利，因此感受到了和陈金芳相同的、孤魂野鬼一般的寂寥。最戏剧性的，莫过于我们两人的结局：无论幸运与否，到头来都与音乐无缘。这么想来，当年我们那演奏者和听众的关系，又是多么的虚妄啊，虚妄得根本就不应该发生才好。

我那天晚上喝得酩酊大醉，自己的钱花光了，又揪着豁子的脖领子，抢了他的钱包继续买酒。豁子也喝高了，他嘴里吹着哨儿，把作废的帕尔曼音乐会门票掏出来，用打火机点着，和我对火儿抽了颗烟。火苗把酒吧老板吓了一跳，他果断地把我们轰了出去。出了门，豁子犹在搂着我的肩膀抒情，含混不清地说"你这个朋友我交晚了"，我则把他甩在马路牙子上，头也不回地走了。

自从那次见过豁子，陈金芳在我的生活中便彻底断了音信。我到底没弄清她去了哪儿，也不再关心她去了哪儿。没想到，当我把她遗忘之后，陈金芳却又回来了。

5

在帕尔曼第三次来华的音乐会上偶遇后，我和陈金芳并没有马上建立起联系来。原因很简单，我本人陷入了前所未有的意志消沉。我离婚了。

离婚的责任当然在我，对于这一点，我从不讳言。经过多年的自我培养，我终于变成了一个彻头彻尾的混子。大学凑合着毕业以后，我父母最后对我尽了一次心，把我塞进了一家旱涝保收的国家单位，但只干了一年多，我就辞了职。打着"献身艺术"的旗号，我一边写着电影评论，一边做起了小剧场戏剧策划。在文化产业虚假繁荣的大背景下，我的几个创意还真被搬上了舞台，但很快，我就发现自己不是那块料。更要命的是，我跟几个编剧导演合股创办的那家皮包公司转眼就真的只剩了一只皮包，包里装着几部胎死腹中的剧本，此外还有一把欠条和两张法院传票。吃完散伙饭，我回到家，醉眼蒙眬地问我老婆茉莉：

"你在那个外企到底混得怎么样？"

结婚以后，这是我第一次打听她的收入，听到的数字差点儿把我鼻子气歪了——早知道守着这么个金矿，我还出去瞎折腾什么呀。进而，我潇洒地宣布：

"那我可开始吃软饭了啊。"

茉莉真是个侠骨柔肠的好姑娘。当初要跟我结婚的时候，她的家人就不同意，可她被猪油蒙了心，愣是谎称怀孕跟我把证儿领了。我辞职"搞文化"那阵，整天跟她云山雾罩地吹牛，而她却从来没跟我说过她早已经被提到了高级职员的位置。这是在照顾我那脆弱的自尊心呢。再后来，我连自尊都不要了，索性赖在家里吃她的喝她的，她也没表示过什么怨言。

"你这个人唯一的缺点，就是太不催人奋进了。"我曾经厚颜无耻地这样评价她。

她给我的回答则是："那你呢，如果说还剩一个优点的话，那就是特别惹人心疼。"

我一想，她说得还真对。在我们那不长的婚姻生活中，她一直充当着半个老婆半个妈的角色，从身体到心灵全方位地呵护着我。不过人的忍耐能力终究是有限度的，有一天，她犹豫地告诉我，那家跨国公司把她送进了美国的商学院，毕业之后将转到洛杉矶去工作。

　　我叹了口气，对她说："那我就不拖你的后腿了。"

　　茉莉哭了，执意把存款都留给我。她的钱我本来没脸再要了，可她却说："如果你不要，那就是你甩了我而不是我甩了你了。我是女的，我更需要自尊。"

　　我只好顺坡下驴："嗯，那我就让你甩一次吧。"

　　我那早已像破抹布一样的自尊，居然卖出了如此丰厚的"包圆儿价"。离婚的事宜处理得非常快，我把茉莉送到机场，心平气和地勉励她："祖国人民盼着你争光呢。"而把这事儿通知我父母后，他们的态度居然是基于恨铁不成钢的幸灾乐祸。

　　"活该，"我父亲痛快地说，"谁跟你过谁受罪，我坚决支持茉莉休了你。要搁三十年前，我还到居委会把你当盲流举报了呢。"

　　然后他们就把海南的房子装修好，到那边老有所乐去了。所幸，在一片众叛亲离中，和我臭味相投的大学同学 b 哥收留了我，将我聘为他控股的一份画报的"文化版副主任"。凭借这个施舍来的闲职和前老婆留下的积蓄，我的生计总算有了着落，而因为无人约束，我索性过上了昼夜颠倒的放纵生活。那一阵子，我成了好几个糜烂圈子里的"常委"，哪怕不是圈儿内的饭局，只要能拐弯抹角扯上点儿关系我也踊跃参加——坐下就开始灌自己，喝好了便天南海北地插科打诨。久而久之，我落下了个"散仙儿"的称号，半熟不熟的酒肉朋友如同过江之鲫。付出了酒精肝和大脑轻度缺氧的代价后，我终于成功地克服了那如影随形、让人几乎想要自杀的抑郁。

2012 年刚入冬，一位小有名气的画家在"798 艺术区"开办个人展览，凑了大批闲人前去捧场，也给我打了电话。这人的画风就像他的经历一样复杂多变：最早是宏大题材油画，入选过好几个省宣传部的"重点扶持名单"；后来山东那边的官场盛行拿国画送礼，他就现学了半年"大写意"，牡丹花倒也画得雍容富贵；这两年大量游资涌向当代艺术领域，他又笔锋一转，创立了"立体现实主义的政治波普"这个流派——代表作是发廊小姐光着屁股学理论，点睛之笔在于画中人的阴毛不是画的，而是不知从哪儿找了一撮真毛粘上去的。

"芬兰伏特加管够，糊弄完那帮人傻钱多的老帽儿，咱们在院子里铜锅涮鲍鱼。"画家热诚地撺掇我。

我打了个哈哈："就怕喝高了被你雁过拔毛。"

"放心，有女眷就不会用臭男人的毛。我可是如假包换的现实主义画家。"

我粗野地与其对笑，挂了电话出门。天色阴沉，太阳在鸡蛋壳似的云层后面透出些微光来，半空中飘洒着零零星星的雪花。车开到东四环上，恰好碰上某国主子携娘娘访华，警察封路造成了大范围拥堵，当我好容易蹭到画展现场，那个废弃厂房里已经挤满了秃子、大胡子和冷天里浑不吝地穿着旗袍的女人，众人像反刍的偶蹄目动物一样来回踱步，煞有介事地交头接耳。

"盛况空前吧？"画家踌躇满志地搂着我的肩膀，给了我一个俄罗斯式的熊抱。

"嗯，大家装 × 都装得很在状态，就不需要我再煽风点火了。"

"报道也不用你写，美院俩学生会把通稿发给你。"他塞给我一只酒杯，把我引到休息区，"留点儿量别喝高了，一会儿还有几位有分量的人要来呢。"

我靠在沙发上，和几个点头之交的"画评家"聊着天，不知不觉混到了天黑。这时，展区的普通观众已经基本散去，画家也接受完了采访，却仍庄重地站在门口，片刻从外面迎进一小队人来。

这就是所谓"有分量的人"了。领头那个我在新闻里见过，是个什么协会的副主席，他身后跟着的，则是几个艺术品投资商和画廊老板。在队尾，我赫然看见了陈金芳。她今天穿着一件纯白的雪貂短大衣，头发像宋氏三姐妹似的在脑后挽了个鬈儿，正热络地和一个核桃般满脸皱纹的男人聊天。上次开车接她那个小伙子侍立在陈金芳身后，眼馋似的东张西望。

我站起来，对她扬扬手。陈金芳却对再次偶遇并不吃惊，她对我笑笑，继续与人说话。画家忙前忙后地招呼这群人，又开了两瓶"正宗的波尔多"。看画的过程中，一旦谁提出什么问题，他立刻会出现在那人身旁，详尽地解释自己的"创作动机"。一时间倒好像在七仙女中使了分身法的猢狲。

要客并不久留，副主席祝贺完画展圆满成功，就带着秘书翩然离去了。投资商们预订了几幅并不贵的作品，也集体告辞。只有陈金芳没走，她说自己公司恰好没事儿，回去路又堵，索性留下来蹭饭。

画家豪迈地挥手招呼工作人员："摆桌，支锅子。"

晚宴是在厂房一侧搭建的玻璃棚子里召开的，四面都是一片飘飘荡荡的雪景，大马力的空调暖风却让女客们脱了外衣，露出白晃晃的膀子，视觉效果相当奇异。有个风雅之士掉书袋，说《儒林外史》里也有异曲同工的赏雪亭。我端着酒杯坐在一只铜锅对面，陈金芳也凑了过来。她从包里拿出化妆镜，审视了一下自己的容貌，我给她倒了小半杯红酒。

这时她才跟我说话，上来就是嗔怪："你怎么也不跟我联系呀。"

"知道你现在是忙人。"

陈金芳嘟着嘴，攥起拳头打了我一下："你这人最没劲了，不就是不爱理我嘛。"

看到她跟我一派烂熟的模样，旁人不免对我有了几分艳羡。画家来到我们身后，搂着我们的肩膀往一块儿挤："你们以前认识啊？怎么也不告诉我？"

"……多少年的交情了。"我含糊着搪塞。陈金芳则面无表情地给自己夹着醋拌裙带菜。

"那我就省事儿了。"画家用力拍着我说，"替我照顾好她。要是人家有什么不满意，我拿你是问。"

话虽这么说，吃起来之后，画家还是殷勤得紧，屡次三番绕回来向陈金芳敬酒，并要求她一定要尝尝听音乐长大的雪花肥牛："嚼没嚼出勃拉姆斯的味儿？"他的举动很好理解：即使不是作为席间仅存的"要客"，陈金芳也称得上在场女性中最出彩的一个了。她不疏不密地笑着，坦然接受主人的恭维，显得仪态万方。

我有点儿坐不住了，站起来要给画家腾地儿："要不咱俩换换，你坐我这儿？"

陈金芳马上拽了拽我的袖子："咱们还有好多话没说呢。"

对面的两个人挤对画家"不识趣儿"，弄得他有点儿尴尬。陈金芳便主动跟画家碰了下杯，宣布自己已经跟柏林的一个基金会达成了合作意向，准备把中国"有创造性的"艺术家集体打包，推出去一批，名单上一定会有他的名字；假以时日，海外画展也是水到渠成的了。画家正忙不迭地表示自己"也不是那么在乎虚名"，陈金芳又随意指了指那个跟着她来的小伙子：

"这是胡马尼，虽然没上过美院，但是一个挺有才华的民间画家。现在他在我那儿帮点儿忙，以后还请你多提携。"

"名字挺有意思，"画家跟小伙子握手，"异族？"

"不不，艺名。"胡马尼双手递上名片。

他们寒暄的时候，陈金芳又扯着我嘀咕起来："这人你觉得怎么样？"

我瞥了瞥画家："你说的是人还是作品？"

"假如把人当成作品包装一下呢，唬不唬得住人？"

"没准儿吧……不过像这样的，宋庄那边一抓一大把，价钱都比他低。你要真签了他，最好让他再多说点儿过激言论，外国人喜欢这个调调。"

"那自然，在国内被禁了才好呢。"陈金芳很内行地与我相视而笑，再往下聊开去，口气就真像是贴心贴肺的"自己人"了。她说她刚转行做"艺术品"这个行当，虽然颇受几个半官方行会头目的赏识，但毕竟在圈子内人脉还不够熟。我说可以帮她介绍一些人，提了几个名字，果然让她大感兴趣。然后她又拉着我去给桌面上的其他人敬酒，倒把胡马尼撂在了一边。几杯下肚，我也孟浪起来，说了几个半荤不素的笑话，逗得那群人直拍桌子。

一顿饭吃完，已经近夜。雪下得越发大了，外面路灯下的空地亮如白昼。我果然喝多了，不能开车回去。打电话叫代驾，人家嫌天气不好不愿意来。画家劝我索性在展厅楼上的办公室凑合一夜算了，陈金芳却有个提议：她开我的车送我回去，胡马尼再开着她的车到我家门口接她。我说太麻烦了没必要，她却不由分说地从我手里抓过了车钥匙。

一行人出门上车。胡马尼钻进那辆"英菲尼迪"时，我分明看到他向我投来气鼓鼓的眼神。这让我有点儿惴惴的：谁知道那小伙子跟陈金芳是什么关系呢？每次都看见他们出双入对的。于是我对陈金芳说：

"不合适吧？那么使唤人家。"

"你说谁？那孩子？"陈金芳说，"不使唤他使唤谁呀——他以为他是谁呀，一天到晚的不知天高地厚。"

我倒不知道胡马尼到底怎么"不知天高地厚"了，但却明白，就像陈金芳过去的生活我不便再提，她如今的状况我也没必要多问。但是不问过去也不问现在，我和陈金芳眼下的这种熟稔，就像是无凭无据的空中楼阁了。我有点索然，把车窗打开条缝，呼吸了两口新鲜、刺激的空气。她的技术显然不大应付得了雪地，再加上我那辆咯吱乱响的雪佛兰很不好开，因此刚开始并没什么话，只是瞪着眼谨慎驾车。但没过一会儿，车驶上紧急撒了一层化雪剂的环路，陈金芳便开始喋喋不休地独白起来了。

我很难抓住陈金芳的谈话思路，那几乎就是杂乱无章的呓语，跳跃得堪比风行一时的"意识流写作"：上一句还在抒发她在事业上的雄心壮志，下一句就开始说她喜欢某家餐厅的装潢。对我的态度呢，也一会儿是孩子气的亲热，一会儿又变成混杂着傲慢的满不在乎了。总之颇让人有错乱感。但比之过去，她已经不再是一个内向的人了，而是变得很热衷于自我表达，并且对自己的生活相当满意。

就这么她说我听，车子开到了公主坟西边那个大院门口。离婚以后，我就搬回了父母的旧房子。陈金芳说："你还住这儿？"

"对，没怎么离开过。"

她忽然沉默了，门岗放行后缓缓开了进去。老家属院早已车满为患，连便道上都停得密密麻麻，我指挥她把车子横在了一块斑秃的草地上，然后立起领子，将她送出院门。

走过尚未拆建翻新的食堂时，陈金芳凝望了两眼，感叹道："都多久没回来了。"这自然让我想起了她姐和许福龙。然后，她又扭头往西望去，找了找过去那片衰败、杂乱的平房，可惜未果——"西平房"在几年前就被拆除了，如今变成了一栋租给保龄球馆和歌舞厅的综合性建筑。

"你可真是锦衣夜行了。"走回院门口，我低头看着她那亮得夺目的雪貂皮大衣，一半恭维一半取笑地说。

陈金芳一笑："说得跟我多想显摆什么似的。"这时胡马尼已经把车停在路边候着了，他正敞着窗子抽烟，也不嫌冷。陈金芳上了车，突然又探出头来，向我做了个打电话的手势："你要不愿意找我，我可找你了啊。"

我挥手和她作别，慢慢往回走去。晚上喝的酒有点儿上头，我的太阳穴一跳一跳地疼，脚踩在积雪上也深一步浅一步的，有两次险些滑倒。拐到某条岔道上，我猛然看见雪地表面上散落着稀稀拉拉的一串红色，第一反应居然是血，而且错乱地以为是陈金芳当年洒在地上的血。这个想法让我心惊肉跳，幸亏走近了，才看清是一只被扯得稀烂的超市购物袋。谁家狗又撒欢儿了。

6

那次以后，陈金芳果然主动约了我两次，一次是在东四十条的"大董"烤鸭店设宴为某个刚从国外回来的摄影家接风，另一次则是她公司开办的新年聚会。在第二个场合上，我说到做到地为她引见了几个文化口的记者和在绘画圈子里"相当有分量"的研究者，也见识了她的公司：地点在北五环外一个区政府开设的"创业产业园"里，三层小楼的一层和二层分租给了咖啡馆和书店，第三层是通透敞亮的办公场所。陈金芳在自己房间的墙上挂满了与各路头面人物的合影，不知是买来还是别人奉送的画作与雕像则杂乱无章地摆在外面的大厅里。一眼就可看出，她的公司还没有正式运转起来，地毯和墙面还散发着化学材料的味道。而在这个园子里，如此这般大大小小的公司起码不下二十家。

她那儿干活的人很少，除了永远在场的胡马尼，其余就是两三个大学还没毕业的实习生。不过这也符合这种公司的特点：人手并不必多，只要路子够宽，手头的现金充裕，便可以游刃有余地低买高卖。事实上，这也正是陈金芳给人们留下的印象。她与任何人都能自来熟，盘旋之间挥洒自如，俨然"摆开八仙桌，招待十六方"社交名媛。三言两语涉及"业务"的时候，她嘴里蹦出来的不是百八十万的数目，就是那些如雷贯耳的名号。

"这位女士是什么来头，你清楚吗？"端着高脚杯分头闲聊时，一个报纸副刊的编辑问我。

"其实真说不上熟，是她非想认识你们，我才招呼你们来的。"我说。

"像她这样的人，基本上逃不出两种可能性。"那位编辑沉吟片刻，一副见多识广的样子，"一是外地哪个土财主的外室，再不就是领导干部的家人。这种买卖投资未必小，赚钱却不见得有保障，有这些资金，开个饭馆要稳妥多了，所以一门心思钻进来的，不少人都是阔小姐开窑子——纯图一乐儿。"

我望了望大厅中央穿着小礼服的陈金芳，饶有兴致地问："那你看她是哪一种呢？"

"都像，也许两者都是吧。"

我笑了笑，不再多嘴，独自走向大厅角落里的那台"山水"音响。

音箱上的实木架子里,竖插着好几排古典音乐CD,种类相当之全: 莫扎特、贝多芬、门德尔松、西贝柳斯……我挑了张帕尔曼演奏的柴可夫斯基《A小调钢琴三重奏》放进唱机。在这个版本中,与他合作的钢琴家是同样声名赫赫的阿什肯纳齐。但乐声刚一传出来,我便意识到自己的选择很不妥。那旋律太凄凉了,尤其是小提琴部分,简直是在眼泪汪汪地哭诉。事实上,这首乐曲是柴可夫斯基为悼念鲁宾斯坦而写的,是一首不遮不掩的挽歌。《日瓦戈医生》里也提到了这部三重奏,一曲未了,女主人公拉拉就得知了母亲死去的噩耗。

而眼下的场合可是新年聚会呀。满堂的红男绿女都被笼罩在一层古怪的气息里,两个敏感的人狐疑地朝我看过来。我慌了下神,赶紧把那张CD拿出来,随便换了张维瓦尔第的《四季》。直起腰来,我的眼前炸开一片繁花似锦的视觉效果,陈金芳笑盈盈地站在我面前。

因为兴奋,她的脸上直泛红光:"谢谢你啊。"

我知道,她指的是我带来的那几位"有用的人"。方才她与他们应酬得很成功,没准已经预约下好几个版面的专访了。对于一个名大于实的行业而言,"牛皮能吹多大,舞台就有多大",这是早年成功者的经验之谈。我不好意思地笑笑,谦虚道:"真别客气,具体哪块云彩能下雨,还得看你善不善于挖掘了。"

"没看出来你成天无所用心的,其实能量还挺大。"陈金芳举起喝香槟用的郁金香形杯子,跟我碰了一下,"真是朋友多了路好走,我要是早点儿碰见你就好了。"

我意识到,我们之间的谈话正在向特别没劲的方向发展,便没接她的茬儿,掏出烟来点上。她却伸出两个指头,轻巧地从我的烟盒里捏出一颗叼在嘴上,等着我为她点火。

不远处的胡马尼又在不满地盯着我们了，此时他的眼神简直是凛然而愤怒的，让人想起刚撒尿划完地盘就被主人轰出去的小狗。这副模样反倒激起了我挑衅的欲望，我故作温存地笑着，响亮地拨开金属打火机的盖儿，欠身为陈金芳把烟点上。她轻轻吸了一口，在过滤嘴上留下了鲜红的唇印。我敢说，她夹着烟横置于脸颊一侧的姿态，多半是从奥黛丽·赫本在《蒂凡尼的早餐》里那张著名的海报上模仿来的。

"跟你说真的呢，我挺想感谢你一下的。"陈金芳重又开腔，"你眼下缺点儿什么，不妨告诉我……"

"第一缺德，第二缺性伴侣——忘了告诉你我前一阵刚离婚。"我条件反射似的打断她，"头一样你帮不上忙，第二样我不大好意思找你帮忙。咱们毕竟小时候就认识，杀熟的事儿我不爱干。"

她仿佛被我的流氓口吻小小地惊着了，半张着嘴一愣，但眼里涌出更多的笑意。随后，她斟酌着措辞道："你这是跟我客气呢吧？我看得出来。虽然我知道跟你说这些挺俗的，但眼下我并不缺钱，而你呢，看起来手头又不那么宽裕……"

"真不是客气。"我索性直抒胸臆，"比起你我肯定是一穷人，可我也没觉得自己过得有多凄惨。用崔健的话说，'反正不愁吃反正我也不愁穿，反正实在没地儿住就跟我父母一起住'，比起那些狠捞人间造业钱的主儿，我宁可把自个儿的欲望尽量降得低一点儿，当个无伤大雅的寄生虫，这也是一个混子、一个犬儒主义者最起码的道德标准了——我的普通话你听懂了吗？"

"你这话有点儿偏激。"

"就算是吧……难道你认为我活成这样儿是通达的结果吗？"

陈金芳晃了晃手里的烟，表示不想与我争辩。但没过两秒钟，她又换上了一副真诚而又单纯的表情，对我说："我真觉得你不再拉琴特别遗憾。"

"没什么遗憾的。我在那方面其实没什么过人之才，成不了真正的演奏家，顶多就是一'伤仲永'……"

"你又在钻牛角尖了。"这次，陈金芳打断了我说，"拉琴就是为了成为演奏家吗？你这么自诩脱俗的人，怎么考虑起这件事情又那么功利。难道你现在不还是喜欢音乐的吗？音乐完全可以成为你的爱好呀。"

我居然被陈金芳说得哑口无言。这是她头一次对我使用尖刻的语气，而说实话，她句句捅在了我的软肋上。气氛登时有点儿僵。我捏着行将熄灭的烟头，佯装四下找着烟灰缸。她舔了舔嘴唇，往回找补了一句：

"再说了，别人觉得怎么样我不管，对于我来说，你已经拉得美极了。"

这话让我再次恍惚，仿佛回到了从前，她站在窗外听我拉琴的那个年代。记忆中树下瘦小的人影，竟然与眼前这个仪态万方的丽人重合了起来。这时，前几天宴请过我们的那位画家凑了过来，热情地揽住陈金芳的肩膀，说有一件"神秘的礼物"要送给她。

"你猜是什么？"画家挤眉弄眼地问陈金芳。

"你还能拿出什么，无非是一幅画——她的画像。"我随口说。

"跟聪明人混在一块儿就这点不好。"画家哈哈大笑，"想卖个关子都那么难。"

我近乎恶毒地打趣："也不知道你给她粘了一撮什么样的毛。"

那幅画倒不是画家独创的"立体现实主义"，而是传统的人物静态油画——文学杂志"封二"上常见的那种风格。画里的陈金芳穿了件纯白的连衣裙，侧坐在带靠背的木椅子上，背后是一扇阳光倾泻的落地窗，表情相当恬静。我认出那背景就是画家在小汤山附近的画室。看来这段

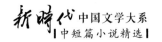

时间里，他们也打得火热。

在众人的簇拥与恭维下，陈金芳直面画里的自己，夸张地拿手捂住两颊："你把我画得太漂亮了。"

"你是批评我画得不像喽？"画家说。

"那怎么可能？"

"这么说，你就是承认自己漂亮了。"

其他人也不遑多让，我带来的那几个朋友纷纷发表见解，主题无一例外，都是借画捧人。最初陈金芳还有点儿不好意思，但听得多了，便开始两眼熠熠闪光，浑身上下的每个毛孔都焕发着能量，使她的真人比画像更加璀璨。

"胡马尼，你看看人家——还说自己也是画画的呢，你画什么了？翻来覆去就是你们村儿那两头牛。"她还不忘对远处的胡马尼撒过去一句。

这时我发现，我和胡马尼都被甩在人圈儿外面了，我们一个守着音响，一个斜靠吧台，像棋盘上不尴不尬的两枚孤子。我又观察了一下那小伙子的脸，居然读出了类似于忍辱负重的意味。我并不是那种在哪儿都要充当焦点，受不了半点儿冷落的人，但还是对眼下的气氛感到不舒服。于是我趁没人留意，到门廊找到自己的大衣，匆匆溜走了。

新年聚会以后，陈金芳有两个多月没联系我。我想，可能是她觉得我的不辞而别很失礼，或者是对我那天谈话时的话里带刺儿感到不舒服了吧。如果是前者，我固然承认自己不够周全，但要是因为后者，我却不觉得有什么需要反省的。说真的，身处于如今这样一个环境、这样一群人中间，我还认为不能随时随地破口大骂是压抑了自己呢。而这样的心态，也可被视为自己"仍然年轻"的表现吧。在那个千年极寒的冬季里，我照常到单位点卯，照常被拉去赴各种各样的饭局，照常往海南打长途电话"问阿玛、额娘的安"。我逐渐适应了有序但却杂乱、热闹但却孤单的离婚生活。

在一些有艺术圈儿朋友到场的饭局，我越来越多地听到人们提起陈金芳。当然，他们说的那个人名是"陈予倩"。关于她的传闻正在向离谱的方向发展，有人说她是某个国学兼房中术大师新收的入室女弟子，还有人说她靠和"异见分子"同居，从国外反华组织那儿骗来了大笔经费。根据我和陈金芳的接触判断，这些当然都是谣言，但也说明她混得越来越风生水起了。要是再有机会见面，我真应该恭喜她才对。

到了春节临近时，场面上的事儿就少了下来。我的狐朋狗友不是回了老家，就是陪着亲戚准备过年了，只有我因为懒得到海南听我父母训话，继续孤零零地晃荡着。各个单位还没正式放假，但北京已成空城，大街上的汽车少得让人发瘆，天空中零星绽放着急不可待的焰火。全球性的经济衰退已经持续了两年多，各国股市哀鸿遍野，国内许多产业举步维艰，尽管政府狠狠地给基建领域打了几次鸡血，但却不敢再觍着脸显摆"这边风景独好"了。赵本山和他的弟子也宣布不再参加今年的春晚，四面八方的气氛倒显得消停了不少。

腊月二十八那天晚上，我正给一家报纸赶稿写着"贺岁档"的电影评论，突然接到了陈金芳的电话。她问我过年怎么打算，我说预备了一些速冻饺子。她扑哧一笑，让我赶紧到民族饭店旁边的一家老牌韩式料理来："说得这么可怜，给你补补油水吧。"

我三笔两笔敷衍完稿子，开车沿复兴路向东，很快找到了那家餐馆。让人意外，陈金芳并不在包间里，而是一个人坐在大厅中的一张散台后面。她穿了件领口开得很低的洋红毛衣，薄呢子短大衣搭在旁边的座椅靠背上，脸似乎瘦了一圈儿，眼睛都被撑大了。

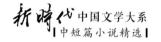

我向她招了招手走过去，问她："别人还没到？"

她说："没别人，就咱俩。"

我更意外了："连胡马尼也不来了？"

"回老家了。"陈金芳不以为然地瞥瞥眼睛，"再说他又不是我什么人，干吗到哪儿都带着他啊？"

听这口气，她和胡马尼之间或许有了点儿龃龉。但我知道，这是我没必要感兴趣的事情，就是感兴趣也不合适问。于是我坐下来，呷起了大麦茶，陈金芳让服务员上菜。尽管饭就俩人吃，但她仍然安排得很丰盛，点了大块牛排、腌牛舌、羊纽约克、鳕鱼和肥瘦参半的五花肉。我还多要了两盘餐前小菜里的辣椒烧牛肉，并评价说："跟过去大院儿食堂做的一个味儿。"

我眼花缭乱地看着服务员操练各种兵刃对付炉火上的肉，间或抬头和陈金芳对视一眼。我发现自己看她时，她也总在看着我。我问她前一阵忙什么去了，她说就在北京"处理点儿事"，另外还到香港参加了一个规模不大不小的艺术展。"总之忙得马不停蹄的，刚回来就找你来了。"假如她说的是真的，那么可以判断，我上次的不辞而别并没有得罪她。

"在香港又有不少斩获吧？"我说。

她仿佛强打起精神，说自己又见到了哪些人：香港电视台一个新闻评论员，说话时假牙总有喷出来的风险；九十年代流窜出去的一个气功大师，现在还在给人看风水；几个艺术策展人，其中有一位正忙活着往维多利亚湾里放一只巨大的吹气儿鸭子。她还说自己住的地方就是当年"哥哥"跳楼的那家酒店，时至今日还有不少矫情男女前来烧纸。

随后，她立刻露出乏味的表情："也没什么大意思。"

她已经下了定论，我也就不好再品头论足了。我们一边吃饭，一边转而说起家常话题。我问她过年怎么也不回家，她说没有回去的必要了，反正家里也没人了。我说你姐和你姐夫呢，她随口说了句"也做买卖呢"，便扯回我的身上，问我为什么离婚。

"人的忍耐都是有限的，没跟你说我一直吃着软饭呢吗？她能坚持这么久已经难能可贵了。"

"作为朋友，我真替你们可惜。"陈金芳像电视剧里的女配角那样贴心而诚恳地说，"而且我觉得错儿主要在你。人家当初跟你结婚，肯定既不是图你的财又不是图你的色，而是真喜欢你这个人——你们是有感情的。"

我说："你就别往我的伤口上撒盐啦，我已经对所有熟人都承认自个儿是一浑蛋了。"

"你这样的男的呀，"她说，"优点在于敢于贬低自己，这显得很有自知之明，缺点则在于你总是觉得贬低完自己，就有资格去伤害别人了。"

"你让我无话可说。"我对她的判断心服口服，并再次惊诧于陈金芳对我这个人的认识程度。那感觉，就好像她跟我共同生活了许多年，而且一直在观察我，琢磨我。这不由得又让我想起了当年。难道那隔窗而奏的琴声在我们之间建立了心有灵犀的默契，使得我本性中的懦弱、卑琐在这个女人面前暴露无遗？这近乎玄而又玄了，也说明所谓"知音"并非仅限于那些高山流水的典雅情操。

沉默半晌之后，陈金芳又对我提起了那个老话题："你现在真的不碰琴了吗……哪怕一个人的时候？"

"嗯。"

"听我一句劝，没必要跟自己较劲。假如你想通过这种方式来否定自己以前的生活，那么也只能说明你还没长大。哪怕没机会当一个真正的演奏家，那也没什么呀，换个角度想，你毕竟掌握了一项特别的手艺，这已经让你比别人活得丰富多了……我挺羡慕你的。"

这一次谈到小提琴的事儿，陈金芳的话没有激起我的逆反情绪。我掩饰性地笑了笑，但自己明白脸上的效果一定是皮笑肉不笑。好在陈金芳也没有再接着说下去，而是又把话题转到了别人身上。她说起那个"立体现实主义"画家，毫不避讳地痛斥那人"太功利，太庸俗了"，但说到具体的事儿，却又语焉不详。据我的猜测，好像是画家想从她那儿预支一笔钱来租一处更好的画室，还催她赶紧把国外画展的场租费交了，然后安排他跑一趟欧洲。

"可是做这些投入之前，我总得先做个评估，搞清楚他有没有被国外那些人认可的潜质呀。这么火急火燎的，反而让我觉得他把我当成冤大头，只想从我这儿捞一票。"陈金芳皱着眉头抱怨说。

我跟那画家也不熟，便和了句稀泥："你得理解那个岁数人的心态，他们总觉得自己错失了许多机会，因此想要在各个领域拽住青春的尾巴。"同时，我忽然有点儿纳闷：难道陈金芳专门把我约出来，就是为了跟我闲聊天，扯这些不咸不淡的话题吗？

这个疑惑在晚饭结束后才被解开。炉火渐渐冷下来，铁板上滋滋冒泡的油脂凝结成了白色斑块。我和陈金芳起身出门，来到昏暗高耸的前厅，几个穿得像韩国电视剧人物的服务员双手护裆，向我们鞠躬告别口称"思密达"。我正不熟练地往脖子上捆着围巾，陈金芳半踮起脚尖帮我系好，又用戴小羊皮手套的手抚了抚我肩膀上的皱褶，突然道：

"还有个事儿想向你打听一下……具体说是想找你帮忙。"

"你说。"

"你是不是认识一个叫龚绍烽的商人？"

龚绍烽也就是我大学时期挚友 b 哥的本名，此人堪称我们这个时代特有的奇人，身上同时具有猥琐与超脱、唯利是图与理想主义等等诸多相互矛盾的品质。上大学的时候，他就一边眼泪汪汪地给女同学抄录"妹妹你是水，静静地镇日流"之类的滥情诗歌，一边为了每天中午多吃二两排骨把食堂的胖大婶给搞了；毕业以后他没找工作，依次干过书商、倒卖狂犬病疫苗、冒充领导亲戚等等勾当，最终靠经营一家把发廊妹包装成"性感女主播"的准黄色网站发家致富，而在他穷得到处蹭饭的日子里，也仍然负担着河南老家一窝儿穷孩子的学费；现在他的公司养着一群三流女演员和平面模特，但比起跟那些女孩睡觉，他更热衷于把她们集中到自己的会所里引吭高歌……而这个名字突然从陈金芳的嘴里问出来，不免令我猝不及防。

我问她："你怎么知道我认识这人的？"

"你上班的那家画报，幕后的大股东不就是他吗？"陈金芳意味颇深地淡淡一笑。我猜她已经知道了我和 b 哥的交情，更联想到她已经把我的"人脉"摸了个底儿掉，不免稍感心慌。

"你找他有事儿？"我说。

"我手里有笔闲钱，跟他达成了合作的意向，不过还没最后敲定。"陈金芳说，"你要是跟他说得上话，帮我打探一下他怎么想的。"

对于她的要求，我的第一反应是畏难和犹豫。在和有钱的朋友们打交道时，我一向有个原则，就是只当帮闲，不作捐客，也即把关系限定在吃吃喝喝、清谈务虚的层面，绝不靠给他们搭桥牵线来牟利。这么做，一来有利于维系自己那点儿虚幻的尊严；二来也是明哲保身——真出了什么娄子，我可担不起责任。尤其是 b 哥，据我所知，他近年来从事的都是些本大利高、游走于灰色地带的投机生意，比如充当"标头"组织人合股买矿之类。而陈金芳能跟他这样的人搭上，也证实了我先前隐隐的预感：她所涉的"水"相当深，绝不仅仅是一个在文化圈儿打转的小富婆。

但也不知怎么搞的，在陈金芳的注视下，我没能拒绝她。她的眼里透出一股不容置疑、勾魂摄魄的光芒来。我不由自主地点点头。

我的郑重神态倒逗得陈金芳咯咯一乐。她立刻轻松得像没事儿人似的，打开"英菲尼迪"的后备厢，从里面拿出两瓶洋酒给我："最好的苏格兰单一麦芽，三十年陈酿，我从香港带回来的。"

"贿赂我？"

"这还叫贿赂啊？我跟你那朋友的事儿要是能成，肯定还会重谢你——我说真的。"

我耸耸肩和她告别。开车回到家之后，我把那两瓶酒开了一瓶，端着方杯坐在沙发上出神。酒的味道的确醇厚、清澈，但度数也高，不知不觉间就让我醺醺然了。我漂浮在麻木的潜意识中，产生了不知今夕是何夕之感，并抬头看向衣柜顶上那早已束之高阁的小提琴。有多少年没摸过它了？伴随着这个想法，我站起来，跟跄着走过去，踮起脚尖摸向乌黑的木制琴匣。但刚碰到琴匣的把手，我就像挨了烫一样把手缩了回来，一声叹息地把自己拍到床上。

第二天醒来时，我看见几只手指上沾满了灰，连床单都蹭脏了。

7

过了半个多月，春节假期结束，北京重新热闹了起来。一些朋友过完年就突然消失了，把以前的债主和"情儿"们坑得叫苦不迭，另一些人则像闷热天气的蘑菇一样冒了出来，精神百倍地四处蹚路子。对于我来说，生活基本照旧，只是心态越来越疲沓了。机票便宜下来之后，我到海口看了一下父母，顺便弯到三亚会了会仍在猫冬度假的 b 哥。他弄了辆敞篷车，又叫上俩野模，带我去大东海下了两天饺子，然后去牛岭隧道以北的一个镇上吃"肥得把壳儿都撑裂了"的和乐蟹。在此期间，他还用电话遥控着北京和南方两个城市的生意，时而与人称兄道弟，时而破口大骂，尽说些我不懂的黑话。

折腾了两天，我们都因为摄取了过多的蛋白质而消化不良，便又回到了海滩上，臭屁滚滚地晒太阳。附近有出租四轮沙滩摩托车的，两个野模跨上一辆，叫嚣隳突地驰骋，浑身的蒜瓣肉波光粼粼。b 哥躺在长椅上，以极度猥亵的眼神打量她们，一只手伸到裤裆里挠痒痒。

总算有了单独聊天的机会，我便跟他提起了陈金芳的事儿。

b 哥坏笑着打岔："你跟她很熟？又找到新的软饭了？"但还不容我辩解，他突然显露出商人特有的狡黠和谨慎，反而向我盘问起陈金芳的底细来。

他这一问，我倒含糊了。虽然圈子里都把我和陈金芳看成交情深厚的"自己人"，但我知道，自己对她远谈不上知根知底。举个最简单的例子，我一直搞不清楚她的钱是从哪儿来的——她不像正经做过买卖的人，也没有傍上了哪个财大气粗的"冤生"的迹象。假如以前不认识她也就罢了，但恰恰见证过陈金芳那寒酸窘迫的少年时代，她的发迹对我来说益发成了一个谜。

我只好向 b 哥粗略介绍了陈金芳目前的状态——当然是我了解的那部分。听到她是做艺术投资的时，b 哥眉毛一扬，眼里透出两点贼光。

像他这样的人，自然不会对艺术真有什么兴趣，不过开画廊、办展览倒是个洗钱的好渠道。我说完以后，b哥也和我交换了一下对陈金芳的印象：

"这女的我以前根本没听说过，是两个做'老鼠仓'的操盘手引见过来的。说实话刚一见面，我还真被她的风韵小迷惑了一下，只不过咱们是什么人啊？平日圈养着那些莺莺燕燕，为的就是修炼定力，别在正事儿上被荷尔蒙给害了……当然这是题外话了。那些操盘手说她很有道行，一旦看准机会就特别敢下手，建议我让她在手头的项目里加一磅，毕竟现金越多，和政府那边谈判时就越有话语权。我当然不能光听那些人的，自己也要对合作伙伴进行评估，不过也确实有点儿拿不准她。她在大多数情况下都显得底气十足，甚至还有点儿深藏不露的劲儿，但不经意间，又会暴露出新手的弱点来——最主要的表现就是着急。她托你来找我打听，这就是典型的沉不住气，甚至让人猜测她根本没有宣称的那么大财力和门路，只想靠着虚张声势在大买卖里掺和一把，搭个投机取巧的顺风车。"

我向来佩服b哥的识人之术。他在那些冷酷的、尔虞我诈的行当里搏杀多年，眼光自然要比我毒辣得多。不过也得指出，我和他看待人的标准是不一样的。除了对我这样的旧故，他对所有人的判断都是基于"经济人"的利益标准，我则保持着孩子气的任性，仅以"有劲"或者"没劲"来决定是否与人深交。也就是说，即使以同一个人作为话题，我们也说不到一块儿去。我完成了陈金芳的托付，这就算仁至义尽了。

"总之你看着办吧。"我站起来抖抖沙子，对野模们挥手，"我就管传个话儿，你们之间那些具体的勾当，我可管不着。"

我向海滩走去时，b哥在我身后沉吟了一句："先耗她一阵儿。我过些日子要跑一趟江苏，回北京再接着跟她往下谈。"

又盘桓了两天，我独自先回了北京，陈金芳到机场接我。天气还是料峭的倒春寒，她却早早穿上了羊绒筒裙，靴子上方露出小巧圆润的膝盖。一见面，她就撩开我的外套往里看看，嗔怪我"一点儿也不知冷知热"，然后从大号坤包里掏出一件新买的"杰尼亚"毛衣，不由分说地让我穿上。

回去的路上，她和我挤在后座上不停地说笑，聊着北京这边朋友们新的趣事儿。透过后视镜，我看见开车的胡马尼脸色铁青，面部肌肉不时神经质地抽搐，简直让人想起北野武扮演的那些即将被剁手指的黑帮打手。

接下来的一段日子，陈金芳又开始约我参加各种饭局和聚会，频率比以前还要高，几乎是三日一小宴，五日一大宴。如今不仅是我，就连那些真正八面玲珑的货色都承认她"的确挺能混的"：同时和好几条脉络上的人打得火热，许多圈子之间原本互相排斥，但提起她却都颇为认可；不管在哪儿，她一出场就能成为核心人物，几乎不用抢，风头就自然而然地转向她了；在她有意无意搭建的"平台"上，不少素不相识的人成了朋友，甚至原本有罅隙的人也能尽释前嫌。而这时距离我与陈金芳重逢，也就是半年多的时间呀。能够开创大好局面，究其原因，除了作为一个单身女人同时具备漂亮、热情、大方等等优点之外，还有一个关键之处，就是她切实地做到了"喜新不厌旧"，不会因为攀了高枝而忽略先前的朋友。哪怕是一直充当"碎催"的胡马尼和那个见风转舵的画家，也一直享受着元老级别的优待，虽然心有怨言，但总能通过显示和她"关系不一般"而在另一些人眼里抬高身价。总而言之，陈金芳仿佛是在由衷地享受着人的社会属性，很多时候简直像个刚爱上幼儿园的孩子——和她相反的则是一些老资格"社会活动家"，那种人貌似人缘很好，但只要一不在场，就会有人将其鄙夷为"势利眼"。

"小陈这个人交朋友，如同韩信将兵——多多益善。"这是某个上过《百家讲坛》的三流大学教授对她的评价。

既让我虚荣也让我别扭的是，她如今对我更亲热了。不光是一同出现时常要挽着我的胳膊，而且还要在大庭广众之下和我咬耳朵——明明说的就是不咸不淡的套话，但非得摆出一副秘而不宣的表情。难道她看不出来，胡马尼宰了我的心都有了吗？而那个画家倒相当"现实主义"地承认了争宠失败，许多阿谀的媚态转而投向了我，并总拐弯抹角地打听陈金芳准备什么时候资助他去欧洲办个展。

"时间不等人，谁知道'政治波普'能流行几天啊，等到风向一转，我这几年的工夫不又白搭了吗？"画家焦虑地说，"她这人怎么这样，老放空枪也不动真格的……这话我也就跟你说说，别让她知道啊。"

画家的悄悄话揭示着这样一个真理：没有真金白银的利益链条作为支撑，那些鲜花似锦、烈火烹油的繁华都是他妈的扯淡。他在抓耳挠腮地等着陈金芳表态时，陈金芳一定也在等着 b 哥那边的消息呢。谁都有被拿在别人手里的地方。从海南回来没两天，陈金芳曾经包了她公司楼下那个咖啡馆，叫了一群人来品尝"不多见的葡萄牙红酒"，我在席间偷偷把她叫到窗边的角落，将 b 哥的态度转告了她。

"跟那种生意场上的老油条打交道，越急越没用。"我说，"他既然说了让你等着，那就说明相当有戏。"

听了我的话，陈金芳面无表情，甚至连头也没点一下，只是抬起手来，抓住我的手腕摇了摇。这样的举动她常对我做，但这一次我有明显的感觉，她格外地用劲儿，细瘦而坚硬的指骨硌得我都疼了。

在此以后，她就再没跟我提过投资方面的事儿。时间转眼而过，当那些老单位破败的大门口挂出"欢度五一"的横幅时，在南方兜了一大圈儿的 b 哥回来了。陈金芳不知从哪儿得到了消息，打电话让我再牵一次线。我正在单位跟电脑下五子棋，顺手抓过座机，拨通了 b 哥的私用手机，把陈金芳的意思说了。

这次 b 哥没再多说什么，只回答了一句"我让底下人约她"。我立刻又给陈金芳打了过去。这个传声筒的任务搞得我挺烦躁，鼠标点错了地方，转眼通盘皆输。

陈金芳那边显然很兴奋，连呼吸都重了。她又对我说："这几天别安排别的事儿了，等他找我的时候，你也一块儿去吧。"

我一边退出游戏一边说："你们俩资本家共商大事，非拽着我一流氓无产者干吗呀。"

"帮忙帮到底嘛。"陈金芳坚持说，"再说，你也是我们共同的朋友呀。"

我犹豫了一下，但还是拒绝："还是算了吧……西门庆和潘金莲搭上以后，王婆就别跟着裹乱了。这点儿眼力见儿我还是有的。"

陈金芳笑了："再胡吣，看我不撕了你的嘴。"

她说完就挂了电话。照我的理解，无论是她先前说的"一定要重谢我"，还是刚才非要让我作陪，都是嘴上的客气话而已。她不想造成把我用完就甩的印象，但事实上，我本来也没想通过帮她的忙而得到些什么。出于本能，我甚至不愿在这种事情里搅得太深。

又过了两天，我刚下班，正打算一个人去随便吃点儿什么，陈金芳的电话又打过来了。她让我火速赶往 b 哥在东四的四合院。我再次推托，她却说：

"叫你来，纯粹就是为了吃饭。你放心，事儿我们都谈完了，再不会麻烦你了。"

一旁的 b 哥也接过电话帮腔："谈事儿你不来，吃喝玩乐你也不来，这就太不像一个称职的帮闲了。"没有办法，我只好调转车头前去赴宴。b 哥那个地方很好找，就在团中央下属的一家出版社附近，是整条胡同里最具地主老财气质的宅院：朱门之上常悬着张艺谋风格的大红灯笼，左右两边各立一只汉白玉狮子。只可惜家里没人的时候太多，狮子上已被贴了不少"一针见效，三针痊愈"的小广告，还有不知谁家孩子稚嫩的书法作品"×××我操你妈"。穿堂过院，随处可见雕梁画栋，整套鸡翅木圈儿椅散落在树下任它日晒雨淋，不知从古代哪位显贵坟上偷来的石碑旁，趴着好几只没屁眼儿的蛤蟆。对于这些荒谬的摆设，b 哥自有他的解释：

"蛤蟆是招财的，这个大家都知道。至于那个碑，我也不嫌它不吉利——雍和宫那边一瞎子说这宅子过去是一贝勒府，而我祖上贫寒，恐怕镇不住它，得请进一位有身份的帮忙压压场面。"

来到正厅，我看见 b 哥的某位姨太太正穿着大红苏绣旗袍，指挥丫头老妈子摆酒上菜。陈金芳和 b 哥也从厢房里踱了出来，脸上都挂着不甚自然的笑。我故意不提他们买卖上的事儿，见面就说起了废话，而他们也会了意，笑嘻嘻地东扯西扯。不过从陈金芳那如释重负的表情看来，她对这次约谈的结果很满意。

她又没带胡马尼一起来，所以偌大的八仙桌旁只坐了四个人。席间，b 哥携其姨太太频频举杯，刚开始还是分别敬我和陈金芳，后来就是同时敬我们两个人了。那位姨太太脑袋有点儿糊涂，甚至说出了"两口子敬两口子"这样的话，弄得我好不尴尬。后来她到卧房去"补补妆"时，我忍不住刻薄了一句："没一对儿是明媒正娶的。"

"我就喜欢你这张缺德的嘴。"b 哥已经高了，哈哈大笑地再次举杯，"那就狗男女敬狗男女好了。"

陈金芳居然面不改色，端起仿古鸡缸杯跟我们碰了，优雅地一吸而尽。随即，我感到自己的胳膊被她狠狠地掐了一下。再往后，她和 b 哥又不自觉地谈起了生意细节，我也被迫听懂了他们那桩合作的来龙去脉：近些年来，欧洲各国对清洁能源投入很大，造成了我国的地方政府迫切地上马相关工程，从而也给一些闻风而动的投机分子留下了运作空间；b 哥在北京聚拢了一些人的游资（陈金芳也是其中之一），到江苏控股了一个中等规模的市属企业，并放出风声，号称将其从塑料制品转型为太阳能光伏产业；他们真实的目的当然不是投产之后出口创汇，而是利用这个噱头拉到更多的银行贷款和风险投资，从金融领域套取暴利。听到这里，我不由得偷偷瞥了陈金芳一眼。b 哥从事的勾当我早有耳闻，而眼看着陈金芳也"玩儿"到了这般境界，还是忍不住让人瞠目结舌。我对我们民族妇女的判断，也在她这个活生生的例子身上得到了印证：她们除了特别能吃苦特别能战斗这些传统美德，而且在每个时代、每个环境中都有着极强的适应能力和进取心，只要一有机会，她们必定会勇敢、果断地站到浪尖儿上。比起她们，大多数男人都应该感到汗颜。

　　而看着陈金芳那"花媚玉堂人"的样子，我也不知不觉地陷入了恍惚。在社会上混迹了这么些年，我曾经见过很多改头换面的成功者，但他们无论身份、相貌乃至举止发生了多么彻底的变化，终归无法将最初的模样完全抹掉。举个最近的例子，就是我对面的 b 哥。他如今已经贵为生意场上的"大鳄"，但我每次看见他，都会清晰地回忆起当年在大学宿舍里，他靠玩儿牌作弊骗我香烟的猥琐模样。而陈金芳不同。面对着现在的她，我已经无法想起十来年前站在我窗外听琴的那个女孩了。当年的她仍然在我的记忆里存在，但现在的她却获得了某种决绝的能力，把自己生命中的两个阶段完全割裂了——那类似于动物界的"变态发育"，人们都知道蝴蝶是毛毛虫破茧而出的结果，但有谁看到花蝴蝶时，第一反应是毛毛虫带来的恶心呢？在我的潜意识中，"过去的她"和"如今的她"已经变成了毫无瓜葛的两个人。当着外人的面，我会叫她的新名字陈予倩，并且叫得越来越自然，根本无须通过"陈金芳"这个旧代号转译了。

因为无须和不相干的人敷衍，那天的晚饭大家兴致都挺高，喝完一瓶白酒，b哥又叫人开了两瓶红酒。不知不觉到了晚上九点多钟，忽然发生了一个意外事件。院儿外发出一声闷响，好像有什么东西碎裂了，接着，一个中年妇女操着字正腔圆的京腔骂起街来。

b哥问是怎么回事儿，片刻保姆进来回话，说是"咱们的客人"停车时把隔壁大杂院儿门口的咸菜坛子给撞了。大家跟着b哥踱出门去，只见陈金芳的英菲尼迪斜着停在胡同里，前保险杠底下散落着一摊乱瓦。在浓郁的咸菜味儿里，胡马尼正笨嘴拙舌地向那妇女解释着。看起来，他是为了躲避那俩石狮子，才制造了这起小事故。

那中年妇女倒很有不惧权贵的气节，看到b哥来了，益发跳脚儿乱骂。直到姨太太给她塞了几百块钱，她才心满意足地凯旋。而这时，陈金芳则不好意思地向b哥抱了个歉，然后把胡马尼叫到几丈开外的墙根说起话来。

俩人都压抑着嗓门，因此声音里带了一种紧张感。陈金芳好像在责怪胡马尼不请自来，胡马尼却一反常态地跟她争辩起来，说的是一嘴湖南土话。话赶话地呛呛了几个来回，陈金芳的声调高了起来，她指着胡马尼的鼻子说："你管得着我吗？也不看看自己是谁。"

受了呵斥，胡马尼僵着脸回到车上，咀嚼肌被咬得凸起来一块。陈金芳则嘘了口气，笑盈盈地回到我们面前，对b哥解释："真不好意思给你们添麻烦……这孩子一直跟着我，怕我喝多了回不去，就自作主张接我来了。"

"人家也是好意，精神可嘉。"我在一旁打了个圆场。

ｂ哥就势宣布晚餐结束："反正正事儿也谈完了，往下咱们都上着点儿心就行了。"

陈金芳郑重地和ｂ哥握了握手，忽然又凑近我，低声说了句"我肯定得好好儿谢你"，然后便娉婷地转身回去，上了胡马尼的车。他们驶走以后，ｂ哥让姨太太赶紧泡上茶，要留我再坐一会儿。从正厅转移到一蓬郁郁葱葱的葡萄架子底下，我忽然察觉到ｂ哥的脸上变了颜色，不再是一派虚伪的随和，而是三角眼里带着几分货真价实的关切了。在这般年纪看到他这副表情，我都有点儿不适应。

他拿出烟来递给我时，开门见山地来了这么一句："你跟那女的什么打算？"

我一激灵："你什么意思？觉得我们俩合伙儿骗你钱吗？"

"不不不，我说的是你们俩之间的关系。"

我像受了冤枉似的扬声道："没关系呀。你是不是看谁都有奸情啊？"

"我看你对她也挺有感觉的，眼神儿都迷离了。"

"我迷离的时候多了。"我顿了顿，低声说，"不过眼下的自在来之不易，我才不愿意再跟谁'绑定'呢。"

ｂ哥的脸色缓和了一点儿，笑了："那就好。我就是提醒一下你，哪怕她对你有意思，也别轻易上套，她跟一般人可不一样。"

我不想问，但又忍不住："你从她身上看出什么来了？"

"那当然。下午谈生意的时候，我已经把她的道儿给盘出来了。她对我说以前在广东办过服装厂，现在转到北京做艺术品投资，那些一听就是假的。她虽然说得天花乱坠，但关键性的地方全都含糊其词，骗骗外行或许可以，在我面前可要不了花枪……不过这也不妨碍我允许她入股手头儿的这个项目，反正坐庄的是我，想跟进的必须得拿出现钱来。让我有点儿拿不准的，恰恰是她在这桩买卖上的态度——她的赌性太大了。我已经看出她没什么钱了，东拼西凑能拿出来的，统共也就那么一千来万，而她竟然想要把这些老本儿全都押进去。你知道，这种投机生意的风险很大，从坐庄的到跟庄的，没人把身家性命全扔里面，大家用的都是闲钱。亏了就伤元气的人，说白了根本不配跟着我们玩儿。我已经提醒过她了，可她坚持要参与进来，这几乎可以称为疯狂了……"

b 哥的话让我倒吸一口凉气，但我没再说什么，醒了醒酒就告辞了。此后的几天，陈金芳没再联系我，我也尽量不去想她。她是一个突然冒出来的旧相识，跟我谈不上什么真正的交情，我帮过她一点儿忙，但帮过了也就算了。这是我和她之间关系的理性总结。哪怕她一意孤行，我也没有规劝她的义务，更没有干涉她的权利。

然而某天在办公室划拉着手机玩儿，我却又鬼使神差地拨通了陈金芳的电话。对方接了之后，首先传出来的是沸腾一般的嘈杂之声，远处还有大喇叭播放着雄壮的音乐。

陈金芳拐到一个安静点儿的地方，才对着手机喊话："有事儿吗？"

"也没什么事儿，"我的嗓门也随之高了起来，"就是问问你和 b 哥那个事儿进展得怎么样了。"

"非常顺利，"陈金芳喜气洋洋地说，"合同早就定下来了。"

她接着告诉我，看在我的面儿上，b 哥许诺给她相当高的回报率。眼下，他们这些股东正在江苏出席和政府的签约仪式，她刚和一位副省级干部握过手。我没想到他们的行动有这么快，此时再劝她什么也是白搭了。于是我简短地说了些祝贺的话，就要挂电话。

"你放心，该谢的人我一定要谢到。"她叮嘱似的说。这话突然让我觉得非常不舒服。她不会认为我是在讨赏吧？

8

后来陈金芳的确"谢"了我。

她是在即将入夏的时候回的北京，此前据说和一起"做项目"的人又跑了趟广东，还乘着某个低调富豪的游艇到海上钓了几天鱼。再次见到陈金芳时，她果然黑了一些，肩膀和胳膊被晒成了小麦色。画家叫上我和另外两个熟人，在什刹海那边的一家越南菜馆给她接了个风，然后以陈金芳为中心的各种聚会便重新展开了。

假如说新一轮的声色犬马比之过去有什么不同，那就是越来越奢华了。无论是酒的档次还是菜的品类，都有了大幅度的提升。她曾经把新侨饭店的大厨请到公司里，现场为大家制作法式铁板烧；有两次在"天伦王朝"顶楼餐厅请客的豪阔之举，更是让我们这些耍笔杆子的人咋舌。作为聚会的主人，陈金芳依然挥洒自如，在不经意之间，又流露出了比原先更坚实的底气。和报社领导、画廊经理这些她本该奉承的人谈话时，她依然客气，不过骨子里已经有了隐隐的傲慢意味。这些变化都说明 b 哥那边的项目进展顺利，并且很可能已经让雪球滚动了起来，股东们开始坐地分赃了。人人都看出陈金芳发了一注横财。

以前对她颇有怨言的画家早就转了口风，即使私下与我聊天时，对陈金芳的溢美之词也令人肉麻。我听说他的欧洲画展已经正式排上了日程，陈金芳还付给他一笔订金，预订了他此后五年的全部作品。至于对我，陈金芳仍然是带着几分表演性的亲昵，倒也看不出和过去有什么不同。这倒让我揶揄着猜测：她屡次三番说要"谢我"，该不会也是我们这个圈子里通行的空头支票吧？

一个偶然的发现让我知道自己想错了。随着天气越来越热，我那辆老旧雪佛兰频频报警，终于在马路上开了锅。汽修厂的人告诉我得更换好几套元件，我只好回家找出工资卡，到附近的自助提款机上取钱。

因为日常开销靠零七八碎的外快就能应付，那张卡我很少用到，也知道每个月卡里都不会有多少进项。然而一查余额，吓了我一跳：陡然多了一个整数，足顶得上我几年的工资了。单位的会计自然不会抽风，我不由自主地想到了陈金芳。既然她认识了 b 哥和给我开过稿费的几个编辑，弄到我的账号当然很容易。我又到柜台对了下明细，那笔钱果然是在她从广东回来的第二天打进来的。

在这段时间里，我们见了好几次面，她不仅没跟我提过，就连一点暗示也没有。这份"感谢"来得既慷慨又得体。然而我没怎么思想斗争，就做了一个决定。我把那笔钱转存到另一个折子里，前往她公司还给了她。

之所以这么干，当然不是因为我有多么高风亮节。还是我常年坚守的那个原则起了作用，也即：宁当帮闲，不作捐客。我理想中的人生状态是活得身轻如燕，因而不愿与任何人发生实质性的利害关系；我知道我们这个时代的"辉煌事业"是通过怎样的巧取豪夺来实现的，而自己纵然无耻，却也还有迈不过去的坎儿。此前帮助陈金芳在她和 b 哥之间传话，已经将将突破我的底线了，我不想因为这笔钱彻底改变我这个人。人哪，活了三十多年，得知道点儿好歹。

假如还有其他原因的话，那就要具体到陈金芳这个人了。我尤其无法接受自己和她之间发生现钱交易的勾当。那么，我究竟想和她成为哪种关系呢……这我倒还没想好。

当我站在陈金芳面前，把折子放在办公桌上时，她抬着头，直勾勾地凝视着我。我没说话，她也没说话，我们大概都在等对方先开口。但这时候胡马尼突然进来了。自从陈金芳的项目敲定，这小伙子的打扮也越发光鲜了，此刻穿的是新款的迪奥卡腰小西装，头上的发胶抹得狗舔过似的。他没有好声气地跟我打了个招呼，装模作样地拿着一份材料，请陈金芳审阅。我手指一滑，将存折塞到一本画册底下，转身走了出去。

在这以后，陈金芳照常会给我打电话闲聊，我呢，继续参加她召集的聚会。关于那笔钱，我们都没再提起过。按照我的想法，她已经尽到了"感谢"之心，可惜我不识抬举，这事儿也就可以作罢了。然而没过多久，她便有了新举动，这个举动才真正刺激了我。

那是六月中旬的一天，我中午就接到了她的电话，让我下班后换身正式点儿的衣服，到她公司去吃晚饭。我问她又有什么装 × 盛事，她笑着说自己过生日。

"哟，你今年三十几了……咱俩是同岁吗？"

她娇嗔着抗议："别说这么扫兴的话行吗？弄得我都不敢过了。"

"你也不早点儿通知，我都没时间给你准备礼物。"我说，"只好两袖清风带张嘴过去了。"

下班以后，我先回家换了件干净衬衫，又想到以陈金芳如今的风格，过生日一定也会搞得煞有介事的，便从柜子里找出条西裤穿上。走到复兴路上打车之前，我还在大院儿门口的花店买了束花。很快赶到了她公司的楼下，我抬头望望，却看见三层的办公室黑着灯。

一楼咖啡馆的落地玻璃窗里传出轻轻的敲击声，我扭过头，看见陈金芳正坐在靠窗的座位上呢。她一个人，穿一条很显身材的黑色长款连衣裙，髋部以下的曲线被包裹得很像一条美人鱼。夕阳的光辉以几乎平行地面的角度投射进去，将她的脸与长长的脖子照得金光璀璨。我拐进咖啡馆，把花递到她手里。

陈金芳眯着眼睛端详了我几秒钟，随后扬手向服务员打了个招呼。两个小姑娘推着辆餐车过来，将沙拉、蔬菜汤、鹅肝酱配面包端上桌，冰桶里还斜插着一瓶香槟酒。

我诧异地环顾四周："其他人呢？"

"叫其他人干吗？就咱俩。"陈金芳说，"平常尽应酬了，这日子口儿还不能图个清静？"

"我受宠若惊。"

"别跟我玩儿虚的了。我知道你最不把我当回事儿了，所以我过生日还得讨好你。"

我打哈哈地笑了笑，没再说什么，开始吃饭。起初的气氛倒也颇为融洽，我主动举杯，说了些祝贺的话，她也回敬了我。片刻，主菜端了上来，我们挥舞刀叉，专心致志地对付起了牛排。在这两相无话的空当，我忽然感到陈金芳一直在看着我。当然，桌上只有我们两个人，她也没别的人可看，但我明显感到落在自己身上的目光与平日不同。她既像饶有兴致地揣摩我，又像暗藏着什么机锋。

她在卖着什么关子？随后，在我头脑里冒出来的居然是一个自作多情的想法：她不会打算向我示爱吧？但我却并不紧张，只是静观其变。而事后想起来，假如那天陈金芳真的如我所想，把我们已然近乎暧昧的关系再向前推进一步，那么我也不会有后来那些失措的反应。我们都是没有法定伴侣的成年人，男欢女爱一下没什么大不了的。尽管 b 哥曾经告诫过我"她和一般人不一样"，但我也并不担心。这倒不是我自恃聪明，而是因为我预感到，自己即使和陈金芳真发生点儿什么，充其量也是即兴而发的露水姻缘。在那种游戏里，谁又能真伤得了谁呢？

但我又一次错估了陈金芳。直到饭吃完了，她仍然没什么话，我只得茫然地抽起了烟。等我把烟掐了，她抬起手腕看看表，说："咱们上去吧。"

"还有节目？"我心里又生出隐隐的遐想来。

陈金芳颔首一笑，翩然走在前面。我跟着她上了三楼，却发现她公司的灯已经亮了，柔和的橘色的光从磨砂玻璃门里渗出来。陈金芳拉开门，对我做了个请的手势。

大厅已被清理干净，家具以及那些雕塑画框都被挪到了墙角。一览无余的空间里站着十几号红男绿女，画家、胡马尼和我常见的一些人都在场。他们中间围着的，是六位身穿黑西装、坐在木椅子上的男人。他们都是洋面孔，两人手持小提琴，另外四位则是中提琴和大提琴。标准的弦乐六重奏的配备。居中那位四十多岁、稍有些秃顶的看起来很面熟，我忽然想起他是一位法国演奏家，前几天的报纸还报道过他带队在国内几个音乐院校巡回演出的消息。

"这是马泽尔·法克先生。"陈金芳介绍说，"刚到北京，我就把他约来了。"

"一听这名字就有贵族血统。"我恭维着和演奏家握手，有点惶然地退到一边。

陈金芳对室内乐团点点头，演出正式开始。曲目是柴可夫斯基的《佛罗伦萨的回忆》，旋律奔放而缠绵，各声部之间配合得极其默契，马泽尔·法克先生的手法更是堪称精湛。尽管学过十几年的琴，但我还是第一次在如此近的距离欣赏这么高水准的演奏。看着人家的运弓和指法，我又一次为当年的自己自惭形秽。与此同时，我的左手指尖也不可遏制地颤抖了起来。

那首曲子很短，不到二十分钟就结束了。余音未了，观众们便爆发出热烈的掌声。比起大剧院里只能远观的交响乐，室内乐虽然单薄，但却更有现宰现吃的生鲜味儿。画家尤为激动，一边鼓掌一边凑到陈金芳身边，赞赏她这个点子"太有腔调了"。陈金芳却没理会他，径直从背后绕过室内乐团，对一个翻译模样的人耳语了几句。

翻译把她的话转述给了演奏家们。马泽尔·法克先生忽然看向我，腼腆地笑笑，他身边那位年轻点儿、一头卷曲的金发的演奏家则把手里的小提琴递给了我。我下意识地接过琴，愣在当地，疑惑地看向陈金芳。

她熠熠生辉地笑着，对我说："你不是还没送我礼物呢吗？"说完抱起胳膊肘，做出预备聆听的姿态。

旁边那些闲人弄懂了她的意思，惊喜地掀起新一轮掌声。大部分人都不知道我还会拉琴，交头接耳地议论着，早有两个人搂着我的肩膀，把我架到室内乐团的成员当中。马泽尔·法克先生叽里咕噜地对我说了句什么。

翻译问我："还是柴可夫斯基，《D大调弦乐四重奏》？"

大提琴和中提琴演奏者里，已经各有一人将乐器放到了一边，他们和那位将琴给了我的小提琴手一起走到观众群里。演奏席上只剩下了两把小提琴，大提琴和中提琴各一把。而马泽尔·法克先生所提议演奏的那首曲目，几乎是所有专业学过琴的人都烂熟于心的，它的旋律柔美之至，难度又不大，特别适合即兴演奏。当年在金帆乐团的时候，我与人合作演出过这曲子不下十次。

马泽尔·法克先生对我扬了扬眉毛，率先拿起琴，奏出"如歌的行板"

里的几个小节。那是柴可夫斯基这首曲子里最脍炙人口的段落。然后，他用对待孩子的目光启发性地看着我。

然而我却仍在发愣。脑子里乱成一团糟，耳中嗡嗡作响，心脏在胸膛里咚咚跳动。那一刻，我简直不知自己身在何方。我感觉到自己正在出冷汗，新换上的衬衫都被浸湿了。

观众们又开始议论，他们大概是认为我太久没拉琴，因为技艺生疏而怯场了吧。陈金芳仿佛也有了一丝紧张，但眼神仍是期待的。

"你过去不是常拉这首……"我听见她对我说。她唇红齿白，嘴部动作如同慢镜头，一个字一个字地把话钉到了我的耳朵里。我突然感到意识深处有什么地方在疼，在流血。我确凿无疑地受伤了。

接下来，我的举动在众人眼里一定显得非常决然——把琴放在木椅子上，将他们甩在身后，走出了大厅。一楼的咖啡馆里空无一人，服务员们正靠在吧台上聊天。夜风清凉，从楼梯口直灌进来，但却没能让我醒过神来。我的头脑就像锅盖下的滚水，正在反复沸腾，但又处在巨大的压抑之下。背后有人在叫我，当然是陈金芳了。

她的高跟鞋发出咯噔咯噔的回响，转眼间把我拦在建筑物外的林荫道上。因为跑得急，陈金芳半张着嘴喘气，眼神竟然是含情脉脉的。

"你怎么了？"她问我，同时把手搭在我的胳膊上划拉着，"我还以为这么安排会让你高兴呢……我是真心想谢谢你，那不是空话。"

我没出声，木然地打量眼前这女人。天上难得有轮大月亮，她在银光下闪闪发亮，妙相庄严，简直像某种贵金属雕成的塑像。

见我没说话，陈金芳便锲而不舍地安慰着我，语调已经接近呢喃了："我知道你常年不拉琴，手生了，但这没什么要紧的，又没人会笑话你……再说就算别人不爱听，我也爱听，真的。现在也不知怎么搞的，岁数越大，我就越觉得小时候特别美好。我多想让过去的情景再重来一遍呀，那样才算这么多年的辛苦没白受……我一直也特别替你可惜……"

她说着，手便慢慢地攀上来，揽住了我的脖子。我不由自主地把头低下去，再低下去，像寻求保护一般往她怀里扎过去。我几乎被她搂在怀里了，她身上的气味像潮水一样涌上来，上面一层是香水味儿和昂贵服装的布料味儿，下面一层就是陈金芳特有的气息了。那味道我曾经狠狠地嗅过，历经岁月竟然没变。就像她说的，我们多想让过去的情景再重来一遍啊……

但转眼之间，我心里那迷乱的柔情便灰飞烟灭了。我像奋力游水的虾米一样直起躯干，将她的手弹开——这还不够，我的手也伸了出去，推了她一个趔趄。

"你有什么了不起的？"我咬牙切齿地说。

"你说什么？"陈金芳瞪大眼睛，惶然又委屈地看着我。

"我说——"我心里充满把什么东西碾碎的快意，"你有什么了不起的？"

她如遭电击，不认识似的看着我。而这正是我想要的效果。我冷笑了一声，头也不回地走了。

对于那天晚上的事情，我毫无悔意。我觉得自己做了一件特别不情愿，但又必须去干的事情。权且抱着自我剖析的态度分析一下失态的原因吧：我感觉受到了莫大的屈辱，与之伴随的，还有古怪的自我厌恶。把名气很大的国外乐团请来"唱堂会"，还让他们给我充当陪练，这样的手笔不可谓不豪迈。而陈金芳一掷千金，想要制造出怎样的效果呢？无非是：她以她汪洋恣肆的爱和善良拯救了我——一个消沉的半吊子琴手。这个模式像好莱坞电影一样俗套，她扮演的简直是他妈的圣母。她哪里知道，小提琴演奏对于现在的我来说，已经成了一段发炎的盲肠，只能凭空增加痛感。在我看来，她让"过去的情景重来一遍"的愿望也代表了某一类中国人特有的狂妄：他们自以为吃过苦中苦成了人上人，就有资格操控身边的一切，甚至敢于让时间倒流。

不能让他们如愿！我既恶意又理直气壮地想。与此同时，我突然又想到了我的前老婆茉莉。她当初心甘情愿地给我提供软饭，会不会也是出于某种自我奉献的表演欲呢？只不过后来她演腻歪了。而我同意跟她离婚，是否并非出于爱，而是出于某种自己当时都没意识到的恨呢？

这个发现让我悲哀极了。对于生活，我只剩下了一项权利，那就是破罐子破摔。

从那以后，我就没有再联系过陈金芳，陈金芳也没有找过我。我们闹掰了的消息一定很快就在圈子里传开了，各路人马都主动与我疏远，就连我介绍给她的那些朋友也开始假装不认识我了。趁此机会，我重新整理了生活，每天准时上班，下班回家自己做饭，有了空暇就用于锻炼身体和闭门读书。从华而不实的应酬中脱身之后，我迅速瘦了一圈儿，但人却变得紧实了，精神也安稳下来。活像个洗尽铅华的从良妓女。

日子就那么过去。再次听到陈金芳的消息，又是半年以后了。

那天晚上十一点多，我已经洗完澡上床，正锲而不舍地啃着一本艰深晦涩的外国小说，手机突然响了。是那个"立体现实主义"画家。

"我都睡了。"听到那个久违的声音，我有些不知道该怎么和对方打招呼。

画家则明显喝多了，连舌头都大了一圈。他口齿不清地重复："就是想跟你聊聊……我就在你家附近呢。"

又威胁我："你要不出来，我就钻车轮子底下去。"

我只好披上衣服出门。又是一个冬天来了，长安街沿线路旁那些白杨树都落尽了叶子，树梢上却沉甸甸地耸动着大片黑影，原来是晚上来此栖息的乌鸦。夜风像飞溅而来的冰碴，吹在脸上，似有什么东西融化。我在翠微商场附近的十字路口找到画家时，他正抖擞着朝一根电线杆子撒尿。

看到我来，画家一边提裤子，一边凄然地说："兄弟，我他妈让人骗了。"

我把他拽到商场一楼夜间营业的麦当劳，要了杯咖啡让他醒酒。画家的确没少喝，屡次三番拿脑袋往塑料桌子上撞，毛衣前襟上挂满了亮晶晶的口水。旁边两个谈恋爱的中学生像看戏一样打量着我们。我有点儿不耐烦，打着哈欠威胁画家：

"消停点儿，要不我也管不了你了，只能打电话叫收容所的人。"

"别走别走。"画家挥舞着双臂拉住我，适时地停止了借酒撒疯，然后朝我倒起苦水来。他所说的上当受骗，指的还是陈金芳替他到德国办画展的事儿。她吊了画家一年的胃口，不仅没有兑现，而且还以"缴纳策展担保费用"为由，把以前付给他的订金都拿了回去。画家心里越来越虚，终于忍不住向陈金芳摊了牌，得到的答复却是德国那个基金会倒闭了，合同只能作废。画家一气之下想打官司，却被工商部门告知那个"艺术品投资公司"的法人不是陈金芳而是胡马尼，现在胡马尼已经不知道跑到哪儿去了。

说起来，画家在这桩买卖里并没有吃什么实质性的亏，他只是感到自己偌大年纪还被人耍得团团转，很丢面子。而作为一个艺术工作者，这人也挺有自省精神：

"其实也怪我自己，太想在国外折腾出点儿名堂来了，艺术这个行当又没什么理性可言……结果糊涂油蒙了心，一点儿也没防备……"

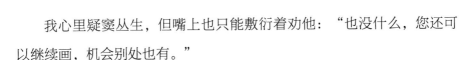

我心里疑窦丛生，但嘴上也只能敷衍着劝他："也没什么，您还可以继续画，机会别处也有。"

画家捂住脸："要是别的地方看得上我，我也不至于被那娘们儿牵着鼻子走……我都这么大岁数了，估计也不会有什么起色了。"

然后，他又把手张开，好像对小孩儿做了个"变脸"的游戏："还是你聪明。你早就看出她是在招摇撞骗了吧？"

"那倒真没有……"

"她有没有管你借钱？听说她找不少人借过。"

"有人借她吗？"

"那当然不会了。那帮孙子都比猴儿还精。"

我忽然想到：如果当初没跟陈金芳断绝联系，画家会不会把我也看成她的同伙呢？如果是那样，现在的局面就不是他找我诉苦，而是跟我玩儿命了。我的心里忽然充满厌烦，冷冷地对画家说：

"那你往后也学精点儿呗。"

画家向我转述的那些情况，自然让我联想到了陈金芳与 b 哥的合作项目。回到家后，我本想给 b 哥打个电话，但想了想，还是作罢。没过两天，报纸上的新闻就证实了我的猜测。欧盟突然启动了对我国太阳能产业的"双返"调查，他们认为中国政府大量补贴某些光伏厂商，以超低价格垄断市场。欧方扬言对中国产品征收高额的惩罚性关税，而在这个消息正式公布之前，走漏出来的风声已经掀起了轩然大波。主要的影响是在金融方面。银行和风险投资纷纷逃离，许多在建项目所在地的政府也打起了退堂鼓，不久前蜂拥而入的投机分子变成了退潮后晾在沙滩上的鱼。

几天之后，我突然接到了 b 哥的电话。他嗓音干哑，说话出乎意料的简短，只是让我赶紧到四合院来一趟。一进正厅，我便看到红木家具都蒙上了厚厚的棉布罩子，b哥正在给保姆和厨子分发遣散费。他的脚下立着一只巨大的旅行箱。

"看见没有？哥哥我要跑路了。"b哥不动声色地说。

"我会帮你照顾姨太太的。"为了缓解压抑的气氛，我开了个无聊的玩笑，"回来等着抱儿子吧。"

"丫跑得比我还快呢，早不知道哪儿去了，临走还顺走我好几样古玩。"b哥坏笑了一下，"这帮女的就是这样，平常办事儿磨磨叽叽，大难临头各自飞的时候比谁都利索。她哪儿知道，我也想趁机甩了她——我告诉她这次玩儿砸了，倾家荡产了，没准儿还得坐牢，其实远到不了那个地步。江苏那个项目我只是牵头，自己根本没往里投入多少，玩儿的基本上都是别人的钱，等到风头过去之后，照样是一条好汉……"

"那你跑什么路啊？"

"那帮人玩儿不起啊。我给他们分钱的时候都美着呢，现在亏本儿了，一个个跟死了亲妈似的，堵着家门口管我要钱，还有号称要找人卸我一条腿的……有这么不讲理的人吗？投资有风险入市须谨慎，这话我当初不是没提醒过他们，是他们非追着我要参股的，这时候翻脸不认人了……"

我木讷地听他骂着街，明白自己再说什么都是废话了。b哥拽起箱子，扔给我两副钥匙，"这是我这院子的钥匙，车你也先开着。隔三岔五过来给花儿浇浇水，不怕麻烦就找人保养保养家具——碰上要债的就说我死了。"

我开着b哥的"捷豹"，把他送到了机场。临下车，他拿出烟来，跟我凑了个火儿，歪着脖子吧嗒吧嗒地抽。

"对了，还没说你要去哪儿呢。"我问他。

"恕我不能明言——这是原则。跑路就得有个跑路的样子嘛。"

我迟疑了片刻，终于又开口问："陈金……哦不陈予倩，她找没找过你？"

"没有。项目出事儿以后，她就再没露过面。"b哥突然叹了口气，语调也低沉下来，"假如我没看错人的话，她要承担的后果是最惨痛的。别人拿出来的都是闲钱，只有她，很可能把什么都押上了……还是那句话，我们这样的买卖，本来就不是她能玩儿的。"

我默默地把烟头扔了，没接他的话。b哥又说了几句"等我南霸天回来"之类的豪言壮语，然后就戴上墨镜，缩头哈腰地蹿下车，很像那么回事儿地跑路去了。自从机场高速改为单向收费，回城的那个方向总是很堵。还没到五元桥，车流干脆就停止不动了，前面的司机纷纷下车，伸着脖子张望着是不是出了事故。我溜了个边儿，开着"捷豹"从应急车道拐上了一座高架桥。

出了收费站前行几公里，便看见了熟悉的景色。那片地方恰好是在五环外的"文化创意产业园"附近，陈金芳的公司就在不远。我恍惚了一下，把车拐进了产业园正门。那栋三层小楼像没事儿人似的伫立在树荫里，楼上的灯却全灭了。我停车上楼，不出意料地看见了玻璃门上挂着的链子锁，还有一张简短的封条。物业公司声称，因为陈金芳的公司拖欠租金长达数月，已经收回了房屋的使用权。而就在几乎一眨眼以前的日子里，我们曾经在那扇门里觥筹交错、装疯卖傻、口吐莲花。那里面似乎永远有酒，有音乐，有不知忧愁为何物的红男绿女。在和陈金芳重逢的一年多里，我看着她起高楼，看着她宴宾客，看着她楼塌了。

凝视着封条和链子锁，我突然又回忆起了她在豁子的资助下，开过的那间服装店。虽然陈金芳早已改头换面，但最近的经历，只不过是把她的当年又重复了一遍而已。在那个服装店里，我曾经狠狠地拥抱过她；在眼前这个公司楼下，我又像浑蛋一样把她推开了。我曾经从她身上找到过安慰，也曾经把郁积在心里的怨气没头没脑地撒在了她身上。如今，我只能躲着楼下咖啡馆服务员狐疑的眼神，在暮色的掩护下匆匆离开。

我最后一次见到陈金芳，是在大约两个月以后。

那时天已经彻底转冷，但离过节还有段日子。中国与西方的多项贸易谈判还在胶着地进行，毫无进展。受此影响，很多原先呼风唤雨的大人物都破了产。加入跑路队伍的商人越来越多，b哥仍然不见踪影。面对经济领域的困局，国家高层发出了"共度时艰"的号召。

那天我正在办公室写稿，手机忽然响了。是个从来没见过的号码。我以为是推销房产或者保险的，便不耐烦地拒接。过了几分钟，电话又打了过来。我没好气地问："谁呀？"

"是我。"陈金芳的声音传了出来。

我的心往上吊了几寸："你……还好吧？"

"不好。"陈金芳停顿了一下，接着说，"我可能快死了。"

"别开玩笑了。"我说。

"真的……我以前骗过你吗？"陈金芳说，"我现在实在找不着别人了……"

她的口气让我不由得恐惧起来。我迅速问了她在哪儿，然后请了个假，开车出门。

陈金芳所说的那个地址，在东四环麦子店附近的一栋筒子楼里。那儿的房子十分老旧，租住的都是刚来北京不久的年轻人。逼仄的土路两旁摆满了小摊，生锈的自行车横七竖八地堆放着。离楼门洞还有半里路，b 哥那辆"捷豹"车就再也过不去了，我只好步行。上楼梯的时候，我差点儿和两个香喷喷的姑娘撞了个满怀，她们翻开二两重的人造睫毛，用东北话问我"大哥咋不看着点儿呢"。

陈金芳所说的房间在三楼走廊尽头。我推了推门，门没锁，四十瓦灯泡的光亮稀薄地渗透出来。屋里除了一桌、一床、一张塌陷的沙发，就再也没有其他家具了。家具上端坐着陈金芳，她腰背挺直，在昏暗的背景中，脖子的曲线像某种水禽般宛转。

我叫了她一声，她像睡着了一样没吭气。这时，我才看见她的脸上有大片的青瘀，明显是被人打的，嘴唇都肿了起来。我还看见了沙发腿之间的那摊积血。血是顺着她的左手流下来的，把长筒袜都浸透了，并且还在以肉眼不易察觉的速度蔓延着。

我随即看见了她腕子上的伤口——半寸来长，下刀想必非常果决，皮肉都被豁开了。而陈金芳这时才意识到我来了，她睁开眼，歉意地对我笑笑。

"本来想自杀来着，不过我没有自己想象的那么胆儿大，一看见血就害怕了，不敢死了。"她说，"只好再麻烦你一趟了。"

我心里翻涌着，说不出话，弯腰一把揽起她。抱着她往外跑的时候，我感到她的体温比正常人低了许多，但搂在我脖子上的那条胳膊却还是那么有劲儿，手隔着外衣，抓得我的肩膀都疼。跑过楼外那条小道时，熙攘的人群自动散开，人们瞠目结舌地围观着。在余光里，我看见陈金芳的血不间断地滴到地上，在坚硬的土路上绽开成一串串微小的红花。这么多年过去了，陈金芳仍在用这种方式描绘着这个城市，然而新的痕迹和旧的一样，转眼之间就会消失。

我把她送到了最近的一所医院。过了晚饭时间，医生终于结束了工作，出来告诉我"抢救基本成功"。又有一个工作人员催促我去补办住院手续。

等到一切忙完，天已经黑了。我踱进陈金芳的病房。她的临床是一位在小诊所刮宫造成大出血的女中学生，一直在满嘴脏话地喊疼，而陈金芳则紧闭着双眼，咬着嘴唇一声不吭，脸白得几近透明，连皮肤底下的筋络都浮现了出来。

但她的听觉却变得灵敏多了，迅速从女中学生的叫骂声中分辨出了我的脚步。她睁大眼睛，侧头朝向我，眼神向锥子一样。

"谢谢你啊。"

"没什么。"我舔了舔嘴唇，忽然脱口而出，"上次那么对你……实在是对不起。我太不识抬举了。"

陈金芳笑了一笑，也许是失血过多的缘故，她的脸上出现了许多纵横发散的皱纹："你又没说错，我是没什么了不起的。"

"不不，比起我你已经……"

"当然你也不怎么样。咱们半斤八两吧。"她又接上一句。

我们有气无力地相视一笑。旁边那个女中学生的声音又高亢了起来：

"我操你妈的。

我操你妈的。

我操你妈的。"

我在医院的走廊守了一夜。第二天，医生说陈金芳的情况已经稳定了下来，我才回到单位去上班。这以后的两天，我每天晚上会到病房看看她，但她大部分时间都在昏睡，醒了也闭着眼睛，仿佛仍在虚弱地苦挨。我自然也不好跟她说什么。

到了第三天，我才走进病房走廊，就看见长椅上并排坐着两团人——

的确是"团"，一男一女，身量都矮而肥胖，穿着鼓鼓囊囊的棉大衣。尽管多年不见，但我立刻反应过来，他们是陈金芳的姐姐和姐夫。

他们的模样也大变了。许福龙不再是那条精壮有力的汉子，他佝偻着腰，缺了几颗牙，连嘴唇都瘪了进去。陈金芳她姐呢，那对引以为傲的大乳房早就垂到肚皮的位置上去了。他们面无表情，脸上笼罩着脏兮兮的沧桑，一看就是常年都在干体力活儿。

我在他们面前站住脚，陈金芳她姐半张着嘴，打量了我半天，也没认出我来。我只好自我介绍是陈金芳的"朋友"。

陈金芳她姐的第一句话就是："她没欠你钱吧？"

得到否定的回答后，她的表情却变得恶狠狠的了："她坑的全是自己人！"

接着，这两口子便围住我，倒好像我是个能解决问题的大人物，东一嘴西一嘴地痛陈起来。他们的讲述解开了我长时间里对陈金芳的疑惑。

她从来就没正经八百地有钱过。十多年前离开北京后，陈金芳便南下广东，先是在服装厂里做工，后来又到了深圳。在那几年里，她先后和好几个男人姘居过，一直在尝试着做买卖，又一直在亏本。每次经营失败，她都要靠男人去还债或者积累下一轮本钱。"这和卖没什么不一样。"村里人说。她让她的家人长期抬不起头来。但不知从什么时候开始，陈金芳的形象就变了。她开始开着轿车回老家，有时还带着一两个西服革履的合伙人来"考察"。她翻修了老房子，给姐姐姐夫家添置了全套家电，母亲过世后还举办过十里八乡最辉煌的葬礼。花出去的可都是真金白银啊，亲戚朋友们又顺理成章地对她刮目相看，大家都觉得她如今是一个"能人"了。

几乎是凑巧，没过两年，她的老家掀起了一场浩大的造城运动。经历了反复的说服、恐吓、群殴、威胁自焚，村里的土地终于被一个工业开发园占用，乡民们被搬迁上楼，拿到了或多或少的补偿款。那些钱却成了乡亲们新的难题。本地民风勤勉，大家自知不能坐吃山空，但想要做点小买卖，又往往不得要领。有年轻一些的到县里去开过杂货店和录像厅，很快就铩羽而归，还染上了吃喝嫖赌的劣习。这个当口，陈金芳又回来了。她宣称自己和人在深圳那边搞项目，大家可以把钱交给她去投资，十五分的高额利息，不出几年就能翻番。刚开始，人们将信将疑，入股的人不多，只有她姐姐和几个堂兄弟，交给陈金芳的钱也很有限。但不出半年，返回来的"分红"就让越来越多的人动了心。又有人到陈金芳在深圳的公司去打探过，传回来的信息是她真成了大老板，办公室比镇长的还要大。

"那时候哪知道她是非法集资……现在又被警察定性成诈骗。"陈金芳她姐痴愣愣地陈述道，"她给我们的分红都是拿自己那份拆迁款垫付的，办公室也是临时租的。"接下来，村里人争先恐后地到陈金芳那儿去"入股"，连村干部都加入了进来。有个民办教师还要求陈金芳把自己的儿子招进公司里，"学着做点事"——这么做，当然是有监视她的成分在里面。有文化的人心眼儿是要多一些。但一个刚从大专毕业的愣头青又怎么是陈金芳的对手？没过两个月，这个叫胡马尼的小伙子就被她收拢了过去，成了她的同伙兼新一任姘头。

陈金芳带着胡马尼，又在广东晃荡了两年。他们过得花天酒地，用乡亲们的钱投资过工厂，也炒过股票，但始终没有折腾出大名堂来，还被更"聪明"的人骗了不少。寄回村里的红利不能减少，募集来的本金则日益捉襟见肘。眼看着就要走到绝路，陈金芳决定最后一搏。她改了身份，离开深圳来到北京，一心开拓更"高端"的人脉，做些一本万利的大买卖。在此之后，她的生活就是我亲眼见证的了。她混进了天花乱坠的艺术圈子，又搭上了 b 哥那样的专业投机客，貌似有了逆转局面的机会，但最终彻底崩盘。

陈金芳把事情"搞砸了"以后，胡马尼突然悔恨万分，正义感也冒了出来。在藏身的筒子楼里，他代表全村人民怒斥了这个女骗子，将陈金芳推到沙发上，狠狠地揍了她一顿，然后就浪子回头地回村报信去了。

陈金芳她姐把话说完，便站起来走到病房门外，透过窗子呆滞地往里望着。因为身量矮，她需要轮番踮起脚尖，重心一会儿压在左脚上，一会儿压在右脚上，好像在跳芭蕾舞。我不知道陈金芳是否也在从里面看着她。又过了一会儿，警察就来了。两个老家市局的，一个北京派出所的协办人员。他们向医院的人出示文件，说明情况，一个老警察对许福龙吆喝了一声。然后，陈金芳的姐姐姐夫便走进去，把陈金芳的移动病床推出来，走到走廊门口。那里停着一辆外地牌照的依维柯警车，还放了一副担架。

陈金芳被抬上担架的时候，我意识到告别的时刻到来了，便默默地走了过去，从上往下看着她。陈金芳眯着眼，仿佛被太阳晃到了。

我局促了一下，说："再见。"

"再见。"她的声音出人意料地清脆，还有种一切都安顿好了的踏实的感觉。

这样的道别倒也平和，甚至还称得上有几分洒脱。然而被抬进依维柯的后备厢时，陈金芳突然欠起身来，直勾勾地盯着我。

"我只是想活得有点儿人样。"这是她对我说的最后一句话。这话让我震颤了一下，连车子开走都没有意识到。等我醒过神来，眼前已经空无一人。我的灵魂仿佛出窍，越升越高，透过重重雾霾俯瞰着我出生、长大、长年混迹的城市。这座城里，我看到无数豪杰归于落寞，也看到无数作女变成怨妇。我看到美梦惊醒，也看到青春老去。人们焕发出来的能量无穷无尽，在半空中盘旋，合奏成周而复始的乐章。

城 市 文 学 卷

出警

弋 舟

　　大学四年，从警五年，算起来，迄今人生已经在架子床上断断续续睡了九年。没什么意外的话，可能还得隔三岔五地睡九年。躺在上铺往窗外瞧，夜色氤氲，所门口的警灯无声闪烁。对面超市门前的投币木马也旋转着同样的彩灯，没谁玩，它也播放着儿歌。这让人产生错觉，仿佛我们是一家游乐场的守夜人，身后有摩天轮隐现或者七个小矮人出没。

　　此刻要是从宿舍冲进夏夜，不啻于跳进沸腾的大锅。和冬泳一个道理，那得有点儿勇气。楼下值班室的电话响个不停，好在没什么大事需要出警，但谁也说不准。外面太热，晚上好像更甚，地面蓄积了一天的热力开始蒸腾。暑气弥散，像是黑夜对白昼的反攻倒算，还好所里给装了空调。去年夏天，宿舍还是靠风扇降温的。

　　报纸上说这个夏天的高温破了六十年的纪录。我还不到三十岁，反正长这么大我没被这么热过，小吕却认为这在他们家乡根本算不得什么——如果他们家乡的夏天是一百度，现在我们承受着的，顶多才六十度。小吕是新疆人，住在火焰山脚下，那儿真会这么热吗？他的说法让人感觉大家是被扔在同一口大锅里的青蛙，但一般苦，两样愁，有人已经将要被煮熟，有人却还在惬意地蛙泳。

　　我还是挺爱值班的，因为接着可以休息一天。再过一周，我就要去封闭集训，市局组织篮球赛，我被挑中了。那样一来，就有段日子不能回家了。小吕和我心思一样，他是想值完班就能多出一天时间去陪女朋友。小伙子正在热恋，女孩刚刚大学毕业，还没找到工作，有大把的时间需要有人陪着一起打发。而我是想在家多陪陪我妈。

我们每隔四天值一次班。我是主班，小吕是副班，还带着几个协警。他警校毕业分配到所里，我们就成了搭档。我算是他师父。值班当天，小吕会提前准备好休息日的便装——这像是吹响了他约会的预备哨——牛仔裤什么的，能让他摇身一变，精精神神地去约会。他长得帅，个头和我差不多，要不是单薄些，肯定也会被抓去打篮球。因为个儿高，有几次我俩还被法院临时借去押嫌疑人上庭。都是大案子，电视台要播新闻，两个高大的警察上镜，将嫌疑人夹在当间儿，那效果不言而喻。

值班的时候小吕很快活，一副随时会唱上几句的高兴劲儿。其实我也是这样的心情，一般早早地就让妻子做好了我妈爱吃的东西。这种精神状态不会影响工作，因为我们都感觉有了个近在眼前的盼头，心里得到了鼓舞。人的盼头很多，但近在眼前的却很少。

那天一共接警二十多起，跟高峰期比要少得多。按规定，要是没有突发事件，我们可以在夜里十一点睡觉，凌晨五点再爬起来出警。那时我们已经躺在宿舍的架子床上了，我跟他聊起片区的老奎——就是被报社记者写进文章里的那个主角。小吕听了我讲的一切后，陷入了沉思，他肯定受到了不小的启发。后来他就跳进了外面那口沸腾的大锅，等他回来，晨光熹微，黎明已近。他好像完全忘了还要摇身一变这档子事儿。

我们这一行也是师父带徒弟。我的师父是老郭。他教会了我怎么做警察，可惜三年前查出了喉癌，提前退休了。前段时间我去看他，老头看来已经挺不了多久了，整个人出气多，进气少了。我进所的时候他可健康着呢，黑脸，皱纹像是用刀子削出来的，胸脯拍上去，让人相信能听见金属发出的咣咣声。我觉得他长得很像写《白鹿原》的那个作家，都是那种典型的关中老汉的样子。

老郭烟瘾大。后来满世界开始禁烟，所里也禁，他得空只好跑到院子里，找个拐角蹲着抽几口。有时候太忙，他忘了这茬儿，嘴里不小心叼上了烟，结果被所长撞到，挨了批评还得罚款。这规矩不太通人情。要说喉癌可能跟吸烟会有点关系，可我觉得要是放开让老郭抽，他没准儿现在还带着我巡街呢。烟就像是老郭的口粮，每天在所里抽根烟都跟做贼似的，可能就叫度日如年吧。真是委屈了老郭。他在所里干了一辈子，架子床可是没少睡。

我们这个派出所在城乡接合部，高楼大厦的背面弄不好就藏着块儿菜地。咖啡馆里坐着的，经常是光着膀子打麻将的人。一开始，要是老郭不带着我到片区走一趟，我肯定得迷路。那就是一个迷宫。有的窄道楼挨着楼，只容得下一个人通过。如果迎面也有人走进来，脾气不好的话，往往就会形成对峙的局面，搞不好还能腾挪不开地打一架。上帝说通往天堂的是窄门，每次从这种窄道挤过去，我都幻想会有一个天堂等在前面。有一回，一个女孩走进窄道里，没遇到歹徒，却遇到两条流浪狗，一前一后，前后夹击，预谋好了似的。女孩被吓惨了，打电话报警。等我们赶过去，她裙子尿得湿漉漉的。于是我挥舞着套狗杆，又充当了一回打狗人。对付流浪狗，也是我们的工作。

我师父老郭跟谁都熟，谁见着他都会给他让烟，有点儿妇孺皆知的意思。很多不吸烟的人，见了他也能摸出一根皱巴巴的来，像是专门为了见他备了好几天似的。他有一个铝制的烟盒，上面刻着天安门前的华表，看上去恐怕有些年头了。收了递上来的烟，他就放进铝烟盒里。巡逻一圈回来，差不多能装满一盒。他也给别人让烟，但收到铝烟盒里的他不会再让出去，递给对方的，肯定是他自己的烟。这里面就有了原则和讲究，是一种德行，也是一种从警之道。我觉得，我就是从这种你来我往的让烟里，开始领悟做一个警察的真谛。老实说，这和我入行时的想象不太一样。我师父老郭穿上警服也还是个大爷。何况，现在跟警服差别不大的制服也太多了，所里的协警，超市的保安，跟我们站一起，没点儿专门知识，你分不清谁是谁。巡逻的时候我腰里会有警具，可保安的腰里也有根棍子呢。

每个辖区都会有几个狠角色，我们的专业术语叫"重点人口"。对这些人，你得盯着点儿。老奎就是这么个人物。我到所里时他已经七十出头了。在我眼里，他要是还能算得上"重点"，顶多也就是上路碰个瓷，伏地不起，讹点儿钱什么的。可我师父老郭不这么看，他跟我说："别看这老汉走得慢，腰里别的都是万。""万"就是"万货"，方言里指"东西"和"玩意儿"。好像老奎腰里缠了一圈暗器，随便亮出一件，就能吓你一跳。

我觉得老奎和老郭长得也有点儿像。第一次老郭带着我上门"认人"，我都以为他俩是亲戚。他们两个对坐在老奎家被烟熏得四壁焦黄的客厅里，彼此互不搭理，都埋着头使劲抽烟。烟是老奎自己卷的。他把烟丝铺在两指宽的报纸上，搓成棒，用舌头舔一遍，递给老郭。老郭接了，点上，反手也给他递根自己的烟。老奎应该比老郭大个二十多岁，但除了腿脚没老郭利索，背驼得厉害，看上去两个人没多大差别。也不知道是老郭显老还是老奎显小。可能关中男人上了岁数都像是一个模子倒出来的吧，跟兵马俑一样。他让老郭坐在沙发上，自己搬张板凳，矮上那么一截地坐着。老郭跟他介绍我，他瞟了我一眼，就像瞟了眼他的孙子。他可没孙子，就是一个孤老头。

按制度，对重点人口，每个月走访一次就行。可老郭基本上每周都会带着我上老奎家转一趟。有时候巡逻遛到了老奎家楼下，他也要上去歇个脚。我猜老奎沾着唾沫卷出的烟，挺对我师父的口味。

他们第一次当我面说起老奎的案底时，我已经不算个新人了，已经习惯了偶尔上街去打打狗什么的，也不再盼望窄道的尽头就是天堂。老奎闷头抽烟，突然来了一句："早知道当年把人弄死算？了，活着就是受罪么！"这话跟他嘴里的烟一同喷出来，格外呛人。他的老底儿我知道，故意杀人，致人残疾，被判了十八年。可我没料到时隔多年，他还能放出这种狠话。

老奎说完扔了手里的烟卷，伸出穿着懒汉鞋的脚使劲蹍。旁边就有烟缸，可他故意这么干，说明他是意欲摆出一个凶狠的态度。我静等老郭发话。我猜他会训一顿老奎，至少脸色会严肃起来，低沉地说："你这么想不对，想早死也不能拿别人的命垫背么。"老奎呢，就会垂下脑袋说："对么，你说得对。"因为我已经训过不少家伙了，基本上没遇到过跟我顶着干的。我想，此时老奎要是不垂下脑袋挨训，我会让他把刚刚跺灭了的烟头捡起来吞下去的。然后老郭会说："有问题就跟政府说么，你现在有啥困难？"然后老奎就会诉诉苦：肉价太贵，假货满天飞，乃至人心不古，女孩子穿得太暴露什么的。老人们经常就是这么跟我抱怨的。疏导民意也是我们的职责，这么一番对话，是我心里的套路。我算是个内心戏比较多的人。

可老郭压根儿没接茬。他只是递了根烟过去，然后就聊起医保、天气和附近即将拆迁的居民楼。老郭平时也不是个话多的人，这有些难为他了。他有一出没一出地说，老奎有一句没一句地听。说什么可能也不重要，就是有人说话有人听。说到拆迁，老奎身上也有劣迹。他家老屋拆得早，是这一带最先被开发了的。也就两间小平房，当年硬是被他置换成了两套一居室的楼房——不能得逞的话，他扬言就要再杀一次人。

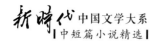

说到做到，他天天敞胸露怀坐在自家门口，地上撂着把杀猪刀，随时要给谁开膛破肚的架势。这都是老郭告诉我的。

那天老郭跟他东拉西扯了半天，临走还给他扔下半包烟。出门时我回头看了眼老奎，怎么看，埋头坐在小板凳上的这个老恶棍，都只是个与世无碍的废物了。脊柱都像是被重锤给敲弯了，还咋呼什么？

从那以后老郭带着我去的次数更多了，隔三岔五就得去看看老奎。在我看来，这事好像被搞颠倒了。老奎放了句狠话，老郭没教育他，反而像是被他吓住了。退休前老郭还专门叮咛我，让我没事也多去瞅一眼老奎。后来我一个人上门，老奎听我说老郭得了癌，那眼神，就像是挨了一棍子似的。他当时的表情，让我相信了，这厮其实早就被我师父驯服了。

我不抽烟，跟老奎没法坐一块儿。我师父跟他坐一块儿，即使没话，也是心照不宣和意味深长。我跟他可没什么默契。他干脆连句狠话也不给我撂。我自然也就没去落实老郭的叮咛，顶多每个月去看一眼，例行公事而已。

我太忙了。派出所警察干的事情，说出来你能当笑话听。更多的时候，我们就是个片区里跑腿的，而且谁都能使唤我们。没了老郭带着，同样的事，我干起来手忙脚乱。那些鸡零狗碎的小案件、小纠纷，老郭处理起来就是烟来烟往，举重若轻，可是让我来，怎么就有了疲于奔命的感觉。如今我成了小吕的师父，我该拿什么给他言传身教？

小吕这个人挺爱自己琢磨事，责任心也挺强，就是跟我才入行时差不多，想象力还没落到地面上。在他心目中，警察就该是神探，破大案，捕顽凶，除暴安良，跟打狗赶鸡没半毛钱关系。我想这可能跟他正在谈恋爱有些关系，男人在谈恋爱的时候，可不都会把自己想象成一个英雄吗？否则好像就配不上一个美人。这情绪我也有过。直到今天，我也不太跟妻子说我每天都忙活些什么。我不做英雄梦了，但希望我妻子还接着做，那样回了家，我才可以心安理得地喊累。所以有时候遇着邻里纠纷之类的事儿，我都不忍心让小吕去处理。我怕这会过早地消磨了一个男子汉的英雄气。小吕和我不同，我是跨了专业，半路出家，考公务员干上的警察，他却是从火焰山脚下走出来的正规警校毕业生。我愿意看到他成长为一个我从前想象过的那种警察。

把那天我俩的值班情况捋一捋，你就能明白现实跟梦想之间有多大的差距。

早上八点半报到，户籍室打来电话，要进行境外人员办证提醒。这事让小吕来，他英语不错。但是有个别电话已经停机，只有等方便的时候上门找人了。

打完电话开始巡逻。一看油表，发现油箱存量不多，先开到加油站加油，免得在半路上抛锚。我可是吃过这种亏。

十点多，接到报警，公墓边上的苗圃有人打架。到现场才知道，昨天早上两个工人为小事动了手，其中一个吃亏大点儿的，睡了一夜气不过，醒来后索性报案。秋后算账，当事人都是一副养精蓄锐后的样子，精神头十足，谁也不让谁，只能拉回所里处理。回去后跟他们掰扯了半天，俩人还是要较劲。我当然又想起了老郭。可能这事他用两根烟就打发了，而我就得把自己弄得口干舌燥。

正感慨，有人报警，说是接到了反动电话。我让小吕出警，过了会儿他把人也带回来了，是个满头大汗、一看就知道警惕性很高的那种大妈。询问，登记。兹事体大，要向上级汇报。

处理好已经过了饭点儿，食堂打饭的窗口空无一人。幸好食堂阿姨还在，不然又得上对面的小饭馆吃油泼面。那面不好吃，就是便宜。

刚端上碗，接到有人打架的报警。我让小吕接着吃，自己带了几个协警过去。路远事急，报案人情绪激动，像是要出人命的架势，上车后于是一脚油门踩到底。边上的协警落实当事人的具体方位，对方却报出了邻近派出所的辖区。这叫错报，汇报给指挥中心，掉头回去接着吃。

也就是刚放下碗，所长指示：最近辖区盗窃案件多发，最好召集几个小区的物业开会通通气，想想对策，同时给居民拟一份"警方提醒"。这活儿我干吧。说实话，我不太好意思让小吕去趴着写安民告示。

才开了个头，接到报警，某公司门口发生纠纷，小吕跟着我一起赶过去。烈日之下，一派安宁，压根儿没什么状况。街面上几乎没有人影，别说人影，连阴影都没有。正午的艳阳直射着，马路明晃晃的宛如一匹发光的银练。跟公司的门卫打听，原来人已经走了。"就是小两口闹别扭。"门卫的答复听上去还有点儿幸灾乐祸。

回到所里，有报案人等着，是个姑娘，说是"心爱的"电动车被盗了。她说不出电动车的型号，只说得出电动车对她的重要性——男朋友送的生日礼物，"是世界上最漂亮的电动车"，小吕耐着性子做笔录，我继续写安民告示。

刚写好，有人报警在饭馆被偷。还没赶到现场，又接到报警，一家塑胶公司发生了纠纷。兵分两路，小吕去处理饭馆盗窃案——好歹这也算是个刑事案件。我到了塑胶公司，却是一场劳务纠纷。打工的觉得老板给的少了，双方不同意调解，我只好告知他们可以到劳动仲裁部门处理。

回所的路上接到社区的电话，说他们晚上有个群众活动，可能参与的人比较多，需要我们帮助维持秩序……

差不多就是这些事。

黄昏的时候稍微消停点儿，小吕自己去了片区。有人报警说邻居在家里制毒，我没怎么考虑就把这案子交给了小吕。开始他挺兴奋的，像是张网以待，翘望已久，终于来了条大鱼。涉案的那栋楼我知道，教育局盖的，里面住的都是中学老师。报案人是位退休的校长，信誓旦旦地说，以他对化学知识的丰富掌握，完全能够通过阳台上飘来的怪味儿做出判断。他的邻居也是一对教师，两口子带着个十多岁的孩子，女主人倒还真是个教化学的。可查来查去，一点儿证据都没有。小吕不太甘心，加上老校长半年报了五十多次警，这个案子就成了小吕的心事。他不觉得我们就只能写写安民告示、追回一辆"世界上最漂亮的电动车"。倒也是，前几天别的片区还发生了大案子，几个女孩把个酒吧老板捅了足有几百刀。

回来后小吕眉头不展。他说他又趴在老校长家的阳台上闻了半天，隔壁飘来的只有红烧肉味儿。我想的却是这会儿的阳台上怕是得有五十度的高温。不知怎么，在这个夏天我总是觉得夜晚比白天更难熬。白天的热正大光明，不由分说，但晚上的热却显得没有道理。没有道理，就热得更加令人不堪忍受。

那天晚上社区的活动就是广场舞表演，实际上围观的人并没有他们想象的那么多，他们高估了自己的风头。过去后看了看情况，安排几个保安维持秩序，我和小吕徒步去人员密集的场所巡逻。小吕懂事，他以见识过真正酷暑的火焰山人的善意，让我尽量钻到商场里去，巡街的苦差由他来干。真是热啊。巡逻时还得扎起腰带、戴上帽子。从商场走到街上，我感觉会被烫一下，从街上进到商场，我又感觉会被冻一下。每次进出，心里都一惊一乍，让人畏缩。我本来是农大毕业的，"解民生之多艰"是我们的校训。眼下干的活儿，冷热交替，打摆子一样，让我觉得真是"多艰"。

那天算得上是平安无事，我们本来可以睡个好觉。顺利的话，第二天早上八点半交了班，小吕就能摇身一变，去会女朋友了。我也可以带着冻好的饺子去看看我妈。我爸去世得早，年前我妈起夜时摔了一跤，摔断了股骨头，手术后就卧床不起了，只好找了个小保姆陪着。结果当我说完了老奎的事，小吕又跑出去忙活了大半夜。他不在，我也没睡踏实。一开始他可能并没留意听我说话，躺在下铺憧憬第二天的约会。可我是故意要说给他听的，就一直往下说。他果然听进去，领会了我的苦心。我只是没想到他会那么雷厉风行，当机立断就跑去印证自己的猜测了。

老郭退了休，我按部就班，每个月顶多到老奎家转一圈。后来有一次我再去的时候，家里却没人了。我当时也没怎么放在心上，下楼顺便问了句，一个老太太告诉我有日子没见着老奎了，"不知道死哪儿去了。"她这么一说，我就有点担心。老年人鳏寡孤独，死在家里都没人知道，这事也不是没发生过。回去跟所领导做了汇报，我喊来锁匠打开了老奎的家门。屋里空空荡荡，家徒四壁，死的和活的都没有，但看得出有日子没人烟了。

老奎他失踪了。这看上去也不能算是件事儿。老奎有老奎失踪的自由，谁也没规定他只能窝在屋里卷烟抽。我猜他没准出门旅游去了。他的经济状况还过得去，有套房子出租给别人。如今这一片的房价可不低。我让锁匠师父换了新锁，给邻居留了话，关上了老奎的家门。

我去看我师父老郭时，把这事跟他说了。他一听就有些要跟我急的样子。"旅游个屁！他老奎要是会去旅游，我就会去逛窑子了！"老郭冲着我吼。我一下子没太听明白，但我不想惹老郭生气，他正在进行保守治疗，效果如何，谁都没底儿。"你去申请协查一下，看看市里有没有发现无人认领的死尸。"他这么说我就听懂了，他是担心老奎真的死在外面了啊。"也去收容站问问，人老了糊涂，说不定遛个弯儿自己就找不回去了。"老郭接着指示我。

回去后，这两件事我一一落实了，但都查无其人。就在我发愁该怎么给老郭交代时，半个月后，老奎自己冒出来了，而且冒出来的方式完全出乎人的意料。一天夜里，他竟然打报警电话，说是自己在家摔倒了，现在根本爬不起来。赶过去的路上我还纳闷，新锁的钥匙在我手里，他是怎么进的家门呢？

老奎家的门虚掩着。我推门进去，以为会看到卧地不起的老奎——年前我妈摔断腿就在地上躺了一夜。我妈常年独居，电话又不在手边儿，第二天早上邻居听见屋里有人哭才发现出了事。看到我后，我妈委屈得像个孩子那样号啕不已。我从没见我妈哭得那么凶过，她真是伤心极了。可是老奎佝背坐在小板凳上。客厅灯泡的瓦数太低，就照亮着他头顶那一圈，其他角落一派昏暗。他就像是孤零零坐在一个黑暗的舞台上，被追光灯示众般地圈定着。

老奎三十岁才娶上老婆，当时这块地方还是一片良田。他就没干过什么农活。换一个时代，他能在梁山上谋个差事。入狱前他就是村里的混混。三十五岁的时候，他终于把自己混到大牢里去了。十八年后回来，老婆孩子都没了。二十多年过去，良田变成了高楼，姑娘们的裙子越穿越短，当年的村霸一个人坐在了三十瓦的灯泡下面，就这么苟延残喘着老去了。

他并没摔跤，更谈不上爬不起来。说白了，老奎报了个假案。可我不知道他意欲何为。看到我，他也没话，并不解释自己的作为。我拉下脸批评了他几句。他就那么听着，过了会儿，开始卷烟。卷好后，下意识地给我递过来。我猜他把我当成老郭了。递烟的手在半空有个停顿，随即他醒悟过来，缩回去塞到了自己嘴里。点火，手哆哆嗦嗦，看着让人着急。想到了老郭，我就对他客气点儿了。问他这段日子跑哪去了，他也不吭声，就是埋头抽他的烟。间或把一口痰吐在地上，然后用脚蹭。我没话找话，问他怎么进的家门。他不屑地回我一句：开个锁费啥劲么？我去看了看，门已经换了锁。这钱我得给他，毕竟前面那锁是我给他换的。他不说要，也不说不要。我没什么耐心了，塞给他二十块钱。我的手跟他的手相触的那个瞬间，他连钱带手一起抓住了我，像是激起了某种动物性的应激反应。可能不到一秒钟的时间，但我有着突然被什么抓牢了的感觉。

这事还不算完，几天后老奎又报警了。还是说他摔得起不来了。即使知道这回八成还是个假案，我也得上门去看看。果然，老奎照旧坐在小板凳上，臊眉耷眼，像个坐在黑暗舞台中央的老猿猴。不同的是，这回他竟然泡好了茶等着我。茶泡在一只破搪瓷缸子里，我闻了闻，可能是那种需要熬制的砖茶。我像是能听到熬茶时发出的噗噗声。那么好吧，既然请我喝砖茶，老奎你总得跟我说说干吗老折腾我？他不作说明，倒是跟我聊起他前段时间跑出去干吗了。我从来没听过他说那么多话。其实，我差不多就没怎么听过他说话，但这天晚上他却对我打开了话匣子。

老奎说他是去找自己的闺女了。

他先去了重庆的云阳县。循着记忆，他看到的却是一片滔滔江水——当年这里不是连绵的青山吗？那一刻，他以为自己真的是老糊涂了。原来那里如今已是三峡库区，昔日的村落十几年前就搬迁了。这就叫天翻地覆，沧海桑田。老奎不甘心啊。他走了那么远的路，孰料已经换了人间。他在江边硬是坐了三天，好像那样就能等来一个水落石出的奇迹。三天后，他动身前往上海。他打听到了，当地的移民都是迁到了上海的青浦镇。上海滩带给他的冲击恐怕不亚于滔滔江水。想必那里的一切对于他来讲，就是光怪陆离的另一个世界。溜门撬锁他不在话下，可是要在上海找到个人，这事儿他根本办不到。青浦镇倒是找着了，但当年移民来的人，十有八九继续流动，早已四散。他还是不能甘心。青浦镇西面是上海最大的淡水湖，十万亩烟波浩渺，他又在湖边对着水面海枯石烂地坐了三天。他没找到闺女，感觉是从天而来的大水带走了所有的人间消息。

　　我对他的家事没什么兴趣，也搞不懂他干吗跟我说这些。但我看出来了，可能说什么对他也没那么重要。重要的是说话本身。他的嘴巴就像是台生锈了的老机器，重新运转，吱吱嘎嘎地颇为费力。而这费力的运转，却能带给他不一般的快感和惊喜。他矮一截地坐在我对面，边说边吞咽口水，润滑着他喉咙里那尘封已久的轴承。他的眼神混浊而又迷乱。没错，他有点儿亢奋。我在想，这老头大概有许多年没这么滔滔不绝地跟人说话了吧。他都快把自己给说醉了。一边说，一边打着气味难闻的醉嗝。为此，我耐心地喝了两缸子茶，权当自己听了个没多大意思的故事。我猜，最后他会提出要求，让我们帮着他找闺女。他要是真这么要求，我就又多了件事。我都想好了，回去先跟上海警方联系一下。但临了他也没跟我提这茬。

　　破天荒地，这回我走的时候老奎还送了送我。他趿拉着懒汉鞋，颤巍巍地踱到门前替我开门。手伸出去，捞一把，又捞一把，第三把才捞到门把手上。我就知道了，这老头是真的老到头了。明摆着的，身体已经不听使唤了。

又是几天，还是在半夜，老奎的求助电话又来了。他好像专门找我值班的日子这么干。我让一个协警过去看看。小伙子回来跟我说，老奎点名要我去。这我的气就不打一处来了。问明白他没什么事儿后，干脆就置之不理了。谁知第二天一大早老奎竟然找上门来。

我刚在值班室坐下，打算整理一下头天的值班记录，一抬眼，看见老奎隔着窗子矮一截地出现在我面前。他不说话，我也懒得理他，自顾干事。过了会儿他敲了下玻璃。我抬眼看到他翕动着嘴在嘀咕什么，模样就是动物园里跟游客隔窗龇牙咧嘴的大猩猩状。我低头继续忙活，他继续敲玻璃。这下我听见他说什么了。我以为自己听错了，歪着头瞅他。他的嘴在张合，但隔着层玻璃，让我感觉那是声腹语。一只看不见的手把老奎的肚肠搅和得翻腾不已，发出了不受他支配的神秘气声。他又咕哝了一遍。没错，他就是说"我要自首"。

不管真的假的，事儿来了。我用手示意他进来说。隔着窗子，我看他扶着墙往里走的时候，脸上竟然有股掩藏不住的幸福感。

直接说了吧，老奎二十四年前从监狱里一放出来，转身就把自己的闺女给卖了。

就在老奎出狱的前一年，他老婆跟人跑了。对此我挺怀疑的。那个时候，老奎已经五十多了，他老婆也不会年轻到哪儿去吧？谁会带着她跑呢？要跑，也是自个跑了的吧？可老奎认定他老婆就是"跟人跑了"。好像不如此，不足以强调他内心的愤怒。可即便这样，他被强调起来的怒火也还是难平。坐了十八年的牢，他肚子里可是没少憋着邪火。所以他才有资格做个"重点人口"。这种家伙仇视万物，是该盯着点儿。老奎重返社会，举目四望，十八年过去，世界变得跟火星似的，让他老虎吃天，根本无从下嘴。但他有邪火，要抗议。没个泄愤的地方，就盯上自己闺女了。

　　老奎的闺女那年二十三岁。你都能想到，这种家里长大的孩子会有什么好？倒不是说那女孩品行不端，她挺好的，就是太单纯孤僻。怎么能不单纯孤僻呢？老爹坐牢，老娘撒手跑了，换了谁可能都一样。女孩小学毕业就辍学了，在路边摆了个菜摊，冬天还卖烤白薯。按说老奎回家了，当钉子户搞到了两套房子，守着闺女过日子也挺好，可他偏不这么干。人性不就是这么叵测吗？否则也用不着警察这个行当了。虽然我每天面对的都是些鸡零狗碎，走的路也多是窄道，但仔细想想，世态炎凉，里面确乎有惊涛骇浪。比方说，妻子跟踪丈夫，丈夫跟踪妻子，这些事儿，让你都不知道世界到底怎么了。但你能感觉到，它们正在改变那些赋予你生活意义的重要信念。

　　老奎在监狱里有个狱友是重庆云阳县人，服刑时跟他开过玩笑，说出去后要把他闺女买了当老婆。想到这茬，邪火攻心的老奎开了窍。他联络上了这个人，带着闺女上路了。坐了两天两夜的火车，到了地方，老奎一看，山清水秀，适于人居——这可能是他最后的一点儿良心了——当即拿了那人两万块钱，撂下闺女就走了。他跟我说他压根没打算在那人家里过夜。我想我明白他的意思。他的邪火发到这儿就算到头了，再烧下去，会把他也活活烧死。两万块钱多吗？这恐怕不是个问题。钱不是他的目的，没准两百块钱他也要这么干。他就是想报复，至于报复谁，他都说不清楚。人性中那块最为崎岖陡峭的暗面，早把他黑晕了。他想要报复的对象，是他老婆，是带走他老婆的某个人，是世道和人心，没准，连他自己也能算在里面，那是种连自己都一并仇恨厌弃的情绪。他跟我说，那钱直到今天他都没动过。当年他转身而去，走在山路上，脚底发虚，轻飘飘的像是腾云驾雾。后来还跌进了沟里。旷野无人，他在野地里昏

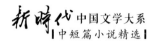

睡了一宿。醒来后，山风浩荡，感觉像是死过了一回。

当年老奎的女儿不见了，群众都想当然地认为女孩是找自己的亲妈去了。谁知道背后藏着个天大的秘密。

不折不扣，这是罪行。

可是怎么处理呢？却非常棘手。拐卖人口罪，最长的追诉期是二十年。不放心，我还特意又查了下刑事诉讼法。就是说，时光已经赦免这桩令人发指的罪行了。如果要把老奎绳之以法，得报请共和国的最高人民检察院核准。他肯定还够不上这资格。我做完笔录，上楼去给领导汇报。出门时老奎喊住我，问我干吗不把他铐起来？我瞅了他一眼，用指头点点他，意思是你给我等着。至于等着又如何，我也不知道。在我眼里，他当然是个混蛋。可是我还没见过这么老的混蛋。不是吗，一个混蛋老到这种地步，混蛋的程度都要打折扣了。

所长听了我的汇报，跟着我去了值班室。他也只能歪着头瞅了半天老奎。但毕竟是领导，一开口就问出了我心里面纠结的疑惑。

"我说老奎，"所长捏着自己的下巴问，"你咋今天才想着要来自首呢？"

老奎活动着嘴。刚才他说了不少，肯定也说累了。但他只是活动嘴，像空转着的马达，就是不启动，让人干着急。

他是为了逃避打击吗？那么他压根就不需要跑来认罪。是他的良心终于发现了吗？看起来也不像。你从他脸上根本看不出痛苦和悔意，反倒有股兴奋劲儿。就像那天晚上他跟我滔滔不绝后一样，脸上洋溢着的，是一股"可是给说痛快了"的惬意。我都想踹他一脚。

所长拍板，让老奎先回去。他却不走了，无论如何也要让我们把他先关起来。关起来谈何容易！对于这种根本不能批捕的案子，你没法把人送进看守所去。留在所里更是不可想象，等于是弄来了个祖宗，得专门派人伺候着。怎么办？急中生智，我想到了老郭。

一段时间没见，老郭真的瘦成了一张纸片。他像是飘到所里来的，让我不禁一阵心酸。看到老郭，老奎一下子就蔫了。刚才他看上去还得意扬扬的——好像回光返照，又成了当年那个臭名昭著的滚刀肉。但老郭只给他递了根烟，他就像条老狗似的，佝背塌腰地跟着老郭走了。他们一同消失在派出所的门廊前，飘进炽白的光里，就像是羽化成仙，遁入了虚空当中。

我以为这事就算完了，至少是可以暂时搁置起来了。但过了大概有半个月，报纸上居然登出了报道，题目是——老浪子昔日卖女，今日终于投案自首。还配了照片，老奎在镜头里正说得眉飞色舞。然后就有不明就里的群众往所里打电话，义愤填膺地质问我们，干吗不把这没人性的老东西逮起来？所长被搞得恼火，指派我专门答复这样的质询。好像这事儿是我惹出来的一样。我当然更恼火，每天的琐事已经够多的了，还得在电话里苦口婆心地普法。同事们也故意逗我，一接到这种电话，就大呼小叫地喊我。

是老奎自己跑到报社爆的料。他像是专门要给我找事。

这事闹了有小半年，我被折腾得够呛。后来有一天我在家休息，中午时老郭给我打来了电话。他让我找辆车，马上到老奎家去。我到了的时候，他们已经等在楼下了。两个老头都蹲着抽烟，旁边撂着一捆包袱。老郭得病后就戒了烟，我看出来了，这会儿他也就是做做样子。好像不做做这个样子，就不能跟老奎打成一片。

上了车，我才知道这是要把老奎送到养老院去。地方是老郭找的，

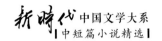

离得也不算远，还在我们派出所的辖区里。这家养老院是私营的，规模不小，据说条件不错，住进去不容易，有的老人已经排了两年的队。天知道老郭是怎么搞定的。我想这事儿，怕是不会像让两根烟那么轻而易举。这就是我师父。他除了跟老奎长得像点儿，俩人之间既不沾亲又不带故。再说了，他已经退休了，自己还在跟喉癌死磕。

两个老头都不说话。我偶尔回头，看到坐在后排的他们，居然手拉着手。两只满是老年斑的手彼此扣着，像盘根错节的枯树根咬合在一起。车里有股老年人身上特有的怪味儿。这气味还带着颜色，青灰，又泛着点儿苔藓长着毛的墨绿。没错，你也可以说那就是死亡的味道。

到了地方，老奎却不想进去了。老郭也不劝他，让我跟他在院门口等着，自己蹒跚着进去找人办手续。老奎的包袱扔在地上，他一屁股坐了上去，从口袋里拿出只铝烟盒。这只铝烟盒我太熟悉了，现在竟然到了他的手里。铝烟盒里装着烟丝，估计不够他抽几回的。也就是说，用这只铝烟盒来装烟丝，实用性不大。它更像是个装饰品或者是纪念物。不知为什么，我还觉得拿在老奎手里，它也像是个女人用的粉饼盒。尽管它也算不上太讲究，但对于老奎来说，还是精致了点儿。

他开始卷烟。我跟他说这家养老院有多好。我的话他压根没往耳朵里进。他抽着烟，眼睛空洞地望出去，像是曾经望着滔滔的江水。最后我还是忍不住又问了那个问题。它挺困扰我的，我当时想的是，我要是再不问一下，可能就永远不会得到答案了。我装作漫不经心地问老奎——为啥要在一把年纪了的时候想到来自首？老奎不搭理我，抽他的烟，望他的水。问完我才明白，其实我也没那么想得到个答案。这世界上说不清的东西太多了，而有答案的东西却太少。法律写得倒是清楚，那也可能是一部分答案，但如果世界的问题犹如滔滔江水，法律的答案扔进去，

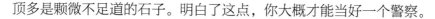

顶多是颗微不足道的石子。明白了这点，你大概才能当好一个警察。

"就是孤单么，想跟人说话。"冷不丁，老奎来了这么一句。

我听见了。但当时像没听见一样。随后我才意识到，"孤单"这个说法，我压根就没跟他挂上过钩。这个词不该在他老奎的词库里。我认为有些情感是他无从觉醒到的。哪怕它们已经实实在在地攫紧了他的心，疯狂地荼毒他。就好比如果他真的被"孤单"所煎熬，恐怕他也只会本能地有所不适而已——那情形完全是生理上的，在他，可能就像是嗅到了一股令人反胃的恶臭。他没法将之上升为一种情感。所以，我以为听见了另外一个人说话。

他还是不看我。但我没看错的话，他的眼角有混浊的老泪。你见过人的眼泪像洗过抹布的脏水吗？当时我就见识了。他还能流出脏水一样的眼泪，这算是上帝对他的一个优待。你知道，动物们只能干瞪着眼睛默默承受。不过这可不像一辈子都让上帝头疼的那个老恶棍。他敢杀人，敢卖闺女，敢当钉子户，可是不敢承受老了的"孤单"。

他坐在那儿，整个人蜷缩着，像是被人扔出去时还揉成了团的废纸，你要是想重新弄平整，得用熨斗使劲熨才行。报纸卷出的烟卷都快烧到他指头上了。有一阵，我甚至动念，是不是想办法帮他把闺女给找回来。但这念头立刻打消了。还是算了吧。有什么好说的呢？你要是也被自己的亲爹卖过一回，你就会明白我的意思。

"从上海回来，咋就觉得屋里更空了。"他说，"我都后悔为啥非要那么大的房子，不如回监狱去待着。"

那房子并不大，一居室而已，凑合着住倒是够了，可已经放下一个老混蛋的"孤单"——这玩意儿好像有体量，而且呈弥漫状，随物赋形，无孔不入，能把整个世界都塞得满满当当的。

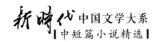

老郭在院子里朝我们招手。我把老奎拎起来，还替他拎起了包袱。这两样都不重，轻飘飘的。不是的，我没有同情他的感觉。或者说，仅仅光是同情他并不足以说明我的情绪。我只是被更加虚无的东西给裹住了。就像是掉进了云堆里。怎么说呢，嗯，我是有点儿伤感。

我师父老郭站在不远处。几个统一穿着橘红色马甲的老人在窗口探头探脑。条件再好，在我眼里，这里也是生老病死的所在，是荒凉之地。但你无能为力。可能最后我也得把我妈送进来。可能最后我自己也得被人送进来。我们向老郭走过去，我突然觉得我师父也是轻飘飘的，大概也已经瘦到了能被我一只手就拎起来的地步。时值仲秋，天高云淡，但那一刻，我的感觉并不比待在六十年未遇的酷暑中好受多少。那是浩渺的炽灼跟微茫的薄凉交织在一起的滋味。

本来小吕是要求睡上铺的，他觉得下铺是我应该享受的待遇。但我还是坚持睡了上铺。我觉得在那样一个上不着天、下不着地的高度躺着，人像是躺在了另外的一个维度里。这能让我有种无从说明的平静之感。我说过，我是个内心戏比较多的人。我睡在上面，看不到下面的情况，说话就像是自言自语了。说完这些后，下面半天都没声音。我以为小吕已经睡着了。

"孤单。"他突然发出了一声叹息般的回味。

我探出头，看到小吕的头枕在自己胳膊上，一脸若有所思的样子。又过了一会儿，小吕就跳了起来。临出门他还没忘记戴上帽子。他就是这样，注重警容，比我强，是个当警察的好苗子。他没跟我说要去干嘛，但我大致能猜出来。我从窗子望出去，看见他跑进夜色里，于是开始将他想象成一只在六十度的水温里畅游着的青蛙。

我想睡，但是却不怎么能睡得着了。夜深人静，万籁俱寂，连值班室的电话都不再响了，对面超市门前的木马却还在唱着儿歌。我也想过要提醒超市的老板夜里就把它给关了，费电，也有点扰民。但我没那么做。我想，这世上的人干世上的事，恐怕都有他的理由。如果对别人妨碍不大，就由他们去吧。儿歌里唱到"天上的眼睛眨呀眨，妈妈的心呀鲁冰花"，我开始想我妈。我想，她老人家现在孤单吗？

　　小吕出门时替我关了灯。外面旋转着的警灯把斑斓的光投射在天花板上。我举起手，光着的胳膊被照进的彩光裹缠，红红绿绿，像是文了身。这一刻，我又想到了我们农大"解民生之多艰"的校训。随后，我也感到了那大水一般漫卷着的孤单。

　　天边露出鱼肚白的时候小吕才回来。我迷迷糊糊地被他吵醒，看见他兴奋地趴在我床沿上，腋窝下全是汗渍。

　　"没错，老校长承认是报假案了。"他说，"本来问清楚我就打算回来，可老头硬是拽着我说了一宿的话。他儿子去美国三年了，平时连个说话的人都没有。"小吕的眼睛里有血丝，不像青蛙，着实像兔子了。

　　"他那是诬陷，"我说，"涉嫌犯罪了。"

　　我当然早料到了，否则干吗半夜跟他聊老奎？

　　"我教育过他了。"他说，"老头就是见不得邻居一家三口其乐融融，说是看了堵心。"

　　小吕的口气里有着替人辩护的味道。我想我没看错人，这小伙子没铝烟盒，也能当个好警察。

　　我翻下床准备洗漱。洗澡间在对面食堂的楼上，从宿舍走过去，盛夏清晨的空气都开始隐隐发烫。冲澡的时候小吕一直围在我身边说东说西。这个晚上，可能让他有了不少感触。为了让他更高兴些，我在水花中拍了拍他肩膀。

再有半个小时，五点半，就得在值班室里就位了。但愿八点半交班前不用出警。不是厌战畏难，是天太热，都破了六十年的纪录了。人活着已经是在苦熬。

城　市　文　学　卷

七层宝塔

朱　辉

1

鸡叫三遍，天还没亮。这是个阴天。唐老爹躺在床上愣了会儿神，穿衣下床了。古人闻鸡起舞，唐老爹是闻鸡起床，大半辈子都这么过来了。鸡是个好伙计，冬天日头短，夏天日头长，鸡按季节调整报晓，比闹钟体贴得多。去年搬家，进城上楼，好些旧家什只能扔掉，几只鸡他还是带来了。好在他是一楼，有个院子。说是二十几个平方，其实也就是两三厘地，但没有院子哪还像个家呢？院子虽小，但接地气，通四季。搬家的时候，老两口有几分不舍，也有几分欣喜。毕竟是新房子，毕竟进城了，还有个院子。除了鸡，锄头钉耙粪桶扁担之类，不占多大地方，他也带来了。带来是因为有用，院子虽小也可以种种菜。即使用上了抽水马桶，粪桶也能摆在院角，积积鸡粪。

新房子离老宅五六里地，原来是个大土丘子。土丘被挖掉了，造了新城。搬进来的时候是秋天，按理说青菜菠菜之类都还可以种，不想却根本种不好。土太瘦了。开地时他就知道种不好，土黏滋滋的像橡皮泥，瓦瓷砖石崩得手疼。盘古开天地以来这里就不是庄稼地，菜果然长得异怪，种子撒下去，出倒是出了，却只往上长，什么菜都长得像豆芽。锄掉却也舍不得，偶尔去弄弄，当个景致罢了。

也不能说住新房子哪里都不好。厕所就在家里，方便干净；老宅的厨房在院子里，冬天吃饭，菜端到堂屋就凉了，现在没有这个问题。问题是除了吃和拉，你总还要做别的事。唐老爹以前，每天的事排得满满的。种菜，读读三国西游，写写字，接待街坊，再出去转转拉呱拉呱，一天不闲着。现在客厅倒还是有一个的，进了防盗门就是，刚搬来时还有老邻居来串门，现在基本没有了。大概大家感觉差不多，那防盗门像个牢门，串门有点像探监。唐老爹有心去看看老乡亲，但从前村子的格局，路啊，桥啊，大槐树啊，都被抹掉了，房子被垒起来，六层，平的变竖的了，他爬不动。爬得动他也找不到，村子打乱了，乡亲们各奔东西，几十栋楼，长得都一样，他犯晕。

早饭还是老三样，馒头稀饭就咸菜，咸菜也算一样。几十年下来，就这个合胃。用上新厨房，得济的是老伴，她天天夸，夸了个把月。洗衣机也省事。总之她比唐老爹适应，连广场舞都学会了。唯一让她抱怨的，是吃菜还要去买。以前吃不完还要去卖菜的，现在倒要去买菜，而且天天要去。以前是地里有什么吃什么，现在她挑花了眼，不会买菜，而且嫌贵。饭桌靠墙的那一边卷着一叠报纸，上面镇着砚台，现在唐老爹偶尔还会写几张，但今天却没兴头。吃过饭他三个房间转转，朝窗户外望望，叹口气，又转回客厅来了。他看到的都是墙，东西两面是自己的墙，南北透过窗户，隔着路，是人家的墙。他自己一下子都说不清，他想看到的是什么。"家徒四壁"，头脑里突然冒出个词，也知道用得不对。家里其实满当当的，老立柜，家神柜都带来了。家神柜上烛台香炉也照原样摆，可客厅到处都是门，只能摆在朝北的房间里，不成体统。好在这房间并不住人，不糟污，想来祖宗也不至于怪罪。

天阴着，一时半会不会下雨，也出不了太阳，不爽快！唐老爹一时不知道做什么。还是躺在床上睡着了好，一伸手，左边还是墙，右边是几十年的老伴，熟悉，安心。起了床，他竟不知道怎么安置自己这个身子。

住老宅的时候,他是黎明即起,洒扫庭除,现在这院子,稀稀拉拉的菜地,不说扫,看他都不愿意多看。可是鸡把他叫起来了。现在他人起来了,身子竖起来了,可是村子也竖起来了,他没个去处。老伴听他说要去买菜,喜出望外,一迭声说了几个好。

出门的时候,老伴正在院子里喂鸡。出了门洞,遇到了楼上的阿虎。阿虎正在捣鼓他那辆面包车,扯着透明胶带往车灯上贴。抬头看见唐老爹,他笑嘻嘻地喊一声"二爹"。按辈分他本该就这么喊,从前也一直这么喊,但今天唐老爹却被他喊得怔了怔。搬到这里不久,这"二爹"就叫不出口了。他们楼上楼下住得别扭,彼此都不舒坦。唐老爹本以为是他看出阿虎的车原来是个破车,阿虎不好意思才礼下于人,但个把小时后他回来,就知道不是这个原因。他没想到,就这个把小时,家里就出了事。

出门时他当然不知道会有事。他是去买菜的。难不成老伴不知道怎么买菜,他倒知道?不是的。他也就是借机出来转转。没人晓得他早晨站在窗户前张望,是在看什么。出了小区,一抬头,远处的宝塔遥遥在望。不要动脑子,他的脚自然地就朝那边去了。这时他才清楚,他在窗户前找的就是那座塔。看见宝塔,他才觉得安心。耳边传来了"叮叮当当"的声音,是宝塔顶层八个角上挂的铜铃在风中响,好听。宝塔叫"宝音塔",西边一箭之地就是他的老宅。老宅已成瓦砾,现在连瓦砾都清掉了,只有宝塔还在。暮鼓晨钟消失了,宝塔还孤零零地立着。这时他突然确认了他夜里睡不实在的原因:铜铃还在这里响,可是新房那边听不见。

土路,衰草,野风,唐老爹走得有点气喘。宝音寺已经拆掉一半,僧人早就散了伙,不过塔还是老样子。唐老爹在塔底稍一迟疑,爬上去了。风很大,满塔的风。片刻后,他站在了七层,最高处。

他朝老宅那个方位看看,又在塔顶转了一圈。全平了,地似乎矮了

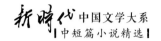

下去。光溜溜的大地，已经被大路小道画成了格子，河填的填，挖的挖，像是刀豁出来那么直。这是未来的开发区。朝北边眺望，黄墙红顶，一排排整齐的楼房，那是他现在的家。家具体在哪里，他找不到，也看不见。可以肯定的是，他将老死在那个水泥盒子里。此刻他满耳的风，心里却空落着，他不会晓得，此刻老伴正在那边又骂又叫。待她找到手机，她的声音才能传到唐老爹这边。

2

唐老爹的步子有点急。他急的不是出的这件事，是老伴那急火攻心的声音让他不敢怠慢。这么个岁数了，火上了房似的，至于吗？不就是几只鸡么？

鸡死了。一公两母，都是腿笔直毛糟乱，死在院子里。那公鸡性子猛，还在唐老爹眼前乱蹬了一阵腿，脖子昂起来挣一挣，彻底不动了。老伴坐在院里的杌子上抹眼泪，嘴里乱骂，哪个天杀的药了她的鸡。唐老爹拍拍她肩膀，在院子里转了一圈，东看看，西瞅瞅，心里有数了。院墙外已经有人看热闹，老伴见来了人，骂得更起劲。唐老爹拿眼睛瞪住她，笑着说："没事，没事，"见人家没有散去的意思，只好给出答案说，"几只鸡瘟了。"他可不愿意把日子过得像发了案子。他把老伴推进屋里，随手关上通院子的门。老伴说："你当我眼瞎啊？鸡瘟是这个样子？"唐老爹说："那你说是怎么弄的？鸡可是你喂的。"老伴说："是我喂的我才说！我可没喂过那些碎玉米！"说着就开门要他到院子看。唐老爹摇摇手说不用看，他又不是瞎子："可你能说清玉米是哪里来的吗？"老伴手往天花板上一指："不是他家还有谁？"唐老爹摇摇头说不见得：

"院墙外面也能朝里扔，"他一锤定音，"你不能排除其他方向，就不能一口咬定是楼上干的。"他走到窗前朝院子看看，其实也心疼，但又接着说，"即便是楼上做的手脚，楼上也不就只有一家，上面五层哩！我们要讲道理。"

　　他讲了一辈子道理。这句话一点不带虚的。前半辈子他按道理过生活，年过半百后，他在村里辈分渐渐高了，再加上为人端方，断文识字，无形中生出些威望，还常常要给别人讲讲道理。他们村唐姓是大族，村里但凡有个家长里短，邻里纠纷，都愿意找他说说，评评理。他评理讲的是公道良心，有时比法律还管用。他不是族长，倒常常胜似干部。村干部也尊重他，乐得有个帮手，私下里评价他说，唐老爹虽不懂法律，却懂得人伦民俗。这话传到唐老爹耳朵里，他哈哈一笑，心里说：唐宋元明清，从古走到今，不管你是大唐律大宋律还是大清律，讲的还不就是个天地伦理？他讲了一辈子理，搬进新村却形势不一样了。这房子一叠起来，风水似乎也变了。找他评理的少归少，也还有，但是大多是新问题，唐老爹断不清是非，说了也不管事。这不，眼下他自己就遇到了新问题。这几只鸡，就是个闹心的事。

　　刚才在院子里一转，他心里已有了数。早晨出门时阿虎朝他笑眯眯地喊"二爹"，其实就不自然。他早就鼻子不是鼻子脸不是脸了。阿虎对院子里的鸡很反感，主要是公鸡不好，早晨乱叫，让人没法睡；二是母鸡也不好，下个蛋嚷个没完，还鸡毛乱飞；三是鸡屎鸡食很臭，惹老鼠。老伴很抵触，说鸡养在我院子里，关你什么事？唐老爹也抵触，其原因更是因为阿虎的态度。一个没出五服的孙辈，一下子平起平坐了，说起来还一条一条的。最后阿虎媳妇连狠话都飘出来了，"他不自己杀，有人帮他杀！"这过分了。有明火执仗或者持刀剪径的味道了。唐老爹不能服这个软。但现在这个格局，楼上楼下的，人家这三条虽说是几次上门来零碎说全了的，但唐老爹总结一下，觉得也不无道理。其他邻居也有给阿虎帮腔的。唐老爹从善如流，折中一下，决定鸡自己处理，一只一只杀了吃。一次性杀掉吃不了，面子也下不来。这可好，人家等不及了，还是一次性全弄死了。

他心里憋气。于是写字。随手写，不临帖。三更灯火五更鸡，正是男儿读书时，这是颜真卿的诗。桑榆郁相望，邑里多鸡鸣。晨鸡鸣邻里，群动从所务，这是唐诗，不记得谁写的，说的是村里有鸡，人各忙各的。现在这里虽然叫新村，但可真不是村了，容不下鸡了。可这下手的也太狠了一点，太阴了一点。唐老爹看着老伴到院子里把死鸡全拎了回来，放在厨房的地上。"你这是干啥？这能吃么？"老伴眼巴巴地看着他，嘴直哆嗦。唐老爹放下笔，把鸡拎回院子说："埋了吧。肥田。"

他不愿意老伴揪着这几只鸡闹事。居家戒争讼，讼则终凶，古人早有告诫的。他其实刚才就看清了毒玉米的来路。墙角的那棵桂花树，也是老宅移过来的，唐老爹看见桂花的叶子上落了不少碎玉米。玉米粒被碾碎了毒才浸得进去，这说明是故意的；落在墙角的树叶上，这明摆了是楼上而不是院墙外扔过来的。不是阿虎家扔的还有谁？

邻居好赛金宝，唐老爹岂能不知？以前是各家大门进各家，虽也有东家树丫伸到西家，这家的鸡蛋生到那家的事，但远没有现在这么复杂。搬到新村后，几个自然村被打散了，这栋楼只有阿虎家原本就是老邻居。万没想到楼上楼下这一住，好些问题接踵而至。阿虎为鸡来提意见，顺带还提出过院子里种菜不好，夏天到了蚊子吃不消。还说楼下那棵老桂花树太高，树枝长到他们家窗台边，老鼠沿着树爬到他们家，东西都咬坏了。他手一指他家窗户，窗纱还真被咬了个洞。唐老爹无话可说，当即拿把锯子，把几根高枝锯掉了。唐老爹确实讲理，人家说得对他就听。菜地不再弄，除了土太瘦长不好，也考虑到阿虎的意见，索性劝老伴不再折腾。但对几只鸡暗中下手，这让唐老爹吃不消了。从心所欲，不逾矩，阿虎是光从心所欲了，忘了个不逾矩。过分了。

主要还是个面子。好几天过去，鸡埋了，鸡的故事还在新大街上晃荡。遇到熟人，人家还是要跟他扯起鸡的事儿。他有时眯着眼装聋，有时洒脱地一挥手，"鸡瘟，鸡瘟！你扯哪儿去啦？"就躲过去了。说这事有什么意思呢？他这一贯帮人家调解的人，难不成还要旁人帮自己评理？好事不出门，臭事传千里，这一点倒是乡风不改哩。

其实鸡的事只算是鸡毛蒜皮，其他杂七杂八的还有不少，有的事提都不好提的。阿虎上门来提意见时，老伴忍不住，也反击了两点：一是晚上他们回来太晚，关单元铁门手也不带一带，"咣一声，就像在我耳边打一下锣"；二是晚上看电视太晚，窗户又不关，半夜三更的吵得人睡不着。老伴还有第三，其实她最在乎，唐老爹及时用话岔开。唐老爹补充的第三是请他们晒衣服时尽量挤干些，免得水滴到下面晒的衣服上。他说得很客气，口不出恶言，省得让人难堪。不想老伴不满意，直接指出晒女人内裤尤其要注意，滴水不干净。唐老爹堵住的第三点，是小两口有点不自重，深更半夜在床上折腾，声响不小，老年人吃不消。这一条她没说出，就顺嘴说起内裤，算是旁道出气。那天阿虎媳妇没有跟着来，否则两个女人肯定是一顿吵。阿虎倒不斗嘴，却针对第三点提出了改进意见。他说有院子好啊，衣服可以晒到院子里，除非下雨什么水都滴不到。还说他很羡慕院子，话锋一转，笑嘻嘻地提出能不能租下这个院子。他说院子开个门就是个门面，做什么生意都是呱呱叫。

唐老爹自然是回绝了。他这院子外面就是路，院子离小区大门不远，

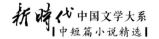

开个店还真是好市口。但他钱够用，又不是财迷，还不至于拿清净去换钱。也有点好奇，阿虎到底想做个什么生意。自从拆迁迁居，好些村民摇身一变，猪往前拱，鸡朝后扒，各使各的招数，做起了各种生意，东西南北货，金木水火土，齐全。阿虎年轻闲不住，想找点事做很正常，总比那些吃着拆迁款整天打麻将的败家子强。不过他问阿虎打算做啥，阿虎看出他纯粹是局外人的好奇，并不会改变主意，反问一句："你关心我啊？"就把唐老爹堵回去了。

两家真正的计较恐怕就是这事开始的。那是去年秋天的事。

3

计较归计较，日子也就这么一天天过。秋分、寒露、霜降、立冬，唐老爹家用的还是老式台历。搬家时因为一年还没过完，扔掉不吉利，就顺手带过来了，现在倒也不是完全没用。早晨起来，唐老爹说："看，落霜了哩。"老伴说："都霜降了，还不落霜！"出门的时候唐老爹穿少了，老伴喊住他："都立冬了，帽子还不戴！"节气基本也就这点用了。他们不再按节气劳作，暂时还按节气生活。江山新村几十栋楼，夜晚看和其他住宅区没什么两样，白天就不同了。广场上晒太阳扎堆闲聊的人，他们说话打招呼的腔调口音，明显有共性。别的地方的人决不会谈论节气，他们只知道节日，但这里的人会庆幸已过大寒却一点不冷，或者抱怨小雪大雪都过了，一片雪花没见到。说这不是好兆头，来年虫多，庄稼怕是长不好。

抱怨不下雪的就是唐老爹。有人赞成他，也有人说其实是现在路好了，水泥柏油路，不怕雨雪，你这是盼着雪景玩儿哩。唐老爹被奚落了也不气，人家说得不是没道理。他呵呵笑笑，往前去了。

他常常是不知不觉就转到了宝塔那边。今天刮风，旷野的风迎面吹来，宝塔遥遥在望了，但他却没听到铃声。这有点奇怪。走到塔基下面，他侧耳细听，呼呼的风声中确实听不见铃声。他急忙爬上去，气还没喘匀，就看见檐角的铃铛不见了。他转一圈，八个铃铛都不在，一个不剩。唐老爹蒙了，天空中有鸟儿绕着塔盘旋，翅膀猛一扑棱，不知飞到哪里去了。这里的八个铃铛竟都不翼而飞了！

他一时不晓得怎么办才好。看看塔下面，那一面影壁早就倒了。上面原来写的是：度一切苦厄。现在影壁碎了，散了，看见的只是"度苦厂"三个字。唐老爹头一阵晕。刚才上塔时一圈圈转上来有点急了。他赶紧挪几步，离边上远点。

塔上真冷，他哆嗦起来。下塔时他很小心，寸着脚步一阶一阶地下。到第三层，他无意间朝外面一望，看见了三个人，正从东面过来。这三个人他都认得，居委会的赵主任还有个办事员，可怎么还有个是阿虎？他来这里做什么？

这个问题一下子跳到脑子里，可问是不能问的。你这把年纪腿脚都不方便了还来，人家就不能来？这不讲理嘛。其实还有个问题，那就是阿虎怎么会跟主任一起来，无论是他请主任来还是主任喊他来，都奇怪。不过唐老爹什么都没问。塔下的主任老远看见唐老爹下来，扬手打了个招呼，继续和阿虎说话，他们谈了没几句就要走，事后想来这很有点鬼祟鬼祟的。唐老爹跟上去，说塔顶的铃铛没了，丢了，一定是被人偷了。唐老爹围着塔基东一脚西一脚地走了一圈，当然没有发现有铃铛掉在地上。唐老爹说："只有一个可能，被人搞走了。"

主任也很气愤，说："这说明要采取措施啊，不能就这个样子。"又说：

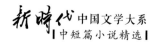

"上面文物局不让拆，弄个半拉子。这不留给了收废品的了吗？"还说："要尽快想办法。"想什么办法，看来需要研究，所以他也就不往下说。阿虎在边上插话说："除非找人看着，要不连砖头都保不住。"斜眼瞅着唐老爹说："二爹，守夜你吃不消吧？"

这语气明摆着挤兑人。唐老爹说："那你来！"头一扭，径自走了。

宝塔的铃铛没了，梵音悠扬已一去不回。不久，阿虎老婆倒在二楼的阳台角上挂了一串风铃。他当然不能冤枉阿虎把塔上的风铃拿回了家，这是玻璃的，这么小，但他心里不舒坦，耳朵更不舒坦。这声音薄，碎，轻佻，不过唐老爹渐渐也就习惯了。倒是空调的声音更烦人。阿虎两口子会享福，天稍一冷就开空调，外机就装在唐老爹家的窗户上边。嗡嗡嗡，一阵一阵的，弄得窗户像在打摆子。唐老爹和老伴都后悔他家装空调时没有预见到这一茬，现在再说，难。老伴也硬着头皮笑嘻嘻地说过一句："你们家现在就开空调啦？"那阿虎走路急急的，回头说："嘿，这天真他娘的冷！"抬脚就走了。你说他，他说天，你能有什么办法？老伴一肚子气回家，迁怒于风铃，拿根竹竿就要去捅风铃。唐老爹好说歹说才拦住。

现在总结起来，很多事你应该有先见之明，要长"前眼"，空调的事就是个教训。哪怕你不能提前防备，事后的处理也要有个策略。就像炮仗的事，虽有些波折，却有经验可以汲取。总之，最好不要单打独斗。

去年过年前，街上热闹起来，家家店铺生意都红火了，连居民区的大路上都摆上了许多临时的摊子。大家都在赶"年市"。阿虎也在卖南北货的店铺里匀了个巴掌大的地方，做起了生意。他卖的是炮仗和焰火。这本来没什么，不承想没几天，唐老爹就不得不管了。他没想到，阿虎竟然把他自家当了仓库！他仓库里摆什么？炮仗和焰火！这是在居民楼，是唐老爹家楼上啊。

开始时唐老爹并没有在意，以为阿虎是拎点炮仗回家，自己过年放着玩。后来就不对了，阿虎的面包车每天都要往家里带几捆；更明显的是，不但有进，还有出，他老婆大概是受他电话遥控，时不时地带人来拿货。这明摆着是个仓库，还物流了。炮仗焰火都是见火就着的东西，是炸弹，是火焰喷射器！城门失火还殃及池鱼呢，这楼上楼下的，岂不是在炸弹下生活？

原来阿虎想租下唐老爹的院子，做的竟是这个生意。幸亏唐老爹有先见之明，拒绝了，不想他拒绝了炸弹进院子，这炸弹绕个圈子，上了楼，倒摆到了他头顶上。唐老爹坐不住了，老伴又气又急，站都站不住了，在家里团团转。鉴于以前跟阿虎打交道的经验，唐老爹交涉前先进行了调查研究，他知道阿虎肯定会说他只是暂时摆摆，实在没地方——这"暂时"两个字是实情，年后，过了正月十五，炮仗生意基本都做不下去。阿虎也一定会说实在是没地方——这也是实话，阿虎匀地方的南北货店逼仄得身子都转不了，确实摆不了多少炮仗，即使摆得下人家也不会让他堆货，人家是连家店，楼上住人哩。这正说明了谁都怕出事。唐老爹住在炮仗下，他明知话不好说也必须要说。他找到阿虎，阿虎果然说出上面两个理由，他做出承诺，保证家里一定小心火烛，一点点火星子都不会落到货上："我比你还怕死！你的命是命，我的命也是命啊！"阿虎嬉皮笑脸的，也许还想幽默一下，"二爹，我比你怕死啊，我们还比你年轻哩！"你听听，这是什么话呀！不光平起平坐，他的命还更值钱了！

4

交涉以失败告终。你总不能使坏放水把他家淹掉。要淹也只有住三楼的人家才有这个地势。唐老爹对选这么个底层真是感到后悔了。从前在村子里，他家的位置那个好啊，整个村子在个大缓坡上，最高处自然是寺庙和塔，隔一条路，不多远就是自家的宅子。坐北朝南，前面开阔，后面有靠，是个椅圈的架势。现在居于人下，可不就只有受气的份？跟阿虎交涉之前，为了表示诚意，他还把阿虎带到自己院子里，指着晾衣绳子上自己动手做的灯罩一样的"机关"说，你看，你说老鼠沿着绳子爬到你家，可绳子不挂这么高晒不到太阳，我做了这么个东西串在绳子上，这下老鼠过不去了吧？他脸上甚至有些巴结。没承想阿虎虽点头表示赞许，但说到炮仗，白牙森森的嘴紧得很，就是这么两点：临时摆，小心火烛。更可气的是，他说到小心火烛，意思不光他家自己要小心，楼下唐老爹家也一样要小心，那意思好像唐老爹家最好都不要开伙了。

对不讲理的人，其实唐老爹是讲不过人家的。晚上的饭当然要做，不开伙喝西北风去？老伴胡乱下了点面，老两口草草吃了，电视开到夜里，上了床还是睡不着。第二天起来，老伴唠叨得他在家里坐不住，他"霍"地站起，恶狠狠地说："我还不信了！我找居委会去，就不信找不到管他的人！"老伴看他硬起来，劲头上来了，说："我跟你去。"唐老爹手一挥止住她。找政府实属无奈，如果打得过阿虎，他宁愿自己动手，就像最近新村里的一些矛盾那样，自己动手武力解决。既然去讲理，自己就足够。他出门时老伴追着说："你要发动群众！难不成就只有我们怕出事？"唐老爹不理会，出门去了。

事实证明还是老伴更明事理。她更管用。唐老爹找到居委会赵主任，有条有理说了半天，口角都起了白沫，赵主任好像才有点明白。他表态说这肯定不对，却又要唐老爹体谅邻居，说现在百业不旺，生意不好做，熬过年也就罢了。"以后这里也会禁放，你送他炮仗他都不会要。"还说他们没有执法权，没权力上门没收。当然他也不是毫无作为，他给阿虎打了个电话，责成他立即整改。他放下电话，端起茶杯，意思是他已尽到了责任。唐老爹当然不依了，指着桌上的记事本，要他记下来，或者给个字据，保证不出事。赵主任不傻，落字为证他坚持认为没有必要。正争执间，老伴过来了。她不是一个人来的，还带了两个老太，一个是隔壁单元也姓唐的，另一个唐老爹不熟悉，只知道是老伴一起跳广场舞的伙伴。这不熟悉的老太更有战斗力，她说她家虽然住后面那栋楼，但万一爆炸她也没得逃。还说她儿子是武警，消防队的，"你信不信，我叫我儿子带消防车来，把他家滋个水漫金山！"赵主任这下慌了，他最怕的不是滋水，却是唐老爹的老伴。她不是空手来的，她卷了个铺盖扛在肩上，说家里住不得了，她要住在居委会，这里还有空调，还不要电费。

老伴这一招确实狠。赵主任只得把阿虎叫来，勒令他立即把炮仗搬走。"这违反《消防法》！二十四小时，明天这时候我去现场检查！"赵主任神情严肃，不讲价钱，连阿虎递来的烟都挡了开去。阿虎很识时务，他摆出个二皮脸，对唐老爹等人横眉立目，笑嘻嘻地朝赵主任赔着笑脸。阿虎原先和主任不熟，后来却熟到能一起到宝塔下指指点点地谈事，炮仗的事怕就是个开头。当然这是后话。当时问题总算是解决了。阿虎答应把炮仗搬走。赵主任第二天现场检查，下了楼还到唐老爹家里来了一趟，以示管理严格，验收完毕。

其实炮仗是不是真的搬完，唐老爹并没有亲眼看见。可以肯定的是，此后楼上的炮仗是个有出无进的局面。老两口把心放回肚子里，算是过了个安稳年。阿虎路上遇到了，鼻子不是鼻子眼不是眼的，这是预料之中的，想来事情过去慢慢就淡了。可没想到，还真是冤家宜解不宜结，鸡突然被毒死，就证明了这一点。好在只是几只鸡，不是人。罢了罢了。

　　阿虎毕竟是晚辈，唐老爹不同他计较。他是看着阿虎长大的。这小子特别顽皮。半大不大的时候，常常点个炮仗往鸡中间一扔，几只鸡以为来了吃食，争先恐后地围过来，"砰"的一声，鸡吓得直往树上飞。后来学会抽烟了，难得也给别人敬个烟。有次一个外地打工的回来，阿虎递上一根烟，还点上火，热情地和对方寒暄。那人吸一口烟，突然嘴边吱吱冒烟，吓得一抖，手里"砰"的就炸了。也亏阿虎想得出来，在烟里卷了个炮仗。他乐得哈哈大笑，笑得直打跌，人家不依了，一把揪住他动了手。这事最后也由唐老爹出面调和。他骂了阿虎一顿，阿虎辩解说他算过的，放的是小炮，又有个过滤嘴，断断出不了大事。那人在外地打工，不比阿虎是个坐地虎，也只能算了。现在想起来，阿虎做炮仗生意，倒也不是没有因由，他就喜欢这些咋咋呼呼的东西。他长成了一条壮汉，但那身子里住的，还是小时候那个鬼精灵。他点子多，也出去打过工，也做过生意，但东一榔头西一棒，未见他发达起来。炮仗焰火果然年后就不做了，阿虎在楼下把剩货一个个点了，噼里啪啦震得各家窗户响。周围邻居都松了口气。老伴双手一拍大腿："阿弥陀佛！"唐老爹也以为他生活中最大的隐患已经解除，"万象更新春光好，一年巨变喜事多"，唐老爹每年要给村民写春联，搬进新村后门上都不太好贴了，当然就不再写，但那些老对子他还都记得，"爆竹声中一岁除，春风送暖入屠苏"。这震耳的炮仗预示着良好的开端，唐老爹不再去惦记阿虎还会不会再做生意。事实上，阿虎的生意换个名堂又继续做了，而且，还会和他们有关，还更闹心。

5

　　人年纪大了，就不怎么会往远处看，不展望。展望了又能如何呢？世事无常也有常，除了能看见自己最后会老，会死，其他的你基本上预见不了。唐老爹就没想到，他祖祖辈辈住的村子会被平掉，他的房子上还会有别的人家。他更没想到，宝音寺有朝一日会成为废墟。如果不是村民反对，闹到上面而上面又发了话，连宝塔都会成为一堆砖瓦。唐砖宋瓦清朝的木头，都吃不消那大铁爪子一抓。现在僵在那儿，所有人都以为那宝塔肯定能继续留着，原因有两个：一是建开发区，宝塔并不碍事，还美观吉祥，算是一景；二是宝塔有灵性，动不得，也没有人敢动。拆寺庙那个开铲车的，听说回去就得了"闭口痧"，一句话都不能说了。这第二条唐老爹并不全信，因为传言那人是这个村那个村的，还有人说就是唐老爹原先村里的，可这个不对，没这人。不过他不说破，有点畏惧才好，这传言不正是护塔的金刚么？从前四乡八舍都有个敬天命畏鬼神的老理，遇到事喜欢拿神灵发誓赌咒，我若是怎么，就怎么报应，手朝宝塔那边一指，分量是很重的。唐老爹帮人调解纠纷，这场面他见得不少。没人敢去动那宝塔，他巴不得。根据他从小区广场得到的消息，镇上依然有人在打宝塔的主意，说宝塔占据了最好的"网格"，其实就是地块，太浪费。只不过上面的文物局还没松口，动不了。

　　这是"上面"的事，镇上归上面管，也怕"上面"，唐老爹对此很有信心。至于"闭口痧"之类，传来传去已成了铁案，应该足以吓住动歪心思的人。可没承想，胆大的人永远都有，唐老爹那天到宝塔去，竟然发现塔上挂的一块匾不见了！匾上四个字，"佛光普照"。太阳明晃晃地照着，可匾确实已经不在。先是铃铛不翼而飞，现在连匾也被偷，唐老爹简直气晕了。这匾跟他颇有渊源，据说当年清兵南下时，塔过火损了，由他的高祖牵头本乡耆老，捐资修缮，匾就是那时挂上的。他喊几个老伙计去了现场，全都动了义愤。恰巧在路上遇到赵主任，大家群言汹汹，七嘴八舌把情况反映了。

赵主任也很生气，说谁这么胆大包天，这简直是太岁头上动土，老虎嘴边拔毛嘛。他说他知道那匾是清代楠木的，现在很值钱，一定是有人相中了抢先动了手。这"抢先"两个字，其实已透了底，但当时没有人在意。赵主任说这塔现在上面有话，谁都不能动。上面不让动，那就不能动。围着塔的老头老太们你一言我一语，都说这塔灵验，是个神物，宝塔就是气运风水。赵主任这时显出比一般人水平要高，他说这塔是不是文物，现在也还没有结论，要由专家鉴定评级，总之不让拆就要保护；怎么保护他会找派出所会商，这是他们的职责。

阿虎当时也来看热闹。他笑嘻嘻地说，那匾是个好东西，人家拿去了挂在家里，省得风吹雨打的，家里也吉利。两个老太盯上他，说没准就在你家，我们要去看看；就是今天不去，总归我们也能看见。阿虎说你们是偷牛的逮不到，抓我这个拔桩的，谁家能挂下那么大个匾啊？他撇开众人，跟着赵主任，说有事要跟领导请示。大家都有点疑惑，不知他要说的是什么事。阿虎回过头对唐老爹没好气地说："我想开店没门面，要请领导帮忙。你们谁家门面多，想让一间是不是？"他这一说，众人就都散了。

那段时间，整个新村里不少人都像得了怪病，有事没事注意人家的客厅。那匾要是挂在家神柜上方，虽说大了些，确实很搭配。但唐老爹知道，偷来的鼓擂不得，再傻的人也不会把贼赃挂在墙上。可不知为什么，他总觉得阿虎那天凑热闹，路数有点不对。赵主任应承说一定要保护，但明显很被动，不情不愿的味道。他说"上面不让拆就不拆，他们基层就是要服从大局"，这其实话里已有了话，是个不祥之兆，可哪个又能想到，最后是那么个结局？阿虎当时跟着赵主任，说是要找门面，还真弄得唐老爹脸一红，有点不好意思。自从两家因为炮仗闹矛盾，阿虎跟赵主任成了熟人，唐老爹觉得也正常：你的院子不租，人家找领导帮忙，这再正常不过。

他不认为宝塔上的匾和以前丢的铃铛，与阿虎有什么关系。阿虎关心的是门面，不是宝塔。因此他有天看见阿虎的面包车后伸出几根长长的木把子，并没有起什么疑心。车上没有那块匾，这一点可以确定。那长把子家什铲头是圆的，从来没见过。这小子，从小躲着锹、连枷和钉耙，碰都不想碰，怎么弄来这么个东西？唐老爹看不懂，问又不能问。他看看也就走过去了。

事后回想起来，这是个证据。可惜除了那天傍晚看过一眼，那奇怪的家什从此就不见了。自从鸡被毒死，唐老爹就抱定了决不多管阿虎闲事的方针。能忍自安。要等宝塔出了事，他心里才又对那家什起了疑心。

6

那天夜里月黑风高。唐老爹半梦半醒中听见一声闷响，连床都轻轻晃了晃。大早一起来，还没走到广场，路上人已经在传，说宝塔倒了！

好多人跑去看，唐老爹赶忙跟过去。塔倒是没塌掉，但塔基被人掏了个大洞。洞很深，黑乎乎的什么也看不清。有胆大的举着手机上的手电筒，往里探几步，出来时脸都脱了色，喊道："不好了！里面有个小房子，东西被偷啦！"有人纠正说，那不是小房子，是地宫。唐老爹长叹一声道:"里面供奉的是佛骨舍利子。说不定还有其他东西,都是宝贝啊。"老辈人说过宝塔底下有地宫,现在这地宫洞口大开了。那一声闷响留下的硝烟还没有全散去,呛人。有人跑回去拿来手电筒,唐老爹弯腰朝里照照,空空如也,除了几块像箱子板的烂木头。

当然去报案了。赵主任显得很着急,立即指示打字员给上面写报告,还说要去现场拍了照片附上去。唐老爹提醒他注意一下塔身,说塔身已经有点斜了。

新村里人心惶惶,好多老头老太如丧考妣,见了面都咒骂挖地宫的不得好死。基本的判断是:外地人干的,文物贩子专干这个,他们不怕报应。更多的人猜测那地宫里到底藏了些什么。佛骨舍利子是无价之宝,不好买卖,肯定是金盆玉碗惹了眼。他们说得活灵活现,几个盆几个碗,玉光宝气,好似亲眼看见一般。唐老爹那些天老是叹气,总是睡不实,早晨起来就在家里发无名火,老伴算是倒了霉。她气不过,说:"你睡不好就会怪我!"手一指院子外说,"我也睡不好呢!他这车停在我家外面,天不亮就轰隆轰隆的,个破车!你怎么不叫他停在别处?"唐老爹鼻子里哼一声,坐着不动。看见阿虎的车回来了,他出门迎了过去。

"阿虎啊,我夜里睡不好,被你这车吓得一惊一抽的。"阿虎从车上下来,好像没听清他的话。"我说你这车,"唐老爹大声说,"你天蒙蒙亮开车,为什么要轰轰两下,还又不走?"阿虎应该听懂了,似笑非笑地不答话。这个样子让唐老爹无名火起,他的话不好听了:"知道你年轻人,有汽车,你车就停在我院子外面我能不知道啊?不轰那几下行不行?"

阿虎脸板下来了:"我这是个破车,二手的,等换了新车我就不轰。"他还是笑嘻嘻的笃定模样,"二爹,车你是不懂的。不轰说不定出去就

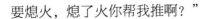

要熄火，熄了火你帮我推啊？"

　　唐老爹说："那你就不要停这里。"

　　阿虎说："凭什么？我停你院子里了吗？"

　　"你就是不能停我家院子外面！"唐老爹老伴出来了，"你不光轰，还有废气！污染！"

　　阿虎还没开口，他媳妇下来帮腔了："我就停这里。这是我家楼下，我不停这里停哪里？你就是现在去买个车，这地方也还是我们的车位。上厕所也讲先来后到的！"

　　唐老爹气得直哆嗦。老伴说："你不讲理！"

　　阿虎说："她还真不是不讲理，我们最讲理。这个地方是大家的，共用面积你懂吗？不懂我讲给你听。"他飞快地上楼，取了房产证土地证出来，摊开来说："图看得懂吧？院子里是你的，道路是共用的。共用就是大家能用我也能用。看明白了吧？"他晃晃手里的证，"这可是法律文书哦！"

　　唐老爹说："那你这车吐的废气不要飘到我家。"阿虎媳妇说："什么废气！人吃饭还放屁哩！废气在哪里？你抓给我看看啊！"老伴说："好，院子是我的，那我院子里的鸡是怎么死的？"阿虎两口子一愣，阿虎接得快："那得问你自己。病毒无国界。"他后面这一句老两口好半天才听懂，被噎住了。阿虎媳妇挑着眉说："声音也无国界。我家地板就是你家天花板，共用。你能顶，我也能踩。以后别在外面乱说。"阿虎嬉皮笑脸地说："除非你把这楼拆掉，否则我们还是要好好相处，对不？"这倒全是他的理了。

　　围了不少人，没几个多话的，顶多是劝阿虎口气好一点。阿虎最后这一句，说还是要好好相处，态度像是好点了，但却是个做结论的架势。

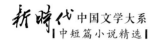

唐老爹脑子里蒙蒙的，耳朵里所有声音都像延时了好几秒。不知为什么，他这时突然想起了宝塔。回头望去，楼挡着，他知道那塔虽然歪了，但还在那里。阿虎车上早已不见那些奇怪的长把子家什，唐老爹这时怎么突然想起这个，他自己都搞不清。要等到阿虎有了门面，新店开了业，他才似乎想出点眉目来。

7

阿虎不久弄到了门面，虽不在大街闹市口，但据说是街道自留的一间办公房，他路子可还真是硬。做的生意也邪乎，在不在闹市无所谓，甚至本就不适合在闹市。他的店叫"一路向西天堂店"，专卖丧葬用品。"天地响"一轰，几串万响的炮仗在地上火蛇般乱窜一通，就算是开了张。看热闹的人都有点傻眼，但死人的事是经常发生的，奈何桥上蹲无常，这生意找了个偏门，你说不出什么。他店里货色齐全，别墅花圈、家电汽车、美女保姆一应俱全，当然是纸扎的。更多的是大理石墓碑，光溜溜的，等着把人的名字刻上去。这让人心里发怵。喜气的倒是那些冥币，一百元的看上去跟真的一样，面额大的是几百兆，"0"都数不清。嗬！真是有钱了。阿虎要发财了。

这时候有一张告示悄悄贴了出来。等有人看见时，已经被雨打湿，风掀去一半，但那公章还在，是公家的告示。大家连读带猜，突然就明白，宝塔要拆了！理由倒能看出来，说是宝塔不幸被不法分子盗掘，造成塔身歪斜，已危及宝塔安全。为了保护文物，经上级部门同意，将进行"保护性拆除"，择地重建——这不说白了就是要拆吗？择地重建，那还不知道猴年马月哩！

围观的人站不住了。不少人气鼓鼓地往南面去。唐老爹腿脚慢，他才走出新村，前面脚快的已经回头了，一边嚷着说："别去啦，早拆完啦！"唐老爹稳稳神，继续往前走。绕过挡着视线的楼他就停住了：塔不见了，真的拆掉了！他们看见告示的时候就拆掉了。没准告示没贴出来就已经拆完了。毕竟三五里哩，毕竟也不是所有人都关心着这个塔。人家手脚快，终究还是拆掉了。宝塔一去不复返，白云千载空悠悠。直立千年的宝塔没了，唐老爹的腿软了。他站不住，慢慢蹲在地上。

塔已经没了，连老砖老瓦都已被运走。唐老爹想起那个公章，可这时去找赵主任有什么意思？两年前这边搞开发区的时候，看到他们把老河填的填，挖的挖，搞得横平竖直的像地上打了格子，唐老爹就去多了嘴，说水无常形却有常势，天水落地流成河；水自己流成的路叫河，你挖的也就是个沟。可人家说他不懂科学水利，这叫"裁弯取直"。他说了半天等于没说。现在再去说宝塔，更是个白说了。

这天唐老爹是被人扶着回家的。刚看见宝塔变成一片白地，他还只是腿软站不稳，回得家来，他连坐都坐不住了。好像宝塔拆掉，他的脊梁也撑不住了。他这是病了。躺到床上，耳朵里呜呜的，有怪声在啸。合上眼皮，眼睛里却清澈得怕人，一座宝塔，通体透亮，屹立在那里。眼一睁开，什么都模糊的，连老伴凑在面前的脸都看不清。

第二天好些了。腿踩在地上硬实了些。他在家里乱转，嘴里还冷不丁冒两个字："阿虎。"老伴看得害怕。她自然讨厌阿虎，但不知道最近又是啥事惹着老头子了，也不敢问。院子外汽车从远处响过来，停了。是阿虎的车回来了。唐老爹迷眼瞅着，冷笑，嘴里说："晦气！"他哆哆嗦嗦找了面小镜子，瞄一下方位，对好车停的方向，把镜子摆在窗台上。这意思老伴是懂的：泰山石敢当，照妖镜辟邪气。她迎合老伴，说明天去买不干胶，镜子就粘在院墙上。看唐老爹这个样子，她实在很心疼。她躲着唐老爹悄悄打了个电话，举报有人在卖假币——说是冥币，其实足够蒙活人。她怕公家不管，加油添酱，说已经有人做生意收到假钱了，不得了啦。她其实只是出出气，为她的鸡报仇，不想公家这次动得快，下午阿虎急匆匆下了楼，半晌又回来了。他铁青着脸，从车上拎下几捆冥币。"妈个×！哪个要死的撩事，不要以为老子好欺负！"他骂骂咧咧地上楼，不一会儿他媳妇也下来一起拎冥币。他媳妇嘴更辣火，说谁买不起纸钱就站出来直说！死了我白送，要多少有多少！

唐老爹见他们把冥币往楼上拿，有心去阻止，但实在提不上力气。他们瞎骂，他并不知道他们是在骂自己。他只是觉得这东西拿上去不吉利，炮仗是明火，这个是阴风，更堵心。他老伴挂着个脸，有苦说不出。唐老爹一开始还以为阿虎是门面突然没有了，店开不成，这才把货往家拉，后来阿虎媳妇骂得清爽了，他这才知道原来卖不成的只是冥币，门面照开。这就对上榫头了。阿虎明摆着跟公家关系很铁，人家能把自留的房子拿出来给阿虎当门面，这简直就像是在奖励有功之臣。阿虎有什么功劳，唐老爹没法说出来。要证据，他一个没有。宝塔要不是先被炸药掏歪了，不见得会拆。那残留的硝烟味，时不时还在唐老爹鼻子前面缭绕。那就是个大炮仗啊。阿虎的功劳莫不是就是点了个大炮仗？

但这说不得，几乎就是瞎扯。宝塔拆掉后他比画着问过一个老伙计，知道了那长把子家什叫洛阳铲，专门用来盗墓的，但这现在也是空口无凭。阿虎媳妇是个臭嘴，几乎骂了一顿饭工夫。临了，还扬言说，不就是拿回来摆两天吗？上面也就是走走过场，扬扬土迷迷眼，别以为真能得逞，过两天还摆着卖！她扯着嗓子叫道："方便你家做事哩！"

这是在炫耀他们家跟公家关系好，可话太毒了。唐老爹听不下去，很想出去教训她积点口德。但老伴眼神闪烁，怕怕的，他也不敢再引火烧身。他真的是累了。

当夜，清风拂面，冷月照影。他在院子里站了好一会儿。宝塔明月交相映，他能准确找到宝塔原先的方位，却再也看不见如此旧景。睡到半夜，他心口疼，像是有手使劲揪他的心。他忍着，头上出虚汗。这时他听见楼上阿虎两口子又在折腾了。使劲折腾。响。叫。忍着疼的唐老爹倒没叫唤，楼上倒叫唤起来了。那么多冥币哦，说不定就摆在他们床前，这是个什么架势啊。唐老爹说不出话，他用力推醒老伴，指指自己心口。

后面就乱了。老伴号起来。使劲拍对面邻居的门。打电话。可救护车迟迟不来。车！这当口车就是命！有人敲阿虎家的门。阿虎披着件衣裳出来了。这时候不能再计较了。老伴双泪齐流，拽着阿虎的衣袖求他帮忙。阿虎大概早已听出出了事，随身带来了车钥匙。车后盖一掀起来，两个邻居就把唐老爹往车上架。唐老爹两腿软软的，可一条腿刚被搬上车，却蹬住，不肯上了。老伴急得哭叫，使劲推他后背。他摇头，不说话。老伴看见车里躺着一块石板，闪着黑光，是墓碑，看不清上面刻了字没有。阿虎已经打着了火，他轰一脚油门，又轰一下。唐老爹耷拉着脑袋，目光正对着墓碑边的几朵纸花，那应该是这车给人家送货时花圈上脱落下的花。

中短篇小说精选

中国文学大系

新時代

吴义勤／主编

2012—2022

城市文学卷 下

小说选刊／选编

中国书籍出版社
China Book Press

城 市 文 学 卷

虞公山

徐则臣

　　要从一个鬼魂说起。

　　不管你信不信，那三个人的确看到了卢万里的鬼魂。他们用手指着脑门对我发誓："千真万确，如有半句瞎话，全所你拿枪打我这里。"三个人在不同时间点，经过卢万里家的院门前，都看见他在烤火。卢万里缩着脑袋蹲在地上，面前是一个火盆，他正理着湿衣服在火上烤。在火焰和冒着水汽的湿衣服后面，他们三人都看见了卢万里瘦骨嶙峋的上身和那张憔悴的脸，他冷得直哆嗦。卢万里显然比活着的时候更瘦了。三个目击者的表述区别仅在于燃料：一个说，盆里烧的是木柴；第二个人说，烧的是火纸；第三个承认他没看清楚，火太大，几乎把整个火盆都吞没了。烧的什么不重要，重要的是，死去的卢万里突然回到家门口来烤火。

　　雨一直下，大的时候像老天漏了底，小的时候如满天的蜘蛛在吐丝，缠缠绵绵半个月没消停。所以，尽管现在是大夏天，如果鬼魂衣服湿透了，感到冷也很正常。反常的是，死去的卢万里为什么要回到家门口来烤衣服。

　　死人回家我没见过，但鹤顶这地方此类传闻从来没断过。算命的老赵多年来的口头禅就是：水边嘛，湿气重，阴气也重，出啥事都不稀奇。也就是说，鹤顶就是个神神道道的地方。所以卢万里的儿子把这件事作为报案的原因之一，我根本没当回事。他说有人动了他父亲的坟墓。他说不仅有三个街坊看见了他爸在院门口烤衣服，冻得直哆嗦，他还亲自梦见了父亲。在他的梦里，父亲穿着的正是在院门口烘烤的衣服，卢万里抱着胳膊对他说：

"儿子，我快冻死了。衣服全湿了。"

在他梦里，父亲的衣服的确是湿的，湿漉漉地正往下滴水。他做梦的时间在三个目击者看见烤火的场面之后，可见，父亲的衣服在烤干之后又湿了。第二天早上，他把这个奇怪的梦说给母亲和老婆听。母亲听了心酸得不行，跟邻居们说起时，止不住流下眼泪；老婆则当成个笑话，说给姐妹们听时自己都忍不住笑出声来。然后，作为反馈和回应，三个目击者看见卢万里烤火的消息陆续传到了他们家。里应外合，卢家就不能不上心了。卢万里的儿子想起来，清明给父亲上坟时是有点潦草，没烧几张纸。一定是父亲在那边缺钱了，所以衣服湿了也没得换。第三天，他一口气买了十刀火纸，每张纸上都摆满了金元宝，装在一个大号塑料口袋里捆到摩托车上，冒雨去给父亲上坟。

离坟墓还有二十米，穿过雨帘他就发现父亲隆起的坟堆缺了半边。再往下看，有人在坟墓旁边挖了一道深沟，雨水汇成激流，正从深沟里流过。浑浊的流水不停地冲刷父亲的坟墓，棺材一角浸泡在水里，流水撞击到黑色棺木上，激起泛白的水花。卢万里的儿子骑上电驴子转身就跑，背着一口袋的火纸直接到了丁字路口。他结结巴巴地对所里的值班警员说：

"有有有人，盗盗盗了我爸爸的的墓。"

我们觉得这事不可能，卢万里又不是啥大人物，平常到不能再平常的一个坟，盗它，谁吃饱了撑的？本来下雨天也干不了活儿，大家想趁机打个瞌睡，他非要我们去破案。为了表示兹事体大，且有预兆在先，他把卢万里湿了烤干、烤干后又湿了的衣服和哆嗦喊冷的事给我们颠三

倒四地讲了一遍。好吧，上车。

快到现场，一摊烂泥地，车过不去。下了车他让我们走在前面。他说天暗，他有点怕。

就是在那天的大雨里，我们发现了未遂的盗墓案，当然，盗的不是卢万里的墓。

卢万里埋在一个好地方。这一片高地，鹤顶人叫虞公山。传说甚多，有说古时候一个姓虞的人曾在这地方住过；也有说这地方埋过一个姓虞的大官；还有的说，一个姓虞的外乡人来这里修行，最后坐在山尖上飞升成了神仙。反正跟一个姓虞的人有关。这种传闻鹤顶人都懒得信，但凡跟别处有点区别的地方都有类似传说。如果都是真的，那咱们鹤顶早就仙迹处处，哪还会穷得如此叮当响？虞公山周围是片荒地，尽管没生老赵那样的慧眼，鹤顶人也看出来这地方风水不错，但因为离镇子实在有点远，人死了也极少长途跋涉埋到这地方。这两年不少人家鸟枪换炮，有了摩托车、电动三轮车，交通工具改变了距离的概念，虞公山周围才慢慢出现几座新坟。

我们围着卢万里的坟墓转了几圈，确定没人动过那口黑漆漆的槐木棺材。它露出一角，还有坟山垮掉半边，完全是雨水冲刷所致。卢万里的儿子拍胸脯保证，若非意外，他爸坟边绝不会出现水沟。坟墓的左侧低于右侧，虞公山上的雨水再凶，往下流也只会从他爸的左边走。他说得没错。坟墓周围荒草丛生，尤其是那些抱住大地不放的巴根草，拿铲子都未必能将它们连根拔起，仅靠雨水的冲刷，十天半个月怕是搞不定的。有人帮了忙。

这好办，我们继续在附近转悠，等同事开车回去取来几把铁锹。然后挖土筑坝再引流，让水从卢万里的左边走。果然，水落之后，在坟墓的右侧发现了铁锹切挖过的隐约痕迹。荒无人迹，谁会无聊来这地方模仿大禹治水呢？我提着铁锹绕虞公山的边缘走，十步之外看见了雨水没有冲刷干净的新泥。

虞公山说是山，其实就是个大一点的土堆子。也许姓虞的那人当初成仙或者刚埋下地的时候，虞公山确有一些气势，比如巍峨宽阔，那风吹日晒雨淋了不知多少年后，它已然被消磨成了一个土丘。我跟着断断续续残留的新泥走，发现土丘坡上有一丛灌木尤为稠密。大雨把灌木洗得干净，同一丛灌木竟长出两种不同的枝叶。我用铁锹毫不费力就挑起了部分枝叶。再来一锹，剩下稍微牢靠一点的灌木也被从泥土里掘出来。一例都没有根。它们是被砍断了根插进土里的。

灌木清空后，再铲掉插灌木的一堆泥，土丘的肚子里似乎有个洞。我招呼大家过来，清除洞口堆积的虚土，再往里挖。果然一个黑灯瞎火的洞。铁锹在洞的深处撞上坚硬的东西。卢万里的儿子想出个招，打火机点着，系在铁锹头上往洞里探。洞中氧气稀薄，但奄奄一息的火光中，我们都看见了刚才铁锹撞到的什么。打磨光滑的巨大条石。

以在派出所工作多年的经验，我知道遇上大事了。我把所有人集合到跟前，发布如下命令：

任何人不得走漏风声；

立刻原样封堵洞口，恢复伪装；

现在就协助死者家属培筑好坟墓；

我现在就给有关部门和领导汇报，在相关决定下达之前，咱们所一定做好现场保护，不能有半点闪失。

省文化厅接手了剩下的工作，天还没晴透就派来考古队。他们认为虞公山下可能藏有古墓。他们与县史志办及有关历史学家交流研判之后，初步达成共识：虞公山的传说或许非虚，这地方真埋葬过姓虞的历史人物。安保工作由县公安局牵头，我们所全力配合。同时，责成我们所尽快侦破该起古墓盗窃未遂案。

我们手头的线索只有两个：一是这起盗挖跟卢家的关系。大雨之后的现场线索几乎消失殆尽，但两者之间若无必然联系，那只能说太过巧合。第二个，就是县公安局提供的两个过滤嘴烟头，他们在洞里找到的。一个古怪的牌子，蓝旗。

第一个问题好解决，警员作了拉网式查访，卢万里家人、亲戚、街坊邻里，甚至随机采访了跟卢家毫无关系的人。没有发现任何蛛丝马迹。卢万里生前口碑甚好，他的左邻高度赞扬了卢万里，那个老大爷说："我就一个标准：凡是万里说有问题的，那人肯定有问题；凡是说万里有问题的，一定是那人有问题。我认识万里几十年了，这标准从没错过。"卢万里的言传身教影响了整个家庭，卢家家风挺好，门楣上还钉着"五好家庭"的牌牌。他们家没仇人，没做过亏心事，儿子、儿媳妇、女儿、女婿，人缘都不错，至少在查访中没听到任何负面评价。足够了。在乡镇，除非深仇大恨不共戴天，谁会干掘人祖坟这种损阴德的事？更不会有人抽风，要去卢万里坟边开一道深沟解闷。所以我们维持先前的判断：此事跟盗墓相关。

我把查访详情向县公安局做汇报。县局表示赞同，他们也发现，两者很可能关联密切。盗墓必须掘土，盗墓还得隐蔽，掘出的土不能露馅，运土也不能太麻烦，怎么办？现场解决。如何解决？被雨水冲走。自然便捷，神不知鬼不觉。卢万里的坟墓是距盗墓口最近的一座坟，山丘与坟堆之间正好有个凹槽，高处的雨水下泻，那地方是第一个下水口。为了加大水流带土的能力，盗墓贼掘开草皮和地表，人为地开了一条深沟。他们没想到，雨大流急，这个更有效的挖掘机扩大深沟的同时，把卢万里的坟墓也给摧毁了半边，露出棺木。已经在干燥温暖的棺木里安睡三年的卢万里突然落了水，感到了冷。盗墓贼失算了，提前惊动了鬼。

剩下的两个烟头。作为一个老烟鬼，很惭愧，我真没听说过蓝旗这个牌子。警员们去镇上各个商店买蓝旗烟，全都空手而归。店主们跟我一样孤陋寡闻。这方面见多识广的只能找满天下乱跑的人。住滨河大道边上的老苏常年跑长途客车，他也说不清，答应下一趟跑车时帮我问问。我把鹤顶在外工作、求学、做生意和游荡的人名单找出来，能联系的都联系了一遍，没一个人知道。结果显示，他们大部分人都不怎么抽烟，更不会带烟回来。这很好，健康比什么都重要。

副所长想起运河街上常年跑船的吴斌，这家伙烟酒都是大户，没准知道。他老婆在家，听说找吴斌，没好气地说：

"死了。"

"死了？"

"早死了。"

"啥时候死的？"

"一年到头连家都不着，跟死了有什么两样？"

副所长出了口长气，拿出烟头照片，"你见过吴斌带回来这个牌子的烟吗？"

吴斌老婆瞥都没瞥，"人都见不着，哪还见得着烟？"

副所长知道再问也是瞎耽误工夫，赔个笑转身要走，被叫住了。

"本来也懒得问，"吴斌老婆说，"赶上了我就多一句嘴。我家那兔崽子好几天不着家了，你们能不能帮忙找一下？"

"什么兔崽子？"

"我儿子，吴极。"

"失踪了？"

"谁知道。学校也打来电话，三天，哦，今天第四天，没上课了。"

"平常他会去哪儿？"

"谁知道。跟他爹一个德行，四六不着的货。"吴斌老婆摊开手对着房间挥了半圈，"这个家就是个旅店。"

副所长答应着，出了吴家。正经事没干成，倒添了桩新业务，回到所里就跟我抱怨。抱怨归抱怨，还是给镇中学打了电话。教务主任说，有这事，家长再不给出合理解释，按有关规定，可以开除了。教务主任又说，咱这鹤顶，一到下雨天事就多，吴极班上还有个同学也旷课四天了；班主任说，他俩好得穿一条裤子。

"两个孩子平时表现如何？"

"俩孩子性格都偏孤僻，"教务主任电话里的口气有点哀其不幸、怒其不争，"不太合群。听说经常抽烟喝酒。"

我和副所长对视一下。我们的判断步子可能大了一点，有枣没枣来一竿吧。

吴极的同学叫安大平，住在运河街的另一头。父母都在家，老实得像闷瓜，见了警员手都不知道往哪里放。除了回答我同事的问题，多一个字都没说，连句客气话都没有。据邻居反映，他们两口子常年如此，相对无言。如果不是拴在墙根的那条狗偶尔发出几声叹息一般的叫声，这个家可以一整天不弄出任何动静。两口子说，大平去他姑妈家走亲戚了。

"课也不上了？"

"大平没说上课的事。"

好吧。我同事问，可不可以看一下安大平的房间，两口子没说行也没说不行，对着一扇关着的门指指，门上贴着奥特曼。一个高二男生的房间，墙上贴的还是初中生口味的招贴画。没有烟味。在一个半开的抽屉里，同事看见一盒本地产的运河牌香烟。打开烟盒，剩下的五根烟里，有一根蓝旗。同事合上烟盒，对两口子笑笑，问，大平他姑姑家远吗？

从安大平家出来，他们直奔运河街的那一头。吴斌老婆正锁门要去菜场，这个时候肉会便宜点。她给了我同事一个白眼，不耐烦地说：

"你们到底想看什么？我都半个月没吃上肉了。"

"就看看你儿子的房间。没线索怎么帮你找儿子？"

吴斌老婆用钥匙打开儿子房门。吴极平常出门就上锁，不许母亲随便进他房间。因为门窗紧闭，浓烈的潮霉味中混杂着没能散尽的烟味。地上有烟头，没错，蓝旗牌。同事顺手翻了写字台上的一堆演草纸，有张纸正面演算了一道数学题，反面画着一个山包。山包的半腰上有一扇打开的门，一个粗暴的箭头指向门里。纸的右下角写着"祖宗"两个字。

"这是什么？"同事试探着问吴斌老婆。

"我哪知道？"她心不在焉地说，"一天到晚跟没魂儿似的，出了这扇门就像梦游。跟他老子半毫米不差。我说你们能不能快一点，再晚便宜肉都卖光了。"

同事回到所里汇报之后，驱车去了安大平姑妈家。

可能因为电视里正在播放侦探片，那俩孩子扭头看见三个警察进了门，立马从并排坐的椅子上跳了起来。安大平的姑妈也吓坏了，他们家从没来过戴大盖帽的。她跟在我同事后面说：

"他俩可啥坏事都没干啊，坐在这里看了一天的电视了。"

我同事说："没事，我们就了解一下情况。"

俩孩子个头都不小，杵在那里一个挠鼻子，一个拧着手指头。

"有烟么？"

吴极脸上长满了青春痘。他从口袋里摸出挤皱的半包蓝旗。

"哪来的？"

"我爸上次带回来的。"

"带给你抽的？"

"我偷的。"

一个同事堵在门口防止他们溜掉。另一个同事指着椅子，"坐。"

他俩坐下来。安大平姑妈关掉电视，让我同事坐到旁边的木制沙发上。

"别紧张，就是了解点情况。旷课可不是个好习惯。"

"吴极说不想上了，我就陪他出来了。"安大平怯怯地说。

"为什么不想上？"同事问吴极。

"心慌。"

"吃坏肚子了？"

"不知道。"

"再想想。比如看见谁，害怕了？"

吴极低着头，翻起眼看眼前的两个警察，然后扭头往后看。堵在门前的我同事，像逆光中矗立的一座黑塔。

"嗯。"

"看见谁了？"

吴极低头不吭声。

"大平，要不你来说说？"我同事说。

安大平看看吴极，后者没反应。安大平犹豫之后小声说："你们。"

"戴大盖帽的？"

安大平点点头。

"在哪儿？"

"虞公山。"

"哦，"我同事说，"吴极，你俩一块儿？"

吴极突然站起来，脸涨得通红，"那就是我们家的地方！我本来姓虞！"

两个孩子被带回所里。

副所长把审问结果报送给我时，哭笑不得，这是他从警十八年来见过的最有意思的案子。如果嫌疑人不是未满十八岁的少年，他敢断定这会是本年度全中国最荒唐的案件，没有之一！

虞公山那个洞是吴极和安大平两人掘的，为寻找古墓。卢万里坟墓旁边的水沟也是他俩挖的，如我们和县局推断的，是为了就近把掘出的新土冲走。那个小坟里埋的是谁，他们根本不关心，甚至都没认真看一眼卢万里的墓碑。俩孩子交代，他们利用中午和下午放学后的空闲时间来干活。刚开挖不久就下起雨，本以为雨天对工程不利，黏黏糊糊到处是泥，但发现雨水可以迅速将掘出的新土冲走，他们倒希望雨一直下下去了。因为不会留下明显的痕迹。尽管此地荒僻，若非逢年过节，扫墓上坟的人都见不着，他们还是谨慎为上，每次工作结束，都要把洞口伪装妥帖。大雨帮了他们的忙，踩出的泥泞也很快被雨水抹平；小丘上杂草也多，被踩趴下了，喝了一肚子水后，腰又迅速地挺起来，所以我们第一次去那里，完全没留意这些疑点。

"为什么盗墓？"我问副所长。

"嗨，他们根本不认为是盗墓。"副所长拿出提审记录，"吴极认为他只是在挖自家的祖坟。他说吴斌一直跟他说，他们原来姓虞，当年老祖宗虞公出差途中意外病逝在鹤顶，天热，遗体没法久存，只能就地下葬，埋在了虞公山。虞公山其实就是个大坟堆。只是天长日久，历史演进，鹤顶人把虞公墓这事给忘了，虞公山成了一个大土丘的名字。吴斌跟儿子说，他们这支'吴'跟本地的吴姓没关系，他们从'虞'字来。当年虞公是清朝康熙年间的大官，起码相当于现在的省部级干部。因为是皇帝的宠臣，死后才备极荣华，有如此规模的大墓。虞公客葬异地，他的二儿子是大孝子，便迁居鹤顶，长年为父亲守墓。因为是从家族中分出来，如同从'虞'字里拆出个'吴'，这一支虞公后代就以吴姓在鹤顶繁衍开来。"

"听上去挺是那么回事的。就算真是吴家祖坟，吴极这孩子为什么现在突然开挖了？"

"据安大平说，吴极跟一个姓吴的同学闹矛盾，对方说，'有种别姓吴。'为撇清跟对方'吴'的关系，这小子血直往脑门蹿，竟然要到老祖宗的坟墓里找证据。吴斌跟他说过，虞公落葬时，带了一部家谱进地下。"

这算不算"儿戏"？他还真就这么干了。这孩子都没意识到，即便真有家谱陪葬，几百年过去，也不知道腐烂多少回了。而且，找到家谱就能证明他是虞公的后人？

"吴斌跟吴极说，他们家有一部吴姓家谱，打头的是虞公的二儿子，只要两部家谱衔接上，齐了。没有比这更有力的证明了。"

家谱这么复杂的东西我不懂。我爹给我留了一本，让珍藏，我放抽屉里后再没拿出来过。但以我对家谱粗浅的了解，很多家谱开头都会有一段大帽子，历数自家姓氏的沿革，吴极完全可以拿出自家的家谱嘛。

"这个我也问了。"副所长问我要了根烟，"吴极说，他把家里翻了个底儿掉，没找着。就给吴斌的船上打电话，父亲醉醺醺地跟他说，早不知放哪儿了，回到家再说。他一趟船经常要跑三四个月，吴极等不了，找到一部算一部。头一次见到这么仓促上阵的盗墓贼。找了几本盗墓小说翻了翻，围着虞公山转了三圈，觉得哪个地方顺眼，一锹插下去就开干了。担心一个人忙不过来，就把好朋友拉过来帮忙。哦，对了，他不同意盗墓这个说法。"

"不盗墓他们怕啥？"

"我们的人守在那里，大盖帽总还是有点震慑力的嘛。他俩就跑了。"

"口供跟现场都吻合？"

"核对无误。挖掘工具藏在旁边的小树林里，也找到了。"

确实有点意思。我想找个时间跟吴极这孩子聊聊。他爹我见过，跑船回来，经常摇摇摆摆穿过运河街，一大早看上去也是醉醺醺的。

专家们确认虞公山下有座古墓。墓主人虞凤常，字鸾翔，湖北宜昌人，仕宦生涯主要在清康熙年间，官至大理院少卿。也就是大理寺卿的副手，佐正卿总理全院事务并监督一切事宜，正三品，够大的官儿。专家查阅大量史料，证实了本地的传说。大理院少卿虞凤常确系陪侍康熙皇帝沿运河南巡，船队行至鹤顶时病逝。虞少卿是康熙的爱臣，他的突然亡故，让皇帝十分悲痛，其时天气尚热，尸体不宜久存，长途迁移更是不妥，便御旨厚葬于此。当年一定是立了墓碑，碑文很可能还是康熙御笔，但很遗憾，不知道在哪个年代弄丢了。很可能因为墓碑的失散，导致本地人对这段历史的记忆开始漫漶，最终成了众多漫不经心的传说之一。不过这也在一定程度上保护了虞公山，否则，早不知道被那些职业的盗墓贼光顾多少次了。

我们把吴斌的"吴自虞来"一说报给专家，他们讨论之后，表示存疑。现有的资料完全不能支撑吴斌的说法。虞氏一族，在北京和宜昌都有后人，子孙繁茂，有案可稽；至于鹤顶的这一支，真没听说。

考古发掘正在有条不紊地进行。鹤顶在运河边上，千百年来，无数历史人物在运河上穿梭，无数的大事在水上与河边发生，大大小小的遗迹不能算少。在这方面，鹤顶人还是见过一点世面的。开始几天，大家围观考古现场的热情挺高，里三层外三层，等专家们找到此系虞公墓的确凿证据，即一块镌有"虞少卿"字样的石头后，人群就慢慢散了。热闹不能一直看下去，自己的日子还得好好过。我们继续提供必要的安保，所里的日常工作也逐步恢复。

跟县局协商之后，对吴极和安大平做过批评教育，把他们送回了课堂。我知道吴极没有想通。说实话，我也挺好奇，于是决定，干脆把它当成不是案子的案子继续办下去。周末下午，吴极母子俩都在家，我敲响了他们家的门。

儿子挖了虞公山，当妈的觉得挺没面子；但因为儿子这开山的几锹，引来一场轰轰烈烈的考古，还坐实了虞公墓，当妈的又觉得儿子给自己长了脸。不过此外，"吴从虞来"又让她哭笑不得。你爸整天云里雾里，瞎话张嘴就来，你也信？当妈的又十分来气，这事用膝盖想都觉得荒唐啊。我到吴家时，没说上两句，吴斌老婆又训开了儿子：

"好的你没学，脑子抽筋倒学得挺快。不过那死鬼也没啥好的可学。"

吴极小声嘀咕："我爸没瞎说。"

"他不瞎说？嫁给他十八年，我算明白了，从头发梢到脚指甲盖儿，他从头到脚都是个骗子！"

"我爸不是骗子！"

"他要不是骗子，你妈我就是七仙女，就是王母娘娘。"

"我爸就不是骗子！"

"好了，老娘懒得跟你争了。你真是你爸的亲儿子。"

我赶紧打圆场，表示想跟吴极单独聊聊。

"随便！"吴斌老婆手一挥，"能带回家聊到管饭更好。"这婆娘拎起织毛线的袋子去邻居家串门了。

我问吴极："你爸知道这事吗？"

"不知道。电话打不通。"

吴斌跟着一个外乡人跑船，每年回来两三次，吴极掰着指头数，在家撑死了也就待一个月。活儿多？谁知道。他喜欢在水上跑，说在陆地上走不稳，上岸就要摔跤。他悄悄跟儿子说，别告诉你妈啊，我两条腿不一样长。吴极想看看两条腿差多少，吴斌刮了一下儿子的鼻子，站着是看不准的。可是吴斌一躺床上就是前腿弓后腿蹬，两脚从来不齐，那姿势像在跑路。过去吴斌有过两个便宜的手机，一个喝多了不知丢哪去了，一个站在船边撒尿时，不小心滑进了水里。干脆不要手机了，反正没人找。吴极找他，都是打船老大的电话，那差不多也是个不靠谱的酒鬼。

吴家的房子不大，就这样也没塞满，客厅里的摆设稍显清冷，感觉这家人随时都可能搬走。"喜欢爸爸吗？"我问。

吴极低着头，"不知道。"

"想爸爸吗？"

"不知道。"

"爸爸回到家都干什么？"

"喝酒。跟妈妈吵架。给我讲故事。"

"都讲了什么故事？"

"什么故事都有。"这孩子突然有了自信，眉毛都跳了起来，"我爸爸一肚子故事。真的，他什么都懂。他去过很多地方，每个地方都能带回来一大堆故事。不信你问安大平。我爸一回来，他就待在我家不愿走。他说我爸是他见过的最会说笑话的人，每次他都笑得两个腮帮子疼。"

"你妈妈喜欢听吗？"

"我妈说，都是吹牛，鬼话连篇。然后就吵架。有时候还会打起来。"

"你爸都跟谁一起喝酒？"

"他自己把自己喝醉。一年有十一个月在外头，哪来的朋友。"

鹤顶镇上姓吴的有好几家，跟他们家都不是本家和亲戚。吴极往上四五代，都是单传。他爸说，跟他们不一路。

"你们家的家谱你看过？"

吴极摇摇头，"我爸都忘了放哪儿了。但是我看过这个。"他去自己房间抱回来一本破旧的县志，砖头一样大。他熟练地翻到折页的地方，递给我看。

纸页泛黄，印刷效果也欠佳。那一页介绍虞公山的传说，列出四种：虞氏住地说；虞氏修仙说；虞公墓说；还有一个愚公说。第四种意思是，这地方原来真有座山，堵在某人家门口，这家也出了一个愚公，誓将此山夷为平地，可惜天不假年，快削平的时候累死了。大家就把剩下的这个土包叫愚公山。已经有个跟王屋和太行两座山耗到底的愚公，本地人想，还是别弄重了，分不清彼此也麻烦，于是改叫虞公山。虞公墓说，指的就是虞凤常落葬于此，名之虞公山。吴极只在此一说的文字下，用圆珠笔画了两条歪歪扭扭的线。

"这个说明不了什么问题啊。"我说。

"我相信我爸的。"

吴极说这句话时，内向、羞涩和躲闪都不见了，一脸单纯笃定的孩子气。我摸了摸他的脑袋，感觉像在摸我们家的那个小混蛋。儿子高中毕业后，再不让我摸他脑袋了。"挺好，挺好。"我说，"你爸这么说，一定有他的道理。想吃什么？"

他想吃羊肉串，如果可以，还想把安大平也叫上。没问题，我说这顿一定管饱。我们在镇上最好的羊汤馆等安大平。他们想吃的全点了。分手的时候，我要了吴斌的船老大的电话。

那人姓秦，山东口音，说话充满梁山泊的豪气。我们聊得很好。船停在码头，他留守船上，吴斌上岸溜达了。他说吴斌这兄弟不错，就是管不住自己的嘴，每顿都离不开那二两猫尿，可惜了一肚子的才华。秦老大说到猫尿时嘿嘿地笑了，他也好这口。水上跑惯了，不喝两口真顶不住那寒湿，还有"孤独"。他说到"孤独"时舌头打了个结，不习惯这样文气和矫情的表达。

"一肚子才华？"

"也是一肚子鬼话。"秦老大吐了一口痰，在电话里说，"那真是个聪明人，说什么像什么。他要不跟我搭个伴，这一年到头在运河里跑上跑下，我还真不知道时间怎么打发。"

"你知道他祖上姓虞么？"

"那得看他喝到哪儿了。喝到位了，也姓过昊。"

我不知道接下来该问啥了，便随口说："一肚子鬼话那你还信？"

"信了能翻天？你们可能不了解他。聊透了，你就知道，这人让你心疼。对，心疼，就这个意思。"

我头脑里立马出现一个清瘦的男人，还有点病病歪歪的。事实上，我见过的吴斌虽然块头算不上多大，但绝对是个结实的汉子。

"我可能没说清楚。反正这兄弟真不是坏人。他不过是张嘴就来。你要是跟他敞开了说上一个小时，我担保你会认为他跑船是屈才了。我一直觉得他能干很多高级的事。能干什么我也说不好，反正他经常没魂儿的样子既让我冒火，又让我愧疚，觉得委屈了他。但他又能干什么呢？所以这些年我一直收留他。要是别的船老大，早换个更年轻能干的了。不好意思，啰啰嗦嗦的，也不知道我说明白了没有。"他的声音突然远了，一段空白，他一定是捂住了话筒。很快山东口音又回来了，"吴斌回来了，又喝多了。你要跟他说吗？"

"不必了。我就随便问问。谢谢。"我竟然有点慌张地挂了电话。

这次通话之后不到一个月，准确地说，二十八天，考古发掘还在进行，秦老大突然给我打了个电话。吴斌死了。昨晚喝多了，可能夜里起来撒野尿，一脚没踩好，栽进了运河里。今天一大早尸体浮在水上，幸亏没漂太远，要不都不知道他跑哪儿去了。现在他正加足马力把他运回来，明天就到鹤顶。他觉得先给我打个电话，可能比上来就通知吴斌老婆孩子要妥当。为什么妥当，他也不知道。这个山东汉子，在电话里露出了哭腔。他说，吴斌无论如何是个好兄弟。

由所里出面，找了一辆车去接吴斌。我以为吴斌老婆会拒绝去码头，没有，她坐在车上一声不吭。如此安静的母亲，吴极也有点不适应，他下意识地抓着妈妈的胳膊，他的手不停地抖。

吴斌被水泡得变了形，头发稀疏，白多黑少。他长一张瘦脸，跟肿胀的身子完全不成比例。吴斌老婆没有哭出声，只是眼泪啪嗒啪嗒地掉。吴极也一样，因为控制不住的惊恐，他连眼泪都很少。秦老大年轻时肯定是个壮汉，此刻两鬓斑白。他擦眼泪的时候不得不擤鼻涕。

一切从简。最后关头，再整理一下死者仪容。吴斌脸上蒙一沓火纸，这是鹤顶的风俗。旁边站着五个人，他老婆、他儿子、秦老大、我和安大平。就在殡葬工要把他推进炉子里的那一刻，吴极抓住了父亲。他把父亲的两条腿直直地并到一起，握住父亲的两个脚踝。为了看得更清楚，他弯下了腰。

城 市 文 学 卷

过往

艾 伟

　　蓝山咖啡馆晚上十点半后生意好了起来。它在永城大剧院北侧的一个小巷子里。有演出的晚上，一些观众（大都是年轻人）会来这儿喝一杯咖啡，吃一碟点心，讨论一会儿剧情，然后回家。演出结束后，演员们喜欢去永江边的大排档庆祝，平常他们更多在中午或排练的间隙来这儿讨论，顺便填饱肚子。广济巷曲折幽深，道边的香樟树树冠彼此交叉，快把天空遮蔽了，巷子里的中式旧建筑在这个城市里可算是硕果仅存，让这条巷子显出古雅之意。蓝山咖啡馆闹中取静，生意不错。

　　黄德高和另外一个人在咖啡馆已待了一阵子。黄德高胃口惊人，每次来这儿他都会点一份商务套餐，外加一个汉堡，一杯咖啡。小小的咖啡杯子和汉堡放在一起显得相当突兀。他是个喜欢说话的人，一直和对面的人在滔滔不绝。对面的那个男人大约三十多岁，寡言沉静，一刻不停注视着黄德高。他的左眼混浊，看人的时候仿佛对不准焦距。不过另一只眼睛倒是特别明亮。

　　"你的左眼瞎了吗？"黄德高问。

　　"模模糊糊看得见。"对方说。

　　"你看我时，左边那只眼睛好像在看另一个地方。"黄德高说。

　　一个时髦的女人正从左边过来，衣着鲜艳，超出她年龄，脸上还留有演出彩妆的痕迹。黄德高猜想她应该是一个演员。这年龄的演员大概过气了。

　　今天黄德高心情有些复杂。这是他最后一单生意。早些年他在省城接单，生意越来越不好做，他已被挤到永城这地界了。干完这单他想金盆洗手，从此远走他乡，隐姓埋名，过另一种生活。他的另一个身份是诗人。以往每次他把单子放出去之前，都会和对方谈诗，不管对方听得懂听不懂，他会把自己写的诗念给对方听。他经常重复的诗句是：我可怜的身体，如此消瘦，像这块土地一样贫瘠，一如我的出身，饥饿是我的灵魂。忍受匮乏，罪孽深重。亲爱的，你是我渴望的甘泉，让我清洁……是一句情诗，不过他早已把这句诗当成他的《心经》，他的大明咒。他相信这句话从他口中念出来后，一切便可以完美达成。今天，他没念。这是最后一单生意，他不准备念，以此表明他诀别江湖的决心。

他已把桌子上的食物吃完了。他心满意足地看了一眼杯盘狼藉的桌子，点上一支雪茄，深深吸了一口，吐出浓重的烟雾，然后把手伸进夹克胸口，拿出一只信封，交到对方手中。虽然已是夏天，黄德高办事时喜欢穿这件黑色夹克，这是他办事的行头，他固执地相信这黑夹克会给他带来好运。

"所有的资料都在里面，包括定金，另一半完事后再付。"黄德高说。

对面的人打开信封，先把一张银行卡取出来，对着灯光看了一眼，好像借此可以辨别真伪。他把银行卡放到衬衫口袋里，然后抽出信封里的照片，看起来。有三张照片。一个板寸头男子，方脸，眉毛稀疏，此人戴着一副墨镜，有两只大号的招风耳朵，看上去气场逼人，有老大派头。第二张此人穿着黑色T恤，表情严肃地看着某处。再一张在某个澡堂，他上身赤裸，下半身浸泡在池子里，偌大的池子里只有他一个人，眼睛警觉地看着某处，好像他意识到有人正在偷拍他。

"仇家是谁？"对方问。

"这不是你该管的事。"黄德高说。

"我要知道他是不是命当该死。"对方很固执。

黄德高笑了。他觉得对方是个有原则的人。他喜欢有原则的人。有原则的人靠谱。不过黄德高的原则是他不会把委托人的信息告诉任何人。这是江湖规则。

"失子之恨。"黄德高胡乱编了一个。

对方似乎很满意，收起信封，站了起来，说："知道了，给我三天时间。"

黄德高把抽了一半的雪茄按在咖啡杯子里，掐灭："事成后通知我，下次见面还在这儿。"黄德高伸出手，那人犹豫了一下，也伸出手。两人敷衍地握了一下。这一握让黄德高心里颇不踏实。他想，也许今天犯了一个错误，他没念那句诗。一种毫无来由的不安让他一遍一遍地默念起那诗句。他希望为时不晚。

走出蓝山咖啡馆，黄德高回头往咖啡馆内望了一眼。那个服饰艳丽的女人站起来看着他。他对她没兴趣。他的目光越过她的头顶，看到蓝山咖啡馆那台超大电视机上满屏烟花，因为电视机静音，使烟花看起来相当落寞，好像这个世界因此深不可测。

1

虽然每晚回家都已是凌晨，秋生还是每天早上九点钟准时到公司。办公室在锦瑟年华娱乐城的顶楼。这是娱乐城最安静的时刻，要到下午才会有一些客人来这儿唱歌或跳舞。当然高潮还是晚上，人们身体里的激情似乎到了晚上才蠢蠢欲动，好像夜晚对人们而言自带荷尔蒙，引导人们去追逐音乐、美酒或女人。有时候秋生想，要是没有夜晚这世界该有多么单调。

即便在办公室里秋生也喜欢戴着墨镜。他穿着衬衣，衬衫领子雪白挺刮，板寸头让那两只招风耳朵更为显眼。保镖进来说，夏生在楼下有事找他。秋生皱了皱眉头。好久没见到弟弟夏生了，一年或者更久？记不得了。他们兄弟之间不来往很久了。秋生让保镖去把夏生带上来。

夏生站在秋生面前，面容苍白，显得有点拘谨。夏生知道秋生讨厌他是一名戏子。夏生在永城越剧团做演员，扮小生，混迹在一堆女演员中，身上一点男子气魄都没有了。秋生有一次对他出言不逊，说他最恨的一件事就是男人娘娘腔。秋生感到奇了个怪了，同父同母所生，他们兄弟俩完全是两种人。

夏生热爱演戏，舞台让他快乐。夏生对秋生的看法不以为然。秋生总喜欢把自己那套人生逻辑强加到他身上。秋生是错的。人生哪里可以如此单一，秋生也不是人生模板（事实上他也不配成为模板）。夏生自有夏生的活法。每次秋生像一位父亲一样训斥夏生时，夏生都是一只耳朵进一只耳朵出。有一次，秋生甚至要夏生辞了剧团的公职，到他的公司来做艺术总监。"你在这儿随便混混都比演戏强，现在谁还看你们的戏？"秋生说。自那以后，夏生不再愿意见秋生。秋生偶尔会电话他，问他近况，夏生都说很好。夏生知道秋生关心他，只是夏生反感秋生的关心里暗藏着一位父亲的角色。

一个星期之前夏生收到母亲的来信。母亲在信里说她得了重病。她没有详述自己得了什么病，只说自己弥留在世的时间不多，想在最后的时光同秋生和夏生生活在一起。母亲在信里没有提起冬好。这也算正常，冬好的状况在与不在没什么两样了。夏生收到信后心情复杂。母亲是她那一代最出色的戏曲演员。越剧演员无论小生旦角或是老生小丑，基本上清一色由女性出演，夏生作为一个男生成为这个剧种的一员，不能不说是受到母亲的影响。虽然夏生和母亲在同一个圈子里，见面的次数却不多。母亲晚年嫁了一个老干部，去了北京。据说老干部是她的戏迷。母亲定居北京后，夏生没去过她的家，母亲也不太和子女联络（没去北京前母亲也很少联系他们）。有几次夏生进京演出，请母亲看戏，母亲和秋生一个德性，看戏后没一句好话，挑的全是毛病。"你都演成什么样子！你的才华及不上秋生的小指头。"母亲说这话让夏生既生气又委屈。秋生五大三粗，对戏根本不感兴趣，母亲竟拿他同秋生比。夏生从来没见识过秋生有任何戏曲才华，没听秋生唱过一句戏。不过母亲一直偏爱秋生，偏爱到不讲常理。夏生也就见怪不怪了。后来夏生能不见母亲就不见。夏生偶尔会想起母亲，她在忙些什么呢？在北京过得好吗？不过也只是一个念头而已，转瞬即逝。那日突然收到母亲的信，夏生还是蛮吃惊的。

夏生坐在秋生大办公桌对面，低着头，一副丧气样。他能感受到墨镜背后秋生的目光。夏生不想先开口，等着秋生说话。兄弟俩沉默了好长一阵子。秋生问："碰到麻烦了？"夏生摇了摇头。秋生松了一口气，说："那就好。"

秋生问起庄凌凌："还同那个姓庄的女人搞在一起？"夏生没回答。夏生怕出乱子。秋生几年前派人警告过庄凌凌，要庄凌凌放过夏生。秋生传话给庄凌凌，说庄凌凌都可以当夏生妈的人，难道要耽误夏生一辈子？夏生对秋生的做派一向不以为然，即便是对他的关心，也过于粗暴。秋生振振有词，说你得有自己的生活。

夏生不想同秋生多拉家常。每次都是这样，聊到后来都是一个结果——不欢而散。好像他们彼此有仇似的。从前不是这样的，小时候秋生从母亲那里偷了钱，在街头买雪糕，总是不忘给夏生买一块最好的，然后到处找夏生，找到夏生时雪糕都融化了。秋生打他一记后脑勺，说，你快吃掉，否则我不给你吃了。说着自己咽一口口水。夏生乖巧地让秋生吃一口，秋生凶狠地白他眼，不再理他。

夏生从口袋里掏出母亲的信，递给秋生。秋生很快扫了一眼母亲的信，轻蔑地说："你就为这事来的？她也给我写过信，我没理她，我警告你，你也别理她。"

夏生直视秋生。秋生的反应他是料得到的。"她快要死了呀。"夏生说。"鬼才信她，她嘴里没一句真话。"秋生说。似乎说得还不够强烈，秋生又说："她要死了才想起我们来？早先呢？早先她只知道一个人找乐子，这辈子像没见过男人似的。"夏生低下头，秋生的说法他无法反驳。母亲这辈子有几次婚姻？五次还是六次？多得让夏生记不过来了。

夏生今天是硬着头皮来找秋生的。这事拖了一周了。母亲信里写得很清楚，她现在一个人生活，感到很孤单。母亲难道又离开了那老干部？不管怎么样，她快死了，做儿子的不能不管。他希望秋生能把母亲接来，秋生家大，又有保姆，可以照顾母亲。

秋生把那封信还给夏生。他转了话题，问："你那新戏排得怎样了？"夏生很吃惊。他没想到秋生关心起他的戏来。秋生一向以夏生是演员为耻的，他不知道秋生这是何意。

一个月前，庄凌凌弄来一个剧本，非常棒。夏生也没多想秋生何以知道此事，秋生总有办法知道他想知道的，他长着一只奇怪的耳朵，好像他的耳朵在整个永城飞，没有什么事瞒得了他。夏生说："没排呢，钱还没找到。现在排戏就是把钱倒水里，本都收不回来，没人愿意赞助。"秋生讥讽道："你们是把自己砸到了水里，你们一心想淹死，没人能救得了你们，早上岸早超生。"秋生还是老调调。

夏生再一次认定，和秋生谈戏就是鸡同鸭讲，自取其辱，千万不要涉及这个领域。夏生打算早些离开。他站起来准备告辞。秋生一动不动。他又打开抽屉，像在找什么。夏生本来打算走的，以为秋生改了主意，站着看秋生。秋生抬起头来说："我警告你，你不要把她接来，你要是接来，我饶不了你。"

夏生刚升起的希望一下子破灭。他艰难地咽了一口唾沫，低下了头，转身往办公室外走。他明白所谓的"饶不了你"的意思，就是秋生会揍他一顿。夏生从小没少挨秋生的揍，对他好也揍，教训他也揍。夏生往外走时，听到背后传来秋生的声音："如果你把她接回来，我也会把她赶走的。"夏生心里冷笑了一下，想，秋生管不了他，他完全可以自己做主。他决定把母亲接回来。

夏生走后，秋生颓然倒在沙发上。一会儿，他站起来，突然唱起戏来，尖细的曲调轻柔地从他嘴中出来，和他的形象形成奇怪的反差。好像这会儿他穿上了水袖戏服，成了舞台上的花旦，兰花指翘着，身段妖娆。这些戏都是秋生小时候在黑暗的剧场看着演员们排练学的。不过秋生从来没在任何人面前展示过他的"才艺"。那时候母亲到哪里都喜欢带着秋生。剧团排练时，秋生在黑暗的剧院里钻来钻去。有时候去化妆间，天热的时候，那些女人几乎袒胸露乳。她们喜欢把秋生叫成干儿子。母亲不愿意她们这么叫，她经常说的一句话就是，他差点要了我的命，生他时我难产，不许你们当他的干娘。母亲越是这么说，那些女人越要占秋生的便宜。

那时候他们一家还是团聚的。母亲的演戏事业是这个家庭的中心。父亲是永城文化馆的一位音乐老师，可他的心思都在母亲身上。他正在根据母亲的演艺特长编写一出新戏，希望此剧能挖掘母亲的所有优点。

很多人认为父亲不谙世道，行为怪异。秋生也信不过父亲，不认为父亲能写出好看的戏来。只有母亲崇拜并相信父亲，他们很恩爱，甚至在兄妹三人前亲热。"他们是一对活宝。"秋生对妹妹冬好说。但冬好觉得很好，很浪漫。秋生说，浪漫个屁，是不要脸。母亲在永城声名大噪后，父亲建议母亲去省城发展。"永城对你来说太小了。"父亲对母亲说。父亲渴望母亲更大的成功，好像父亲这辈子的事业就是让母亲成名成家。母亲后来真的去了省城。父亲和母亲过起了两地分居的生活。一个男人愿意牺牲自己成全一个女人，虽然疯狂，也是一种美德。母亲去省城时，带走了秋生。

秋生唱完一段戏，屏住呼吸，稳定了一下情绪。他来到垃圾桶前，找一个星期前丢弃在那儿的母亲的来信。信居然还在。他拿了回来，摊开皱成一团的信，看起来。母亲给他的信，言辞和给夏生的完全不一样。在给夏生的信里，母亲对自己来永城显得理所当然，好像回到永城和他们生活是她应有的权利。不过在给秋生的信里，母亲是可怜巴巴的，几乎在乞求秋生收留她，母亲还表达了对秋生的想念。"你是我用命换来的。"一周以前，秋生看到这句话相当反感，这句话他听太多遍，在母亲那里就是一句顺口溜，他不相信里面有什么真情实感。秋生把信折好，放到写字台抽屉里。

保镖敲门后，悄然进来。保镖也是他工作中的助手。秋生想起来了，今天需要去处理一下娱乐城的事。不久前，消防突然来到锦瑟年华娱乐城，找出一堆问题，下面的人搞不掂。他起身，来到大楼下。坐到车上后，他改了主意，同司机说，去广济巷。司机不明所以，掉转车头，向广济巷开去。半个小时后，小车驰入那条著名的由香樟树冠交叉而成的绿色通道，蓝山咖啡馆深绿色的门面一闪而过，咖啡馆的橱窗里放着做好的糕点和一幅巨大的话剧海报。蓝山咖啡馆的主人特别小资，喜欢各种戏剧，是标准的文艺青年。秋生让司机在蓝山咖啡馆前停下。保镖先下车打开车门。秋生出来后，没像往常那样让保镖跟着。他让他们在原地等。

永城越剧团在剧院后庭的一个院子里。就是夏生的单位。秋生怕见到熟人，从院子右侧一小道拐入，那儿有一个窗子，可以进入剧院内。凭着童年的记忆，秋生顺利进入剧院。没有演出的剧院黑暗一片，因为空气不流通，秋生被一股浑浊的霉味呛到了，打了一个响亮的喷嚏。他习惯性地看了看二楼，看管剧院的老头总是在二楼出现。他熟悉这个剧场的每一个角落，舞台后演员的化妆间，更衣室，剧场一楼和二楼中间的小小的电影放映室，虽然几年前剧院作了大的改造，但整体格局没多少变化。

秋生在最后一排坐下。现在他的目光适应了黑暗，剧场内的椅子和走道在黑暗中浮现出来。他默然坐着。他连自己都不清楚为什么来到这儿。他问自己，假设夏生接母亲回来（他断定夏生会这么干），他见不见她？

舞台上突然出现一对男女。两人是从幕后钻出来的，迅速黏在一起。舞台空旷，这对男女看起来很小。秋生看到这一切，很厌恶。这引起了秋生不快的回忆。母亲带着秋生来到省城，先是寄居在母亲同门姐妹家，后来省越剧团分给她一间宿舍。母亲在那个时候，背着父亲和一个男人好上了。

秋生下定决心，如果母亲到来，他决不见她。他悄悄从剧院的前门退出去。在剧场的大厅，他找到电箱，把电闸合上。他知道这会儿，剧场里灯光闪亮，那对赤裸的男女一定惊慌失措。秋生穿过二楼的一个出口，这儿有一个铁梯，可以通往刚才进来的窗口。

秋生给孙少波打了个电话。孙少波是红酒商，娱乐城的红酒都是孙少波提供的。这阵子永城流行喝红酒。红酒生意利润高得惊人，秋生方方面面帮过孙少波不少忙。秋生到蓝山咖啡馆门口，保镖就出来打开车门。秋生竖起食指，向他摇了摇，然后走进咖啡馆。保镖迅速关了车门，严肃地站在咖啡馆门前。蓝山咖啡馆的电视机正在播体育新闻，但只出画面，听不到声音。电视机是新装上去的，奥运会不久将开幕，到时候有很多年轻人会聚到这儿来看比赛。六月奥运火炬在永城传递，秋生无意中看到了直播，夏生竟然是火炬手。秋生心里有所触动。一个人不管干哪一行要干到夏生这份上也算不容易了，成为一名奥运火炬手无疑代表着对夏生戏曲生涯的认可。不过秋生依旧认为演戏不是什么好职业，这个职业经常会毁掉正常的人生。他们家就是个现成的标本。

保镖看到孙总急匆匆朝这边走来。孙总老远向保镖打招呼。保镖问孙总怎么来的，孙总说，车停在剧场门口，这巷子不太好停车。保镖点点头，拉开咖啡馆的小门，让孙总进去。孙少波一眼看见了坐在角落里的秋生。

孙少波在秋生对面坐下，脸上下意识露出谄媚之色。秋生替孙少波要了一扎啤酒，说：“这里的黑啤不错，德国进口的，没掺水。”孙少波听了有点刺耳。有一次他被人告就是因为拉菲里掺水。其实不是掺水，是掺了同一个酒庄出产的红酒。秋生说：“我小时就在这一带玩，现在这儿没人认得我了。”孙少波不知如何接口。他知道秋生不是和他来怀旧的。他喝了一大口啤酒。刚才跑得快，确实有点口渴了。

好一会儿，秋生终于说正事。秋生说：“帮个忙可以吗？钱我会出的，你出个面就行。”孙少波很快就明白秋生的意思了。秋生想让孙少波出面赞助一笔钱给永城越剧团排一出新戏。孙少波没有理由不答应。秋生说：“剧团就在那边，看见了吗？”孙少波说：“原来这么有名的剧团在这个角落，我平时都没注意过。"秋生给了孙少波一张名片，说："你找他，是剧团团长。等会儿打电话给他吧。"秋生想了想又说："不要装得像施舍的样子，就说你从小喜欢唱戏，特别崇拜演员，现在有了点闲钱，想投资艺术，实现心愿。"说完秋生把服务生招了过来，结了账。孙少波要抢着结。秋生说："你少来，我拜托你办事，当然我来，再说这能花几个钱。"

2

从秋生的公司出来，夏生往庄凌凌家走去。一路上夏生心事重重。对夏生来说，生命中有一件事他绕不过去，像一个巨大的阴影笼罩着他，这件事就是父亲有一天失踪了。这个家的分崩离析是在父亲失踪后。关于父亲失踪这件事，夏生最初不无怨恨。后来夏生进入了演艺这一行，他听到各种各样来自戏曲界的传说，都是父亲所承受的种种屈辱，每次夏生听到，有一种如鲠在喉之感，似乎稍稍理解了父亲。父亲在写完《奔月》后去了省城和母亲会合，那时候母亲在省城还没混出来，主角轮不到她。为了能把《奔月》搬上舞台，母亲求爷爷告奶奶，动用了各种手段。父亲几乎没有世俗能力，除了艺术，在别的方面他帮不上母亲。后来《奔月》一炮而红，还拍成了戏曲电影，母亲因此成了全国人民熟知的明星，然而父亲神奇般地失踪了。如今二十六年过去了，父亲依旧下落不明，活不见人，死不见尸，这事想起来就让夏生心里发怵。那是一种空落落的感觉，夏生的内心生出一种辽阔的空旷感，这人世间因为父亲的这一行为而变得更为不可捉摸。母亲在父亲失踪后不断换男人和婚姻，他们兄妹仨则在永城自生自灭。母亲偶尔想起他们来会寄一大笔钱过来（母

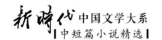

亲在钱财方面一向大方），至于他们的生活从此不问不闻了。庄凌凌算得上是母亲的学生，她经常感叹，你们兄妹三个就像是你爸和你妈拉下的三粒屎，而他们像鸟儿那样飞走了。不过庄凌凌也劝慰过夏生，说，你妈啊，这辈子只喜欢一件事，就是演戏，别的对她来说都不重要。这正是夏生耿耿于怀的地方，他认为母亲被名利迷了心窍，到了对亲情缺乏概念的程度。

庄凌凌住在法院巷的一幢小洋房的阁楼里。这小洋房原来是永城越剧院的团部，后来团部搬到了大剧院，这幢小楼变成了公寓。庄凌凌一直住在这儿。前段听说要拆迁，后来这事就没影了。庄凌凌倒是安于住在这儿，什么都方便，去剧团也近。

夏生进去的时候，庄凌凌穿着睡衣，正在煲汤。这是她的美容汤。当演员的，特别是女演员，别的可以不在意，容颜是最看重的。用庄凌凌的话说，除了一口嗓子，一副皮囊还有什么呢？这是她们的命。

"庄老师。"夏生叫了一声。见夏生来，庄凌凌非常高兴，说："你真有口福，煲了一小时了，野生的河鲫鱼。"

夏生没同庄凌凌说起过母亲来信的事。可能是夏生满脑子往事，脸上有些恍惚，庄凌凌警觉地问："有心事？"夏生没回话。庄凌凌又问："那本子团长不喜欢？"夏生意识到眼下庄凌凌最关心的就是那剧本的事。夏生说："现在团里的状况你也清楚，即便团长看中了，要排出来也不容易，得有钱才行。"

半个月前，庄凌凌拿到一个打印得整整齐齐的本子，让夏生给团长。意思是明确的，她想演女一号。她多次说，要和夏生合作一次。"我们都没合过一台像样的戏。"她强调。庄凌凌已有多年未上舞台了。演戏这件事就是这么残酷，过了四十合适的角色就不多了。庄凌凌和团长关系一直不好，这几年心情差，牢骚就多，谈起团里的事，总是用"乱七八糟"形容。"你们排的都是什么烂戏，只盯着专家、评奖，这样搞下去，会把所有的观众都赶跑。"庄凌凌公开这么说。

团里的人都知道夏生和庄凌凌的关系。这让夏生有些为难。他不知道怎么同团长开口。这年头，靠市场养不活剧团，演出的资金基本上是政府拨下来的。政府倡导主旋律，鼓励排反映现实的戏，这些年夏生一直在演当代楷模。早几年，戏曲界也排过不少现代戏，不过那时候是为了寻求越剧的可能性，引进了很多别的艺术手段，音乐和舞蹈都搞得很先锋，结果是传统戏迷看不懂，年轻人也不接受，观众变得越来越少。不管这样的实践是成功还是失败，总还是值得的，现在的状况和当时的探索完全不同，现在直白地同你讲，戏曲就是"高台教化"，所以要多排现代戏，否则政府没理由资助。庄凌凌说，现代戏尝试一下我不反对，但全是这玩意儿，实在难以忍受，把越剧所有的程式都毁掉了。庄凌凌说的不无道理，没了水袖，演出时夏生常常不知怎么走台步。

庄凌凌说："我明天找那土匪（庄凌凌私下叫团长为土匪）去。不是没钱吗？钱我去弄来，好不容易搞到这么好的本子，不排是瞎了眼。"夏生犹豫了一下，说："你还是别去了，我去问团长吧。"庄凌凌脸上露出妩媚的笑容，说："这就对了，你现在是团里的台柱子，你的话还是有分量的。"夏生说："现在演员就是个屁。"庄凌凌表示同意，说："戚老师在团里的时候，做演员才风光，演员是灵魂，导演、团长都捧着你妈。哪像现在，我们变得一钱不值了。"

庄凌凌突然提起母亲，夏生愣了一下。庄凌凌注意到夏生的表情，问："怎么啦？"夏生说没事。他们一起吃鱼汤。庄凌凌给夏生喂鱼汤。庄凌凌这样做不仅仅是亲昵，还是习惯。夏生算得上是庄凌凌带大的，庄凌凌在夏生这儿有时候更像一位母亲。夏生说自己来吧。庄凌凌说肯定有心事。夏生就让庄凌凌喂鱼汤。庄凌凌继续着话题："你妈妈这样的人，也就是在当年才过得好，要是现在，还不被踩得像蚂蚁一样。"

庄凌凌让夏生陪她睡一会儿。夏生没心情，不过还是上了床。天很热，一会儿两个人都汗津津的，庄凌凌整张脸都涨开了，双眼迷离。庄凌凌突然赤身裸体地在床上表演新剧本中的片断。床吱吱作响。夏生想象水袖在空中水波似的翻动。夏生觉得这时的庄凌凌特别美。

母亲来永城这件事一直压在夏生的心里。夏生的注意力涣散，眼前表演的庄凌凌成为模糊的一团。后来，庄凌凌揪着他的耳朵，他才醒过神来。

"你肯定有心事？是不是团长看了剧本不满意？"庄凌凌现在脑子里只有剧本，这会儿她的表情像是天要塌下来一样。夏生这次没办法，只好把母亲来信以及他早上找秋生商量的情况说给庄凌凌听。庄凌凌躺下来，难得温柔地问："戚老师真的快要死了？"夏生双眼茫然，说："不知道，她信里这么说。""秋生不同意你妈回来？"庄凌凌问。夏生仰躺着，看着天花板。

"看来你妈也老了，折腾了一辈子，到底还是想起你们来了。"庄凌凌说。

夏生坐起来，穿上衬衫。他不喜欢在床上讨论母亲，好像母亲这会儿正看着他。

3

下午两点半，夏生去剧团。一路上，脑子里依旧是早上见秋生的情形。

夏生理解秋生的反应，秋生曾同他说过，他这辈子不会再原谅母亲。夏生想，他要是秋生，一样不会原谅母亲。

虽然他们兄妹仨就像庄凌凌所说的是父母拉下的三粒屎，但他们还是暗自成长。秋生担起家长的角色。冬好不服管，因此经常被秋生暴君般对待，动不动要惩罚冬好。夏生被秋生揍怕了，倒是很乖。冬好十六岁那年，不再上学。冬好唱着"乌溜溜的黑眼珠和你的笑脸"和永城一帮时髦青年混。冬好喜欢唱这首歌，因为冬好也有一对乌溜溜的黑眼珠。冬好学着香港明星烫了一个爆炸头，打扮前卫，还学会了霹雳舞。冬好经常戴着露着五指的黑手套，穿着当时流行的宽裆窄口裤，在永城的舞厅出没。秋生受不了冬好不学好，有一次到舞厅把正在跳舞的冬好扛在肩上带回家，并把冬好锁在屋子里好几天。冬好让夏生替她把锁打开。夏生不敢。冬好骂夏生是一个奴才，秋生的奴才。后来，冬好从窗口爬了出去，从此经常夜宿在外，偶尔才回家睡觉。

半年后冬好被人睡大了肚子。冬好开始还想隐瞒，最终还是让秋生看了出来。在秋生的逼问下，冬好承认了，说出了那个男人的名字。冬好那时候还没死心，一心一意爱着那个男人，等着那个男人来娶她。她对秋生说，哥，你不要为难他，是我自己愿意的，错都在我。秋生找过那家伙，是个有家庭的人，这个流氓根本不认是他让冬好怀了孕。那家伙说，冬好的男朋友多得很，鬼知道肚子里的孩子是谁的。秋生终于明白了冬好的处境，这个人不会为冬好做任何事，他不会负责。可悲的是冬好却依旧存着痴念，纠缠其中，不肯放手。

没有任何办法，秋生唯一能想得起来解决这个问题的人只有母亲。那一年秋生带着冬好去省城找母亲。那时候父亲失踪已有八年，母亲则已声名远播，演艺事业如日中天。秋生带着妹妹来到省城，希望母亲可

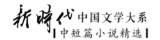

以联系一个医生把胎打掉。母亲突然接到北京的通知，某首长想听她唱戏，她不管不顾，抛下秋生和冬好去了北京。母亲说，随便哪家医院都可以的，手术不复杂。那一年秋生只有十八岁，一点经验也没有，他走投无路，感觉天都要塌下来了。冬好怀孕之后一直在崩溃中。

少年时母亲买给秋生的自行车还在车库里，那天晚上秋生决定带着冬好骑自行车回永城。省城和永城之间相隔一百多公里，他使劲全力踏着踏板，在黑夜中穿行。自行车后座上的冬好一直在哭个不停。自行车颠簸得太厉害了，那天晚上，冬好流产了。秋生并不知道，只听到冬好在喊叫。他厌烦冬好的叫声，都是她自找的。

秋生骑了整整一夜。第二天清晨到了永城，秋生才觉得不对头。那时冬好已经安静了，双手抱着他，脸贴在他的背上。前面是秋生就读的永城二中，二中的左侧有一条小河。秋生把自行车停在桥头，借着晨光，看到一大片血迹黏在冬好裤子上，也黏在自行车上。血迹已经干了，结成了黑色的块。愤怒就在那一刻彻底击垮了秋生的理智，好像是为了发泄愤怒，他把自行车抛入那条小河中。河水激起巨大的水花。

就是那天早晨，秋生带着几乎迈不动步子的冬好，找到那个男人，当着冬好的面，把那人打得半身不遂。可怜的冬好，还一心想着和那男人重归旧好，满脑子都是自我欺骗带来的幻想，以为男人最终会来娶她。看到这个残忍的场景，冬好当场崩溃。秋生因此坐了六年的牢。

秋生坐牢那阵子，是夏生照顾冬好。后来冬好的精神状态越来越不好，几次自杀送医院。夏生没有办法，只能把冬好送进精神病院。中间接出来几次，没多久旧病复发，只好再送进去。他们这个家就这样彻底毁掉了。

一会儿，夏生进入广济巷。走过蓝山咖啡馆时，他看到秋生从里面出来，一脸不高兴的样子。他怕秋生看到他，在一棵香樟树后面躲了一会儿，直到秋生的汽车开走。

剧团驻地就在广济巷垂直的那条巷子里，属于永城大剧院的附属建筑，办公条件局促。正南的两层小楼用于办公以及存放道具，小院子四周是宿舍，未婚的演员们大都住在宿舍里。一些演员不是本地人，或从艺校毕业，或从别的团调来。

团长办公室的门紧闭着。夏生敲了几下，里面没有动静。夏生朝对面的宿舍望了望，天气闷热，几个女演员的宿舍门敞开着，她们穿得很少，大大方方地在屋子里走来走去。剧院的女演员似乎从来不把男演员当男人，在化妆间换戏服时也不回避，在宿舍也一样。有一个女演员看到夏生，从屋子里出来，穿了一件男生的背心，连胸罩都没戴。她用手势暗示夏生，团长在里面。

夏生不好意思再敲门。夏生近半个月来隔三岔五来团里找团长。团长的门总也敲不开，夏生想，团长这是躲着他。这时，夏生看到团长和王静从剧院那边走出来，团长穿着整齐，还系着一条红色领带，王静穿着一件咖啡色吊带衫，不施粉黛。两人样子有点鬼祟。夏生假装没看见，走进自己的办公室。

作为剧院的台柱子，团长是很照顾夏生的，特地在剧院的道具室替夏生隔了一间办公室。夏生穿过堆放得杂乱无章的道具间，进入里屋。夏生是个爱干净的人，道具室这么乱实在让人难以忍受。刚分到办公室时，他把道具好好整了一遍。结果管道具的大发雷霆，因为他什么都找不到了。他说，我乱中有序，什么东西放哪儿一清二楚，被你一搞，这么多东西，哪里还找得着。从此后，夏生只好忍受道具间的乱。自己的办公室倒是弄得干干净净的。夏生烧了一壶水，替自己泡了一杯茶。团长在就好，今天无论如何要同团长谈谈。

响起了敲门声。夏生以为是团长，连忙站起身去开门。是王静。王静还是刚才的样子。夏生怀疑刚才团长和王静也看见了他。夏生看到王静素颜上长出一颗痘痘，想开一句玩笑，还是憋了回去。夏生有时候蛮感叹的，这些女演员在舞台上风情万种，走在街上也是人见人爱。在生活中，一个个邋里邋遢，宿舍也臭得要死。和她们同台演出，夏生偶尔会走神想起她们生活中的样子，情感就一下子恍惚了。

王静坐在夏生的办公桌上，说："最近来得很勤嘛。"夏生说："你坐好一点，你看你都走光了。"王静看了看自己的吊带衫，她乳房小，她觉得自己的乳房就是露出来也没人要看。王静说："团里好久没排戏了，我都闷死了。"越剧开始从戏迷者众到如今无人追捧，演出的机会是越来越少了。很多演员闲着也是闲着，到处去文艺晚会客串。现在各级政府喜欢搞晚会。服装节。晚会。开渔节。晚会。每场晚会虽以流行歌曲或相声小品为主，也总归需要戏曲点缀一下的。也有些演员干脆去唱堂会，赚些外快，不然都生活不下去了。夏生说："你每天晚上去给有头有脸的人唱堂会，还闷？"王静说："都是些附庸风雅的人，现在饭局上流行唱昆曲，我学了几句。"说着王静跷起兰花指，唱道，良辰美景奈何天，赏心乐事谁家院……夏生说："行了行了，你这腔调，唱的哪门子昆曲？"王静说："反正这些暴发户也听不出来，只会一个劲叫好。"夏生感到无语。自从白先勇的青春版昆曲《牡丹亭》走红以来，唱腔古雅悠长的昆曲一时成了时尚，有钱有势的人更是趋之若鹜，很多越剧女演员到了饭桌上常常放弃自己的行当，反串着唱几句。夏生庆幸自己是男的，不然大概也不能免俗，同她们一样到处赶饭局，唱堂会。

王静直愣愣看着夏生。夏生问："你看什么？"王静说："听团长说，马上要排戏了，他手里拿到一个好剧本。"夏生愣了一下，问："什么剧本？"

王静说："知道你会装傻，都在传剧本是你给团长的。"夏生欣喜，问："你从哪儿听说的？"王静不耐烦了，说："算了算了，当我没说，舞台上演得还不够吗？下了台还演戏，没劲。"夏生说："团长真的说剧本好？"王静说："这还能假，一个字，牛，团长都在找资金了。团长天天着着女演员请大小老板们吃饭呢。妈的，我乳房太小，团长不带我。喂，我就奇了怪了，男人怎么个个喜欢大乳房，你说我是不是去隆个胸啥的？"夏生见王静这么严肃，被她逗笑了，说："你算了，小胸挺好的，我就喜欢小胸。"王静说："吃我豆腐，谁信啊，庄老师的胸……"王静打住话头，靠过来，严肃地说，"夏生哥，资金好像有眉目了，我听团长说有人愿意赞助这台戏了。"夏生不敢相信，问："真的？"王静岔开话题，问："听说庄老师想演主角？"夏生敷衍道："这个团长定。"王静说："晚上的饭局，团长让我去，听说那位孙老板，就是愿意投钱的那位冤大头，喜欢听昆曲。"说完，挺直腰板，转身出门了。夏生有些感慨，他曾听一位机关的朋友说，要是机关里一女同事突然霸道起来，一定是"上面"有人了。

夏生等不来团长，想回去了。团长好像在办公室装了监视器似的，从办公室出来，让夏生别走，晚上有饭局，一起去。夏生说："那些老板不是喜欢美女吗？再说我又不会喝酒。"团长说："你去就是。"

团长带着夏生、王静和另外几个女演员到了石浦大酒店。客人还没来，主位空着，团长坐在主位的右边，团长命王静坐在主位左边，并说："王静，你等会儿和孙总好好喝几杯啊。"王静说："怎么让我喝酒？不是唱戏来的嘛。"团长刚要说话，红酒商孙少波到了。孙总只带了一位手下，应是办公室主任之类。孙总的架子大得不行，但还是客气了一番，说："这是团长的位置，我怎么可以坐？"团长向王静使了个眼色，王静就拉着孙总入了主位。那办公室主任殷勤地打开热毛巾递给孙总。团长说："王静，你怎么搞的，不是让你照顾好孙总嘛。"王静嗲声嗲气说："孙总要么我替你擦脸？"

孙总首先打量今天饭局的美女们，最后把目光移到夏生这儿。夏生礼貌地对孙总笑了笑。孙总觉得夏生有点面熟，一时想不起来。他憋不住问："我们在哪儿见过吗？"夏生摇摇头。团长说："可能在海报上见过吧，他是名角。"孙总频频点头，说："对对，有可能。"饭局像往常一样热闹，酒精让所有人兴奋。只有夏生，酒喝得少，冷眼旁观着这狂欢的场景。因为失神，某一刻好像周遭的喧嚣突然消失，他只看到团长、孙总、王静和别的女演员夸张而扭曲的表情，仿佛一幅变形的抽象画在风中飘荡。王静的昆曲倒是唱得清丽脱俗，大出夏生意料。他第一次发现王静嗓音的潜质，如果朝苍凉的方向发展，一定会有独特的面貌。孙总也被王静迷住了，他的手已经不老实了。王静知道团长凶巴巴盯着她，但她没有收敛，和孙总逢场作戏。团长一杯一杯敬酒，试图把孙总的注意力从王静那儿转到喝酒上。孙总喝高了，他晃晃悠悠站起来，作了两个宣布：一、这戏他来兜底，剧团尽快打个预算给他；二、他虽然没看过剧本，但女主角让王静来演，他喜欢她的嗓音。夏生心一沉，想糟糕，这是要了庄凌凌的命啊，这可是庄凌凌最后的舞台心愿，她说，此剧后她不再演了，让年轻人折腾去吧。夏生看团长，团长回避了夏生的目光。团长端起酒杯，站起来，向孙总表示感谢。团长字正腔圆，念台词一般说："要是老板们都若孙总这样趣味高雅，我们戏曲就有救了。"到了此时，夏生才意识到团长找他赴饭局的目的。团长明摆着把球做给王静，然后通过夏生所见把情况传给庄凌凌，让庄凌凌有心理准备。

散席后又有了插曲，孙总要带王静陪他去唱卡拉 OK。团长反应快，说："好啊，孙总，确实余兴未尽，我们一起唱歌去。"孙总却板下脸来，说："我就喜欢同女主角一起唱，你们回去吧。"气氛刹那僵了。王静求救的目光投向团长。团长纠结了好长时间，又担心煮熟的鸭子飞了，咬了咬牙，打起哈哈："孙总啊，你可不能欺负女主角啊。"然后搂住夏生，大着舌头说，"林夏生，你叫辆车送我回去。"孙总油亮亮的笑脸突然冻住了，换了个人似的，一下子变得十分严肃。他拉住团长问："他叫什么？"团长说："夏生啊，我们团的台柱子，演男主角。"孙总问："姓林？"团长点头，不明所以。孙总拍了一下自己的脑门子，暗想，怪不得先前觉得面熟，这个叫林夏生的演员原来有点儿像林秋生，虽然长得一个南一个北，气质完全不同，但总归是同一个爹娘生的，神似。孙总问夏生："你是不是有个哥哥叫秋生？"夏生没回答。孙总打了个长长的哈欠，对团长说："今天的酒劲儿挺大，我有点困了，这样吧，今晚就到这儿，都散了吧。"团长终于松了口气，赔着笑说："孙总放心，女主角一定让王静来演。"孙总不言语。夏生想，不管从哪个方向看，庄凌凌离主演越来越远了。形势比人强，想起庄凌凌一心盼着这个角色，夏生感到难过。他决定，要是庄凌凌最后真的没法上舞台，他就和她同进退，辞演男一，也许只有这样才能让庄凌凌好受一点。

送走了孙总，团长把夏生叫到一边，说要同他谈谈。夏生说："明天不行吗？"团长一定要今晚谈。夏生跟着团长向剧团走去。

夜已经很深了，街上行人不多。街灯昏暗，好像因为无人欣赏而显得无精打采。十分钟后，夏生和团长来到剧团。没去参加饭局的女孩子们都已睡了。在没有演出的日子，她们打发无聊的办法就是在宿舍睡大觉。

团长没有进自己办公室，而是进了夏生那道具间，进门前还看了看走道上有没有人，好像团长和他之间有见不得人的勾当似的。团长在沙

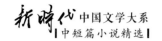

发上坐下。团长的额头上渗着亮晶晶的汗珠。天虽热，团长坚持着西装系领带，似乎他只有穿成这样，剧团才是体面的，才能让外界认为他们是国家正规单位，而不是野鸡部队。夏生办公室的空调不是很好，夏生怕团长中暑，从道具室搬了一台巨大的电扇（这台电扇是用来吹舞台上干冰蒸发的云雾的），对着团长。团长好像被吹出来的风爽到了，长长地舒出一口气。

"夏生啊，终于有人愿意赞助我们了，好事啊。"团长正了一下领带，说，"连续二十天啊，老子天天喝酒，喝得我汗里面都是茅台味，这话是王静说的，我说那你尝尝，她还来真的，我立马就尿了，奶奶的，我们团女人都不是省油的灯。"

夏生的手机响了起来。是庄凌凌打来的。夏生犹豫着要不要接。团长说："你先接。"夏生给团长看手机来电显示，团长沉默了。夏生掐掉了电话。

夏生不再说话。团长坐在那儿，汗更加多了，西装内的衬衫都湿透了，贴着胸口，能见到里面白皙的肌肤。团长停住话头，叹了一口气，说："夏生，今晚的场面你都看到了，你是不是劝劝庄老师？庄老师是好演员，可说实在的，演这个角色太老了，团里还是要多培养年轻演员。"夏生听了觉得刺耳，心想，借口而已，刘晓庆还演少女呢，还是电视剧呢，庄老师没那么老，戏服一穿，重彩一扮，谁又能看得出来？不过，夏生没有把这话说出来。团长看了一下夏生的脸色，知道自己说错话了，连忙说："庄老师当然还很年轻，但我能有什么办法？这么同你说吧，今天的饭局是王静张罗的，孙总投钱完全是为了王静，不让王静演，钱不会到我们账上。没钱，再好的剧本有个屁用。"夏生有点疑惑，这说法似乎同王静说的不一样。庄凌凌说得没错，团长就是个"笑面虎"，城府深得很，没一句真话。

夏生伸出手，说："把剧本还我，我还给庄老师，这戏不演了。"团长一下子跳起来，说："夏生，你疯了！这么好的本子哪里去找？你怎么舍得放弃这样的角色？这么复杂的角色你一辈子都难得碰到。"团长这么说夏生不是没有动心，他从看剧本那一刻起就被这个角色迷住了。但是有一点他明白，他和庄凌凌是捆在一起的，再有诱惑力，得放弃还是要放弃，他不能没有良心。

团长看夏生不再言语，站起来拍了拍夏生的背，安慰他："等资金到账，我们就开排。你可要好好演啊，这戏一定会既叫好又叫座，到时候全国巡演，进京演出都不成问题。"

回家路上，夏生又接到庄凌凌一个电话，他还是掐掉了。他想当面同她说，又想，见了面肯定也不开心，索性回家睡觉了。

第二天，夏生一早醒了过来，钻入脑中的就是怎么同庄凌凌说这件事。手机就在床边，不过，他关机了。他怕自己还没把事情想好，庄凌凌就打电话来。母亲的事也让他心烦意乱。唉，一团乱麻。有时候夏生觉得现实的戏码比戏里面精彩百倍。

后来夏生又迷迷糊糊地睡了过去。等他醒来已近中午。他心一惊，马上起床，打开手机。一下子蹿进来八个未接来电短信。庄凌凌打来五个，团长打来三个。夏生不知道出了什么事，正在思考先给谁打回去，团长的电话进来了。团长说："夏生你终于开机了，你快来，这边打起来了。"一会儿夏生才听明白庄凌凌在剧团闹，和王静撕打成了一团，团长让夏生赶快去劝架。团长说："你把庄老师带回家吧，王静的一缕头发都被庄老师揪下来了，再不来要出人命了。"

夏生没回一句，挂了电话。他也没给庄凌凌回电。他一个人坐在床边，

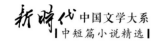

脑子一片空白。他想，他赶去又有什么用？庄凌凌脾气大着呢，是他可以劝得动的？再说，虽然让王静演是孙总的意思，但总归对庄凌凌不公。庄凌凌作为剧团的名角几年没演新戏了，剧团的人都明白真正的原因是庄凌凌和团长不对路。

想起庄凌凌的处境，夏生不免心里有些苍凉感。他和她正式在一起十多年了，庄凌凌除了照顾他，对他几乎没任何要求。他们也没有婚姻，是庄凌凌不同意领证，说，这样很好，要那张纸干吗。夏生知道这是庄凌凌给他留了后路。夏生免不了心生愧疚。

在十年前，无论作为女人还是作为演员，庄凌凌处于一生最好的年华，至少在永城的舞台上她大放异彩，卓然独立。那时候也有很多达官显贵觊觎她的美貌，频频暗示她。庄凌凌心气高傲，抵抗住了诱惑，或者她认为凭自己的才华足以在永城舞台上立足。好时光一去不返，转眼庄凌凌就四十多了，新来的团长更看重年轻演员，每次庄凌凌和团长闹得不愉快，她都会咬牙切齿地说，也许我应该去睡一个官儿，这样你也可以解脱了。夏生知道庄凌凌这是气话，从前红的时候都没动过念，更不要说现在了。可是每次听到这句话，夏生心底百味杂陈，生出身为一名戏曲演员的苍凉感，庄凌凌说出这种狠话她得有多不甘啊。对演员来说，舞台就是生命，离开了舞台，等同于判她们死刑（尽管已没太多人在乎她们的演出）。庄凌凌对这部戏注入了太多的情感，她几乎对剧本的每个细节都了然于胸，如果不能登台，她因此遭受的打击恐怕要好长一段时间才能缓过气来。

夏生起床后，没有打开窗帘，室内依旧是昏暗的。一缕阳光从窗帘的缝隙射入，分外刺眼。小区的绿植在阳光的背后，好像它们是阳光的一部分。夏生看了一眼墙上的钟，十二点快要到了。他到现在还没吃过早饭，奇怪的是他没有一点饥饿感。他目光呆滞地看着钟，脑子好像随着秒针在缓慢转动。夏生想起了孙总。昨晚孙总主动问起秋生，孙总应该是秋生的朋友。夏生从不和秋生的生意有任何瓜葛，也不纠缠到秋生的社交圈里，他和秋生就像两条平行线，无论想法还是行为都没有交叉点，唯一的交叉点就是他们还有一位共同的母亲。关于庄凌凌的事，他知道很难说服得了团长。团长辩才无碍，两件不挨边的事情他可以迅速建立起强大的逻辑，让人无从辩驳。夏生决定找孙总商量一下，也许没有希望，就算是死马当活马医吧。

夏生拿出昨晚孙总给的名片。他本想先打个电话过去，想了想，还是直接去他办公地算了。

夏生没想到孙总见到他会这么客气。孙总的办公室很气派，比秋生的要气派得多。办公桌后面一排书柜，都是精装本，有《二十四史》《史记》等，还有各类西方学术名著和文学名著。夏生在孙总办公桌对面坐下，孙总一定要他坐到办公室右边的一对沙发上，并亲自泡了杯茶。"正宗龙井御树上采摘下来的明前茶。"孙总说。坐定后，孙总客气道："昨晚幸会，有什么事您说一声就行，不用大老远跑来。"很久没有人对夏生如此客气了。在一些场合，比如演出结束，谢幕时，他能感受到作为演员的光荣和尊贵，更多时候，哪怕在酒局上，他经常感到的是不被尊重，那些人喝醉了后总比画着要他唱上一曲。他知道很多演员享受这种点唱，没人让他们唱还难受，但他以此为耻。

孙总表面客气，实际上一直观察着夏生。他不知道夏生为何而来。赞助一事是秋生交代他办的，他必须办好。秋生虽然架子大，但秋生对他不薄，他有什么难处，秋生总能帮忙解决。不过他听说最近有人盯上了秋生，要秋生的人头。若秋生有什么意外，他得替自己找个后路。

夏生虽然不善言辞，不过孙总马上弄清楚了夏生的来意。同时他还判断出夏生的到来无关秋生，是夏生的个人行为。孙总松了一口气，爽快地说："你放心，我会同你们团长说的，就让庄老师演女一号。"

夏生不敢相信这事竟如此轻易地解决了。在回来的路上，夏生还觉得自己在做梦。

4

资金到位非常迅速，宴请后的第三天就到剧团账上。剧本的唱词还没有谱好曲，团长已等不及了，对导演说，先排练，需要演唱的地方，演员根据自己的流派唱腔自由发挥，到时候作曲完成了再照作曲的排，或者演员们自我发挥得好，就照演员们的发挥来。总之哪个效果好，用哪个。夏生觉得团长是真喜欢这出戏，他没见过团长如此投入。

庄凌凌今天显得特别高兴也特别得意。很久没有看到她这样满面春风和趾高气扬了。庄凌凌以为她出演主角是昨天她和王静打架的意外收获。昨天一整天她都认为自己与这部戏无缘了。她在团里和王静大打出手后，回到家里一个人放声大哭。她想过找夏生过来，倾诉自己的委屈。但她知道夏生的脾气，这样他会有压力，会放弃这次演出机会，和她共进退。这对夏生不公平。所以，她愿意一个人承受。没想到今天一早，团长就打来电话，让她去排戏。真是喜从天降。这"喜"来得过于突然，她一时不知如何反应，按掉了电话。团长第二次打电话来，她才多不愿意似的答应了，说："刚睡醒，收拾一下就到。"这回是团长按掉了电话。她连早饭也没吃就赶到剧团排练厅了。

昨天从孙总那儿回来，夏生本来想去见庄凌凌的，到了法院巷口，他站住了，想，虽然孙总答应了，可经验告诉他商人善变，哪知道最后会是一个什么结果。他在法院巷一个台阶上坐下来，看着对面的这幢小洋房。小楼红色砖墙因经年失修沾上很多青苔斑痕，二楼阳台白色罗马栏杆也几乎变成乌黑色。母亲没调到省城的时候，也曾在这小楼排练。如今那间小排练厅被隔成许多间，住进了不知从哪里搬来的居民。夏生看着这幢熟悉的建筑，觉得这座衰败的小楼像是对他这个行业的一个隐喻——戏曲现如今已经没落了。

庄凌凌主演的是戏里的落难公主。戏开始的时候公主才知道自己的真实身份，他们家是皇族正脉，因为宫廷争斗只好隐姓埋名流落民间，几代之后这一族已变成了平民，连他们自己都不知道祖上曾经的光荣。然而突然有人找到这一家，说出了这个惊人的秘密。剧情就此展开。夏生演的是新科状元，他慢慢知晓他效忠的皇上的血脉出于异姓，是多年前一次阴谋的产物，皇上的祖先劫掠了宫廷和江山，是一位窃国之贼。在戏里，夏生有过非常艰难的选择，和落难公主有很多对手戏，这些对手戏表明状元心理的转折。

王静出演的是当今皇上的公主，她喜欢上了状元。只是此剧给她的戏份并不多。夏生听说团长要王静演 B 角，庄凌凌生病或有别的事由时可以顶替演主角，王静当场拒绝，说，你当我是要饭的？想让我在心里面天天咒 A 角暴毙？因为有情绪，王静在排练时相当散漫，配戏敷衍。团长训斥王静。王静不服气，转身就出了排练厅。团长跟着出去了。不知道团长施了什么魔法，一会儿王静笑吟吟回来继续排练。

庄凌凌既然是人生赢家，所以也放下身段，在排练间隙主动和王静交流。仔细看王静的头，昨天被她揪下头发的部位似乎真有些稀疏。庄凌凌有点过意不去，道歉当然是没有的，她从自己包里拿出两瓶雅诗兰黛晚霜，是出国的朋友从机场免税商店里买来送给她的。"特别好用。"庄凌凌说。王静客气了一番，还是收下了。夏生看不懂女人之间的事，奇怪王静竟会收下。因为王静收下礼物时脸色并不好看，夏生觉得王静收下的像是两枚定时炸弹，随时会把这出戏炸烂。夏生心里祈祷千万别节外生枝，不然会要了庄凌凌的命。

这一天的排练很顺利，毕竟有一段时间没排新戏了。有戏排对剧团来说就像注入了兴奋剂，平时再怎么不团结，演戏时只能相互依靠，彼此之间成了一个共同体。夏生喜欢这种共同体的感觉，至少将来开演的那一霎，每一个角色都是这部戏生命的一部分。

排练时演员们都不着戏服，不戴头饰，也没涂油彩。因为身段的需要，水袖还是要穿的，水袖就套在日常穿着的衣服袖子外。庄凌凌对本子研究过多遍，不用导演指导，她也知道这个落难公主的角色其实是小花旦慢慢转变成青衣。关键要演好这个转变过程，要不着痕迹，自然天成。戏鞋还是要穿的，为了使身材更显妖娆，庄凌凌在绣花鞋里面还特意加了增高垫，足足有五寸高，一上午排下来，鞋带把脚背都勒出瘀青。夏生则穿着一件深蓝色 T 恤，水袖吊在手臂上，水袖和 T 恤之间露着一截胳膊。夏生这次的行当是官生，程式中少不了官步，也穿着黑丝绒白厚底高靴。戏曲演员的日常就是练功。用行话说：一天不练自己知道，三天不练同行知道，一月不练观众知道。所谓的台上一分钟，台下十年功。是一桩苦活，好在是自己选的，自己喜欢的，总归苦中有乐，乐在其中了。因为演员们穿着奇特，排练场散乱而滑稽，人人都像抽风似的。不过他们习惯了，一个个无比投入，面色庄重，完全入戏了。有些人因为太投入，反而演得过火，被导演叫停，训斥一顿。

排练结束，夏生同庄凌凌说，先回一趟家，去拿一瓶玛歌红酒，再

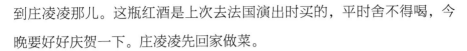

到庄凌凌那儿。这瓶红酒是上次去法国演出时买的，平时舍不得喝，今晚要好好庆贺一下。庄凌凌先回家做菜。

夏生刚进入小区大门，听到有人叫他名字。

夏生心头一热，是母亲在叫他。母亲正在门卫室里，两个管看小区大门的小伙子显得相当亢奋，显然母亲把他俩逗得很开心。夏生有多年没见到母亲了，平常都想不起母亲的样子，不过一见到她，所有的记忆都回来了。母亲没有大变，穿着一件绣着白色细花的浅绿色旗袍，身材没走样。一辈子做演员，在人群中总是提着一股子气，即使老了，举手投足总是透着一股子腔调。母亲看起来毫无病容，不像是得了不治之症的人。自接到母亲来信，夏生想起母亲，脑子里出现的是母亲卧床不起的画面。夏生松了一口气，母亲看来并无大碍。想起母亲信里的话，夏生觉得母亲可能撒谎了，只是为回来找借口罢了。演戏的人，以为靠表演就可以达成心愿，在旁人看来简直像小丑。

母亲从门卫室出来，一个门卫提着一只中号拉杆箱跟在后面。母亲这样的人，总是找得到愿意帮她的人。夏生把拉杆箱接了过来。拉杆箱不重，也许是夏季，母亲带的行头不多。

母亲说："西门街完全变了，一点也认不出了。当年，我回来，到了西门桥，到处都是我的戏迷，人山人海。现在都没一个人认得我了。"

夏生记得当时的场面。那时候母亲是真正的大明星，街道两边全是欢迎她的戏迷。母亲是个人来疯，她享受乡亲的夹道欢迎。穿过热情的人群，母亲把带来准备给孩子们的饼干、糖果都送给了街坊，见到年长者，母亲还施舍钞票。母亲足足花了两个小时才走完那条狭长的西门街。母亲回到家，精疲力竭，身无分文，连回省城买火车票的钱也没有了。母亲因此落下乐善好施的名声。

母亲跟在夏生后面，东张西望。前几年西门街旧城改造，老街坊都安置到了别的地方，夏生还是有点念旧的，虽然西门街的老屋拆掉了，但他有耐心等着新小区造好。三年等待期间夏生住庄凌凌家里。

夏生心里想着应该对母亲说些什么。想了半天，说不出一句话。

到了家，母亲突然疲劳了，无力地坐在沙发上。母亲在外面精神，回家就松懈了。夏生想，今天去不了庄凌凌那儿了，一是要照顾母亲，二是母亲不知道他和庄凌凌的关系，他也不想让母亲知道。夏生躲在一边，给庄凌凌发了一个短信，表达歉意。庄凌凌一直没回短信。平常庄凌凌回短信很快的。夏生想庄凌凌大概生气了，感到有点对不住庄凌凌，难得她今天好兴致，特意做了一桌菜。她一定很扫兴。

夏生说："小时候，天气热了，我经常给你打扇子，你记得吧？"母亲一脸茫然。夏生猜母亲不会记得这种小事。当年母亲的脑袋里都是戏，家里的三个孩子，除了秋生，她都叫不出名字，直接用老二老三替代了。

母亲指了指夏生的屋子："整得不错，多大？"夏生说："一百一十平。老屋拆掉，分了两套房，另有一套给了冬好。秋生不要。"母亲的眼睛红了，一会儿她说："秋生的公司做得怎样？他都好吧？可怜的秋生，白白坐了六年牢。"

夏生沉默了，他不知怎么同母亲说。兄妹三个，夏生算是最宽容母亲的，但心里面对母亲依旧有诸多不满。他们兄妹仨遭受的罪母亲的责任是逃不掉的。而母亲就是一只把头埋在沙子里的鸵鸟，从来不想了解事情的真相。冬好得病后，母亲去康宁医院探望过，回来大哭一场，难过得要死。之后却再也没去看过冬好，连提都不提起。这只有母亲才做得出来。比如这次，到目前为止，关于冬好，她没一句话。

母亲说："我这辈子就像做了一场梦。查出这个病，我才醒过来。"

夏生将信将疑，几乎是机械地问："是什么病？"母亲不回答，眼泪大颗大颗地落下。母亲擦掉眼泪，说："我这不是为自己的病流泪，你们不会懂我的心思。"

夏生的手机响了一下，一看，是庄凌凌的短信，说她已在楼下，来看戚老师。一会儿庄凌凌敲门进来，手中拿着她刚做的几个菜，说，好久不见戚老师了，戚老师精神不错。又说，你们还没吃过饭吧？庄凌凌把菜放在桌上。母亲也不问庄凌凌是怎么知道她来永城的，母亲在这些事上迟钝到令人发指。母亲见到庄凌凌，一改先前的疲态，立马精神了。

第二天，夏生到了团里，刚坐下，团长就来到道具间。团长坐下来，对夏生特别客气，嘴上说："太好了，真是太好了，老天都帮我们忙，天时地利人和啊。"

夏生不知道团长在说什么。大概是遇到什么好事了。团长靠近夏生，问："戚老师回永城了？"

传得真快，大约是庄凌凌说的。夏生想不出母亲回永城，团长这么亢奋干吗。

团长说："夏生，我们这出戏得让戚老师当顾问，这是老天送我们礼物，戚老师的牌子一打，就不怕没观众，至少戚老师的老戏迷都会来捧场。"

原来兴奋点在这儿呢。夏生觉得团长是天真了，夏生对母亲现在还有那么强的号召力存疑。再说以母亲的脾气，要是让她掺和进来，少不得会矛盾四起，乱成一锅粥的。夏生刚要开口，团长打断他，好像怕夏生说出不吉利的话来。团长说："明天你在家等着，我来你家看望戚老师。聘书都备好了。你回去先同戚老师打个招呼，让她有个心理准备。"夏生这一点很佩服团长，要么不干，干起来雷厉风行。

晚上回家，母亲一个人坐在客厅，在生闷气。夏生以为是自己不替

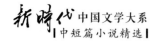

她问医，不关心她的缘故。但是她信中已经说了，她不就医，到时候死了拉倒。夏生误解了，不是为这个，白天母亲去秋生公司找过秋生，还带了特意为秋生买的礼物（一瓶男用香水）。秋生拒见，让手下的人把她赶走。母亲在大堂和保安对骂，说："我是他的娘，为什么不让我进去？"没有人相信母亲的话。有两个黑衣人抬着母亲，把母亲扔到大街上。母亲穿着旗袍倒在地上，双脚朝天的样子，很是狼狈。

母亲对夏生说："他这样对我，我真是白生了他。"

母亲对秋生有一种奇怪的偏爱。也许就像她说的因为难产的缘故。小时候夏生倒经常拍母亲马屁。没用。有年母亲急着回省城，需要买一张火车票的钱。母亲知道秋生有钱，她给孩子们的生活费都寄给秋生的。她可怜巴巴向秋生要，秋生理都不理她。夏生知道秋生的钱藏在哪里，秋生房间的墙壁上有一个洞，洞口那块砖是活动的，钱藏在里面。母亲听夏生这么说高兴坏了，拿来凳子，踮着脚把手伸入洞里，取出一只盒子。里面除了有二十块钱，还藏着一块钻石牌手表。看到这块手表，母亲和夏生都吃了一惊。这表是失踪的父亲的啊，怎么会在秋生这儿。母亲因为赶火车，也没多想，带着夏生进了当铺，把手表换成了钱。后来又带着夏生进了商店，以最快的速度，给夏生买了一件红色Ｔ恤，给秋生买了一根金利来皮带，然后赶到火车站走了。夏生很嫉妒，觉得母亲就是偏心，好东西总是留给秋生，他也多么想要一根金利来皮带。夏生把金利来皮带交给秋生时，被秋生揍了一顿，下手从来没这么狠过。秋生还烧掉了皮带。烧掉皮带的那一刻，看着火光和浓烟，夏生是多么惋惜。

母亲一脸委屈看着夏生。夏生不知怎样劝慰她。夏生想，看来秋生真的对母亲恩断义绝。

母亲生气归生气，不过亲自上灶做了一桌菜。她说，从秋生那儿回来去菜场买了点海鲜。夏生看着母亲做的菜，竟有一些触动。他这辈子从来没有吃过母亲做的菜。这是太阳从西边出来了吗？母亲没有解释，做完菜后，坐下，让夏生吃，自己几乎不吃。母亲问，味道怎样？味道很一般，但夏生不想扫母亲的兴，点头说不错。母亲说，知道你骗我，我这辈子很少做饭，你要是不嫌弃，以后我做给你吃。夏生低着头，控制自己的情绪，虽然算不上可口，却是第一次吃母亲做的菜，他自己也弄不清楚，此时的情绪是多年来压抑着的委屈，还是一种突然被关心的软弱。

新小区很安静，窗外传来戏文声，伴着低沉的二胡演奏，大概是小区里的老年人在花园的亭子里娱乐。夏生有点吃惊听到这曲声，之前他从未听到过。他想，他可能对越剧这种曲调不敏感了。他因此想起团长要母亲做顾问一事，他考虑是不是要告诉母亲，他不确定母亲的身体是否可以胜任。

母亲默默看着夏生吃饭，双眼慢慢泛红，她说："秋生这么恨我吗？"夏生愣了一下，不知如何回答。母亲说："他坐牢时，我去看过他，不肯见我。"夏生想，难道母亲指望秋生见她时和她相拥哭泣？

母亲说，她去探望秋生那天下着雨。母亲很早就去了，填了约见单，在待见室外排队等候（很多家属比母亲到得早）。管教喊到名字，家属才能进去会见。那天母亲等了一整天，直到走廊上的人散尽。管教告诉母亲，秋生一整天都在车间做工。母亲哭着问秋生怎么不见她。又问管教，秋生在里面缺什么，她带给他。管教没有回答她。母亲从那幢建筑的大门出去，一直在流泪。

"我这三个孩子，就数秋生最有艺术天分。"母亲把头转向窗外，好像她这会儿也听到了曲声。

夏生低头吃菜，没看母亲。他怕看到母亲的眼泪。虽然演员的眼泪说来就来，夏生还是无法面对。

"秋生这孩子心思藏得深，不像我们家的人。我们家一个个二百五，就他什么都放在心里。"母亲说。

夏生惊讶母亲说出这话。看来母亲表面上无心无肺，也还是有洞察力的。

"那时候我还在永城，刚入行，心里不踏实，每次排好戏，都要在秋生面前表演一次。秋生这孩子，不知哪里来的天赋，每次都能指出问题所在，说到我心坎上去，还会像模像样给我示范，可他还是个孩子啊，怎么会懂那么多。那时候我想，要是秋生是个女孩，他一定会成为闪闪发亮的明星。"母亲说。

"你是说秋生会唱戏？我一次也没听过。"夏生觉得母亲在胡扯，太夸张了，她大概把幻象当成了真实，是母亲对秋生的情感投射吧。

"他不肯在人前唱戏。他喜欢摆臭男人的架子，讨厌自己变成一个女人。他啊，唱戏时很妖的。有一次我让秋生在我同行面前唱，他就翻脸了，有一个星期不理我。"母亲表情柔软，脸上露出一丝笑意。

夏生很难相信。他和秋生是兄弟，秋生怎么瞒得了他？一个人的天赋怎么可能深藏不露这么久？

夏生吃饱了，放下筷子。母亲正目光灼灼地看着他，那目光既热切，又带着某种谄媚。母亲说："夏生，你可不可以同秋生说说，就说我快死了，想见他。"

夏生站起来，拿起遥控器，开启电视。他背对着母亲。他的背能感受到母亲的目光。夏生实在是不愿去找秋生，但还是心一软答应了："我空了去找找他吧。"他的背部感受到母亲的兴奋。母亲站起来开始收拾桌子上的剩菜。夏生关掉电视，说："你休息吧，我来收拾。"母亲说："你看你的电视。"

晚上，从母亲房间传来越调，是《奔月》的唱段，母亲唱得很轻，但透着辽阔的清寂和无奈。

> 吞灵药，生翅膀，入了广寒门，
>
> 晓星沉，云母屏，独对烛影深，
>
> 寥廓天河生，
>
> 寂寞云裳赠，
>
> 空悔恨，
>
> 碧海青天夜夜凡尘心……

5

团长几乎没费工夫，母亲就答应做这出戏的顾问。第二天，母亲来到排练现场顾问起来。母亲本来是来看笑话的。她虽然是这个团出去的，可打心眼里瞧不起小剧团。况且现在的年轻演员太多心思花在别处，没几个会演戏的。当她看完第一场排练，神色严肃起来，向团长要了本子。团长其实昨天已给了她剧本，她放在家里，还没看。母亲坐在排练厅的一角，低头看起剧本来。夏生在排练的间隙，朝母亲坐着的角落里张望。母亲一动不动，专注地看着，好像眼前的喧哗于她根本不存在。直到母亲看完，她抬起头来，目光幽远，泪流满面。厚厚的底粉被泪水冲刷掉了，使她看起来苍老了许多。

中午吃饭的时候，母亲对夏生说："很棒，你的角色一直在两难之中，演员一生中很难有这样的好角色，这是运气，你要珍惜。"来自母亲的肯定，夏生竟有些受宠若惊。母亲很少肯定他的戏，在专业上，他自知和母亲还有差距。因不想让母亲知道和庄凌凌的关系，中午吃快餐时，夏生和庄凌凌坐得很远。这会儿，庄凌凌正和王静聊天。自从庄凌凌送了王静雅诗兰黛后，两个人又像姐妹了。在戏里，两人都是公主，是仇人，争夺同一个状元。戏外倒是一团和气。她俩正在聊着一则八卦，说的是孙总。那天孙总要带她走，把她吓坏了。庄凌凌说："现在的男人真的比不上戏里的男人，所以我愿意活在戏里。"王静却沉溺在自己的话题里，说："也奇怪，我以为孙总还会骚扰我，他好像忘了这事。"王静这么说像是很遗憾似的。这时候，母亲端着快餐盒，坐到庄凌凌边上，说："你的唱腔要纠结，不能太顺畅，你演的这个角色很复杂，她开始没野心，是一次一次的屈辱让她爆发。"母亲已进入顾问的角色了。

这之后，母亲是尽心尽力指点。夏生发现，母亲已经记得每一句台词。夏生很敬佩母亲的记忆力。

排练一周后，孙总来过排练厅。孙总是团长陪着进来的。团长一直赔着笑脸，孙总倒显得很安静，在排练厅角落的椅子上坐下，一言不发看演员们排戏。团长递一根烟给孙总，孙总接住。团长要点烟，孙总摆了摆手。王静暂时还没有戏份，过来同孙总打了声招呼。她上穿一件短袖束腰衫，下着一条裙裤，手里拿着水袖，眼巴巴望着孙总。孙总只是点点头，好像没认出王静来。王静坐到孙总身边。团长白了王静一眼。团长从椅子里站起来叫停排练，他说："夏生第一次见庄凌凌的戏，夏生正春风得意时，要显得趾高气扬，既要庄重，又要带些轻浮。"说完离开了排练厅。夏生愣了一下，庄重和轻浮完全矛盾，如何才能表演出来呢？王静叹了一口气，说："孙总是答应了我的，结果主角还是别人的。"孙总没听见王静抱怨似的，说："你把夏生叫过来，我有话同他说。"夏生下场休息时，王静挽住夏生的胳膊，同他耳语。庄凌凌目光疑虑地看着他俩。一会儿，夏生来到孙总边上，孙总让夏生坐下。两人看演员们继续排练。孙总感叹："人生哪里如戏，现实丑陋无比，戏里的情感多么美好。"夏生没想到孙总这样的成功人士会发出此般感叹。孙总没看夏生一眼，继续说："夏生，你哥秋生有情况，要是方便你告他一声，出门小心。"夏生说："他出了什么事吗？"孙总说："我只能说到这儿。他明白的。"说完孙总突然站了起来，态度同刚才一样严肃。王静已在台上，水袖正朝这边抛来，同时传来的是一阵香风。孙总站住，愣愣地看了看王静，喉结动了一下。

母亲特别喜欢王静。王静嘴巴比庄凌凌要甜得多，一口一个戚老师，语调像唱戏，婉转曲折。母亲纠正了王静好多动作。母亲对庄凌凌很严厉，一有不到位的地方，就开骂。从一介平民到确信自己是公主的心理转折时，庄凌凌演得很软弱。母亲骂道："你要高傲，尊贵，想象你是帝王的女儿，别糟蹋这么好的角色。"作为母亲的学生，庄凌凌觉得母亲吃里扒外，对外人好，但心里还是暗自佩服母亲，意见一针见血。庄凌凌对剧本已经烂熟，以为吃透了戏，但演戏这件事真是深不见底，总是有深挖的空间。

看着母亲这么精神，夏生再次确认母亲信里说的都是扯淡，就不再惦记母亲生病的事了。这天排练，母亲从王静身上抽下水袖，自己套上，给庄凌凌示范身段及表演，大概是由于戏太激越，母亲的脸突然变得苍白，头上冒出汗珠。母亲停了下来，护着腰向休息椅上走，脚不小心踩到水袖，差点绊倒。她在椅子上坐下，大口喘息。排练停了下来，夏生的心抽了一下，不过也没多问。

晚上，夏生问起母亲的病情。母亲没理他，说："暂时死不了，会活到你们这出戏开演。"语中带刺。夏生不甘心，说："是不是明天陪你去一趟医院？你也没必要天天去做顾问。"母亲白了夏生一眼，说："让我去医院不如你让秋生来见我。"

听到母亲的话，夏生感到内疚。他答应了母亲的，他生性拖拉，一直没去找秋生。他内心拒斥见到秋生，能不见最好不见。秋生和母亲一个德性，不会好好说话。

夏生想起孙总让传的话，也让他有点犯难，他若传话，免不了给秋生一顿臭骂，秋生讨厌别人管他闲事。不过关于孙总所说的事，夏生也没太当回事，他觉得对付这种事秋生有的是办法。

一会儿，夏生出门，进入永城的夜色之中，他拦了一辆的士，去永江边的锦瑟年华娱乐城找秋生。他知道自己此去更大的可能是无功而返，但无论如何他得替母亲跑这一趟。

刚下过一场大雨，这会儿小了一点。的士车窗被雨水淋湿，刮雨器机械地来回运动，夏生看到的街景模糊不清，街头的霓虹灯、路牌、透着光亮的建筑此刻像是河中的倒影，在波光中晃动。对面的车打着远光灯，在雨中射出一道惨白的光，刺得人心慌。的士司机减慢速度，诅咒了几句。

"先生经常去锦瑟年华吗？"司机问。

"不，我不喜欢那儿。"夏生说。

"都这么说，可谁都喜欢往那儿跑是不是？"司机从后视镜中看了看夏生，从口袋里拿出一张名片，递给夏生。"若有需要，你找我，包你满意。"司机说。

夏生看了看名片。名片上印着一个裸露的女人和一个电话号码。夏生把名片攥在手里。他看到那司机再一次通过后视镜观察他。

锦瑟年华到了。夏生付了费，下车。他站在雨中，抬头望了望这座建筑。

北边，辽阔的永江完全被它遮挡住了。他看到"锦瑟年华"几个大字在雨中不停地闪烁，字后面的大楼则隐藏于黑暗之中，好像这几个字是凭空出现在空中的。有一个坐轮椅的人从另一个方向进入娱乐城。他的脸显然受过致命打击，面目狰狞，躬着的身子犹如弯弓似的，整个形象显得颇为古怪。夏生奇怪下这么大雨这人竟还有雅兴到这地方来。在娱乐城门口，可以看到一排小姐站在大厅里，每有客人进入，她们便弯腰鞠躬，口中喊"欢迎光临"。那张名片还捏在夏生的手中，夏生看到远处有一只垃圾箱，就把名片塞了进去。

秋生的保镖从里面出来，问夏生是不是找秋生。夏生说是的。保镖带着夏生来到电梯边。电梯停留在四楼，这会儿正缓缓下降。电梯的数字一直跳着，像某个倒计时装置。

"生意不错嘛。"夏生没话找话。"还行。"保镖说。"下这么大雨，都有人来？"夏生本来想说，这场面比戏曲演出票房好多了，连坐轮椅的也来。"夜很长，总归要找个地方打发的。"保镖说。"叮"的一声，电梯到了。夏生和保镖进入电梯。电梯四面是镜子，夏生看到自己脸色苍白，形迹可疑。怪不得刚才保镖带着夏生进大厅时，两边的小姐没有弯腰欢迎。她们应该凭直觉辨认得出他不是她们希望的恩客。

保镖带着夏生进了保安室，他让夏生先待会儿，自己则去了秋生那儿。夏生看到保安室有一个监控器，能看到进来的每一个人，还能见到每一个包厢里的情况。难怪保镖会知道夏生的到来。夏生看到刚才那个坐轮椅的人独自待在一个包厢内，不停有小姐进出供他挑选。那人很挑剔，没找到合意的。被拒绝的小姐出去时都松了口气，面带逃过一劫的微笑。

一会儿，保镖回来，告诉夏生，可以去了，秋生正等着他。

秋生还是那副居高临下的令人讨厌的模样，他指了指办公桌前的位

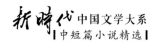
置，让夏生坐下。夏生白了秋生一眼，坐在不远处的沙发上。他没说话，长时间看着秋生。母亲说眼前这个人会唱戏，他实在想象不出来。

"你在看什么？我哪里不对吗？"秋生问。

"她来了，在我家里。"夏生说。

"我知道，听说她身体好得很，在给你们的戏当顾问。"秋生说。

夏生想，秋生毕竟还是关心母亲的。他至少还打听了一下母亲的状况。

"听说戏效果好得不得了？"秋生问。

"还好。"夏生奇怪，这段日子秋生老是谈这出戏。夏生不想谈戏，他说："你什么时候来看她？"

秋生狠狠地看了夏生一眼，沉默不语。

"她老说你，她说你会唱戏，旦角唱得可好了，她说你是天才，你要是一个女的，会是一朵艺坛奇葩。"夏生觉得自己说这话时带着满满的挖苦。

秋生碰翻了桌子上的茶。他抽出几张餐巾纸，把桌子上的茶水擦干净。他一边抹桌子一边说："你说什么？"秋生语调很轻，但内里有一股子狠劲。夏生了解这种语气意味着什么。当秋生这样说话时，可能会动拳头。

"我是不相信的，但她说你唱得好，说我同你比只有一个小指头的份。"夏生的话里透着不服气。

"你最好别信她。她的话没一句可信。"秋生陡然提高声量，像给夏生一个警告。夏生看着秋生，秋生一脸严正，看不出他在撒谎。夏生疑惑了，他不知该信谁。"她想同你说话，她每天叨念你。你不去看看她？"

"冒这么大雨就为这个来的？"

"是。"

门被敲响了。保镖同秋生耳语了几句，秋生神色严峻，同保镖出去了。

秋生不忘回过头来对夏生说："你等我一会，我有话同你说。"

空荡荡的办公室只留下了夏生。窗子外，雨依旧下个不停，这间办公室可以看见永江，雨中的永江是暗的，只看得见江边的路灯。偶尔有闪电从天边划过，不过没有雷声。或许是窗子隔音好，听不到。娱乐城在隔音设施方面应该很讲究吧，否则噪音污染会让四邻不得安生。秋生办公室几乎没有任何装饰，那张办公桌悬于一角，显得孤零零的。

秋生一直没回来。夏生想可能娱乐城出了什么事情。夏生从不来这种地方，脑子里的想象反倒更为丰富，他潜意识认为这种地方藏污纳垢，出现棘手问题应该是常态。他记起刚才在保安室的监控，想过去看看究竟发生了什么。保安室的门紧锁着。夏生等得也有点不耐烦了，觉得自己应该说服不了秋生的，不想再多费口舌，从电梯下去，走出了娱乐城。娱乐城的大厅空无一人。他想，大概出事了，他突然想起孙总让传的话，与此有关吗？他犹豫是不是应该留下来，把孙总的话传给秋生。最后，他决定什么也不说，坐上的士回西门街。

夏生进门时，母亲还没睡，她坐在客厅投来探询的目光。见夏生沉默不语，母亲的脸上露出失望的表情。"他说空下来会来看你的。"夏生撒了个谎。"真的吗？"母亲喜出望外。母亲就是这么天真。夏生进了自己的房间。

6

秋生回到办公室，夏生已经不在了。

刚才秋生去处理娱乐城的事。娱乐城不是个省心的地方，什么人都有。秋生不想娱乐城弄得乌烟瘴气，他给她们立下规矩。在娱乐城，和客人逢场作戏没关系。不能在这儿苟且。可以跟客人走，但出了这个门就同娱乐城无关。即便是这样，依旧会惹出是非。有人中意的小姐被人捷足先登，不乐意了，加上酒劲，就想闹事。有时候双方两队人马就直接开干。自古以来所谓的风月场所概莫能外吧。

今晚来了一帮人，明显不是来娱乐的。他们都是年轻人，穿着特别"社会"。他们喝了不少酒，开始在包厢里砸东西。在场的小姐都吓坏了。秋生到现场，看到地上到处都是破碎的酒瓶，红酒和啤酒流了一地，电视机和点唱机都被砸得粉碎，连骰子罐都被砸破了。他们站在那儿鄙夷地看着秋生。凭经验秋生认为他们没喝醉，他们就是来闹事的。秋生一直赔着笑脸，用近乎讨好的方式送他们走。秋生说，招待不周，多多谅解。秋生看到自己的手下一脸不服。不过没有秋生的命令，他们不敢动手。秋生告诉过他们，能用脑子解决的事，就不要动手。在没摸清他们来历之前，秋生不能轻易挑起事端。秋生都没想过让他们赔偿。一台电视机和几瓶酒能值几个钱？

秋生送那几个年轻人去大厅的时候，看见一个坐在轮椅上的男人。那人扭曲的脸和残破的身体给秋生留下了深刻的印象。那人目光是明亮而尖利的，他肆无忌惮地看着秋生。秋生的心沉了一下，他认识我吗？秋生翻遍记忆，想不起那人是谁。那人应该是第一次出现在娱乐城。秋生站在雨中，看着大楼外闪烁着的"锦瑟年华"灯箱。他喜欢让霓虹灯彻夜亮着。

劳改时秋生在里面做灯泡。灯泡的玻璃以及钨丝都是成品，他要做的就是把这些成品安装在一起。日复一日，秋生不知做了多少大大小小的灯泡。那是一种单调的生活，机械重复的劳作让秋生内心的躁动慢慢平息了。在里面秋生最喜欢的事是装好灯泡后试验灯泡能不能发光，特别是试验五颜六色的小灯泡串成的装饰灯。当灯泡亮起来时，他的心也会跟着亮一下。秋生因此对以后的生活还存留着指望。

夏生第一次来探监，带来了冬好不幸的消息。秋生听了特别难过。夏生那天态度很差，不但不安慰秋生，反而指责起秋生来。夏生说，冬好是秋生害的，冬好对那男人还有情感，她怎么会受得了男人被打成那样，任谁都会崩溃。那时候秋生还没把心里的火气改造掉，不知反省，当场和夏生吵了起来，还给了夏生一记老拳。结果秋生被管教训斥一顿，还被关了禁闭。

要等到内心的戾气慢慢平复，秋生才意识到夏生讲得不无道理，冬好发疯自己是有责任的，他太冲动了，不但自己付出了代价，也把冬好毁掉了。在夜深人静的时候，秋生会想起冬好那张青春美丽的脸，内心充满懊悔。秋生开始明白这世上处理事情还有另一种方式。这世界并非黑白分明，有时候很难分出对错。秋生想，出去后无论如何不能再使用蛮力，要靠头脑生活。

刑满出来后秋生找不到正经工作，只好给人当马仔。他给老板处理了不少棘手事。他谨记牢里的教训，没再惹出事情。秋生因此深得老板信任。

老板对秋生不薄。五年前，老板看中了一幢楼，它北临永江，南边对着一条热闹的马路。原本是一幢烂尾楼，营建公司断了资金链破产了，那家公司在法院查封前和老板达成交易，老板以很低的价格买了这楼。老板经过一番装修，开了这家娱乐城。秋生也占了公司的股份。最初老板股份占了大头，不过老板一直在撤资，不着痕迹地慢慢把股份转给了秋生。半年前，老板告别江湖，对秋生说去了澳大利亚，可也有人说去了巴西。秋生处处谨慎，独自管理着锦瑟年华娱乐城。

夏生留了一张纸条。纸条上写着："我不等你了，你哪天如果心血来潮想来看她，你电话我。"夏生用了"心血来潮"这个词。秋生想象夏生写这个词语时一定面带讥讽。秋生知道夏生对他的看法，夏生对他有很多不满。秋生很想为他做事，可不知怎么搞的，夏生现在越来越不想同他讲话了。每次夏生坐在秋生前面，秋生总觉得夏生好像穿着一件无形的隔绝衫，让人无法亲近。

秋生打开电脑，看孙少波带给他的排练录像。录像是孙少波今天向团长要来的。录像是固定机位，像一个监视器俯拍着排练厅，整个排练厅一览无余，每个人显得很小，因此有些模糊不清。秋生一眼辨认出了母亲。

一周前秋生去过西门街新小区。秋生躲在小区大门对面的一家五金店里，他看着母亲从一辆的士上下来。母亲穿着一件丝质蓝底白细花旗袍，走路时腰板挺直。秋生一直看着母亲，直到母亲从小区大门口消失。他已经有十八年没见过母亲了。那次带着怀孕的冬好去省城见过母亲后，他再也没见过她。出狱后，母亲想见他，他拒绝了。几年前，秋生曾在电视新闻上看见过母亲，他本能地换台了，等他再想看她一眼，换回那台，母亲的镜头已经消失。

秋生看着录像，目光一直盯着排练中的母亲。这是秋生从小熟悉的场景，这些吊着水袖、穿着日常服装的演员，在录像里看起来既庄严又滑稽。他看出一些排练中的问题。他记录下来，看看有什么法子传给剧组。录像播放到中途，母亲突然支撑不住，在一张休息椅上坐了下来。秋生心里面竟然激发出奇怪的情感，专注而揪心地看着这一幕。他想，看来母亲真的病得不轻。秋生对自己的反应感到陌生。在里面，他几乎没想过母亲。他刻意让她从自己的记忆中抹去，把她当成不在世上的人。

可还是会有一些母亲的消息传入秋生的耳中。她又离婚了。她又结婚了。她很任性地在一次会议上和某个大人物吵了起来……这是件奇怪的事，为什么这些消息偏偏传到秋生的耳朵里？从里面出来不久，秋生得了一种少见的怪病，由于在里面试验过太多灯泡，用眼过度，出狱后的第二年，他的眼底开裂了，生了几个小孔。他为此需要戴墨镜，减少光线刺激。当秋生得了这种病后，发现很多人都有这种病。后来有一个孕妇告诉秋生，她没怀孕时，街头几乎没有孕妇，当她怀孕后，总是能在街头碰到孕妇。

秋生承认某些关系不是想抹去就可以抹去的，它比理智要顽固得多也深刻得多。

有一件事情，秋生从来不去想它。即便在牢里也不想。好像这件事不曾发生过。但它是发生过的。当秋生听到母亲回来的消息，这件事在他的心里慢慢苏醒了，它活了过来。

在省城，秋生撞见了母亲的不忠。母亲哀求他千万不要告诉父亲。他本来想隐瞒此事，但他发现母亲并未因此收敛。他受不了母亲如此"不要脸"。他告诉了父亲。父亲根本不信。那天父亲浑身震颤，拿着一根棍子要揍他。秋生冷冷地看着父亲，等待着棍子落下。对峙了一会，父亲扔下棍子，说，你妈是个好女人，你不可以这样侮辱她。当时他觉得父亲无可救药了，非常失望。谁能想得到，父亲在《奔月》搬上舞台后失踪了。母亲来永城找过秋生，问秋生是不是对父亲说过不好的话。秋生当即否定。母亲当年真的是悲伤，一夜之间变得十分憔悴，脸上泪痕斑斑，她不住地摇头，不肯相信秋生的话。母亲一遍一遍地问，你觉得你爸会回来吗？又说，他一定活着，有一天他会回来的。后来秋生才明白父亲一直是母亲的生命支柱，没有了父亲，母亲失去了主心骨，她的生活坍塌了，终于变成了连她自己也难以理解的人。母亲唯一正常的领域大概就是演戏了，一旦到了戏里，母亲又变成一个懂得人情世故的人。

秋生几乎一夜未睡，满脑子都是往事。第二天，秋生决定去看望冬好。从牢里出来，秋生做的第一件事就是去看望冬好。这些年他几乎每月都去一次康宁医院。

康宁医院在城北偏僻一隅，进入医院需要穿过一道长长的林荫道。行人和车辆不多，好像这条通往医院的路是不吉祥的，人们唯恐避之不及。

秋生和医院院长熟，院长为秋生安排了一间接待室。冬好见到秋生，问秋生："你是谁啊？"秋生习惯了，冬好每次这样，他把这句话当成问候。秋生试图去握冬好的手，冬好好像见到一条蛇，怕被咬似的，手迅速缩了回去。秋生只好摸了摸冬好的脸。药物使冬好显得有些浮肿。

"冬好，妈妈回来了。"秋生说。

"妈妈，妈妈……"冬好陷入沉思。

"冬好，你忘记妈妈了是不是？要是她不出现，我也忘记了。冬好，我不知道怎么面对她，你知道的，我一直恨她……"秋生摇了摇头，"可她总归是我们的母亲对不对？"秋生好像在说服自己。

冬好一直愣愣地听着，目光炯炯。秋生以为冬好听懂了自己的话，心里升出一丝希望。难道是母亲回来带来了好运？

冬好究竟什么也不懂。她目光瞬间变得黯淡，茫然看着墙上某个点，好像白墙是一块银幕，上面正在上演着什么。一会儿冬好打了个长长的哈欠，目光变得越来越呆滞，她肩膀耷拉着，双手紧张地贴在身上，好像细小的手臂正被什么东西缠住了。也许她正见到一些可怕的事，身子颤抖起来。

"冬好，你看到了什么？"秋生问。

冬好把目光收回来，凄惨地对秋生笑了笑。她的鼻腔里传出曲调，"乌溜溜的黑眼睛和你的笑脸……"秋生不忍再看冬好，他的内心一阵酸楚，突然失控，掩面抽泣起来。

秋生相信，因为他向父亲告密母亲的事，父亲才不堪忍受，在人间消失了。他觉得某种意义上是自己毁掉了这个家。要是父亲在，母亲也许不是现在这个样子。冬好也会健康成长，而他也不至于去坐牢。可人生没法假设。没人有能力回头重新活一次。所有的因都是果。

"冬好，哥对不起你。你知道吗？哥是个坏人，哥把一切都毁了……"

秋生说不下去。他已经有多少年没哭过了？自坐牢那天起，他没哭过一次。他不明白自己怎么就失控了。他掩着脸，调整呼吸，让自己的心情平静下来。

冬好走过来，摸了一下他的头。他抬头看冬好，冬好正在傻笑，好像她刚才看见一件滑稽的事。

再次回到那条林荫道，秋生看到昨晚那个坐在轮椅上的男人，他突然反应过来，此人就是十八年前被他打残的那位。秋生的心紧了一下。

从牢里出来时，秋生打听过这个人。他想和那人和解。但秋生没有找到他。人们说，那个男人被打残后就在永城消失了。

7

母亲全身心投入到排练中。关于秋生的事不再提起。也许是她健忘的毛病又犯了。或者在一出戏面前，无论秋生还是别的事情都不是重要的。

排练十分顺利。团长在一次排练会上宣布 9 月 1 号正式公演。海报竟然都做好了。海报中，母亲放在最中间的位置。边上是夏生和庄凌凌。

夏生想，团长难道真的相信母亲有号召力吗？母亲看了海报当然很高兴，她谦虚道："怎么把我放在演员中，我是幕后。"团长说："戚老师是永远的演员。"

后来夏生想起演出那天出的状况，认定是这张海报惹的祸。是这张海报激起了母亲内心的渴望。夏生是事后知道的，演出那天，母亲派了王静，让王静偷偷给庄凌凌吃了几颗安眠药。庄凌凌昏睡了过去。母亲是这么对王静说的，你不想当配角对吗？你有一次首演的机会，如果你首演成功了，观众喜欢，谁也取代不了你。王静因为戏份不多，排练时也没太上心，要换成主角，那么多唱词要背熟哪来得及。母亲鼓动道，你有一个下午的时间记台词，你的角色我来演。王静内心惴惴，还是禁不住诱惑，愿意冒险。

到了开演前半小时，庄凌凌还没出现，团长问夏生，庄凌凌去哪里了？再不到，化装都来不及了。夏生也不知道庄凌凌下落，打了无数个电话，通了，没人接。夏生想，果然自己的预感没错，究竟还是出了状况。夏生长长叹了一口气。这时王静胆怯了，她没有准备好，她不敢向团长提出来自己可以取代庄凌凌演。眼看着首演要砸，团长着急，票都卖出去了啊，市领导也都请了啊，这可怎么办？他狠狠地骂了庄凌凌几句娘，关键时掉链子。这时，传来母亲笃定的声音，母亲说："如果实在没办法，我可以救场。我只演一场，以后还是庄凌凌的。"团长看了母亲足足有一分钟，脑子里转过排练时母亲指导的画面，长长地松了口气，命令化装："你们站着干吗，赶紧给戚老师化装。"

等庄凌凌醒来，赶到永城大剧院，戏差不多快结束了。她坐在最后一排，她以为是王静取代了自己，不是，是戚老师。在愤怒之际，她瞥见在她前面三排左侧坐着一个熟悉的身影，她认出是秋生。她没多想秋生何以在此，她的情绪在失控的边缘，几乎要哭出声来。她最终还是与这部戏擦肩而过。她付出了这么多心血，白忙一场。命运是多么不公。

庄凌凌定了定神，开始看戏。戏曲是重彩宽袍，戚老师扮相依旧姣好，岁月并没有减损戚老师的舞台风采。她承认戚老师演得非常好，同时，她因为错过了首演，杀人的心都有了。戏的高潮处，全场观众都在流泪，她也在流，只是她流的是愤怒之泪。但是她不能这时候冲上台去发飙，她忍着，等待着戏结束。

母亲在晚上十点四十分离开永城大剧院。她眼前还浮现着庄凌凌打向王静的那记闪电般的耳光，就好像真的有一道光在庄凌凌的手掌和王静的脸颊间闪过。她不意外。这是剧团里经常出现的场景。当庄凌凌把愤怒的目光转向母亲时，母亲非常冷静，说："庄凌凌，以后的戏都是你的，我只是救场。"团长热烈应和，对母亲感激不尽。母亲卸完装，离开了剧场。母亲知道这是首演，团长会带着演员们去永江边吃夜宵。团长叫母亲了，她当然不能去，天知道接下来还会闹出什么是非。另外，晚上的演出耗尽了她的体力，她只想早点回家。

路过蓝山咖啡馆，母亲想喝杯咖啡提提神，顺便歇一会儿。她推门进去，走过一个类似车厢的包间，看到两个人坐在那儿。正面坐着一个穿黑色夹克的男人，相貌堂堂，好像在哪里见过。也许没见过，长得像他这样的男人蛮多的。另一个她只能看到后脑勺。她看到"后脑勺"手中拿着照片，上面竟然是秋生。她顿时警觉。她听到他们的谈话，她没怎么听清，她听到定金以及成事后在这儿支付之类的话。

母亲要了一杯咖啡，在他们边上坐下。现在她听清楚了，他们的谈话越来越让她相信秋生在危险之中。她喝了一口，咖啡太烫，她呛着了，轻咳了几声。那两个人站起来走了。她赶紧跟上去。她还没买单，被服

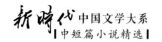

务生叫住。那两个人回头。她看清那个"后脑勺"的脸，一只眼睛贼亮，另一只眼睛飘忽不定，好像在看另外一个地方。此人很瘦，骨架很大，双手会不自觉颤抖（刚才他拿着秋生的照片时就在不住抖动），看上去有些神经质。两人警觉地看了她一眼，转身走了。那台超大电视机这会儿正在重播奥运会开幕式，不过把声音调成了静音。此刻电视机上满屏的烟花，透着落寞的气息。

外面是深不可测的夜。街灯暗淡，车流已过了高峰，街头行人已稀。走出广济巷，到了解放路，看到城隍庙飞檐上的小灯泡展现庙宇的轮廓，其余部分都沉入黑暗之中。母亲想起当年带着秋生在城隍庙小吃摊前吃各种小吃，秋生食量惊人，令她惊叹。这段日子，她喜欢回忆从前，可能记起来的关于孩子们的事并不多。许多年来，她就像一束光，射向远方，从不回首。从前的生活都沉入重重黑暗之中。

夏生回来的时候，看到母亲一副心事重重的样子。夏生以为母亲在为抢了庄凌凌戏而不安。

庄凌凌没去吃夜宵，夏生也没去，晚上夏生一直在庄凌凌家安慰庄凌凌。庄凌凌忍无可忍，当着夏生的面对母亲口出恶言。庄凌凌一边哭，一边说，有一段日子，庄凌凌为了学戏，住在省城母亲家。那时候母亲在省城刚刚起步，每天很晚回家。母亲回家时，庄凌凌殷勤伺候母亲，给母亲打洗脚水，给母亲敲背。母亲往往在这样的放松中睡着了。庄凌凌来省城有自己的目的，她想让母亲带她去见见戏曲界的重要人物，她还想在省城的剧团发展。母亲没那么细心体察一个学生的梦想，真以为自己请了一个佣人来。庄凌凌说："你母亲就是个自私鬼，她老了才想起你们，天底下哪里有这种人？"夏生没辩驳。母亲确实自私。后来要不是团长来电话，要庄凌凌准备好演明天的戏，夏生恐怕现在都回不来。

母亲对今晚的事没有任何不安。母亲问了个奇怪的问题："秋生的生意很危险吗？"夏生说："我怎么知道，怎么了？"母亲说："你怎么一点不关心秋生？"夏生想，秋生轮得到他关心？夏生没回话。

8

与往常一样，早晨，秋生走着去公司上班。接近永江时，秋生闻到了空气中特有的海腥味。永江的出口是大海，海水会通过潮汐灌入永江，江水带着咸味，阳光一照，海的气味会更浓烈一些。有一些人在往永江边跑，秋生猜想，江边可能出事了，即便是盛夏也难以抵御人们围观的热情。

昨天晚上，秋生偷偷溜进剧场看了夏生的新戏。他没告诉任何人。当他看到夏生和母亲同台演出时，惊讶得下巴都要掉下来。母亲怎么会登台演戏？一会儿他见怪不怪了，在母亲身上出什么幺蛾子都不足为奇。戏很精彩，秋生看录像时发现的一些问题都得到了改善。母亲还是保持着对戏曲的敏锐感受。

秋生怀着温柔之心看完了母亲和夏生主演的戏。秋生承认母亲身上天生具有一种让人原谅她的气质。母亲身上有一堆毛病，她自私、说谎、逃避责任，可当她一旦穿上戏服，站到观众面前，这些毛病顿时变得不那么重要了，她的光芒让这些毛病显得无足轻重。这大概是母亲如此折腾还能走到今天的原因。

过了老江桥，那个坐在轮椅上的男人在马路的转弯处出现了。已经是第三次了。他不知道这男人想干什么。人世间时有死结，但也总能找到解决之道。秋生想了想，朝那人走去。男人对秋生发出古怪的微笑。

秋生注意到这个丑陋男人的目光依旧带着冷酷和高傲。秋生站在那人面前，无话找话："这鬼天气，越来越闷热了，从前可没这么热的。"那人对秋生搭讪没感到奇怪，只是抬头看了看天，没有回答秋生。天很蓝，有几朵白云在天边一动不动。好像是为了让那人看清他的脸，秋生蹲了下来，说："还认得我吗？"那人一脸严肃看着秋生，一会儿突然笑了，他摇摇头，指着自己的脑袋，说："我这儿坏了，被人打坏了，什么都记不得了。"秋生说："我们是不是找个地方喝一杯？"那人低下头，看着人行道，几只蚂蚁在人行道砖块的缝隙间爬行，那人伸手把其中的一只掐死。他抬起头，轻声说："我和你不认识，为何要坐在一起喝酒？"秋生很失望，既然这男人假装不认识自己，只好算了。人生的死结常在一念之间。一念成佛，一念成魔。梦幻泡影，如露如电，皆生于一念。秋生轻轻拍了拍男人的肩走了。

快到公司时，秋生回头朝那边张望，一个瘦长的家伙在问坐在轮椅上的男人一些什么事。不过从两人的表情看，他们显然是不认识的。秋生注意到那瘦长的家伙有一只眼睛好像患了白内障。

秋生进办公室，站在办公室窗口，看着街上的一切。他看到在办公室东边那个路边公园里母亲正神色紧张地往这边张望。秋生想，也许上次对母亲太过分了，母亲不敢再进公司。脱了戏服的母亲光芒不再，瘦弱，苍老，缩小了一号。母亲老了，孤单了，可她终究是位母亲，不管以前她多么折腾，老了总还是想得到儿女们的认同。一会儿，秋生看到那个瘦长的家伙出现在公园里，母亲向那家伙走去。

秋生吩咐保镖把母亲接上来。当他再次站到窗前时，母亲在街头消失了。

9

上午十点半，母亲出现在剧团。母亲变成了光头（原来母亲头上是假发，夏生和她一起生活了一个多月竟没发现），她的衣服沾满血迹，样子十分骇人。夏生从小害怕见血，见血就会晕过去。夏生努力让自己镇静下来，想，看来母亲重病不是假的。夏生很内疚，他一直不相信母亲已病入膏肓。母亲苍白的脸上表情庄重，甚至带着某种不明所以的骄傲，和母亲平常的不成熟判若两人。剧团的人围着母亲，问："戚老师，你怎么啦？"王静因为受到母亲的欺骗，在一旁不以为然地冷笑，说："大白天的，戏还没开演呢。"母亲没理王静，对夏生说："夏生，你跟我来。"夏生说："好，我这就送你去医院。"团长派了一辆车，要送。母亲拒绝，她说："我找夏生有话说。"夏生跟着母亲来到一个角落。母亲说："夏生，你听好，我杀人了，你送我去派出所自首。你不要担心，我是将死之人，我不怕。"

夏生再次来到秋生的办公室。秋生已听说了母亲的事。秋生非常震惊，不过秋生并不奇怪母亲做出这样的事。少年时在省城，秋生骑着自行车带着母亲在一条小巷子穿行，有一次秋生差点撞着一个小孩，幸好及时刹车。孩子的父亲身材魁梧，大概也被吓坏了，一把把秋生从自行车上揪下来，要揍秋生。就在这时，母亲冲过来揪住那个男人，高喊，你敢动一下我儿子看看，老娘杀了你。母亲的气势把那人镇住了。母亲的身体里面藏着惊人的能量。

秋生接过夏生递过来的一只用来装文件的信封。秋生看到信封，就想起黄德高。这是黄德高的单子。谁装在这个信封里谁就意味着死亡。昨天秋生看戏回来，在娱乐城见过黄德高，黄德高是特意来向他告别的，说明天他将飞去香港，不回来了。黄德高舒了一口长长的气，好像因为吐出这口气而感到无比的轻松。一会儿，黄德高带走了一位小姐。

秋生打开信封，从里面抽出三张照片。他看到自己的"尊容"。秋生不是没有想过这一出，但看到一个装入信封的自己，还是超出他的想象。最近娱乐城发生的一系列事情，让他警觉，但他没想到如此危险，竟有人想置他于死地。他思考背后的人是谁。是那个被他打残的男人吗？或者是某个对"锦瑟年华"另有所图的江湖中人？他了解过那天来店里打砸的那帮年轻人的身份，来自秋生从前老板的死敌。难道因为老板隐退江湖，他们就拿他来复仇泄恨？但如果那人想要解决他也不需要黄德高啊，他手下的人就足够。假如是坐在轮椅上的男人，也不合惯例，他已经出来这么多年了，为什么此时才来报仇？后来警察问秋生时，秋生并没有提起那个轮椅上的男人，老板的仇人也没有提及。江湖的事江湖解决。

"她在看守所？"秋生问。夏生点点头，说："她生病是真的，她说，她会在一个月后死，是医生告诉她的。"秋生把头转向窗外。天越来越热了，街角的那个公园植物蓬勃，其中点缀的花盆开着缤纷的花朵。只是再也见不到母亲的身影。

"她想你去看她。"夏生说。秋生白了夏生一眼，他当然要去看的，难道他是一个如此铁石心肠的人吗？夏生总是对他充满误解。秋生又从信封里抽出照片，看了一眼。母亲经常说的一句话是"你是我拿命换来的"，这一次母亲真的是拿命换了他的命。

秋生在看守所看见母亲时，母亲的脸上露出天真的笑容，那是一种从心里涌出的笑容，一种满足感，根本看不出她刚杀了人。

"我知道你会来看我的。"这是母亲说的第一句话。

秋生强忍住自己的情感，握住母亲的手。母亲的手很小，很柔软，好像没有骨头，也没有重量。他很难想象这双手怎么有力气杀人。听说她包里藏着刀子，让那个左眼患白内障的家伙一刀毙命。

"你怎么找到那个人的？"秋生问。

"天意。"母亲说，"你相信有天意吗？"

秋生不信。不过他没说。

"现在你安全了吗？"母亲问。

秋生没回答。

"警察介入了，应该没事了。"母亲断定。

秋生仔细看着母亲，瘦弱的母亲给他一种轻如鸿毛的感觉，秋生想起放在手心的死去的麻雀（刚才握住母亲的手就是这种感觉），死去的麻雀没有一点点重量，好像因为死亡，麻雀的肉身也跟着消失了，只留下一身的羽毛。母亲没有把假发戴上，光头的母亲并不难看，母亲的头形匀称，看上去像画片上的尼姑。秋生看过母亲演尼姑的戏，不过那时候并没剃发，化妆师把母亲的头发藏在人造的头皮下，头形和现在完全不一样。他看到母亲神色安详，好像她因为终于做了一件早该做的事而心安理得。

母亲看到秋生瞅她的头，说："化疗的缘故，头发全掉光了。"

"为什么不治了？"秋生问。

"没必要。我倒想活。有一天我和医生闹，让医生告诉我还能活多久。医生被我烦死了，一生气就告诉我，最多三个月。我愣住了。我问他真的假的。医生没回答，我知道是真的。"母亲看了秋生一眼，又说："我就从医院逃出来，回永城了，我得在死前看看你们。"

秋生一直知道母亲是勇敢的，比父亲要勇敢得多。秋生又想，母亲生这么重的病独自住在医院里也没告诉他和夏生，母亲表面上简单，实际上心里什么都明白的吧。

秋生搞到了母亲的病历，给母亲办了保外就医。母亲不肯去医院。秋生威胁母亲，不去医院就得去看守所。母亲还是乖乖听话了。进永城第一医院后，照例是一系列的检查，动用各种仪器。对于这种检查，母亲很不耐烦。秋生说："检查一下也好的，万一北京检查错了呢？"说着秋生把母亲从床上抱起来，放到检查床上。秋生抱着母亲，再一次想起死去的麻雀。母亲身体的瘦弱程度让秋生吃惊，真的没有一点分量了。母亲搂着秋生的脖子，诡异地笑起来，像一个孩子一样配合。秋生想，他和母亲从来没这么亲近过，这让秋生感到辛酸。

医生看到检查结果，非常吃惊，几乎不敢相信。医生说，照例来说母亲应该失去意识了的，但母亲看起来尚好，这是奇迹。

一天，病房里只有夏生和母亲，母亲突然说："我想去看看冬好。"夏生想，母亲终于想起冬好来了，他以为母亲早已把冬好排除在记忆之外了。夏生说："好，我向医生说明一下，明天上午我陪你去。"母亲说："不用同医生说，医生很烦。"夏生点了点头。母亲说："冬好能认出我来吗？"夏生不响。母亲说："上次她没认出我来，当自己是孕妇，摸着肚子，一直喊着宝宝。"夏生看着窗外。每次想起冬好，他都心情沉重。

早上，夏生很早就起来了。天色微明。他来到医院时，看到母亲一个人坐在黑暗中，早已梳妆打扮好了，身上穿着回永城时穿的那件浅绿色旗袍，为了遮掩病容，脸部施了厚粉底，唇膏也涂得艳。母亲去公共场合向来是隆重的。

一会儿，两人乘公交车去康宁医院。车上，母子俩没说话，母亲看上去心事重重。母亲这会儿在想什么呢？夏生偶尔会去看冬好，回来后要好些日子才能平复内心的压抑和悲伤。每次夏生都是怀着恐惧去看冬好的。

公交车在大庆路站停下来时，母亲也没同夏生打招呼，突然跳下了车。夏生也跟了下去。母亲脸色苍白，穿过车站后面的人行道，穿过人行道边的树林，径直来到建筑物的墙边，无力地瘫坐在水泥地上。她的双眼早已沾满了泪水。母亲说起她那次去看冬好的情形。那天冬好突然说起小时候的事情，说妈妈偏心，总是把好吃的偷偷塞给秋生，还告诉秋生不要同冬好说，冬好会记仇的。母亲吓了一跳，以为冬好终于清醒过来了，激动地对冬好说，冬好，你醒了对吗？你认出妈妈来了对不对？冬好，是妈妈不好，你要吃什么，妈妈这就买给你。冬好没醒，冬好没理会母亲，脸上露出仿佛看透一切的微笑，慢慢地，那微笑变成了试图控制又抑制不住的狰狞大笑……母亲边哭边说。

母亲终于平静下来。母亲已没有勇气去看冬好了。夏生想，不看也罢，看与不看又有什么区别呢？对冬好来说，一切都已没有意义了。夏生叫了辆出租车，和母亲回到了医院。那天，母亲一整天情绪低落。

10

这之后，母亲的身体每况愈下，她看上去极度憔悴，同先前判若两人。好像看望冬好这件事彻底击垮了母亲。母亲出神地看了一会窗外。医院在闹市区，窗外是高楼，在高楼的间隙能见到天空的一角，像一块巨大的蓝色玻璃屏，在屏上，零星有几只鸟儿飞过。秋生经常来陪母亲，这会儿他安静地坐在母亲的对面。

"秋生，你说你爸还活着吗？他怎么就突然消失了呢？有好多个晚上，我以为他回家了，打开门，门外什么也没有。"母亲说。

秋生不敢看母亲。自从父亲离家出走后，这个家再也没提起过父亲。秋生以为母亲应该早已把父亲忘得一干二净了。她后来有那么多次婚姻。

"他要是死了，我可以去见他了。我要向他道歉对不对？"母亲的目光看上去十分无辜，好像孩提时代在学校里犯了一个小错误。

秋生实在忍不住了，在母亲耳边轻语了几句。母亲睁大眼睛，惊异地看着秋生，一会儿，泪水夺眶而出。

脆弱的肉身不存在什么奇迹。母亲不是金刚不坏之身。母亲入院后第三天，病毒迅速地攻城略地，占领了她的身体，她因此陷入长长的昏迷之中。其实秋生早有准备，医生告诉了他，母亲可能随时会昏迷。

在母亲昏迷的阶段，秋生和夏生一直陪在她身边。病房很安静，只住母亲一个人。病房是秋生想办法搞到的。母亲一辈子热闹，在最后的时光让她安静些吧。兄弟俩偶尔说说话。秋生说："戏很好，你演得很好。"夏生说："你来看了？"秋生说："对，首场。"夏生说："那你也看了母亲的演出。"秋生说："没想到，我把钱都花在自己人身上了。"夏生吃了一惊，看着秋生。秋生说："对，赞助的钱是我出的，我让孙少波出面的。"夏生有些动容，想秋生平常对他恶声恶气，反感他演戏，可还是愿意帮助他。夏生说："谢谢你。"秋生摆了摆手，不再说话。

中途母亲奇迹般醒来过一次。母亲醒来时精神状态意外地好，这使得秋生和夏生生出新希望。但医生说，这只是回光返照。母亲对夏生说，你把庄凌凌叫来，我想同她说说话。夏生有些犹豫。不过母亲温和地说，别担心，我会同她好好说话的。

庄凌凌来的时候，母亲把夏生支开了。病房里只有她俩。庄凌凌已经不生戚老师的气了。主角最终还是她的，并且演出如第一场那样成功。她感到在这出戏里，她不是在表演，而是在生活。对她来说这是全新的感受，戚老师的指导功不可没。庄凌凌早想来看望的，夏生一直没有同意。夏生怕庄凌凌的看望会影响母亲的情绪。夏生说，她抢了你的戏，她会以为你是去报复她呢。病房的空调发出轻微的声音，母亲身上插着输液针，脸色苍白并且消瘦。母亲指了指床边的一把凳子，让庄凌凌坐下来。

母亲伸出右手，握住了庄凌凌的手说："小庄，谢谢你照顾夏生。"

庄凌凌吓了一跳。她和夏生的事一直瞒着戚老师，为此这些日子以来他们都不太见面，哪知她早已知道。庄凌凌一时不知如何回答。

"我不是好母亲，我都记不得夏生小时候的样子了。"母亲说。

庄凌凌当然记得。那会儿母亲在省城风头正劲，庄凌凌意识到自己在省城没有前途，回到了永城。她见不得三个孩子无人照料，尽可能地去照顾他们。她最喜欢夏生。夏生天性仁义乖巧，讨人喜欢。不像秋生，对世界有仇似的，对谁都恶狠狠的。

"夏生老是缠着我。"庄凌凌想起夏生，露出甜蜜的笑容。

庄凌凌没有同任何人讲过她和夏生的事，现在她很想讲给夏生的母亲听。她说，夏生小时候喜欢跟着她，像个跟屁虫。庄凌凌和别人聊天时，夏生在庄凌凌身上爬来爬去。有人开玩笑，说夏生是不是庄凌凌的私生子。庄凌凌并不反感这样的叫法，反倒开心地笑了。

"这我记得，夏生小时候喜欢到你阁楼里睡觉。"母亲说。

庄凌凌脸红了。夏生的生理开始变化的时候，庄凌凌不再带夏生去法院巷阁楼了。夏生却像个鸦片鬼一样，每天晚上出现在庄凌凌的小楼外，久久不肯离去。这样闹了一个月，庄凌凌心软了，放夏生进来。最初什么也没发生，但总归还是会发生的。夏生和庄凌凌是正常的男女。那年夏生只有十五岁。一开始，庄凌凌还是有罪恶感的，她觉得她和夏生之间不应该这样的，夏生还未成年，而她和他的年龄相差悬殊。她和夏生

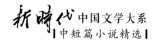

之间的关系注定是极为隐秘的。这期间庄凌凌一直没找男朋友。

夏生二十岁那年，庄凌凌提出给夏生找一个正牌女友。庄凌凌说，我们不能一直这样不明不白在一起啊。再说，我不可能和你结婚的，你妈会杀了我。夏生想了想，同意了。他觉得庄凌凌需要一个正常的婚姻，她都三十多了，他不能太自私。在庄凌凌的安排下，夏生认识了一个女孩。女孩是个戏迷。那时候，夏生在舞台上已崭露头角，女孩特别崇拜他。他很快和女孩同居了。女孩虽然小鸟依人，什么都由着他，什么都听他的，但他不太适应一个需要他照顾的小女人。另一个困扰他的问题是他的身体强烈想念庄凌凌，即便在和女孩做爱时，抚摸着女孩青春而单薄的身体，他会想象庄凌凌，想象和庄凌凌的肉体欢愉。他觉得这是一种罪恶，对女孩极其不公。

有一天，夏生听说庄凌凌处了男友，并且在那阁楼同居了。夏生像疯了一样，他无法想象自己的生活中没有庄凌凌。夏生迅速甩了那小女孩，回到庄凌凌身边，赖着不肯走。庄凌凌心软了，说了一句冤家，让夏生回到她身边。一晃就过去了十多年。

"你们为什么不要一个孩子？"母亲说。

庄凌凌吓了一跳。难道母亲不知道她和夏生的年龄差距吗？她会老去，而夏生正值壮年，夏生总有一天会厌烦她（事实上她现在越来越不自信了），她不确定和夏生能走多久。

"你们要个孩子吧。你会是个好母亲，不像我。"母亲说。

庄凌凌愣住了，想，毕竟是女人，戚老师老来也会生愧疚之心。为了安慰她，庄凌凌开了个玩笑："夏生守着我这个老女人是不是太亏了？你做母亲的舍得？"

"你还很年轻啊。我在你这年龄，折腾个没完呢。"母亲说。

"我现在连夏生都对付不了，还折腾啥啊？"庄凌凌笑道。

"夏生是真心喜欢你，我刚到永城那天，你带着菜到夏生家来，我一眼看出你和夏生的关系。夏生看你的目光都让我嫉妒。"母亲说得尽量轻松，"除了夏生他爸，我后来再没遇见过这种目光。"

说到父亲，母亲目光突然变得幽深，她直愣愣地看着庄凌凌。庄凌凌觉得母亲的灵魂此刻似乎就聚在她明亮的目光里。母亲说："我要和他爸团聚了，夏生就拜托给你了。"

后来，庄凌凌同夏生说过这句话。庄凌凌对夏生说，她不忍看母亲的目光，那天她从病房出来后，一直在流泪。

11

很快，母亲又进入了昏迷阶段。这次是深度昏迷，母亲开始梦呓。有一天，母亲竟哼出曲调，曲调断断续续，不成旋律，不过夏生很快辨认出来，是父亲编的《奔月》。这个唱段因为母亲的传播已是越剧的经典段落。在越剧风靡的年代，广播和收音机经常会播放这个唱段，很多戏迷都能随口就唱。这是母亲的代表作，一出让母亲大放异彩的戏。不过对这个家来说这出戏也许不是什么好事，谁能说得清呢？

几天以后，母亲昏睡过去，变得无声无息，只有各种插在母亲身上的医疗仪器在嘀嘀嘀地鸣叫。母亲没让任何人来打扰她。她在昏过去前交代秋生，她的亲朋好友来看她的话，都要拒绝。母亲爱美，她不想让自己不堪的一面示人。在昏睡的中途，母亲的眼角突然流出泪珠，她仰面躺着，使得流出的泪珠像是从一口深井中冒出来。母亲再一次开口说话了，不过听不清她在说什么。秋生和夏生听清了父亲的名字，也听清了秋生、夏生、冬好的名字。这是母亲第一次完整说出三个孩子的名字。母亲一直在重复一个句子，听了好久，夏生才听清楚，那句子是：原谅妈妈。

夏生流下泪来。秋生习惯性地把目光转向窗外。天气晴朗，那原本蓝色的天幕在夕阳映照下霞光四射，就好像天国降临了一样。

永城越剧团新排的戏广受欢迎，演出一直在继续。可能要连续演一个月。因为要演出，晚上夏生就不再去医院。那天演出结束，夏生去了庄凌凌家。好久没有亲热了，夏生对庄凌凌都有了陌生感。要不是庄凌凌主动，他可能不会上床。他现在没有欲望。夏生同庄凌凌讲起昏迷中的母亲唱《奔月》的唱段及叫唤父亲的名字。庄凌凌陷入沉思。夏生问庄凌凌在想什么。庄凌凌说："有一件事，不知道该不该说出来，关于你父亲的。"夏生愣了一会儿，看着庄凌凌。庄凌凌说："说到这儿了，还是说了吧。"夏生不响。庄凌凌说："你记得吧？有一段日子，我去省城找你妈学戏。"夏生当然记得。庄凌凌又说："《奔月》公演那天，你爸喝醉了酒回到家，当着我面大吼大叫。你爸是个文弱的人，我从来没见他这么疯过。他把我当成了你妈，他抱着我，伏在我怀里泣不成声。你爸说，他看见了那个官员欺负你母亲，可他一直忍着，无能为力，现在戏终于公演了，他已经受够了……那天他很狂躁也很软弱……我好不容易把你爸推开，你爸酒醒了，认出是我，我忘不了他当时的表情。"夏生听了相当吃惊，他没想到和庄凌凌处这么久，她竟瞒着他这么重要的事。庄凌凌说："你爸就是那天晚上离开了省城，在这个世界上消失了。其实我知道你妈的事，一直以为你爸不知道呢。后来我一直想，你妈当然是你爸最大的心病，可是他那天在我这儿失态是不是也是导致他离家出走的原因呢？你爸失踪后我还内疚了好一阵子。唉，你们家的人只有秋生像你妈，有韧劲，你和冬好像你爸，脆弱。"有好长时间，夏生不知道如何反应。夏生这会儿想着父亲。太久了，他已没办法想象父亲现在的样子，死了还是活着，两者都想象不出来。应该是不在人世了吧。

夏生的手机突然响了起来。是秋生来电。秋生的声音听起来有点哽咽，好像在哭，但又克制着。秋生说，妈走了。夏生猛然从床上坐起来，说，我马上过来。庄凌凌知道发生了什么，要和夏生一起去。"我总归算是她的学生。"她说。

12

母亲曾经是一位明星，她的死无疑会引起公众的关注。但秋生不想渲染这事。他认为一个低调的葬礼符合母亲的心愿。夏生也同意秋生这么做。他们没通知母亲单位，也没让媒体知道。

母亲火化时只有秋生和夏生。

秋生早已安排好一切。当秋生捧着母亲的骨灰盒，走出殡仪馆大门时，一辆黑色奥迪等在门口。夏生跟着进了小车。一会儿，小车向东开去，那是舟山群岛的方向。夏生不知道秋生的目的，也没多问。他知道秋生的主意大着呢，一件事他如果插手了，就不会问夏生的意见。不过夏生担心秋生会把母亲的骨灰撒向大海。母亲可没有这样的遗嘱。一路上，兄弟俩没说一句话。夏生不时抚摸着一串绿松石珠子，那是母亲遗留在他屋子里的，他打算在母亲下葬时，放入墓穴里。

小车在一个小码头停了下来，那边停着一只快艇。秋生庄重地捧着骨灰盒，向快艇走去。秋生要把骨灰撒向大海的预感变得越来越真实，夏生停下了脚步。秋生回头瞪了夏生一眼，让夏生跟上。夏生来到快艇里边。夏生问："需要我抱一会吗？"秋生没吭声。他端坐着，腰板笔挺，好像在完成一个仪式。

四周是白茫茫的海水，原本混浊的海水突然变得清澈起来，好像海水在这里划了一条界线，他们进入另一片海域之中。远处有几只渔船，一动不动，可能正在完成抓捕的某个动作。一群海鸥在头上掠过，发出几声凄厉的叫声。天空意外的蓝，阳光洒在海面上，海面反射的光芒晃得人眼睛生疼。夏生有点分不清天空和海面，好像他们此刻进入了另一个空间，好像是快艇在天空和海水之间劈出了一个通道。这是惯于陆地的人在大海深处容易出现的幻觉。秋生沉默肃穆，目视前方。坐在后面的夏生不知道秋生在想什么。

半个小时后，眼前出现一个小岛。岛远看很小，上了岛倒是一眼望不到头，且植被丰茂。岛上有一个小寺院，寺院有三个和尚，其中当家的认识秋生。后来秋生告诉夏生，那和尚原本是个生意人，生意比秋生做得大，突然有一天，把公司卖了，买了这个岛，建了寺院做起了和尚。秋生说，这个岛是他介绍给他的。这个岛原来太荒凉了，需要有些人气。此人面容方正干净，若有光明。那两个打杂的小和尚，一个少年时杀了邻居家的一只狗，两家因此大打出手，父亲被邻居打成重伤，不久毙命。另一个说是女儿犯有癫痫，久病不治，发愿出家，求菩萨佑护他的女儿。

那和尚有一部手机，在岛上迎接秋生和夏生。想必秋生早已同和尚联系过了。和尚对着秋生抱来的骨灰盒念了一会经，然后就不声不响地走了。夏生已不担心秋生会把母亲的骨灰撒到大海了。他想，秋生安排好了一切，自己跟着就是了。

秋生捧着骨灰盒向岛深处走。一会儿，夏生看到一个小山包，在向阳的位置，有两块墓碑。当夏生看到其中一块墓碑上的名字时，立在那里不动了。他只感到血液猛地涌上脑门，心里面一种长期压抑的情绪被唤醒了，让他想毁灭些什么或砸烂些什么。他暂时得忍受着，他得等母亲下葬。那墓碑边立了一个新的墓碑，上面写着母亲的名字。墓地整得很干净，别处树木枝叶散乱，杂草丛生，这个地方整得像一个花园（事后夏生了解到那个和尚经常会来收拾一下）。秋生把骨灰盒放入墓穴，再用盖子盖好封住（边上早已准备了新拌好的水泥浆）。先是秋生跪下祭拜，再是夏生伏地磕头。

几乎没有任何停顿，夏生磕完三个头后，迅速转身，像狼一样扑向秋生，把秋生扑倒。这是夏生生平第一次向秋生攻击。兄弟俩扭打成一团。夏生看上去虽然没秋生壮实，但毕竟平时练功的，动作灵活。最后两人力气耗尽，气喘吁吁地躺在地上一动不动。夏生没少挨秋生的拳头，浑身骨头都疼。疼痛让夏生获得了意想不到的快感。

"为什么你这么干？"夏生说，"他死了你为什么不告诉我们，你有什么权利不告诉我们？你知道吗，他下落不明让我们多恐慌？"

"我不想让你们难过。"秋生说。

"你没有权利这么做，对我们不公平。"夏生说。

两人躺在墓前的草地上，看着天空。天空是另一滩海，只是比海平静。母亲这会儿在哪里，在天上吗？在这么蓝这么平静的天上吗？有好一阵子，两人都没说话。过往的一切历历在目，可就是说不出来。

"你是怎么找到他的？"夏生问。

"他离家出走前给我讲过这个岛。他和母亲是在这个岛上相好的。"秋生说。

夏生从来没听说过这件事，略微有些吃惊。

秋生说，那时候父亲和母亲在舟山群岛的一个渔村当知青。就在远处那座岛上。秋生指了指远方。远方什么也没有。听父亲说那岛很大，是一个镇子，父亲和母亲当年在同一个村子插队。母亲是个美人，经常有男人从大陆过来看她。父亲说，当时他感觉母亲好像认识全中国的小伙子。父亲是个才子，当知青前在艺校学习编导，会拉手风琴，会唱苏联歌曲和越剧。父亲发现了母亲的天赋，私底下教母亲越剧。

有一天，父亲从老乡那儿借了一条小船，划到这岛上。哪知道，小船靠岸时撞到岩石上，撞烂了，他们只好留在这岛上等人来救。当时父亲和母亲都很紧张，这岛很少有人来，他们在岛上过了三天，都绝望了，后来来了一艘军舰把他们救了回去。父亲和母亲就是那三天好上的。

"回去后他们就结婚了，一年后有了我。"秋生说。

夏生没想到父母有着这样的往事，听着感觉像一个神话。

秋生说，母亲一度认为父亲是故意把船撞破的，说父亲是蓄谋已久。父亲就笑，父亲是真心喜欢母亲。父亲说当年在岛上一点也不害怕，他觉得就这样死去也没什么了不起，他感到心满意足。结婚那几年父亲很幸福，也很甜蜜，母亲不是一般的女人，讨男人喜欢，父亲当年把她当成掌上明珠——这样形容不对，但真的是那样，父亲惯坏了她。他们回城后，父亲去了文化馆，母亲去了华侨商店。不久，在父亲帮助下，母亲考入了永城越剧团。就是那段日子，父亲开始写《奔月》这出戏。

父亲是出走前一年给秋生讲这个故事的。《奔月》首演后，父亲神秘失踪，留下《奔月》红遍了大江南北。秋生一直在找父亲的下落，有一天他突然想起这个故事，于是来到小岛，发现了父亲的遗骸。他是凭着身边的遗物确认了父亲的身份的。遗物里有一块钻石牌手表。秋生把父亲埋在了小岛上，没告诉任何人。

秋生和夏生还躺在草地上。岛上的天气比陆地要湿热，他们的衣衫早已被汗水浸透。夏生朝寺院方向望了一眼。寺院被巨大的菩提树掩蔽，显得安静而清凉。天边突然布满了云彩，把整个海面都映红了。但慢慢云层变成灰色，天空变得阴沉起来。

"你们演的那出戏是父亲写的，本子我是在岛上发现的，在父亲的包里，用一只塑料袋包裹着，所以字迹没有损坏。你说巧不巧，这戏他是为母亲写的，老天有眼，结果首演竟然真的是母亲。"秋生仿佛在自言自语。

夏生侧脸看了看秋生，这一次他竟没有感到奇怪。他在看剧本和排练时，脑子里多次闪过父亲的形象，这是直觉吗？

"三个月前我搬家翻出这本东西，我让人打印了一份，托人交给庄凌凌，庄凌凌看了剧本像疯了一样，吵着闹着要搬上舞台，后面的事你都知道了。"秋生说。

夏生想，难怪庄凌凌一直不肯说出此剧的作者。夏生以为这是庄凌凌的把戏，她想演主角，把剧作者搞得越神秘越好，免得团长直接去找剧作者而把庄凌凌撇在一边。看来庄凌凌根本不知道剧作者是谁。

"你手上的珠子是母亲的？"秋生问。

夏生看了看手腕，没回答秋生。刚才因为太生气，忘了把珠子留给母亲了。不过他觉得这样挺好，也算有个念想。夏生想象当年父亲和母亲在这个岛上的情形。他好像代替了苍白的神经质的父亲的目光，看着当知青的母亲。母亲眼睛里都是光。她总是这样，一直以来眼睛里永远有一缕光，好像有无限的前程等着她，好像她的人生会无比精彩……不过得承认母亲的人生真的很精彩。

"这珠子能送我吗？"秋生说。

夏生犹豫了一下，把珠子从手腕上撸下，递给秋生。两人沉默不语，看着天空。这时从秋生口中突然传来尖细的越调：

> 吞灵药，生翅膀，入了广寒门，
>
> 晓星沉，云母屏，独对烛影深，
>
> 寥廓天河生，
>
> 寂寞云裳赠，
>
> 空悔恨，
>
> 碧海青天夜夜凡尘心……

秋生唱的是《奔月》的经典唱段。夏生想母亲说得没错，秋生真的能唱戏。唱的是青衣，竟唱得这么好。他侧脸望向秋生，秋生眼角挂着泪痕。

中午大和尚准备了素食。吃饭的时候，天阴沉得更厉害，好像马上要下暴雨。因为晚上夏生还有演出，夏生有点担心海面会起风浪，快艇开不了。要是回不去，团长会急死，票都卖出去了，而他的角色没有 B 角。吃过中饭，夏生催秋生赶快上快艇回本岛。还好，虽有点小雨，海水依旧平静。一会儿就到了小车停泊的码头。他俩坐上车回永城。车过永城二中，秋生让司机停车，自己跳了下来。秋生对司机说："你送夏生回团里，我想在这儿转转。"秋生沿着学校外铸铁围栏向河边走。刚才阴沉沉的天气突然放晴了，有一缕阳光从云层中穿出来，照耀在河岸边的青草和树叶上，世界焕然一新。

秋生来到桥头，趴在桥栏上。有两个工人在河道上清理淤泥和垃圾。河道比过去干净了许多。这条小河曾经浑浊不堪，河面上总是漂浮着快餐盒、塑料泡沫、垃圾袋，有时甚至还有避孕套。秋生读书那会，河道经常散发着工业臭味，在教室里都能闻到硫磺的气味。一个工人操纵着一条机帆船，发动机发出脆响，大约因为河面安静，发动机声并不喧闹。河道里没有太多东西需要处理，他们显得很放松，那捞淤泥的工人甚至故意把水洒到开船那位身上。开船那位大呼小叫起来。

他们慢慢来到桥墩下，那个捞淤泥的人似乎在水下碰到了什么，脸上露出少见的认真来，他使劲拉杆。杆被什么东西缠住了。开船的那位去帮忙。一会儿一辆自行车从水上浮了起来，其中一个趴在船边紧紧地抓住了它。自行车染上了污泥，经水冲洗后一下子变得簇新，油漆基本完好，只是钢圈处生了一些锈迹。那两人像捡到宝一样，脸上布满了笑意。

秋生认出了这辆自行车。他的脑海中浮现出多年前的那一幕：他骑着这辆凤凰牌自行车，带着冬好在漫漫长夜中穿行。329 国道路况极差，自行车时刻处在颠簸之中，有好几次秋生差点摔倒在路边的沟渠里……

桥头围观的人多了起来，人们对这里捞起一辆自行车很稀奇。两人中的一个有点人来疯，他像大力士一样把自行车高高举起。阳光投射到那人的脸和自行车上，看上去犹如一座雕像。

城 市 文 学 卷

地上的天空

钟求是

　　朱一围病逝三个月后的一天，其妻子筱蓓给我打了电话。电话的中心意思，是让我帮忙解散掉家里的藏书。筱蓓说："吕默，我家房子本来不大，不能让书房一直做着老大。"筱蓓说："吕默，这些书是随着一围的，一围一走，它们早晚得散了。"筱蓓又说："晚散不如早散……我不图钱，要是能找到合适的去处，一围会高兴的。"

　　这是个有点突然的求助。我握着手机静了嘴巴，把事儿想了几秒钟，又想了几秒钟，才慢着声音应接下来。

　　我当然明白，筱蓓把此活儿交给我，不仅是因为我原先在市图书馆当过差，容易找到收留这些书的地方，更是因为一围朋友稀少，对这种事能够上心的也许只有我。

　　我依着记忆算了算，一围的藏书应该有四千余册，其中作家签名本约三四百本。这些藏书在一围手里很受宠，所以占着家里的一个大间，而上高中的儿子周末返家，只能在客厅里打地铺。儿子是个未来理工男，对文学书籍压根儿瞧不上眼，显然无意继承父亲的爱好。现在一围抽身而去，书本们在家中自然也失去了贵宾身份。毕竟对三四万元一平方米的房子来说，它们的存在有些喧宾夺主。

　　我左右琢磨一天，又打一天电话，把事情大体办妥了。四千多册书分成两拨儿，捐给两家区图书馆。之所以没有联络老东家，是因为我心里还存着一小块别扭，而且市图书馆撑着派头，态度容易怠慢。区图书馆就不一样，不仅可以上门取书，还颁证书发消息，其中一家更掏出诚意，准备专门立一个捐赠书柜。这就有点意思了，至少对一围是个远距离的安慰。

情况跟筱蓓一说，果然获得好几声谢谢。她表示这两天就把书收拾好，分成两组。我提醒说："那些签名书送图书馆不合适，别让他们拉走。"筱蓓说："你的意思是签名书另有价值？"我说："签名书价值可大可小，你收在家里价值就不小。"筱蓓说："吕默，一直等我老了，我可能也不会打开这些书，还是早点让别人去看吧。"我停顿一下，说："那好，我另外想想办法，反正不能亏待了这批书。"

话儿说出来顺嘴，真做起来却不易。若赠送给图书馆，有朱一围三个字在扉页上号着，这些书到底派不上用场。若放在网络书店上一本一本地卖，不仅费劲儿，也会惹得一围在那一头不高兴。当然了，我也想过由自己接管，存住朋友的遗物，但我毕竟不是文学先生，不读小说久矣，又因为在图书馆待过，反而少了藏书的兴致。更重要的是，我心底里还是尊重这批书的，觉得应该有更好的投奔之处。

这批书之所以有些重要，一是因为书的作者大多是国内或省内之知名作家，笔下的文字和故事上得了台面；二是因为一围为求签名很下功夫，费了不少心思和时间。在这个城市，有好几位收藏作家签名书的爱好者，一围是其中一位，而且是比较卖力的一位。早些年，他采用写信恳求的方式，寄书向作家索要签名。这几年，作家的作品分享会、文学对话会多了，他就携着作家的一本或几本书跑去蹭会，在会后凑到作家跟前，一脸真诚地打开书页并报出自己名字。有时获得一个著名作家的签字，他会兴奋得像洗了个澡，一身痛快地拍照下来发给我看。有一次一围在微信里夸口说，自己已拿下近百位作家，按这样的节奏往前走，不出十年就能搞定中国所有的重要作家。十年不算一个很奢侈的数字，但对一围而言终于成了一个遥远的虚辞。大约一年前，他一头撞上一种叫下咽癌的东西，先是在喉咙部位割开一个小洞，然后一日日地与这个小洞做着斗争。在那段时间，他失去了声音和精力，但床头一直放着一本名为《第七天》的小说。小说讲的是一个人死后进入另一个世界的故事，扉页上有作者的签名。有一天我去看他，他在白纸上写下一行字：我准备好了，去另一个世界。

往前一些年，一围有着温润的声音和满格的精力。那时他在邮政局上班，我还在图书馆做事，有一天晚上，两个人因为一位共同的朋友在一百米高的酒桌上相遇。共同的朋友刚刚炒股赚了一笔钱，想分散一下大好的心情。为了表示股票走高，他特意订了一幢三十层大楼顶部的餐厅，又为了忆旧论今，他记起了一些久未联络的朋友。那天一大桌人，场面热闹纠缠。我和一围凑巧坐在一起，两个人在热闹中都显着安静。我酒量比较薄，喝了三两白酒便脑袋起热，耳朵受不了嘈杂。我起身出去抽根烟，找到了大厅旁边的一个小阳台。过了片刻，一围也来了。他不抽烟，是想躲一会儿清静。既然是躲清静，我们俩就没有多说话，只是靠在栏杆上，默默看着远处明明淡淡的灯光。

后来饭局收尾时，我和一围先站起身，一块儿坐电梯下楼。一围积极打了车，顺道把我捎回了家。

本来那次聚会只是蜻蜓点水似的交集，但大约是因为我的图书馆职员身份，一围第二天便联络了我。一围说自己在邮局工作，却不喜欢收集邮票，倒喜欢收集文学签名书。我说，你干这事儿我其实给不了什么帮助。一围说，我不需要帮助，我只是想让你知道我也在跟书打交道。我问他，为什么玩这个，是因为喜欢读小说诗歌吗？一围嘿嘿地笑，说自己也看不了几本书，只是日子太平淡了，总得找些有趣的事。他说话的口气不让人讨嫌，我接受了他的靠近。如此开了头，一年跟着一年下来，我竟成为一围为数不多的好友之一。

我是在第三天才想到一个不错主意的。城市之大，免不了市民重名，我想尝试找一位（或者两位三位）名字也叫朱一围的人。这些书在其他人眼里没价值，但到了姓名为朱一围的人手里，岂不身价大增。若新的朱一围喜好或敬重文学，那更是书之善缘。

我在脑子里编好寻人赠书的一段话，再变成手机上的文字，从微信朋友圈发出去。大约这种事比较好玩，不多时间，便引来一大群人的点赞。有人留言：纸书存之，可添雅气。又有人留言：我百度了一下，没见到朱一围的名字。也有人表示：此等趣事，我已转发。

尽管这样，我对找人之事并无过多的期待。毕竟不是刑事追人什么的，朋友圈热闹半小时便过去了，再则朱一围的名字相当稀罕，这个城市很难说有第二人的存在。

过了两日，有人在我手机里要求添加朋友，并提示与寻人赠书有关。我点了接受，对方是一位号称"衣艺者"的女士。我送一个"握手"图标给对方，问：你是哪一位？我认识你吗？对方写：你不认识我，但我知道你叫吕默，我帮你找到了一位朱一围。我吃了一惊，写：还真有人也叫朱一围？线索靠谱吗？对方：不是线索是实物，他是我男友。我给出一个疑问的"微笑"：那他为什么不亲自现身？对方：我想把书拿到手，送他一个意外惊喜。我：那我怎么相信确有其人？先给身份证让我一看。对方：人民币比身份证更可靠，我是准备用钱买书的。我：用钱买书？你知道有多少本书吗？对方：我知道你那位朱一围留下不少签名书，我全买下。我又吃一惊，之前发出的寻人文字比较简单，没说一围的病逝，也没说书的数量，看来这位"衣艺者"有备而来呀。不过真用钱买书，倒说明对方对这批书确是看重的。我问：这位女士，我想知道你的实名。对方：陈宛。我：好吧陈女士，你有什么具体打算？对方：我想早点看到这批书，然后给出价格。我答应了：那我说个时间，明天晚上吧。

第二天傍晚我在公司加一会儿班，又在食堂胡乱吃过一点东西，便出门去了一围家。筱蓓开了门，直接引我进入书房。房内的书已经基本清空，只剩下靠里的一墙书架还饱满着。我抽出几本翻到扉页，上面均有作家署名，署名之上则题"朱一围先生一阅""朱一围先生正之"等俗语，也有一本亲昵些，写着"朱一围先生在阅读中进步"。可以想见，一围待在这间书房里，回味着与"一阅""正之""进步"这些词儿相关的签书场景，心里是多么的受用。一围是个活络不足、古板有余的人，平常在场面上混酒交友的时候很少，与我酒桌结识实在是一个例外。但一围把书房的门一关，脸上大约是有亮色的，因为书架上聚着许多他结识过的人呢。

正这么走着神儿，外边响起敲门声。筱蓓走过去，很快将一位女客领进书房。这是一位三十多岁的标致女人，大约因为穿着有些轻软的绸衣，身形微胖而不显。她似乎有点紧张，一进来眼光找到我，才松了脸一笑。我说："是陈宛陈女士吧？"女人说："你叫我陈宛就好。"我一指筱蓓："她是这儿的主人，书的事她说了算。"筱蓓说："没关系的，您先看看合适否，这种事讲的是缘分。"女人点点头，眼睛慢慢扫一圈屋子，走到书架前直着脖子看。她抽出一本瞧了瞧放回去，又抽出一本瞧了瞧放回去，然后手伸到上格取下一本蓝皮书，目光停在了封面上。我凑近一步丢去一瞥，是小说《第七天》。女人说："这一本好。"说着打开扉页细细地看，仿佛淘到了一见如故的藏品。我说："不光这一本好，每一本都有点意思。"女人抬起眼睛，承认地点一下头。我说："如果你愿意，现在就可以说个价。"女人说："我还得先问一句，为什么要把这批书处理掉呢？"我看一眼筱蓓，筱蓓说："我老公一走，这些书就用不上了，放着也是放着，还不如找个用得上的地方。"女人说："为什么说还不如呢？剩下这一墙书架，也不算太占地方。"筱蓓说："人走了，这一墙书架却像是一种提醒，我不喜欢这种感觉。"女人说："像是一种提醒？提醒什么？"筱蓓微露不悦："别走题好吗？我可不是为了钱，我本来就没打算让这些书变成一桩买卖。"筱蓓这么讲有些傻了，至少会露出心里的待价底细，对方分明在话中夹着试探呢。我打着掩护说："是的，转让收藏品不是买卖，靠的是眼缘和心缘。"女人说："好吧，切入正题。我提个数字，你们看合适否。"她默一下脸，伸出两根手指说："二十万。"我暗吃一惊，同时瞧见筱蓓的眼睛使劲睁大了一下。这个数字远远超过期望，让人觉得是耳朵听错了。

书房似乎安静了片刻。我用手推推鼻子，一边生出一些警惕，说："你开的这个价，含有别的附加条件吗？"女人摇摇头说："没有。这么多签名书，值这个钱。"筱蓓说："您这样说我挺欣慰。我能不能知道，您是做什么的？"女人淡笑着说："别以为我很有钱，我是想让男友高兴。我相信我这么做，他会高兴的。"我说："我也问一句，你男友喜欢文学吗？"女人拍拍手中的《第七天》，说："喜欢的。他爱读小说，还向我推荐过这一本。"噢，若是这样，逻辑是成立的。我舒口气说："那你这一次做对了！女人要拿住男人，不能光喂他好话，你得让他真正的心跳一回。"这句自作幽默的话有点勉强，但多少把气氛说松了。随后双方又来回讲些话，议定了付款方式和搬运时间。

在我的眼里，两个女人的脸上都渗出了满意。

　　日子的推移有时是不知不觉的。四五月间，我在公司里帮着打理一个非遗产品展示会，出策划书、做 VCR 什么的，嘴巴和手脚经常一起忙碌着。待弄完了松口气，天气已经转热。站在办公室窗口抽烟时往街上一瞧，路人们开始躲着阳光了。

　　这天午休小憩后，我习惯地划开手机，瞧见筱蓓一条微信：事情不明白，有空电话一下。我坐到办公桌前，打电话过去。筱蓓在手机里咿咿呀呀发着声音，讲了十多分钟。原来昨天晚上她跟住校的儿子进行每日例行电话时，儿子顺口丢了一句，说学校图书馆出现咱家的藏书。她问什么藏书，儿子说小说签名本呀，上面有老爸的名字。她有些纳闷，说你也开始读起小说啦？儿子说我眼睛哪里忙得过来呀，是班里一同学在看。她想一下，让儿子去拍张小说扉页照片。过一会儿，照片真的发过来了，情况属实。为此她琢磨一晚上再加一上午，脑子还是糊涂。

　　我一边听着一边也直眨眼睛。花一笔钱买签名旧书，一转身送了学校，这实在有些稀奇。不过让书籍到达图书馆，也算物尽其用，没什么不高兴的。我说："这种事儿是人家的权利，咱们不能说她做得不对。"筱蓓说："我没有说她做得不对，我只是感到奇怪。"我说："干什么事儿都有内在逻辑，只是咱们不知道而已。"筱蓓说："一围的书，我多少得知道一些吧？方便的时候你联络一下她呗。"

　　我静一静脑子，在手机微信里找到"衣艺者"，先打一声招呼，然后试探地问：那批书给男友后，他惊喜了吗？对方许久没有回复，过了半小时才跳出一句话：你这是产品售后调查吗？我写：毕竟是朋友的书，我得关心一下。对方：那你来一趟吧，我允许你见一面。我给一个微笑图标：我又没提出这个要求。对方：透过手机屏幕，我看到了你脸上的企图。我：那怎样才能找到你？对方：浣纱路北边，衣艺者。我：呀，你是衣店女老板。对方打出一个眯起单眼的调皮图标。

放下手机，我心绪似乎有点不稳定，坐了片刻终于按捺不住，就找个借口离开办公室去了街上。坐几站公交车又走一截路，到了浣纱路北段。两旁有一溜儿花花绿绿的商店，我东张西望一会儿，眼睛一亮见到了"衣艺者"三个字。这是一间门面不大的售衣店，推门进去，里边倒是清爽开阔，挂卖的衣服热闹而有秩序。一位年轻店员迎出来刚想说什么，我已绕过去往里走，因为我看到了坐在售台后面的陈宛。

我说："大隐隐于市，原来陈女士藏在了这里。"陈宛站起身一笑说："来得挺快。就不能叫陈宛吗？"我说："好吧陈宛，这个店开几年啦？生意不错吧？"陈宛说："三年了，生意马马虎虎。"我说："不能马马虎虎，马马虎虎怎么能掏钱买书再送出去呢？！"陈宛翘了眉毛给我一眼："知道这个啦？怪不得又是微信又是打上门来。"我说："我可不敢打上门来，我这是上门求教。"陈宛说："想打探为什么把那批书赠送给学校图书馆吧？"我点点头："我有点好奇。"陈宛说："我那位朱一围早年在那个学校上过学，放在那儿比放在家里好。就是这么简单！"我说："那个中学是你男友朱一围的母校？真是巧了。"陈宛说："巧什么？"我说："我朋友朱一围的儿子也在那儿上着学。"陈宛"噢"了一声："这不挺好吗？父亲的书最终到了儿子的学校，用报纸语言叫一段佳话。"我说："可是，玩这样的佳话代价不小。"陈宛说："我明白你的意思，我也不是把书全送去学校的。"她一摆头，引着我走到T恤挂墙前——其中几件T恤不同颜色，胸前均印着《第七天》的扉页签名，图案清晰别致。陈宛说："我做了三百件文化衫，我可以赚些钱的。"我用手指推一推鼻子，说："有点意思，到底是衣艺者。"陈宛说：

"要是喜欢，可以送你一件，你自己挑个颜色。"我呵呵一声没有拒绝，左右看一看，选了一件浅蓝色的。衣服上的作家签名挺有力道，我用手摸了一下。

陈宛说："看着这衣服，你心里的问号有没有去掉？"我说："没有！三百件文化衫就是全卖掉，又能赚多少钱呢？"陈宛说："看来你是个较真儿的人。朱一围有你这么个朋友也是幸运。"我说："朱一围才是个较真儿的人。他已经不能溜达过来说话了，我是替他较真儿。"陈宛说："好吧，为了去掉你心里的问号，我再请你喝个茶。"我说："又是送衣服又是请喝茶，我是不是应该不好意思？"陈宛笑了说："其实呀让你过来一趟，我就是想和你去茶室说些话的。"

年轻店员将 T 恤包好，我卷起来塞入携包。陈宛引领着我，出了店门右拐走一段路，进了一家外相低调的茶室。茶室厅堂不大，但看上去藏着安静。陈宛熟络地要下一个小包厢，点了绿茶和茶点。我说："瞧这架式，要跟我长谈呀。"陈宛说："不长谈，一小时内把事儿说明白。"我说："一小时够长了，抵得上大半部电影。"陈宛说："长话短说。我刚才撒了个谎，那个受书的中学其实不是朱一围的母校。"我说："那为什么把书送去？"陈宛说："因为他儿子在那儿上学。在儿子眼里，他是个没有能力不能出彩的人。他曾经说过要为儿子挣点儿面子……"我说："等等！你是说你那位朱一围也有一个儿子在那儿上学？"陈宛说："我说的就是你的朋友朱一围。"我端着杯子一笑："嘿嘿，你把我说糊涂了。"陈宛说："我的朱一围其实也是你的朱一围，两个人是同一个人。"我喉咙差一点被呛着，使劲伸一伸脖子吞下茶水，又咳出一口粗气。陈宛笑一笑说："你别把惊讶动作弄得太夸张，我做的事里没有阴谋。"我说："之前你一直在说，朱一围是你的男友。"陈宛说："男友这个说法还真是不准确，可我找不到一个合适的词儿扣住我和他的关系。"

在接下来的时间里，陈宛轻着声音讲述了她和朱一围之间的故事。她清晰地记得，两人的相识是在小说《第七天》的作品分享会上。那天她正在一家书店大厅里买流行服装的书，听到好几个人说着话儿往旁边活动室走。她好奇地过去瞧一眼，原来是一位著名作家与一位主持人对话，介绍一本三年前出版现在仍被讨论的书。她没见过这样的场面，就怂恿自己留下来听一会儿。周围的脑袋很多，把整个活动室挤满了，她只能在中间通道上站着。站了片刻，有人指挥通道里的人坐到地板上。她穿着白色裙子，又不是粗条随意的人，神情便有些犹豫。这时旁边椅子上的男人站起身让出座位，自己坐到了地板上。她不好意思地坐下，朝让座的男人送出一笑。分享会结束后，她受了诱惑，到文学书柜找《第七天》，这时又遇到了那位让座的男人，他刚好也来取此书。让座的男人告诉她，自己有八折优惠卡，可以替她付款。她认真地道了谢，因为省下的小钱里有人家的好意。随后她加上对方微信，将打折的书钱发去——此时她知道了对方名字叫朱一围。

到了晚上，朱一围在微信里打招呼，并把作家签名发来给她看。从此开始，两个人时不时进行文字聊天，她说些服装走势的事，他说些签名收藏的事。陈宛很快知道，朱一围是个实诚的人，朋友很少，但认对了人就会往深里走。此时陈宛离了婚正单着身，心里装着一堆郁闷，这也促进了双方交往。过了不久，两个人把对方视为可以讲心里话的人。又过了不久，两个人约在一起泡茶室、逛书店，偶尔还一块儿看一部电影。再往后的一些情节可按快进键，因为陈宛没有细说。她对此的表达是：两个人的朋友等级相当高，除了身体没有合并。

大约一年半前，陈宛想开一间服装店，"衣艺者"的店名都想好了，可左腾右挪仍缺一截资金。把情况说给朱一围，暗想也许能获援三五万的，不料几天后她的银行卡上颇有气势地长出二十万。她吃了一惊，又有些不安的感动。在她的印象里，朱一围花钱并不豪放，在家中也不打理财事，所以凑起这笔款子得花多少心思呀。这么一想，她觉得自己跟他更贴近了一步。又过了一些日子，有一次两个人一起喝茶，喝着喝着朱一围起了感叹，说咱们相遇太晚，这一辈子不能娶你，下一辈子你嫁给我吧。陈宛说行呀，下一辈子咱们早点儿遇上。朱一围说，这不是玩笑话，为这个念头我已经琢磨了好几天。陈宛便笑，说不就是来世嫁你吗？没问题的，你对我这么上心，我不能那么小气。

这样的话说过，陈宛仍然以为是玩笑。她不信佛不进教堂，从未想过瞧不见摸不着的来世之事，再说自己的年纪离终点线还差着几条街呢。不料过了两天与朱一围再见面，他从衣兜里取出一只信封，再从信封里取出两张相同内容的纸，纸上放着醒目一行字：下一世婚姻协议书。下面文字则简约清晰，写明了两个人下一世自愿结为夫妻，共同敬爱相处，不违背对方。陈宛问，这是什么意思？让我签名字吗？朱一围说，这是自由婚姻，你愿意了就签上，一式两份。陈宛说，下一辈子的我能由这一辈子的我来做决定？朱一围说，转了世你还是你，你的婚事当然由你做主。陈宛说，这协议签了你拿在手里真觉得有用？朱一围说，我相信哪个世界都有律条也都有规约，拿着这份协议我心里踏实。话说到这个份儿上，朱一围又拿着如此的认真劲儿，陈宛就不好拒推了。她嘻嘻一笑，又拍拍朱一围的手臂，在纸上写上自己的名字。完了她调皮地说，今天算是领结婚证的日子，你怎么不备些彩礼？至少也得送束鲜花递个戒指呀。朱一围说，我想过了，那二十万就折成一份彩礼，虽然有些少，但总归按着规矩走了步骤。陈宛说，你还真给彩礼呀？朱一围说，当然得给，不然把这份协议显轻了也显假了。

陈宛讲述的时候，没有理会我脸上的惊讶表情，因为这是她能预料到的。大约口渴的提醒，她缓一缓气，端起茶杯喝了两口水。我这时才想起自己应该讲些话，便说："一围是个二分之一认真二分之一古板的人，有时候不通世俗但不会迂腐，他真的认定下一辈子事情可以弄到纸上？"陈宛说："一围是个二分之一认真二分之一古板的人，所以在外边也不应该有一位我这样的女人，对吧？"我无法应答，就没有吭声。陈宛又说："在这几年里，一围多次跟我提到你，但他没有跟你提到我，这不是对朋友留一手。我的意思是说，一个人在最好的朋友跟前，也会有属于自己的秘密东西，譬如女人啦譬如对来世的看法啦。换一句话说，他对来世的看法是一种秘密态度，跟迂腐什么的没有关系。"

显然，陈宛是个细腻的女人，她的话并不浅淡。我沉默一会儿，说："也许你说得对，对别人包括对一围，我只是看到了能够看到的那一部分。现在我想看看另一部分可以吗？我是说那份协议。"陈宛有准备似的点点头，摁几下手机调出协议图片，递给我看。我细看一遍协议文字，又盯看一眼下面的签名。两个人的名字一个认真一个随意。

我将手机递还，问："签了这份东西，你有什么感觉？"陈宛说："开始没怎么在意，不就是一张纸吗？后来慢慢地生出异样的感觉。"我追问："什么异样的感觉？"陈宛说："你想呀，以前两个人喝茶逛店看电影，再靠近也还是朋友。有了这张协议垫着，待一起时我偶尔会恍惚，觉得自己像一位未婚妻。"我说："你喜欢这种感觉吗？"陈宛说："不喜欢。"我说："为什么？"陈宛沉吟一下说："我对一围有好感，但没有依靠感。"我说："你是说不爱他？"陈宛"嗯"了一声说："还不到那个程度，这也是我……没把身体交给他的原因。"我说："那你相信有来世吗？"

陈宛说："以前呀真没注意这种事儿，眼下的日子还应付不过来，哪有心思去想很远的未来。但自打签了这张纸，心里像是多了一件事，时不时地会琢磨一下。不是说人的认识是有限的嘛，万一真有转世呢，万一灵魂长生呢。"我说："这么说你有了担心，担心那张协议以后真的会生效。"陈宛轻笑一声说："那会儿我想起手头还有一本小说《第七天》，以前没正经打开看呢。我读了一遍，好像没有读懂，就又读了一遍。读着读着我对自己说，不管人死后有没有来世，你得先把这事儿看作有。"

　　陈宛把自己的故事讲完，一个小时刚好过去。但我的沉默拖住了她，两个人仍坐在那里，似乎还有话要说。过了片刻，我问："你把二十万元还回去，是想单方面撤出协议？"陈宛说："也别这么说，这毕竟是我欠一围的债，他治病也花了不少钱。"我说："如果一围还活着，你会把解除协议的想法说出来吗？"陈宛说："不知道会不会马上说出来，我原以为将来的事还远着呢。可他走了，走得这么快。来世的事情他已经知道了真相，而我什么也不知道。"我说："在这一个小时里，我接收到了你的不安，同时我也一直在琢磨，你把这个故事告诉我为的是什么。"陈宛说："是的，我把你约过来是有目的的，你是一围最好的朋友，我想请您帮个忙。"我说："讲讲看。"陈宛说："那协议一式两份，另一份在一围手里。"我明白了："你想把另一份协议也拿到手，然后一起撕掉。"陈宛吸一口气吐出来，说："拜托你先探问一下，好让我心里有个数。那份协议现在变成了危险的东西，要是抖露出来对谁都不好，吕哥你说对吗？"她第一次叫了我吕哥，在这个下午结束的时候。

　　是的，这是个让人吃惊的下午，一张协议书更改了我对一围的认识，至少是部分认识。在许多个日子里，一围除了收藏一些书，对生活基本没有想象力。他的工作是平淡的，坐在柜台里办理汇款取款，还有订阅杂志什么的。他的家庭是平静的，与筱蓓相处得不热也不冷，有点一起慢慢老去的样子。他还跟我说过，自己在家中不乐意担事儿，时间一久，排起序来便做不上一号人物。就是这么一位配角男人，却悄悄自己给自己做了一回主。

我无法揣测一围怎么保管自己那一份协议。也许已经撕了或烧了，反正他内心认定协议将在约定世界里生效。也许放在某个暗处，随着他的离去而彻底消失。但日子里哪有彻底的事，若是某一天筱蓓一不留神看到，心中会长出一个长久的痛点吗？

我可以肯定，陈宛所要的忙我是帮不上的。或许她也只是一说而已，并不真的指望我能取到那份协议。但此时我心里又探出好奇的手，想抓住一些未知的东西。我甚至负责地觉得，既然自己听到了这件事，就不能再做一个偷懒的局外人。

从茶室出来我没有回家，在街上闲逛一会儿又用过简单的晚餐，看看时间合适了，向筱蓓递一声招呼，随后打车去了她家。一围的书房已经变成卧室，无法再进去了，我只能坐在客厅沙发上，像一个派遣出去的打听者向女主人通报书籍的事。我告诉筱蓓，自己已见过陈宛，那批签名本确实赠给了学校图书馆，因为那中学也是另一位朱一围的母校，他想给自己添点面子。筱蓓随即做出一个判断："看来他们是有钱人。"我说："这个不知道。眼下这年头有钱没钱哪能一下子看出来。"筱蓓说："不然为什么要花这笔钱呢？"我说："那位陈宛在街上开了一家服装店，她把扉页签名图做到 T 恤上。这种文化衫现在挺流行，应该能赚钱的。"我从携包里取出那件 T 恤，铺在沙发上让筱蓓看。她摸了摸衣服胸前的图案，脸上出现解惑后的满意。她说："想不到签名还能在衣服上派到用处。"又说："那些书放在学校里挺好的，虽然是那位朱一围捐送，但儿子的同学都知道书的真正出处。"我说："一围知道了这样，心里也会高兴的——我说的是咱们的朱一围。"筱蓓思忖着说："他们毕竟花了一笔不小的钱，我心里好像过意不去，我得感谢一下。"我说："怎么个感谢？"筱蓓说："我想请他们吃个饭，你也一块儿去。"我摇摇头说："不用的，这只是一次花钱购书，你没必要跟他们交朋友的。"筱蓓说："我想见见那位朱一围，共用一个名字怎么也是缘分。"我心里摇晃一下，嘴里已形成一句谎言："他们俩是双城记，那位朱一围不在这个城市。"说完了觉出漏洞，赶紧又补一句："陈宛告诉我，他在这儿读的中学，大学毕业后留在了外地。"筱蓓说："那好吧，就跟那位陈宛聚个餐也行。两个女人都找了名字叫朱一围的男人，总有些话可聊的。"我不能马上再否决，就点点脑袋"嗯"了一声，又记起什么似的转过话头："有句话我一直想问，一围临走时说了什么话吗？"筱蓓一指自己喉咙说："吕默你迷糊了，一围那时候已经不能开口说话。"我耸耸肩说："我是说他有没有留下文字？"筱蓓说："你为什么问这个？"我说："不知怎么，这两天我挺惦念一围的，我在回想他最后的那些日子。"筱蓓沉默几秒钟，让话题进入了我想要的轨道。

筱蓓说："吕默你有没有记起来，最后那些日子你到医院探望时，在一围脸上看到了什么？"我眨眨眼说："是骨头浮上来的那种消瘦。"筱蓓说："消瘦里还有东西……是高兴。"我愣了一下，最后几次去见一围，他的情绪的确不差，但那应该是面对朋友时的强打精神。我说："那高兴是撑着的吧？朋友一走就收回去了。"筱蓓说："不是的，那些日子他一直挺愉快。"

筱蓓停一停，回忆了一些细节。一围刚住院时，心情也是不好的。

做了喉部手术后病情不仅没刹住，反而向坏的方向滑去。那些天他因为不能说话，整天想着什么，想着想着忽然就开朗了。微笑先来到他的嘴角，然后出现在眼睛里。他开始找些书看，譬如那本《第七天》。再到后来，他身上力气少了下去，看字儿容易累眼，便让筱蓓读小说。有时筱蓓读着读着，他眼睛慢慢眯上就睡过去，脸上还搁着安适的神情。

筱蓓抿一抿嘴，慢慢地说："一个人离死亡很近时，一般是恐惧的或者痛苦的。如果此时这个人开心起来，你觉得他会是什么样子？"我回答不了这样的问题，摇一下头。筱蓓说："诗人。我是说诗人的样子。"我说："为什么这么说？"筱蓓说："那会儿一围整个人是轻的，不是瘦了以后身体的轻，而是心里丢开负担后的轻。他脑子里时不时会出来一些好词好句。"我说："好词好句？他不是不能动口吗？"筱蓓说："不是动口是动笔，有一天他取了一张纸，先写一句：有一种动静，叫太阳的声音。又写一句：蓝天上的白云结了冰。再写一句：真正无限的，不是死亡而是生命。我奇怪地瞧着他，他笑一下用笔告诉我，这些话是作家们说的。"

随后几日，一围还试图体验作家们说的这些话。他穿着棉衣坐在轮椅上，让筱蓓推到住院部楼下院子里。冬日的阳光有些松软，把他的影子投到地上。他瞧着地面却没有在看，因为他静着耳朵去听太阳的声音。听了片刻，进入耳朵的只有院子里一些嘈杂的声响。他有些不满意，便让筱蓓推着轮椅出了医院，往安静的地方走。远处有一片草地，颜色已成枯黄。在枯黄之中，卧着一块不大的水池。经过水池时，一围突然激动起来。他看到水面结了一层清亮的薄冰，上面倒映着蓝色的天空和天空上的白云。他身上似乎长出了力气，想从轮椅上站起来，但没有成功。筱蓓将轮椅再往水边靠几步。一围安静了，身子久久不动。也许在此时，他眼睛看到的是水池里的白云在结冰，耳朵听到的是太阳化开冰面的声音。在他的意识里，那应该是一种冲突中的美丽。

筱蓓说："在那一刻，他喉咙里竟嘶嘶地发出一些声响。他好像要发点儿感慨，可是我没法听明白。"我说："白云结冰呀太阳声音呀这些虚的东西有啥含意吗？对一围意味着什么？"筱蓓说："谁知道呢！人在这个时候吧，脑子里出现一些古怪念头也不奇怪。"筱蓓顿一顿又说："那天从水池边回到病房，一围又在纸上写了一些字递给我看，意思是白云可以从天上到地上，人也可以从地上到天上，天空也是一个大水池。"我轻笑一声说："这时的一围，的确越来越像诗人了。"筱蓓说："这时我也知道，一围剩下的日子不多了。"我说："那后来他还有什么遗言吗？"筱蓓说："也没什么正儿八经的遗书，但他写了几句话，让我把书房里的书处理掉，不要存在家里。"我愣了一下："把书散掉是他的意思呀？他为什么呢？"筱蓓说："他知道这些书对我和儿子没啥用，想让它们遇到阅读的人，这是我的猜测。"我点点头，一围虽然爱书，可这种想法到底没有错。

该问的话已经问过，时间也不早了，我站起身准备告辞。筱蓓想起来说："对了，一围最后还写了两句话，只是我不明白。"我问："什么话？"筱蓓说："一句是：对书上的文字，一双眼睛便是一次公证。另一句是：在对不起上面贴上邮票，从那边寄给这边的你。"我沉吟一下用手推推鼻子，说："这也是哪个作家说的吗？"筱蓓说："也许吧，那会儿我已习惯了他这样，也就没问。"我说："真像是半个诗人呀，也不枉藏了这么多年书。"筱蓓沉默一下说："我跟他也待了这么多年，可他的一些想法我还是不明白。"

告辞出门来到街上，我心里晃晃的还不想回家，上出租车后往市中心随便指一个方向，最后在一个灯光热闹的路口停下。

我站在人行道上给陈宛打了电话，告诉她已见过筱蓓。陈宛嘴里出来几个问号，想知道筱蓓的反应和协议的下落。我说筱蓓神情没有异常，不像知道了这件事。我又说那张协议的藏身处只有朱一围知道，所以也许是永远安全的。陈宛说："也许是永远安全也许是定时炸弹。"我哈了一声说："你不能把这份协议说成是定时炸弹，不然一围会不高兴的。"陈宛不吭声了，过几秒钟才说："吕哥你说得也对，我不应该担心。我又没做亏心事。"我把筱蓓约请吃饭的事说了，问她愿不愿意在一张餐桌上聊聊。陈宛说："聊什么呢？"我说："两个女人在一起，总可以聊些话的。"陈宛哑笑了一声说："可以呀，我和她又不是敌人。"我说："到时候我陪着你们，让一个男人听两个女人聊话。"

摁了手机，我沿着人行道无目的地往前走。两旁一些商店已关了门，一些商店还没关门。我走过一些关了门的商店，又走过一些没关门的商店。我脑子里突然跳出一个念头，一围也许把那张协议书夹在某本书里呢，这是很好的存放方法。临走之际，他改变了躲藏的想法，要让协议跟着书籍流出去，到达某一位有缘分的读者眼里。"对书上的文字，一双眼睛便是一次公证"，他不怕了，他愿意让别人见证自己收藏的情感和来世的日子。当然啦，这只是我的猜想，一时无法去验证。说实话，我现在有些吃不准一围内心的真正样子了。

这么溜着神儿，我的目光就有点散，不经意间掠过街道对面一幢高楼里的灯火。又走一小截路，我刹住脚步再望那高楼一眼，正是一些年前我和一围首次相遇的地方。我脑子一醒，原来今晚我是想让自己到这儿来呢。我掉转脚步，穿过斑马线走几分钟来到大楼跟前。在这个时间点，大门仍进进出出不少胖瘦不一的男女。我想一想,走了进去。

　　坐电梯上了顶层,那家餐馆还存活着,而且吃喝的喧闹此刻仍未散尽。我一时不知道干什么,就在待客区的椅子上坐下,把携包搁在腿上。我微眯眼睛,脑子里出现了第一次遇见一围的情景。那天他撑着精神,脸上有一种认真的和气,而且老露出微笑,但他的内心,对酒桌上的豪华气氛是有些胆怯的。这一点被我瞧出来了,因为我当时的心情也是这样。可能正是这种暗中的相似,让两个人能够走近。在后来相处的日子里,我不时能见到一围收的一面——不是收敛的收,而是收缩的收。记得有一次我们聊话,不知怎么说到"撤退"这个词,我起了点想法,认为自己和一围的性格里都藏着"撤退"元素,可称为"撤退人士"。之所以这么说,是由于此前我因一件挺无聊的公事跟馆长闹了不快,他觉得这件公事不仅不无聊还很重要,指责我办砸了。我在单位并无斗志,正好借此怂恿自己从图书馆撤出,去了闲散一些的文化公司。

　　当时一围问:"这撤退人士怎么个理解?"我没有拿出自己的事,而是举了生活例子:"譬如撤退人士是 A,那么三个人散步,A 十次有九次不会走在中间,而一堆人拍集体照,A 十次有九次是站在旁边的。"一围说:"这话儿也是在说,十次中还有一次是例外的。"我一提声音说:"九次往旁边靠的人,会在剩下的那一次使劲往中间挤吗?"一围嘴角露出一丝神秘的微笑,说:"只有在例外的地方,才能找到秘密的出口。"一围又说,"这是一个作家说的。"

　　旁侧响起什么声音,我弹开眼睛望过去,有一个男人从一扇甩门里出来,手里还拿着一只烟盒。噢,想起来了,那是个小阳台,我和一围曾经在那儿站过一会儿。我起身走过去推开门,仍然是记忆中的样子——一个外伸的弧形阳台,面积不大却有点儿凌空感。

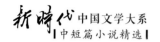

　　我站在栏杆前，目光往下扫过去，看见了一大片与房子们相缠的灯光。又抬一抬眼睛，看见了更大的一片天空。此刻站在高处，天空似乎也近了一些，几朵白云和几颗星星在夜幕中显出来。夏风吹过来，让人似乎轻了身体。我举着脑袋，突然想到如果让自己跳出阳台，会不会在身子下落的同时灵魂飞向白云？一围就是这么认为的：白云可以从天上到地上，人也可以从地上到天上。

　　当然，我是不会允许自己这样做的。不过很快，我脑袋里又生出一个念头。我拉开携包，取出那件 T 恤抖展开来，又看一看胸前的签名图案。图案在暗色里仍是清晰的。

　　我吸一口气，将 T 恤伸出阳台，一片浅蓝色在我手里飘动起来。我一松手，衣服猛地蹿了出去，先在空中兴奋地转一个身子，然后轻盈地跑向远处。我的目光跟着它，就像跟着一个移动的秘密。

　　但夜色中我终于没有看清，那片浅蓝色是落到地上，还是飘向了上空。

城 市 文 学 卷

无法完成的画像

刘建东

屋子里弥漫着一股淡淡的烧焦的味道。女孩被一个中年妇女领进来。中年妇女是女孩的舅妈，脸圆圆的，眉清目秀，却是男人嗓。我们已经见过几次，对她并不陌生。女孩几乎是被她拎着放到我们面前。她粗声说："我外甥女，小卿。"

我们正端着茶杯百无聊赖地喝水，看到瘦弱的女孩，我师傅杨宝丰赶紧站起来，端详着瑟瑟发抖的女孩。女孩宽宽的额头散落着稀稀的头发，有几根遮掩着大大的眼睛，露出惊恐的眼神。我师傅愣了一下，然后轻轻抚摩着她发黄的头发说："别害怕，我们是给你娘画像的。"

时间停留在一九四四年的春末。这一年我十五岁，我师傅大约四十岁。我师傅杨宝丰是城里唯一的炭精画画师。三年前，他来到城里，在南关开了家画像馆，专门给人画像，给活着的人画，也为故去的人画。师傅保持着一个传统，画遗像一定得到死者的家里去画。我想，可能是不想把晦气留在自己家里吧。我已经跟他学徒一年，能够简单地比着照片画人像了。

舅妈说："平时就她们娘儿俩一起生活。我这小姑子比较任性，因为恋爱的原因，几乎断了和我们来往。我一年也就能见她几面。三年前的秋天，我婆婆病重，临死前就是想见她这个小女儿一面。我和小卿舅舅来找她时，已经看不到她了，只剩下我这小外甥女独自在家。听小卿说，她娘是刚刚不见了，小卿也不知道她娘去了哪里。我们找了她整整三年，这三年里，我想让小卿到我们家里住，可小卿就是不离开这儿，说要等她娘回来。我只好每天过来照顾她。这三年里，我男人去了很多地方寻找，我那小姑子就是活不见人死不见尸，慢慢地，我们也就不抱什么希望了，只好放弃了，就当我这小姑子是死了，所以才请您来给画一张像，算是有个着落，有个结果。"她说得很平静。

是的，师傅来是给人画遗像的。师傅并不关心这些，他只想着如何对得起这份邀请，把他的工作做好。他把目光从女孩身上移到舅妈脸上："我需要她的照片，你们找出来，我来挑一张。"

舅妈转向小卿："快去把照片拿出来。"

因为一下子来了两个陌生人，小卿吓得只顾低头看地，对舅妈的话充耳不闻。只有两间屋子，找起来也不难。舅妈只好自己动手，来来回回在屋子里转了好几趟，却没有找到一张小姑子的照片，只找到了一本薄薄的相册，里面的照片却不见了。可以清楚地看到贴过照片的痕迹，照片一张也不见了。舅妈把相册递到小卿跟前，问："照片呢，照片咋就都不见了？"

小卿落下泪来，抽抽搭搭的。舅妈脸色大变，黑黑的，训斥小卿："你哭啥？又没打你骂你。"

师傅冲舅妈挥挥手，弯下腰来，和颜悦色地对小卿说："孩子，别哭。我们是替你娘画像的，只有知道你娘长什么样，我才能把她画出来。你知道照片在哪儿吗？"

小卿眼中带泪，点点头，"我知道。"她说。

她领着我们走出屋，左拐，在墙角处放着一个红花的搪瓷脸盆，已经掉了很多瓷，红花已经残缺不全。她指着脸盆里，小声凄凄地说："喏，都在这里。"

我们顺着她手指的方向，低头观看，脸盆底有一层燃烧后的灰烬。

那可怜的灰烬还保持着照片的模样，竖着，横卧着，侧躺着，张牙舞爪。这时，刮过来一阵风，灰烬犹豫地颤动着，然后开始盘旋向上，轻飘飘地飞到空中。隔着散成碎片的灰烬，向阳光密布的天空望去，天似乎阴了。怪不得我刚才一直能闻到一股淡淡的烧焦味。舅妈的声音尖厉起来，抓住小卿的细胳膊："你把照片都烧了！这是为啥？"

小卿嘤嘤地哭出声来。

我们重新回到屋内，气氛便有些紧张和不安，没有照片，等于是巧妇难为无米之炊。小卿垂手而立，脸上还挂着不屈的泪珠。师傅面露难色，对舅妈说："没有照片，我画不出来。你还是另请高人吧。"

舅妈一时也没了主意，她并不是一个从容淡定的人，一遇到难题便慌了手脚，只会埋怨小卿，对小卿横加指责。还是师傅处事冷静沉着，提醒她，除了这里，哪里还能找到她小姑子的照片。这一下，舅妈茅塞顿开，跺了一下脚，拍一下脑门："我都被她气糊涂了，我去找，我去找，我们家里一定有。"

我们便和小卿一起等待她的舅妈回来。

屋子里烧焦的味道渐渐散去。没有了舅妈在身旁，小卿反而没有那么胆怯，她逐渐活泼起来，看看我师傅，又看看我。舅妈说小卿只有十岁，或许是营养不良的缘故，她看上去比实际年龄要小。从开始到现在，我一直背着装满画画工具的布包，没有说一句话，她就对我有些好感，向我招招手，说："你来。"我犹豫地看了看师傅，师傅掏出烟来，点着，闭上眼。这就说明师傅并不反对。

我跟着小卿进了另一间屋子，里面摆着一张单人床，叠好的被子上还放着一个草编的娃娃。她把门关上，神秘地对我说："我还有一张照片。"

我大吃一惊："那你赶快拿出来呀。"

她拿起草娃娃，用手摸着娃娃的头："我不拿。"

我着急地说："我去告诉师傅。"

她说："你去吧，你去告密，我就说是你撒谎，根本没这回事儿。"

我说："我不告诉他。那你拿出来吧，让我看看。"

她绷着的脸便松弛下来，露出微微的笑容，她指指自己的心脏："在这里。"

我泄了气，转身要出去，听到她问："你们来干啥？"

"画画。你舅妈请我们来给你娘画像，把她的像挂在墙上，你就能天天看到她。我师傅画得可好了，就跟活着一样。"我向她解释。

她却噘起嘴巴，翻着白眼，不满地说："我娘没死。"

我猜想，她是不愿承认她母亲离世的事实。这不能怪她，搁到谁身上，都无法接受。于是我问她："那你娘去哪儿了？"

她摆弄着手里的草娃娃："找我爹去了。"

"那你爹去哪儿了？"

"我娘说，我爹去的地方不能让别人知道。"说到这里，她突然警惕地盯着我的眼睛，"你不能给别人说。"

我说："我都不知道你爹去了哪里，我咋告诉别人？"

她把掉落地上的一根细草，轻轻地捡起来，吹了吹，想插回到娃娃身上，可她尝试了几次，都没有成功。我说："我来试试。"我把草插回去，交给她。

开门的声音把我们召唤回师傅身边。师傅面前的桌子上，烟灰铺满了一张纸。师傅手中的香烟燃到了一半，一缕细细的白烟腾空而起，线一样直直地飘上去，似乎是静止的。小卿舅妈手里拿着一张泛黄的照片，递给我师傅："您看，这个行不行，我只找到这一张。"

她拿回来的是一张全家福，六个人，坐在前面椅子上的像是一对夫妻，后面是四个孩子，两男两女。她指着第二排右手边那个年轻的姑娘说："这就是她，小卿的娘。"

　　师傅掐灭香烟，盯着照片，似是在认真辨认照片中的人，半天没有说话。

　　舅妈焦急地催师傅："您倒是给个准话，行不行啊？"

　　"啊。"师傅像是刚刚有了结论，"这张照片是什么时候的？"

　　"大概十三年前吧。这之后没多久，她就离家出走了。"舅妈说。

　　师傅没有说话。

　　舅妈又问："可以吗？"

　　师傅再次把照片拿近端详着，"好吧，就它吧。"他平静地说。

　　师傅的判断并不总是正确。我看到的那张七寸旧照片，在时间无情的作用下，清晰度已经大打折扣。照片色彩的饱和度明显减弱，眉眼、鼻子和嘴巴虽然还能分得清，但边际间的灰色调正在慢慢地退化，有些暗淡。我有些奇怪，以往，师傅在对照片质量的要求上是很挑剔的。而这一次，在小卿舅妈真诚的邀请下，他是在勉为其难，在冒一个很大的险。

　　此时，我才把背包打开，依次拿出画画的工具，素描纸、炭精粉盒、画笔盒、尺子、放大镜、橡皮，把它们按照顺序放到已经清走烟灰和茶杯的桌面上。我坐下来，开始在那张发黄的照片上画线条，横的线条和竖的线条，交叉形成一个个的小方格。因为人头很小，所以我必须小心地以毫米为单位画线。师傅坐在那里，闭目养神，他没有抽烟，画画前，他都会让自己的心静下来。舅妈出去准备午饭，屋子里没有了她的声音，很安静。折腾了一上午，已近中午，我边打方格，边能听到肚子里的叫声。偶尔，还能听到远处传来的隐隐约约的枪炮声。这两种声音，在我的耳

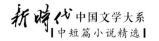

朵里交替回响，就让我有些分心。师傅闭着眼都能感觉到我的神不守舍，他轻轻敲了敲桌面："把耳朵放到照片上。"

我安下心来，继续打格子。

小卿在一旁好奇地看着，她问："你把我娘怎么了？你把她关到笼子里了？"

我说："这不是笼子，这是方格。我把照片上的你娘挪到这张大纸上，她就更清楚了，更像活的一样了。"

她便安静下来，站在一边，静静地看我打格子。

简单地吃过午饭，我在铺展的素描纸上，以放大二十倍的比例，开始打格子。铅笔在尺子的指引下，上下为竖，左右成横，雪白的素描纸被逐渐分成二百八十个方格。小卿显然没有见过画像的过程，她看得兴高采烈，笑逐颜开，脸上早就没了泪水。

我放下笔，把铅笔放在打好格的素描纸旁，放大镜放在打好格的照片上，压好素描纸，看着师傅。师傅缓缓睁开眼，目光在纸上扫视一遍。阳光正好照在密密麻麻、方方正正的格子上，那格子犹如一个个开着天窗的房间，敞亮而温暖。师傅起身，净手，擦干，揉揉眼睛，松松筋骨，然后端坐在桌子前，拿起铅笔开始画头像的轮廓。他画得很慢，比平时要慢许多。我从来没有见他如此小心谨慎、畏首畏尾。铅笔拉成的浅浅的线在一个一个的格子间缓慢地前行，犹疑不定地寻找着方向。平时干净利落的线条也显得笨拙而胆怯。我站在旁边，感觉特别紧张，仿佛这不是平日里的一次寻常的画像，而是一次艰难的在丛林中的探险。我暗暗地捏着一把汗，开始为师傅担忧，不知道师傅是不是能够把人物肖像画好，是不是能得到亲属的首肯。这还是我学徒以来，第一次为师傅忧虑。

还有小卿舅妈的唠叨，对师傅是另一种干扰。她坐在一边，并不像小卿那样安静，她控制不住自己想要数落小姑子的欲望。也许，对这个倔强的小姑子，她早就心存不满。她说："这兵荒马乱的世道，您说一个年轻女子，不好好在家，找个安分守己的男人，守着自己那个小家，好好过活。天天在外面疯跑，净和一些陌生的人打交道。谁知道她找的那个男人是谁，是干啥的。是好人还是坏人。她都自己决定了，也不让我们参考一下意见，甚至都不让我们见上一面。您说，哪有这样的。"

师傅紧皱眉头。

"后来我们连她也见不到了，不知道她去了哪里，大约有三年的时间。等她再出现在我们面前时，她怀里抱着一个娃娃，就是小卿。我们问她，那个男人去哪儿了，在干什么，为啥他不管她们娘儿俩了。我这小姑子啊，倔得像头驴，死活就是不说。还是我男人东打听西踅摸，找了间房子，把她们娘儿俩安置在这儿。"她继续喋喋不休。

师傅手中的笔前行的速度越来越慢。

我把小卿舅妈请到了屋外，悄悄告诉她，我师傅画画时需要绝对的安静，不能和他说话，让他分心。

舅妈说："真是毛病多，我闭嘴就是。我又不喜欢看画画，多无聊。"

屋子里能听到铅笔在纸上滑动的声音。师傅缓慢的勾勒无法吸引小卿的注意力，她看了一会儿就没了兴致，拉了拉我的衣袖，示意我出去。我跟着她悄悄地出了房间，来到院子里。院子里种着一棵枣树，枣树婆娑的影子正好遮住我们。她问我："画到那张纸上的人就死了吗？"

我奇怪地看看她，那双大大的眼睛，衬托得她的脸更瘦削。"不一定啊，我师傅也给活人画像，有年纪轻的，还有小孩子，还有人请我师傅给他们家的猫画过像。我师傅画得可好了，他们都说，比照片上的人还好看，比真人还耐看。不过，我们是来给你娘画遗像的。"我细致地解释道。

"那人死了为啥要画到那张纸上？"她还是有太多的疑问。

我挠挠头："我也不知道，反正有人愿意挂在家里，愿意找我们画，我们就画。"

"你画过没？"

我摇摇头："还没有，我画得还不大像。我师傅说，我得再画两年，才能够正儿八经地给人画像。"

"那你能不能给我也画一张？"

我犹豫着说："能，只要我师傅同意。"

她撇撇嘴："真没出息。"

聊天中，我看不出她有多么悲伤，也许，三年的等待和期盼，对于一个孩子也有些倦怠了，麻木了。

天擦黑的时候，师傅才把人像的铅笔稿画完。白色的素描纸铺在桌面上，借助灯光，我们看到了一个清秀的脸的轮廓，眼睛、鼻子、嘴巴、耳朵都已经就位。虽然漫长，但那是一个好的开始。小卿盯着那张画稿，看了半天，晃着脑袋说："这不是我娘。"

我对她说："别着急，这是草稿。明天就让你见证奇迹。"

披着夜色，我们告别了小卿和她的舅妈。那张画好轮廓的素描纸就放在桌面上，慢慢地被黑夜覆盖。在同一屋檐下的黑暗中，可能还有一双明亮的眼睛在闪烁。

并不像我承诺的那样，奇迹来得并不及时。第二天画像的过程仍然延续着昨日的艰辛。

这是画像的关键环节。

师傅净手后闭目而坐，等着我把一切准备就绪。师傅的表情看上去波澜不惊。微风穿堂而过，师傅的头发微微颤动。炭精粉盒打开，露出细细的黑黑的炭精粉。小卿对灰烬一样的黑色粉状物十分感兴趣，伸手想摸一摸盒中的炭精粉。我抓住她的手腕，制止了她。

而后是毛笔，按照大、中、小号，并排放在右手边。这些毛笔都是经过特殊处理的，把柔软的笔头浸入糨糊中半个小时，等每一根狼毫都与糨糊充分而亲密地接触，拿出，在阴凉干燥处慢慢阴干。此时的毛笔头是饱满的，坚硬的，再把笔头捏松，修剪好，适于沾上炭精粉。一根根黑头的毛笔面朝桌外，等待着我师傅的召唤。

一切准备停当，师傅开始作画。每一次，都是从眼睛画起，这是老规矩。师傅告诉我说，眼睛是一幅肖像画的魂魄，只要魂魄活了，这幅画就成功了一大半。而这一天，一九四四年春天的一天，面对草稿，他稍微犹豫了片刻，然后，用小楷毛笔沾上炭精粉，笔落在了鼻子上。我万分诧异地看着师傅的手。一旦落笔，他的右手便没有犹豫，没有迟疑。鼻头的阴影慢慢地擦出来了，然后是深色的鼻孔。当师傅用炭精粉擦出第一笔黑色的线条时，像是广阔的平原上，吹过来一股春风，等风慢慢地吹遍了平原，黑色的线条铺满了一张白白的纸，人物浮现了，春天也就到来了。

往常，师傅画出一幅八开的人像，大约是一白天的时间。可是今天，我向小卿夸下海口的奇迹却迟迟没有到来。一天下来，他只画了鼻子和嘴巴。但即使是如此，当那秀气挺拔的鼻子和有些倔强的嘴巴，以黑白灰的搭配变得立体，呼之欲出时，也足以令在场的小卿舅妈不住地赞叹："真像，真像！"小卿则牢牢地盯着那鼻子和嘴巴，眼睛瞪得很大，睫毛不住地闪动。

太阳快落山时，师傅便停止了作画，这也是一贯的规矩。我用一张宣纸把那张素描纸蒙住，细心地在四边压上镇尺。我叮嘱舅妈和小卿："谁也别动下面的纸！"

第三天，师傅画了脸部、耳朵和头发。第四天，他才最后画眼睛，画一幅肖像的魂魄。一直到傍晚，漫长的作画过程还未能结束。只留下一只眼睛，他再也画不动了。那一小块空白，像是一个深不见底的洞，特别突兀刺眼。我看到，师傅的右手手背上已经布满了密密的汗珠。而我自己也已经筋疲力尽，依稀是跑了四天三夜。从来没有，从来没有过，这么难熬的作画过程。我反复看着那张旧照片，看着照片上青春而朦胧的脸庞，再看看素描纸上，那一个意气风发而清晰的面孔是多么得来不易啊。

师傅疲惫不堪而虚弱地说："明天早晨收尾。"

按照惯常的规矩，我把缺了一只眼睛的肖像画用宣纸蒙住，镇尺压住，嘱咐小卿和舅妈，别动那张画。我们走到街上，师傅的身子一软，险些摔到路上。我扶住他，说："师傅，您累了。"

第五天一早，我们就赶到了小卿家。清晨，金黄的阳光里有一股甜甜的蜂蜜味道。舅妈忙着给我们倒水沏茶。照例，我开始为师傅做准备。我掀开宣纸，惊得大叫一声："哎呀！"镇尺掉到了地上。

宣纸下面是空荡荡的桌面，陈年的桌面映着冷森森的光。听到我的惊叫，师傅站起来，凝着眉，有些惊恐地看着空空的桌面。我伸出手摸摸桌面，桌上桌下，都找了个遍，也未见踪影。我哭丧着脸，看着师傅。师傅便叫住在眼前晃来晃去的小卿舅妈，问她看到那张画没有。舅妈说："没有啊，你们走后不久我也回家了，我走之前，还看了看桌子上，和你们走时一样，蒙着一张白纸。"她又风风火火地把屋子里能找的地方，挨个找了一遍，最后无奈地对师傅说："没有，哪儿也没有，怪事了，难不成是有贼了？可是贼不偷别的偷一张遗像有啥用，又不能卖钱。"

师傅对舅妈说："你把小卿叫来。"

舅妈把小卿从院子外领进来。小卿垂着手，一脸无辜地看着师傅。师傅想拉拉她垂着的手，可她缩了回去，师傅只好和蔼地拍拍她的头，问："你见那张画像没？"整晚，只有她一个人在家里。

小卿摇摇头，又摇摇头。

站在一边的舅妈把她一把拽过去，手上的力气明显加重了。小卿被舅妈拉扯着，龇着牙，咧着嘴，眼里闪着泪花。舅妈吼道："是不是你？你说到底是不是你？前两天你把你娘的照片烧了，这次你又把你娘的画像弄到哪里去了？你说呀，你倒是快说呀！"

舅妈越是逼迫，小卿越是不从。她倔强地憋着眼泪不流出眼眶，昂着头不回答舅妈的问话。舅妈气鼓鼓地说："你们看看，跟她娘一样一样的，死倔死倔的，认准了理，八头牛都拉不回来。"

师傅上前扒开舅妈愤怒的手，劝慰她："让我来。"

师傅轻轻地抚了抚小卿发红的手臂，安抚她："没有人怪你。不关你的事。你别怕。"又拍拍她的头。小卿怯怯地看了看师傅，又垂手站在那里，默不作声。

师傅挥了挥手，然后坐在椅子上，大口大口地喘着粗气。我胆战心惊地看着他，束手无策。

舅妈跺着脚说："这可咋办，这可咋办？"

师傅淡定地说："我重新画。"

重新画像的决定让小卿舅妈放宽了心，却令我忧心忡忡，我知道，师傅做出这样的决定是非同寻常的。在这一年学徒时间当中，类似的事情从来没有发生过，师傅最忌讳的就是重画。他说过，重画就是对自己

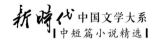

的否定。

不出所料，重画的过程是一场灾难。我师傅杨宝丰要克服他内心的那份执念，并不是一件容易的事。每一天下来，他都疲态尽显，像是经历了一场永无尽头的长跑似的。他甚至忘记喝水，吃起饭来，也毫无胃口，如同吃糠。返回的路上，他走得比平日里要慢许多。夜幕四合，街道上人流稀少。偶尔有辆自行车响着铃铛疾驰而过，还把他惊得歇息几分钟才继续前行。我听着他软弱无力的脚步声，能感觉到，两只脚几乎是拖着在行走，我不忍心地说："师傅，要不我们放弃吧。"

师傅说："不能。"

师傅回答得那么坚决，我就愈发觉得肩上的分量重了。我背着大大的画夹，里面是没有完成的画像。那张薄薄的素描纸，因为有了未完成的人物肖像，仿佛有雕塑般的形态，厚重了许多。我几乎能感觉到已经画完的鼻子、嘴巴的重量。除了要应对师傅心里的信念，我们还得防着画像再次消失。所以，我背来了画夹，每天回家时，我都把未完成的画像小心地装进画夹，而每次，小卿都非常庄重地看着那幅半成品的画像，在她的眼皮底下消失，她说："你为啥要把它带走？晚上我给你守着，一定不能再丢了。"

我不能把心里要说的话全盘托出，我不能告诉她，我们不信任她，不敢把画像留在她身边。我哄着她说："我师傅回去还要加班画。你看看，这幅画像画得时间太久了，耽误好多事。必须加班加点把它画出来。你舅妈放心，我们也安心。"

小卿嘟着嘴，不信任地看着我。

如此谨慎，如此艰辛，又过了五天，时间像是在一个个的铅笔线条围成的方格中，缓慢度过的。小卿母亲年轻时的画像，即将大功告成。

除了要修正一下细微处的头发,连最后的那只眼睛都已经画好了。那一刻,在傍晚来临之前到达,师傅四肢摊开,瘫坐在椅子上,面色苍白,汗湿衣袖,头发打着绺垂在额头上。我轻轻地给他捶着肩膀。

师傅闭上眼,没有说一句话。小卿和舅妈并排站在桌子旁,她们已经忘记了我们的存在。她们被那幅画像吸引了,静静地观看着基本成形的画像,一向爱说的舅妈,也变得沉默了,她盯着那幅画,我在她脸上看到了一丝羞愧。小卿看了一会儿,突然间趴在桌子上,放声痛哭。我害怕她的泪水把画像打湿,急忙把那幅画像向里挪了挪,尽量离她一起一伏的头远一点。三年多来,舅妈说她从来没有哭过,她一直相信,她的母亲,一定会在某个黎明时刻,在她睁开眼的一瞬间,回到她的身边。现在,当她看到自己的母亲以这样的方式出现在她面前时,也许她意识到了那个黎明永远不会到来。她的绝望与痛苦,就这样,把时间重重地推向了夜晚。她的哭声嘹亮而尖厉,高亢而饱满,像是色彩浓烈的炭精粉,把没有点灯的房间染得漆黑。

没有人阻止她。

也没有人,说一句话。

就让那夜晚,快速地降临,快速地把所有人吞没。

等她的哭声渐渐地减缓,变成溪流样的节奏,我师傅才站起来,把她揽在怀里,像哄睡觉的婴儿一样拍着她的背。在师傅的安抚下,哭声才来到了溪流的尽头,她安静下来。我感觉到,夜色像水一样缓缓地分开。

我照旧背着画夹,回到了店里。这几日,我都没有回家,而是在店里看护着画像。画夹被我放在柜台上。柜台里的墙上,贴着几张画像,有一个七八岁少女的画像,画像上明眸皓齿的少女笑颜盛开。师傅睡在里间,而我睡在柜台旁边。临睡前,我看了画夹最后一眼,眼睛才沉沉地闭上。黑夜像是流动着的炭精粉。躺在黑暗中，我似乎能听到细细的炭精粉流动的沙沙的声音。一粒粒一颗颗，互相依靠着拥挤着，成为磅礴而密集的黑色力量，柔软而不顾一切地吞没了一切。

不知睡了多久，我突然醒来，暗夜中恍若传来细碎的声音。顿时睡意全无，我侧耳细听，那声音细若游丝，若有若无。我从床铺上爬起来，蹑手蹑脚地摸向柜台，柜台上的画夹已经不见了。我惊出了一身的冷汗。我摸索着走到里屋门口，轻声喊道："师傅，师傅。"没有人回应。也许师傅太累了。我只好放弃打扰他，循着声音而去，声音仿佛来自屋外，店门虚掩着，我轻轻推开它，脚落下去，感觉像是落进了深渊之中。我深一脚浅一脚地迈出来，汗毛都立了起来，身后的画像馆好像立即就远去了。借着淡淡的月光，浓浓的夜色中隐约有一个人，正专注地站在那里。我掐了掐自己的大腿，算是壮胆。我停下来，不再向前走，唯恐惊动了那个人。我屏气凝神，躲在黑暗处，观察着前方的人。夜晚仿佛是由无数黑色方格组成的世界，每一个方格里都藏着一个妖怪。我缩成一团，想赶快回去。前边那人终于有了动静，他打着了火，他在烧什么东西。他点了几次，才点着，我立即闻到了燃烧的味道。燃烧的面积越来越大，被火映照的地方也扩展得越来越大，我的视线顺着火光向上移动，一屁股坐到了地上。那个人竟是师傅。我的脑子瞬间便凝固了。

我不知道自己是怎么回到店里的。我躺着，眼睛闭着，能听到轻微的脚步声由远而近，关门，上锁，从我身边过去，在柜台边停留片刻，折进了里屋，然后一切归于宁静。夜晚再也无眠。泪水从我的眼角慢慢地滑落，在等待黎明的过程中，变成干枯的泪痕。

画像的事就此结束。师傅彻底放弃了为小卿母亲画像。我和师傅，谁也没有再提起画像的事。一年之后的某一天，我在店里等着师傅，等了一天，两天，一个月，两个月，没有等到他。师傅杨宝丰再也没有出现，我不死心，走遍了整个城里，也没有见到他的踪影。没有人告诉我发生了什么。我央求父亲，替我盘下了那个小店，我继续着师傅未教授完的技艺，渐渐地成了城里一个有名的炭精画画师。我想一边画像，一边等待着师傅回来。就像小卿等待她的母亲一样，我相信有一天，师傅也会突然站在我的面前，他一定会为我的炭精画而骄傲的，我能够滔滔不绝地给他讲，我攻克的各种技术难题，画出的令人难忘的肖像。又过了一年，遥远的枪炮声终于来到了城外，清晰而响亮。

一九五一年的一天，我的画店里走进来一个年轻的姑娘，她面色凝重，年轻的脸上写满了哀伤。她端详着墙上的画，再看看我，说："我想请你画一张肖像。"

我觉得这个陌生的姑娘有些眼熟："好的，把照片给我。"

她摇摇头："有照片，但不在我手里。"

我微笑着向她解释："没有照片我画不了。"

"你肯定能画。"她坚定地说，"也只有你能画。"

我诧异地看着她："为什么？"

"因为你画过。"她确定地说，用忧伤的目光鼓励我。

我更加疑惑。

"我是小卿。"她说。

我一下子明白了，为什么我觉得在哪里见到过她。记忆像是泄下来的洪水。数年前的接触虽然短暂，却给我留下永生难忘的记忆。我内心涌动着一股暖流，不知道是因为见到小卿，还是想到了当年画像时的师傅。我急忙热情、手忙脚乱地请她坐下来，给她沏茶。我小心地问她："找到你娘了吗？"

　　坐下后，小卿努力克制着自己悲伤的情绪，对我说："邯郸解放后，我一直在寻找我娘，我不相信她会丢下我不管，我相信一定有什么原因，阻碍了她回家。我找了很多地方，就像我舅舅当年寻找她一样。虽然我一无所获，可我并没有像舅妈他们那样绝望，那样灰心丧气。我漫无目的地找啊找啊，找了一年又一年，直到去年秋天。有一天，舅舅突然来到学校，把我从教室里叫出来，他满头大汗，气喘吁吁，表情很奇怪。他并没有告诉我是什么事。他骑着自行车，骑得飞快。坐在后座上的我能听到耳朵边的风声。我们停在了晋冀鲁豫烈士陵园门口，舅舅连车锁都来不及锁上，拉着我就向里跑。烈士陵园刚刚落成，有很多单位在组织参观瞻仰。今天轮到舅舅单位。我一路跟跟跄跄，被舅舅拉着狂奔到烈士纪念堂里。我们站在一张照片前，一张模糊的照片，是一张合影。我能感觉到舅舅的身体在颤抖。合影上是四个微笑着的人，两个年轻的男人和两个年轻的女人，女人在中间，男人在两边。我站在那里，惊呆了，我越看，其中一个年轻女人越像我娘。而照片中的人像，似乎也越来越清楚。我确信，她就是我娘。我蹲在那里失声痛哭，根本不顾及周围有多少人。后来，一个陌生的女人走到我身边，问我为啥哭泣。我指着照片说，那是我娘。她把我揽在怀里，也是放声大哭。等我们哭完，她脸上挂着泪花，告诉我说，她是照片中的另一个女人，他们四个是曾经的战友，这是他们分别时的照片。她让我叫她黄姨，我觉得她特别亲，我喜欢听她讲话，软软的，带着南方口音。她指着我娘左边的那个年轻男子问我，你知道他是谁吗？我摇摇头。她说，那是你爹。我泪眼婆娑地看着那个陌生的男人，他的形象并没有像照片上的母亲那样越来越清晰，相反，却愈发难辨。我告诉她，我娘找我爹去了。她再次把我抱在怀里，她的眼泪冰凉的，落到我的脸上。"

我默然无语，看着她眼角不断滑落的泪水，不知道如何安慰她，这既是一个好消息，又令人伤心不已。

她的脸上除了哀伤，还挂着几分自豪，"我想请你给我娘画一张像。"她说。

我跟着她来到晋冀鲁豫烈士陵园，在烈士纪念堂，看到了那张照片。她指着那张照片，对我说："你看，我娘，还有我爹。"

我的目光随着她手指的方向望去。小卿的爹头发很密很长，看上去刚毅英武。那张照片虽然清晰度不高，但他们四人快乐的笑容溢出了照片，明显感染着小卿。她看着照片，眼里含着泪，却微笑着。我的目光重新回到照片上，我紧紧盯着照片右首的那个男人，我有点怀疑自己的眼睛。我使劲揉了揉眼睛，指着照片惊呼道："小卿，你看，那个人，那人是我师傅。"

黄姨领着我和小卿来到一个烈士墓前，她告诉我说，这就是你师傅，这里面埋着他的一顶帽子。黄姨说，他曾经化名杨宝丰，在城里工作过几年，他在南关开了一家画像馆，专门给人画像。我这才知道，我师傅叫宋咸德。

我潸然泪下。

城 市 文 学 卷

风的形状

程永新

1

米林走了漫长的一段路，额上汗流如雨。他将装着脸盆暖瓶等什物的网兜从右手换到左手，而后从口袋里掏出手帕，擦了擦汗涔涔的脸颊。

笔直向前延伸的一排梧桐树上，纸片般倾泻下来的蝉鸣，仿佛要将米林整个吞没。沥青路面蒸腾的热气，在夏日四处弥散，带给人沉沉无望的倦意。只有站在树荫下，才会稍稍驱走懊闷心绪，获得片刻凉爽。

米林终于来到一扇黑漆漆的大铁门前，他放下网兜，使劲甩了甩发麻的手臂。铁门右侧的水泥门柱上，嵌着一块木牌，上面写着：

图书馆开放时间：周一至周六上午八点至十二点，下午一点至六点。周日休息。

越过高墙后密密匝匝的树叶缝隙，米林看到一幢古老典雅的建筑掩映其间，默默守候着。他摁响铁门旁的门铃，不一会儿，铁门上打开一扇小窗，露出一张狭小的脸。

米林一愣，那张脸让他觉得有些恐怖，像一团揉皱的纸展开后在上面戳两个小孔。米林凭感觉意识到，小窗里射出来的尖锐寒光，带着敌意。衰老便是以这样残酷的方式侵蚀生命的吗？米林暗暗叹息，并为之惊讶。

小窗很快闭上，随着一声沉重的声响，铁门移开一道窄窄的缝隙。

米林绝没想到，站在他面前的老头，竟是如此干瘪如此矮小。

跨进院子的时候，米林正想着老头即便踮起脚，也无法够到小窗呀，目光无意中扫到门房间门口的一张破椅子，椅面上清晰地留着一对鞋印。

老头面无表情地侧过身子，米林提起行李网兜走进院子。

吱呀一声，大铁门重重关上。矮老头什么也不问，迈着迅捷小步走进门房间，出来时手里提着一块薄薄的钥匙板，那上面串着密密麻麻的钥匙。

老头一声不吭地在前面引路，米林提着行李紧随其后。他们沿着一条鹅卵石铺就的甬道走进花园。在门外完全没有感觉，进来后米林眼前一亮，从没见过偌大的私家花园，而且在城市的闹市区，院深似海，有如此隐秘的存在，实在令人难以想象。

花园中央是一块面积很大的草坪，草坪四周由一排排的冬青树和竹林围住。冬青树被修剪得异常平整，草坪中的绿草也被呵护得很好，光鲜嫩绿又很茂盛，在早晨的阳光中就像一片绿色的湖泊。一条人工小溪从草坪中曲曲折折地穿过，沿壁都是花岗岩砌成。小溪一直向东，流进同样用花岗岩砌成的莲花形鱼池，池水从四周的喷嘴朝中央喷射，形成一片雾蒙蒙的水帘。几条大眼金鱼在池中优哉游哉，偶尔搅动一池清波，朝周边荡漾开去。鱼池的中央，有一尊大理石雕成的希腊爱神像，女神挺立，高举双臂，挽起线条感很强的裙裾，仿佛要将丰腴的胸膛献给无限辽阔的苍穹。鱼池四角站立着神态各异的小天使，他们围绕女神像嬉戏，传达一种祥和欢乐的气氛。

米林是建筑学院的高才生，一走进花园，忽然觉得哪儿不对，仔细观察后，终于发现了，那尊女神像的位置比较奇怪，照建筑学的匀称观点看，她无论如何应该矗立于鱼池的左前方，也就是说，现在鱼池的地点是偏离中轴线的。假如鱼池坐落在米林设想的位置，后方是一片茂密的树林，前面有清池碧波，衬以蓝天下的草坪，远远的，与掩映于树林中的主要建筑物遥相呼应，这样的设计才完整，既美观又合理。

不知是建筑师的疏忽，还是另有什么道理，这尊女神像被安放在如今的位置上。想象一下，早晨，东方既白，高高的围墙挡住初升的旭日，女神见不到阳光；午后呢，左边的几棵老杨树笼住少女的身影，女神的脸庞整日没有光线，永远生活在阴影之中。

穿过一大片树林，走过长长的甬道，米林跟着老头来到主楼前。这幢特别阔绰的欧式别墅，目测建造时间应该是二十世纪四十年代，米林在建筑史的课堂上知道，四十年代，这座城市的欧风建筑已进入一个非常成熟的时期。

米林的目光稍稍环顾一下，凭直觉就知道这幢建筑一定出自一个了不起的建筑师之手。正立面圆拱式的一排窗台辅以落地长窗，窗户上有爬山虎，被阳光映照得异常炫目。暗青色的斜坡屋顶微微低垂，屋檐四角飞起，四只洁白羽毛的和平鸽亭亭玉立，那神态无比生动，仿佛一声吆喝，它们即刻会振翅飞向蓝天。整幢建筑一楼有回廊，二楼有阳台。一楼的回廊两边是巴洛克式的廊柱，廊柱上刻有凹痕，爬山虎神奇地悬挂在廊柱的凹痕上。

米林被设计师的奇思妙想迷住了，老头打开红木玻璃门，面容呆板地站在门口等他。米林自顾自遐想，忘记了老头的存在。

等他意识到老头是在等他，连忙投去歉疚的目光。老头根本不领情，冷冰冰的脸毫无反应。米林只得赶紧提起网兜和行李，步上豪华的大理石台阶。

一楼的大厅异常阴凉，从酷日暴晒中进入大厅，米林不禁打了个寒噤。

他使劲眨了眨眼睛，以适应屋内暗淡柔和的光线。

啪，米林听到背后发出一声轻响，霎时，大厅灯火通明，朝南是两组落地圆拱顶的柚木玻璃门，圆顶镶着彩色玻璃，门框则用的是透明玻璃，可以往外直视到花园里的景观。一盏硕大的铜杆枝形吊灯高悬在屋顶上，璀璨的光芒四处闪耀。

大厅内的格局格外气派，落地的门，落地的窗，枝形吊灯加打蜡弹簧地板，他还没来得及仔细品味，老头已一声不吭窜到前面，沿着墙角行走，像只敏捷的猴子三步两步蹿上螺旋形的楼梯。米林无可奈何，不得不跟随而去。

上到三楼，米林已经气喘吁吁，老头好像一点没事，穿过长长的走廊，在拐角处一扇深褐色的房门前停住脚步，他不是用眼睛而是完全凭手上的感觉，梳理手中的钥匙板，很快挑出一把钥匙，转动几圈，慢慢打开房门。

米林走入房间，这是一间十平方米左右的居室，一面墙壁有个壁炉，壁炉上横着一块暗红色的木板，木板上应该可以放些相框、台历或花瓶之类的物什。室内的空间只能搁放一张单人床，角落里倒是令人意外地放了一台电视，按照房间的格局，米林认定这就是以前的佣人房。兴许是长久没有人居住，一走进房内，便有一股浓重的陈腐潮湿气息扑鼻而来。

米林放下行李，跑去打开朝西的窗户。倏忽间他俯身朝下一望，顿时，枝叶弥漫的林荫道、鳞次栉比的屋顶以及几羽飞过蓝天的鸟雀，一齐映入他的眼帘。

米林的目光慢慢收回，转过身来，想到一个问题应该问一下老头——忽然发现房内已不见老头。壁炉边的一张小桌上，留着一个银白色的钥匙圈，钥匙圈拴着两枚黄铜钥匙，估计一枚是大铁门的，一枚是房门的。

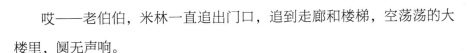

哎——老伯伯，米林一直追出门口，追到走廊和楼梯，空荡荡的大楼里，阒无声响。

他大概是哑巴或者是聋子吧。米林走回房间时这样想。

2

戴着玳瑁眼镜的都一敏在一楼厨房做饭，说是厨房，其实就是有两个煤气灶。今天是周末，女儿说好要回家吃晚饭。下午她去离图书馆不远的菜场买了新鲜的虾和鱼，这些都是女儿喜欢吃的。

莫名其妙地，女儿从考上大学起就开始疯狂减肥。在都一敏的眼中，女儿一米七，比自己高出一头，无论如何都不需要减肥呀。女儿撒娇说老妈你不懂的，现在流行像竹竿一样瘦。都一敏并不认同，可女儿住读周末才回，她非常珍惜与女儿相处的时光，好不容易见面，都一敏不想跟女儿闹别扭。

一周大部分的时间，都一敏都在殷切地等待周末。白天，都一敏伏案写小说，傍晚时分，她会忍不住给女儿的学校挂电话。电话亭在女儿宿舍的旁边，打多了阿姨都能听出都一敏的声音，阿姨说你稍等哦，然后都一敏耐心地等待。不是每次都能等来女儿，没能直接通话都一敏同样高兴和兴奋，她会踌躇满志地从图书馆的门房间回到阁楼，在连绵的想象中，她已经与女儿聊了很久很久。图书馆大厅也有电话，她不去那里，因为她是闲散人员，不好意思去，况且门房间比较近，说心里话，她去门房间打电话也有心理障碍，看门老头的眼光一点不友善，还有那条戴着嘴套的黑犬，只要都一敏一走进去，它的喉咙里就会发出浑浊而威胁的声响。都一敏不管这些，为了跟女儿通上话，她可以不管不顾。

都一敏从小学起就写得一手好文章，演讲能力超强，她面对很多人的时候，讲话一点不怯场，语速很快，别人根本插不上嘴。如今面对女儿时她倒温柔耐心起来。

那个男人办公室在二楼，窗户底下是学校操场，那里时不时传来喧哗声和皮球撞击水泥地的沉闷声响。他头发凌乱、不修边幅，对都一敏的一切都很感兴趣。都一敏面对他时经常会情不自禁地想笑。

那一天傍晚，天色突然黑下来，城市的天空雷鸣电闪，接着大雨滂沱，风呼呼地狂啸，校办工厂的日光灯一闪一闪的，仿佛随时会熄灭似的。那风真的很奇怪，它仿佛是有灵性的，在学校的每个教室游荡。那个男人出现了，他的头发依旧凌乱，抽着烟在暗黑的走廊里徘徊许久，走廊上是满满的烟蒂。最后他仿佛下了很大的决心，走进校办工厂，那时都一敏正坐在课桌前摆弄线圈，他从身后粗鲁地一把抱起她，把她强摁在校办工厂的地板上……

几个月后，都一敏发现自己怀孕了，她还没想好如何应对，那个男人在学校当众被警车带走了。这一年冬天，都一敏死活不愿听从父母的劝阻，在医院生下一个女孩。等她抱着孩子走出妇产医院，路上的行人一个个兴高采烈，都穿着五颜六色的服装，女孩纷纷穿起布拉吉，还烫了头发……

两年后，她被安置在区图书馆担任一份闲职。她不用上班，也不参与图书馆的任何工作，拿一份不到二十元的低微薪水。

闲散的日子给了她自由与时间，她除了抚养女儿无事可干，根据自己的经历写出了一本小说《被折断的翅膀》，因其真实性和对人性的反思，小说发表后获得巨大的成功，一下成了畅销全国的图书。一些大学纷纷来邀请她去做讲座，她从不备课，自己的经历就是最好的教科书，即兴真挚的演讲受到年轻人广泛的欢迎。她在演讲过程中不断反省自己的过往，一次次向那些曾经遭受伤害的人道歉。每次演讲，最后都是在她泪流满面的状况下结束的。

都一敏端着两碗煮熟的鱼虾步上木质楼梯。这幢二层的楼房临街而卧，过去应该是汽车间的位置，扩建成现在的样子，像是忠心耿耿护卫后侧图书馆主楼别墅和花园的卫士。都一敏从来不去后面的图书馆和花园，她很知趣，图书馆不管她，她也不过问图书馆的任何事情。

二楼就一间简易的宿舍，供都一敏母女栖身，女儿住读后，都一敏一个人住。煤气灶在一楼锅炉房的边上，所以平素都一敏就在宿舍里放一只煤油炉，给自己随意煮点面条，轻易不下楼。今天是周末，女儿都岚郑重其事将电话挂到图书馆门房间，告诉妈妈她会准时回家吃饭，还说要给都一敏一个惊喜。什么惊喜呢？整个下午都一敏一直心神不宁。三百格的稿纸，一下午没写满一页。

都一敏用脚轻轻踢开虚掩的门，将菜肴放在一张小圆桌上。都一敏的宿舍非常简陋，十平方米的空间，朝北面街有个木框小窗，屋内几乎没有什么摆设，除了一张大床，一个壁橱，最显眼的就是那张褐色的宽大柚木写字台，上面铺满凌乱的稿纸，写字台旁靠着一把褪色的单人沙发，沙发两边扶手的皮面已经皲裂，露出浅色的丝丝条条的内芯。看得出写字台和沙发都是有来历的旧货，与图书馆这栋别墅有着某种密切的关联，虽经年历月，依旧掩盖不住一种富贵的气息。都一敏从煤油炉上端来煮熟的一小锅米饭，摆放好两双碗筷，静静坐着等候女儿归来。

晚上不到六点，两个年轻人出现在图书馆的门口：背着书包的都岚和一个同样背着书包身材颀长的男同学。他们在黑色大铁门前指指戳戳，眉飞色舞地交流着。

你不是在吓我吧？你家住在这么豪华气派的别墅里面？瘦高的陈大志抬起长脖子，用艳羡的目光四处打量，他的目光最后定格在这幢别墅茎叶繁茂的爬山虎上。

你想多了，这是图书馆的房子，四十年代一个靠跑马发财的犹太人，耗时两年造了这幢别墅，作为送给他小妾的生日礼物。据说别墅造好后经常闹鬼，小妾不愿住，后来卖给了一个煤油大王。都岚的表情有些卖弄，滔滔不绝地说着。

我家住边上的楼房，你不嫌寒酸就可以了。都岚微笑着又补充了一句。

陈大志连连点头，露出的笑容既诧异又新鲜，仿佛船行海上忽然见到海市蜃楼一般。

两个年轻人走进黑色大铁门，门口的一条狗叫了起来，它被拴在一棵银杏树下，足有半人高，浑身披挂着长长的毛，毛色又黑又亮，嘴里虽然套着嘴套依旧不安稳，见到生人昂头拱背，发出威胁的低吼声。

都岚厉声呵斥，表示是自己人。黑犬似乎能听懂都岚的话，即刻安静下来。

两个年轻人疾步走上二楼。都岚大声叫着老妈，都一敏循声迅疾冲出屋，在门口的走廊上与陈大志迎面撞上。陈大志的脸唰一下红了，都岚却很淡定，大大方方地为两人做介绍，高个的陈大志支吾半天，才从喉咙里勉强地挤出"阿姨"两个字。

都一敏下意识地捋了捋头发，她完全没有思想准备，这个女儿真是浑不吝，带人回家也不预先打个招呼。她嘴里嗯嗯着，脸上挤出勉强的笑容，随后转身进屋，手忙脚乱，身体在屋子里转来转去，不知道想干什么，后来她才知道慌乱的症结所在：小圆桌上缺一副碗筷。宿舍从没有客人光临，只有两副碗筷。

都一敏跟年轻人打了个招呼，匆匆忙忙下楼，不知道她从哪里借来了一只搪瓷碗和一把调羹。她把借来的餐具放自己面前，两副常用的碗筷搁在女儿和陈大志的面前。

晚餐的气氛不免有些拘谨，都一敏与陈大志说话很少，都是都岚一个人在叨叨地说。都岚的语速很快，她一会儿告诉陈大志，说她妈在写一部小说，是写她暗恋一个比她大二十多岁的老教师的故事。都岚说她偷看过老妈的文稿，写得很动情。都一敏的脸被说得掠过一丝丝红晕。一会儿都岚跟都一敏说陈大志是安徽宣城人，安徽人好奇怪，他们都喜欢吃发臭的鱼。陈大志不乐意了，赶紧说不是这样的！都一敏知道女儿说的是安徽名菜臭鳜鱼，但她不想去纠正女儿的话，任其胡说八道。她看得出来，女儿异常亢奋，眼睛里闪着无比欣喜的光。

在她印象中，女儿没有过恋爱经验，如此说来，这就是都岚的初恋了。都一敏的胸口突然涌过一阵酸楚，时代不同了，年轻人生活在阳光下，生活在自由选择的氛围里，他们对这个世界所有的美好都拥有无可非议的权利。

吃完饭，都一敏开始收拾桌上的碗筷，陈大志也欲起身帮忙，都一敏连连叫他坐着别动。都一敏下楼了，都岚笑嘻嘻对陈大志说，你倒挺会装的。

怎么装了？陈大志的脸上泛起一片红晕。

都一敏提着竹壳热水瓶进屋，都岚坐床上，陈大志坐矮凳上，两个年轻人面对面在窃窃私语。都一敏给他们泡茶削水果，她不让自己闲着，忙碌可以缓解她的紧张。

晚上九点多，陈大志起身告辞，从市中心回学校路途遥远，坐公交要一个多小时，再晚走恐怕就进不了校门了。

走出房间下楼，都岚右手挽着陈大志的手臂，左手拉过老妈的手。都一敏不自在地轻轻推开女儿的手，退后一步，间隔一段距离跟随着，脚步还随时调整步幅，两只手不知往哪儿搁。

门房间的门口站着看门老头，他板着脸伫立着，脸色严峻，一声不响地牵着那条体格庞大戴着嘴套的黑犬。老头特别矮小，黑犬的脑袋仰起几乎与老头的肩膀一样高。

都岚笑嘻嘻挽着陈大志的手臂，从看门老头的面前走过，说，老伯伯，这是我的男朋友。

矮老头见了都岚，脸色稍稍有些缓和，但身体依然一动不动，脸上还是一点笑容都没有。

都岚一直将陈大志送到铁门外，在街边，两个身材高大的年轻人面对面站着，一副难舍难分的样子。

都一敏站在院子里面，望着路灯下两个年轻人的身影，心里百感交集。女儿长那么高，应该有一米七吧，自己也不高，那个她不愿想起的人印象中也就是中等身材，都岚为啥长那么高呢？他们怎么有说不完的话？她忽然想起自己年轻时也有过这样的时刻。今天她意识到女儿长大了，到了谈恋爱的年纪。女儿说得没错，她正在写一段单向的难忘而绝望的爱情。那个比她大几十岁的中学校长，脸色红润，天庭饱满，走在阳光下他应该是令所有人臣服的角色。那段时间，一次次的长谈，使她领略了校长渊博的知识和高贵的情怀。校长随便写几句打油诗，都一敏马上能背下来，工整地抄在笔记本上。让都一敏万万没有想到的是，几个月后，校长自杀了。工具间的地上，校长的身边，躺着一只安眠药的空药瓶。那真是一段令人不堪回首的往事。

3

一抹月辉斜映在地板上。微风徐来，窗帘轻轻晃动，月影也随之飘浮起来。

米林躺在床上，双目一动不动地凝望窗外。因为闭着灯，他的身影清晰地贴在墙上。他的前面，展开一块蜡染布，蜡染布包着一对粗圆的金手镯和一张照片。又粗又圆的金手镯色泽沉稳，发出幽暗的光，金店的老师傅说这是九成金的老货。那张照片已褪色发黄，照片里站着三个身穿旗袍烫着头发的年轻女子，她们侧过身体，神态妩媚，脸上洋溢魅惑的笑容。照片下方有一行小小的白字：民国三十年上海选美小姐前三甲。

米林曾经问过篾匠夫妇，哪一个是她，篾匠夫妇摇摇头。那时候风雨交加，机要秘书只停留了一分钟的时间，当初他们没有打开包裹，以后几十年间也仅仅打开过一次。大学期间米林读了各种版本的上海史书籍，对四十年代的上海了如指掌。他多次去过上海历史博物馆，在玻璃柜子里看到旧上海的香烟牌子时他惊呆了，香烟牌子上印着的女人头像，他几乎可以确定就是照片里的某一位女子。

这块蜡染布以及包着的什物，对米林来说拥有异乎寻常的意义。大学四年间，他常常像现在这样，晚上十点宿舍熄灯之后，同学们都入睡了，他偷偷拧亮手电筒，打开蜡染布包裹，手指轻轻拈起发黄褪色的照片，作无边无际的遐想。

米林对照片上的三个女子已经烂熟于心。他只要闭上眼，脑海就会随时浮现她们的面容和微笑，米林甚至记得她们微笑时嘴角细纹的不同。那张照片的周边已经发毛，黑色部分已经泛黄。四年前，米林第一次见到这个蜡染布包裹……

那一天，邮递员骑着自行车，飞快穿过迎风摇曳的稻浪，在小镇尽头的小院门口停车跳下，将一张大学录取通知书塞给正在为几棵枇杷树松土的篾匠妻子。篾匠妻子喜悦得泪水纵横，颠着小步跑进堂屋，大声叫唤，惊扰到躲在阁楼上的米林。从木质楼梯走下来的米林，从养母抖抖索索的手中接过录取通知书。

几天后的早晨，一辆手扶拖拉机停在篾匠家的门口。米林提着行李走下阁楼一眼便看到，那张方方正正的八仙桌上，放着一只蜡染布的包裹。忠厚老实的篾匠夫妇肃立桌旁，神情沉重，米林马上有一种不祥的预感。

篾匠慢慢走向八仙桌，像变魔术似的打开包裹，金手镯和照片一一展露。打开蜡染布包裹，不啻是打开一段秘密的历史，打开米林的出生之谜。

二十世纪五十年代末，一个风雨交加的深夜，米林的生母抱着还在襁褓中的婴儿，坐着一辆黑色伏尔加汽车来到嘉定郊县篾匠的家，把婴儿和蜡染布包裹托付给这对忠厚老实的夫妇。篾匠妻子在县政府做清洁工，时任县政府机要秘书的米林生母曾对其有恩，帮助篾匠妻子的弟弟免受牢狱之灾，自那以后，机要秘书与篾匠妻子的关系就亲厚起来。县长是人高马大的山东人，膝下有三个子女。自从他亲自为县政府招进机要秘书之后，便无心打理政务，他把所有的事情都交给副手处理，沉醉在温柔乡里不知人间有汉。

随着米林的出生，纸再也包不住火，机要秘书就是躲在篾匠家坐完月子的。不久，东窗事发，县长被免，被送到白茅林劳改农场。就在那天夜里，像浮萍一样失去依傍的机要秘书，冒雨坐车跑了几里地来到篾匠家，将米林托付给乡下好姐妹。她嘱咐篾匠夫妇，无论如何要将她的儿子抚养成人，假如生活上有困难，就把包裹里的金手镯当掉。

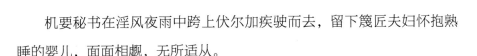

　　机要秘书在淫风夜雨中跨上伏尔加疾驶而去，留下篾匠夫妇怀抱熟睡的婴儿，面面相觑，无所适从。

　　几天后风止雨停，镇政府的一个工作人员，在嘉定郊区一条小河的河面上，捞起机要秘书的尸体。

　　事后米林回想起来觉得有些奇怪。得知自己身世的那天早上，他显得异常平静，平静得有点不合常理。这故事太像十八世纪的小说，跌宕起伏，峰回路转，他需要很长的时间来消化。

　　毫无疑问，他爱那两个将自己抚养长大的老实人。从他稍谙世事起，他们就是唯一给他的记忆注入无私之爱的亲人。篾匠夫妇揭开米林的身世之谜时，他十分镇定，没有慌乱也没有失态，他将蜡染布重新合拢叠好，塞进行李箱，好像把一段秘密和历史藏入心底。他提着行李走出家门时，向篾匠夫妇微微欠身，微笑了一下，他的这种冷静让养母不由得唏嘘起来。米林毅然决然转过头，走出院子，跳上手扶拖拉机，他双手紧紧捏住栏杆，目光远眺无垠的田野。手扶拖拉机突突地驶上公路，米林再也没有回头。

　　前方，太阳正冉冉升起。米林的脸色阴郁铁青，脸庞却被映得通红，像田里翻滚的稻穗带出土地的秘密。

　　他是否一直在等待这一天？

　　从遗传学角度看，他实在看不出自己与篾匠夫妇有任何承继关系。出于本能，他从小就拒绝学习嘉定的方言，一度连上海话都不愿意说。他肯定不是瞧不起养父养母和他们的语言。坐在小阁楼的窗台上，时不时放眼极目田野的尽头，难道他一直在期待命运另外的安排？要不然，他在突然间知晓真相后的镇定和泰然，就变得毫无道理了。

　　大学四年，每逢周末，米林总是从学校坐公交到市中心广场，在那儿搭乘驶往嘉定郊县的长途汽车，去看望养父母，风雨无阻。

　　不过，只有米林自己知道，在情感世界的深处，发生了哪些旁人不易察觉的细微变化。长途汽车的车窗上，反复迭现的是这样一幅场景：风雨交加的夜晚，机要秘书猛然砸开嘉定郊县篾匠家的门，把躺在襁褓里的婴儿连同蜡染布包裹，一起塞进篾匠夫妇的怀里。而后，在一道闪电的照耀下，汽车消失于狂风骤雨下的旷野。风无情地吹，发出凄厉的哀号，一直吹到黑暗的尽头。

　　这场景再也难以抹去，它将如影随形，永远在米林的生活里时隐时现。大学毕业临近分配，是米林自己主动向系里申请来区图书馆的。他的学习成绩优异，毕业论文获得一致好评，他可以考研究生，也可以去任何热门的设计单位。之所以做出这样的抉择，不仅因为他熟悉这个图书馆，馆内藏有许多建筑学方面的书籍，写论文时来过无数次。还因为接收单位可以安排住宿，这是最吸引他的地方。

　　月影投射在蚊帐上。夜深了，窗外不时传来风吹树叶的沙沙声和蟋蟀的鸣叫声。远处野猫的叫春，跟婴儿的啼哭毫无二致。

　　米林将那蜡染布包裹叠好扎紧，放在枕边，然后脱衣躺下。木床有些旧了，因被摇撼而颤动，蚊帐顶起伏摇晃。前些天还躺在学校宿舍体味同窗分离的愁绪，现如今已一个人睡在这儿胡思乱想。人生无常，最偶然的便是人的出生。要说每个人的出生都是偶然，自己的出生更是偶然中的偶然。他觉得是别人莫名其妙将他抛到这个世界上来的。他是一件破裤，还是一只空易拉罐？命运有什么理由这样不负责任随心所欲安排他的一切？

　　米林的思绪带着些许的悲愤，在迷迷糊糊的睡意中展开翅膀无尽滑翔。

　　他为生身父母设计过一个又一个的偷情场面，设计来设计去，不知怎的，最后总幻化成一个女子掩面而泣的画面，那画面又与黑白照片交相叠印。米林使劲想让自己憎恨谁，但又不知道应该恨谁。他觉得那女子是不愿遗弃他的，她是勉力想为他争取生存空间的。她穿着长长的曳地白裙，被狂风暴雨强行拽走，回过头来，脸上挂着泪痕，黑色的眼眸死死盯视自己的骨血……

她走了，被无形之手拽走了。曳地长裙扫过去，发出细碎轻微的声响。那声响灌进米林的耳朵，使他从迷糊中猛醒过来，他揉揉眼睛，耳边真的听到了细微的脚步声。很轻，但很真切，不像是幻觉。

脚步声在门外停住了。米林屏息静听，心怦怦乱跳，紧张至极。好像有人从钥匙孔里朝里窥探。

月光白晃晃地照进来，地上泛着一片惨白。米林心里估算着，现在差不多应该已经临近深夜两点了吧。

门外的人站直了身子，大概在渐渐离去。脚步声里，还夹杂着一种奇怪的沉闷声响，莫非门外不止一个人？

米林掀掉毛巾毯子，轻轻翻身下床，光着脚走到门口。俯在钥匙孔上往外看，黑乎乎一片混沌。他从枕头底下拿过手电筒，又轻轻扭开门锁，扯开一条缝，借助手电的光朝走廊上望去，真蹊跷，门外竟然空无一人。

他闪身走出房间，来到长长的走廊，举着手电乱照一气。他沿着走廊一直追到楼梯口，没有发现任何人影。从他下床到拉开门不到一分钟时间，倘若有人来过，是无论如何走不远的。

米林关上门凝神谛听，除了窗前树叶的婆娑声，门外再无其他声响。重新回到床上，米林思前想后，实在不明白是怎么回事。

这一夜，直到曙色泛进窗棂，米林再也没能合上眼。

4

图书馆来了一群不速之客，馆长跑前跑后地照应。是七八个美国回来的华侨，其中年龄最大的一个戴着金丝边眼镜，头发梳得整整齐齐，二八开。馆长告诉米林，这叫菲律宾博士头。金丝边眼镜穿一件米黄色T恤，皮鞋锃亮，据说他是这栋房子老主人最小的孙子。美国华侨在花园里四处闲逛，上上下下走动，东看看西看看，一边怀旧，一边不停地拍照摄像。

米林被馆长指派去买饮料汽水，他满头大汗提着一网兜饮料，来到图书馆会议室门口，被馆长挡在门外。

米林朝里面一看，会议室里坐着美国来的一群客人，一字排开坐着，面对面坐着的是区房产局的几个接待人员，中间的应该是干部，他正在侃侃而谈介绍情况。后来米林从馆长的嘴里知道，其实这是一场格外艰巨的谈判。房子主人的后代想收回别墅，房产局接待人员拿出一张小字条，当场算了一笔细账，一九四九年至今，这栋房产的维修费加保养费加管理费加税收，总共大约是五百万人民币，也就是说，金丝边眼镜要付五百万给房产局，才可以收回别墅。

金丝边眼镜说他们回去商量一下，再给予答复。第一天的谈判结束，基本可以说是不欢而散。

第二天是周末。下午，客人们正在与房产局的干部继续谈判。米林下楼去门房间拿信件，在图书馆大厅门口，他看见一个高个子青年站在花园里，对着大理石女神像比画着手势，形成一个取景框。米林知道，只有非常专业的摄影师，才会用这样的手势来观察和比照景物。米林有点好奇，他踱步过去，站在高个子年轻人的身后，这样他就与斜刺里飞过来的都岚不期而遇。

你好！都岚朝米林打招呼。

你好！你们是来借书的吗？米林问。

不，我是都一敏的女儿。你是新来的吧？都岚说。

哦，对的。米林微笑着朝都岚颔颔首，他知道都一敏，图书馆里一个赋闲的著名女作家。上学时他读过《被折断的翅膀》。

他正准备拔腿离去，高个子年轻人回转身，对都岚说了一句，这座雕像的位置好奇怪呀！

米林听闻高个子的话心里一咯噔，一股无形的力量又把他迅速拉回来。

奇怪在哪里呢？米林脱口就问。

雕像的位置居然不在中轴线上。高个子自言自语地说。

米林惊呆了，高个子的判断与自己一模一样。你是学什么专业的？米林问道。

我是学经济的。陈大志朝米林笑笑，但我对建筑学很感兴趣。

你不学建筑学真是可惜了，就凭你刚才的话。米林说。

考大学时第一志愿填的是建筑学院，差一分没考上。陈大志羞赧地说。

你要考上了，就不会认识我这样优秀的人啦！对不对啊？都岚扬起头，调皮地挽着陈大志的臂弯说。

对的对的。陈大志朝米林笑笑。

好啦，别再胡思乱想了，老妈在等我们呢！都岚拽着陈大志的手臂，强行将他拖走，米林只得打消想与其进一步探讨的念头。

都一敏准备了丰盛的晚餐。她其实不太会做饭，上午去淮海路的熟食店买了白斩鸡、红肠、猪肚和熏鱼，她自己又看着菜谱做了红烧肉和罗宋汤。

晚上三人围着小圆桌吃饭，都岚问老妈，美国华侨真要把这幢别墅收回的话，以后我们住哪儿？我们岂不成了无家可归了？

你小孩子就别操这个心了，哪那么容易收回？五百万人民币，那简直是天文数字呀。都一敏透过镜片的眼神似乎在宽慰女儿。

老妈，谁是小孩子啦，人家已经是成年人了好吗？都岚噘起嘴，一副不高兴的样子。

见女儿不悦，都一敏赶紧说，好好好，我们都岚已经成熟了，已经是大人了，赶快吃饭，吃饭！

从小到大，都一敏都是这么宠女儿。无来由地，从心底她就是觉得亏欠女儿。有一句话说经历过风雨的人，才会珍惜日常，都岚小时候吃剩的饭都由她打扫战场，从不嫌弃，见到周围很多人都不愿吃儿女的剩饭剩菜，都一敏觉得不可理喻。

显然是为了讨好女儿，都一敏给旁边一声不吭的陈大志碗里夹了块红烧肉。她使用的是声东击西的方法。

谢谢阿姨。陈大志的嘴里塞着食物，腮帮子鼓突，瓮声瓮气地说。

你说他们在美国待得好好的，干吗要回来收房子？他们又不会回国来住？都岚忽然又问。

都一敏支吾着，正想着如何回答女儿，陈大志猛地冒出一句，兴许还有其他的缘由吧。

那你说说，还有什么其他缘由？莫非别墅地下埋着万两黄金？都岚语速飞快地问。

那也说不定啊。陈大志皱着眉头若有所思地说。

真的吗？那我们挖出来几块不就发财了吗？都岚拍着手，左看右看大声嚷嚷道。

别乱说，即便地下有宝藏，那也是图书馆的国有资产。都一敏迅速打断女儿的话。

好刺激啊！太像惊悚电影里的故事了！老妈，你不觉得吗？都岚情绪高涨，似乎被这个话题吊起极大的胃口，她哇啦哇啦的声音在小屋里回荡。

陈大志你再想象一下，别墅地底下最有可能埋着什么？都岚逼问陈大志。

陈大志陷入了沉思。都岚就喜欢看陈大志思索的样子。都岚是在学校篮球场上认识陈大志的，那次来的是外校特别厉害的一支球队，据说好几个都是体校出来的，以陈大志为首的校队明显处于下风。瘦高的陈大志在场上善于奔跑，善于用脑子打球，无奈比分悬殊，其他几个同伴无心恋战，情急之下，陈大志高喊一声"同学们，人生如梦啊"，持球左奔右突冲到对方篮下将球投进。在场边当啦啦队的女生一片欢呼，站在女生中间的都岚被陈大志的表情逗得乐开了怀，她觉得这个面容严峻的高个子太幽默了。后来陈大志他们以微弱比分输掉了这场比赛，虽败犹荣，赢得了对方的尊重，陈大志也因此赢得了都岚的芳心。

5

大清早，米林站在铺着红瓷砖的阳台上鸟瞰花园的内景。看门老头蹲在鱼池旁边，用渔网捞着漂浮在水面上的落叶。他动作迟缓，一下一下把枯叶捞起，然后收缩竹竿，直到手可以伸到网兜里，捡起叶子，扔进一边的畚箕里。

看门老头非常专注地重复着这个简单的动作。他异常矮小的身材，

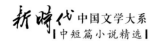

一动不动地蹲在那儿，米林从雾气中居高临下地望去，觉得矮老头就像一尊石蛙。

昨夜的疑云依旧萦绕脑际，米林没想到，看门老头也起得这么早。假如昨晚走廊上的人不是看门老头的话，那又会是谁？都一敏是不可能的，她从不来图书馆大楼。还有谁住在这幢大楼里？是几十年前的阴魂？假如走廊上的声响确是看门老头弄出的，那么，深夜两点，又是谁和他一起爬上漆黑的楼道巡视，以至于发出那种杂沓沉闷的声响？还有，真是看门老头深夜两点未曾睡觉，那他莫非也一夜没睡，或者眯了几个小时？

池边的人站了起来，提起畚箕朝门口走去。

米林深深吸了口清新的空气，舒展一下双臂，他感到神清气爽。站在这个阳台上，恰好能把花园景色尽收眼底，视野里左边没问题，遗憾的是右边，职工学校的操场伸进来一块，破坏了花园的完整性。一道黑色篱笆墙呈弧形将花园与职工学校隔开，新砌的水泥花棚绿萝攀缘，估计这是后来分割的，像一道委屈的国境线，等于承认了职工学校的侵占行为。使米林心里最为不适的还是那尊女神雕像的位置，她像被人遗弃似的冷落在一旁，孤孤单单的，好像与整个格局毫无关系。如果让米林来设计，他绝对不会做出这样的选择。

如果是他……他就把她横移几米，放在花园的中央……他的心突然怦地跳了一下，站在阳台上，他的目光所及，那个留给女神雕像的最佳位置，与他前几天进门时的直觉颇为吻合。若是这样，无论你站在哪一个角度观赏，她都是花园风景的中心，树林也好，草坪也好，以及冬青竹林和鱼池，皆具一种众星捧月的势态，而女神举臂挺胸，裙裾被高高扬起，似乎是对这幢建筑物一种无声的奉献。你若是房子的主人，站在阳台上，会有怎样的满足与自豪啊！

米林有点激动。

看门老头又出现了。他提着一把扫帚从甬道那一端慢慢扫过来。扫帚柄很短，老头大热天穿着打过补丁的长裤，裤腿卷起，露出两截扫帚柄一般细的枯腿，那模样令米林感到很滑稽很可笑。

米林退出阳台，回到自己的房间。不知为什么，米林不太愿意让看门老头看见自己。

上午八点，馆长来了。他的身后跟着一个十七八岁的姑娘，馆长给米林稍稍介绍一下，便将他和姑娘带到图书馆二楼的一间房间门口。馆长拿出钥匙打开房门，米林惊呆了：满屋堆放的都是建筑设计方面的书。馆长给米林和姑娘简单交代了任务，将这些书分门别类地整理出来，以最快的速度上架。

馆长乐不可支的神情和话语给米林留下深刻印象，他告诉米林，这个图书馆所拥有的建筑学方面的书籍，假如全部整理出来，可以和市图书馆扳一下手腕。

整整一个上午，米林和那女孩就泡在这间屋子里。姑娘长得水灵，也很聪明，经米林稍一点拨，她马上能与米林配合得很好。她喜欢笑，笑起来的模样天真无邪。她管米林叫老师，她说她叫月亮。

中午休息的时候，米林坐在图书馆一楼的柜台边，空荡荡的阅览室只有几个借阅者散落四周。月亮拿着一本书走到米林身边，她看不懂英文，想请教一下老师。

米林坐在椅子上，叉着腿，一副掉进书海无怨无悔的样子。月亮见米林不搭理她，只得推推他的肩膀。米林抬起头，瞥一眼那书的封面，挥挥手说是一个荷兰人写的书，叫《建筑学应用原理》。

见米林一副魂不守舍的神态，月亮咯咯笑了起来。米林抬起眼，困感地看看自己的胸前，又看看月亮。

月亮很大方地用手指在米林的鼻子上轻轻一抹，手指上显现一块餐巾纸的碎片，湿漉漉的，浸了不少汗水。

两个人一起哈哈大笑。

月亮笑的时候肩膀和手臂抖动得很厉害，那本荷兰人写的书也不安稳，就这样，一张照片翩翩飞落下来。

米林俯身捡起那张照片，因为年代久远，照片已经泛黄，影像特别的模糊。照片上，一个穿西式背带裤的男子站在一辆旧式汽车边上，戴着礼帽面露微笑，阳光温煦地照下来，他的脸被埋在阴影里。他身后不远处的汽车尾部，站着一个矮胖子，眼露凶光，腰部的形状鼓出，一看就知道是身带家伙。

月亮凑过来说，照片上的男人特别像一部香港电影里的男主，后面的矮胖子就像是他的保镖。经月亮这么一演绎，米林也觉得像这么回事，他仔细辨认片刻，觉得后面的矮胖子有点面熟，似曾相识，好像在哪儿见过，但一时又想不起来。

米林从月亮手中接过那本书，翻到扉页上，见有一篆体印章，辨认许久，他才看明白，印章上的四个字是：元祥藏书。

月亮告诉米林，他们整理书籍的那个房间里，好多书上都有这样的印章。

米林沉吟良久，忽然向月亮问出一个奇怪的问题，他问月亮住在图书馆的都有哪些人？

月亮回答说老师没来之前，图书馆共有七个人，只有都一敏母女住单位，还有一个就是门房间的看门老头，其他人都不住宿的。

米林于是说，那现在加上你就是八个人了对吧？

月亮点点头。米林这样问月亮，是有一定把握的，一个不到二十岁的女孩，没有大学文凭凭什么进入图书馆？答案只有一个，她一定是有来头的。月亮的回答证实了他的猜测。

月亮说，老师你问这干吗呀？

米林笑笑说，随便问问。

图书馆没有食堂，在隔壁的职工学校搭伙。中午吃饭的时候，月亮去一楼更衣室拿碗筷和饭菜票，米林沿着冬青树围起的草坪边缘溜达。他刚欲抬腿跨过冬青树进入草坪，月亮从大楼里飞奔出来，一边大声呼唤老师，一边连连摇手，神情非常紧张。

米林一愣，等月亮快速走近，他狐疑地询问怎么回事。月亮说院里的花花草草全由看门老头看护，看门老头不允许任何人踏入草坪，他很凶的，即便馆长也让他三分。

米林眯起眼睛说明白了。随后他们走出铁门，向左侧的职工学校走去。职工学校的正门也就几十米远，一路走去月亮兴致勃勃，而米林似乎心事重重。

这天晚上，米林手捧一本建筑学方面的书，一个字都看不进去。一天工作下来非常劳累，加上昨晚的失眠，米林感到困倦至极。不到九点，他便早早脱衣上床。翻了几页书，眼皮耷拉下来，书从手上滑脱，倒头沉沉睡去。

不知睡了多久，米林被一种清晰无比的声音所吸引。开始是脚步声，好像有人踮起脚尖从门前走过，接着是长裙曳地的沙沙声，一路拖过去，不久，长裙的沙沙声在某间房间的门口止住。似乎有人开门，之后，又响起一阵绵延不绝的沙沙声。

不一会儿，仿佛是从遥远幽深的地下慢慢升起一阵呻吟，由轻至响，

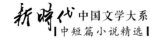

由缓至急，加入碰撞声和衣物的窸窣声，随风席卷而来的喘息声一点点增大，米林听到一个女人发出窒息般的短促叫唤。这以后，便是真刀实枪的肉搏，似乎你要扳倒我，我要扳倒你，大家都使出吃奶的劲儿，伴着起伏的喘息声，好像被刺痛被击中要害的尖厉喊叫。有一阵眼看哪一方要不行了，要败下阵去，可突然柳暗花明，又出现绝望前的回光返照，于是，又一阵急风暴雨般的恶斗，武器也扔了，大概开始用嘴咬啮，听不见响亮的声音，声音像是沉到深海水底。一定是精疲力竭了，谁也奈何不了谁，双方才有被对手击倒的绝望而虚弱的叫唤。不出意外的话，基本是两败俱伤。唯留急促的喘息声，如潮水般一阵阵退去，如交响乐由近至远的结尾……

米林猛地惊醒，满头大汗，他的心胸起伏不定，不知今夕何年，不知是梦还是可触摸的现实。

6

都岚与陈大志闹别扭了，晚上是自修时间，都岚把陈大志约到学校对面的教工宿舍区，在昏黄的路灯下，两个颀长的身影艰难地往前蠕动。

两个人所有的不快都源于最近出现的一个人——黄毛。黄毛是陈大志的老乡，中等身材，却格外的敦实，满脸的横肉，长着稀疏黄头发的头皮上，是一个个恐怖而明显的疤，都岚猜测大概这就是民间所说的瘌痢头。

黄毛是来上海治病的，经医生诊断说是急性皮肤病，需要治疗几个月。每天下午五点多，黄毛准时出现在学校，与陈大志和都岚一起去学校食堂吃饭。都岚与陈大志的饭菜票一直是放在一起的，由都岚保管。自从黄毛来了以后，都岚发觉陈大志饭量减了，之前打四两饭都岚还会给陈大志加一个馒头，如今陈大志只吃三两饭，飞速吃完后摸着自己的腹部不停说，太撑了太撑了！

都岚全看在眼里，她知道陈大志在表演。最让都岚受不了的是黄毛还要干涉她与陈大志之间的情感，他经常会当着都岚的面教训陈大志要多一点丈夫气，男人应该怎样女人应该怎样，全是大男子主义的那一套。陈大志居然唯唯诺诺，也不反驳。陈大志似乎很怕黄毛，都岚不明白，一个闲人有什么好怕的。

我要正式跟你聊聊黄毛的事。都岚开门见山地说，我已经憋了很久了，爱人之间最应该坦诚相见，你说对吗？你可以告诉我，你那么怕他是有什么把柄捏在他手里吗？

怎么会呢，能有什么把柄？陈大志嘟嘟囔囔地说。

那你为什么那么怕他？都岚的语气咄咄逼人。

这么说吧，我从小身体比较弱，在老家黄毛是孩子王，他一直不遗余力保护我。陈大志嗫嚅道。

听起来他像黑社会老大，你像一个流落民间的王子。黑老大一直罩着你，你一辈子都无法挣脱他的阴影。是这样吗？都岚冷笑着，用一种不无揶揄的口气说。

你不要这样说，黄毛也就是短时间在上海治病，他终归是要回老家的。陈大志抱着息事宁人的态度劝慰都岚，他当然无法对她说出其他的原因。

其实陈大志怕黄毛另有隐情，黄毛有个俊俏的妹妹，他们三个人一起长大。黄毛妹妹是个泼辣的乡村姑娘，从小喜欢陈大志，长大后，顺理成章成了陈大志的女朋友。当知道在上海读书的陈大志身边有了都岚之后，她一气之下愤然嫁给邻村的一个木匠，木匠一只眼睛几近失明，

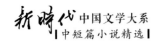

算是半个残疾人。这次黄毛来治病，陈大志不敢正视他的眼睛，他瞒着都岚把每个月剩下的几十块助学金偷偷全拿给了黄毛。

该说的都岚都说完了，她挽起陈大志的手臂，显示和解的姿态。与她相处久了，陈大志知道都岚快人快语，经常喜欢使点小性子，脾气来得快也去得快，来是一阵风，风去不留痕。陈大志则相反，轻易不发脾气，但一旦长出疙瘩，就会在心里生根发芽，一时难以连根拔去。都岚今晚所说的话让他隐隐产生一种忧虑，他很怕过往的事情影响到他与都岚的关系，夜风灯影中的都岚对他愈温柔，愈加重他心里的忧虑。

第二天傍晚黄毛如期而至，两个年轻人拿着搪瓷碗和调羹陪着他一起去食堂，陈大志与都岚排队打饭，黄毛摊手摊脚坐在餐厅里，占着一张餐桌。

有两个打了饭的女生走过来，欲在黄毛的对面坐下，黄毛朝两个女生眼睛一瞪，说没看见这里有人吗？

其中一个女生不乐意了，刚欲与黄毛理论，却被旁边的女生拉走了。

两个女生边走边议论，你没见他一副凶神恶煞的样子，头上全是疤，估计是打架留下的，坐那儿哪还吃得下饭？她们轻轻的嘀咕声大概被黄毛听见了，他朝她们的背影挥了挥拳头。

陈大志两只手端着搪瓷碗走过来，他把堆满饭菜的碗推至黄毛的面前，隆起的饭菜上还躺着一只肉包子。都岚跟在陈大志的后面，落座在餐桌的对面默默吃饭。

黄毛拿起肉包子狼吞虎咽，都岚悄悄瞥了一眼，黄毛的手脏兮兮的，他怎么吃得下去？都岚心想，脸上浮现一丝鄙夷的神色。

黄毛三口两口将肉包子消灭，大声说，我还要吃包子！

都岚埋着头一声不吭，像没听见似的。

陈大志觑觑黄毛又觑觑都岚，随后他站起身，拿过都岚面前用牛皮筋扎着的饭菜票，又跑去食堂橱窗。

趁陈大志不在，黄毛觍着脸对都岚说，听说你们家住在一个花园大别墅里，地底下埋着宝藏，你啥时候带我去瞧瞧？

你别听陈大志乱说，哪来的花园别墅，哪来的宝藏？我们就是一个普通家庭。都岚说。

陈大志拿着包子回来，黄毛不吭声了。

黄毛接过肉包子，大口吃着，鼓着嘴说这个包子怎么是僵的？没有前面的好。

陈大志说包子卖完了，只剩下这一个了。眼睛偷觑一眼对面的都岚，都岚低着头吃饭，像没听见他们的对话一样。

这算什么名牌大学？包子还能蒸成这个水平？黄毛说话的声音很大。

你不想吃扔掉好了。陈大志终于听不下去了。

7

都一敏的小说进展异常顺利，回忆让她常常潸然泪下不能自已。校长的音容笑貌一次次浮现，世界名著和古典音乐都是这个男人给她启蒙的。因为校长，都一敏才知道世间存在这么杰出恢宏的艺术。都一敏无数次与这位中年人长谈，真正可怜啊，原来之前自己活在何等愚昧何等无知的世界里。在校长的眼中都一敏也许是晚辈和学生，可在都一敏看来，这是她此生与男性之间唯一一次情感上的深入交流。她第一次尝到了爱的滋味，因为深刻而满足，因为幸福而苦涩。

她就这样写着写着，不知不觉中发现自己已泪流满面。稿纸被滴落的泪珠浸湿，泪水模糊了镜片，她摘下眼镜，抽出一张餐巾纸轻轻擦拭。

重新戴上眼镜，环顾四周，窗棂上显现梧桐的枝干，斑驳的树皮龟裂，露出乳白色的树身。天色渐暗，台灯的光线格外明亮，宿舍的角落则隐藏在朦胧的暗黑中。这时腹中冒出咕咕的声响，她才意识到已整整工作一天了，她从写字桌前站起来，准备下楼去给自己做晚餐。

都一敏拉开宿舍的房门，门外的过道上站着一个人。

门外的人东张西望，似乎在确认什么。他的脑袋上长满了一块块白色疤痕，像斑驳的梧桐树皮。

你找谁？都一敏皱着眉头问。

你是都岚的妈妈吧？我是陈大志的老乡，来上海治病的。黄毛笑嘻嘻地说。

陈大志的老乡？你有什么事吗？都一敏诧异地问。

你不让我进去坐一会儿吗？你们文化人就是这样对待客人的吗？黄毛觍着脸问。

都一敏很不情愿地转身进屋，黄毛旋即跟进来。

你有什么事情赶快说好吗？我要准备晚餐去了。都一敏的表情冷淡，没有给黄毛让座。

我可以陪你一起吃晚饭的，反正我也没有什么事。黄毛不经主人的同意，一屁股坐在床上。

平素都一敏有点小洁癖，见状赶紧拉过一张凳子说，你不要坐床上。你有什么事赶快说，我跟你没那么熟，所以我不想留你吃饭。

黄毛在凳子上大摇大摆地坐下，然后朝着都一敏傻笑。他的白汗衫上泛着黄，一条短西裤看上去已很久没洗了，一双咖啡色的凉鞋蒙着灰尘，露出黑黑的脚指甲。

陈大志现在是你女儿的男朋友，他们正在热恋中，你应该知道这件事情吧。黄毛煞有介事地说。

我知道，有什么问题吗？他们都是成年人了。都一敏的眼睛里闪着不解的光。

可你不知道，陈大志以前的女朋友是我妹妹，他们是有婚约的，陈大志应该娶的人是我的妹妹。黄毛的笑让都一敏感到恐怖和狰狞。

现在都什么时代了，他们都是大学生，有自由恋爱的权利，不是吗？都一敏愤愤地说。

你这就有点不讲理了，凡事总有个先来后到吧，我的妹妹现在生活在痛苦当中，这一切都是你女儿造成的。黄毛说得振振有词。

你找我来说这些我认为是找错人了，孩子长大了，情感方面的事我管不了，也不想管。都一敏说。

你管不了是吗？那好。黄毛说着从凳子上站起来，矮墩墩结实的身体移动到门口，我可以让陈大志离开你的女儿，他必须听我的！他从小就什么都听我的！

虽然不完全相信黄毛的话，但都一敏太爱女儿了，她不能让都岚受到一点伤害。她的眼前又浮现两个年轻人站在路灯下难舍难分的画面。她知道这是女儿的初恋，身处热恋中的都岚恐怕经受不起如此沉重的打击。都一敏想象女儿失恋后要面对的折磨和痛苦，她的心都要碎了。都岚是她生活中全部的精神支撑，可以说是她活在这个世界上的唯一理由。

你等等，都一敏终于喊住了黄毛。你要怎么样？

黄毛转过身，露出得意的怪笑。

他朝都一敏走近几步，说你看生活一点都不公平，你们住在这么漂亮的院子里，而我生了病来上海看医生，连医药费都付不起。黄毛低下头，用手撸开蓬松的乱发，露出可怖的疤痕。

你能不能借一千块钱给我？我保证以后一定还你。就一千块。黄毛诚恳地说。

事后想起来黄毛是有备而来，都一敏则完全沉浸于女儿遭受失恋痛苦的假想中，她当时的状态有点混乱，半是晕眩半是纠结。一千块对都一敏来说不是一笔小数目，她刚刚拿到几千元的稿费，除了捐给慈善机构几百元，余下的两千就放在床头柜的抽屉了。她想，为了女儿的幸福她豁出去了，钱拿去给黄毛治病也可以算作善事吧。

都一敏犹豫着跨出脚，走到床头柜边，蹲下身子，从一个牛皮纸的信封里，数了一百张十元的钱，起身递给黄毛。

黄毛接过厚厚的一沓钱，脸上露出的笑容既意外又惊喜。

善良让都一敏跨出了那一步，谁又会知道跨出去以后前面会是深渊呢？

8

米林的猜想被证实了。

月亮站在甬道口的一棵塔松下，一会儿神情紧张地望望门房间，一会儿回过头来朝米林使劲挥手，示意他快点。

米林蹲在鱼池后侧的草坪上，手持一根削得很尖的竹棍，这儿戳戳，那儿戳戳，像在丈量土地。他站起身走几步，又蹲下用竹棍东戳西戳。草坪上留下许多小窟窿，如同鼠穴蚁洞。

米林结束了他的勘测工作，站直身子朝地上一看，脸上露出一丝淡淡的微笑。草坪上的小窟窿围成一个边长约两米的矩形，在这个矩形内，植被很浅，仅一寸多厚。米林用竹棍捅下去感觉异常坚硬，泥土下面不是石块便是水泥地基。这正是米林事先猜到的结果。

这是一位高手，米林暗暗感叹道。这座花园别墅落成之际，米林也许还没有降生，但多少年以后，作为建筑学院的毕业生，米林为自己能够毫不费力地去揣摩一位前辈高手的创作意图，感到有几分得意。

远处的月亮忽然尖声叫起来，打断了米林的思绪。他迅速跑出草坪，纵身一跃飞跨冬青树，刚刚落在小路上，看门老头手提两只竹壳热水瓶，脸色阴沉地出现在门房间的门口。

老师干吗对草坪有那么大的兴趣呢？坐在图书馆的长椅上，月亮满脸狐疑地问道。

我是学建筑设计的，好奇心而已。米林微笑着说。

老师你真会骗人！月亮哼了一声，一副不屑的样子。

我骗你什么啦？米林问。

你一定有什么事情瞒着我，我看得出来。月亮有些得意地说。

哦？何以见得？米林问。

老师刚来没几天，就问我这里晚上有没有人住，老师偷偷把那本书里的照片拿回了房间，还有，老师对花园里的一切都很感兴趣，经常在那儿走来走去，我觉得……我觉得，老师像中央情报局派来的！月亮严肃地说。

米林大声笑起来。与这个比自己小差不多七八岁的女孩子谈话，心境特别愉快。

我倒觉得，你像个小侦探。你说说，还有什么使你感到奇怪的？米林忍不住问。

还有……还有，我不好意思说……月亮支支吾吾地说。

没关系，你说出来听听。米林饶有兴致地说。

老师来图书馆工作，为何要住在这里呢？月亮问。

那很简单，我还没成家呀。米林回答。

还有……还有那个蜡染布的包裹。月亮神秘兮兮小心翼翼地说。

什么包裹？米林一下紧张起来。

老师放枕头旁边的包裹。月亮不无得意地说。

什么？！你到我房间里翻东西了？米林恼怒地问，脸上的笑容顷刻间跑得无影无踪。

月亮大概没想到问题会如此严重，脸颊顿时浮起红云，低下头说，那天馆长找你，我去你房间了，门开着，我走进去了，可没有随便翻东西哦。

房间里的空气显得有些沉闷。其实月亮看了蜡染布包裹里的东西，但见米林如此生气，她不敢说出实情。

过了很久，米林走到月亮旁边，用手轻轻拍她的肩膀，讷讷地说，对不起，我刚才不该对你这么凶的。

米林不说也罢，一说月亮觉得她确实受了委屈，情不自禁眼泪就掉落下来。

米林虽说是二十五六岁的人了，在女孩面前毫无经验。月亮一哭，他有些慌乱，只能抖抖索索从口袋里掏出餐巾纸递给月亮。

月亮没有接，米林一次次坚持着递过去。此时正好有人借书，米林刚迈出脚步走向柜台，月亮嗖的一下，兔子似的窜出门去，跑得无影无踪。

下午上班的时候，月亮闷着头一句话不说。两个人默默整理书籍。米林故意有事没事逗她说话，月亮只是"嗯"作为回应，是与否始终只有一个音节。下班的时间到了，月亮悄无声息地走了，不像以前，起码也要和"老师"打个招呼。

月亮走后,米林觉得无趣,讪讪地步下旋转楼梯,一个人来到花园里散步。夏季五点光景,夕阳虽被树梢遮住,稀疏地照下来,却也温热地烤人。草坪上,一只黑蝴蝶寻寻觅觅,毫无目的地飞来飞去。

米林沿着树荫散步,来到女神雕像下。风刮雨淋,女神洁白的玉体上堆积一层黑黑的污垢,腋下和裙裾的褶皱里也沾满灰尘。米林走到女神背后,伸手在她光滑背脊上轻轻擦拭一下,仿佛擦去蒙在历史镜面上的雾气一般。好多次他徘徊在女神雕像的周围,会冥想多年前的往事。今天他走到这儿,为什么隐隐的,又会有一种被遗弃的孤独感?是因为月亮不声不响地走了?

平心而论,一个星期接触下来,他是喜欢月亮的。她聪明伶俐,活泼大方,就是有些孩子气,毕竟是不到二十岁的女孩子。米林想来想去,没有想出任何结果。唯一使他感到兴奋的是,明天月亮还会来上班。明天他要对她态度和蔼一些,尽可能哄哄她。

离开女神雕像时,米林的心里萌生一种强烈的冲动。他想干点什么。干完后明天原原本本地告诉月亮,让她听了以后又如同前几日那样高兴起来。他觉得只有一件事可干。直觉告诉他,干那件事是会有收获的,这件事在他心里已经酝酿好久。

在职工学校吃了晚饭后,米林趁人不注意,偷偷带走插在煤堆里的一把铁铲。回到图书馆,他先走到离铁门较远的围墙外,将铁铲高高举起,扔进围墙内的树丛里,然后再从铁门里堂皇地走进去。

这天夜里,月光格外皎洁。米林将房间里的电视机开得山响。快十一点了,米林好不容易才等到门卫室的房门吱呀一声关上,倏忽灯光也熄灭了。米林悄悄潜出房间,猫着腰,凭借月光从树丛中找到那把铁铲。

米林跃入草坪，向女神像移动过去。他没有马上动手，而是伺伏在女神像旁边的那片树林里耐心等候。

三楼房间灯火通明，电视机里一部侦探片已进入高潮，警车和摩托引擎发动的声响震天动地。

米林估计看门老头差不多该睡下了，他走出树林，来到女神像的面前。月光透过树枝，零星散落在女神娇美的躯体上，女神宛如披了透明纱衣，妖媚至极，但此刻米林没有心思流连，他需要抓紧时间，在电视节目播完之前做完这件事。

米林沿着女神像的底座走了一圈，边走边用铁铲点戳草坪泥地，最后他选定一处泥土较为松软的地方，开始挖掘起来。

一铲，又一铲，泥土在米林的脚边堆积着。很快，底座被掏出一个洞，米林蹲下把手伸进洞里往下摁了摁，他感觉底座下的土很松，这与他的预想一致。

他站起来，又从另一个角落开始挖起来。一铲下去，刚准备把泥土甩向一边，他感到裤腿被什么钩住了，他伸了伸腿，想甩掉那钩住他裤腿的东西。

这时，他听到一连串低低的嘶吼声。他回过头来，看到脚旁一团毛茸茸的东西，戴着嘴套在拼命拱他，他刚想举起铁铲柄赶走它，啪的一下，一束手电强光打在米林的脸上。

是看门老头。他的脸在手电微弱的阴影中显得阴森恐怖。

看门老头含混号了一声，鼻音很重。这是米林第一次听到老头开口说话，虽然他完全听不清老头在说什么。

我……我捉蟋蟀。米林嗫嚅着说。

老头发出呜里哇啦的声音，瞳孔睁得很大，这是一张愤怒至极、看了

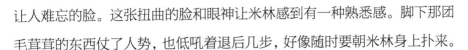

让人难忘的脸。这张扭曲的脸和眼神让米林感到有一种熟悉感。脚下那团毛茸茸的东西仗了人势，也低吼着退后几步，好像随时要朝米林身上扑来。

形势对米林非常不利。米林想了想，左手一松，铁锹掉落了，他举起双手，说了声"对不起"，仿佛做错事的孩童，耷拉着脑袋朝大楼走去。

看门老头始终把手电对着米林，光束追逐着米林的背影，直到它完全消匿于门洞里。

回到房间，米林感到很懊丧，坐在床边怔怔地出神。忽然，他想到什么，胡乱翻了好一阵，终于找出那张夹在书里的照片。

就是他，米林恍然大悟，站在主人身后戴礼帽的保镖，就是看门老头。

9

两点的时候，走廊上又出现沙沙的声响。经过米林的房间，沙沙声戛然而止。房门上的把手扭动了一下。

米林感到门像要被打开似的，他刚要翻身起床，把手旋转半圈，又恢复了原状。沙沙声又响起，且慢慢远去。

几分钟后，米林听到轻轻的喘息声从走廊里传来。渐渐地，喘息声急促起来，异常清晰地弥漫于米林的耳畔。

米林再也无法遏制自己的欲望与好奇心，他翻下床，赤脚走向门口。他尽可能的轻盈，走出房门，来到走廊上。他一路寻过去，那喘息声犹如一根打了死结的绳索，套在米林的脖颈上，将他牵引过去。

米林经过一扇扇紧闭的门。在走廊的尽头，有一扇深褐色的门半掩着，米林还未走到门前，已经看见一个身材颀长的女子背朝门口站立着，她的头后仰，肩膀耸动，似乎很沉醉的样子。喘息声就是从她的胸腔发出的。

她的手好像捧着一个人的脑袋，那人大概跪着……

她被两只有力的手抱至床边——床很阔大，罩着蚊帐，她被塞进蚊帐内，一束洁白的月光从窗外映进，照出她美丽年轻的脸庞。一缕黑发从她的额头披挂下来，长长的眼睫毛翘起，令人无比销魂。她的胴体被月光涂白，宛如撒了一层银粉。米林感到自己的心一下一下抽紧。

当米林看清那个把女子抱上床的男人面貌时，他不由得倒吸一口冷气。男人足足有五十出头的年纪，留着浓浓的唇髭，他把一条绛红色的法国睡袍迅速褪下，露出光裸的身躯，恰如一只剥了皮的老青蛙……

米林猛地睁开眼睛，只感到浑身血液奔涌，汗津津的，像刚从水里捞起一般。他有一种打开闸门后一泻千里的巨大快感……

10

米林提着竹壳热水瓶来锅炉边打水，都一敏在边上的煤气灶煮面条。锅炉的水龙头下接着一个暖瓶，水已经溢出来了，米林赶紧上前关掉开关，将暖瓶提到地上，都一敏匆匆走过来，连声说忘了忘了，对不起啊。

米林摇摇手说没关系的，都老师，不用那么客气。

都一敏说前几天的事还没来得及谢你呢。

都老师这么说就见外了。米林摆摆手。都住在一个院里，说什么谢不谢的。

那天是周末，图书馆提早关门，月亮一下班就急匆匆走了，说要回家陪妈妈过生日。米林似乎下意识走到都一敏宿舍的楼下，他犹豫半天，最终缓慢地步上楼梯。

都一敏和都岚正在准备碗筷，见米林出现在门口，都一敏连连说稀客呀稀客，哪阵风把小米吹来了？

米老师一起吃饭吧！都岚热情地邀请米林。

不不，我待会儿有约的。米林嗫嚅道。

无事不登三宝殿，有话就直说好了。都一敏看出米林一定有事。

在都一敏的逼问下，米林只能问道，高个子大学生没来吗？他明知道高个子与都岚的关系，但他就是说不出"男朋友"那三个字。

都岚说，你找陈大志？他在花园里拍照哩。

正在这时，楼底下传来一阵吵闹声，看门老头呜里哇啦不知道在骂谁。

都岚反应敏捷，她第一个冲下楼去。待米林和都一敏赶到楼下，都岚已经和看门老头吵得不可开交。

原来陈大志在花园里用相机拍照，看门老头咆哮着奔过来，破口大骂，听不清他骂什么，也不知他为何如此生气。陈大志莫名其妙，红着脸争执了几句。

都岚下楼见男朋友受欺负，咽不下这口气，与看门老头争辩起来，看门老头怒不可遏，他颠着碎步跑去门房间，要把那条黑狗放出来。米林见状，挥挥手让都岚他们赶紧走，自己堵在门房间的门口，用肩膀顶住了房门，看门老头在里面呜里哇啦大叫。都一敏连忙拉着都岚和陈大志回宿舍。

都一敏与米林打过招呼，一手端锅一手提着暖瓶离去。

都老师，能拿吗？要不要我帮你拿？米林说。

不用不用，我自己可以的。都一敏说着慢慢沿楼梯步上二楼。

穿过木质栏杆的走廊，来到宿舍门口，她把暖瓶放在地上，腾出手推开虚掩的门，然后俯下身子提起暖瓶，进入屋内。面街的小窗前站着

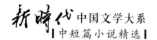

一个人，是黄毛。

黄毛究竟是怎么进屋的，都一敏一点都不知道，当她一眼发现屋里有人，出于本能惊叫起来，黄毛赶紧站起，冲上前欲去捂住她的嘴说，你不要叫不要叫！

都一敏退缩到墙根，恐惧地说，你到底要干什么？

我马上走可以吗？只说一句话我就走。黄毛的面容又露出那种令人不寒而栗的怪笑。

你到底要干什么？都一敏镇定了一下自己的情绪，倏忽间她觉得自己的反应太过了。

我是来感谢你的，我马上就走。黄毛说。

你快走快走！都一敏蒙住自己的双眼，似乎要把整个世界隔绝在自己的视线之外。

你可不可以帮我一个小忙？你把这个院子大铁门的钥匙借我用一下，我保证一个小时内还你。黄毛的一只手伸出来，都一敏很容易便看到他长长手指甲里黑黑的污垢。

你要钥匙干什么？我不会给你的，这里是国家单位，是图书馆，书对你来说没有什么用。都一敏语速极快地说。

你把钥匙借给我，我们就两清了，我不会再来找你，你女儿与陈大志的事情我也不管了，你没必要知道得太多，这样对你没什么好处！黄毛说。

都一敏的眼睛在房间里四处搜索，她发现钥匙圈就在床头柜上。她的眼神显然被黄毛追踪到了，黄毛健步走过，从床头柜上一把拿过钥匙圈，在手中掂了掂，心满意足地出门了。

都一敏在房间里走来走去，六神无主，她想到过报警，可又怕对女儿造成不必要的伤害，最终她还是选择在宿舍里默默等待。

黄毛没有食言，几十分钟后，他匆匆把钥匙还回来了，临走他说了一句意味深长的话，你不要跟任何人说起这件事，包括你女儿。

11

粉红色旅游鞋微微晃动。米林的视线渐渐模糊成粉红一片，沿着肉色薄袜交叠的虚线，目光谨慎向上攀缘。那是一段光滑的山崖，快到顶端时，目光被白色裙裤的边缘阻挡了，停留在浑圆的坡上。

月亮坐在对面，两只脚搁在一起，很安详地低头制作卡片。这些卡片是用来粘贴工具书的。

米林强制自己闭上眼帘，目光迅速从山崖跌落。睁开眼睛后，米林竭力让注意力集中在摊放桌上的书籍中。他胡乱翻了几页，书里密密麻麻的字，一个也没有跳进他的脑海。神思稍一恍惚，目光又调皮地逃离出去，这次不再犹豫，也省略攀缘的过程，很快吸附在月亮的裙裤下侧。

月亮似乎感到米林的注视，她停止晃动，一只手把裙边往下拉了拉，好像要把大腿遮盖起来。米林的内心被什么蜇了一下，不易察觉的一丝羞赧掠过脸颊。他站起身走出房间，把月亮一个人留在图书馆内。

连日来，每到深夜两点，喘息声和呻吟声便来骚扰他的睡梦。懵懵懂懂中，两个撕扭在一起的白色躯体隔了一层蚊帐，反复在他眼前翻来滚去。以至于白天上班时，米林感到浑身阵阵燥热，情绪亢奋。

米林觉得自己走进一个预谋中来了。一种强烈的冲动使得他不愿轻易罢休，他想揭开其中之谜。

米林穿过走廊，来到馆长办公室门口，他敲了敲门。

随着一声"请进"，米林走进去。馆长正在打电话，见米林进来，手捏电话示意他在沙发上坐下。

馆长放下听筒，用询问的眼光看着米林。米林欲言又止，馆长便问他工作上有什么困难。米林摇摇头。馆长说要尽快将那批书清理出来，如果人手不够，还可以给米林借调一名助手。

米林说不用了，他保证不会耽搁这批书上架的时间。闲聊中，米林随意地谈到这批书中不少都盖有"元祥藏书"的印章。

馆长告诉米林，这些书都是这幢房子的主人离开大陆时留下的。至于这个家境殷实的人，为什么会珍藏这批宝贵的有关上海建筑方面的书籍，馆长说他也不清楚。

米林很仔细地听完馆长的讲述。在谈话快要结束的时候，米林提到了花园里的那尊女神像。他说，据他一段时间的考察，他认为设计这幢别墅的人是一位高明的建筑设计师。米林有充分的理论根据来说明那尊女神像是被人换了位置。

馆长显然感到很意外。他微笑着，耐心听着米林滔滔不绝的分析。他不是建筑学方面的行家，米林所说的一切对他而言确实很新鲜。要不是米林最后说出那个令他吃惊的推断，他也许不会对米林的分析太在意。

米林告诉馆长，那尊女神像下面一定藏着什么东西。也许，这就是那些美国华侨急于收回这幢别墅的原因。

馆长听得云里雾里，那些华侨去西安旅游了，不久回上海后还要与区房产局继续谈判。

你敢肯定花园底下埋着东西？馆长似乎不太相信。凭什么？就凭你那些不着边际的推断？

直觉。米林镇定地说，从我第一天跨进这座花园，直觉便不断向我暗示，这座雕像被移动了位置。

馆长沉吟良久后说，多少年来，花园里的一草一木都由看门老头照看，他应该最清楚了，可惜……

可惜他是一个丧失语言能力的人。米林把馆长未说完的话挑明。

看门老头脾气古怪，他不允许别人去打破他多年养成的习惯。馆长眯着眼睛说。

可以趁他不在的时候……米林暗示馆长。

12

夏季南方多雨，尤其是台风一来，城市就会焦躁不安，那台风很诡异，会一次次从高楼大厦上劈下来，像幽灵一样在马路上四处游荡，发出凄厉的低鸣。行人在风的鼓动下艰难前行，跌跌撞撞，仿佛置身于一条摇荡在波谷浪尖的船上。路边高大粗壮的树干被风刮断，躺在潮湿的地面上。

图书馆的草坪也不能幸免，绿色植被经过雨水洗刷，郁郁葱葱却都臣服于风的肆虐。大院里的广玉兰高耸入云，枝干上开着硕大的白色花蕾，经不住风的暴力，落英满地。一棵上百年的瓜子黄杨，碎叶翩翩，在风中翻飞呜咽。

这一天，按照惯例，区中心医院为机关工作人员进行体检。图书馆的几个工作人员都去了，唯独看门老头死活不肯去，馆长不得已使出美人计，叫月亮去说服老头，月亮与看门老头周旋的时候，馆长叫来了一辆小车，好不容易忽悠看门老头上了车，他坐在车里还翕着鼻子大叫大嚷，骂骂咧咧。

米林打着伞去医院，在体检部的入口处拿了号，然后在护士的引导

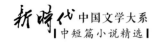
下去窗口验血，抽完血他摁着左臂起身，跑去走廊的白色长椅上等候，侧身看到左侧长椅上坐着都一敏，她也刚抽完血，手捂着左边的臂膀。

两人相视一笑。

不一会儿，都一敏似乎犹豫半天，慢慢凑近米林，她踟蹰着问他这几天是否都住在图书馆。

米林莫名地点点头。他不明白她为何要这样问。

都一敏支支吾吾半天，米林好不容易才听明白她的意思。她说她的钥匙圈丢过一次，其中包括大铁门的，这几天晚上请他多留意，多注意安全。都一敏鼓起勇气说出这些话，她对米林的信任感源自他对都岚他们的拔刀相助。

恰好这时有医生在叫都一敏的名字，她朝他微笑一下，站起来转身向妇科检查室走去，留下米林一个人坐在长椅上满脸狐疑。

这一天的雨淅淅沥沥，断断续续下个不停。图书馆门口落叶铺满一地，到处是黄色的梧桐叶，人行其上软软的，像是踩在地毯上。米林在食堂吃完饭回来，掏出钥匙打开大铁门，门房间没有灯光，马路的路灯照射下来，门房间的玻璃窗户一闪一闪地泛着晶亮。他进入黑漆漆的大楼，健步抵达三楼。

拧开房门的锁，打开灯，屋子里弥漫一股清新的空气，宿舍的窗户晃动着，雨滴溅进屋子，地板上一片水汪汪的，他赶紧关上窗户，拿来抹布擦拭地板上的水渍。收拾停当，他站在窗前眺望院子里的景观，院子整个笼罩在暗黑中，被宿舍灯光照射到的草坪湿漉漉亮晶晶的，远处烟雨迷蒙中的女神雕像若隐若现，似有似无。

台风季节夏雨连绵，窗棂上不断传来雨滴敲打的淅沥声。夜晚十一点多，万籁寂静，城市远处的街道上，偶尔会鸣响汽车轮胎碾压路面的声音。米林正准备睡觉，忽然想起下午在医院遇见都一敏的情景，他顿时警觉起来，翻身下床，拿起手电下楼。

米林借助手电步下旋转楼梯，推开一楼大厅的玻璃门，来到图书馆门廊前的甬道上。门房间的灯依旧暗着，他朝花园走去，雨雾飘过来，瞬间将他罩住。雨滴打湿了睫毛，使他睁不开眼，手电射出的一柱强光在草坪上晃悠。

离女神像愈来愈近，米林听到一种奇怪的声音，像是有人在用工具挖掘。他开始奔跑起来，依稀中他觉得前面有晃动的人影。

谁？米林叫起来。

一阵杂沓混乱的声响。米林挥舞手中的手电，他看到女神像的旁边被挖了一个大坑，大坑里扔了几把铁锹，他用手电环照四周，看到几个角落分别站着三个男人，他们在手电光的刺激下，身体痉挛掩面而立，一个身材颀长的人龟缩在一排竹林边，浑身发抖，他竭力用手挡住亮光，可还是不经意露出瘦削的脸，米林认出了他，都岚的男朋友陈大志。

你们想干什么？米林大声喊叫起来。

米林的喊叫声刺破夜色，在雨幕中奔突穿行。这时他听到旁边黑暗中有人骂了一声"操他娘的"，随后，一个身材矮小敦实的人朝他冲过来。即刻米林的脑袋被铁器重重击打了一下，他的身体晃了晃，眼冒金星，天旋地转，手电筒掉落地上，他双手捂着脑袋，强撑着不让自己倒下。

黑暗中的人影纷纷往图书馆的大门逃去，米林脚步踉跄地追赶过去，眼看大铁门被打开，人影鱼贯而出，无望中米林使出全身的力气喊叫。忽然，他的大腿被巨大的疼痛感所席卷，从门房间的门洞里，箭镞一般窜过来一条毛茸茸的黑影，狠狠咬住了他的大腿。

他顿时痛得晕过去，在倒下前的一瞬间，他看见了被雨幕打湿的一

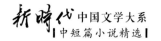

张照片里的女人影像，她体态婀娜却泪眼婆娑……

13

米林在医院整整躺了一个星期。经医生诊断，除了轻微的脑震荡，他的大腿被狗叼了碗口大的一块肉，伤口大量出血，神经系统遭到严重损伤。

住院期间精心伺候他的是篾匠夫妇，米林的养父养母。病房窗台上的鲜花是月亮送的，她来看望米林的时候告诉他一个令人震惊的消息：在他被送进医院的第二天下午，都一敏老师被人害死。一个满头疤痕身材结实的歹徒，在逃回老家前来向她勒索钱财，都一敏死活不答应，拿过一把水果刀自卫，这个举动可能刺激到了那个罪犯，经过激烈搏斗，水果刀最后捅在都一敏的胸前。警方在宿舍床上的被窝里发现都一敏的尸体，法医怀疑她是被罪犯闷死的。

当天晚上六点半，米林斜躺病床上，月亮在窗台边坐着，两个人看到电视在播报一条新闻。播音员提到都一敏时称其为著名女作家。屏幕上出现被刑拘的犯罪嫌疑人黄毛和陈大志，陈大志双手掩面，痛哭流涕地说他是在老乡的胁迫下，一时糊涂去国家单位进行偷盗活动的，事前他的乡党答应绝不伤害他的女友及女友的母亲，他说自己非常非常后悔，年纪轻轻就被老乡毁了一生。

馆长带着果篮来看望米林，他笑着握住米林的手表示慰问。馆长上来先说好消息，美国华侨已放弃收回别墅。然后宽慰米林说图书馆是事业单位，没什么钱，但他无论如何会想各种办法来补偿的。他希望米林不要追究看门老头的过失，警方已按照程序询问过老头，因为老头没有语言能力，最终也问不出什么结果来。

米林知道，馆长想息事宁人，仔细想想，他做的没错，不这样做还能怎样呢？馆长接着神神道道地说，在都一敏凶杀案发生后，他悄悄请来风水先生，请教如何破解凶宅的秘诀，风水先生说西南方向的阴气太重，建议在靠近职工学校篱笆墙的地方竖一座大型雕像。馆长行动神速，立即请人雕刻一座四米高的鲁班像，准备安放在草坪西侧起镇妖作用。

馆长还告诉米林，女神像错放在现在的位置是事出有因的。当时一个好心人为了女神像不被毁坏，将它偷偷挖起藏在隔壁职工学校的防空洞里。后来，别墅在改成图书馆前进行过大修，院子里布满脚手架，施工队从防空洞的深处抬来女神像，他们依照当时设计师画的图纸将女神雕像安放在现在的位置。设计师最大的疏忽在于，他没有考虑到职工学校的篮球场原先也是花园的一部分。他如果想到这一点，女神像的位置应该往右移动几米，那里才是花园真正的中心。

馆长走后，养母端来黑鱼汤，他一口都喝不下去。很显然，馆长嘴里的那个好心人，大概就是看门老头。他为啥会丧失语言能力呢？在漫长的几十年的历史中，究竟发生了什么，让他变成一个无法言语乖戾暴躁的倔老头？还有，馆长明显很偏袒看门老头，这其中有什么原委呢？

世上的事情真是奇妙无比，就是因为别墅大修时设计师的一个小疏忽，让米林和陈大志对那座女神像的位置发生了怀疑，凭空臆想这座花园存在深不可测的秘密，结果酿成一个无法挽回的悲剧。都一敏戴着玳瑁眼镜的脸庞一次次浮现眼前，她的新书应该还没有完成吧……

太富有传奇性的身世，让米林对生活的一切产生了怀疑，而别墅、花园、女神像、看门老头与狗都好像在迎合他的幻想，共同完成一个预设的圈套。那个陈大志来自安徽农村，他冥冥中受到谁的启示，竟也对

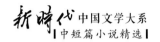

女神像的位置产生怀疑，难不成他也有不一般的身世？米林恍惚间觉得都一敏的死与自己有某种内在的联系，他不确定自己是否负有间接的责任，可事情要重来一遍，他还是不知道在什么节点可以去阻止悲剧的发生。

米林在养父的搀扶下，瘸着腿下楼出门，走过一汪池塘，池塘里游弋着个头硕大的红鲤鱼。身穿蓝白相间条纹服的病人，三三两两坐在石凳上闲聊，夕阳照在医院的草坪上，一个小孩在奔跑着放风筝。一阵阵风吹过来，风筝愈飞愈高，下一步风准备把风筝吹到哪里去呢？米林在想。养父的沪语带着浓重的本地口音，他劝米林养好伤回嘉定居住，米林侧脸看看养父，点点头。

月亮从草坪的另一边出现了，她奔跑过来，从身后忽然蒙住米林的眼睛，咯咯笑着说，你猜猜我是谁？

养父回过头来看看月亮，布满皱纹的脸堆着朴实的笑容。被一双纤细小手蒙住眼睛的米林想了想，提高嗓门大声说，你是风吧？哦，不对，应该说你是风的主宰才对！

月亮笑得身体都抖动起来，咯咯的笑声在草坪上随风回荡。

城 市 文 学 卷

突如其来的一切

田耳

占文开车去往郊区，一路听的都是十多年前的歌。车开至一截施工中道路的尽头，前面是一片菜地，仍然种菜，凶肥气味四溢。他下去拍些照片，拍道路和菜地间仓促连接的那条缝隙。结婚的到来，跟占文从前的想象完全不一样。以前，当他还是少年郎，身体发育，开始暗恋女孩并憧憬未来，以为婚礼应该是、必然是、一定是人一生的高光时刻；从筹备到婚礼正式举行，之间必有一整段幸福的时光让人沉浸其中。事实上，这一阵家里矛盾集中迸发，他和碧姗，碧姗和父母，父母和他，当然还有碧姗的父母幽灵一般缠杂其间，像集束炸弹在他头皮反复爆炸。占文每一天东扶西倒，左支右绌，心惊肉跳。稍有空隙，他油门一踩就去往郊区。其实郊区也变了味，他找不见以往城市与乡村之间自然生成的过渡地带，因基建施工，郊区断头路特别多。最近，占文热衷于拍摄各种道路的尽头。按说所有的道路应该都是连通的，都是通向北京或罗马，事实上，郊区很多路会突然中断。占文拍下这些尽头，发到 QQ 空间，没什么意义，只是自己喜欢。稍后占文又在空间发图，九宫格缺两格，取消对称，然后回车里发呆。他又想到结婚在即，桩桩件件的事情待办，记事本里逐条划线，此时的发呆显然不合时宜。

正这么想，电话就响，占文默认这电话是重要的。拿起一看，四人标注为"推销"。此前看到的标注都上百人，至少数十，以致他一直以为十人以下的标注不被显示。电话一接，是女人的声音，似乎被人秒掐成习惯，语速较快。她介绍自己是"大地红婚庆公司"业务经理，名叫邱月铭。"……铭记的铭。"她强调。

这段时间数家婚庆公司打他电话，不出意外，婚姻登记时泄漏了信息。占文并不奇怪，在他看来，不泄漏的那都不叫信息。此时他愿意多听邱月铭说几句，只是因为他不想假装忙得气都喘不匀。

"咱俩小学同级不同班，肯定见过。我现在换了名字，读小学的时候叫邱碧英，土不土？但我主要认为，'碧'是个脏字，'碧英'读快了听着像是病，太不好……"

"呃，这个字用得很多啊。"他想起自己未婚妻，碧姗。

"字是常见字，而我有不少忌讳，像得了强迫症。"

"认真的人才容易有强迫症。"

"戴先生，你是个善解人意的人。以前读杜田小学，每次元旦晚会我都跳舞，每次都是我们133班的领舞，有印象吗？"

他再次回忆。小学时元旦晚会是女孩们的天下，每个班至少出一支舞，每支舞都会有领舞。那时候跳舞的女孩扑腮红，眉心点印度痣，他没法从大同小异的妆容中拎出单个的谁。

"那你至少认识邱世高，我是她妹妹。"

邱世高他没法不认识。以前杜田小学周一早上升旗，记大过和留校察看的学生会被拎到主席台示众，除了校长和老师，邱世高上台次数最多，他总是神情自若，所以绰号就叫"校长"。在杜田小学，既要认识校长也要认识邱世高，谁若不把邱世高当成校长敬着，那将是一种潜在的危险。

那时候占文闷声不响，是最不敢惹事的小孩。越小心越撞鬼，他读三年级时，一次走到学校后门的酱油厂，一堆高年级学生坐在地上，围成一圈。占文凑过去看，地上有凌乱的扑克牌，还有皱巴巴脏兮兮的毛票。他知道这是打牌，头一次见到牌打完一圈，你把钱给我，我又给他。

他忽然想到这是怎么回事，嘀咕一声："赌博噢。"

正要走，后面一个声音把他叫住。

"你刚才说的什么？"等占文扭头过去，那人又问，"你是哪个班的？"

这时占文看见一张熟悉的脸，首先记起他的绰号，然后才是名字。他知道自己今天撞邪，惹上不能惹的人。他闭上嘴，头脑中浮现思想品德课幻灯片里铮铮铁骨的革命烈士，让嘴巴闭得更紧，没想邱世高并不做出下一步的反应。邱世高牌一打，几乎忘了占文的存在，只是占文慑于"校长"威名，竟不敢擅自离开。那一圈牌，邱世高当庄家还赢了不少，正把毛票一张一张抻平。旁边有个小孩提醒他："这个小屁孩，你打算怎么教训他？"邱世高蘸着唾沫点数毛票，头也不抬："现在知道闭嘴了？以后也少管闲事，懂吗？"占文赶紧应了一声。

邱世高又说："快滚蛋！"

那年冬天多雪，教室没暖气，每个小孩提火笼上学，成天捂着以防长冻疮。一天中午，占文走到薛家巷过街天桥下面。一个正玩雪的小孩扭头看见他并说："你站住。"占文认得他。

"我认得你……"与此同时邱世高努力回忆，"那天我从桥底下走，你站在桥上面把两条腿跨开，让我钻你裤裆。"

"不是我干的，我只是看过你和他们打牌。"

"是的，你看过我打牌惹了我输牌，所以我有必要惩罚你。"邱世高似乎很开心，把占文拽到路边雪堆前，又捏了一把雪。

占文辩解："但当时你赢牌了。"

"是赢牌了啊，那就请允许我要惩罚你，要是你不捣乱我会赢更多。"那一坨雪便从占文后领子灌了进去。

占文想挣扎，同时又在安慰自己：这算什么呢？小伙伴嬉闹也会相

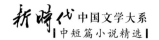

互灌雪，不但灌进衣服领口，有时候还灌进裤裆，所以很多小孩都知道，身上最不抗冻的地方是小鸡鸡。占文忍耐着雪块在背后融化，等着邱世高再次地说，快滚蛋。这一次，邱世高却说："不行，这显然不够。"他身边有个小女孩，在雪堆里抠抠巴巴，挑出一些没被浸脏的雪块捏成球。"她是我妹妹，正在给我捏子弹。知道吗，等下我有一场大仗要打。"邱世高跟占文介绍，那一刻他忘了占文正被他施加惩罚。邱世高问那女孩："有没有带玻璃瓶子？"

小女孩随手掏出一个。玻璃瓶小得不能再小，本是装青霉素钾粉剂的药瓶。在医院上班的人都搜集这瓶子的胶盖钉搓衣板，瓶子洗一洗成为小孩的玩具。有这种玩具的小孩会变得大方，到处送人。"瓶子里装上雪，烧开！"邱世高吩咐。小女孩照做，把雪灌进小瓶，摁紧，再灌，再摁，然后将小瓶放进火笼。小女孩的火笼是篾壳的。学校里最常见木格火笼，也有铁皮火笼，篾壳的最舒服，但很少见到。雪很快变成水，发出微弱气泡音，占文却听得清晰。他意识到这是要干什么，他在电视剧里看到过，当国民党反动派抓住地下党，会用烙铁烙人家的胸膛或肚皮，嗞啦一声，皮焦一块，人晕过去。他隔着电视屏幕闻见父亲烧猪蹄子的煳味。用不了多久，玻璃瓶里的水沸腾并溢在火炭上，发出另一种声响。小女孩在地上找出两根小竹棍，将小瓶夹起。

邱世高拍拍占文的肩，说："把手张开。"占文拳便攥紧。

"你想打我？"邱世高感到不可思议，捏了捏占文的下巴颏，捏着捏着就掐一把。占文发现自己竟不敢叫出声。

这时女孩挤到两人中间，要占文把手张开。说着她又凑过来一些。占文见她嘴唇在动，反复几遍，他才发现她是用唇语告诉自己："不烫。"他颤抖着将手摊开，有点儿难为情。小女孩故意将瓶举高，让瓶里的水变成细细的线条缝进占文右手掌心，占文那只手掌便一点点摊平。刚才他明明听见水沸腾的声响，现在水竟然不烫。

邱世高把捏好的雪球装进书包，问小女孩弄好了没有。小女孩说，都倒他手上了呀。邱世高看向占文，占文便用痛苦的表情应对，换来邱世高满意的神情。他又交代占文："我俩走到那个路口，拐了弯看不见，你再数十个数，才能走。懂吗？差一个数不行，数快了也不行。"占文悬着一只手，盯着邱世高和小女孩离去的背影。小女孩忽然扭头，冲他挤了挤眼。对于这次"惩罚"，占文虚惊一场。此后他一直记着：小女孩的眼神让"惩罚"彻底反转，变成了他俩合谋把邱世高捉弄了一回。

"……你在听吗？"

此时，邱月铭正介绍她们公司，讲到某位主持人在业界的分量。她很少碰到像占文这样专心听介绍的人，忽然有了怀疑。

"在听。"占文掐断自己回忆。那眼神晶亮地一闪，旋即消失。

"再跟你介绍一下我们公司的收费情况，可以吗？"

"价格表有吧？你直接发个短信给我。"占文拧着钥匙打火，车载音响几乎同步飙出粤语歌曲《难得有情人》。

虽然即将结婚，碧姗心情一直不佳，占文只能每天绷紧神经。他偶尔问自己，既然状态完全不对，是不是不要急着结婚？碧姗怀了小孩，婚期又早已敲定，占文总是及时掐灭心里那层疑惑。他告诫自己，面对日常生活，也需要一种坚定、强悍且略显麻木的脾性。到了三十四岁，他切身体会到结婚不再是他一个人的事情。毕竟，他从未打定一个人终老的主意（主要是他从未有过这么长远的个人规划），到这年纪依然独身，莫名的压力就一直缠绕。

　　碧姗本是在市液化气公司城北仓库当记账员。一个月前城北仓库突然关闭，所有人员待岗。"那一带七百多亩地，被市领导蓫批卖给上海一家国企。"占文母亲发布的本市消息，一般靠得住。碧姗忽然不用上班，心情不好，一如她天天上班时，心情也从没好过。占文想把话往好里说："你看，咱俩要结婚，单位就给你放大假……"碧姗睨他一眼："放大假？我失业了。以后你养我，养得起吗？"这倒是不可回避的事实：城北仓库大概率不会恢复，待岗就是失业。领导们擅长把一样的意思搞出许多种讲法，视具体情境千变万化；听的人，从千变万化里提炼出唯一结果。

　　"过日子还行，反正房子是现成的，吃饭穿衣……"

　　"又说这些废话……你讲话越来越像你妈了，难道你没发现？"碧姗又说，"好，就算我相信你。但以后生活质量要有下降，或者你对我态度稍有变化，别怪我什么都做得出来。"

　　占文稍有不爽，经验告诉他要住口，但又一时没忍住："那你要怎么做？"

　　"我就去……卖！"甫一出口，碧姗知道自己说话过劲，哧一声先笑出来，一笑遮百丑。占文一再告诫自己，毕竟大她十岁，讲话方式不一样，不能介意，要把她当女儿。

　　跟碧姗来往之前，占文结识过两三个女孩，床单肯定滚过，是否有过恋爱，他并不确定。虽然也有亲密，也有小别之后彼此身体焕然一新的体验，但相比书本中与电视里的爱情，他感觉自己遭遇的一切总是那么不痛不痒，从未像影视剧里那些男女连篇累牍地度日如年、痛不欲生。毕竟，世界上有那么多人，怎么确定就碰到生命里的唯一？占文一直认为，那是极小概率事件，而大概率，则是最适合你的人，生命里的唯一，根本没机会碰到。既然不可能碰到唯一，那爱情又是什么，难道就是错过？

占文琢磨这些事，经常以脑子一片瞀乱打止。

父母催婚时眼神日渐有了厌弃，意思明摆着：女人嘛你不是没搞过，老是不结婚，不就是道德败坏？占文也反复自省，和朋友圈里几个花心萝卜，诸如于化田、欧涧梁等人一比，自己明显是有区别。一直以来，不是他抛弃了谁，也不能说对方移情别恋。彼此相处总也找不到恋爱的感觉，无疾而终；或者性格反差太大，凑一起简直冤家聚头，思前想后，分手才是一锤定音的选择。这十来年，父母认定占文已经多次恋爱，同时也认定，儿子半条腿跨进了婚姻和生育；没想到每一次，儿子都自行宣称，两人关系突然清零。一次两次，可能是别人的原因，事不过三，占文分明已是惯犯。父母一辈子只进入过对方的身体且以此为荣，以此作为家里面最重要的道德遗产。二老始终毫不动摇地认为：搞女人只能走进婚姻，若不然，付钱是嫖，不付钱是骗，声称付出感情却没变成夫妻，那只能叫尔虞我诈，互相骗。十几年前，别说占文搞了女人不结婚，他俩甚至都不会相信占文看过毛片。

母亲多次跟占文放话："你既然不打算结婚，出门就不要招惹妹子。再这么搞下去，我都没法见人！"亲生母亲率先认定儿子是流氓犯，让占文倍感压力，但这事的确无法跟父母交流。

占文回家都怕进门的时候，得以认识碧姗。这时机端的正好。

那次，占文赶去全市最偏远的岱城参加高中同学杨旸的婚宴。他提前一天赶到，参与接亲，过一把闹新娘的瘾。碧姗是杨旸的亲戚，接亲队伍里两个打马灯引路的女孩之一。具体什么亲戚，碧姗始终没讲清楚。到她们这年纪，亲戚关系变得可有可无，小时不交往，大了不串门，不如朋友和闺蜜来得重要。只是婚娶丧葬时，血浓于水的老调重弹，亲戚们必须凑一起。在婚礼中打马灯的，必须是未婚女孩，据说最好是处女，但这一点现在难以落实。占文注意到，打马灯的两个女孩，碧姗更漂亮一些，仅此而已。接亲时候，一帮同学竟然都缺乏经验，没人起头发狠，没有过关斩将的能力，被女方亲友团全程打压。杨旸给的红包比原计划多出一倍，才将新娘弄上花车。

返程时，有人把占文和碧姗塞进一辆车。两人话都不多，挨挨挤挤坐两个多小时，不吭声难免尴尬，总要聊上几句。两人就这么认识，互换电话号码，占文知道她还在读书，是个学生。杨旸婚礼一散，两人没再联系。

吃过杨旸儿子周岁寿筵以后，一天中午占文去新开张的芒果影院看电影。正觉售票的妹子有些眼熟，那妹子一抬头准确叫出他名字。他想起来，她是杨旸那个关系不详的亲戚。碧姗成绩不好，初中毕业读五年制幼师大专班，在县里一家私营幼儿园找到工作后，才发现自己害怕成天带小孩，把屎又把尿，钱不多压力大，家长还老疑心老师虐童。碧姗辞职，跑来市里随便找一份工作。那以后占文看电影频率猛增，摸清碧姗的排班表，每一回去保准见到她。两个月后，即使不看电影，两人也经常待在一块儿——就像大多数恋人那样，按部就班、顺理成章且平淡无奇的开始。只是，那想象中恋爱的感觉，是不是到来，占文依然吃不准，他以为不该是这样轻淡的滋味。有时候，他也归咎于自己的矫情，会反复甄别情绪的浓度，感觉的质地。在这腹地五线城市，哪能承载得下影视剧里才有的爱情？

某天中午，在一处新开张的商业城，两人一块儿吃刨冰。舞台上有表演，小品看得让人直泛鸡皮疙瘩，土模特的时装展演也令人喷饭。在他们身旁，有人利用临时摆设的几处微缩景观拍婚纱照，看着不免寒碜，但那一对脸皮黝黑的新人脸上的确挤满了环游世界般的喜悦和自豪。

占文和碧姗原本当那是一个笑点，看着看着，竟慢慢涌起感动。"他俩结婚，老天爷附赠了亲子鉴定……"占文嘴皮忽然一痒。他说话很损，平时能忍，酒一喝就开始发挥，朋友们就喜欢让他开口，营造气氛。碧姗没反应过来，占文又说："小孩一生，皮肤雪白，肯定不对劲。"

"他们可能都不知道亲子鉴定这回事。你没看出来，他们其实很有夫妻相，找对人了。"碧姗目光从那一侧抽回，甩到占文脸上，"你从来没跟我讲起结婚的事。"

占文不语。

"也许你还没这打算，但我想问问你，愿不愿娶我？"碧姗一笑，"既然是我先提出来，按说不能对你有要求。但是，如果你愿意，就要先给我找一份工作。"

"你不是在卖票么？"

"是工作，不是打工，别给我装糊涂。"碧姗的意思是相对稳定的工作，只要自己不犯错，老板不能因为自己心情不好就迁怒于人，甚至直接叫你滚。

占文思考了一会儿，才意识到碧姗已主动提起结婚，意外，也突然有了感动。碧姗一直给予他这种突兀感，时而摸不着头脑，但那种简单直接也经常触发他的内在心绪。她将要求摆明，不逼不迫，再摆出听凭发落的模样。两人对视一会儿，几乎同时绽露出笑容。不远处，那一对黑皮黑脸的新人拍至接吻。摄影师示意他俩嘴凑一块儿，两人嘴皮一粘还没完，男人单刀直入搞起舌吻。摄影师猝不及防，打了个暂停手势，说："嘴巴皮碰一碰就好啦，拜托，又不是拍 AV。"他俩无措地面对围观者嘲笑的嘴脸，尤其是女人，现出哭相，将男人抱紧。男人抱着女人，惶恐、无助又警惕地盯着围观的所有人。

此后，占文不得不集中心思考虑此事。回想碧姗主动表态，他感谢她的痛快，思来想去，他也愿意做这交换。十年前，他不会理解"交换"，直到现在，所有熟人都认为他再不成家就不正常的时候，她主动提出嫁给他，尤其重要。而且，她提的要求搁在他家里不算难事。

占文母亲混到处级，在市里算得上人物，她叫占文把碧姗带来见面。见面时，占文母亲却又面无表情，本以为儿子是个挑剔的人，挑到最后似乎还不如不挑。她也知道，此时儿子没多少选择余地，而且难得他愿意结婚。关于找工作，母亲几乎是一个电话搞定。她问液化气公司的熟人，对方回复，可以先行安排去仓库。对于这种专营公司，碧姗认为靠得住。进到里面，是当合同工还是给编制，占文母亲有些犹豫。以她的情面再多贴一笔钱，一步到位搞定编制也不是不可能，但她主动跟朋友说，先签合同。她跟占文这样解释："你们毕竟还没结婚，是不是……防人之心不可无。婚后，她把小孩生下来，到时再看要不要弄一个编制。再说你也不能一下子把底牌漏光，先跟她说只能签合同，看她什么态度。"占文还是意外，母亲平时说话绕三绕四，偶尔又直白得令人猝不及防。他问："你是不是要看碧姗生儿子还是生女儿再作下一步打算？"

"占文，我知道你是直性子，但当拐弯时也要拐弯，能沉住气时，就不要急着冒泡。"母亲神情陡然焦灼，"你是想着坦诚以待，想着给人家最好的，这没错。但工作要我去弄，老脸要我去贴。我纵有再多不是，也是你妈，改变不了，你不能不相信我。"

每一次，母亲显露歇斯底里的征兆，占文只能把嘴闭上。流水的老婆铁打的娘，他只能听从母亲安排。但这也留下隐患，碧姗去城北仓库上班，同事很快向她透露：以谢主任的能耐，让儿媳当合同工显然不够。占文母亲当然不承认，摆出各种理由且言之凿凿。那一阵，碧姗只有跟占文闹，每天不停地闹。闹狠了，占文牙一咬，为结婚他也打算好在碧姗面前服低作小，但有限度，婚姻是一辈子的事，不可能跪求到老。占文一股尿劲上脑，终于敢跟碧姗说分手。这时，碧姗偏就有点儿狗血地发现自己怀孕。她不知道哪天怀上的，她没想好这事，跟占文说要堕胎。那天占文陪碧姗去堕胎的路上，本来可以打车，碧姗偏要走路去。两人一前一后，抄近路经过一条冷巷，碧姗忽然转身，一脸凄迷不舍。占文赶紧上前两步，问这又怎么了，碧姗抱紧占文，嘴巴贴他耳郭，说自己决定结这个婚。

那一刻占文眼泪唰地下来，暗道：他妈的，我的恋爱、我的婚姻到底哪个狗日的写的剧本？

这天周末，距婚礼还有整一周，占文脑子设置了倒计时。

一早碧姗又发火，又跟占文提起房子装修的事。

两人决定结婚以后住还照住占文家私建的小楼，但碧姗想着把屋内重新装修一遍。新房新房，必须是新的，这也没毛病。占文跟父母商量，父母却觉得不合适。家里的房子三年前整装花一百多万，档次能达到本市装修的天花板，现在还是九成新。整体重装毫无必要，如果占文住的那一层重装，要是风格跟以前统一，仍无必要；如若风格不统一，住一栋楼也像是分了家，那就花钱还让外人看笑话。再说，重装一遍，孩子出生以前不可能住进去。

占文两头传话，受尽夹板气。碧姗就说："是啊是啊，只要你妈一开口，道理全都在她那里。"又说，"你也三十多岁了，我怎么感觉你离开你妈就没法活？"当时还没有"妈宝男"这说法，碧姗就这意思。占文也不好回嘴，他不知道自己是否离得开母亲，但他确实从没考虑过离开。

隔几天，碧姗父亲灰着脸过来，认为占文一家趁碧姗怀孕欺负她。碧姗父亲咆哮一通，经占文母亲耐心地解释，稍稍歇火；再到家中一看，也认为房间暂时不动为好。双方家长意见一致，碧姗只能少数服从多数，此后经常跟占文提到这事。这事已沦为碧姗迁怒于己的通用理由，所以，占文每次必须找出真正的原因并加以解决。

今天碧姗咆哮时，占文认定跟她两个闺蜜有关。碧姗朋友不多，闺蜜大概就这俩：小学同学田小烨和初中同学杨晴雨。她俩都跟碧姗好，但她俩单独不能见面，三人凑一块儿时，碧姗不断受夹板气。平时俩闺蜜岔开时间找碧姗，避免撞面，减少事故发生。现在因婚事临近，她俩只能一块儿来。本来说好不添堵，但雷管撞上炸药，哪有不爆的道理。

昨晚，占文带她们涮小龙坎，话题是如何给碧姗当伴娘。就这俩闺蜜，伴娘凑成一对本是没问题，她俩主动表态，只要新郎新娘合得来，哪里要管伴娘合不合，定当尽释前嫌，尽职尽责当好伴娘。主观的态度解决了，客观条件又成问题：她俩身高完全不搭。杨晴雨比田小烨高出一头还要多，凑一块儿确实不像一对伴娘，倒像老动画片里没头脑遇到不高兴。涮火锅时两人话往下讲，慢慢地语带讥诮，都想对方主动放弃当伴娘。杨晴雨想换个高个跟自己搭，这样更显婚礼的端庄和体面；田小烨想换矮个，绿叶红花，衬托个子原本也不高的碧姗。田小烨说，要是两个高碧姗大半头的伴娘往她身边一站，倒像是押着碧姗受审。杨晴雨回嘴，舍己为人衬托碧姗的想法值得表扬，只是矮个凑一对显然衬托不起来，一般凑足七个才能看见效果。

这样的争执，占文难以置喙，随着争执加剧，肉还多点了几盘。晚上闺蜜三人偏又不肯分开，挤一张床，占文只能在楼下睡长沙发。今天早起，占文去外面买早点。打包带回家，占文摆出笑脸再拍开门，碧姗的脸却塌了下来，说："什么破床不换一换，睡觉都有人滚床。"骂完了床，接着又念叨房子装修的事，她说结婚后住这里也是过旧日子，这屋子有一股霉味。气没撒完，碧姗还说自己结这婚全是被肚里孩子逼的。早知如此，那天就该把孩子打掉……

占文心下明了，将早点拎进屋内，观察那俩女孩。田小烨左眼镶一圈黑框，而杨晴雨右脸以及脖颈有几道抓痕——很明显，掉下床不会弄出这样的痕迹。

这时电话一响，占文一看号码，想起昨天和邱月铭约了见面。她说人已在长线局后门。他家离长线局后门大概两百米。这一带都是单家独栋私建房，楼与楼之间密布巷弄，拐几个拐才能上到主路。电话里不好指路，占文出去接人。拐过最后一拐，那女的站在四十米开外，上身穿墨绿色枪驳领半长风衣，头发短至耳垂，是中年妇女特有的稳重干练。他往前几步，确认她是当年那个女孩，除了模样依稀套得上，还有眉眼间那明亮的眼神仍在。她跟自己同届，按说也是三十四岁左右，那么，她纵然算得漂亮，并不比同龄人显年轻。她看见他，招一招手。他注意到，她左手挎的包特别大，路上捡到小孩也可以拎起来扔里面。

"吃饭了吗？找个地方边吃边说？"

"吃过了……你家里有事情？"

邱月铭想跟碧姗见面沟通，婚庆的生意，女主人拍了板才算拿下。占文不免支吾。她便问："有什么麻烦跟我说说。结婚你是头一次，我呢，一年到头都在干这事，算专业人士。现在，什么事都要相信专业。你以为天大的麻烦，摆我这里可能就不是个事。"

看着她眼神，占文相信她是擅长沟通的，心里咯噔一下，把伴娘的事讲一讲。邱月铭没听完就笑，问为什么就她俩当伴娘。占文一愣。她接着说："多找两个伴娘就行，个头嘛介于她俩之间，两个人的身高差被四个人分担，这样每个人都不突兀。"

"可以是四个？"

"伴娘只要是双数就行，甚至有钱的摆排场，伴郎伴娘越多越好。娱乐新闻里那些明星结婚不就这样？"

顺着这话，占文头脑立即生成画面：一排四个伴娘，杨晴雨和田烨左右各在一头，中间隔开安全距离。同时，他心里嘀咕：为什么此前老以为伴娘必须是一对呢？不光是他，碧姗和闺蜜都是这么认为，原来这就叫经验不足。他说："她们还在闹别扭，等下把这个跟她们讲一讲。"说的时候，占文已经在前面带路，两人进到对面巷弄。

门拍一下自己开了，碧姗正给杨晴雨梳头，田小烨坐在屋子对角，把便当盒底的那点儿汤汁吸得山响。她们都没理会有人到来，或者懒得理会。

"各位小美女……"邱月铭主动打招呼，待她们都看过来，她接着说，"我是大地红婚庆公司的业务经理，也是戴占文的小学同学。"

杨晴雨说："小学同学还有联系？几十年老交情啊。"

"同学聚会碰一下头，平时不联系。"她撩头发时，眼角朝他一瞟，电光石火般的。这种应急说法往往脱口而出，大多数人默认配合，偶尔碰到一个实事求是的，只能小有尴尬。

占文说："是我请她过来。别家我不熟，我同学这个公司，婚庆在全市做得最大，还有最有名的司仪，叫……"

"路伟，另一位也有名，叫邱宇扬。"邱月铭及时纠正，"我们公司婚庆做了五年，规模在全市排前三没有问题……"

"邱宇扬啊，他不是主演了《世界的后花园》？"田小烨左眼黑圈迅速扩大。

"那是台湾的邱宇翔好吧？邱宇扬是这里婚庆司仪好吧？"杨晴雨可不会错过这时机，"主演《世界的后花园》。只有你会以为，全世界的明星都围绕在你身边。"

田小烨脸皮一僵，吸管嗫出响，汤汁已一点儿不剩。

"我们公司的一大特色，是婚纱和伴娘装一直做得最好，款式一应俱全。"邱月铭从挎包里掏出两本八开大小的册子。占文这才搞清楚，她挎包为何这么大个。册子铺在两米宽的床上，每一页都很厚，翻页声音时而清脆时而暗沉，仿佛对应着服装的质地。

占文又接了电话，是物流公司打来，说铁艺的秋千椅到了。前不久他跟碧姗在家具城看到那玩意儿，淘宝上找一找同款，能省好几百。

"你忙你的，有我在这里哩。"女孩都在看图册，邱月铭冲占文一笑。那一刻，很奇妙地，他忽然觉得，如果自己是三个女孩的爸爸，那她只能是她们的妈。

物流要货主雇三轮车去西郊一个物流园提货，物流公司要占文支付八十块钱运费。他分明记得是包邮，对方不认，让那边客服跟这家物流总线打了电话，才将东西搬上车。本地物流公司尚处于无序竞争阶段，经常明目张胆向顾客诈取包邮货物的运费，时而得手。若被戳穿，便用鼻孔回一句"搞错了"，万事皆了。

三轮车把东西搬回家，已是下午两点。占文推开门，几个女孩玩枕头大战，鸭绒满屋子飞。邱月铭已把这一单生意拿下，占文刚才听见短信提示音，应是她发过来的。摆平这边，她还要忙别的事。占文暗自松了口气。

晚上，邱月铭又打来电话，商讨服务项目和具体费用。她们公司可对整个婚礼大包大揽，除了不能找人顶替新娘和新郎，别的环节都有相应服务和定价，客户按实际需要拉单子勾选。两人大概敲定一系列服务项目，邱月铭迅速切换工作模式，首先和占文讨论接亲的安排，她可以提合理化建议。从接亲开始，婚庆公司将全程介入，摄影师抓拍相关画面。她又说："如有需要，我们可以安排一个婚庆导演，让接亲过程多一点儿仪式感。仪式感这东西有点儿超前，但拍下来当资料，以后再看很有效果。"占文认为不必太麻烦，接亲的气氛要在可控范围。闹新娘惹出的事故层出不穷，网上晒出各种穷形尽相的照片。

"既然怕麻烦，你就用不着安排车队去岱城接亲。十来辆车，单趟四五个小时，来回十多个小时，非常麻烦。"

"合不合适？"

"经验之谈，接亲距离越短越好。何况你家那个怀了毛毛……四个月了吧？去哪里接，两家商量确定就行。"

占文心里划算，到那天十来辆车来回十几个钟头，而且大都是夜路，途中稍有闪失，婚礼刚开始便蒙上阴影。他跟碧姗商量，碧姗联系了父母，最后考虑一个折中的方案：接亲地点安排在两地中间的溶江县。碧姗大姑在那儿开有家庭旅店，女方亲属提前入住，这边出车去接。六十公里，单程一个半小时。占文给邱月铭回话，她沉吟一会儿，说既然女方同意不从岱城出发，不如一步到位，直接安排在本市的酒店，半小时以内车程最佳。占文说女方已经为男方着想，不能太俭省，既然已说定，不好再开一次口。邱月铭说，多一个小时路程，来回就多两小时的麻烦。占文说："你先前也说过要有仪式感，现在这路程长短也是仪式感，五六个小时太远，半个小时是不是太近了点儿？"这一下邱月铭接不了茬。占文便留下一个印象：她毕竟把这当生意，会提各种建议，最后还得自己斟酌拍板。

一周内，占文跟邱月铭每天都有电话联系，商讨各种细节。她不厌其详，还发来各种冷知识，比如怎么组建接亲车队，怎么选车，竟然都有说法。车的颜色不能全黑，也不能全白；花车（主婚车）普遍选用红色，但在婚庆公司看来黑色或白色更佳，这才好给车头配玫瑰花盘；车队里若有奔驰就不能有大众桑塔纳，反之亦然，两者相配谐音"奔丧"，大忌；花车牌号末数为1的不能用，8也不能用，更不能用88，最好选2……

占文已抱定态度，不可不信，也不能全信；稍有讲究，是仪式感，样样讲究，那叫自找麻烦。

婚礼定在五四青年节，既有五一黄金周假期又逢青年节，扎堆结婚成为必然。

三号中午，占文让朋友将碧姗及四位伴娘送去溶江。大姑热情，已在自家旅店院内张灯结彩，店名也讨喜，叫"喜福旺"。邱月铭规划好时间：接亲车队凌晨两点出发，接到人以后五点返程，七点前抵达市区。

在这小城混到三十多岁，占文必然积累了一票朋友甚至是兄弟，他要结婚，朋友也抢着帮忙。占文按邱月铭给的那些说法，选够十二辆车，司机不另找，各开各车。帮去接亲的朋友当晚六点半单独开饭，他们选择夜市摊，在那里一直待到出发。占文陪一阵后离席，去订酒店房间——这也是邱月铭提的醒。她注意到，外地赶来的亲友、同学计三十余人，有的会带亲属，两人一间算，至少预订二十间房才够。平时不用订，但五一黄金周要考虑扎堆结婚的因素，此外会有一些游客赶来。五四那天，据说市里还要搞几场活动。各种因素叠加，酒店说不定紧张。占文一问，举办婚宴的河岸酒店剩余房间果然不够数，另找一处酒店，才将二十间房凑齐。占文赶去交付定金——依旧是邱月铭提醒：市内大多数酒店信誉度并未建立，如果到时人多，他们坐地起价，预订没交定金的房间哪有保证。

稍后还要和司仪先见上一面，司仪预设一些环节，准备一些问题，提前沟通。"婚庆时问答环节，具体问题需要结合你自己的情况，商量以后才好定下来。"邱月铭的语气毋庸置疑。现在，占文了结一件事，只需等邱月铭下一个电话。要不然，这一晚桩桩件件的琐事难免乱成一团麻。

赶回河岸酒店，邱月铭身边只能是司仪。占文走过去，他俩迎上来，司仪腿脚竟有些不利索。

"看出来了？就是我哥。"邱月铭说金牌司仪路伟被人约走，给占文这边安排的是邱宇扬。占文哪曾想到，邱宇扬就是邱世高。一晃二十来年，邱世高的样貌简直像是大变活人，若是马路上碰见，占文顶多有点儿眼熟，很难想起他是谁。邱月铭稍有紧张，显然，她发现占文已经注意到那条腿。"我哥控场能力，一点儿不比路伟差。"

占文倒觉有意思，记忆中那个坏小孩，现在干上了婚庆司仪。他印象里头，当年的打架狠角、江湖大哥，现在大都在南边街一带摆烧烤摊，以便将多年的江湖地位转变为账面流水。邱世高怎么突发奇想，独自当上司仪？小学时他经常上主席台，难道控场能力那时候就得到训练？占文又想：不管怎么说，邱世高必是全城唯一腿脚不利索的司仪，他能不被这个行当淘汰，肯定有着独门绝技，如同那些长得丑的歌星，怎么敢唱得也丑？正七想八想，邱宇扬主动找他握手。

"我认得你，你还记得我吗？"

"兄弟，看你面熟，名字叫不上来。"

"你哪记得我，读小学那会儿，我们在台下人头攒动，你站在台上独孤求败。"

"兄弟真有才华，我在台上通常是念检讨，检讨还要妹妹帮我写。"

"怪不得，好多次听你台上发言，我印象里你才是挺有才华。"

邱月铭稍显轻松，掏出婚庆主持词，就几页纸。占文翻看，商讨一些细节，并称赞说："你们确实很有经验，做得蛮用心。"他还把不要钱的大拇指往上一撇。

邱宇扬倒也是性情中人，情绪来得飞快，对占文说："老弟不是经常逛酒吧的人，不知道我现在的名气。其实我歌唱得蛮好，你去水门口一带的酒吧，只要提到跛（读瓣的音）大，哪个敢不晓得？如果不介意，明天我会好好挑选几首歌，现场助兴。"

"没听过跛大的名声，出去混都有危险。"

"这我可受不起，腿跛了以后，我考虑的主要是以德服人。"

占文找一张椅子坐下来，说："我确实很少去水门口，现在想先过把瘾。这里也有音响和话筒，可不可以单独唱给我听？"

"当然，你在群艺馆，我这也算搞群众艺术，按说你就是我领导。我可不可以感到很荣幸？"邱宇扬调试音响，把话筒抛接起来，有一把差点儿坠地，是用微跛那条腿才钩起来。他说："一首任贤齐的《天涯》，献给今晚唯一的嘉宾，来自群众艺术馆的戴占文先生。"邱宇扬一旦唱开，身体自动起范，脚也不那么跛。邱月铭手机又响，边接边往外走。偌大的厅堂，占文独自听歌，邱宇扬声情并茂的样子给他莫名喜感。

一曲唱罢，占文掌声奉上，说："完全没想到，也完全不过瘾。能不能再来一首？"

"没问题，今天专场献给老弟。Music！"邱宇扬又来一首深情款款的《南海姑娘》。

台上唱得起劲，台下占文忽然想喝酒，手边却没有。这一阵，筹备婚礼让他神经绷紧，睡觉也浅，此时此刻，邱宇扬的歌声竟让他身体难得地松弛下来。占文愈发感觉到，这世界上的事情总那么毫无道理，却让人乐此不疲。

观众虽少，气氛却不拉胯，情绪也不打折，邱宇扬可以源源不断唱下去。占文两手随曲调打起节拍，身体也有晃动，像一种同频共振。不知哪一节拍的效用，占文忽而站起，走向邱宇扬。两人相距三尺远，占文身子一抖，扭胯摇臀，开始伴舞。他向来欠缺舞感，此时灵魂出窍一般无师自通，杨丽萍附体一般浑然忘我。邱宇扬熟练地还以眼神，配合以肢体扭动，两个男人猝不及防地产生某种诡异的默契。

"你俩抽羊角风了？"邱月铭不知何时进来，一把将音响关掉。

"被邱哥圈粉了哟，明天可不要把我的婚礼变成你个人演唱会？"

"你俩刚才喝酒了？"

"确实想喝，对酒当歌。"

"你今天办好事，忍一忍，要不然我也陪你喝。"邱月铭思维跳跃，"帮你开车的那帮司机，谁在管事？"

"没人管事。"

"那他们现在还喝不喝？"

"不知道，人都还在夜市街。"

"随他们喝啊？这可不行。前年国税局的老肖结婚就出过这事：帮他接亲的司机没人管，出发前全喝醉了，接亲的车连环撞，婚礼还没开始，先搞出稀巴烂的心情。"她又问，"你结婚请的总管是谁？"

"什么总管？"

"婚礼必须安排总管，这都不知道？总管既管事也管账，不好外面请人，一般是要在亲戚里面挑一个。"她脸上意外，似乎也有自责。这几天每天电话来往，竟没发现这么大的漏洞。她又说："赶紧打那边电话，没撤席也绝不能再喝了。"

电话打去几通，终于有人接，开口就叫占文赶紧过去喝酒。那边气氛正热烈，从手机里弥漫过来。占文坐邱月铭的车赶去南边街"匡瓢烧烤"，邱宇扬也主动陪同。帮接亲的朋友一个不少，围坐好几张方桌拼成的大台，有的正喝到兴头，猜拳行令，有的已经半躺在椅子上。占文现身，他们吆喝着一起敬一杯。对于婚礼，直到此时，似乎只有朋友们的热情完全合乎了预想。

占文给分酒器倒了个"单眼皮"。邱月铭把他手摁住，说："不能喝！"

"统共三两不到，不算多。"

"等下就要去接亲，他们都喝了一些，我们没喝的更要保持清醒。"她脸上有了怒容，就像碧姗，占文头皮一紧，示意大家都放下酒杯。

负责开花车的于化田认出邱月铭，说："你是……西门坳跛大他妹？"

占文插话："我请她当总管，等下接亲的事都由她安排。"

"为什么是她安排？"

"跛大和他妹都是搞婚庆的，等下要拍录像。"有人搞抢答。小小一个地级市，街面上混久了，个个都具有户籍警察的能耐，扯到谁都能讲一大篇，且能保证准确度。

"拍婚庆录像，那应该叫导演。"于化田刚学会用牙线掏牙齿，动作大得像扯锯，好在牙龈皮实，说话时没发生血口喷人的现象。

"我请她当总管。导演也就是总管，合二为一，更好安排等下接亲的事情。"

邱月铭看他一眼。两人眼神以最快速度碰了一下，意思却传达无碍。邱月铭想问我怎么就成了总管，而占文的意思则是，总管除了你还有谁？这算是火线上马，她也不遑多让，扭头冲在场的所有人说："喝到这时候，不能开的就换一换人。开车不是开玩笑，等下有谁弄出差错，跟占文不好交代。"

"说你是总管，就打起官腔了。"于化田身上刺多，在单位怼领导，喝酒后骂朋友，是他最爱干的事。本来不是叫他开花车，他自己把奥迪凑来，跟占文说，要是把我当哥，一定拿这辆车当花车。

所有朋友当中，于化田喝酒就喜欢找占文，他听占文讲话小有瘾头。于化田既认这兄弟，又一直心存疑惑。有一晚憋不住，终于说出来："占文，你说话腔调古怪，我却爱听。这么多年下来，我一直搞不清楚，你好多话是夸我还是骂我。"占文趁着酒兴，坦诚地说："不要搞清楚为好，一旦搞清楚，可能以后兄弟都不要做了。"

邱月铭又说："你是建设局的于哥，我认得你。事情总要有人管，大家顾着高兴，我负责把婚事顺利办好。"

于化田咭了一声，说："跛大来了，跟我讲话从来都是客客气气。"

"你想多了，大家也都在听，我邱月铭讲话哪敢有一点儿不客气？"

"占文，你要请总管，也不跟大家商量。总管必须是自家兄弟，一个女的哪管得了事？不像她，要靠跛大的名头压场面。"于化田只要喝到一定量，就变成杠精，别人每一句他都能回嘴。

"哪个在叫我？"邱宇扬原本待在车里，这时拢了过来。在场的大都认得他，纷纷叫他"跛大"，举杯敬他。邱宇扬手一摆，说："这两天，我妹帮戴占文管事，明天婚礼又是我主持，到时再陪大家喝。"

"不是明天，就今天。"

"都快一点了，能不能开车，各位自己掂量。酒驾很快会严管，要入刑，现在还宽松，但自己要负责，也要对朋友负责。"

"跛大，现在你讲话也像个领导。"

邱宇扬目光找出说话的人，对他说："欧涧梁，晓得你去年在公路局混上一个科长，但你敢调皮，我照样帮你爸妈管教你，信不信？"

众人哄笑，涧梁不敢说不信，酒没再往下喝。至于开车，众人都表示喝得不多，等下开车成列，头车压好速度，全程都是炒砂路面——好比穿钉鞋走旱路，打滑崴脚磕碰全都没有天理！

所有的车集中到一家洗车场清洗，邱月铭安排人逐车装饰。于化田那辆奥迪盖板上贴有九十九朵玫瑰拼成的心型花盘。

邱月铭把占文带至花车前面，聊起另一件事："真的请我当总管？一般来说，总管都是在自己亲戚里面请一个，德高望重。"

"我想不到别的人，总管也不是瞎喊。钱的事，你放心……"

"先不说这个，现在你这摊子事明显松散，我是要帮你把舵才行。其实，我哥来当总管更合适，总管就是要控场，管住人。但他又是司仪，分不了身。"

"你哥不是总管，是来坐镇的，是今晚的定盘星。"

"还是你会说话。刚才听他们讲，你这人平时闷声不响往角落里钻，酒一喝才慢慢有话，经常是妙语连珠，笑翻全场，所以朋友才多。那个于化田，不轻易服谁，据说就喜欢跟你待一起，还喜欢听你骂他。这是不是就叫脱口秀？"邱月铭说，"以前一直没看出来啊。"

占文暗自一笑，这"以前"指的是哪时候？她又是否记得，小时候彼此见过唯一那一面的情形？还有，玻璃瓶里的开水是怎么变温的？

车队开拔时下起一阵细雨，灯光铺在路面有晶莹柔和的折光。花车有巨大天窗，天窗全拉开，近似敞篷。于化田曾自曝优点：用我这车把你家碧姗接到，这一路，你俩只管抬头往天上看，数星星。占文也一直感叹于化田脑洞蛮大，满天星光被他借来当人情。此时上路，天际浓黑，云层如帽毡顶，占文脑里滚动而出一个词语：月黑风高。他心情古怪地悬起来。

于化田开车时嘴闲不下来。这样的黑夜，时不时飘落在前挡上的雨滴，触发他想起年轻时干过的所有破事。他曾经当过消防兵，练就一身爬楼翻窗的本事，转业以后，这样的本事只能在月黑风高的夜里重新捡拾。被他看上的女人不管住几层高楼，统统偷得着，如探囊取物一般。

"占文，你知道吗，不是我要偷人，而是……我即便不去偷，她们也眼巴巴等着我偷。我这个人呢，最怕人家久等……"

"专心开你的车。"

"没事，武松喝十八大碗还能打老虎……我是说，兔子不吃窝边草……呃，不是这个意思，我是说，只要你化田哥在，谁敢打你老婆的主意，那就别想在街面上混了。"

这话说的，我老婆还用得着你来保护？人家不敢盯，却是因为你撒尿留腥，抢先圈占地盘？占文瞬间涌来一阵恶心，想不吭声，但没忍住说："知道你是个反脑壳，逆向思维定期发作，但现在要忍一忍。今天我接亲，你跟我讲偷人，明天吃酒席，你是不是要哭丧？"

于化田干笑两声，终于把嘴闭上。

占文脑袋往后一靠，刚有点儿迷糊，后面传来嘈杂响声，有人连续按响喇叭，还有人冲前面喊停车。占文把于化田肩头一拍，他才如梦初醒踩刹车，两人下车往回走。这是公路一道弯，十几辆车全停下，弧形排开，黑暗中像是隐藏了一只巨大的多体节的昆虫。走到车队中间，果然出了事故：欧涧梁的雪佛兰追尾翟丰的斯柯达。这么慢的速度，这么短的距离，撞这一下竟然不轻。"我是鸡麻眼，一到晚上看不清。"欧涧梁这么解释。他开门走下车，右脚的鞋掉了，袜子瘪了一半。现场状况，开车的人一眼明了：只能是把刹车当作油门，一脚猛踩。大家都喝了酒，也不好多说什么。雪佛兰前杠脱下来一半，斯柯达车屁股瘪了脸盆大的坑，这对伤病员，只能提前离场。

刚出城就出状况，占文本有的紧张情绪进一步坐实，疑心这只是个开始。坐回花车，于化田将一个不锈钢酒壶递过来，说："喝酒压一压邪，刚才那凶婆娘管不着。"占文喉咙几响，问这是二锅头。

"我日，十年黄盖玻汾。"于化田说，"你要找总管，找谁不好，偏找她。涧梁怎么撞的车，你不懂吧？"

"涧梁喝多了。"

"都喝多了，怎么就他撞车？以前涧梁追过那女的，记得她原来好像叫邱碧英。"

"我怎么不知道？"

"这事不归你管，你不知道也不耽误人家好事。涧梁说过，她身上气味那个好啊，像下迷药一样，吸一鼻又一鼻总嫌不够，浑身打飘，神魂颠倒。"

"女朋友身上的气味，涧梁都跟你说。你俩关系真是不一般。"

"女人嘛……后来，邱碧英嫌涧梁滥喝滥赌，有时还嫖，说分手就分手，涧梁怎么恳求，那女的一点儿都不心软。"

"吃喝嫖赌都齐了，这怪不着人家。"

占文偶尔也奇怪，都说物以类聚，真是这样？他读的师范大学，毕业当语文老师，爱写爱画，后面是靠父母关系调到群艺馆，算不上好单位，但在市里正式跨入文化人行列。馆长是书法家，多次提醒他："占文，既然分来我们单位，就多跟文化人、艺术家交流，不要成天跟你社会上那帮乌七八糟的兄弟搅在一起。"占文也想换一拨酒友，强行试过，最后还跟原先那帮朋友喝夜酒。占文私下有所总结，只是不好跟馆长汇报：在这僻远的小城市，文化人、艺术家很难见到一个真货，江湖混子却是个个如假包换。

于化田把酒壶一摇，重新递来："你都喝完，再睡一觉。等下接亲，要有精力好好闹一闹。"

"不能闹，碧姗不喜欢这个。"

"结婚不闹，以后日子不好过，老婆的脾气要压一压。"

"你睡，我来开车！"占文嘀咕，"好像你很会结婚似的。"

"妈的，又不是我结婚，确实瞎操心。"于化田掏出烟匣，又放回去，"今天哪有你开车的道理，别人要是发现，明天还不往死里灌我？"

于化田很短时间离了两次婚，付出两套房和三根肋骨。别的朋友此前建议，叫谁开花车，都不要让于化田开，兆头不好。再说，虽然奥迪是辆牌子车，于化田搞的车震能少？震来震去，车子留下多少隐患，只他本人知晓。占文答复操心的朋友："于化田对我一向还好，又是那犟脾性，真不用他车当花车，没准直接翻脸。"朋友不免疑惑："你是不是怕他啊，怕谁让谁开花车，有这道理吗？"占文龇牙一乐，回一嘴："你们个个都是好汉啊，我都怕，要不然来场比武，谁打赢了谁帮我开花车？"

酒喝了几大口，占文脑袋绷紧的弦果然松动，椅子放低，头往后一枕。结婚这事自带提神，占文已二十多个小时没休息，此时靠酒精提醒才知累得不行，很快入梦。梦境里换了他本人开车，眼睛明明睁着的，视野里花花麻麻，完全看不清前面道路。他意识到这有危险，想踩一点刹车，右脚往前一踏空空荡荡。车似乎在加速，越开越颠簸……

颠簸却是真的，越颠越狠，占文的梦与醒无缝衔接。扭头一看，于化田双手把盘，坐姿标直像三好学生一样。他平时开车，很难把身体坐直，现在这个样，简直像是魇住了。占文叫他一声没应，又伸出手在于化田眼前一晃。于化田浑身一抖，才被解了魇。

"路怎么这么烂？"占文感觉颠簸正被自己屁股压着。

"鬼知道，刚才还好好的。"

占文努力回忆并区分现实与梦境，说："刚才，我应该听到一声响……"

"没有，哪有？"

"要不是听到一声响，我怎么会醒来？"

"是你梦里头有一声响。"

"梦里有一声响，我不会醒，这一响确实把我弄醒了。"

两人争执不下，后面的车又按响喇叭。占文叫于化田把车停一停。于化田突然烦躁："我是打头开花车，不能随便停下来。"占文问这是谁定的规矩。于化田不答，暗自加大油门，颠簸随之加剧。占文手机响铃，要接，指面没摁准，电话挂了。又是邱月铭打来，正要回拨，一辆车不断鸣响喇叭冲到前面，将花车慢慢逼停。于化田脸色微变，知道自己这车肯定出事了。

有人过来敲车玻璃，不是别人，正是邱月铭。她冲于化田说："爆胎了，你都没一点儿察觉？"

右前轮不但爆胎，此时完全瘪掉，如土委地。刚才有一段路，只能是靠那只轮毂强行往前滚动，造成颠簸。朋友围上来鉴赏这个废胎，有经验的瞄一眼说，轮毂肯定变形了。这胎爆了好一会儿，怎么没人听到？

又有人问，于化田，你是开车哩还是梦见自己开车哩？

于化田嘿嘿两声，分开众人，从后备厢拿出工具，千斤顶很快把右边车框架顶起。换轮胎于化田手熟，别人想帮，他一脸烦躁地轰人家走。用不了两支烟工夫，备胎上每颗螺钉被他小跳步踩紧。"小事啊，耽误不了多久。"于化田看一看表，示意占文上车。占文不想再上于化田的车，要不然，麻烦还会接踵而来，却不知从何说起。

"新郎不能再坐你的车。"邱月铭也这么说，占文心里一下子稳实。

"占文结婚，怎么都是你说了算？"于化田阴鸷地一笑，"你到底是谁？"

"就按她说的做。"占文及时表态。

"你是被她下了蛊是吧？你不坐我这辆车，那你等下接的还是不是自己的老婆？"

占文无奈地一笑。于化田的脑袋经常飙出一套神逻辑，要驳斥都不知从何下嘴。邱月铭再次挨近占文，压低声音说："花车必须换一台，不会耽误事。我这台虽然是日产，尾数 662，当了好多次婚车，都挺顺。还有一些事，上车我再跟你说。"

"占文，快上车！"这时于化田摆出自己能想到的最斯文的样子：模仿高档酒店的门童，身背打弯，一手开门，一手打请。

占文却想，这他妈是绑票，便不多说，直接往后面邱月铭的车走去。朋友也有现场评点："化田还他妈影帝附体，戏精现形。"

"戴占文你是不是疯了？这边才是花车。"于化田跑过来一把扯住占文，要往回拖拽。此时邱宇扬几乎是从天而降，双手下劈，将两人分开，再将自己当成一堵墙挡在中间。于化田不敢挨近邱宇扬。虽然他是狠人，但本市狭局的江湖中咖位却异常清晰——两人根本不在一个量级。于化田无法承受这意外的挫败，放缓了声音："占文，我这车的备胎和原胎是一个型号，就是说，没人看得出换了备胎。为什么你找来这些莫名其妙的人，搅乱你自己的好事？"

"老于，今天你来结这婚好吧？我不结了行不行？"占文一把将胸花扯下，丢在于化田脚边。于化田像是突发失心疯，啸叫着再次朝占文扑来。朋友赶紧堵住，将他们隔开；还有人在远一点的地方劝："都是兄弟，有话好说！"这一回合，邱宇扬来不及出手，只有感慨："以前听说抢新娘，今天活生生看到一回抢新郎。"

"我们都知道那是备胎，这还能自欺欺人？"邱月铭又问站一旁的所有人，"谁听说过，花车换了备胎去接新娘？"

依然有人接嘴，这种事真他妈从来没听说过。

邱宇扬又走到奥迪车头，心型花盘被他一把撕下，带了过来。邱月铭的车内物件齐备，找出一大块双面胶，照着花盘绞出心形图案，将花盘在车盖中央重新固定，并对有损伤的花瓣稍事整理。

现在换邱月铭开车打头，车前灯能照见很远。路面平坦、空荡、寂寥，稍后开始起雾。随着路面起伏，雾也一坑一洼，时有时无。邱月铭按下双闪，后面车接续亮起。

占文扭头向后，道路拐弯时闪现一整条光弧。他进一步确认：结婚可不是享受，而是一件精细的活。每个环节具体落实，降低误差，把这活弄得有模有样，并不容易。

车内安静，邱月铭再一开口声音略哑，像被刚才那些雾气熏过："占文，我们以前是同学，这几天又一直相处，算是熟人不为过……"

"有话尽管说。"

"好事说不坏啊。一般来说，花车绝对不能换备胎去接亲。"对向偶尔来一辆车，她切换近光。"别人不说，我自己真就碰到这种事。结婚那天，花车来的路上爆胎，换了备胎。当时我不知道，后来才有人告诉我。结婚只两年，我跟他就离了。至于原因，我只能说，备胎对于我是非常准确的预兆。当然，可能是我经历过，有阴影，但小心没大错，能及时换车一定不要拖。"

"这事我妹妹绝不会乱说。"邱宇扬一直没吭声，陡然开腔，像是气氛组。

占文掂掇一番，说："是你离了以后人家才告诉你，还是知道这事才离的？"

"你的关注点与众不同，但这不重要。"邱月铭一笑，"按说没我什么事，但作为朋友，友情提醒一句，结婚这事，两个人是要坦诚相对。如果外面的皮绊还没扯清楚，就不要急着结。"

"我哪里有？"

"你犹豫了一会儿。"

"真没有！"

"那当然好，你就当我瞎操心了。"

"没有。今天晚上全靠你把舵。刚才，要是坐回于化田那辆车，我肯定疯掉。"

"你交的朋友，我认识好多，都是街面上响当当的。你看上去跟他们不像一类人。说实话，你并不引人注目。"

邱宇扬又飙一句："那是低调！"

"呃，小学时候，我也对你没印象。你肯定是闷声不响的一个，上学回家低头走路，不爱搞怪，不惹事，不像我哥。"

"我们打过一次交道，在薛家弄天桥底下。那年冬天，很冷，雪下得厚。你，还有你哥，我，我们三个人打过一次交道，有印象吧？"

邱宇扬说："兄弟，我们三个人？不会是桃园三结义吧？"

邱月铭则说："还是没想起来。提个醒，我们怎么打的交道？"

占文吸了口气："你有没有用青霉素的玻璃瓶子烧水，浇别人手上？"

"我？还是我哥这么干？"

"你当然不会这么干，是你哥叫你干的。"

"怎么可能呢？我年年三好学生。我哥要叫帮手，也是别的女孩，他又不缺跟班。"她确实努力回忆一番，又问邱宇扬，"哥你干过这种事？"

"好像是有。那次我打一个小孩，手上没轻重，把他打昏过去，要你烧一缸开水把他浇醒。是不是这个事？"

"怎么可能！开水把人烫熟，用冷水才能把他浇醒！那天你打的是雷向阳，我认识。"

"是啊，那天是在城北木器厂，不是在薛家巷；也不是下雪天，我记得，天没那么冷，要不然一缸冷水怎么浇得下去？"

"我记得很清楚，那天就是你。虽然模样有变，但大概看得出来，除非你们还有一个亲戚，跟你特别像。"占文故意讲起细节，就像电影里面，细节唤醒别人沉睡的记忆，每一次都管用，"当时，我以为水很烫，会把我烫脱皮，其实你暗中动了手脚，水温温的，浇手上还有点儿舒服。"

"真不记得，完全不记得了。"她吹开垂到嘴角的一绺头发。

邱宇扬将自己脑门一敲："我以前天天惹事，具体哪一桩记不起哦。"

"我不是计较，只是这件事记得特别清晰。而且，也不觉得你们合伙欺负了我。那天，你是在偷偷帮我。"

"但我完全没印象，要是知道我哥欺负过你，甚至我也参与，哪好

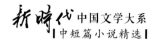
意思拉你这桩生意？哪好再把他拉来主持？"

"那就是我记错了。有这事，或许是别的一对兄妹。"

占文看看窗外天与山隐约的边界，记起那年冬天下了六场雪，往后冬天再没这么疯过。

车速保持五十码，经过拱桥镇进入溶江县。占文电话再次响起，一看是碧姗，接通后，先就一阵急促的喘息。碧姗说田小烨失踪了。

"不急，慢慢讲！"占文搞了一口深呼吸。这个妖异的夜晚，这六十公里的夜路远比想象中漫长，甚至没有尽头似的。

邱月铭脑袋凑过来，对着手机那头说："碧姗，你是不是在外面？开什么玩笑！先回到大姑那里，再跟我们通话。"

手机里传来碧姗模糊的哭声。

"你旁边有人吗？"

碧姗将电话递给别的人，或者是小李抢过电话。小李是加请的两个伴娘之一，碧姗卖电影票时的同事。她们果然都已外出找人，离开大姑家的旅店，这一片区域巷弄太多形同蛛网，找人需要更多人手。邱月铭叫小李把碧姗先送回旅店。一刻钟后电话再响，仍是碧姗的号，小李的声音。

入住大姑家旅店后，杨晴雨跟田小烨喧宾夺主又闹了起来。下午，几个女孩试穿伴娘装，没问题。田小烨在大地红婚庆公司试穿没一件合身，赶紧订制，三号她们出发前，赶急订制那一套才送来。到达溶江，田小烨将衣服往身上一套，依然不合身。她个子本就矮，还横着胖，状如橄榄。伴娘装把她身材的缺点夸张得无以复加，别人穿衣是伴娘，田小烨一穿像是来搞怪的，照一照镜子，自己都崩溃，还说服装厂发货时搞错了。碧姗说这尺码倒是贴着田小烨，另外两个伴娘也说穿上去其实挺好，杨晴雨在一边暗自发笑。众人越是劝说，田小烨压力越大。小李提醒，换上高跟鞋会好一点儿。田小烨以前没穿过高跟鞋，只穿过平底松糕鞋，现在穿上新买的高跟鞋好一阵才站得稳。只是站稳又有何用，往前一走，浑身打晃，比踩高跷扭秧歌还夸张。杨晴雨看了一会儿说辣眼睛，劝她："高跟鞋不是想穿就能穿，就算假装走得动，也不适合现面，人家结婚会被你一个人搞成一部僵尸片。"稍后还补一句，"我这也是为你好！"

晚上小女孩不安稳，小李带着杨晴雨还有另一个伴娘看免费电影，田小烨留旅店里继续攻克高跟鞋。十点多散场返回，杨晴雨的伴娘装掉地上，地上一摊水，衣服拎起来脏污了好几块。她冲去另一间房，问是不是田小烨故意搞的。田小烨要求调监控，找证据。杨晴雨更加认定是田小烨干的，因为她意外的平静（用以掩饰做贼心虚），对答如流（早有应对），暗自得意（昭然若揭）。碧姗当然息事宁人，把那身衣服拿过来，说，我去把裙赶紧洗了，再用吹风机吹干就没事。杨晴雨哪敢让新娘动手，赶紧自己去洗。刚才，她们拍门田小烨不应，用钥匙打开，里面空无一人，床头柜上摆着她送给碧姗的一条水晶项链。

"都怪我，杨晴雨拿衣服去洗，我冲她多说了一句：你自己要去看电影，没有收拾好，怪不到人家。田小烨听见，多心了。"这时，手机里的声音切换成碧姗："占文，你们到哪儿了？"

"进入溶江，半小时能到！"

"来了先帮找人，要是找不到田小烨，这婚先不要结啦！"

"碧姗，你这是什么话哩？"

"一个活人找不见了，你说我哪来的心情结婚？"

"碧姗，谁跟谁结，你要搞清楚……"占文这时只听见自己脑袋充血的声音。

"……占文，你点开免提，我来说。"电话漏音，邱月铭也把整件事听清楚，腾出手拍了拍占文。占文点开免提。

"碧姗，我是邱姐，你听到吗？"

"怎么又是你，你是占文同学还是他妈呀？"

"碧姗，你俩结婚，我拿了钱跑腿，绝不是多管闲事，你们的钱也不能白花呀。碧姗，你不能什么事情都往自己身上兜。刚才你说那一句，我们听没有问题，田小烨要走是她自己情绪不对。今天，你才是新娘，才是婚礼的主角，别人都是来给你帮忙的，一定要分清主次。"

不管对方什么态度，邱月铭声音自带一种和缓节奏，像是太极拳，见力卸力。碧姗没了声音，肯定是在听。

碧姗虽然即将成为他的妻子，但他仍然搞不懂她。在自己面前碧姗像个小孩，但她在田小烨面前又像个母亲，随时为田小烨操心。他俩刚开始约会，田小烨经常过来找碧姗，两人一块儿挤在单人宿舍一米二的小床上，须臾不离，碧姗为田小烨打包一日三餐，为田小烨洗内衣内裤袜。碧姗跟占文找碴儿会让田小烨心情愉悦，只要田小烨出现，占文每天都多挨几顿骂。占文搞不清她俩的闺蜜关系是否自带某种角色扮演，但他宁可将之归结为碧姗的可爱之处：她也不是一味胡来，也有忍让的时候，也会碰到比自己更小的小朋友。

邱月铭一边开车一边跟碧姗通话，占文又不能替手。邱月铭流畅地发挥一阵，发觉电话另一头始终静默。邱月铭反复问碧姗，是否还在听，又是否听得见，仍不见回复。邱月铭索性闭上嘴，但手机没挂断，车内恢复安静，却有一种僵持暗自进行。时间意外抻长，过了好久，也可能只过了一会儿，碧姗先开的口："邱姐，我听得见。"

"那好……碧姗，过了今天，你就是大人，没有人会拿自己的婚礼开玩笑。这是你的婚礼，一生唯一的一次。田小烨是你朋友，你结婚她一个伴娘玩失踪，是不是喧宾夺主？是不是在伤害你？年轻的时候，谁都不能一下子分辨出来，自己正被伤害，但请记住姐现在说的。你丝毫没有对不起她，她现在正在伤——害——你！"邱月铭压了压节奏，"以后，说起这事，田小烨只会羞得脸皮疼。我们马上就到，你不要乱动。人肯定走不远，也不会去自寻短见。这还用说吗？绝望的时候人才会想到死，赌气离开是等着人去哄。她还有心情发大头嗲，离死就有十万八千里路云和月。她多大的人了，还等着你哄，偏不哄！再说田小烨长得也……足够安全，是吧？能出什么意外？你告诉我！"

"足够安全"让那边扑哧出声。邱月铭接着来："相信我说的，你们即使不找，她自己也会回来。我和田小烨打个赌，告诉她，要是她不回来，我输她十块！"

电话挂断。占文说："今天幸好你来，要不然，我结这婚跟西天取经一样。"

"你这不算太糟。我至少碰到两三回，男方和女方亲戚在婚筵上直接翻脸，动起手来……"

"有这么严重？"

"女方提要求太多，男方就耍策略先搪新娘进门，以后慢慢敷衍。这样的婚，一结就会爆。结婚是男女双方短兵相接，拆招解招，尤其考验男方的处事能力。要没经验，以为结婚好玩的，等着结婚时候好好享福的，大都灰头土脸。"

"这是自带隐患的，和我不一样，我只不过没有经验。"

"除了我们搞婚庆，你们没结过婚哪来的经验？依我看，结婚本身就是个矛盾。当你结婚，其实根本不知道怎么结；知道怎么结以后，又结不了了。"

"离了再结的不是很多？"

"二婚三婚即使搞婚礼，肯定没那个气氛。结婚的气氛，就是蒸屉蒸包子，只能揭（结）一次。"

"当然，你搞婚庆最有经验。那你是不是给自己……那你现在已经……还是……"

"离了六年，还是一个人。"

"不打算……"

"真的习惯一个人过，而且又干这一行，对结婚自带麻木。"

"月铭……"

他第一次这样叫她，她果然把头扭过来。

"可不能说搞婚庆不想结婚，哪有这么严重的职业病？你人好，又是结婚专家，不找一个好的就没天理；但也别太用力，偶尔有空，蓦然回首灯火阑珊处，会有那么个人，错不了。你们要办一场最好的婚礼，不说豪华，但无可挑剔，靠你这么多年的经验精打细磨，懂细节的人要是有幸参加，一定会处处惊艳，时时震撼，参加你们的婚礼像欣赏一件艺术品。"

这一开口，竟然完全换了腔调，占文自己都猝不及防。刚才喝了于化田一壶酒，现在才醉？

邱月铭侧脸挂笑，冲后面说："哥，你听听，人家这才叫口才，张嘴就有。"

"不是瞎说，我现在申请参加你婚礼，会不会是你第一位嘉宾？"

"借你吉言，最起码，要有这回事才行。"她说话夹杂有暗自的叹息，终止这样的话题。

凌晨三点多，进入溶江县城，县城的布局大同小异，但这个时间点眼见的一切又如此陌生。酒店、宾馆、旅社的灯箱时不时撕开一片夜色。车速渐缓，邱月铭憋不住打了一串哈欠。

占文说："你们这行经常熬夜，也不容易。"

"习惯就好。你要见缝插针休息，结婚真的很累。"

"结婚也就这一次，累是累，睡也睡不好。"

"以我一贯的经验，结婚这事要有不顺，最好赶早发生。刚才这一路是有些麻烦，但是过一会儿接人，事情一顺，往下也全都顺过来。"

"也借你吉言！"

"喜福旺"旅店必然是整条街最亮的地方，院很小，车队沿街停靠。碧姗大姑在门口迎客，前面引路；占文握好玫瑰花束，伴郎簇拥，好友紧跟，二十多人鱼贯而入。闹新娘的环节悉数删除，事情变了轻松，但也不乏一股冷清。占文走到二楼尽头，推开那扇贴有新鲜喜字的门。首先注意到的是田小烨，她在房间里，不知是被人找见了拖拽回来，还是自己顾全大局。此时，碧姗、田小烨和杨晴雨三人正抱成一团，哭泣有声，但因彼此脸贴了脸，谁哭谁不哭是一笔糊涂账。另两个伴娘站在窗前，脸上似乎在笑，眼角同样发潮。

占文环视房内，又一阵发蒙：这是什么剧本？一扭头，身边邱月铭同样犯起眼晕。稍后，她压低了声音："哭出来就好，尽释前嫌嘛。"

又等一刻钟，三个妹子才将情绪收起，自动松开，一张张脸弹回原状。碧姗如梦初醒一般看着聚在门口前来接亲的人，又往镜中一照。"要补补妆！"邱月铭赶紧过去。补妆后，按说应该由碧姗一个堂弟背她下楼，送进花车，但她拒绝（怕压迫肚里的毛毛），自作主张将占文手一搂，离开房间，走下楼梯。小县城禁止燃放烟花爆竹，但不严管，僻静的街道这时火光蹿起，响声大作，周围夜色却安之若素。走到院内，手持礼花喷出电光纸碎屑，半空皆是晃晃悠悠的光泽。碧姗的亲戚已聚齐，她父母则按乡俗暂避，要不然，老母亲势必摆出泪流涟涟的苦状，难免多一份辛劳。

邱月铭已是毫无争议的总管，负责"安客"，每位亲戚坐哪辆车由她指派，依序上车。占文和碧姗坐进花车，司机换成邱宇扬。"有我跛大亲自开车，你这规格又往上调了。"他煞有介事地说。邱月铭走过来，揪掉他夹在指间并未点燃的烟。

车子才走数十米，有人在后面喊花车放慢速度，摄像车走到最前面。一辆车擦身而过，邱月铭钻出天窗，手持 DV 拍摄缓缓前行的花车。这一夜，她身兼数职，随时切换，一直都还游刃有余。占文看着前面一团光晕，忽然想：虽是我的婚礼，未必是我最累。这时，碧姗的手忽然捏紧。

返回市区，天际泛白。早点过后，占文本可补休一会儿，但"今天我结婚"像是在脑际反复不断的一串闹铃，明知睡不着，便不徒劳。

往下大半天时间，整个婚礼将在预定轨道不疾不徐地推进。赶赴河岸酒店之前，碧姗和几个伴娘心血来潮要吃冰激凌，于化田带着将功补过的心情，砸开一家冷饮店将一提榴梿雪糕带回来。看着她们互相交换舔食雪糕的情景，占文认定，经过一夜折腾，一切已然步入正轨。如同邱月铭预言，只要事情一顺，往下也全都顺了。

邱月铭发来短信说："可以出发了，橘园路现在有点儿堵，离河岸酒店又不远，建议移步到达！"

十点半过后，亲友陆续赶来，包括外地来客，自驾或租车。杨旸认为这场婚礼跟自己关系甚微，有他在岱城牵头，老同学甚至两名代课老师悉数被他动员，一辆大巴凌晨发车，过来二十多号人。占文这才意识到，自己的婚筵也算是有规模，初算五十桌，临时又加十二桌。现场早已布置好，婚纱照选择较木讷的一张，放大制作成海报挂出，喜悦的神情远看千篇一律近看焕然一新。占文和碧姗站到自己照片下面，摆出如假包换的微笑，见有来客就迎上去发烟发糖；来客想要合影，当然一一满足。邱月铭带一个细高个的摄影师，到处抢镜头。外地客人到来，她都留有影像，心里自动记数，抽空提醒占文："你前面说外面朋友四十来个，估计打不住，现在已经接近这个数，后面再有人来，订的房间够不够？"又有几位外地同学自驾车赶来，老远发出尖叫，占文不及细想，说房间不够再去订就是。细高个走位专业，抢拍到某女同学张开双臂一个小跳占文不得不将其接住，而碧姗嘴角一撇的样子则嵌入画面景深。邱月铭看一看表，是时候催邱宇扬做准备了。

　　稍后，她又给占文发来信息："今天市里忽然热闹，几场活动同时搞起，现在城里到处都是人，好几条路竟然堵塞，据说还有大量游客马上要来。"另用彩信转来截图：本市五月四日将举行六大新景区启动的典礼暨大型民族银饰展演、太平墟农事活动展演……前一阵，母亲跟占文提到过，婚期定黄金周可能撞上市里一些活动，因为到处都搞旅游，五一假期正是吆喝揽客的时候。当时聊到这事，一家人并不挂心上。为发展旅游，市里领导这几年都在拼命做活动，满脑袋馊主意往外冒，比如斥巨资创建大熊猫园。但旅游业遍地开花，本地起步稍晚，效果一直差强人意。表演一搞，台上比台下人多，尤其那处冷清的熊猫园，六七只熊猫争抢着看偶尔步入园区的本地小孩。谁也不知道哪一条宣传突然触发了游客们的神经，这一天突然热闹，以往跟大熊猫一样稀罕的游客，果真像开

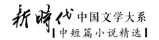

闸放水似的涌入。

十二点整，婚礼开始，大厅落座七成。邱月铭事先敲定细节，菜品一刻钟以后统一上桌，要不然嘉宾有的吃有的看，参差不齐，吃的把看的当傻逼，情绪分化。邱宇扬换一身行头就像换了个人，上台时一溜跑跳步掩饰腿脚的不便，以为他要讲话，忽然喷几句英文歌曲，且是情歌对唱，男女的声音，他用一根舌头搅拌出来。这一招是酒吧控场惯技，特别有效，大多数来客没去过酒吧，简直神乎其技。掌声被邱宇扬激发并形成声浪，占文和碧姗"闪亮登场"，伴郎伴娘各四对紧随其后……事后邱月铭对这环节的评价是：伴郎伴娘也是要年龄配搭才行，上台的伴郎总体看上去像是伴娘的父亲。当然，她也把这归咎为自己的失误，没有及时提醒。接下来，发言环节相对沉闷，占文母亲和碧姗父亲先后拿起话筒，自以为有一定表达能力，只是没有很好地区分单位和婚礼现场。占文昨天抽时间写了半页纸台词，此刻没有喝酒，个人风格完全无法发挥。按部就班，话筒搁到碧姗手里，她毫无准备，像是因为打瞌睡被老师点名的差生，憋一会儿，竟然抽泣，而她的抽泣又引发身后杨晴雨与田小烨同时哭出声音。邱宇扬临时救场，现编台词："戴占文先生和伍碧姗女士的婚礼，意外地迎来一段姐妹情深的时刻！"台下来客集体发蒙，稍后冒出稀稀拉拉的掌声，随着三个女孩哭声加剧，台下掌声也同时热烈，像是一种较劲，一边总要盖过一边。

问答环节，游戏环节，都是传统套路，中规中矩推进。直到最后，占文背对来宾抛花束，用力大了点，像 NBA 里超远三分球，花束在空中松脱，散了一地，许多来宾捡到，以为是事先的安排，问捡到花有没有奖品。邱宇扬不便回答，占文灵机一动，抓过话筒，叫捡到花的来宾上台领取红包。红包准备充足，每个随机装有几张小额钞票，像超市里的促销摸奖。

发过红包，整场婚礼才稍显热烈，占文暗自松了口气。若没有凌晨接亲那一路磕绊，这样的婚礼效果无疑会令自己失望，但现在只求不出岔子并顺利完事。许多时候，不同的事物都会莫名地关联一体，互为陪衬，此消彼长。

他未曾想到，当天真正的高潮，竟是开席以后才到来。按照惯例，占文和碧姗要到每一桌敬酒，这时邱宇扬放开嗓子，一手拿话筒，一手拎一个扎啤杯，按照新郎新娘行进的路线，抢先一步去到每一桌敬酒，给新人暖场，让气氛一直保持。而且，邱宇扬唱是真唱，喝也是真喝，每一口下去，巨大的扎啤杯水位暴跌，引发来客情绪上扬，有的当即换了酒杯。碧姗刚见到邱宇扬的时候，也有埋怨，怎么还是个瘸腿的？瘸腿说重了，占文一时也不好解释。此时他示意碧姗往前面看，邱宇扬简直是在卖命。碧姗轻声说，等下专门敬一下司仪。占文说，喝白的？碧姗也不尿，说，白的就白的。

因气氛搞起来，开吃不到半小时就有数位来客喝出状态，见台上有人唱歌，当自己来到KTV的超大包厢，走上去抢话筒。这份情谊不容拒绝，邱宇扬话筒一交，有人确实功力不俗，增添气氛，也有人酒喝大了不知轻重，强奸现场数百人的耳朵，音响也以刺耳的高频啸叫附和。邱月铭临时加了一项任务：堵在大台的步梯前，对想要登台献唱的人进行选拔。"以前开过那种转桌子卡拉OK，一块钱一首，唱一首要换一张碟。换两年碟，不管谁一开腔，什么水平，我基本有谱……"邱月铭各种生意都做过，钱未必赚多少，现在样样事情轻易拿得下。她将声线好的排了号，依序献唱；嗓音带刺或者窝在喉咙的，还有喝大舌头讲话嘟噜的，劝他们回桌再喝两杯。

挨到三点，满大厅只剩两三桌，又新摆两桌，那是婚礼工作人员开餐。占文这时得以坐下。邱月铭总结，一切都在预料之中。这等规模，这样的来宾数量，喝到哪个时候，坚持到最后有多少人，在她说来都有稳定数据支撑，极为准确。碧姗主动给邱宇扬敬酒，并摆出粉丝的表情，问能不能来一曲情歌对唱。邱宇扬眼睛来找占文，占文已然鼓掌。两人上台，挑一首占文读中学时听过的粤语老歌，仍然听得出后青春萌动的气味。

占文问邱月铭，能不能也合唱一首？邱月铭说自己唱得非常一般，比碧姗差一大截，又问占文能不能压场。占文说，那跟邱宇扬完全不能比。"我俩都不擅长，还是算了。以后KTV里碰得着，人也不多，出不了丑，再一块儿唱。"邱月铭这时结束工作状态，主动找人碰杯，将酒一口一口吞服。

作为新郎，占文难免假喝，也有真喝，婚筵结束喝得也不少。回了新房，床上红枕红被，占文往里一钻，哈欠一串串冒出来。从接亲上路开始，一天多的时间都没正经睡觉，现在喝了酒，以为马上睡过去，没想累得过劲了，心里仍有隐约担忧，总感觉有什么事情没弄好。正要入睡，碧姗把电话递过来。刚才也说好，如来电话，碧姗能处理就不会把他叫醒。电话一打，确有不大不小的麻烦：这次外地来客不少，订二十间房，本就不够，刚才婚筵以后，本地亲友抢占几间麻将房，还有几个喝醉的在宾馆里躺倒就睡。中午散席那会儿，一些外地来客见城里各种活动热火朝天，正好顺带旅游一番，不着急入住。此时天已擦黑，再去酒店找房，占文订好的房早已一间不剩。晚上睡哪儿没个着落，他们只能将电话打给占文。

占文马上清醒，大概算一下，还要十来间房，才能把所有外来的客人安顿好。"呃，等一等，马上搞好。"占文以为换几家酒店问问，事情一定解决。查本地黄页，打电话到几家酒店前台，才发现全都爆满。占文不敢掉以轻心，嘱咐自己：今天这最后一道坎，看来要多费些手脚。南边街一带有好几家新开的小酒店、宾馆，电话还没印上黄页，只能去现场订房。占文也不多想，打个招呼往屋外走。碧姗问他出去干吗，他照直讲。

碧姗说："打个电话不行？你结婚哩，那么多朋友，都可以帮你跑腿。"

"这算咱俩婚礼最后一桩事情，我亲自办好，心里才安稳。"

"有什么安不安稳，今天你结婚，你的朋友都要替你着想。"凌晨邱月铭劝说碧姗的话，她现在活学活用。

占文说很快就回，便摔门而去。走出巷弄，长线局后门出现眼前，他突然明确自己心底隐约的意念。他无缘由地认为，今晚还会跟那人碰面。

天光已暗，城中人流果然不少，这景象很少见到，甚至让人秒回二十多年前的春节。占文在人群中游弋，又接几通电话，尚未入住的朋友话语间已带有焦躁情绪。占文打不到车，一路逆着人流，终于到达南边街，一看这一带人流更为密集。去几家酒店一问，纵是剩有几间客房，已经标出高价，愿者上钩。

一间房没订着，电话又响，占文暗自叫苦。一看是邱月铭打来，意外又不意外，而且条件反射似的得来一份踏实。果然，她也问房子够不够。

"我在南边街，现在这里全是人，有房也订不起，五百多起跳。"

"真是疯掉了，比平时涨了三四倍。"邱月铭说，"城南冷风坳那里还订得了房，外地游客暂时找不到那里，但要抢快。"

"我这里打不了车，打到车也走不动。"

"我正好在老酒厂附近，开车过去很近，先看有没有房，帮你订下来。"

"那就先谢谢你。若订得到房，我这边还缺十间。你垫付一下定金，我现在走过去把钱给你。"

"开什么玩笑，你今天结婚，老婆陪好了！"

二十分钟后，邱月铭再打来电话，说十间房订好，是一家没正式开张的小酒店，物品全新，只是稍微有些装修气味。占文说："已经谢天谢地了，地址发给我。"他把地址逐一转发给尚未入住的朋友，走出南边街打到车，奔冷风坳那家没挂牌的小酒店而去。占文守在酒店大堂，给尚未入住的外地朋友开列名单，他们逐一到来，占文再一个个勾画。他问这些朋友还要不要消夜，朋友们摆出担当不起的表情，催他赶紧回家。

一切忙妥，九点刚过，占文回想昨晚同一时间，邱宇扬正在河岸酒店，唱歌给他一个人听。这记忆生动，一天时长因而变得具体，但占文掂量不出这一天过得是快是慢。冷风坳位于半坡，较偏僻，不好打车，占文只能步行返回，一路下坡，远远看见整座城市被这灯火勾勒出大体轮廓。此时，占文体内一股轻快四下游走，冷风坳正好有细风吹面。走到一处岔口，占文停下抽一支烟，摸打火机，也一并摸出手机，打给邱月铭，问她现在在哪儿。她说能在哪儿啊，这几天扎堆结婚，自己可闲不下来。下一趟活已经忙开，她正带人侍弄一堆车，将要组成接亲车队。占文又问："哪家洗车场？"邱月铭说是在嘉华酒店的后院。那地方确实近，占文稍后拦住一辆摩的，十来分钟飙到。酒店后院当然也是停车场，他远远看见邱月铭的背影。

他朝她走去，她似有预感地扭头一看，并跟他打招呼。不远处另两个人也冲他打招呼，他们都是昨夜给他的婚礼帮忙的。

"你怎么来了？"

"刚才你帮我垫钱了，我要还给你。"

"用得着这么急？"

"我去冷风坳帮客人办入住，事情搞完，我这婚礼也算真正结束。离你这里近，就过来。"占文说，"这一整天，帮我最多的是你。"

他递去两个红包。他把现金和红包背身上，刚才在岔路口封好，一个是定金数额，另一个是一千二百元，本地人管这叫"月月红"，婚后谢媒人当下也是这个数。她当然要问另一个怎么回事。他说你给我当总管，不能白当。

"意外丰厚。"她点了点钱数，稍有意外，"那就，恭敬不如从命！"

"吃饭了吗？"

"你呢？"

"就近找个地方吃点儿？"

"必须是我请你，要不然点盒饭各吃各的。"

她跟另两个人打招呼要走，他问是不是一块儿。她说时间紧，等下打两个盒饭带回来就行。

这一带以前是工厂区，相对城里别的地方，稍显破败，路边苍蝇店层出不穷。前面有一家"汤大卤煮庄"，虽不显眼，却是二十多年的老店，两人都听说过，便不多挑，就这里了。进去以后，全木的屋子，板壁用旧报纸一层一层糊着。这是二十多年前流行的"装修"风格，摆现在必是店主精心营造的特色，里面桌子七八张，人并不多。两人往里走，在角落里占一张小方桌。

坐下来看菜单，她才感觉有哪儿不对。"今天你结婚，晚上咱俩竟然在这里吃饭，你老婆不会催你？"

他把手机撂桌子上："要不要赌十块钱？咱俩吃两个小时，看她会不会打电话过来？我猜不会。"

"别开玩笑，吃个便饭，哪用得着两个小时？"

"你请我吃饭，难道不请我喝两杯？这两天下来我一直紧张兮兮，好不容易轻松下来，啥都不想，就想喝两口。喝酒我又不讲究，店里那几种二两五小瓶，我随便挑吧？"

"二两五小瓶哪行，我车上有酒。"

"你车上怎么有酒？白的？"

"干我们这一行，找空隙经常就着盒饭喝两口，解乏。"她打了个电话，叫嘉华酒店里的同事送一瓶酒过来，又叫服务员弄两个盒饭马上打包。

酒是五粮液的副牌，送人差点儿意思，当口粮酒正好。两人各自倒满杯，她脸上仍有疑惑，说："咱俩怎么还喝上了？越来越不对劲了……"

"喝都喝上了，哪来这么多废话？"他和她碰了一个。

她喝酒都是一口闷，习惯性的，又说："我还真想知道，传说中你喝了酒以后的妙语连珠。到底要喝多少，才能开始？"

"要看心情和状态。"

"那现在的心情怎么样？"

"心情忽然有些古怪……"他左右瞥两眼，看别的顾客有没有抽烟。她将烟递了过来，是薄荷味的，女人往往只抽这个味的烟。"我真不知道自己妙语连珠，就算有，妙语连珠也不适合听众点播，我一紧张就发挥不出来。"

"你有什么好紧张，我还不够平易近人？"

"人家说我天生反骨，不怕大人怕小孩，不怕趾高气扬就怕平易近人。"

"没看出来，长得逆来顺受，还是天生反骨。"

"你甩开工作秒变犀利姐，这很容易激发我的状态和斗志。"

往下一杯一杯跟紧，两人都乐意尽快达到想要的状态。

占文跟碧姗这段婚姻维持了五年。

结婚快满三年，碧姗第一次提到离婚，原因是性格不合导致抑郁。当时，占文以为，性格不合是通用却没有实际意义的离婚借口，抑郁谁他妈没有，到底算不算抑郁症也要医生说了算。也就是说，到底为什么离婚，好歹你再给我一个更靠谱的理由吧。碧姗却坚持这个理由确凿无疑，不须另找。她是当真，乍一提出离婚就没有任何妥协余地。占文最终发现，一次小感冒，也有可能恶化成癌症晚期。在儿子跟谁的问题上，两人争执了差不多一年，虽然儿子本人只想跟母亲，但占文的母亲提醒他："收起你那套虚伪的仁慈和体谅，她提离婚，你就要提条件。这时候留不住，碧姗把仔仔带去岱城，离得这么远，父子也会疏远，以后你还念念不忘，仔仔看你就是一个陌生人。"占文这时候哪还怀疑母亲，执意将儿子留在身边。碧姗最终答应下来，才去办手续。

离婚第二年，碧姗又结了婚，是她前面谈过的一个男友。占文自是意外，再一想，心里也无怨怼，他相信离婚只能是两个人共同造成的这么个结果。他会反复想起婚礼那天，自己急于离开安排亲友入住酒店，去见另一个人。整场婚礼，只有这一部分在记忆里最为牢固，占文经常翻出来在头脑中过一遍，甚至担心过一再地回忆，有如老胶片反复的播放会带来像素的损耗，会变模糊。当天晚上，在汤大卤煮庄，他倚赖酒精的作用正常发挥，稍有冷场，也能用大量老段子顺利过渡，于化田等人都成为可尽情发挥的话题。通过一系列稔熟的段子刻画，他们的形象比面对面时更为丰满，以致他俩不断往桌上添加酒盅，倒满，当是被他提及的某个朋友已然来临。她好几回前仰后合，自觉失态，想要绷紧又适得其反，最终无视邻座诧异的目光，彻底放开笑声。

每次回顾这一晚的情形，占文又怀疑，自己当天发挥未必这样出彩。或许，她只是借当晚的酒，浇心头块垒。那一瓶酒，两人确也喝得一滴不剩。她甚至还要叫酒，他摁住她，说我必须回去了……你赢了，她确实打电话来催我。他揿亮自己的手机屏幕，有五六个未接电话。那一刹她回过神，表情陡地黯淡。

离婚第三年，又到青年节，占文想起这也是废弃的结婚纪念日，再回忆七年前的婚礼，各种画面涌动，邱月铭占有的比重，照样多于碧姗。思来想去，他翻看手机通讯录，她的手机号还在。离婚的这几年，他一直憋着劲不去联系她。

他给她发去一条消息："还记得'备胎'的事吗？竟然很准。"

发出以后，他频繁查看手机，可能她正忙事，一直没回。当晚十点，她才回复："什么'备胎'，我不记得了。"

占文纠结一会儿，没打电话，继续短信里码字，把自己遭遇的情况讲一讲。离婚以后，所有知道他情况的朋友一致认定，是碧姗的问题。她必然和前男友一直保持着联系，所以抑郁成为一种精心设计的说辞，离婚则是他步入他俩的圈套。虽然，碧姗一直跟人说，自己是离婚以后，在一次聚会中意外与前男友重逢，但说出来没人肯信。

占文还在信息里说："当年接亲的时候，于化田那辆车爆胎，你提过醒的，当时我还不信，现在不敢不信哪。"这条信息发出，他心底雪亮：醉翁之意不在酒，我只是想告诉她我已离婚！这种拐弯抹角，伴着一阵恶心，但谁又会真被自己恶心坏呢？他等着她回复，一时思绪飞动：已过去这么些年，她现在又是什么状况？如果仍是一个人，那独身已有十余年，是否已抱定独身？如果……

　　咣唧一声，她回复消息："你所有的朋友都这么认为？"

　　他说，是，还有什么好怀疑的？

　　又过半个钟头，她才回下一条消息："碧姗离婚后再与前男友重逢，这种可能又怎么可能不存在？为什么没有任何人提醒你，碧姗说的可能是真的？你交的都是什么朋友啊？"

　　占文浑身一凛，是啊，此前怎么没有任何一个朋友说这样的话？很明显，他们都知道，占文想得到怎样的回应。离婚之前，占文也不是毫不怀疑，但碧姗一心要留住儿子。他想到过，如果急于嫁人，通常情况下，女人又何必纠缠于此？越往深里想，越发现，一切皆有可能，而人很难确知事实真相，只能按自己的意愿选择、认定其中一种可能。邱月铭只不过说了确实存在的另一种可能，只她一人道出，才会如此意外。意外之外，他知道两人把天聊死了，接下来不知说些什么，也就不说。

　　那以后占文没再联系邱月铭，只是仍会想起两人在汤大卤煮庄的夜饮。他隐约记得，那天太累，又空腹，醉态比平时来得快，放开胆子说了一些话。"他们都说，你身上的气味很好闻……"她嫣然一笑。他趁机凑近一些，闻见一些气味。隔得太近，说着说着，笑着笑着，两人突然对视，空气凝滞，拥抱并接吻成为当时情境中唯一的必然……记忆延伸到此处，画面始终恍惚、模糊，占文不能确定这画面是事实还是想象。他后来路过那家饭店，注意到这里狭窄的空间，又没有包厢或屏风隔断，哪能是说吻就能吻上？再一想，那天晚上喝酒，难道不是自己存心，以便日后记忆恰到好处地模糊，既有所举动又能自我宽宥？

　　最近几年，占文不得不承认记忆越来越靠不住，有时候自以为牢靠的记忆，有可能与事实整个相反。但那一夜与邱月铭喝酒畅聊，如果之后的拥抱和亲吻只是幻觉，那么当天，为何如此真切感受到一种突如其来的心情？这心情繁复，包含了信任、依赖，也可能包含陡然而生的爱。记忆中画面越是虚幻，这感受越是拥有无限保鲜期，他随时翻找出来，重新体会那突如其来的一切。

婚后几年，占文跟碧姗一直找不到应有的亲密，身边朋友的婚姻质量普遍不高，占文甚至认为，冷淡风的夫妻关系是某种时代特色，自己正好得以紧跟一回潮流。但是，新婚之夜和另一个女人喝酒的记忆，反复提醒他，那种期待中的亲密关系，必然存在。活了这么多年，他骗不了自己：有些东西，不能因为自己没遇上就否认它的存在，就比如爱情，你从未遇见，告诫自己绝不相信，但你也无法否认别人的爱情。

这些年和朋友夜饮聊天，占文有意无意将话题引向邱月铭，便听到关于她的一些说法。不止一个人说，她性格其实急躁，婚姻失败也不能全怪前夫，说得越多，跟占文的印象出入越大。占文日渐明了：使自己充满好感的，可能仅仅是邱月铭在工作中展现出的状态。她在别人的婚礼中沉稳干练，无所不能，但在自己婚姻中却是焦头烂额。他不能期待老是看到她令自己心动的一面，除非他不停结婚，并一直请她充当总管。

年过四十，占文终于迎来第二次婚姻。妻子是市房产局的一个老姑娘，每天帮人测房屋的建筑面积、使用面积。人稍显木讷，占文开玩笑，她经常反应不过来，闷了半晌，又突兀地发笑。纵是不说话，测绘员也喜欢傍着占文。此外，占文儿子仔仔也爱傍着测绘员，她从不嫌烦。偶尔，她独自带仔仔外出，若碰到有人问她"这是你儿子啊"，她总是回以微笑："长得像他爸爸。"

新婚的到来令测绘员兴奋，想在婚礼之前有充分的规划，尽情体验生命里这唯一的一次。占文找个时机跟她说，专业的事由专业的人做，你再怎么规划，也是想当然，实际的效果会大有出入。婚礼要想搞得有效果，最关键的是请到一个出色的总管。测绘员说，当然啦，你有经验。

占文尴尬一笑，这又想起虽然新换了手机，通讯录全都转移保存。稍后他去到另一间房，再次翻出邱月铭的手机号，手比脑快直接拨号，却是空号。他也并不意外：这些年，通讯录里绝大多数手机号，不像是为了彼此再有联系，倒像是为日后的失联留下证据。

城　市　文　学　卷

仙境

哲贵

1

从家开车到越剧团，大约需要二十分钟。车子一发动，余展飞身体有感觉了，兴奋了，柔软了。不是柔软无力，是柔韧，充满力量，跃跃欲试。同时，身体里好像有股水在流淌，可比水要绵柔，几乎要将身体溶化。很轻又很重。很淡又很浓。他很享受。

越剧团有两个排练厅，一大一小。他直接去小排练厅。不用事先联系，更不用打招呼，他知道，团长舒晓夏已经在小排练厅了。一打开车门，一阵音乐涌进耳朵，那是锣鼓声，是密集如万马奔腾的行板。一听那声音，身体立即又起了不同反应。这次是热烈的，是滚烫的，是奔放的，他几乎要摩拳擦掌了。他听见身体里有开水沸腾的咕噜声，那是身体被点燃的声音，他要绽放了。他知道，那是《盗仙草》选段，是越剧里难得的武戏，特别有挑战性，让他神往，令他痴迷。他都快恍恍惚惚了。

他进了排练厅，果然，舒晓夏已经化好装，正在厅里踱来踱去。她看见余展飞进来，朝他看一眼，那眼神是急不可耐的。两人直奔化装间。

这是余展飞的习惯，也是他的态度，即使是排练，即使排练厅里只有他们两个人，他也要化装，也要穿上戏服。他不允许马虎，一点也不行。

舒晓夏给他化装，他们都没有开口说话。他们不需要。几十年了，只要一个眼神，一个微小动作，便可以领会对方的意思。什么叫心意相通？这就是。什么叫心有灵犀？这就是。而且，余展飞听了进来之前的伴奏音乐，已经知道晚上排练的内容，没错，还是《盗仙草》选段。

他和舒晓夏第几次排这个戏了？起码有几千次吧，甚至更多。

装化完了，舒晓夏帮他穿上戏服。他晚上扮演守护灵芝仙草的仙童，是短打扮，头上扎着一条红头巾。在正式演出的戏文里，守护仙草的仙童是四个，两个先出场，跟白素贞对打。被白素贞打败后，去后山请两个师兄出来。白素贞最后不敌，口衔仙草，被四个仙童架住。这时，仙翁出场，放她下山救许仙。

他们晚上练双枪。这是《盗仙草》里很重要的一场武打戏。当然，双枪几乎是所有中国戏曲里的重要武戏，也是最基础的武戏。正因为基础，要练得出彩不容易，太不容易了，几乎所有武生都会的动作和技术，大家很熟练，都想做得出彩，怎么办？办法只有一个：创新。没错，只有做出别人不会做的高难度动作，只有做出别人不会也没想过的精彩又优美的动作，只有做出惊险又与白素贞冒死精神相协调的动作。难，太难了。但可能性也正在于此，吸引力也正在于此，激发创新的动力也正在于此。一般情况，白素贞和仙童都是先拿拂尘出场，然后是剑，再是双枪，最后是空手搏斗。空手搏斗的难点在翻跟斗，每个仙童翻跟斗都是不同的，都有讲究，第一个是前空翻，第二个是侧空翻，第三个是后空翻，第四个是前空翻加后空翻。空翻都是连续性的，有连翻三个，也有连翻六个，身体是否挺直，动作是否干净，很考验人的。双枪是《盗仙草》里的重头戏，是重中之重。一般的演出，白素贞和四个仙童各拿双枪，打斗到激烈处，四个仙童围着白素贞，将手中双枪抛向中间的白素贞，白素贞要用脚板、膝盖、双肩和手中的双枪，将来自四面八方的枪，准确又利索地反挑回四个仙童手里。这里面有连续性，又有准确性，还要控制好力量和弧度，差一点点都不行。而且，八杆枪要连贯，要让观众眼花缭乱，要行云流水。既要武术性又要艺术性，要升华到美的高度。这太难了。

舒晓夏将伴奏音乐调整一下，跳过前面舞拂尘和舞剑的段落。直接到了耍枪花。那枪是老刺藤做的，一米来长，两头都有枪尖，中间涂得红白相间，枪尖绑着红缨，行话叫花枪。他们每人两根花枪，先是象征性地比画几下。戏曲的灵魂之一就是象征。

随着锣鼓声密集起来，他们站到排练厅中间，耍起枪花。看不出他们身体在动，其实他们全身在动，他们身体很快被手中的枪花覆盖。他们的枪先是在身体左右画着圈，手臂不动，手腕随着身体扭动，锣鼓声越来越密集，枪转动的速度越来越快，红白相间的花纹这时变成红白两道光芒，两道光芒最后连在一起，形成一道彩色屏障。从远处看，排练厅中间的余展飞和舒晓夏不见了，只有两个彩色球体，纹丝不动，却又风起云涌。

耍完枪花之后，他们练挑枪。余展飞投，舒晓夏挑。这是余展飞和舒晓夏的创造，他们不是一根一根来，而是八根。余展飞将八根枪一起投过去，舒晓夏用脚尖、用膝盖、用肩膀、用枪将八根枪反挑回来。考验功力的是，余展飞八根枪是同时投过去的，而舒晓夏却要将八根枪连续挑回来，八根枪要形成一排，在空中划出一个优美弧度，像一道彩虹。练了一段时间后，反过来，舒晓夏投，余展飞挑。这种挑枪，整个信河街越剧团只有他们两个会，估计全天下也只有他们两个会。

2

父亲余全权是信河街著名的皮鞋师傅，绰号"皮鞋权"。他在信河街铁井栏开一家店，做皮鞋，也修皮鞋。他长期与皮鞋打交道，皮肤又黑又亮，连脸形也像皮鞋，长脸，上头大，下巴尖，张开的嘴巴像鞋嘴。对于余展飞来讲，父亲最像皮鞋的地方是脾气。皮鞋有脾气吗？当然有。皮鞋最突出的脾气就是吃软不吃硬，它不会迁就穿鞋的人，不能跟它"来硬的"，必须顺着它的性子来，要尊重它，要呵护它。但它又是感恩的，懂得回报。谁对它好，怎么好，对它不好，怎么不好，它是爱憎分明的，也是锱铢必较的。擦一擦，亲一口，它会闪亮。不管不顾，风雨践踏，它就自暴自弃了。它对人的要求是严格的，甚至是严厉的。它不会主动选择人，但会主动选择对谁好。不是一般的好，而是全心全意，甚至是合二为一，它会将自己融进人的身体里，成为身体的一部分。

父亲就是这样的脾气。每一双经过他修补的皮鞋，都有新生命，是一双新皮鞋，却又看不出新在哪里。他做的每一双皮鞋，看起来是崭新的，穿在脚上却像是旧的，亲切，合脚，就像冬夜滑进了被窝。

从皮鞋店到皮鞋厂，是父亲的一个改变，也是皮鞋对父亲的回馈。那一年，余展飞已经当了三年学徒，理论上说，可以出师单干了。实际情况也是如此，余展飞觉得技术已经超过父亲。

也就是这一年，余展飞"认识"了舒晓夏。农历十月二十五，信河街举办物资交流会，越剧团接到演出任务，将临时舞台搭在铁井栏，就在皮鞋店对面。那天下午演出的剧目是《盗仙草》，舒晓夏演白素贞。

余展飞不是第一次看越剧，也不是第一次看白素贞《盗仙草》，他以前看过的。也觉得好，咿咿呀呀的，热闹又悠闲，真实又虚幻。但那种好是模糊不清的，是不具体的。说得直白一点，就是舞台上的白素贞跟他没关系，没有产生任何联想和作用。但这一次不同，他被白素贞"击中"，迷住了。她一身白色打扮，头上戴着一个银色蛇形头箍。她的脸是粉红的，眼睛是黑的，眼线画得特别长，几乎连着鬓角。美得不真实，惊心动魄。余展飞突然自卑起来，粗俗了，寒酸了。他无端地忧伤起来，无端地觉得自己完蛋了，这辈子没希望了。当他看到白素贞和四个仙童挑枪时，整个心提了起来，挑枪结束后，他发现手心和脚心都是汗，浑身都是汗。这是他第一次发现自己的手心和脚心会出汗。当看到白素贞下腰，将地上的灵芝仙草衔在口中时，他哭了。差不多泣不成声了。他觉得魂魄被白素贞摄走了。

散场了。对余展飞来讲没有散，他依然和白素贞在一起，如痴如醉，亦真亦幻。他不知不觉来到戏台边，来到后台。他看见了白素贞，不对，是正在卸装的白素贞。有那么一瞬间，他有失真感觉，却又觉得无比真实。卸装之后，舞台上的白素贞不见了，他见到一个长相普通的姑娘，身体单薄，面色蜡黄，眼睛细小，鼻梁两边还有几颗明显的雀斑。

舞台上下的反差让余展飞措手不及，让他惊慌失措。但恰恰是这种反差拯救了他，唤醒身体里另一个自己，他感到震撼，感到力量，更主要的是，他看到了可能——既然她能演白素贞，我为什么不能演？他突然萌生出一个念头：我要去越剧团，我要唱《盗仙草》，我要演白素贞。

这个念头来得凶猛，令他猝不及防。用父亲的话说是，丢了魂了。

但余展飞知道，他的魂没丢。是被舞台上的白素贞"迷住了"，也是被现实中的白素贞"唤醒了"。他回到店里，对父亲说：

"我要去学戏，我要唱越剧。"

莫名其妙了。突如其来了。父亲没有放在心上，小孩子嘛，心血来潮是正常的，异想天开也是正常的，怎么可能去学越剧呢？怎么可能不做皮鞋呢？说说而已。不过，父亲觉得不正常的是，这个下午，余展飞什么也没有做，鞋没有做，也没有修。他还是那句话：

"我要去学戏，我要唱越剧。"

父亲明白了，这孩子鬼迷心窍了。

问题的严重性在于，接下来，余展飞还是什么事也不做，见到他就说：

"我要去学戏，我要唱越剧。"

那就是疯了。走火入魔了。父亲不可能让他去学戏，不可能让他去唱越剧。父亲的人生只有皮鞋，当然，他还做了一件事，就是生下余展飞。对于父亲来讲，两件事也是一件事，可以这么说，他也是父亲的一双皮鞋，甚至可以这么说，他从出生那天起，便注定这一生要和皮鞋捆绑在一起，逃不掉的。这一点余展飞知道不知道？他当然知道。实事求是地讲，余展飞不排斥父亲，也不排斥皮鞋。恰恰相反，他喜欢父亲，因为他喜欢皮鞋，也喜欢修皮鞋和做皮鞋。他喜欢父亲，是因为父亲对待皮鞋的态度，父亲没有将皮鞋当作商品，商品是没有感情的，而父亲对待每一双皮鞋，无论是来修补还是来定做，都像对待儿子。也就是说，在父亲眼中，余展飞和那些修补和定做的皮鞋几乎没有区别。余展飞委屈了。确实有一点。但他内心却是骄傲的，他觉得这正是父亲与人不同的地方，他没有将皮鞋当作鞋来看，而是当作人来对待。这是余展飞喜欢的。余展飞也是将皮鞋当作人来对待的，他跟父亲不同之处在于，对他来讲，皮鞋是有性别的，是分男女的。这跟男鞋女鞋无关，而是跟皮料有关，跟使用的胶有关，跟使用的线有关，跟针脚的细密有关，最主要的是，跟皮鞋的气质有关。但是，无论是哪种性别的皮鞋，余展飞都是喜欢的，无论是他做的，还是别人拿来修补的，只要到他手里，他都会让它们发出独特的光芒，他会给它们全新生命。

3

那一个月里，余展飞只说一句话，其他什么事也不干。皮鞋权先是惊讶，再是愤怒，然后是恐惧，最后是无奈。他懂儿子，就像他了解皮鞋和各道制作工序一样，不能"来硬的"。他做出了让步，但也是有条件的，他答应让余展飞学越剧，但只是业余，主业还是做皮鞋。这就是"以退为进"了。

余展飞答应了。只要能学越剧，让他不吃饭不睡觉都行。

父亲找到一个长期在店里定做皮鞋的人，也是父亲的酒友，他是信河街越剧团的鼓手。余展飞后来才知道，在剧团里，鼓手地位很高，类似于轮船上的舵手，起掌握方向作用，起控制节奏作用。父亲将那个鼓手请到家里喝酒，喝得脸色由白转红，又由红转白。最后，鼓手捏着酒杯，问他想学什么？余展飞说他想学《盗仙草》，想当白素贞。鼓手一听就笑了，说：

"要学《盗仙草》，想当白素贞，在信河街只能找俞小茹老师。俞老师是第一代白素贞，她的学生舒晓夏是第二代白素贞。这事非找俞老师不可。"

余展飞是从这一刻开始，才知道那天演白素贞的演员叫舒晓夏，因为那天演出就是鼓手敲的鼓，他告诉余展飞：

"舒晓夏现在是越剧团的台柱子，俞老师已经退居二线，但要学戏，还得找俞老师，姜还是老的辣。再说，舒晓夏不收学生。"

一个礼拜后的一个下午，鼓手带他去越剧团见俞小茹老师。余展飞记得是直接去排练厅的，一大堆人，有化装的，更多是没化装的。穿什么的都有，穿短打扮的，腰间都用一条红腰带扎起来；穿戏服的，比画着动作，沉浸在各自的情境中。排练厅一片混乱，却又秩序井然。他第一眼就找到正在排练厅一角的舒晓夏，她穿着白素贞的戏服，脸上没有化装。她的装扮让余展飞有不真实的感觉，既是白素贞，又不完全是白素贞。他发现，自己特别迷恋这种感觉，似真似假，如梦如幻，虚中有实，实中有虚，脚踏实地，却又飞在半空。余展飞很羡慕这些演员，他们哪里是在排练？哪里是在演戏？他们就是生活在天宫中的一群神仙，饥食仙果，渴饮琼浆，生活在各自的想象中，悲欢离合，逍遥自在。这样的日子才是有意义的，不用考虑柴米油盐，更不用考虑生意来往，只需要考虑自己和角色的内心。他们就是神仙，是漫无边际的神仙。他多么希望成为其中一员。

俞小茹老师穿一件黑色旗袍，烫一个波浪头，在排练厅走来走去，有时停下来，对某个演员说几句，或者用手纠正某个动作，偶尔也示范一下。鼓手将俞小茹老师叫到一边，俞老师显然已经知道他，笑眯眯地问：

"你为什么要学《盗仙草》？"

"我要演白素贞。"

"你为什么要演白素贞？"

"我要《盗仙草》。"

"你为什么要《盗仙草》？"

"我要演白素贞。"

俞小茹老师一听就咧嘴笑了，确实是个外行哪。俞老师告诉他，《盗仙草》是《白蛇传》一个选段，以武戏为主。《游湖》《断桥》《合钵》也是《白蛇传》的选段，以文戏见长。俞小茹老师当年最拿手的是《断桥》，其次才是《盗仙草》，余展飞说：

"我只学《盗仙草》。"

紧接着，他又补充一句：

"其他戏都不学。"

俞老师没有觉得余展飞这种思维有什么问题，她觉得蛮正常，而且蛮正确。余展飞不是专业演员，他学戏只是好玩，也可能只是一种寄托。再说了，如果能把一段戏学好，学到精髓，很了不起了。俞老师问他：

"以前学过没？"

"没。"

"会一点吗？"

"我会下腰，就是白素贞用嘴去叼灵芝仙草的动作。"

这一个多月来，余展飞做了一件事，用脑子回忆那天看到的演出，模仿戏里白素贞的每一个动作，他比较满意的是下腰。

俞老师说：

"下一个看看。"

余展飞二话没说，扎个马步，一下就将腰"下"去了，而且是以口触地。他知道自己做得不错，下腰下得轻松，起腰起得利索，脸不改色，心不跳。站起来后，拿眼睛看着俞老师。俞老师咦了一声：

"腰蛮软的。"

越剧团是不收业余学员的，再说，余展飞已经十五岁，这个年龄才学戏，显然迟了。余展飞见俞老师面有难色，他说：

"俞老师，我只想学戏，只想演白素贞。"

俞老师想了一下，说：

"我给你化个简妆看看。"

俞老师带着鼓手和余展飞进了化妆室，让余展飞在一面镜子前坐下。俞老师先在他脸上打一层底粉，然后在脸蛋上涂点胭脂红，最后是描眉眼。

描完眉后，俞老师往后退两步，看了看余展飞的脸，又咦了一声。这时，站在边上的鼓手拍起了巴掌：

"好俊的一张脸。好一个白素贞。"

俞小茹老师最后收下余展飞，当然是看在鼓手的面子上。鼓手说了，俞老师这次"破例了"，以前没有收过"这样的"徒弟。

余展飞后来才知道，俞老师当初答应收下他，一方面是出于鼓手的面子，另一方面也是可怜他，顺口允了而已。在她呢，也没有太放在心上。这些年来，她见过多少学戏的孩子最终还是选择离去。何况余展飞还有店要照看，家里还有一家皮鞋工厂刚开业。因为余展飞跟父亲有约定，皮鞋工厂开业后，父亲负责工厂，铁井栏皮鞋店由余展飞坐镇，他学戏时间只能在晚上。俞老师心想，这孩子也就是一时心热，正在兴头儿上呢，来几次，吃些苦头，自然知难而退。她也算做完人情了。

让她没想到的是，余展飞是真下了狠心学戏，什么苦都吃。学戏最难的是练基本功，单调、枯燥却费劲，譬如压腿、劈叉、踢腿、下腰、扳朝天蹬，哪一项不需要下死功？就拿最简单的压腿来说，一般人压个九十度试试？压不起来的，即使压起来，用不了五秒钟，保准抽筋，是那种不由自主的抽筋，身体就散了。再譬如劈叉，压腿也可以说是为劈叉做准备的，要将两条腿劈成一字形。对于一个十五岁的孩子来讲，要将腿劈下去，等于将他腿上已经生长出来的筋砍断，那得多疼？得下多大功夫？但余展飞一句疼没说，甚至没有发出任何声音。俞老师让他练拿大顶，让他拿三分钟，他一定拿十分钟。俞老师让他拿十五分钟，他一定拿半个钟头。他在店里练，做皮鞋时练，吃饭时练，睡觉也练。这就让俞老师刮目相看了：这孩子不是一时兴起，而是着了魔了。看得出来，他是真喜欢学戏。这个时候，俞老师的想法发生改变了，将余展飞"放在心上了"，对余展飞有了"新的希望"。当然，俞老师没有将这个想法告诉余展飞，不需要说，也不能说，这是她个人的事，是她和舒晓夏的事，跟余展飞无关。现在，跟余展飞有关了，但他还是不需要知道，俞老师不想让他知道。

练完一年基本功后，俞小茹老师才教他真正学戏。余展飞的嗓音又让俞老师咦了一声。余展飞平时说话属于偏柔和的男低音，很男性化的。他居然能变音，最主要的是，发出的声音不生硬，是很温和的女低音。太难得了。男生扮旦角，第一是扮相，第二是声音，他居然能唱出这么真实的女声。俞小茹老师心里想：是个旦角的料哇。

4

拜在俞小茹老师门下，余展飞最开心的事，是能见到舒晓夏，能向她学戏。

舒晓夏是他师姐，在内心里，余展飞却是将她当作师傅。没有拜入俞老师门下前，余展飞在家"瞎练"《盗仙草》中白素贞的动作，模仿对象就是舒晓夏。他脑子里既有舞台上的白素贞，也有卸装后的舒晓夏，两个形象既分离又合一。他记得白素贞的每一个动作、每一句唱词，甚至每一个眼神。如果要认第一个师傅，那就是白素贞，就是舒晓夏。

舒晓夏是在排练厅看到余展飞的，知道是俞老师新收的徒弟。她只用眼睛余光瞟了余展飞一眼，立即感觉到威胁：这人不简单。她感觉到余展飞身上有种"仙气"，也可以称为"妖气"，她能感受到他身上的"执拗""一根筋"和"不可理喻"。他是个"疯子"，是个什么事都干得出来的"疯子"。艺术需要的正是"一根筋"和"不可理喻"，特别需

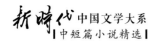
要"疯子"的精神和行为。她就是个"疯子",为了演戏,她可以什么也不管,可以什么也不要,包括自尊,包括身体,包括生命。她只想成为站在舞台中央的那个人,只想成为戏中的那个角色。

舒晓夏对这种威胁不陌生。她曾经给过俞老师这种威胁。当她第一次正式登上舞台,正式成为白素贞后。她从俞老师眼神看得出来,她是多么哀伤,多么无奈,那是一种被对方逼到悬崖尽头的怨恨,是走投无路的绝望。这种感觉不是长驱直入的,而是混沌的,是弥漫的,是眼睁睁看着自己枯萎的悲凉。眼睁睁看着自己消亡,却无能为力。

她现在感受到来自余展飞的威胁,她觉得,这是俞老师刻意安排的,是专门针对她的。她当然不甘心。她不是俞小茹老师,她不会束手就擒的,为了舞台,为了舞台上的角色,她会拼命的。

必须主动出击,但不能盲目。一个月之后,排练结束后,她在越剧团门口"无意中"遇到余展飞,她主动打招呼,主动自我介绍,主动约余展飞:

"有空的话,咱们一起排练《盗仙草》。"

这是余展飞做梦都想的事,只是没胆子提出来:

"真的?"

"当然是真的。"她停了一下,接着说,"这事不能让俞老师知道。"

她知道,俞老师是不会让她接近余展飞的,他是俞老师用来对付她的秘密武器。而她从余展飞眼神看出来,他是愿意接近她的。

那以后,舒晓夏经常去余展飞的鞋店,打烊之后,余展飞反锁了店门,一起排练《盗仙草》。

舒晓夏原来的打算,是想让余展飞放弃白素贞,那么多越剧剧本,他演什么不可以?扮演哪个角色不行?为什么偏偏要演白素贞?他可以演青蛇，可以演梁山伯，可以演祝英台，可以演贾宝玉，可以演崔莺莺，可以演杜十娘，也可以演穆桂英。想演什么，自己教什么，可是，余展飞说：

"不，我只学《盗仙草》，我只演白素贞。别的都不学，都不演。"

死心眼了。舒晓夏也是个死心眼，她清楚，跟死心眼的人是没有道理可说的，讲不通的。那么好吧，就学《盗仙草》吧，就演白素贞吧。"教鞭"在她手里，"方向盘"在她手中，她指哪个方向，余展飞只能跟到哪个方向。也就是说，余展飞始终在她掌控之中，余展飞是孙悟空，她是如来佛，逃不出她手掌心的。

一接触，舒晓夏就知道，遇到劲敌了，跟自己相比，余展飞或许算不上戏痴，他不会为了演戏，生命也可以不要，但他绝对是有魔性的，他心里住着一个白素贞，身体里也住着一个白素贞，一遇到白素贞，他就"魔怔"了，不能自拔了，意乱情迷，差不多是神志不清了。他怎么演都是白素贞，白素贞就是他。作为一个演员，舒晓夏明白，这有多么可怕，那等于说，这个演员进入一个特殊空间，这个空间里只有他，只有白素贞，他想怎么演就怎么演，他想演成什么样就是什么样，没人能够阻止得了。这样的演员，不是"疯了"是什么？一个"疯了"的演员，是什么都可以做得出来的，是无法估量和比较的。有时候，这样的演员就是个"神"，演什么角色都是"神灵附体"，都是"灵魂出窍"。这一点，舒晓夏是有体会的。

既然如此，教还是不教？当然教，而且要更认真教。她要做的事情其实也很简单，就是不让余展飞"疯了"，让他清醒，让他知道，他是在演戏，他不是白素贞，白素贞也不是他。

但是，舒晓夏发现，她做不到，只要一接触到《盗仙草》，只要一接触到白素贞，余展飞什么也不管了，余展飞不见了，只剩下白素贞，

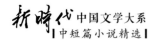

而这个白素贞也不是她通常理解和演绎的白素贞，而是一个陌生的白素贞，一个带着余展飞浓烈气息和情绪的白素贞。那还怎么教？

让舒晓夏意想不到的变化是，在与余展飞接触过程中，她的心理和身体发生了微妙改变。只有舒晓夏知道，于她来说，这个变化是翻天覆地的，是史无前例的。她居然对余展飞"动了心"，居然有跟他身体发生关系的念头和欲望。在此之前，她只对戏里的人物有过这种感觉，对戏里的白素贞，包括对戏里的许仙，她可以以身相许，可以合二为一，她没想到对余展飞会有这种感觉。但她没有慌乱，出乎意料的淡定。她对余展飞最初的"敌意"来自他的威胁，当她接触余展飞之后，和他排练《盗仙草》之后，威胁升级了，变成了压迫，她发现，一旦成为白素贞，余展飞的白素贞比她更疯狂，比她更迷离，比她更决绝，也比她更柔情。这种感受很不好，是被压挤和束缚却没能力挣脱的感觉。这让她丧气。在演戏方面，她从来没有丧气过，也从来没有服过谁。她是最好的。她演的白素贞，是真正的白素贞，天下第一。可是，跟余展飞的白素贞一比较，她自卑了，无论是扮相、神态、动作、眼神、氛围还是唱腔，余展飞的白素贞似人似妖似仙，却又非人非妖非仙，那是真正的妖孽，光芒四射，摄人心魄。她达不到这个境界。

她对余展飞"动了心"，还有一个只有她才能体会的原因，这种体会或许只有她这样的演员才有，她愿意与余展飞合二为一，因为他们都是白素贞，他们本来就是一体的。

有这个心思后，她才让余展飞来她宿舍排练。舒晓夏心思不在穿衣打扮上，不讲究，但干净。宿舍却是"垃圾场"，眼睛看得见的地方，都跟越剧有关：脸谱、盔头、戏服、拂尘、刀、剑、枪、剧本等等等等。随意堆放，杂乱无章。有一面墙壁是镜子，镜子让宿舍显得双倍凌乱。不过，杂乱无章却产生出特殊氛围，即使是兵器，在这里也变得柔和，变得温暖，变得含情脉脉，变得情深意长，变得真实又梦幻。这里每一件东西都可能幻化成白素贞，至少与白素贞有关。

他们是在排练中亲吻起来的，就在那面镜子前，他们穿着戏服练下腰，练白素贞口衔灵芝仙草。他们背对背，在镜子前做成 m 形，两张嘴便"衔"在一起了。是舒晓夏主动的，余展飞有过短暂迟疑，很快就热烈起来。脱下戏服后，又急切地抱在一起，继续"排练"。

亲吻是什么？舒晓夏理解，亲吻是正式演出前的"头通"，是热场子，是酝酿，是发酵，是含苞待放，是必不可少的过渡。可是，"头通"打了一个月，就是喧宾夺主了，正戏还唱不唱？舒晓夏有意见了，觉得余展飞在这方面的勇气和能力完全不像白素贞，更像懵懂迟钝的许仙。只能依靠自己了，因为她是白素贞，是完整的白素贞。

那天晚上，排练结束后，他们跟平常一样，戏服还没有脱就抱成一团。在亲吻过程中，舒晓夏增加了一个动作，主动探索余展飞身体。慢慢地，余展飞反应过来了，将手伸进她身体。戏服在不知不觉中被脱掉，身上所有衣服不见了，最后时刻来了，当舒晓夏要将身体交出去时，余展飞突然停住了：

"不能。"

舒晓夏心里一冷，问：

"为什么？你不喜欢我？"

余展飞回答说：

"不是，你知道我喜欢你，但我不能。"

"为什么不能？"

"我也不知道为什么不能。"

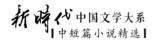
余展飞的回答让舒晓夏不满意，很不满意。但没再问下去，她觉得冷，嘴巴都僵住了。

5

俞小茹老师告诉余展飞，以他的天赋，如果一门心思将功夫花在学戏上，将来成就一定超过她，说不定能走出信河街，走上全国舞台，成为一代名角。但是，她没有要求余展飞这么做，她说余展飞的任务不仅仅是唱戏，他还有家族责任。最主要的是，她认为戏曲环境变恶劣，看戏人减少，社会关注点转移到赚钱，能赚到钱才是英雄，才是当家花旦，才是台柱子，才是"名角"。她感到戏曲行业在走下坡路，而且是一条看不见尽头的下坡路。这种时候，她怎么可能让余展飞来做专业演员？她甚至觉得，余展飞根本不应该来学习，他应该跟父亲做生意，帮父亲把皮鞋厂办好，赚更多钱。但她也没有要求余展飞这么做。在这个问题上，她蛮自私的，她觉得遇上一个好苗子了。唱戏是她的事业，她这辈子只做这件事，当然希望这个行业能够兴旺，希望得到更多年轻人关注，更希望有潜质的年轻人投身这个行业，只有这样，这个行业才有希望，才有未来。

她用一年时间给余展飞"打基础"，又花一年时间，将《盗仙草》教给他。是一句唱词一句唱词教，一个动作一个动作教。两年之内，俞老师一直"捂着"他，没让他"亮相"。其实也不是完全"捂着"，俞老师每周会带他去一次剧团排练，跟他配戏的演员，都是俞老师特意叫来的。他演白素贞，不能总是一个人对着空气比画，要考虑和四个仙童配合，要有默契，特别是挑枪那一段，差一分一毫都是不行的。

他第一次在剧团正式登台，是两年后的汇报演出，听说信河街文化局局长也来"观摩"。俞老师安排他演《盗仙草》。他在排练厅和四个年轻演员对戏也很正式，都有化装和穿戏服，毕竟只是排练。汇报演出不一样，虽是内部观摩，但所有观众都是内行，都带着挑毛病的眼光，还有领导坐镇。其实是考试，是大阅兵。

余展飞没有紧张，恰恰相反，他内心是迫不及待的兴奋。他不是剧团的人，没有考试压力。更主要的是，他知道自己演白素贞时，舒晓夏就在台下。他一直想让舒晓夏看看自己在舞台上演的白素贞，他想让舒晓夏知道，自己演的白素贞是从她那里来的，她演的白素贞，改变了他的人生，他原来的生活除了皮鞋之外还是皮鞋，他看到的和想到的都没有离开皮鞋。是她演的白素贞帮他打开一扇大门，让他看到，除了皮鞋，他的生活还有梦想，而且是一个只有他看得见摸得着的梦想。或者可以换一句话，她演的白素贞让他突然从现实生活中飞起来，让他看到原来没有看到的东西，那些东西是他以前没有想过的。

在他演出之前，是舒晓夏，她演的也是《盗仙草》。舒晓夏上台时，余展飞在候台。他站在舞台右侧，一直盯着舞台上的白素贞。这是完全不同的体验。他上一次是站在台下看台上的白素贞，那时的白素贞是遥远的，是虚幻的，是可望不可即的。这次不同了，他在舞台上，他能感觉到，自己就是白素贞，他和舞台上的白素贞是相通的。他能感受到白素贞每一个动作、每一句唱词，更能感受到白素贞内心的愧疚、悲伤和决绝。

确实是不同了。他离白素贞更近了，甚至就是白素贞。他也觉得离舒晓夏更近了，因为舒晓夏已经和白素贞合为一体。

轮到余展飞上台了，他依然停留在刚才的情绪里，他已经盗到仙草，飘飘荡荡回去救许仙。是锣鼓声提醒了他，让他重新回到舞台，哦，他又回到峨眉山，再盗一回仙草。余展飞不见了，舒晓夏不见了，舞台不见了，舞台下所有人，包括俞老师也不见了。他现在就是白素贞，白素贞现在只有一个目的——盗了仙草回去救许仙。白素贞更哀伤了，也更决绝了。白素贞一边担心许仙的生命安危，一边担心能否盗到仙草。但她内心是坚定的，是没有回旋余地的，必须盗回仙草，必须救活许仙。这事没得商量。

随着锣鼓声，白素贞使用了"莲步水上漂"。她确实是"漂"上去，腾云驾雾，晃晃悠悠，却又风驰电掣。在舞台上转了小半圈，又回到右侧，她一抬头，开口唱道：峨眉山。她能感觉到，这声音是一支射向峨眉山的利箭，穿破云雾，不达目的绝不回头。

一上台，余展飞就忘记了音乐，他不需要音乐，他要的是仙草。音乐似乎又是存在的，变成一种提醒，让他不断向前、不断飞翔的提醒。

回到台下，余展飞依然沉浸在那种情绪和情节之中，白素贞口衔仙草，飞向家中的许仙。他似乎听到舞台下巨大的掌声，看到俞老师跑到后台，激动地抱住他，不停地跺脚。

6

那次"汇报演出"后，俞老师对他说，文化局同意招他进越剧团，局长特批一个名额。

进越剧团演戏，是他这两年来的梦想。可是，当真正要成为专业演员时，当他即将成为真正的白素贞时，他又犹豫了。这意味着，他将抛弃皮鞋店和皮鞋厂。在没有直接面对这个问题时，余展飞一直认为自己更愿意当一名演员，那是他的梦想。可是，当机会摆在面前，他却犹豫了，但他不好意思直接回绝俞老师，只好说：

"我没问题，我回去问问我爸。"

余展飞记得，听他这么说，俞老师突然很夸张地笑了两声。但是，俞小茹老师那么骄傲的人，后来还是托鼓手去做父亲的工作，鼓手和父亲喝了一顿酒，回去问了俞老师一句话：

"你说做生意和唱戏哪个有前途？"

俞小茹老师再没说什么。或许，她已经想通了，或者，是绝望了。她在那一年提前办理了退休手续，与人合伙成立一家演出公司。

也是那一年，余展飞进入父亲的皮鞋厂，父亲抓生产和管理，他负责采购和销售，父亲主内，他主外。他向父亲提出要求，在工厂顶楼要了一个房间，装修成排练厅。下班后，他会去排练厅待一两个小时，有时更长。

也就是那一年，余展飞和舒晓夏开始每周一次排练，他们只排《盗仙草》。

他们两人演的白素贞是同一个白素贞，却又是不同的白素贞。舒晓夏的白素贞显得坚毅，甚至刚毅，眼神、动作和唱腔都显示出坚硬的力量，这种力量是掷地有声的。余展飞的白素贞是柔软的，甚至是哀怨和哀伤的。他的白素贞显示出另一种力量，是冰下流水的力量，看不见，但能够感受，那种感受让人忧伤，忧伤是一种无法言说的力量，特别"摧残"人。说不清两个白素贞谁更出彩，坚毅和柔软都能打动人。

皮鞋厂发展是飞跃式的，从刚开始的三十个工人，增加到三百个，然后又增加到三千个。余展飞的职务也在发生变化，从科长升到副厂长。皮鞋权不管生产管理了，只抓技术。

舒晓夏凭《盗仙草》参加省文化厅戏曲比赛，她挑枪的动作设计打动了所有评委，拿到一等奖。这是信河街越剧团几十年来第一次拿大奖，半年之后，舒晓夏被提拔为副团长，成了"有级别"的人。

两个人都到了谈婚论嫁的年龄。这几乎是顺理成章的事，一个搞经济，一个搞艺术，还有比这更般配的结合吗？不可能了嘛。

余展飞也是这么想的，他觉得这是理所当然的。他知道舒晓夏喜欢自己，而且，他也知道，舒晓夏没有别的人选。以前没提出来，是因为他没想过结婚的事，他想舒晓夏也是。结婚看起来是人生大事，但在决定婚姻上，往往是一刹那，甚至是草率的。

余展飞想结婚，是因为父亲想他结婚，父亲对他说：

"我老了，这个摊子要交给你，希望你早点成家。"

余展飞没有当面答应父亲，但也没有反对。那就是可以商量的意思了。他找谁商量？当然是舒晓夏。

周一晚上，他们在皮鞋厂顶楼结束排练后。初秋的晚上，天气还没有凉下来，即使开着空调，两个小时排练下来，也内衣湿透。他们脱了戏服，坐在镜前卸妆，余展飞突然对舒晓夏说：

"嫁给我吧。"

舒晓夏手里拿着卸妆湿巾，转头看着余展飞，一脸惊讶：

"为什么？"

她这么问，轮到余展飞惊讶了：

"你不爱我吗？"

舒晓夏停顿了一下，点头说：

"我爱你。"

余展飞松一口气：

"那就对了，你爱我，我也爱你，我们结婚。"

舒晓夏这时眼睛一动不动地看着他，然后，缓缓地摇摇头：

"不，你不爱我。你爱的不是我。"

余展飞从镜子前跳了起来：

"怎么可能？我还不知道自己爱的是谁？"

舒晓夏很镇定，面无表情地说：

"你爱的是白素贞，是舞台上的白素贞，而不是现实中的我。"

余展飞俯视着舒晓夏的眼睛，很肯定地说：

"我当然爱舞台上的白素贞，同时也爱现实中的你。"

"骗人。"舒晓夏仰视着他，"如果你爱现实中的我，为什么不能和我上床？如果你爱现实中的我，为什么要和我争演白素贞？你爱的是白素贞，一直是白素贞。白素贞就是横亘在我们之间的峨眉山，无法逾越的峨眉山。"

余展飞突然打了个哆嗦，一股冷气从头顶倾泻下来，立即覆盖全身。他想否认，可是，一屁股跌坐在椅子上，什么话也说不出来。

7

皮鞋权退居二线了。他这么做，当然是对余展飞放心，除了唱戏，他对余展飞确实放心。他是满意的。一切按照他的设计推进，唱戏只是小插曲，开次小差而已，他最后不是选择回皮鞋厂了吗？谁还没有个开小差的时候呢？同时，他又对余展飞不放心，除了皮鞋厂，只剩下唱戏，连婚姻都耽误了，这让他焦急，也让他伤心。但他能下命令让余展飞娶妻生子吗？这不是工厂赶订单，他没办法亲自"上马"，只能商量，只能提议，只能干着急。他提议多次，余展飞表面上答应"好的好的"，却没有实际行动。他知道余展飞和越剧团的舒晓夏关系密切，也委婉对余展飞说过：

"我看小舒这人还行。"

余展飞点头说：

"是的是的。"

表明态度了，方向也指明了，余展飞还是按兵不动。他按捺不住了：

"你和越剧团的舒晓夏到底在搞什么鬼？这样不明不白拖着算什么？"

余展飞装傻：

"我们关系很好啊，她是我师姐啊。"

心力交瘁了。皮鞋权决定将皮鞋厂交给余展飞，不管了，没个尽头。迟早要跨出这一步的。

父亲退休后，余展飞觉得最大好处是可以无拘无束排练。但余展飞是不会"乱来"的，所有排戏都在工作之余。他觉得很好，每天充满期待，精神和身体都是饱满的。一想到晚上可以和舒晓夏排练，他就觉得这一天是美好的。

舒晓夏当上越剧团团长后，余展飞想出资装修越剧团排练场所，舒晓夏不肯。她知道余展飞有钱，也是真心实意，但她不愿。她打报告给文化局，局里拨专款让她装修。

装修之后，多了一个小排练厅，余展飞和舒晓夏有时将排练移到小排练厅。

余展飞"主政"皮鞋厂后，做了几个"大动作"：第一是改厂名，将原来的"皮鞋佬"，改成"灵芝草"；第二是将工厂改成集团公司，工厂名字带有计划经济痕迹，而公司是市场经济产物；第三是花十年时间，在全国各地开出五千家专卖店，他让"灵芝草"开遍各地；第四是"灵芝草集团公司"上市，敲锣当天，他个人市值三十三亿。

在"上交所"敲锣当天，余展飞特别邀请俞小茹老师、鼓手和舒晓夏作为嘉宾。他亲自上门送请帖，鼓手看到请帖里注明"正装出席"，一脸诚恳地问：

"中山装算不算正装？我只有一套中山装。"

余展飞一听就笑了：

"你穿法海的袈裟也是正装。"

俞老师现在在老年大学教越剧。余展飞约好去她家送请帖，她问余展飞都邀请了谁。余展飞说邀请了越剧团的鼓手和舒晓夏。俞老师沉默一会儿，说老年大学教学蛮忙的，每天都有课呢。余展飞说舒晓夏有演出任务，去不了。她听了之后，改口说：

"我去请假试试，学校领导蛮尊重我的。"

舒晓夏确实因为演出没有参加，但余展飞认为，即使没有演出，她也不会去。这些年，除了演出，除了越剧团的事，舒晓夏很少抛头露面。她也很少提俞老师，余展飞倒是提过几次，她没有任何回应。余展飞后来就不提了。

舒晓夏没结婚。余展飞没问她原因。他动过再次向舒晓夏求婚的念头，但没提出来。余展飞没再提，还有一个原因，他确实很享受和舒晓夏排练《盗仙草》，不但精神满足，身体也得到满足。他每天会去公司排练室坐坐。这个排练室是在原来基础上改建的，规模、设备和越剧团的小排练厅差不多，他有时会独自唱一段，或者练一阵枪花。有时只是坐坐，什么也没做。也就够了。

　　父亲走得突然，也不算突然。父亲身体一直很好，就像他做的皮鞋，经久耐用。可能是平时坐多的缘故，有高血压，也不是很高，低压一百，高压一百四十，按时吃"络活喜"，血压就"标准"了。他的死跟高血压没关系。余展飞觉得父亲是"闲死"的，他做一辈子皮鞋，突然不做了，空了。他原来喜欢喝点酒，喜欢喝信河街五十六度老酒汗。他喜欢老酒汗直扑脑门的冲劲，喜欢酒后不断升腾的幻觉。退休之后，喝酒的念头也没有了，他大概觉得"任务"完成了，再活下去没意思了，也没意义了。

　　父亲走时，虚岁才七十，很叫人惋惜。事发突然，更叫人痛惜。

　　按照信河街风俗，父亲葬礼之后，有场宴请酒席，余展飞想请越剧团来演一段《盗仙草》，他想用这种方式，送父亲最后一程。余展飞觉得舒晓夏可能不会同意，越剧团是艺术团体，怎么会在葬礼宴席上唱戏？太低贱了。出人意料的是，舒晓夏居然一口答应。宴请那天，她带来越剧团全班人马。

　　《盗仙草》安排在宴请尾声，也是酒至酣处，差不多人仰马翻了。这个时候，临时搭建的舞台上，锣鼓声响起来了。很多人知道余展飞喜欢唱戏，喜欢演白素贞，但从来没见过，大家起哄，让余展飞来演。一个人带头后，几乎所有人跟着喊余展飞的名字，一边喊，一边用手掌或者拳头拍打桌面。场面"不可收拾"了。余展飞去"后台"找舒晓夏，舒晓夏化好装，戏服也穿好了，她看着余展飞：

　　"你演不演？"

　　其实，听到锣鼓声后，余展飞身上肌肉已经抑制不住地兴奋，他感觉肌肉在跳动，在喊叫，在翻腾，发出吱吱声。舒晓夏这么一问，似乎身体已飞翔在半空，哪有不演之理？

他坐下来，舒晓夏给他化装。锣鼓声中，他看着镜子里的自己变幻成白素贞。镜子里还有一个白素贞，那是舒晓夏扮演的白素贞，两个白素贞时而分开，时而重合。他听见演出开始了，两个守护仙草的仙童上场，几句念白之后，手持拂尘做着练武动作。他还听见喊叫他名字和拍打桌面的声音。又是一阵锣鼓过后，两个守护仙草的仙童退场，轮到白素贞上场了。他看了眼扮成白素贞的舒晓夏，她表情穆然，并不看自己。锣鼓声催得更急，他不由自主、恍恍惚惚地被舞台吸引过去。他一身白色打扮，手执拂尘，上身纹丝不动，脚板挪移，飘上了舞台。舞台下立即安静下来，叫喊声和拍打桌面的声音戛然而止：哪里还有余展飞的影子？分明就是千年蛇妖白素贞嘛。分明是舍身救夫的白娘娘嘛。太妖怪了。

余展飞一踏上舞台，舞台便成了峨眉山，云雾缭绕，群山巍峨。他现在是她，是白素贞，是上峨眉山盗仙草救夫的白素贞。眼里只有千难万阻，眼里只有刀山火海，眼里只有灵芝仙草，眼里只有悲伤的希望。

她先是用拂尘与两个仙童对打。两个仙童不敌，向后山退去。

第二场，手持双剑与两个手持双剑的仙童对打，仙童败。

第三场是手持双枪与四个手持双枪的仙童对打。她突然感到双腿发软，双手发酸，沉重得抬不起来。客观原因是：为了父亲的葬礼，连续三天，余展飞每天只睡四小时。主观原因是：白素贞身心俱疲，她长途奔波，又挂念家中许仙性命，筋疲力尽了，她明知打不过四个仙童，却不甘心就此罢休。她知道，困难还在后头，还没到挑枪环节呢，她第一次怀疑自己能否顺利完成那套动作。此时，四个仙童将双枪从她头顶压下来，她使双枪往上一顶，感觉八杆花枪像八座山从头顶轰然而下，胸中有一口滚烫热流奔涌而上，被她硬生生咽下去后，这股热流更加凶猛往上涌，她眼前一黑，几乎一屁股坐下去。就在此刻，意外发生了，舞台上突然多出一个白素贞，手持双枪，飞奔过来，和她并肩而立。

四个仙童这时围成一圈，轮番朝她们投枪。两个白素贞背对着背，将枪尽数反挑回去。舞台上彩虹飞舞，霞光闪烁，舞台下的观众伸长了脖子，仿佛忘记自己存在。当四个仙童第四轮将双枪投向两个白素贞时，她们做出一个令所有人意外的动作——将枪悉数"没收"了。四个仙童见丢了兵器，慌了手脚，一哄而下。

舞台上只剩两个白素贞。她们舞出的枪花将身体团团包围住，成了两个既统一又独立的球体，发射出一道道让人睁不开眼睛的金光，既真实又虚幻。

城 市 文 学 卷

过香河

张 楚

1

过了香河收费站，还不能说是出了河北。在香河跟白鹿之间有个西集检测站，验完行车本、身份证、保险单，拿到进京证，才算真正入了京城。在验行车本时，那位斜眼女士发现蜜蜜有两次违章没有缴纳罚款。真他妈倒霉，蜜蜜扭过头问，舅，你带现金没？我忘了带钱包。我说我身上一毛钱都没有。蜜蜜皱着眉头摊了摊手，妈的，银行卡里也没钱了。我瞥了瞥蜜蜜，用微信替他缴了罚款。操！他往地上啐了口痰，又擤了把鼻涕，抬脚在鞋帮处抹了两抹。

我们上了车。他的车。他的车是辆白色宝马。我向来对车没什么概念，在我看来，这辆昂贵的宝马还没有那种银灰色的普通大众漂亮。他开得很快，当然并没有超速。收音机里放着相声，老相声。老相声演员跟德云社的演员有些不同，声气里少油腔滑调，仿佛穿了很久的长袍马褂。高速路两侧的树木恍惚拱了苞芽，又恍惚没有。以后跟老艾说话注意点，我递给他支红梅烟，清了清嗓子，想了想说，你也老大不小了，哪儿能说话没把门儿的？

叫我叶密，舅。他睃我一眼。跟你们说多少遍了，别再叫我蜜蜜，你们老也记不住！

好的，蜜蜜。

你不知道她多气人。蜜蜜说，我怀疑她得了老年痴呆。哪天把她送进敬老院，我也彻底省心了。他吧嗒了两口过滤嘴，灭了，我赶紧又掏打火机，袜子内裤好好的，没漏没洞，你扔了，她捡回来洗洗涮涮，不照样穿？你寻思你真是土豪地主？那是一次性的。蜜蜜撇了撇嘴。再说了，都扔垃圾箱了她还乌鸦似的叼回来，恶心不？卫生不？那你也不该骂她老不死的。我说，你好歹也是大学毕业。我那算啥狗屁大学。他挠了挠头说，我光顾着练吉他打篮球了，英语四级都是花钱雇枪手考的。那你至少算个艺术家了？我打趣他。我艺术家？屁。他顿了顿说，不过，我吉他弹得还行。

我没再说话，偏头看他。他的脸比丝瓜短点儿，三层眼皮，每隔两秒他的眼睛就以蜥蜴岔舌吞噬昆虫的速度眨一眨。他从初中就这样眨，一晃都眨了快二十年。初始以为是眼疾，老艾和老叶带他去县医院。医生说，人哪，每天都在不停眨眼，正常人呢，一分钟眨十次到二十次，去掉睡眠时间，一个人一天要眨眼一万次，眨一次眼就跟擦一次玻璃窗一样，能使眼睛保持清洁，而且，闭上眼皮时可以预防光线不断地进入瞳孔，眼底的视网膜能暂时休息下。

老艾和老叶没料到眨眼还有这么多学问，他们拿着医生开的眼药水回了家，每隔俩小时就将蜜蜜按在炕上，将眼泪般的透明液体小心地滴进他的眼皮。点了七天药水，蜜蜜还是不停地眨。老艾和老叶又带他去北京儿童医院，排了两天队也没挂上号，干脆带着蜜蜜去动物园看蟒蛇看孔雀，还看了熊猫跟河马，然后蜜蜜手里攥着棉花糖一家人坐着绿皮火车回云落了。

有很长一段时间，蜜蜜的眼睛恢复了正常。所谓的正常，就是从前一秒眨两次，后来两秒眨一次。我们都眨眼，只不过他比我们着急，我记得当时老叶说，只要不把它当病，它就不是个病，况且，医生不是说了吗，眨眼相当于擦玻璃，越擦越亮堂，是好事呢。既然老叶这么说了，老艾也就这么信了。反正无论老叶说什么，老艾基本上都认为是对的。老叶从部队转业后在村里当过两届村干部，专门负责超生妇女的计划生育工作。他最得意的是，不动刀枪就打消了李根旺老婆再次怀孕的念头。她已经生了四个女孩。

前几天，我把电脑纸箱扔了。蜜蜜说，她也不嫌累，那天正赶上停电维修，她吭哧吭哧地抱着纸箱爬到十三楼，浑身的臭汗。还把纸箱藏进我办公室的卫生间。你说我的员工们怎么想？老板连瓶瓶罐罐、破箱子破鞋都攒着卖破烂，还能发啥大财！我随便损了她两句，她就哭哭啼啼。她眼泪咋恁便宜呢？

你不是还没招聘员工吗？你那能叫随便损两句吗？又是傻子又是白痴的，也就是老艾，换成我，大巴掌早扇过去了。我抬起胳膊朝着空气猛烈扇了两下，正手一下反手一下。他肩膀抖了抖，方向盘一歪，车差点撞上高速护栏。舅啊，我满肚子苦水，只是没处倒，你哪天有空了，我陪你喝两盅？他笑着瞥我两眼，你们学校离我家太远，不然让我女朋友天天给你炖牛肉、蒸海鲜。

我忙得很。我不爱吃海鲜。

忙啥啊？你快五十岁了吧舅？咋想起辞职来进修了？还学的编剧。编剧是啥玩意儿？编瞎话？编一集瞎话多少钱？啥？一线编剧每集三十万？啧啧，五十集就是一千五百万，扣税还剩下……一千二百万。靠！他踩了踩刹车，望着我说，这买卖不赖啊！比卖手机膜利润大。

好好开你的车，蜜蜜。

叫我叶密，舅，叫我叶密。

他并没有生气，不过他努力显出生气的模样。他一生气，特别像《海

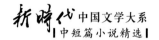

绵宝宝》里的章鱼哥。这孩子从小就长得老，不过，嫩丝瓜和老丝瓜还是有区别的。他的眼角也有皱纹了。他眨眼的频率也比以前更频繁了。

即便是私下场合，他也不愿意我们管他叫蜜蜜了。

2

蜜蜜叫叶蜜蜜。蜜蜜是老艾和老叶的儿子。老艾是我老姑的大闺女。老艾生了龙凤胎，大的是女孩，叫叶甜甜，小的是男孩，叫叶蜜蜜。叶甜甜很皮，十岁那年偷着去河里洗澡，淹死了。那段日子，老艾差点把眼哭瞎了。老叶呢，患了恐水症，从河边走哆嗦，看到水缸哆嗦，喝口水也哆嗦，当然水不能不喝，不过后来他再也不洗澡了。冬天还好，夏天老叶穿行在村庄的葬礼或婚礼上，犹如随身携带着简易垃圾箱，都是老艾趁他睡着了，偷偷地给他擦胳膊擦屁股。叶蜜蜜当时倒没什么，闷了几天，该吃吃该喝喝，照样鼓捣他的收音机。

他打小就喜欢收音机，一开始听中央台的小喇叭，后来听单田芳的《白眉大侠》，再后来就拆了收音机，将零件卸得七零八落，关键是卸了他还能装起来。我们当时都对这个长得比水芹还细的男孩抱了无限的幻想，他让我们想起历史课本中的瓦特，想起爱迪生，我们都以为我们的后辈中总算要出个人物了，即便不能是爱迪生那样的大人物，好歹也能到大型国有企业里当名工程师。可蜜蜜长大后只考上了普通本科，学的机电，却天天打篮球，要不就抱着吉他唱民谣，还组了支乐队，乐队的名字叫"夏天的云梯"。据说毕业前他们举办过一场校园演唱会。我从没见过他在舞台上的样子，按照他的说法，那至少是他人生的高光时刻之一。当他在空旷庞大的舞台上唱那首 Beyond 的《海阔天空》时，透过冒着烟味的烫过的棕色卷发，他看到黑暗中渺小的人们举着手机，一束束的光捅向夜空，犹如无数把《星球大战》里的激光剑，在无边的夜幕上写着激昂的情诗。当情诗两个字从他的厚嘴唇里哆嗦出来时，他的眼睛以暗夜闪电劈过旷野的速度眨了两眨。

毕业后他去北京混日子。我搞不懂为何这些孩子都喜欢到北京扎堆，哪怕住地下室吃咸菜，哪怕送快递送外卖。那时我还在县城里当公务员，跟他来往稀松。我向来对年轻人的热忱充满了怀疑。我似乎从来没有年轻过。按照蜜蜜的说法，他在北京饭店的后厨切过菜，能将土豆丝切得比银线还细，要不是老被一名住房部的胖阿姨骚扰，没准早混成凉拼了。那可是北京饭店啊！他眯着眼说。可据我所知，那是家很老旧的饭店了，除了离王府井和天安门近些，菜还没有胡同里的苍蝇馆好吃。

据他说，还在后海的阁楼酒吧里当过驻唱，一小时七十八块，唱到后半夜他感觉嗓子都冒烟了，如果不是不想跟那个专唱法语情歌、长得貌似刚果黑猩猩的海拉尔姑娘纠缠，他极有可能也会在后海开酒吧，专门卖浏阳河威士忌和驻马店生产的传教士啤酒，"一瓶进价五十块的洋酒卖一千五！"总之，当他叙述起那些年的北漂日子时，眨眼的次数比平时缓慢了些许，仿佛沉淀的、灰颓的时光给他的眼皮打了针镇静剂。

他还在海淀新中关大厦前，也就是十号线海淀黄庄 B 出口的空地上卖过唱。在我印象里，那里基本上都是抱着孩子卖假发票的、手工擦鞋的、贴廉价手机膜的，还有就是衣冠楚楚神态自若的小偷。可蜜蜜说，那里是高校区，谈笑有鸿儒往来无白丁，他都唱英文歌，他的英语发音就像是平翘舌不分的南方人说普通话，不过他照样吸引了很多音乐爱好者。"美妙的嗓音是爱的通行证"，那时候微信流行，他跟他的粉丝建了个群，群有个风骚甜美的名字，叫"蜜汁源"。"蜜汁源"群顶峰时期人数曾达到二百零三人。他不定期在群里发布演唱的时间和地点，以及他PS了无数遍的照片，照片里的他总是戴副黑色墨镜，头顶上是墨西哥宽檐草帽，吉他扛在肩膀上，总之看起来像位悒郁的盲诗人。而他的那些歌迷，即便是下大雪，也会撑着伞将他围圈起来，默默地听他唱贾斯汀、山羊皮或枪炮与玫瑰的老歌。多年后那个群依然没有解散，不过没有人在里面讲话。按照蜜蜜的说法，那仿佛是块肃静的墓地，既然是墓地，当然不需要聒噪的赞美诗，也不需要早已死亡的上帝。

你知道吗舅？蜜蜜有次说，我过得苦哇，你想都不敢想！为了省房租，我在地下室跟对情侣合租，一间房，十平方米，还是张双人床。两男一女挤一张床，幸福吧？我们在墙上钉了根铁丝，睡觉时就把布帘拉上。布帘上有四个戴红头套穿蓝色紧身裤的蜘蛛侠，他们分别朝上下左右四个方向爬，灯熄灭了，还在不知疲倦地爬。要是他们吐的蜘蛛丝能堵住我耳朵就好了。为啥不买耳塞？难道买了耳塞就感觉不到床铺像海啸时的波浪那样咆哮吗？妈的，那个推销假药的重庆小子又黑又瘦又矬，咋就那么能折腾！……舅啊，我就是那时患上失眠症的。

舅啊，你知道失眠有多难受吗？

眼睁睁看着天黑下来，眼睁睁看着天亮起来。

他可能不知道，我也有失眠症，只不过，比他初到北京的日子幸运些，我有张属于自己的弹簧单人床。那张床也老了，哪怕是打了个喷嚏，也要等着楼下投诉。我辞了公职，跑到这个在儿歌里咏唱过的地方，住在一所比麻雀肠子还细的学校里，念狗屁编剧班，在我那些亲戚们看来，也许比蜜蜜强不了多少。用老艾的话来讲，就是人要死活不肯过好日子，连菩萨也劝不住。不过你一个人，在哪里都一样，怎么欢喜了怎么来吧。老叶安慰我说，实在混不下去，就找蜜蜜。放心，蜜蜜哪怕只有半碗饭，也不会

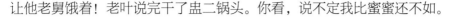

让他老舅饿着！老叶说完干了盅二锅头。你看，说不定我比蜜蜜还不如。

我那时才晓得蜜蜜在北京过得不错。初到北京时，他约我在国贸地下餐厅吃贵州跑山鸡。我等了很久，才看到他晃着比火鸡还长的脖子进来。他套件黑色敞领翻毛飞行员夹克，夹克有些短，这显得他的腿跟鹭鸶似的，他脖子上拴着条粗金链，看成色即便在澡堂子里泡澡也飘不起来，脚上呢，是双没脚踝的油亮皮靴。总之他把自己打扮得像东北那片的直播歌手。他快速眨着眼，大声呼喊着我的名字，犹如欧洲人见面般热烈地拥抱着我，又长辈似的拍拍我的肩膀，说，胖了，胖了。他跷着腿点了跑山鸡，点了糟辣脆皮鱼，点了稻草烧鲫鱼，还点了锅苗寨酸汤鱼。他不停地给我夹菜，盯着我囫囵着吞咽。当我不停打着饱嗝时，他眨着眼角说，舅啊，我带你到房子里看看。

你在北京买房了？我惊讶地盯着他，在哪里买的？哎，三环内的房价比纽约都贵，我在通州买的，不大，一百八十平方米，够我住了。

他似乎在期待着我继续问点别的。我没问。至于他怎么赚的钱，我也没问。他有些失望地扫我两眼，舅啊，你胃口真好，要不我再给你盛碗鸡汤？

当我跟他到地下停车场时，才发现他是骑摩托车来的。那是辆黑色宝马摩托，看上去手扶拖拉机那么庞大，当他干瘪的屁股骑上座位时，仿佛一枚五十毫米的麻花钉钉到了铝合窗上，从车玻璃挡板看过去，他只露个扁蚂蚱似的狭长脑袋。我很严肃地劝他晚上最好别骑摩托出行。他问为啥，我说，路人远远瞅着一根细丝瓜架车把上，没上身，也没下身，会吓死的。他愣愣地看着我，半晌才说，舅啊，你幽默起来挺瘆人的。我说，让你意外的事多着呢。他拍了拍后座说，上来吧，带你兜兜风。你们这些老人家，肯定没体验过心率一百五的感觉。

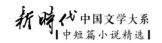

那天我确实体验到了心率一百五的感觉。不仅如此，还体验到了什么是心率过缓。当他将房间墙壁上的储物柜挨个打开时，我看到了整齐如键盘的白色方格，每个格子里都有双鞋，像是每个佛龛里都供着尊佛像。鞋是新鞋，只不过搁置的时间长了，难免鞋面上落着灰尘。我从小就喜欢这个牌子，现在总算把一九九六年到二〇一六年所有款式所有颜色的纪念版收齐了，他摸着下巴上的两根胡子问，咋样？我问，你要开网店吗？他"喊"了声，那些收集老照片收集黑胶唱片的，是为了卖钱？那叫精神享受。我不禁瞅了瞅他的脚。他小时候都穿布鞋，会干农活了，鞋的款式才多起来：玉米地施肥时穿老叶攒的部队绿胶鞋；稻田里间稗草时穿两块五一双从集市买的塑料拖鞋；雨后扶被风吹倒的高粱时穿过膝的黑雨靴。高三时我给他买过双"双星牌"球鞋，他穿了整整半年，腊七腊八脚都冻皲裂还不舍得脱。

过几天我妈就来了，给我和员工们做饭。他将储物柜的门一扇一扇小心关紧，我才察觉柜角都贴着标签，标签上写着年份、尺码与产地，印度尼西亚、越南、土耳其、罗马尼亚、菲律宾……手写的，字侉大侉大的。这么多年了，这孩子的字还那么丑，但写得很认真，丑得非常一致。

据说，老艾第一次去蜜蜜那里颇费了番周折。她先从周庄村头坐短途汽车到县城，从县城坐长途汽车到市里的东站，再从东站坐2路公交到火车西站，然后坐一个半小时的高铁抵达北京南。她不会坐地铁，蜜蜜叮嘱她直接打车，到蜜蜜的公寓花了一百三十多块钱。老艾可能没想到出租费那么贵，她面色通红地说，咱们县城的赵四烧鸡才四十二块钱一只，这……三只烧鸡就没了？蜜蜜知道她对烧鸡情有独钟，知道赵四烧鸡对她而言不啻是另外一种货币，他对老艾抱怨似的疑问并未介意，他穿着条纹睡衣睡裤趿拉着拖鞋悠闲地领着老艾参观完自己的卧室和办公室，又领着老艾参观未来员工们的办公室、卫生间、厨房和储物间。当然，他的员工们都还在某个不知名的地方等待着他的呼唤，此时连一个人影也没有。

那天阳光不错，老艾走在一间又一间明亮的房间里，房间里飞舞着宁静的灰尘，窗台上摆放着盛开的紫色满天星，这一切让她的眼眶渐渐潮湿起来。她不停地嘟嘟囔囔，至于嘟囔了什么蜜蜜半句都没听清。后来老艾扶着门把手问，我住在哪里呢？蜜蜜一愣，他竟把最重要的事情忘记了，可他毕竟从小拆过二十多台收音机，他说，妈啊，你住我卧室，我住办公室。老艾说，那王如云来了怎么办？蜜蜜咧嘴盯着老艾说，妈呀，我现在是单身狗。老艾笑着问，咋，为了养狗不要女朋友了？蜜蜜说，妈呀，王如云被我踹了。我俩分了。

老艾瞪着蜜蜜，不晓得说什么才好。后来老艾跟我叨叨，她觉得特别对不起王如云。王如云是北京延庆的姑娘，以前跟蜜蜜是同事。王如云脸大眼大，身坯大，手脚也大，老艾第一眼就看上了，觉得这姑娘干活肯定是把好手。那年春节王如云在老艾家住了三天，头天晚上烧的土炕，有些倒烟，老艾听到王如云咳嗽了半宿，晨起时眼睛比巨型安哥拉兔还红，心里不落忍，从兜里踅摸半天，好歹掏出二百六十块钱，让王如云和蜜蜜晚上去镇上住旅馆。王如云说，阿姨，我没您想得那么娇嫩。于是老艾当天让村里的铁匠和水暖工安装了两组暖气，又从她妯娌那里背过来半袋大同煤块。刷碗也不用老艾，王如云那蒲扇大手三两下就将碗底的油渍蹭得干干净净，连丝瓜瓤都省了。没事了也不多言不多语，坐在炕沿上嗑瓜子看各地方台的春节联欢晚会。人家可是北京姑娘呢，老艾跟我说，半点架子没有，听说听道。王如云还为蜜蜜堕过胎。本来老艾老叶想那年将婚事办了，可蜜蜜死活不同意。你个王八羔子！有啥洋气的！

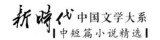

人家是北京户口，家里有房有车，你咋就不开窍！老艾骂了一上午，骂也就骂了，蜜蜜只是坐椅子上用手机打游戏。他打游戏时，眼就眨得慢。老艾喜欢蜜蜜打游戏。

如今竟然不要王如云了，老艾觉得无论如何都说不过去。翌日天还没亮，老艾就从床上爬起来，蹑手蹑脚去厨房给蜜蜜做早餐。蜜蜜最爱吃煎柴鸡蛋，八成熟，上面涂层老艾春天做的酸豆酱，再涂层蒜蓉汁。做完早餐老艾去洗漱，才发现唇角生了排细密的水疱。据老艾说，她想了两天，才鼓足勇气给我打电话。在她看来，亲戚中只有我混过仕途，当过股长，发展过党员，做过思想工作。我是出面劝慰蜜蜜最合适的人选。我对老艾说，年轻人的事我们不要管，管也白管。你当初要死要活，偏要嫁给老叶，我姑父用皮带抽你，我姑戴着顶针掐你，你不照样没松口？恋爱中的男女，做烈士的心都有，分了手的男女，做杀手的心都有。

老艾就不说话了。可能老艾没想到我会把话说这么绝对。她的沉默让我有点儿心疼。我说，哪天我去蜜蜜那儿看看你吧，咱姐弟俩喝点儿小酒，我这里还有瓶陈年茅台。老艾这才结结巴巴地说，弟啊，我忌酒了，糖尿病，血糖九点多。我劝她注意饮食，水果少吃，含糖的饮料也别喝了，胰岛素该打就打，别舍不得。她心不在焉地嗯嗯啊啊。后来才知道她嫌每年二百块钱的农村合作医疗费太贵，根本就没交。

我记得以前老艾有事没事就喝红糖水，一茶缸一茶缸地喝，咕咚咕咚地喝，像是三伏天里饥渴的骡子。

3

虽说要去看老艾，可一次都没去成。初春我搬了次家。以前我住在学校南区宿舍，后来房子被收回，将我安置到北区的一栋筒子楼。那栋楼大概也有三十多年了，屋内没有厕所也没有洗漱间，晨起要排队方便洗漱。我的新室友是山东人，青岛四方区的，学的中国古代美术史。他长得也特别像古画里的人，细眉细眼，溜肩长臂，住了几天，发现他颇有雅士风范，是个难得的慢性子。

他的慢反映在方方面面，比如起床，他先要抱着那个长约一米的棕色维尼小熊抱枕苏醒十分钟，然后才磨磨蹭蹭穿衣服，下床后他会茫然地盯着书桌，一盯就是半天，不晓得是在整理日间的行程还是在回味昨晚的梦境。当我吃完早餐回来，他开始洗脸。洗脸要用洗面奶，他会耐心地用掌心来来回回地蹭着鼻头、下颌、双腮、额头和尖耳朵，他把脸洗完了，我在图书馆都看了半个小时的书了。等他洗完脸如完厕，会从衣柜里挑选衣服，如果觉得裤子和上衣不搭配，他就会陷入选择困难症。这倒没什么，主要是当他发现换掉的那条裤子上有块栗子大的油点时，他会想到洗衣服。等把衣服泡好，发现洗衣粉也没有了，于是，他穿着拖鞋去学校南区的日用品商店买洗衣粉。

而他人缘那么好，在去商店的路上，会遇到读本科时就认识的打扫卫生的大爷（这个大爷被解雇过，然后又被聘用）、食堂卖北京炸酱面和河南烩面的大姨（他加了她的微信，据他判断，大姨的丈夫应该在人民大会堂当保安）、刚从芝加哥交换回国的师弟（师弟的一位美女同乡在民族大学读硕士，长得很像吴若萱）以及篮球场认识的经管系球友……当然这样也挺好的，只不过他的时间总是不够用，而且有时时间难免发生错位，比如他最近一件麻烦的事情就是，记错了雅思考试的时间。他以为是十四号，结果是四号，当十天后发现这个事实时，他多少有些懊恼，报雅思的两千块钱白交了。为了安慰自己，他只好重新报了名。为了庆祝重新报名成功，他决定和女友去泰国旅行。

我给他起了个绰号，叫蜗牛，不过思来想去这个称呼也不是很合适。再说了，一个无聊的中年人给二十多岁的小伙子起绰号，显得有些为老不尊。不管怎样，自从跟蜗牛同居一室后，我发现自己原来是电影中的闪电侠，这让我挺骄傲的，无论上课还是在图书馆自修，都有种偷盗了他人时间的喜悦。那套十二册的《维特根斯坦全集》我早就不读了，我觉得没有必要再折磨自己，不能因为读哲学书再去研究概率和线性代数，再说即便将概率和线性代数学透彻了，也不一定能把维特根斯坦的话弄懂。我倒是对他的身世很感兴趣，他的父亲卡尔·维特根斯坦是奥地利钢铁工业巨头，母亲莱奥波迪内是哈耶克外祖父的姑表妹。1903年，维特根斯坦前往林茨的一所技校学习，同学里有个人叫阿道夫·希特勒。维特根斯坦跟蜜蜜一样，从小爱好机械与技术，十岁时就制作过一台简单实用的缝纫机。

当蜜蜜在学校里组建乐队吟唱着风花雪月时，十九岁的维特根斯坦已经到曼彻斯特维多利亚大学攻读航空工程空气动力学学位。据说为了彻底搞清螺旋桨的原理，同时出于对数学基础的兴趣，维特根斯坦阅读了弗雷格的《算术基础》……然后，他去拜访弗雷格，并且听从了弗雷格的建议，又去拜访了罗素，剩下的事情我们大概都知道，罗素是如何赞美他的："他对哲学具有比我更多的激情；他的是雪崩，相形之下的我似乎只是雪球。""一战"期间，维特根斯坦在战场上完成了《逻辑哲学论》初稿。他认为所谓的哲学问题已被解决，了无生趣，就去小学教书。这是个一直处于"主动性"的人，在这点上，他跟我有点儿八字不合，总是超出我的思维边界。

这样我放弃了维特根斯坦，开始读威廉·福克纳。有时我将那本让人头疼的《押沙龙！押沙龙！》扣在桌面上，呆呆望着窗外。窗外是那种北方常见的白杨树。青白色的皮，盘旋着上升的树瘤和笔直的枝条让叶子的响声显得格外透亮，我常常以为外面在下雨，而当我将目光投向窗外，只不过是春风拂过，那些绿油油散发着清苦味道的叶片哗啦哗啦地响着，同时泛着白亮耀眼的光芒。

我当初来这里，只是不知道我还能干点儿什么。我对写剧本一无所知，兴趣也不大，上这个学凭的是在单位写材料的一点基础。不过我知道，这是个赚钱的行当，当然，也是个杀人的行当。要想老老实实写出来，大概相当于让老叶去当省长或书记。后来我不再追查所谓的"意义"了，人没死，总要干点儿事，无论这事喜不喜欢。世界的意义必定在世界之外。这样，我如往日那样听课、蹭课、翘课或者逃课，那天我正在听国学院的老头讲八卦乾坤，蜜蜜来电话了。他说他要住院了，能不能陪几天床。我问老艾和老叶呢，他支支吾吾地说，他们都在老家。我问王如云呢，蜜蜜说，舅啊，如今她是猫，我是老鼠。

当我见到蜜蜜时，他裹件猩红色运动服躺在雪白的病床上，仿若才端出烤箱的南美对虾。蜜蜜换了半月板，那块他从来没有在乎过的骨头变成了块金属。幸亏他还没有从公司正式离职，住院的费用公司给报销。我妈不管我了。蜜蜜哭丧着脸说，我妈跟王如云见了面。她俩去吃了顿卤煮，还每人喝了两瓶小二锅头。我说老艾不是忌酒了吗？蜜蜜说，架不住王如云哭啊。王如云啥话也不说，灌口酒，哭一阵。哭一阵，灌口酒。我妈就劝，劝了半天屁事也不顶。你也知道我妈心眼比海绵还软，最见不得别人伤心。她就陪着王如云喝呗，开始用酒杯，后来就吹酒瓶。俩人都喝高了，王如云抱着我妈哭，我妈也哭。你知道我妈哭起来，声音比土狼叫还瘆人，把服务员吓坏了。劝也劝不住，老板娘就来劝，还是劝不住，老板就来了。老板看见桌上的两屉包子吃光了，炒肝也吃干净了，就劝她俩回家。王如云哼唧哼唧还是哭，老板就报了警。我就把我妈领回来了。我妈骂我狼心狗肺，我骂她软柿子。她一生气就跑回老家了。舍不得打出租，还跟我问去火车站咋坐地铁。我这膝盖坏了，要动手术，前几天给她打电话，她说田里活多，忙不过来，自己不来还不让我爸来。啥鸡巴玩意儿！

我说你这就叫报应，明知道膝盖有旧伤，还偏去打篮球，明知道你妈心软，还偏让她去会王如云。你要是再骂你妈，我也不管你了，屎尿都拉在病床上也不管。蜜蜜不吭声了，别过头去。他旁边的病床上是个女孩，竖着耳朵听我们讲话。我看到蜜蜜的眼眨得像蜻蜓振翅膀。

蜜蜜还没出院，老叶先从云落过来了。他不光自己过来，还带了三罐酸酱、五棵发臭的酸菜、十斤剥好了的花生米和十五个刮了毛的猪蹄。反正他把蜜蜜的冰箱保鲜层都塞满了。他当兵时任过伙食班的班长，擅长挥舞着铁锹炒大锅菜，其实呢，他炒的小灶更香，尤其是炖肘子和熘肝尖。肘子火候大了容易炖烂炖飞，熘肝尖火候小了容易熘嫩浸血。老叶平时不下厨，只过年过节才系上围裙露两手。这两手也就够了，肘子才端上桌就被客人抢光了，他们通常给他剩两片散发着油光和蒜香的猪肝。老叶年轻时见过来自五湖四海的人，人到中年时跑过乌鲁木齐和银川的大货车，走到哪里都不发怵。他下了火车后没有打出租，而是买了张北京市交通地图，从衣兜里掏出那支笔尖快磨秃了的永生牌钢笔，戴着花镜勾勒了一条地铁路线。他事先准备了一元硬币，顺利地买了票，然后背着那个沉甸甸的尿素袋上了地铁。当他推开病房的门站在蜜蜜跟我面前时，我们都惊呆了。那年北京的春天老下雨，细细的，密密的，这让老叶仿佛是个走夜路掉进河里的旅人，眉角、发梢和脸庞湿漉漉，衣角和裤脚滴答着水。你个臭小子，该好了吧？他笑嘻嘻地盯着蜜蜜说，你老寻思自己是美国梦之队的队员，其实呢——他掏出三块钱一盒的三塔牌香烟在鼻孔下嗅了嗅，打了个喷嚏，说，其实不过是咱们村篮球队的水平，还是替补的。

老叶陪蜜蜜住了半个月，老艾才来。老艾拉着张老脸，唇角弯垂，行动迟缓。我妈像不像慈禧太后？蜜蜜挤咕着眼说，她寻思自个儿掌管六宫呢！瞧她那件毛衣，穿了三十年，绒球都磨秃了，还不下架，我从 SKP 给她买了件 Burberry 豹纹真丝女式上衣，她竟然说比家里炕上的那条床单还丑，我真服了她！蜜蜜嘴不闲着，眼也不闲着，他盯着老艾拿块用内裤裁剪的抹布擦了他的办公室，擦了他的卧室，擦了他未来员工的办公室和厨房，又去擦马桶。你就不能闲会儿？鬼似的飘来飘去，我头都被你晃晕了。老艾溜他眼，将抹布用热水烫，用洗衣粉搓，然后搬了家用折叠梯擦客厅的灯管。老叶！我听到老艾恶狠狠地喊道，没眼力见儿，快来帮我扶着！老叶就将手里那只刚褪完毛的白条鸡扔水池里，小跑着过来，一只手扶着梯子，一只手攥住老艾比斑马还细的小腿。手洗了没？老艾皱着眉头嚷，你把我裤脚都攥湿了。老叶慢条斯理地说，没洗，我刚把鸡粪掏出来。老艾站在梯子上俯瞰着我们，犹如圣母在云端俯瞰着受难的众生。我听到她冷冷地说，他们爷俩的心啊，真是比老鸹都黑。然后，她的目光热切地打在我身上。

我就点点头。老艾发牢骚的时候，我就点点头。

4

那年春天，我的蜗牛室友真的跟他女朋友去泰国旅行了。他们去了一个礼拜。等蜗牛爬回来，黑亮黑亮的，动作似乎更迟缓。他打开那个睡袋似的长条行李包，一件一件往外掏衣物，等把衣物叠好，都夜里十二点了。要帮忙吗？他笑笑说，不用大哥，我自己来。他似乎很介意别人碰他的东西，哪怕只是双鞋帮被海水浸泡过的鞋子。我的手机掉海里了，哎，他用纸巾将鞋面擦干净，打了鞋油，用刷子来来回回地蹭，我想他至少蹭了有六百下。等那双鞋子亮得刺人眼时，他哎呀了声，我的那双凉拖丢在芭堤雅的宾馆里了……哦，除了凉拖，还有我给你买的泰丝领带，从普吉岛买的呢。他说话时眼睛无辜地盯着我，仿佛是我弄丢了领带。出于礼貌，我随口问了句他们在泰国的行程，他就絮絮叨叨地说起来，他的语速比平常人的语速要慢一半，等我睡着时他还在慢慢腾腾地述说着他们在芭堤雅碰到的不靠谱的导游。我迷迷糊糊地想，他能安全地活到这么大，真是不容易。以后过十字路口的时候，千万记得拽他一把。

那天蜜蜜说要带着老艾和老叶来学校看我。我说太远了，比从北京到老家的时间还要长。蜜蜜说，不是我要看你，是老艾和老叶，其实也不是老叶，主要是老艾。她老不放心你，怕你老了，再学坏了。我说那就来吧，我请你们吃潮汕牛肉火锅。蜜蜜嘿嘿笑着说，你没给我找个舅妈吗？我说你再贫嘴，就用锤子把你另外那条腿的半月板也敲碎。

他们还是让我吃了一惊，来的不光是老艾全家，还有王如云。蜜蜜什么也没说，王如云倒是很客气，舅舅舅舅地喊着，仿佛喊了几十年。老艾的那张圆脸时不时挤出丝微笑，然后时不时地瞥蜜蜜两眼。我就知道了，王如云肯定是老艾带过来的。老叶身上的味道没那么浓重了，看来老艾在他睡着时替他擦了身。

为了以示隆重，我叫了蜗牛和另外两位同学，那两位要去北大听讲座，这样，只有我们六人围绕着那张十人台的转桌稀稀拉拉坐好，等着锅里的水滚开。老艾似乎对蜗牛印象不错，问他是哪里人，多大，父母做啥工作的，读的啥专业，以后是留在北京还是回老家。蜗牛都郑重地一一作答。他标准的普通话和低音炮般的男中音让老艾更是喜欢了，又问他有没有女朋友，女朋友是干啥的，父母是干啥的。蜗牛还没应答，蜜蜜说，妈，你要做媒啊？老艾说，这么好的小伙子，能当回媒人也是福气。蜜蜜说，人家是研究生，将来留北京的，你还要给人家介绍个咱们村的姑娘吗？老艾愣了愣，羞涩地说，哎，咱们村里的姑娘，怎配得上他呢？蜗牛这才说自己有女朋友，也在读硕士。老艾就略显惋惜地盯着蜗牛说，哎，要是甜甜还活着……一提到甜甜，老叶就哆嗦起来，我赶紧给老艾递了个眼色，老艾小女孩般垂着头，看着滚烫的锅底里冒出的红辣椒发呆。

那顿饭吃得很慢。话题大都围着蜜蜜马上要开张的公司展开。蜜蜜说公司在工商局办了营业执照，税务登记过段时间再办理。员工也不用多，四五个人就能忙过来，要是老艾和老叶添把手，效率就更高了。我才知道他的公司主要业务是加工手机膜和各种零部件，听他的意思，在原来的公司跑销售时，他已经打通了各种关系，销路是不愁的。按照他的口风，公司每年赚个三四百万是小意思。王如云自始至终没怎么讲话，只是低头吃肉。她胃口很好。她长了双蒲扇大手是有道理的。等酒足饭饱，蜗牛才说，呀，我女朋友发信息了，在学校等我呢。我瞅了眼，那姑娘是半个小时前联系的他。姑娘有个很好听的名字，叫阿杰莉娜。

蜜蜜他们打车回通州，我跟蜗牛回宿舍。宿舍门口的树下站着个女孩，穿着件粉红色连帽衣，背对着我们，无疑就是他的女朋友了。这所学校有规定，女生不准进男生宿舍楼。尤其是我们这栋的宿管大妈，都是朝阳区的，眼睛自然更毒辣。其中有个姓杨的，天天拉着张寡妇脸坐在门

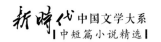
厅里，盯贼般盯着往来的学生，即便苍蝇飞进来，也要逮住辨清公母，母的绝对就地正法。蜗牛只能跟他女朋友在树下说话了。幸亏那棵树不仅枝繁叶茂而且粗壮雄阔，树龄两百年也有了，远远望去只能看到黝黑树皮，看不到树后的人。

等我再接到老艾电话时，已经是暮春了。我知道蜜蜜的公司开张了，作为一家手工作坊式的公司，蜜蜜雇用了五名职工，当然，这五名职工里包括老艾和老叶。老艾和老叶是厨师、保姆、保洁员、搬运工、装货员和邮寄员。老艾说，她要被蜜蜜气死了，人家王如云常常来公司打下手，蜜蜜连个好脸也不给。更让她恼怒的是，他把那辆宝马摩托车卖了。为啥卖？蜜蜜有天骑着摩托车去打篮球——我不让他去他就不去吗？向来都是我说往东他偏往西！在国贸跟辆奥迪撞上了！奥迪车主边开车边打电话，就对到摩托车屁股。幸亏蜜蜜命大，从摩托车上摔下来，只磕破了脸皮。车主大概是个角色，横得很，连句好话也没有，只是说他入了保险，让保险的人来处理。你还不知道蜜蜜那脾性？当时就爆炸了，跟人家吵起来，不光吵起来，还动了手，把人家的门牙打掉了一颗。哎，反正到最后，蜜蜜鬼迷心窍，非要把那辆破相的摩托车卖给那个撞他的人。那人死活不买，蜜蜜就天天打电话，又去公司堵人家。人家被缠得没办法，答应出二十万。

我有点儿发蒙。我记得蜜蜜说过那辆摩托车花了四十多万买的，这才骑了不到半年，就半价处理了？我说话就跟放屁一样，老艾咬着牙，蜜蜜那王八羔子，非说一看到摩托就烦，眼不见为净，贱卖就贱卖吧。他那点儿花花肠子我还不知道？这不，前几天他买了辆轿车，难看得很。膝盖没好全，还老开车去体育馆打篮球。你当舅舅的可要好好管教管教！他公司刚开张，哪里有闲心玩？膝盖上还镶着块钢板，再作下去，钢板

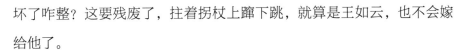

坏了咋整？这要残废了，拄着拐杖上蹿下跳，就算是王如云，也不会嫁给他了。

好吧，为了让老艾放心，我不得不约谈蜜蜜。蜜蜜说，舅啊，我正在打篮球！你忙啥呢？要不过来一块儿打？我才到体育馆！我记得你以前是单位篮球队的。我说好，七八年没摸过篮球了，可蹦起来还能摸到篮筐。蜜蜜说，舅啊，你就别吹牛逼了，是骡子是马牵出来遛遛。

为了教训下蜜蜜，我特意带了个帮手。这帮手不是别人，正是蜗牛。蜗牛别看性子慢，打篮球却是把好手。基本功扎实，花活玩得好，手指转球左右手背衔接揉球，动作既唬人又迷人。我们到那里时他们正在打半场。在旁边观察了会儿，发现他们装备虽然齐全，却全是半破子手。蜜蜜见到我跟蜗牛有点儿意外，他可能没想到我们真的会来。他殷勤地向他的球友们介绍我们。他的介绍有点儿夸大其词，不过很是让蜗牛受用。他说我是国内著名的编剧，像《千秋引》啊《丈母娘会武术》啊《太监也疯狂》啊这些收视率超百分之一的巨作都是我写的。说实话，这些电视剧的名字我都没听说过。他又介绍蜗牛，说蜗牛不但是研究唐伯虎的专家，还是唐伯虎的第八代传人，毕业后就到故宫博物院当研究员了。那些球友对我们似乎很感兴趣，又是递烟又是递水。我们也没说啥。能说啥呢。

打完篮球已经傍晚，几个球友纷纷收拾行李。蜜蜜挥挥胳膊说，今晚我做东，吃日料，都别回家了。那些球友都赞成，看来对我和蜗牛的球技还比较满意，愿意我们俩掺和在他们当中。我们一起去停车场。蜗牛偷偷问我，蜜蜜的朋友都是啥人啊？最便宜的那辆车，也要一百多万。

那家日料店在三元桥附近，东拐西拐的，上了楼才发现是家私人会所。男女服务员穿着和服在门口鞠躬相迎。屋里只有两张檀木桌子，中间用影壁隔开，再里面是个 KTV 包间。老板是个日本人，长得像蓄了胡须的福山雅治，中国话说得比蜜蜜还溜。看样子他们熟得很，老板说今天上午才从北海道运来条蓝鳍金枪鱼，你们真是有口福。还有条寒鰤鱼，要是喜欢，一块儿做了。蜜蜜叼着香烟说，上！把最新鲜的都上一份！别忘了海胆我要……他还没说完，福山雅治抖了抖小胡子，笑眯眯地应道，两份。

那天晚上喝的清酒。清酒也许是世界上最难喝的酒了。尽管如此我们也都喝了不少。我跟蜗牛很少插话。我们只是听着他们讲。听着听着我似乎明白点什么。这些球友多是有钱人家里的孩子，听口风不是读过哈佛商学院的 MBA，就是在某某证券任职，其中有个孩子是山西人，他明显喝多了，耳根子比龙虾还红，他拍着蜜蜜的肩膀问，你爹那个矿卖了没？最近大形势不好，该出手就出手，我家老头卖了三个矿了，矿多累主啊。

蜜蜜说，我家还好，毕竟有个钢铁公司接着。说完他瞥了我一眼，说，我爹是个土财主，目光短浅，我撺掇他去海外投资，他又不肯，要是把马德里市政厅买下来，价钱不早就翻倍了嘛。球友哎了声，又跟他碰了杯酒，说，这些老古董迟早要被淘汰的。他们这代人啊，没知识，更没见识，只是走了狗屎运。

我夹了块金枪鱼慢慢地吃。我很替老叶开心。走了狗屎运的老叶从来都不知道自己开了家钢铁公司，还有座矿山呢。

蜜蜜明显喝大了，结账时钱包掉出来也丝毫没有察觉。我替他捡了起来，里面得有二十多张银行卡，还有张合影，黑白的，模糊不清。我辨认许久，才看清是蜜蜜和甜甜的合影。他们长得并不像，完全瞅不出是双胞胎。当我将钱包递给蜜蜜时，他嘻嘻地笑着说，舅啊，我可从来都想着我姐呢，我常常跟她唠嗑，她只听我说，却不搭腔，不过，我知道她想我，她还像小时候那么爱我，总是趁我睡着时偷偷亲我。她其实一直想着我们，对不？

我只好拍拍他的头。说实话，这么多年来，他在我印象中还是那个四五岁的男孩，抱在怀里犹如营养不良的猪仔。稍大些，他总是坐在过头屋的水泥地板上，戴着近视眼镜手持放大镜，研究收音机的电子管和线路，神态犹如一个研究病毒的老科学家。当我们从他身边蹑手蹑脚走过时，总会闻到刺鼻的、零件烧焦的煳味。我很难把这个记忆中的男孩跟眼前这根丝瓜重叠铆合。我只比他大十几岁，因为是他舅舅，却像隔了几个世纪那般遥远，他在我面前似乎永远也长不大了。每次看到他，我就想起切斯特菲尔德的那句话：青年人往往自视聪明，就像醉汉自觉清醒一样。这话简直就是针对蜜蜜说的，或者就是针对作为他舅舅的我说的。我也知道，这样想他有点儿不公平，但是习惯成自然了。

　　那晚我跟蜗牛先行告辞，蜜蜜的朋友们也喝多了，非要去 K 歌。让我意外的是，下楼时我仿佛晃到了王如云。她躲在一楼那扇庞大透明的旋转门旁侧抽烟。她来等蜜蜜吗？为何不一起吃晚餐？我愣了愣，抬起手跟她打招呼，可她装作没看见的样子迅速转过身去。她对面是双层立交桥，黑魆魆的，犹如蟒蛇的骨架，车辆萤火虫般慢吞吞地行驶，没有声息，而空气里是西府海棠花粉的颗粒。我留意到她的肩膀很宽，站在夜色中仿佛一个柔道运动员。她就那样背对着我，哆哆嗦嗦地抽烟。

5

　　老艾坐了一个多小时的地铁来找我时，樱花都快谢了。那天值班的是杨宿管，除非老艾去做变性手术，否则我就是管老艾叫亲妈，她肯定也不放老艾进楼。大厅玻璃门外有间狭窄的接待室，老艾看着来来往往的学生一句话都不肯说。不然咱俩去咖啡馆？老艾摇摇头，那玩意儿难喝得很，还不如红糖水。我说咖啡馆里也有汽水，你不是顶爱喝橘子汁吗？老艾似乎被说动了，可路过体育馆时，她指着参差不齐的台阶说，弟，我们在那里坐会儿吧。

这样，我跟老艾肩并肩坐在观礼台上看着足球场。场地上有帮孩子正在踢足球，他们嘹亮的呐喊声间或传来，让老艾时不时有些走神。她说，她还是同意蜜蜜跟王如云分手了。没错，王如云是个难得的好姑娘，可是……可是，我想抱孙子，蜜蜜也想以后要孩子。我问，王如云想丁克？老艾垂着眼睑说，王如云也稀罕孩子，是生不了。王如云跟蜜蜜好之前有个高中同学，俩人处了好些年对象。如云那时小，不懂事，也不知道爱惜自己，为他打过两次胎，后来跟了蜜蜜，又打过一次。医生警告过她，可她根本没往心里去。你说我跟老叶要是都死了，蜜蜜老了，头疼脑热连个端茶倒水的人都没有，我在阎王那里能省心吗？

咸吃萝卜淡操心，再说，日后哪里敢靠孩子养老？不都得掏钱住养老院？老艾撇撇嘴，打死我也不去养老院，丢不起那人。你小，你见得少，养老院可是地狱啊。根本没人管你，屋里比茅厕还臭，屎尿拉一裤裆也没人给你擦。我要老了，瘫了，蜜蜜不养我，我就吃把安眠药死了算了。好死总比赖活着强。

那王如云……还常去蜜蜜那里？去。这姑娘啊，一根筋。你说蜜蜜有啥好？长那么矽碜，钩虾似的，眼睛眨巴眨巴，看着就心烦。老艾叹口气说，除了手里有两块钱，会唱几首破歌，会打篮球，会啥？你说，他会啥？我是掐着半颗眼珠也瞧不上他。

一阵喊叫声传来，原来是甲方攻进一球，孩子们欢呼着搂抱在一起。老艾盯着那些孩子们说，蜜蜜要是能给我生几个孙子，再生几个孙女，该多好。我不禁笑了，你给蜜蜜找个蜂后算了，生两窝，还会采蜜，连

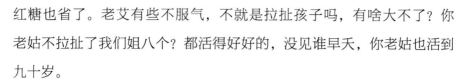

红糖也省了。老艾有些不服气，不就是拉扯孩子吗，有啥大不了？你老姑不拉扯了我们姐八个？都活得好好的，没见谁早夭，你老姑也活到九十岁。

我盯着老艾。老艾的脸开始有些僵硬，后来怎么就笑了。我恍惚想起了她少女时的模样。老艾那时在大队的小卖部当售货员，卖牛舌饼、香油馃子跟小黑枣。我放学时常从小卖部路过，老艾总是偷偷往我袄兜里塞两颗水果糖。那时，她笑起来比小黑枣还甜。她后来还在县城的国营饭店四部干过厨师，她叔伯大伯在那里当会计。据说老艾的手艺得到了烧鸡大师赵岩的真传，这个羞赧的姑娘熏制的烧鸡酥脆腻香，皮老肉嫩，成为四部招牌菜。要不是后来跟老叶结婚，老艾没准也成烧鸡大师了。据说县城最火的赵四烧鸡店，就是那位大师的后人开的。这么多年过去，这个卖过小黑枣、熏制过烧鸡的女人有双浑浊的三角眼，鼻子常年红润，每到春天就犯干燥性鼻炎，嘴巴不再微微上翘，两条泾渭分明的法令纹让她的唇角耷拉着，犹如哀伤的河流。她唯一没变的就是发型了。她一直留着小学课本里刘胡兰式的黑硬短发。不过，如今头发已经斑白了。

王如云这孩子是真不赖，厚道本分。老艾的声音甜得像砂糖橘，我把她当亲闺女，还认了干女儿。你们宿舍那个小唐，真的有女朋友了？

我这才明白老艾大老远地跑来，究竟是为了什么。我拉着她的手说，老艾啊，人家小唐打算去海德堡大学读博士，就算他没有女朋友，就算俩人对了眼，你想让王如云干等五年？她也老大不小了吧？如果我没有记错，也快三十的姑娘了。老艾似乎有些失望，不再说话，拖着虚肿的两腮盯着草地上跑来跑去的孩子们。她身上还穿着那件腈纶的蓝底白道的毛衣，绒球早就磨没了，薄薄的。她为啥不穿那件 Burberry 豹纹真丝女式上衣呢？

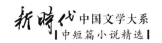
那天中午我请老艾吃了碗兰州拉面。当她端过那一大碗热气腾腾的免费面汤时，似乎嫌葱花和香菜有点少，伸手抓了一小撮。结果被正在捞面的师傅吼了嗓子，手干净不干净！瞎抓个啥！老艾的手哆嗦了下，葱花掉进瓷盆里，这时师傅放下手中的大碗，戴着塑料手套将掉进去的葱花抓出来，扔进身后的垃圾桶。老艾的嘴角抽搐着，说不出话。我说你别生气，跟这种人生气不值得。老艾说，我有啥生气的，我儿子在北京有房有车，他有吗？她声调很高，说完又故意瞥了那师傅两眼。师傅脸色如常，只是手里的面抻得更细了。

吃完面我执意将老艾送到地铁口。老艾说，我这个礼拜蒸酸菜猪肉发面包子，你跟小唐过来吃吧？

于是那个周末，我跟蜗牛去蜜蜜家吃包子。那晚除了我们和蜜蜜一家，除了王如云，还有个染黄头发的姑娘。姑娘坐在蜜蜜身边，王如云坐在老艾身边。老艾时不时将凳子挪一挪，离王如云远点。蜜蜜和那姑娘有说有笑，动不动还弹弹人家的脑门。姑娘说包子热，蜜蜜还夹到自己嘴边使劲地吹。姑娘也话多，讲着公司里女同事的情事，动不动就爽朗地笑半天，后来她站起来敬我酒，一口干了一大杯啤酒，看样子酒量比王如云还好。她说，舅舅，你还认得我吗？我姓邹。我说我脸盲症，有回跟我们局长走个对面也没敢打招呼，怕认错人。她似乎对我的回答甚是满意，说，蜜蜜住院，我在他旁边的病床，你忘了？我还给过你海南芒果，橄榄球那么大。我这才恍惚想起来，她就是那个蜜蜜老偷眼观瞧的邻床女孩。看样子她跟蜜蜜关系很熟络，反正比王如云跟蜜蜜亲近多了。

我拿眼去瞥老艾，老艾装作没看见，只是嘘乎着给蜗牛夹红烧排骨。王如云端起酒杯敬酒，老艾叹息着说，干闺女啊，妈的血糖又高了，这酒啊，不能沾了。王如云的酒杯端在空中，放也不是，喝也不是。这时蜗牛说，王姐我敬你。听说你也喜欢画画，有时间我们切磋切磋？王如云爽快地干掉，蜗牛又说，我们每个礼拜都有美学讲座，你要是感兴趣，你可以报名参团。王如云没吭声，盯着蜜蜜，蜜蜜盯着邹姑娘，邹姑娘盯着老艾。老艾说，一晃都该立夏了，虽说不该饮酒，可好日子不喝口，总觉得缺了点啥。老叶啊，你不是有瓶法国葡萄酒吗？赶紧让孩子们尝尝，别老让他们喝猫尿了。

老叶慢慢腾腾地说，遵旨，老佛爷。

6

整个夏天如此漫长。为了不至于饿死，我接了个活，去写关于扶贫的剧本。为了写剧本，跑到千里之外的祁连山住了半月。房东清晨都给我煮碗面，大概因为我是客人，酱油和盐多放了些，齁得我整天想喝水。村附近的山上盖了养鸭场，是精准扶贫对接项目，有二百个鸭棚，每个棚里都养了三百只鸭子。我很羡慕邻居那对夫妇，早起四点半就披着露水去鸭场。他们要不停地捡鸭蛋、投饲料、除鸭粪，一日三餐都在鸭场吃。晚上七点他们夫妇徒步回家，先经过两道种满了山药的山梁，再经过那条时常断流的河流，然后走过种满了板蓝根的农田，穿过开满了金盏花的荒地，才能到家。当他们看到我在树下乘凉喝啤酒，牵着的两只手慌忙散开，男的嘿嘿笑着问，又喝上啦？他们本地的方言跟他们的莜麦面一样粗糙劲道，如果不看他们的眉眼，你会误以为他们在寻衅吵架。说实话我很羡慕他们头顶星斗上工下工的日子，不由得想了一下我也娶个农村媳妇的情景。

从山里回来，正是北京最热的季节，干燥、烦闷，青蝉嘶叫，也没叫下一场雨,只有月季繁盛疯狂,开得洗脸盆那么大。我从地铁口钻出来,看着钻入地铁口的穿西装的年轻人,几乎透不过气来。这时老艾给我打电话,没声好气的。她说,弟啊,有空帮我倒把手。蜜蜜啊,哎,又住院了。

蜜蜜又换了块半月板。看着他躺在雪白的病床上,我丝毫不觉得意外。我坐在中央空调的风口听老艾不停唠叨,不听老人言吃亏在眼前,没痊愈还老打篮球老喝酒,东跑西颠,日作夜作,看你这下还嗨瑟不?蜜蜜只是躺着打手机游戏,即便是邹姑娘用勺子舀了西瓜喂他,他也懒得张嘴。邹姑娘板着脸说,你是割了舌头还是拔了牙?蜜蜜这才嬉笑着咧开大嘴,将冰镇西瓜吸进喉咙。老艾跟我偷着说,这姑娘啊,对蜜蜜真好,我只是不明白,她图蜜蜜啥呢?也是,据说邹姑娘是北京土著,从小就住在朝阳区太阳宫,读的编导,在电视台上班。看样子老艾对邹姑娘的家境也颇为了解,父母离了婚,她判给了母亲,继父呢,带了个儿子,年岁跟她差不离。邹姑娘的母亲在城乡超市当收银员,继父是街道办事处的会计。房子是她母亲的,七十平方米,顶楼,没电梯。不过,老艾说,小邹还没跟她妈说蜜蜜的事。据说她妈年轻时风光得很,是把刷子,她担心蜜蜜根本应付不了她的审查。没错,老艾用了审查两个字,仿佛蜜蜜是个犯罪嫌疑人。

我忍不住问,王如云呢?老艾说,哎,这闺女,很久没过来了。我倒是挺想她。她刷碗刷得可真干净呢。我盯着蜜蜜看,蜜蜜抬眼看一下,眼皮无辜地眨动着,继续打他的手机游戏。我只能在心里摇摇头。

蜜蜜出了院,也不过消停了个把月,仍瘸着腿去体育馆的篮球场。打不了球就在旁边帮人家看衣物、买水,同时负责吆喝鼓掌。买卖倒不怎么操心,老艾老叶跟仨员工忙得脚尖朝后,他也懒得搭把手,反正销路不愁,几个大客户的采购商都是多年交情,他手松,私下给的回扣比他们的年薪还厚。老艾说晚上装完货倒头就睡，都想不起来给老叶擦身。老叶只要从员工身边走过，人家就忙不迭捂鼻子，后来他们从早到晚都戴着口罩，有高级过滤功能双层保险的那种，连雾霾跟老叶的气味一块儿都过滤了。

而蜜蜜跟医院的缘分也不浅，出院没两个月，就又搬了进去。那天晚上我在操场慢跑，没带手机，跑完又端着脸盆沐浴液去澡堂排队，回到宿舍时蜗牛说，大哥，你手机都快被艾姐打爆了，赶紧回吧。等我打过去，先听到了老艾的哭声。我很多年没听过她的哭声了，她的哭声让我想起乡村葬礼时的农妇。她抽噎着说，蜜蜜出事了。我让她慢慢讲，她又号啕了好阵子，才说，王如云把蜜蜜的筋挑了。我一时没反应过来，老艾就喊，他舅啊！快来医院吧！来了就知道了！

等我赶到医院，蜜蜜正在手术室。老艾和老叶坐在外面的椅子上。老艾时不时扒住老叶肩膀号两声。老叶沉着脸说，没想到王如云看着老实，却如此心狠手辣。很久没露面的王如云中午说请蜜蜜吃火锅，蜜蜜就去了，去了就被王如云灌多了，等他醒过来时发现自己躺在如家宾馆。他想撒泡尿，迷迷糊糊喊着王如云的名字，没人应答，他想下床，却发现根本动弹不得，开了灯，床上几摊血，他去瞅自己的脚，发现脚踝血淋淋的。他倒是很镇定，打了120，打了前台电话，打了老艾电话，这才给王如云打。王如云的手机关机了……老艾擤了把鼻涕，说，这可咋整呢？膝盖没长好，筋又断了，这要真成了瘸子，还能娶到媳妇吗？老叶用块脏兮兮的手绢不停地擦她眼睛，又擦他自己的眼睛。

动完手术的蜜蜜很快就醒过来。醒过来的蜜蜜只是盯着天花板，听老艾骂王如云，然后老艾老叶跟我商量报警的事。我说这属于刑事案件，再观察观察蜜蜜的病况，明天一大早去宾馆所属地的派出所。老叶说，

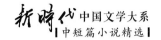

他跟如家那边也商量好了，房间还保持原样，那可是犯罪现场，宾馆视频里也有蜜蜜和王如云一起上楼的证据，总之，王如云这个歹毒的女人跑了和尚跑不了庙。老艾只是不停地骂着王如云，骂完王如云又骂自己引狼入室，老觉得她可怜，跟蜜蜜分手后还认了干闺女，没想到却是个杀人不眨眼的主儿。

我们正喊喊喳喳，蜜蜜猛地喊了嗓子，不能报警！

他刚动完手术，中气却十足。我们愣愣地盯着他。他胸腹起伏目光涣散，报警？报狗屁的警！谁敢报警我跟谁没完！躺两天，老子又能去打篮球了！妈的，我又没进火葬场，你们哭个屌！

我们面面相觑，后来我朝老艾老叶使个眼色，他们鸟悄着退出了病房。我倒了杯温水犹豫着递给他，他没接，头缓缓偏向一侧，并不看我。我说，你这是什么态度？受了伤，爹妈疼，你吼个啥劲？他不吭声，只是瞅着窗外。窗外是棵巨大的速生白杨，树叶肥大鲜绿，能听到蝉在嘶叫。这个炎热的夏天的傍晚，天还是那么亮，一大块一大块的光斑透过杨树的枝叶和明净的玻璃晃在他身上，我看到透明的液体从他的太阳穴顺着颧骨上的绒毛滴到枕头上，不晓得是汗，还是泪。舅啊，他压着嗓子说，我丁点儿都不疼，没事。我瞅了瞅他的双脚，被白色纱布裹得严严实实，他当时还从宾馆的床上摔下来，额头磕到桌角渍了血，也包扎起来，他躺在那里，看上去仿佛一位弥留之际的麻风病人。突然我听到扑哧一声乐，定睛一看，还真是他笑，只听他说，两讫，漂亮！

7

蜜蜜的膝盖和脚筋九月份才恢复得差不多，不过平时还是坐着轮椅。

体育场肯定去不成了，他就坐在轮椅里拍那只经常慢撒气的篮球。员工们嘴巴上戴着厚厚的口罩，耳朵里塞着从淘宝买的劣质耳塞，面色凝重地加工着手机膜，看上去犹如兵工厂快退休的老工人。老叶天天蹬着三轮车去超市买牛蹄筋、排骨、羊盖骨，用高压锅焖得烂熟，逼着蜜蜜上顿吃下顿吃，他说这叫吃啥补啥。我劝他不如多买点核桃、黑芝麻、鹌鹑蛋、猪脑啥的。老艾呢，不甘心，按照她的说法，就是要跟王如云掰扯掰扯，她偷偷给王如云打电话，开始提示关机，后来就提示该用户已注销。看来，她这辈子别想再遇到这个擅长刷碗的姑娘了。

邹姑娘呢，跟蜜蜜比以前更黏糊，这是老艾跟我说的。多好的姑娘啊，一点儿不嫌弃蜜蜜，老艾说，蜜蜜如今可是个残疾人呢。本来老艾想会会邹姑娘父母，被蜜蜜半路拦截了。你真是吃饱了撑的，蜜蜜说，你好歹让我拄着拐杖见未来的岳父岳母吧？缺心眼！老艾对蜜蜜的指责并没有生气。她觉得蜜蜜说得一点儿没错。邹姑娘来看蜜蜜的日子，她就当盛大节日过，鸡鸭鱼肉换着样来，听说邹姑娘爱吃龙虾，还专程跑到海鲜批发市场去买。据说掏钱时老艾的脸是紫色的。她心里盘算着一个礼拜吃两次龙虾，一个月就是八只，一年呢，就是九十六只，一只个头小点的龙虾也要两百块钱……可转念想到蜜蜜坐着轮椅眨眼睛的模样，也只得释然。从那以后她主动要求加班到夜里十二点，有次老叶犯了前列腺炎，凌晨两点半起夜，他看到老艾坐在节能灯下，双手在机器里娴熟机械地移挪，胳膊旁边是一摞一摞散发着塑料味的透明手机膜。他就喊，老艾老艾，睡觉了。喊了几遍老艾也没吭声，老叶就蹑手蹑脚地到她身旁，歪头瞅了瞅。老艾闭着眼，鼻腔里发出轻微的、均匀的呼噜声。老叶很是感慨，他说年底了一定要让蜜蜜给老艾颁个最佳员工奖，都睡着了还坚守在生产一线。

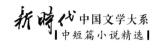

等蜜蜜能拄着拐杖行走了，他突然想起要干点儿别的。看来老叶炖的猪脑蜜蜜没白吃。所谓干点儿别的，就是打算开家文娱公司。舅啊，我想办个选秀比赛，类似好声音那种。好声音看过吧？哟，你不知道，中国热爱音乐的人比诗人还多。好声音为啥那么火？励志热血，不看长相看唱功，点燃了普通人欲望的小火苗啊。他们财大气粗我比不了，不过，我可以把节目录完后卖给爱奇艺或优酷。我说你别白日做梦了，这种节目早创收视率新高，物极必反，不多久就要走下坡路，等你公司成立了，导师选好了，节目录完了，估计国人已经喜欢别的节目了。

蜜蜜坐在轮椅上不吭声，他的两条章丘大葱般的腿弯曲着，老让我担忧稍不留神就会折断。再说了，那些参赛学员哪里找？人家好声音有职业星探，都是资深专业音乐人，坐着飞机天南海北犄角旮旯地选人，你寻思每条座头鲸都会在月光下唱歌？蜜蜜说，舅啊，这个我不愁，你还记得我们"蜜汁源"微信群吗？里面有很多牛逼的业余歌手，有搞传销的，有坐台小姐，有"程序猿"，还有剧院保安和地铁安检员。舅啊，高手在民间，你可千万别瞧不起民科，蜜蜜打了个响指目视着我，只要你给我从文体局办个许可证，一切问题就都不是问题。

我说，我在北京认识的最牛逼的人，就是你了。

蜜蜜笑了。他挥了挥手，说，你能给我找些靠谱的赞助商吗？

我想了想说，你看老艾跟老叶如何？

蜜蜜就调转轮椅去了厕所。

让我意外的是，蜜蜜的文娱公司真搞到了批件，也找到了赞助商。据说帮忙搞手续的人是邹姑娘的远房亲戚，至于有多远已无从考证，反正邹姑娘动用了她父亲的表姑的女婿的外甥。最大的赞助商是经常跟蜜蜜在体育馆打篮球的山西人，我还记得他父亲是开矿的。这年头，人们总是对开矿的人充满了敬意。不过，我怀疑这个山西人打篮球把脑子打坏了。据说开始他们想把比赛现场放在北京电视台的演播大厅，不过费用比较昂贵，另外选手们要是从全国各地飞过来，这机票钱、宾馆住宿费和饭费，都是让人挠头的开支。后来还是老叶一句话点醒梦中人，你为啥不在咱们县录节目呢？

是啊，为啥不在云落县搞？跟县委县政府搭上桥，不光这住宿饮食解决了，也能套不少赞助费。现在各地搞文化宣传，奇招怪招频出，争西门庆的故乡也要争到法庭上，何况这种全国规模的选秀比赛？蜜蜜看着我，老艾和老叶也看着我。我只好说，好吧，看在你断过筋的份儿上，我找找老宋——死马当活马医。

老宋是我初中同学，如今是我们云落县的宣传部部长、县委常委。他年轻时最喜欢托尔斯泰的小说，我跟蜜蜜拜访他时拿了套人文社的"托尔斯泰全集"。我两年没见过他，他除了头发稍白，倒没啥大变化。他对蜜蜜的创意颇感兴趣。我觉得这事似乎有些眉目。老宋初中时是我们班的文体委员，初三迎新春晚会时，还穿着借来的西服唱过《西游记》的主题曲《敢问路在何方》，唱得有模有样，只是每到高音处就破嗓。我们同学聚会时，喝完酒后的项目必有 K 歌，也全是老宋的提议。那天老宋握着我的手说，你放心，外甥的事啊，就是我的事，这种利民惠县的大项目，我们是求之不得，求之不得哇。这情形好像是我帮了他一个大忙，我的下巴在心里半天没有合上。

老宋确实没有让蜜蜜失望。他的提议得到了县委书记的首肯。县里正在申请"中国曲艺之乡"称号，此时举办一场有全国影响的比赛，对申乡之路无疑是锦上添花。他们十分痛快地答应了蜜蜜，还应允所有选手的住宿费全包，如果他们是坐长途火车来云落，火车票也给报销。至

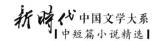

于节目录制后跟哪家网站合作，他们进行了周密的研究部署，最后选择了家网站。这家视频网站建成不久，据调查，主要客户是高中生、农民工和喜欢打游戏的大学生，日均流量达两千万。

那几个月，我基本上没见到过蜜蜜。偶尔我去通州吃老艾捏的大馅发面包子。老艾和老叶领导着三名员工坚守后方，老艾每天都是凌晨三点才睡觉，用老叶的话来说，就是她得了神经官能症，即便早早爬上床，那双手还是在空中不停地抖动，只有把散发着臭味的手机膜塞给她，她的呼噜声才会渐渐响起。老叶说，他无比怀念老艾鼾声如雷的日子。

蜜蜜他们的声势挺浩大，不时有关于他们的消息传到我耳朵里。他们把录制现场放在了云落县的广播电视局。那些参赛学员统统住在三星级的县政府招待所，然后坐着大巴车前往录制棚，大巴车前面还有两辆鸣笛的警车开道，煞是威风。让我意外的是，蜜蜜说服了一位主管农业的副县长参加了比赛。这位副县长以前是中学音乐老师，民族唱法，拉一手好二胡，长得富态喜庆。据说他参加蜜蜜的节目也是县里常委会通过的。他们认为，隔壁县的副书记在"快手"卖烧鸡，一天卖了六千只，为啥他们就不能派一名副县长参加歌唱比赛？歌唱比赛可比卖烧鸡档次高多了。

他们还和市里的电视台签了合同，到时候直播决赛全程。蜜蜜他们请的四位导师包括一个二十世纪九十年代末的二流歌星，一个光头海归音乐博士，一个韩国变性歌手，还有一位鲐背之年的老作曲家。蜜蜜还是很精明的，这四位的出场费可能还没有那四把转椅的价格高。这场赛事从深秋一直持续到深冬。决赛现场是我们县的巨蛋剧场。这个剧场属于电影院。

据说老艾跟蜜蜜要了五十张特约嘉宾票，她和老叶筹谋半宿，决定把这些票赠送给邻居李根旺和他的歪脖老婆、李根旺的四个女儿四个姑爷、村"两委"班子全体成员、大伯家的二哥二嫂、莲姐家那个在芬村小学当音乐教师的外甥女、住在敬老院酷爱京剧的表弟，以及周庄小学上学年的三好学生……决赛当天，我们家的亲戚、村中睦邻、村"两委"班子成员赶着马车、骡子车，开着拖拉机、三马子车、面包车或者轿车纷纷奔往云落县城。他们穿着过年才穿的衣帽，包里装满了瓜子、糖块、手纸和饮料。在他们看来，这场隆重的盛会让冬闲时节变得有乐子了，为了跟上潮流，他们还网购了廉价荧光棒和细杆烟花，可烟花在安检时被没收了，这让他们颇为不快。当五名决赛选手之一的副县长穿着马褂登场时，现场的观众沸腾了，他们还从来没在现场听过大官唱歌呢，他们忙不迭肃然站立，双臂如麦浪般左右摆动，整齐划一地呼喊着副县长的名字，同时将绿色荧光棒和 LED 广告牌高高举起，他们激昂的呼喊声几乎淹没了副县长的歌声……

　　本来我约了蜗牛同去云落看决赛，不过蜗牛最近遇到点儿麻烦事，用他自己的话讲，就是跟阿杰莉娜的关系处于崩溃边缘。至于个中缘由倒没细说，他向来注重保护个人隐私。为了安慰他，我请他吃了顿麻辣小龙虾。我才知道青岛人酒量那么好。当蜗牛将第十二杯扎啤一饮而尽时，我看到眼泪从他狭长的丹凤眼里滚出来。他说其实泰国之行时就隐约感觉到哪里不对劲，这种微妙的不对劲只有恋爱中的人才能体会，譬如她坐在海边发呆，眼望着猎户座叹息，即便是潜水跟海豚嬉戏，她也从来没有笑过。蜗牛手里没多少积蓄，旅游的钱 AA 制。泰国回来，她又在电影学院旁边租了房，每月房租就五千五。蜗牛问她哪里来的钱，她说跟一位大哥借了十万。至于是什么大哥，她也没做过多解释，只说在公司打工时认识的客户。她在政法大学读研，业余时间会去律师事务所干点儿杂活。她不容易，蜗牛说，母亲离婚，继父是酒鬼，打骂是常事，

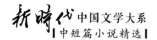
本来想考清华的研究生,回国后能找个好点儿的教职,考了两次都没考上。

我愣了下,她是……外国人?蜗牛点点头说,嗯,在越南的格鲁吉亚人,你知道她为啥跟我谈恋爱吗?我说难道不是因为你是小唐伯虎?他没吭声,掏出手机给我看照片,照片上是个健身房里练器械的外国小伙。你瞧,蜗牛将照片放大,将大脑袋探过来,哽咽着问道,我跟她前男友,耳朵是不是长得一模一样?我只好点了点头说,没错,都是典型的招风耳。

蜗牛过不几天人回了青岛。蜜蜜的好声音决赛我也没去,终日蜷宿舍读书。风的声音不大,从玻璃上滚过,静悄悄的,仿佛猫的呼吸,只不过翌日醒来,玻璃上布满诡异的白色森林。喜鹊在窗前那棵老槐树上瑟瑟发抖,嘴里叼着不知从何处觅来的珍珠红果。我低头看看扔在桌上的福克纳小说,无边的厌倦浮升起来。后来我盯着书架上的那排白丝绒的《维特根斯坦全集》看,慢慢心情好转一点。没错,那个干冽的冬日午后,我站在一间散发着姜片、馊饭气息的宿舍里似乎受到了一点维特根斯坦的影响。维特根斯坦在"一战"战场上完成了《逻辑哲学论》初稿——哲学问题已被解决,于是他"怀着贵族式的热忱前往奥地利南部山区,投入格律克尔倡导的奥地利学校改革运动,成为一名小学教师",结果他的执教生涯因为南部农民的粗俗愚蠢而终结,不得不到修道院当了一名园丁——你看,这么拔尖的人也会遭遇这样的命运,何况吾辈乎。这个"影响"还不小,我的心态莫名就好起来了,竟然主动地想起自己好久没有联系蜜蜜和老艾了。

8

蜜蜜的节目录制完后,县政府派了辆大巴车送决赛歌手去北京机场和火车站，路过香河收费站安检时，发现得了季军的那位来自贵州的歌手原来是个潜逃多年的杀人犯。八年前他把债主连同一只泰迪犬用水果刀捅死在出租屋内。他对被捕似乎早有心理准备，验身份证前本想跨过高速护栏从下道逃跑，怎奈被热情的政府工作人员死死拉住，怕他乱走迷失了方向，不好向领导交代。这个憨厚的贵州人被警察押走时还在安慰蜜蜜，他会在监狱里继续苦练海豚音，出狱后再报名参加蜜蜜的赛事。他始终相信自己能练出比维塔斯还要高半个音阶的海豚音。

过不多久，县里接到上面通知，禁止行政官员参加任何性质和形式的娱乐节目。蜜蜜和他的伙伴们不得不和县里斡旋。斡旋的结果就是，必须删除关于副县长的所有镜头。好吧，最大的噱头消失了，他们不得不把焦点放在参赛的那位白血病患者身上。这个患者除了长得矸碜点、病情尚未痊愈，似乎一切都完美无瑕：美妙如外星人般的歌声、鬼魅的机器人舞步让他仿佛是被上帝打过两拳又亲吻过的人。当一切似乎都被摆平时，他们接到通知，跟他们签约的网站被封了，这个网站被怀疑恶意传播黄色视频和其他非法链接。

蜜蜜命苦啊，老艾将饺子边捏成花朵的形状，慢腾腾地摆放到高粱秆扎的盖帘上。不过，他总算安生了，她瞥了眼躺在沙发上打游戏的蜜蜜，说，那三个员工也辞职了，为啥？发不起工资谁还给你白干？好吧，看来我们都接受了这样的现实：蜜蜜没能赚得钵满盆满，反倒赔了老本。不过，老艾眼里的灵光闪了闪，说，也有好消息，蜜蜜被小邹她妈接见了。

据说觐见准丈母娘前，蜜蜜的眼比平日里眨得更快。他听邹姑娘多次提及，她母亲是个厉害角色，可到底厉害在何处，哪里又是个角色，邹姑娘倒说不太清，按照她的表述就是，她身边的人，包括她母亲身边的人，都认为她母亲身上长满了棘刺，换句话说，他们都对她的母亲充满了由衷的敬意和恰到好处的恐惧。出于对群众评价的信任，蜜蜜心里打了很久的小鼓。见面头天夜晚，他基本上没睡觉，晨起时挂着黑眼圈。也是，他的膝盖和脚筋尚未痊愈，走起路来细瞅，还是能瞅出些猫腻，更别提他那双眼睛了。为了给未来的丈母娘留个好念想，蜜蜜把见面的地址选在了咖啡馆。那家咖啡馆即便是白天也森冷黑魆如盘丝洞，只有巨型白色蜡烛的光芒提醒着顾客，这里是人间福地，能喝到苏门答腊盛产的麝香猫咖啡。他颇为谨慎地选择了靠窗的包间，这样的话虽身陷暗处，但也有丝丝缕缕的光线透过白色窗纱透进，他将靠窗的位置留给了自己，他说他当时是这么想的：也许老太太会在若隐若现的光线下被他清奇的面貌吸引，比如他高悬的希腊式鼻梁和宽阔性感的约鲁巴人厚嘴唇，从而忽略了五官其他的部分，比如鱼唇般的眼睛。后来会见的结果跟蜜蜜猜度的相差无几，那位烫着大波浪、眼神如金雕般犀利、语速比法国人还快的老太太事后跟邹姑娘说，这小伙看起来不赖，不过皮肤怎么那么白？不会是白癜风吧？他房子多少平方米来着？

蜜蜜看起来还是老样子，懒洋洋的，只不过以前能吃十个肉包子，现在吃六个。我估计他把自己攒的那点儿老底全嚯瑟光了。这是种不需要太高智商的本领。有时他坐在员工的椅子上，跷着二郎腿呆呆地望着窗外，直到房间里弥漫着肉皮的煳味——那是燃烧的香烟将他的手指烤焦了，不过他看起来丝毫没有感觉到疼痛。他没再去篮球馆打篮球，老艾偷偷跟我说，蜜蜜不是不想去，而是没有交今年的会费。老艾还说，蜜蜜打算将那辆宝马车卖了，可小邹姑娘死活不同意。

我以为蜜蜜会跟我聊聊。聊什么呢？我也拿不准，不过我觉得一个暂时失败的人通常会需要一名忠实的倾听者。可他只是快速地眨着眼，目光越过我，落到那台彩色电视机上。他什么节目都看，婚姻保卫战，非诚勿扰，卖锅卖假宝石的电视购物，十万岁的狐狸女仙和三万岁的玉皇大帝孙子在九重天外谈恋爱……那天他转到纪录频道，看到十几条毒蛇正在追逐一只老鼠。那些吐着信子的蝮蛇犹如锦衣卫杀手，在峭壁岩石间，在灌木丛中，在沙土地里疯狂地追逮那只灰毛老鼠。那只吓破了胆的老鼠上蹿下跳，东躲西藏，每每险象环生处又能安然脱身，让人觉得仿佛是上帝的那只手在庇护着它，看着看着蜜蜜转过头，看着我。他的眼睛眨了眨，说，舅，我就是这只耗子。死不了的皮耗子。

皮耗子，他舔了舔嘴唇，皮耗子。

我递给他支香烟，将电视静音，想了想说，别瞎折腾了，蜜蜜，干脆回云落吧。你不是吉他高手吗？开个音乐培训班，钱能乌泱乌泱地涌来。他直愣愣地盯着我，嘴巴僵硬地努了努。要不就开烧烤店，弄点儿特色菜，烤菜蛇烤蝎子烤法国蜗牛、烤鲍鱼烤海螺烤海肠，再烤点儿羊盖骨黑鲶鱼啥的，配几款新鲜的捷克精酿啤酒，本薄利厚，咱们云落人，穷是真穷，可最贪吃。我帮他将香烟点着，说，可为而不为，是懦夫，可为而为之，是勇士，不可为而为之，是愚夫。他呼出口浓烟，眨么着眼说，舅啊，你说的我没整太明白……不过……连你这种老年人都出来混，我干吗还回那兔子不拉屎的地儿？

我一时不知该如何接话，我听到白炽灯由于电压不稳传来的嗡嗡声；电视里女主角跑着跑着鞋跟断了，她只得拎着鞋子横穿马路；老艾跟老叶正嘀嘀咕咕，神情肃穆如默克尔跟特朗普商讨欧美大事；邹姑娘在看快手直播，一个嗲声嗲气的男人正在推销口红；春天尚未来临，孩子们已经在夜色中捉起了迷藏……后来，我听到自己说，你看过萨特的《死无葬身之地》吗？蜜蜜摇摇头。我还听到自己说，有位奥地利的哲学家，跟你一样，从小热爱机器，他说，其实，一个男人的梦想几乎是从来不

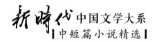

会实现的。

蜜蜜端起易拉罐啤酒喝了两口，看着我，眼睛飞快地眨动着，搞得我不得不把注意力集中在他的眼睛上，似乎过了好久，我才发现他嘴巴在笑。

行啊，舅。他说，你这反鸡汤才是真正的鸡汤啊。

啥意思？我说。

天机不可泄漏。蜜蜜说。

9

我有段时间没去老艾家。老艾倒是打过几次电话，炖了松茸乌鸡，还炖了我最爱吃的河豚，我都推辞掉了。

春天又来了。春天总是来得那么冒失。仿佛春风一度，万事万物就膨胀着炸裂。那天我正在图书馆的沙发上小憩，便接到了蜜蜜的电话，他喊喳着说，舅，告诉你个好消息！我打算拍网剧。我头晕晕沉沉，并没听太真切。说实话，我对他那晚的话还耿耿于怀，什么叫"连你这种老年人都出来混"？关键是，想想也是，正因为是，才更耿耿于怀吧？

如今最火的是啥？是网剧！这个时代最需要的就是精品网剧！你可要多研究研究，写出《四平青年》《北京女子图鉴》《无罪之证》这样叫好又叫座的。他说。

我忍不住问，你想拍啥？

我要拍的剧，有悬疑有穿越，有谋杀有神话。我还想加点科幻因素，打个比方，你去了一个平行世界，发现舅姥姥、舅姥爷还活着；我妹妹没得白血病；我舅妈也没跟你离婚，你是不是会舍不得回来？你最好的选择就是，谋杀另外一个世界里的另外一个你，然后冒充另外一个你，继续过着幸福的家庭生活。

我没吭声。

舅啊，帮我写剧本吧！哪天你过来，让我爸炖肘子，咱爷俩顺便好好唠唠。我就不信攒不出牛逼的本子！等外甥赚了大钱，按一线编剧给你劳务费，你要愿意，入干股也成，咋样？

我说，这活儿你舅干不了，人老眼花血压高，还天天吃着褪黑素，你找专业编剧吧。

他似乎有些失望，不过肯定是意料中的失望，他的声音听起来依然高亢，那……我先找别人搞，别人搞完了你再搞！谁让你是我舅呢，对不？

等他挂掉电话，我还没回过神。他可能知道我对他没有信心，从来不看好他。不过，我突然意识到，他看我大概也是一样吧？

果然我一直没有等到他的剧本，当然我也没有真的等，因为有一段时间我确实"混"到了一件事。我的一篇小说被朋友推荐给某位导演。我自觉那是篇很糟糕的小说，没想到导演很是推崇。他家住在三里屯附近，当我见到他时，他正抱着一只豹纹短尾猫在阳台上抽烟。和我想象中的名人不同，这是位谦逊得让我心虚的人，他不停地给我续茶，给我点烟，每隔十分钟就问我空调的温度是否适宜。那时停暖了，风还挺硬。我以为他要买我的小说版权，结果发觉并非如此。他正在构思一部电影，他的意思是让我做这部戏的编剧。他猫一般浑圆的瞳孔注视着我，让我对他充满了想象中的敬意。他说，这是个韩国人在里约热内卢的故事。主人公之所以是韩国人，是因为制片人和投资方都是韩国人。一部关于灵魂救赎身体救赎的电影，最重要的是避免人物形象陈腐，男主的身份是哲学家，没错，这是一部关于韩裔大学哲学教师和里约热内卢黑帮的

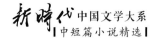

故事……当他提到哲学家时我莫名地兴奋起来，这也许是之后整个春天我和他厮混的缘由。我们常常在他宽阔的近乎空荡的客厅里小声地构思着故事框架，辩论着故事的走向以及诸多异想天开的细节，这些细节往往让我们亢奋起来，他那个脖颈比白天鹅还优雅的女朋友不停地给我们斟酒，从不插话。在很长一段时间里我都怀疑这个安静的女孩是个哑巴。通常喝着喝着我就困了，躺在他们家客厅的沙发上沉沉睡去，半夜醒来，会听到他和女孩亲热的声音。

他经常带我出去吃饭，每次吃饭的人都不尽相同，有台北来的家具商人，有部队厨房用品厂商，有洛杉矶回来的独眼画家、画家的龅牙情人、某五星级酒店的老总以及长得犹如海狸鼠的某省要员公子……我的酒量剧增，通常一斤白酒后还能整十几瓶比利时啤酒。我发觉，这里的每个人似乎都是一部秘史，他们看上去鲜亮、热忱，脸上的肌肉时常因为激情的焕发而略显僵硬，可我知道，我对他们一无所知，包括几乎三两天就喝顿大酒的导演。没错，到了我们交往的后期，我们似乎忘记了电影的事情，我也很少再去他家里，而是直接打车到他预订的酒店包房，或者某个朋友家的别墅。就是在别墅阳台的遮阳伞下，我第一次喝到了小说中常提及的马提尼酒。他有数不清的朋友、喝不完的美酒、慷慨的赞助商、精致得犹如名媛的女人，我有时候会产生种错觉，自己俨然变成了一名食客。

还好，我断断续续接到老艾的电话。她的方言一下子就将我拉回到云落乡村。她说，蜜蜜他们去老家拍戏了。拍什么戏？我愣怔半天才想起来蜜蜜说过拍网剧的事，还真拍啊！老艾说，她也搞不清楚，反正蜜蜜带了帮人回了云落县。蜜蜜自己当导演，还有俩专业演员，据说是中戏表演系毕业的，剩下的都是群众演员，有蜜蜜的初中同学，有长得像梁朝伟的业余歌手，还有在云落县农业局当主任的表弟。他们还借到了县评剧团的行头，备着筹拍古装戏。反正能省则省，不能省的就不拍。蜜蜜的表弟叫苟连生，也是我外甥。他有个朋友开饭店，当了赞助商，提供在云落期间的饮食。蜜蜜承诺饭店老板，将来会在鸣谢单位里添上他们饭店的名字。拍的啥戏？老艾说，她真的不晓得，反正有场戏是在饭店拍的，三个小伙子揍男一号，他们摔碎了几个盘子几个碗，还有把檀木椅，只是动手时没把握好轻重，把男一号的眼睛打成了乌眼青，男一号只好戴着墨镜继续拍戏。老艾还说，小唐也去了呢。我有些讶异，小唐能干什么？我还寻思他在青岛呢。老艾说，你咋瞧不起人家小唐呢，小唐是美术，还是剧务。没有工资，可小唐说，这比写论文有意思多了。

联系到我正在经历的一切，我突然有点儿同情起蜜蜜来了，拉个草台班子就干起来，还有点儿悲壮呢。

至于邹姑娘那边，老艾说，情况也比较安稳。这是唯一让她欣慰的事情了。她说，她已经跟邹姑娘的父亲友好地会见了十多次。当老艾提到这十多次见面时，不禁笑出了声音。由此看来，这些会面充满了温暖的回忆。没错，老艾说，老邹，也就是小邹的父亲，是个和蔼的老头，常年坐在轮椅上，嘴角流着涎水。他以前是某区财政局的处长，退休后发现颅内长了瘤，就动了手术，手术不成功，就只能天天坐在轮椅上了。他有处房子，八十多平，两室一厅，他妹妹就搬过来伺候他。那可真是相亲相爱的一家人，老艾感慨道，他妹子也老大不小了，死了男人，孩子结了婚，没啥事，就来当保姆，长得那叫喜相，真是菩萨转世，每天做饭洗衣、给老邹洗脸擦脚、喂药唠嗑。老邹可稀罕我了，每逢我去了，都拉着我的手说个没完没了。当老艾详细地跟我讲述亲家们如何进行日常会晤交流时，老叶通常不吭声。后来老叶偷偷跟我说，那个老头确实不错，只会流着涎水说俩字"真好"，无论老艾说啥，老邹都答"真好"，比鹦鹉还有礼貌。

蜜蜜那边不久传来消息，剧组解散了。直接原因是男一号失踪。那天的戏，是男一号发现自己是财神转世，惊喜之余凭咒语拿到了许多钱财，等他开着宝马去找当了富豪情人的恋人，才发现恋人已失踪。按照后面的设想，这个不靠谱的恋人穿越到了唐玄宗后宫，要跟杨贵妃正式争宠。剧组人员都住在一家二星级宾馆。宾馆的老板是苟连生的初中同学，不光提供住宿，还提供免费早餐。男一号是特殊待遇，房间里还有个靠窗的浴缸，朝窗外望去，能看到烟波浩渺的涞河。确认男一号失踪之前，他们彻底搜查了他的房间，除了两双没洗的袜子，只有张便签。那张画着宾馆图案的便签安静地压在电话下面，上面只写了一句话：亲爱的导演，我去找玉皇大帝汇报工作了，祝你好运！

按照蜜蜜的意思，男一走就走，大不了再换个演员，反正男一来回穿越，穿着穿着鼻眼被虫洞磨损变形也是情理中的事。苟连生也谴责失踪的男演员，说皮相一般，喝起酒来没够，演床戏时则过于敬业，将来肯定红不了，没啥大出息。蜜蜜觉得苟连生很有眼光，就提拔他当了导演助理。当他们重新蹅摸男主时，女主也请辞了，她说她母亲患了重病，本来哥哥嫂子看护，可嫂子不久前怀了孕，家里缺人手，她只能回老家照顾ICU（重症监护室）里的母亲。蜜蜜和蜗牛开车把这位孝顺的女演员送到了火车西站，验票前蜜蜜又塞给她三千块钱。据蜗牛说，女演员当时泪如雨下，说等母亲病愈肯定连夜赶回剧组。她对女主和杨贵妃的宫廷斗争有更大胆的设想，到时会跟蜜蜜夜谈。蜜蜜听着听着又从车里拿了条香烟送她。这女主是烟鬼，两天三包点五的中南海。

男主和女主都跑了，还拍个屁，蜜蜜打道回府，但临行前他特意叮嘱荀连生，要守住阵地，道具啥的先放在他们农业局仓库，评剧团的行头也不要先归还，尤其是龙袍和凤冠霞帔。他用了一句很老的电影语言表达他的豪情说，我胡汉三还会回来的。

老艾照例是包饺子，我照例坐地铁赶往蜜蜜的公司。也许不能叫公司了，一个员工都没有了。当我见到蜜蜜时，他正躺在沙发上打游戏。他更瘦了，坐起来时犹如黔灵山冬天的猴子。

我说，剧本我都等了小半年，也没等到。

蜜蜜打了个哈欠说，舅啊，根本没剧本，都是我想拍啥就拍啥。大导演不都这样吗？王家卫啥的。

我想笑，没笑出来。我怕我会语露讥讽，赶紧换了话题。

那晚的饺子吃得也有些沉闷。没买龙虾，买的麻辣小龙虾。老艾将盘子塞到邹姑娘前面。老艾失业后急遽衰老起来。她的钢丝般的短发多日未曾梳洗，看上去犹如刺猬的盔甲，她拿着块抹布走来走去，结果厕所擦了好几遍，堆满手机膜的桌子上依然落满灰尘。她也不给老叶擦胳膊擦腿了。据老叶说，在睡梦中她的双手仍在空中不停地、有频率地抖动，像是位执着的指挥家，即便把散发着臭味的手机膜塞给她，她的呼噜声也不会响起，只在黑暗中浮起沉重的、带着哨音的叹息。老叶唯恐老艾精神出了问题，每日侦探般小心翼翼盯护她，以防止她从楼梯上滚下去，从阳台上摔下去，或者把那瓶快过期的安眠药吃下去，总之，事情的结果是，老艾还没有事情，老叶已经快疯了。我只好安慰老叶说，老艾不会有事的，只要蜜蜜安然无恙，老艾就永远是老艾。

吃到半截蜜蜜去接电话。金属半月板和被挑断又连上的脚筋让他走路的姿势宛若僵尸。老艾瞄我眼，似乎有话要说。我正琢磨着是否私下里跟她聊聊，这时邹姑娘说话了。说话前她一直细致流畅地剥着小龙虾

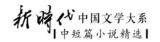

坚硬的外壳,时不时把沾满调料汁水的手指放进嘴巴里吧唧吧唧地吮吸。这个贪吃的姑娘扫了扫我们,擦了擦手说:我跟蜜蜜要结婚了。

我去看老艾老叶,他们明显也是第一次听到这则消息,尤其是老艾,她的眼睛都快赶上巨鱿鱼了。有那么片刻桌上鸦雀无声,似乎我们都被这个好消息给吓呆了。邹姑娘回头看了眼蜜蜜,说,你打个狗屁电话啊!她的声音掺杂着小龙虾的麻辣味,让我们终于苏醒过来。老艾的脸犹如在蜜罐里浸泡了半年,每条皱纹、每根眉毛、每块老年斑都散发出甜美的味道,她拉着邹姑娘的手问,你们……想好了?你爸妈咋说的?

我结婚跟他们有狗屁关系,又不是他们嫁人。邹姑娘舔了舔嘴唇说,我和叶密打算冬天结婚。

老艾拉着邹姑娘的手,舍不得放下,却也没再问什么,好像害怕问多了姑娘会改主意。这时老叶说,我还有瓶好酒,你们要不要尝尝?还没等旁人接话,老艾就嚷道,你个老古董!有啥好商量的!还不赶紧献上!小唐!你不是会做锅包肉吗?赶紧添个菜!蜗牛慢慢腾腾地说,大姨,我炒菜手快,你们别急,马上就出锅。

那晚除了花四十分钟将锅包肉煎煳了的蜗牛,我们都没喝多。阿杰莉娜找了个新男友。新男友是某大学将要离婚的美学副教授。凡是能够说的,都能够说清楚,凡是不能谈论的,就应该保持沉默。我打算将那套《维特根斯坦全集》送给蜗牛。

10

我没想到邹姑娘会求我办事。他们单位打算搞一台消费者权益晚会,她写的脚本。她第一次干这种活,难免有些心虚,写好后让我帮忙审。

也许在她印象里，编剧都是公文高手。我没好意思推辞。说实话问题不少，有些话我觉得当面交流比较稳妥，便约她在蜜蜜家会面。她说，舅啊，下午领导就找我谈脚本。我们领导是个戴牙套的中年妇女，正处于更年期……我想在汇报前先跟你聊聊。既然她这么说了，我也就应了。坐了很久的公共汽车，又走了很远的路，才在约好的那家湘菜馆晃到她。她不是个健谈的人，点了满桌子菜，没一个我爱吃的。她不停地用筷子翻弄着剁椒鱼头的眼睛。我知道那里的肉最鲜嫩。当我们交流完脚本的事，鱼头只剩下白色骨架，面条也被她秃噜秃噜地吃完。我还以为她只是对龙虾才有这么旺盛的食欲。谢谢你，舅。她打个了饱嗝说，这次时间太赶，下次我陪你喝酒。你喜欢白的还是啤的？我说，啥都行，啥都喝不多。她也没接话，低头看了会儿手机，而后抬起头漫不经心盯着窗外的天桥。我想午餐可能要结束了。对于这位见面多次却宛如陌生人的未来外甥媳妇，我觉得沉默或许是最真诚的交流。

后来我也将目光甩向窗外。酒馆二楼跟天桥几乎持平，我看到天桥上有个老头坐在桥孔边侧，不时朝着行人磕头。也许不能叫磕头，他一条腿都没有。当他从地上抬起双臂接过路人递过去的钱币时，露出没有门牙的牙龈傻笑。这老头不是骗子。邹姑娘说，骗子大多数人都能一眼瞅出来。我说是吗？邹姑娘说，当然，除了叶密。她笑了笑。她笑的时候还是挺耐看的，有两颗不对称的虎牙。她说，你外甥傻得很，有回我们过天桥，碰到个身强力壮的小伙，穿着身运动服乞讨。他自称是自行车运动协会的会员，这次骑行的路线是从佳木斯到深圳，可半路不慎被偷了钱包，身份证银行卡全部丢失，他饿了一整天了，哪位好心人要是资助他点儿钱财，他感激不尽，等他补办完证件，会将钱从微信上转账。然后呢？我看着邹姑娘问。她吐了吐舌头，叶密当场甩给他三百块钱，

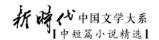

还说，哥们儿，赶紧吃口热乎饭去吧，甭还了，谁他妈没倒霉时候？你看，你外甥就这么傻，弱智儿童，不过……邹姑娘用牙签剔着槽牙，慢声细语地说，男人傻点，对老婆肯定错不了，是吧，舅舅？她犀利的眼神探过来，我只好郑重地点点头，心里却暗笑，蜜蜜在我眼里像一个小泼皮，没想到这姑娘觉得他老实。

过不多久老艾来学校找我。我正在宿舍收拾行李，课业快结束了。我不知道是继续留在这里，还是回我曾经无比厌弃的云落。我和她仍坐在体育馆的看台上，俯瞰着椭圆形草坪。老艾说，她打算和老叶回老家。蜜蜜的公司破产了，房子也退了。我半晌才反应过来，问道，那房子……难道不是蜜蜜买的？老叶拍了拍我脑门说，你个傻孩子，他哪里有钱在北京买房？租的，月租一万五呢。我沉默了会儿，那他结婚怎么办？住哪里？邹姑娘知情吗？老艾说，这姑娘啊，真不简单，知道蜜蜜房子是租的，只说了句，没事，住我爸那儿好了，让我大姑回家歇着。你说她到底图啥？她妈呢？她妈不是个厉害角色吗？老艾紧张地左右睃巡一番，小声说道，哎，小邹没敢跟她妈提这茬，瞒着呢，可瞒过了初一，能瞒到十五？这小邹啊，老让我摸不着她的经脉，我这当婆婆的，心里慌着呢。

老艾还跟我商量，打算秋后回云落县城开店，专门卖烧鸡，烧鸡的名字都想好了，就叫"蜜制烧鸡"，要跟赵家的叫叫板，看谁的味道更正宗。我说你都三十年没熏过烧鸡了，手艺早废了吧？她喊了声，好歹年轻时熏了千八百只烧鸡，咋会忘？我想开了，蜜蜜在北京混得不易，我跟老叶赚点钱，供他东山再起。说到"东山再起"四个字时她拍了拍自己的大腿，又拍了拍我的大腿，郑重得很，好像家里真藏着一个末路英雄一样。我说，开店也要钱，你们手头够吗？老艾摇了摇头，她脸颊旁的钢丝一下子变密了，眼睛茫然地盯着足球场上奔跑的球员，半晌扭过头盯着我说，借，你忘了？咱家亲戚多，掰手指头数数，光表姐表妹堂姐堂妹连姐连妹，就有十三个，一家借五千，十三家是多少？七万来块呢！

那天，我开着蜜蜜的车拉着老艾和老叶回云落老家。本来蜜蜜也要回，可邹姑娘怀孕了，妊娠反应强烈，两口子去了医院。老艾跟老叶回家的目的极其明朗，就是跟亲戚们借钱。老叶有点儿晕车，玻璃窗没有关严实，能听到呼啸的风声。我听他俩不停嘀咕着。老艾说，跟四舅家的二姐少借点，二姐夫小脑萎缩，去年夏天把农药当雪碧喝，住了半个多月医院呢，命差点儿没了，老叶沉吟着说，三千；老艾说，三舅家的三妹，男人得了癌症，住院化疗借了一屁股债，老叶说，免了；老艾说，大姑家的大姐，孩子在深圳开公司，大姐夫在施工队当泥瓦匠，没啥缴费，老叶嗯了声，一万；老艾说，五妹家的房子拆迁，闹了三套房，听说刚卖掉一处，老叶想了想说，两万……说着说着，老艾忽然冒出一句，不晓得王如云那丫头到底跑哪里去了。老叶脸一黑道，提她干啥！还等着她把你儿子手筋也挑了吗？！老艾喏喏道，你最近肝火挺旺啊，蜜蜜没跟你说，他的银行卡昨天收到笔转账？不是小数目，十万块钱。这个账户啊，以前是他跟王如云合用的，连小邹都不知道。老叶沉默了会儿说，要真是她的钱，赶紧给我退回去！老艾叹息了声，嘟囔道，王如云干活可真是把好手，那大手，丝瓜瓢子似的……

老叶不吭声了。

车过香河时，老艾慢悠悠地说，弟啊，只有过了香河，我这心里才踏实些，像老做梦的傻子，激灵下就醒了，你说怪不怪？我刚想跟她开个玩笑，手机响了，是那个导演打来的。我跟他有些时日没有联系了，他的声音听起来既熟悉又陌生。他问道，兄弟，你有护照吗？我说，我还从来没去过外国呢。他说，那赶紧办个，下个月你陪我去趟韩国。我说去韩国干吗？他说，我们见一下制片人，你忘了吗，是韩国人投的资。我这才想起那个还没来得及写的剧本、里约热内卢的韩裔哲学家以及黑帮秘史。我咳嗽了声，说，我哪里也去不了啦，打算回老家跟亲戚合伙做点儿小生意，不搞编剧了。他说你开什么玩笑，这时候撂挑子？我们这部电影将来是要送戛纳主竞赛单元的。我知道他没有说谎，多年前他确实拿过一次戛纳奖。不过，我在呼呼的风声中听到自己说，我真的要跟俺姐去卖烧鸡了，你再找找别人吧大哥！对不住了。

放下手机，老叶老艾疑神疑鬼地盯着我。我说，我也做一次维特根斯坦。老艾说，你说啥？我冲她傻笑了一下，说，我可以借给你们三万。老艾脸红了一下。其实他们两个脸皮都很薄，一生还从没借过钱呢。当车开到关镇服务区时，老叶忸怩着说她要撒尿，快憋不住了。我就停了车，跟老叶溜达到屋檐下闷闷地抽烟。老艾矮矮的，跟个没长开的倭瓜似的，扭搭着朝洗手间小跑。她的背影跟我母亲极为相像，我不禁喊了嗓子，老艾！老艾！老艾就转过身朝我们笑了笑。说实话，都奔六十岁的人了，笑的时候，还那么羞涩。

城 市 文 学 卷

月光下

蔡 东

　　我在哪里，现在什么时候，闹钟响是为了什么？被闹钟唤醒后的三连问。几秒钟后，意识清醒，身体立刻从床垫上弹起来。

　　镜子里的面孔有些陌生。记不清有多久没有认真照镜子了，只偶尔就着手机屏幕，瞥自己两眼罢了。把打结的头发梳开，裙子穿上又脱下，来来回回折腾了好几次，在黑色、白色、天蓝色之中，我放弃了更有朝气的天蓝，选择了稳妥的黑色。

　　这是南方最舒服的季节，不冷不热，风和阳光都清清爽爽的。借着路边的玻璃门，我悄悄打量自己，发型衣着都过得去，心情虽忐忑，也还藏得住。想一想，像上辈子的事了，现在的她，又会变成什么样子呢？

　　不出所料的缘起，先是春节前夕，我们被拉到一个叫"相亲相爱一家人"的群里，说是一家人，其实有见过的也有没见过的，大家热聊，发养生谣言和珍藏的表情。"晓茹"两个字突然出现时，我心跳加快，有点儿不敢相信，她居然也在。生怕她又不见了，想赶紧加上她，临到最后却没把消息键出来。时间露出一个小豁口，旧事一幕幕涌出来，都这么多年了，还要用沉默表达对她的责怪吗？想起了那场梦，在梦中的小城白事上，我一眼认出她来，她远远地站在幔帐边，目光交汇的时候，她嘴唇动了动，好像有话对我说。犹豫半天，等我下定了决心去找她，她已经离开了。

　　群里热闹了一阵子，几轮热络的网络走亲戚后，气氛凉下来，因为并不真正生活在一起，曾消失在时间里的人换种方式又消失在虚幻的空间里。有时我会猛然一惊，以为她退出了，赶紧点进去看看，见她还在，就松了一口气。我了解她过去的坎坷和挫折，她现在的日子也未必有多好，如果是我，丢不起人，早就自绝于家族，干脆让自己永远消失了。迟疑和猜度中，日子像上了釉，一天天滑过去了。

直到她主动加上我，说，刘亚，我也在深圳。

约了几次，不是她没空就是我没空，或者也可以说，总有一个人没准备好，托词逃脱了。大半年之后，终于定下来时间地点，人物是我和她，刘亚和李晓茹。

她到得比我早。隔着窗子端详她的侧影，利落的短发，干净的墨绿色针织衫，背是挺直纤瘦的，我心里踏实了些。快走到座位时，她转过头来，在这个时空里，她依然记得我的脚步声，有一个瞬间我像坠入昏暗的深海，四周是真空般的寂静。

小姨，你有白头发了。这句话脱口而出，暗地里埋怨自己不会说话，随之却发现，我俩耸起的肩膀都松开了。

六角托盘擎过来两杯茶，透明杯子里绿莹莹的，薄片正舒展成叶子，有的芽头朝上，立于水中，有的缓缓落下，躺在杯底。她倒吸一口气，赞叹着真好看，一边却说，不用来这类地方，在哪里说话不是说？这类地方，大概就是指四季恒温、落地窗通透、植物和美器环绕的玻璃屋。现代人吃完饭喜欢再找一个地方喝东西，坐进被设计的空间里，也坐进被设计的生活里。

她还那么爱美，拿起手机拍杯中碧色，我趁机细看她的样子。长白发了，眉心文刻着深深的竖纹，但比起同龄人来她仍显得年轻。很多这个岁数的人，头发往脑后梳，稀疏得几乎能数得清，还有一具沉甸甸的身体，穿什么衣服都紧绷在肚子那里。不光是体态的年轻感，她精神头看上去也不错。我不确定，这会不会是一种调动和伪装，我不是也挣扎着出了门，在没有快乐激素分泌的情况下调控出快乐和积极来嘛。只是临出门的时候，放下刘海遮住了眼睛，于是我去寻找她的眼睛，眼睛可骗不了人。她的眼睛一点儿也不黯淡，眼神里充满对此刻和未来的热情。

几棵散尾葵，几株马醉木，室内就幻化出一片清新的小森林，看多了，也觉得不过是一种崭新的流俗。她看看四周，说，我住宿舍，连个坐的地方都没有，不然就叫你过去了。我低下头，喉咙一阵发紧，知道她想认认我家的门，但久居城市已不适应具有速度感的亲昵，哪怕我们曾经那么熟悉，哪怕今天看她一眼我就听见心底的声音，如之前的某个人生阶段，现在的我也需要她。

她座位旁站着一棵高高的琴叶榕，小提琴形状的叶片掩映着她的脸。过往的这些年，她的脸时时浮现出来，总在一个金黄色的场景里，四月的河边，大片连翘开花了，长长的花枝伸向空中，她站在满缀金黄小花的枝条间。

我和她像两棵水草，一高一矮地生在河边。同伴们是几棵杏树、成片的连翘，还有荠菜、野茼蒿、蒲公英和马齿苋，爬满斜坡，向着远处蔓延。家在河的另一边，种着香椿和月季的小院落，安然待在一排平房中。黄昏时分，我们爬上河沿准备回家，才发现裤脚上沾满了苍耳。

我是她的小跟班，她是为我摘苍耳的人。

我曾为我妈感到些许遗憾，老天爷偏心，李晓茹才是姐妹中长得好看的那一个。有她在的时候，我眼睛挪不开，偷偷盯着她看，仰慕她俏丽的单眼皮和飞扬的长眉，还有月光一般的皮肤。一度不知怎么形容那细白若有光的皮肤，比雪色柔和，比奶脂透亮，直到那个月夜，我分不清楚了，月光是从天上落下来的，还是从她脸上轻轻荡漾出来的。

我和她年龄相差十几岁，辈分上她高我一辈，但我们亲密得更像姐妹。父母白天上班，我又是独生子女，但我从来不知道什么叫孤独。有一段日子，沉迷于扮古装美女，头发里插上自制珠钗，披着曳地的毛巾被，端起胳膊走来走去，她就配合我，演小姐丫鬟什么的。还拓展出大侠系列的新剧情，一人执纸扇，一人持木棍充作的剑，挥舞，发功，从高处往下跳。她手巧，会编各式辫子，在我头顶两侧扎两个高马尾，再盘起来，戴上蓬蓬的头花，我定睛细看，马上宣布这是全天下最美的造型了。要知道，比我大几岁的孩子都嫌弃我，她不会。

杏烟河是我俩的嬉游之地。在那里，你知道四季是怎么到来和退出的。月光下，杏树枝根根分明，投在地上的影子也是瘦的，疏疏淡淡干净的几笔，忽如一夜，水边堆满热闹的花影，抬头一看，干枯的树枝上冒出密密的杏花，酸胀的春天舒畅了。接着，白天长了，细细窄窄的河流变宽了，充足光照中，树叶的绿厚了一层，又厚了一层，蝉声在浓绿中突然静默又骤然响起，她喜欢说，一大早天就这么蓝，中午得热成什么样！当河边的色彩变得丰富，夏天就过渡到了秋天，毛衣上的静电起得噼里啪啦的。到了深秋时节，河水分外沉静，风掠过，几朵云从水里浮起来。我们用纸片叠小船和飞机，任由它们随水流走，我们百无聊赖地躺着，看到英俊的狼狗把吃不完的骨头埋进土里，然后永远地忘记了。

那晚浩浩的月光在河面上晃荡，月下求偶的青蛙发出高亢的叫声，我抬头看到朗照的月亮，突然觉得它待在空旷的天上那么孤单。小姨扭捏了一晚上，像是忍不住了，凑到我耳边扔下一句话，我处对象了。我一愣，隐约知道有过几个人追求她，半真半假的，她并不理睬。正式对象吗？是谁是谁？长得排场不？回过神来，我巴住她的肩膀，迫切地想知道更多。

她害羞起来，枕在一丛没抽穗的车前草上，背对着我不肯说。我被吊得难受，假意说先走，她又靠过来，说两句，收回去半句，像河面上忽闪忽闪的月光。她的脸时而化进夜色，时而从黑暗中浮现。

听着听着，我浑身发烫，同时感到一股庄严的气息四下弥漫。没等她说完，已感觉自己重要了起来，我是被信任的人，第一个知道这件事的人，一定要守护好秘密。我捂住胸口，调匀呼吸，也想说点儿什么以回报她的信任，可惜我连小学都还没上，除了在我妈兜里偷过几块钱之外，再没有更重大的秘密了。

她接着吐露，已互赠了照片，从口袋里把照片捏出来。我举高照片，月光拨开了黑暗。照片上的人侧身站立，手一上一下抓着衣领，衣领上头，是平凡如你我的一张面孔。

"啊"了一半，惊疑的感叹未成形，失望在心底尽情升起，怎么就跟他好上了？转念一想，这个人能让她脸上放光幸福成这个样子，又不由得亲近起他来。毕竟，姥爷就不说了，添了心病，总想着给待业的她找事干，连我爸妈都发愁，复读再次落榜，前程在哪里呢？她说，他就像世上另外一个我，我们有很多共同点，都闻不了芫荽味，都爱吃饺子皮，不爱吃肉丸。我说，那饺子丸怎么办？她跟我打闹起来。我心里为她高兴，生活还将继续下去，大好的日子在等着她。以前，人们总虚言着她的未来，她长着修长匀称的四肢，据说适合当运动员，但怎么才能当上运动员，没有人知道，连她自己也不上心，都是说说罢了。

过了两个月，他骑着自行车在河堤上疾驰而过，后座上坐着她，大梁上坐着我。他叫侯南南，穿运动裤和黑皮鞋，跟小姨差不多高。之后他不穿皮鞋了，比小姨矮一点。他下了班也加入夜晚的嬉游，月光勾勒

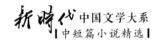

出一条小路，小路带我们至树林的深处。几个人一起摸爬爬，摸到后塞进罐头瓶里，运气好的时候能有满满一瓶呢。遇上正脱壳的，我们就凑在一起看，在手电筒的一束光下，爬爬背部裂开一道缝，蜕出来淡绿色的翅膀和几近透明的新身体。更多的时候是游荡，走着走着来到河边，我俩坐在地上，他找棵树倚上去，歪着头讲故事，有心让我们觉得他很厉害，他也会勇敢地驱赶爬过来的臭大姐，我别过脸去偷笑，觉得成年人也挺好玩的。我忘了他俩还年轻，散漫游乐之后，脸上也有一闪而过的不甘和茫然。

刚上小学的那两年，我跟她见面少了。原来人生是一段接着一段的，好像一下子，我们走进了各自的新生活。我交上年龄相仿的朋友，也体会到微小却灼人的痛苦，具体来说，是同桌总用胳膊肘挤我，我的领地只剩一窄溜了。

我们再遇见，刚开始会有点儿生疏，很快又亲近起来。她读书不行，一用功就偏头疼，还神经衰弱，姥爷给她用气功治过。她最喜欢给我买课外书，叮嘱我好好上学。我还怀着念想，经过短暂的冷淡期之后，我们还会像以前一样好。

事实上，我们再也没有像以前那么亲密了。有时，我会想起杏烟河的河水，日日夜夜往前流，但没人知道它流到哪里去了。

还是在亲戚家，影影绰绰地听说，她哭闹了几场，到底把婚订了。这之后，一个傍晚，她把我从家里叫出来。她清瘦了些，脸颊微微凹陷，太阳穴边游动着细细的蓝色血管，那时我不懂，爱上一个人，异样的光彩和骇人的憔悴交替出现，爱情既制造多巴胺也令人消瘦。她往我手心里放了一样东西，我以为啥稀罕物，一看不过是塑料发夹。注意到她热切的眼神，我装出惊喜的样子来。就在那天，我第一次感觉到，是她依恋我多一点。暮色中，我们沿着被太阳晒热的小路走向河边，她的裙子沙沙作响，像雨正落下来，又像风掀动满地的落叶。

我们并排躺在河边，风吹在身上，是可以用身体去感受，也能从树冠和水面上看出来的那种风。睁开眼睛，迎过来的不是残编断简的天空，而是一整块向着无尽从容铺展开来的蓝。

站在很高的地方往下看，这片街区像不像一个巨大的竖琴？我问她。

她摇摇头，倒没这样想过，竖琴没见过，这块地方不熟。

其实我也觉得不像。只是我愿意对居住的地方生出浪漫的想象，取空中视角把偌大的城市想象成无数个竖琴的列阵排列，那真称得上壮丽了。拉开足够远的距离向下俯视，高瘦颀长的建筑物仿若细细的琴弦，琴弦之间，长满了树木和街道。

我说，那你觉不觉得，深圳是站立着的？

她笑了，这样一说就懂了，可不是嘛，咱们那里是横躺着的。

我想起多年前熟悉的景象，天高地平的黄泛冲击区，连绵成片的低矮房子和城郊安静平整的田野，听到她补充了一句，现在也算半蹲了。

哪有什么是不变的，天际线也未定型，只是变化慢一点。我说。

在几幅剪影画里，我能准确地把生活之地认出来，我熟悉它目前的线条和高度，这让我感觉到踏实，以及片刻的确定。毕竟，多少以为会永远在一起的人，一恍神就不见了。连坐在这里喝口茶的工夫，窗外的云彩来了又走，都变幻了好几回。

她说，你长大了，我是变老了。我看着她，小姨你哪里老，气色比我强。她笑笑，心还没老。很多年过去了，她无意于站在她的角度把那件事重述一遍，以完成自我辩解，但一年又一年的，那根刺早就融化在我自己

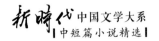

也正在经受的生活中。

我注意到，她拿起纸巾把桌上的水渍抹干净，没有水渍也来回抹，这或许是过往从事某个职业的印记。她说这些年奔走多地，最早做保洁，后面跟古法经络的传承人学习，专治亚健康，也做过老板的住家保姆，麻利干活，其他时候笨笨的就行，雇主不想走太近，我就注意保持距离感，包吃住挺好，手里一直有活钱，只是跟坐牢一样不自在，半年就辞掉了。我问她现在靠什么吃饭，她说，前几年开始做育婴和产后康复，就是伺候月子，熬夜免不了的。

我点点头，大体明白了。在各个年龄段女性都讨厌被叫成阿姨的时代，她从事着可以笼统地被称为阿姨的各种工作。珠三角和长三角流动的中老年女性，善解社会和家庭之烦忧，亦专于藏匿和退场，她们无比重要却能随时隐形，就这样凭着勤劳与智慧过活了下去。她说，城市人需要什么，我就学什么，说不上人们忽然开始信什么，不求稳定，跟着市场一直都在变呢。

是呀，她没工夫往回看，只拥有现在。她说，跟你妈一直有联系，她刚得心脏病那年我回去看她，问起你来，说早出来上班了。她等着我也说点儿什么。到底在外生活多年，自觉遵守新礼节，不主动打听私事。但她的眼神是急切的，是与比较和窥探无关的，单纯地想知道我过得好不好。

攒了很多话想对她说，又怕表现出过了火的熟络，毕竟我们在彼此的生活中失踪已久。我瞅瞅周围，人越来越多，闹哄哄的，有几个姑娘站着四处看，侦察员般等一个座。我们左边那桌是谈上市大生意的，嘴里不断说出来的名字很唬人。右边是一个戴哈利·波特圆眼镜、穿宽大卫衣的小男孩，到了就摊开一本书，半天没翻一页，也许是装置。更远

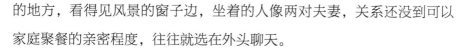

的地方，看得见风景的窗子边，坐着的人像两对夫妻，关系还没到可以家庭聚餐的亲密程度，往往就选在外头聊天。

我和她曾共享大好月色，共享一段充满情味的日子，呼朋引伴，形影不离，以为会一辈子这样好下去。那时，我瘦得撩起衣服能清晰地看到一根根肋骨，此刻，我正处在跟发胖、网瘾、职业低谷、焦虑型购物搏斗的人生阶段，睡前辗转，杂念如潮，醒来的一刹那，身体像刚晒干的直挺挺的旧毛巾。家里也越来越狭小，万恶的满减和凑单造成了囤积，有时竟担心自己被各式各样的纸巾吞没掉。

胆怯如我，不敢把上一任房主贴在房间里的平安符撕掉，任由它在那里继续庇佑着房子和生活。枕头已经发黄，标签也看不清了，但我没有勇气换成新的，害怕再买不到这么舒服的枕头了，我还居然开始穿红色带"福"字的袜子。

然而，表面上我已刀枪不入，老练地坐下来，双肩包卸一边，不与人对视，顺滑地戴上一副现代的表情，不在场，无羁绊。最初还觉得心惊，满地的幽灵，熙攘又冷清，原来不光我爸在家里像幽灵一般存在着。单位大楼、综合体、地铁车厢，各个空间飘浮着的，是谁都不在乎谁、互相不感兴趣的眼神，空气里满满的，是自恋和防御。

有些时刻，发现月亮竟行至窗前，先是一怔，接着心底涌上来模糊的旧事。我到底也跟它疏远了。漫长的时光里，其实它一直在那里，照亮暗夜，移动潮水，譬喻悲欢，唤起思念，让分离的人们在抬头望月的一刻再度发生深刻的联结。

她淡淡地说，身体总有吃不消的一天，打算学个含金量高的技术，通乳师怎么样？你念书多，帮着参谋一下。我说，你看准的，肯定行。她说，也不是什么正经证书，有总比没有强。我想到她的经历和年龄，她的坠落和攀爬，忽然就觉得，一切并没有那么可怕。捋捋刘海，从哪里开始说起呢？就从家里的三个人开始说吧。

家里还有三个人，跟我一起住。

这么多人？她很惊讶地看着我。

先给你说说名字，等着再见面，他们是李榕添、周细龙和董娟玉。

赶紧去通知晓茹，这是最后一面。我得令，跨上自行车，头也不回地冲进黑夜。骑得飞快，耳边只有呼呼风声，屁股都离开了车座。这之前，我妈打了几通电话，是忙音。我提醒她，小姨家的电话早停机了。

小姨熟食店的生意一度兴隆，她羡慕我家有电话，挣到钱先把电话装上了，也是一圈数字转盘、话筒在上方而不是一侧的电话机，现在人们眼中的老式复古款。装好电话，她打电话喊我去玩，声音里有按捺不住的激动，一并顺着线路传送过来。她在娘家时就会做熟食，下水卤得好，成家后靠手艺开起一家小店，卖卤味和炸货，记得开张那天我可高兴了，满心盼着她过得富，富得流油才好。之后我去她家玩过几次，有一次，她拿出半块亮红的卤猪耳，一边切一边没头没脑地说，侯南南又把内增高皮鞋拿出来穿了。我回忆起当年他穿运动裤配黑皮鞋的样子，有些惶惑，鞋是带增高的？她接着说，皮鞋在床箱里放了好多年，扒出来一看都长绿毛了，他擦了好几遍鞋油。我随便应着，哪里等得及，拈起案板上的猪耳就吃，感受那又脆又软糯的奇妙口感，她用围裙擦擦手，叹口气，又说别的去了。

我快升初中时，她给我买了一身大红运动服，专门送过来。那个年龄的我，沉默，敏感，正是从心灵到身体都别别扭扭的时候，僵硬地接过衣服，也没说声谢谢。我偶然看她一眼，忽然觉出来她老了，手脚迟钝，头发披下来，用我妈的话说是跟疯子一样。她身上散发出一股哈喇油气，白袖套也很脏。接着就听说，她做的熟食味道大不如前，心思没放在上头。小生意靠街坊回头客，人家买到发臭的食物，上一回当就决不再买，口碑丢了，小店就在恶性循环中半死不活了。又陆续听到一些愤慨的对话，大意是她抠姥爷的退休金，她开始到处借钱了，反复听见的是救急不救穷这句话。有些话压低了声音说，听得并不真切，但知道不是什么好话，我不喜欢别人背后这么议论她，想到她不知受了多少冷眼，心里会猛然疼一下。

但我跟其他人一样，有点儿躲着她了。

路灯头上跟着一团团蚊蚋，灯光勉强漏下来一点。一块砖躺在路中间，发现时已来不及，车子一趔趄，把我颠了下来。坐在地上揉膝盖，心里说不出来的怕，抬头看见半个月亮，正努力发出微弱的光。我想起过往的日子，想起河边夜晚的月光，有时是银质的月光，叮叮当当清脆地掉落，有时是磨了毛的月光，带一层细密的短绒，可软软地披在身上。我站起来，扶稳车子，继续往前走。

远远地看见一星点暖黄，渐渐晕开了，变大了，接着，黑夜中显现出一个黄盒子，方方正正的，盒子里头就是她的小店。一间面对街道的偏房，墙壁上开了一扇窗，灯光从窗子里透出来。我丢下车子，冲小窗里面喊，无人回应。大门敞着，我冲进院子，箭头一般揳入一片凝固的黑暗。

那一刻我太着急了，顾不上其他的，是在一遍遍的回忆中，孤寂和无望缓缓从那个画面中蔓延出来，她和她的影子相对而坐，身后是黑沉沉的夜。

院子里没开灯，只有轻烟薄雾的月光，渺渺地照着，她坐在小凳子上，也坐在能藏住人的暗影里，她身旁有个煤球炉子，炉子上白铝壶咕嘟咕嘟烧着水。

快走快走，姥爷不行了。我呼哧呼哧喘气，天都快塌下来了，恨不得马上拽着她飞回家去了。我边说边往外跑，身后竟没有动静，我停住脚步，转过头去。后来在很长一段时间里，我都忘不了她的表情和她说的话。

她摇晃着站起来，又坐下去，她说，等我把这壶水烧开了。

我在她制造的真空中窒息了，全身不能动，也说不出一句话来。只迷迷糊糊感觉到，不知哪里裂开一个大口子，轰隆隆地，涌出来一些我还无法理解和辨别的东西。

没等我回过神来，她抓起壶把，把水壶扔在地下，哐当一声，溅了一地的水。

两辆自行车慌张地蹿出去。黑夜里，传来齿轮和链子猛烈摩擦的声音，还有急促的呼吸声。我和她之间多了一个秘密，一个真正的秘密，我深信自己永远不会说出去。

路穿过小城，在小城的边缘地带突然终止，我穿过一道暗门，却赶紧捂住眼睛。双手颤抖，泪水冰凉，车子驮着我进入虚焦的前方。那时候我不知道，眼泪到底为何而流。我被一股太过复杂的情感淹没了，熟悉的世界露出更深也更幽暗的那个部分，我不愿正视，也无法说出它们。

接下来的守灵，我哪肯理她，不光是愤怒，还有一些沉重的东西压得人透不过气来。冗长的葬礼进行到了众人齐号只出声不掉泪的阶段，只有她这个小女儿低着头，真哭，没声音，有眼泪。

也许，这并不是我最后一次见到她。中考那年，消息乱飞，传她离了婚，带着小孩走了。事后孔明说活该，厚道些地说认命。我硬起心肠，没找我妈详细问，想起小表妹来我却很伤感，在他们家还有钱的时候，送表妹学过一阵电子琴呢。传闻渐渐消散，大人们那么忙，闲话也拣最热乎的说。

中考之后，我知道自己能考上有书念，长假走到跟前了，不争气地想念起她来。骑着车子一次次从她家门口过，盼着正赶上她往外走，我们就相遇了。相遇没有发生，我推着车子站在门口，不知这里还是不是她的家，两扇大门紧闭，小店的窗户被报纸糊死，只有那棵高大的柿子树，叶子枉自绿着，长长的树枝伸到院子外面来。

下午，我习惯性地来到河边，独自坐在泡桐树的阴影里。还记得，她曾把满含花蜜、淡紫色的泡桐花用线穿起来，给我做了一个项链。只要听到一阵脚步声，我就赶紧回头，幻想着她像以前一样突然出现在我身后。孙国梁喊我时，我吓了一跳，转头看到他站在树荫下，我注意到老同学嘴上长出淡淡的胡须，车筐里放着刚租来的一摞武侠小说。他嚷嚷道，城西来了个马戏班，有个演飞天女的，都说是你姨。我不信，什么飞天，别瞎说。嘴上说不信，孙国梁一走，我立马蹬上车子往城西赶。

我跑过城区，跑过菜地和汽车站，跑过了一个完整的黄昏。夜色里，一座亮着彩灯的圆形大棚出现了，数根立柱撑起红白条纹的棚布，棚子门口放着两个黑色大音箱，还有几辆卡车停在树林旁的空地上。我买票进去，找靠前的位置坐下，等着座满开演。

穿绸袄的猴子倒骑在山羊背上，山羊迈着艺伎碎步走到舞台中央，观众哄笑，吹口哨，我只看见猴子的眼神很悲伤。接下来是爬杆和铁笼飞车，惊叹声一波波涌向棚顶。我看不进去，像个局外人，木然坐在座位上。终于，顶花坛的壮汉下场，几个闪闪发光的女演员走上来，她们的身体裹在艳丽的色彩中，翠绿、玫红、宝蓝、金黄，腰间缀满粼粼的亮片，收紧的裤脚上飘着几朵云纹。报幕声响起，预告绸吊表演开始，长长的绸子从顶棚上垂落下来，不可思议的一幕就要出现了。女演员们单手挽住绸子，像画圈一样走步，越走越快，我还没反应过来，她们已飞在半空中了。我紧盯舞台，眼睛都没眨，不知道她们怎么就飞起来了。她们优美旋转，双腿仍在空中有节奏地摆动，像蹬踩着肉眼看不见的阶梯。她们化同样的妆，四肢都很纤长，我心里着急，哪个是她，她到底在不在半空中。顶棚上的频闪灯像是坏了，光束呜呜咽咽的，舞台的热闹与繁华里平添了几丝荒凉，到最后，我就把那个遍体金黄的人当成她了。

黄昏的几缕阳光斜照进来，把人的影子投到远处的地板上。她从包里拿出一板药，摁住药片顶开铝箔。我赶紧给她要了一杯清水，她仰起脖子把药吞下去，没多说什么。我知道，她这个年纪的人大抵是受着一种或几种慢性病折磨的。

李榕添是衣柜，周细龙是餐桌，董娟玉是电脑。我给衣柜、餐桌和电脑都起了名字。

她睁大眼睛，嘴唇抖动，复又平静下来，抓住我的手握一握。她说，刘亚，没什么，不过是平常事。她顿了顿，记得那个家北窗下的石榴树吗？有那么几年，我叫它刘亚。

要用眼睛看别人，此时我在用眼睛看着她，她也一样，我们的视线坦然相接。不能哭出来，我找的理由是，这里人太多。但有件事情我打定主意，不计较了，我先说。我知道，他拐着弯地打听我，他同样知道，我拐着弯地了解他，然而，八个月过去了，谁也没往前走一步，显然都在保护自己。我总在长夜里暗下决心，睁开眼却世故退缩，主动表达关心和爱，这是多么不明智的行为。

茶已经放凉。她站起来，说沙发窝得人难受，出去溜达溜达。我跟着她往外走，像一下子回到了多年前。这一刻，我辨认出胸口突然涌上来的热流是什么，是庆幸，庆幸在我能理解更复杂的人世时，还有机会跟她相见。

推开门，尚未汇入到人流中，我们像被什么撞了一下。不知道哪条街的桂花开了，金桂的香那么重，风都吹不动，空气变得很稠密，站在里面，一下子就被花香染了一身。不似幽冷的兰花香，飘飘忽忽，闪躲着什么，桂香浓郁，强烈，无所保留地让空气达到了饱和状态，香味像是凝结成一滴滴水珠般，落得到处都是。

她深深吸一口气，说，听说这两年家乡也开始堵车，真不敢想了。可惜过年还是回不去，月子订单已经排到春节后。我马上说，忙你的事业。她摇摇头，哪有什么事业，过日子罢了。我说，我今年能休假，替你回去看看他们，多拍几张合影发给你。她笑了，这个哪能替？

洒水车缓缓走过，喷出的水流落在路面和路旁的绿化带上。她指着前方说，快看快看。我循着她的视线，看见一道小小的彩虹，阳光和水滴造就了它，缺了小半边，依然梦幻鲜艳。

在饭店门口的台子上，她拿起菜牌翻翻，大大方方放下，往前走出去一段路才对我说，钱不是这样花的。她说多年来有强制储蓄的习惯，备着应急和养老。

她问，你家里能做饭吗？我点点头，能做，就是东西不全，不太像个家。她试探着问，要不去家里看看？我想起那个进门堵着一堆鞋子的住处，毫不犹豫地说，当然可以。

小直升机般的蜻蜓悬停在灌木丛上，鸟挥动翅膀起飞，雪白的肚腹和金属光泽的尾羽在空中一闪而逝，剩一缕鸟鸣还飘在半空中。街道转角处的烘焙店很火爆，坐满了被公众号准确引流到店里的人。再往前走，路边有一家瑜伽馆，高高的玻璃窗里，两排女士一排男士在导师的带领下，时而脖子后仰下巴上扬，集体化作眼镜蛇，时而手臂伸直前胸贴地，集体变成正在舒展身体的猫，练习柔软，尝试自然，学会放松，一点点把属于人类的压力释放出来。我暗想，老板可千万别跑路，得让浑身硬邦邦的人有个地方去。

橘红的月亮出现在天地相接的地方，天一黑，它就蹑足而上，越过树梢，步入深蓝色的天幕。像往常那些日子一样，它散射出母系的、心智成熟又充满感情的光，安抚夜空，也慰藉人世。

我跟着她拐进旁边的小超市，她问，现在爱吃什么，我说，你做的都好吃。她细细挑选，把失散的白菜豆腐五花肉归拢在一起。我拎起袋子，挽住她的胳膊，从超市里出来，往家的方向走去。

城 市 文 学 卷

传灯

斯继东

1

翁雁，来禀皆收悉。各人之钱亦照付，报未有遗失。家中诸人均平顺。惟生物高涨，维持绝拮据。予收入因高物价大受困难。二哥每月补贴四五十万元，终不够开支。绍地米价每石六十八万元，皂每半块一万五千元，菜一千八百元一斤，鸭子每个一千五百元，麻油每斤一万九千六百元。阿赖胃口已好，要抱不肯停坐，人极乖。汝一切要谨慎。父字。十月卅日。

博物馆的展都去看了吧？有留心到那封手札吗——就是徐生翁写给儿子翁雁，抱怨绍地物价飞涨，什么米价每石六十八万、皂每半块一万五千元那封？

札末有一句："阿赖胃口已好，要抱不肯停坐，人极乖。"

那个"阿赖"就是我。

翁雁是我爹爹。我的叔叔伯伯都叫我爹爹老四，其实严格说我爹爹行五。老四是从我娘娘那儿排的，如果从我爷爷那儿排的话我爹爹就得是老五。为什么？因为在我娘娘肩上，我爷爷还有一个大娘娘。大娘娘是在我爷爷三十岁那年病故的，据说是发痧不治——是啊，那年头好像什么病都能索人的命。老店王拢总七子三女，大娘娘留下一儿一女，另外六个儿子两个女儿是我娘娘生的。

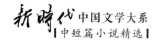

　　我爷爷生于光绪元年，光绪元年就是一八七五年，鉴湖女侠秋瑾生于这一年，那个做过状元夫人的赛金花好像也生于这一年，如果我没记错的话——我早些年看过她的传记。但她们都比我爷爷小，我爷爷的生日是正月初一——比生日哪个大得过伊？老店王死于一九六四年，阳寿八十九岁——绍兴人说"九难过"嘛，那一年我十六岁。

　　对，我跟我爷爷一道生活了十六年，我是看着伊过背的。我爹爹那时在上海货物税局谋差，但家眷却一塌括子都留在老家。

　　爷爷晚年一直住在这里。对对，这地方就是老店王润格上署的"东郭孟家桥三十六号"。门牌号码调龙灯样换，地方还是这地方。那时属城郊，极为偏僻。后来城市像摊大饼越摊越大，原先白墙黑瓦的平房大多都被拆了，只保留下东边这么几间。西边本来有一爿早竹园，还有个弄堂，现在都建了楼房。后司门的河倒还是那条河，埠头和踏道也还大体保留着原先的样貌。

　　因为地势低，加上毗邻竹园，书房时不时有老鼠出没，老店王就养了只大花猫。饭时，我时常看见伊从自己碗里小心翼翼拨出一些饭菜来饲猫。

　　这屋里已经没什么旧物了。噢对，这眠床是伊困过的。夏天青草蚊子多，床架上会搭个青纱帐。喏，那张照片也是旧物。那时候摄影已勿稀奇，但老店王好像不喜欢拍照，一辈子就留下了这一张半身照，现在各处在用的全都是这一张娘本翻印的。爷爷属猪，可整天虎着一张脸——照我们绍兴话讲，是很"威势"。他极少笑，我基本没见过伊笑，孙辈们聊起来似乎都想象勿出伊笑的样子。你们看看——是不是板着脸，好像谁都亏欠伊似的？

　　爷爷极少出门做嬉客。他总是把自己关在房间里，不是看书，就是写字。明明整日宅家，却从来不帮娘娘做家务，百事不管，眼鼻头底下扫帚倒了也勿晓得扶一扶。老店王还时常深更半夜勿困。据我娘娘讲，落雪天公早起，道地屋顶都积起尺把厚的雪，爷爷的房顶却总有一个勿积雪的"坑"——那底下是他放灯烛的地方。"灯油那么贵，老死尸就勿晓得日里写？"讲到这里，我娘娘总要骂上一句。

爷爷偶尔会从房间出来蹑步，也不走远，就在家门口转转，立到河埠头呆望望，或者冷眼看我们在竹园里拔草、挖笋，玩游戏，嬉笑打闹。小猢狲哪怕闹得沸反盈天，他也从不出声帮腔。

2

行草书，六尺屏四十元，联十元；五尺屏三十二元，联八元；四尺屏二十四元，联六元；屏以四条计，三尺屏同四尺横，直，整幅，视屏减半，六尺以上暨长联，来句另议。纨折扇四元。右行数难限，大小随书，如界丝格作楷者另议，泥金笺另议。冷金笺、绢倍之。堂匾、斋匾另议。篆、古隶真倍之。金石刻辞卷册署另议。竹、木、葩、卉画视行草书倍之。润资先惠，劣纸不书，立促不应。丙寅春三月，寓浙江绍兴东郭孟家桥三十六号。

——李生翁书画润格

那个润格是我娘娘逼着我爷爷立的。

你们见过那润格吗？写得真是夹缠。行草书是一个价，篆隶真翻倍，画又是另一个价，尺幅三至六尺不等，形式屏联横直不同，匾笺扇面另议，金石刻辞卷册署又是各种另议，来句再是一个另议。

有必要定得那么啰里啰唆吗？你看现时的书法家多干脆：六千一平尺。一万一平尺。哪来那么多废话？

我娘娘为什么要逼伊立润格？因为我爷爷他老人家脸皮薄，时常干些"赔胚赔眠床"的行事。明明非亲非故，一府两县，拐上三个弯，凭谁都能跟你拉扯上关系。斯文人碰上木脸皮，客气当福气。人家求字画，侬勿收铜钿，便等于倒贴纸墨——这不是"赔胚赔眠床"吗？可一家老小十几号，就等着他鬻书卖画济口度日呢，日长夕久，如何使得？我娘娘于是对爷爷出恶声了："人家和尚讲随缘乐助，那是供的泥菩萨，侬也讲随缘乐助，侬把家里十几号活口都当泥塑木雕啊？"

我娘娘其实也是大户人家出身，祖上点过翰林，后来家道中落，加上父母走得早，勿得已续弦给穷书生，真是活唧唧神仙落了凡尘。

价格拟好了，爷爷提笔加一句——"润资先惠"，娘娘点点头。

爷爷蘸墨再添一句——"劣纸不书，立促不应。"

娘娘摇摇头，叹了口气。

我娘娘叹什么气？"画蛇还要添足，那是读书人自己给自己留颜面。"我爹爹答我。

自此，老店王的书房里就多了这份用四号字印制的润格。

来了人客，我娘娘笑盈盈地进去敬茶。看见这一张热脸的同时，来客也便带眼瞧见了背后那一张冷面孔的润格。

3

戊寅小春月朔，贺公培心，暨松泉、秋农、生翁、雪侯、红茶、荔丞、鸿梁、沄簃、印西雅集春水闲鸥馆，内子雪清出肥鳌旧醅饷客，酒酣，处德以素笺索画兰蕙，宾主九人合作是帧，良可宝也，为之记。

——张天汉《九友图》跋

关于戊寅年春头的这次雅集，来我这儿坐的人都会聊到。一般都称之为小云栖寺雅集，但其实张天汉的跋文中只有"雅集春水闲鸥馆"一句，并未提到小云栖寺。照此理解的话，春水闲鸥馆应该就在小云栖寺内。但另有书家却言之凿凿，春水闲鸥馆是张天汉的室号，当然在八字桥张家台门。

提起八字桥张家台门，绍兴人无人勿晓。绍兴是座水城，城内外河道星罗棋布，出门都须以船代步。一般人家出门就是普通的乌篷船，本地叫脚划船，讲究点的便得是三明瓦的画舫。据我娘娘讲，当时整个绍兴城豪华画舫只有三艘——下大路许家、南街姚家和八字桥张家。这其中名头最大的就是张天汉家的那艘"烟波画舫"。民国六年，孙中山来绍兴考察，说绍兴"三多"，什么石牌坊多、坟墓多、粪缸多，坐的就是"烟波画舫"。民国二十五年，浙江省主席黄绍竑受贺扬灵之邀来绍公祭大禹，坐的也是"烟波画舫"。一九三九年，周恩来战时视察绍兴顺带祭祖，坐的还是这艘"烟波画舫"。这画舫的名称也有来历。张天汉自称张岱后人，而据他考证，张志和又是张岱先人。先人的先人张志和自号"烟波钓徒"，于是后辈的后辈张天汉就借了名。

"烟波画舫"平时极少闲在八字桥下，因为三日两头张天汉就会邀书家画友荡舟于耶溪鉴水之间，喝酒赋诗，挥毫泼墨。据我爹爹讲，我娘娘找勿到老店王，便会骂："乌大菱壳总是余到一起，老死尸又去烟波画舫鬼混了。"

小云栖寺雅集其实也就是一次家常的小聚，但因为留下了一幅画，

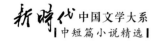
张天汉还仿效兰亭雅集题了个跋,日历被定了格,流水宴也便传了下来。

但是,雅集也好鬼混也好,说来说去好像跟小云栖寺没有半点关系啊。你们说,会勿会张天汉的春水闲鸥馆就设在烟波画舫里,而凑巧那一次画舫就泊在小云栖寺门口呢?

那幅《九友图》倒确实有点意思。惯常书画家合作都是各施其长,你画块石头,我添点花卉,他再题个款,相映成趣,所谓珠联璧合。《九友图》上却一式都是兰,而且是各画各兰,不顾不盼。我估计都是老酒喝得稀里糊涂了。不合常理的还有:参加聚会明明有十三人,除去"出肥螯旧醅饷客"的雪清和"以素笺索画"的处德是小辈外,尚有同好十一人,怎么就被署成了"九友"?《九友图》现藏于我爷爷的弟子沈先生处,他极少示人,我有幸见过,沈松泉和朱秋农只见其名,其余九人捉笔,因贺扬灵只写了叶,由印西和尚补花,共成兰蕙八株。坐中诸君皆为越中名流,但其中有一个叫沄鋄的,名字陌生,我问了不少书画圈高人,居然都话勿出。

小云栖寺雅集的时间是一九三八年春。三年后,日寇侵入绍兴城,我爷爷和朋友们的好日子就此结束了。在是年的一次空袭中,烟波画舫被炸得八码粉碎。应该也是在同一年,我爷爷不明不白失了他的四子翁旦,连尸首也没下落。

贺扬灵撤离绍兴时是邀过我爷爷的,让他随同去西天目避祸。可一家老小十数口,是管自己跑,还是携家带口走啊?爷爷选择了留下——"不管谁当朝,平头百姓么总还是过自己的小日子"。但爷爷想错了。日本人占了城,自然需要找个有头有脸的本地乡绅出来维持秩序。稍有点脑子的人都晓得,这活儿接勿得。三十六计,走为上计。名单打头的王子余,早两天就躲到了张墅沈复生家,据说金汤侯在寿材里断吃断喝躺了三天,朱仲华也阴声勿响藏了起来。名单再排下来排到了商会会长冯虚舟。冯虚舟也想逃，脚划船出南渡桥时却被鬼子截住，于是就成了维持会会长，再后来又做了绍兴县伪县长。有市面灵的朋友还讲，特务班长长岛最喜欢书画，这下真把爷爷吓着了。城里没法待，去哪呢？爷爷就想到了西郭门外的小云栖寺。住持印西也随贺扬灵去了西天目，看寺的小和尚倒是认得写寺匾的老先生。栖身之处有了，可是总不能十几口人天天随僧食粥吧？乱世惶惶，书画是换勿成盐米了。亏得小和尚机灵，不久就从寺庙老施主那里给接了裱褙锡纸、糊火柴盒的活计，于是老少上阵，每日借此换米，再自种些菜蔬捱日。慢慢地朋友们也知道了音讯，王觊甫、金汤侯等殷实户时勿时会着人来求点字索张画，所谓的"求字索画"其实就是接济——命都勿保了，谁还有原先那份闲情逸致啊？

4

旧时屡过绍兴开元寺，激赏翁三字题榜，峻健开豁，想见早年功力。晚年短札随手写记，拙而不娇，望之类敦煌碎纸，难得。

——沙孟海

我幼小印象最深的事是陪爷爷去东街理发。爷爷平日勿出门，要出门的话便是去东街理发，定煞数每月一次。好像每次都是走着去的——自孟家桥朝西，过东昌坊口到大云桥，再沿大街笔直朝北，至东街口再右折。听我这么一说，即便你们外地客，也知道是绕了远路。去理发为什么要带上两个小猢狲？现在想想，应该是老店王借机给我们做趟嬉客吧。

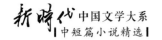
那一日老店王的兴致总是很高，平时端着的"威势"好像也放下了。一路走走停停、游游荡荡，他会絮絮叨叨给我们讲这个城市的逸事野史，卧薪尝胆的越王勾践，"飞鸟尽，良弓藏"的范蠡文种，王羲之的题扇桥、躲婆弄，徐文长的"山阴勿收，会稽勿管"，姚长子化人坛灭倭，刘宗周水心庵绝食，张岱夜航船伸脚，还有"泥马渡康王"的故事，"王城寺里的和尚——去了大半"的典故。大多当时都似懂非懂，唯有徐文长的故事听着发靥，后来祖孙再出门一路就都是徐文长长徐文长短了。在绍兴人嘴里，徐文长的故事是讲勿完的。他们其实更欢喜把徐文长称作徐老三，什么恶作剧——反正只要侬想得出，都可以挂靠到伊头上。

东街西首自大街到大坊口那一截，以前一直是绍兴城最闹热的地段。邮局、医院、真神教堂皆集中于此，其间店铺鳞次栉比，沿街是各式摊贩，我爷爷光顾的人民理发店就夹在中间。

爷爷理光头，推子推一推，剃刀再刮一刮，花不了多少工夫。但人民理发店生意好，常常得等，一等就是半日。

蹲在街沿，爷爷跟我说，新中国成立以前这里一直叫开元寺前。开元寺在哪？爷爷用手指指人民医院。开元寺一度曾是绍兴城香火最旺的寺庙，寺内塑有罗汉五佰，一到正月初一，城里老老小小都会到开元寺来数罗汉。左脚先进左边数起，右脚迈进右首数起，按岁数数到的那个罗汉就代表了你的年运。爷爷又告诉我，开元寺的寺额就是他写的，三个榜字，字大盈丈。"盈丈"是多大，有白篮那么大吗？大得多。这就有点难以想象了。开元寺毁于抗战期间，爷爷比白篮还要大得多的匾额，我自然也就见勿着了。

老店王三十岁开始在本地有书名，之后给许多地方题过匾额，但留存下来的很少。香炉峰禹穴后壁尚有半卷心经，你们有兴趣可以去看看。

据沈先生讲，当时是香炉峰了了和尚请我爷爷写大字心经，拟刻于禹穴后侧摩崖。刻至半途，我爷爷去观瞻，连连摇头，说是刻工失真，须翻倒重来。了了和尚却面有难色，大约是铜钿银子不济。很快抗战事起，此事便半途而废。石刻自"般若波罗蜜多"起，至"无挂碍无"止，存一百四十四字。我啊，我勿会写字，只会看看，我们子孙辈没有一个是吃书法米饭的。提到学书法，老店王总是反对，说写字太苦。七子三女中，最有天分的是翁旦，爷爷大概是想托以衣钵的，却偏偏走得最早。据说抗战胜利后，爷爷曾专门邀请文茂山房刻师王宝贤、王伯超等人前往禹庙，在《唐往生碑》上补镌"丁丑浴佛日生翁偕四子翁旦同观"字句，念念至此，可见其不舍。

相比爷爷的字，那时更吸引我的却是满街的行贩。内中有个卖甜酒酿的水泉矮子，最是勾魂。别看伊人矮，嗓门却高——"哎——水泉的甜酒酿来大哉——"癞子多花头，其兜揽顾客的方式也稀刁，甜酒酿装在两只特制的木桶里，水泉用白粉笔在木桶盖上写着几排字，谁要认得出就能白吃一碗甜酒酿。第一次我挤进去看西洋镜，那时我已识得勿少字，但桶盖上的粉笔字看半天却一个也念勿出。边上的人东猜西详，也都不对。老店王理完发出来，我弟弟搬救兵，拉了伊来认。爷爷从头至尾扫一遍，一声不响退出人堆。我和弟弟都非常失望，连小贩写的字都勿识得，你还威势什么啊？归到家后，老头子破例把我俩喊到了书房。"那些字我都识得，但我识得勿等于你们识得。""你们来看——"在一本厚沓沓的书里，爷爷把桶盖上的字一个一个找了出来。"天下只有写勿出的字，无有认勿得的字——想吃免费的甜酒酿，那得靠自己本事。"爷爷拿在手里的那本厚沓沓的书，就是《康熙字典》。爷爷出身贫寒，父亲早卒，只在十岁时上过勿到一年的私塾，此后就是靠这一本《康熙字典》识字断文起家，后来专攻书画，也全靠自己摸索钻研。

免费的甜酒酿我和弟弟一直没吃到，因为水泉矮子桶盖上的字总是在换，但我却因此识得了勿少的生僻字，还无师自通地学会了反切法。

5

李徐亦布衣，当代绍兴人，年六十余矣，非贵显，亦不往来贵显者之门，又远离沪上书家之互相标榜，其书名仅绍兴人知之，而绍兴人亦鲜有知书之精湛在沈康吴之上，而其博大雍容且在邓石如之上者。

——胡蕊生

爷爷一辈子偏安一隅，足不出绍兴。唯一的例外可能就是四十六岁时的淳安之行。

关于这次远足，爷爷一直闭口不谈。其间发生了什么没人晓得。娘娘知道的也就是"族人相邀，回原籍看看"一句。爷爷的爷爷辈自淳安迁至绍兴檀渎村，所以淳安算是爷爷的原籍。归来之后，爷爷倒是写了几首诗，极见文采。我读过勿少遍，都能背了。你们且听听——"逆水行舟听楫师，朝朝那有顺风吹。溟濛细雨富春路，贪看桃花不厌迟。"——这首题为《富春江行》。"湿云初散雨犹濛，隐隐轻雷隔断虹。舴艋不掀风浪静，夕阳如茜染江红。"——这首叫《江上晚霁》。"轻寒挹袖雨余风，独立湖堤夕照中。仿佛宋人团扇画，水天如醉柳花红。"——这一首名《夕照》。后来，他还为朋友章天觉的"翟琴峰山水画卷"题过诗——"野风发发水沄沄，江上人家冷夕曛。如此波光不荡桨，朝朝闲煞白鸥群。"那诗境应该也来自此前的淳安之行。勿是我自道好——

你们能想象这些诗是一个只读过勿到一年私塾的人写出来的吗？出去走走多好，开开眼，发发兴。整天克蛇龟一样蛰在屋里干吗啊，真是懂勿着老头子。

　　大概是在六十五岁那年，爷爷忽然提出了改姓。此前爷爷一直姓李，他早年的落款是李徐，中年为李生翁，晚年伊决定"复姓为徐"。意思是伊本该姓徐。那他又是怎么从徐姓变成李姓的呢？一种说法是他出生后即寄养于别家，这户人家姓李；另一种说法是其父——也就是我的曾祖——幼小时曾寄养于外婆家，就随了外公的姓。孰真孰假反正现在已成了糊涂官司。

　　姓了大半辈子的姓要改，我娘娘第一个反对，半路杀出个徐生翁，谁认识啊，这不自断财路吗？直骂老头子是"发昏"。书友们也都劝阻，成名成家后改姓，总归是件犯忌的事。爷爷却一意孤行，说改便改。后来在给朋友的信中，爷爷写道"今已复姓为徐，留不久，死无憾矣"。在旁人看来说改便改的事，也许于爷爷却是深思熟虑的结果。而最早触发他动这个念头的，我猜应该就是二十年前的淳安之行——虽然我并勿知道淳安之行发生了什么。也许，还跟他的父祖辈有关。至于怎么个有关法我就不晓得了。我只知道，他的爷爷是檀渎村种田的赤脚农民，他的父亲后来进了城，在一家商店做文牍，但在爷爷十多岁时便故去了。

　　都说世事如棋。拿爷爷这一生讲，淳安之行好似一着闲棋，但是谁都想勿到却在许多年之后抲了大龙。

　　爷爷的"复姓为徐"倒是给后来的研究者提供了便利。大家很自然地以落款将其作品划成了早中晚三个阶段，你们都看到了——这次博物馆的展就是这样布的：李徐时代，李生翁时代，徐生翁时代。

6

红茶仁兄，数年不晤，辱书。得悉勅定多豫，深慰驰系。生翁百忧薰心，日为饥饿挣扎，精力益颓，惟书画差有进境耳。属作画册二叶，意颇自好，足下能许頡頏汉人否？函达赐复，不宣。弟徐生翁上复。六月廿四日。画册二附。

爷爷的书名被更多人晓得，应该是在二十世纪八十年代中后期，那时他已过背二十多年。当时社会上有一股书法热，大气候又提倡创新，于是一批隐而不显的书画界人士文物样被挖了出来。

爷爷作为"丑书"代表，由隐到显重出江湖，中间起关键作用的人是他的弟子沈先生。沈先生后来成了隶书大家，记者去采访，他总是讲：你们别写我，写写我的老师徐生翁吧。但是徐生翁是谁啊——记者都闻所未闻。七老八十的沈先生就自己捉了笔写，叙师生机缘情谊，论老师书风为人，写完再投稿给书法报刊。此外他还广罗材料，收集整理作品，撰写生翁年谱，自印生翁事略，各种场合不遗余力推介其师。

爷爷一辈子就收了这么一个弟子。以他当时在绍兴的名声，想拜入山门的人自然很多，但他都一一拒绝。据说这中间就有贺扬灵的夫人林太太，贺扬灵当时是绍兴的县长，两人又有私交，这面子换谁都不能不给，我爷爷也真是做得出，偏生就没松口。他后来谢绝贺的西天目之邀，很难说跟此事没有关系。收沈先生时，爷爷已届耄耋之年，首次授徒，一时传为佳话。按沈先生的说法："我六岁即受先生嘉勉，时隔二十多年，才执弟子礼。"

爷爷为什么不收弟子呢？这个问题好像从来没人深究。书画圈历来是讲究师承的，所谓师出有门，否则就会被视为野路子。而我的爷爷似乎就是野路子，他一辈子都没拜过师。以我的理解，可能我爷爷骨子里是不相信书法可以教的。要说师，无碑无帖不是师，谁都可以学，万事万物皆为师，何用得上拜？至于学勿学得到，最后能修炼到哪个份上，那就要看各人的悟性和造化了。舍姆娘靠自健，别人是帮勿上多少忙的。

爷爷曾经在文章中写道："我从小爱好书画，但家无藏弄，乏师友为之指导。今兹略有所获，多靠自己钻研得来。"

爷爷早年习颜。家里买勿起纸，便每日以废纸旧簿本临习。沈先生的年谱中说，爷爷"曾用端正的颜字为家中新置板桌书写年月及名号"，那张四仙桌我确实是看到过的。据说我曾祖当时极为开心，期望儿子长大后写字能像翁同龢一样有名。翁同龢是谁啊，人家可是当朝宰相，皇帝的老师，我曾祖真是异想天开。

要说老师，罗振玉、王国维编的《流沙坠简》可能才是我爷爷这辈子最要紧的老师。这本被称作解读汉简的开山之作的书，是我爷爷四十六岁生日时张天汉送他的。书中这些墨迹的敦煌汉简，真是让爷爷开了天眼。你们想啊，之前的汉代书法都是碑，写的人和看的人中间插了个来路勿明的刻工，现在碑刻变为墨迹，你居然可以跟千年前的汉代人面对面了，这种感觉得有多神奇啊？要我看，爷爷的书风真正脱胎换骨就是从接触《流沙坠简》开始的，他后期的书法写得东倒西歪，外行人都看勿懂，被戏称为"孩儿体"。那种生拙、古朴和天真，当是胎息于敦煌汉简。那段时间他给好朋友沈红茶写信，说："生翁百忧薰心，日为饥饿挣扎，精力益颓——"又说："惟书画差有进境耳。属作画册二叶，意颇自好，足下能许颉颃汉人否？"想跟汉代的人扳扳手腕，论论短长，应该是他在朋友面前心境的自然流露吧？

说了不收徒子徒孙的，可执拗的爷爷怎么又会在暮年破戒呢？

沈先生立雪徐门的想法由来已久。但是想法归想法，沈先生一直不敢明言。出口的话，就是泼出去的水。一旦我爷爷拒绝，活棋便生生下死了。后来代为出面的是王贶甫、朱仲华、陶冶公"三驾马车"。据沈先生自己的说法，这三位老前辈去之前也是瞒着他的，他们心里也没底，独怕碰壁。后来事情办成了，才兴冲冲跑到学校告知他。爷爷在圈子里是出了名的"硬头颈""劝勿进"，这三位老先生到底讲了些什么话，让他突然转了念头？

说是师傅徒弟，沈先生的字倒是跟我爷爷一些勿像。这话沙孟海也讲过，他说："上海有个王蘧常，写的字不像他老师沈寐叟。会稽沈定庵师从徐生翁，作品亦难见生翁的痕迹。"

7

我学书画，不欲专从碑帖古画中寻求资粮，笔法材料多数还是从各种事物中若木工之运斤，泥水工之垩壁，石工之锤石，或诗歌、音乐及自然间一切动静物中取得之。有人问我学何种碑帖图画，我无以举拟。其实我习涂抹数十年，皆自造意，未尝师过一人，宗过一家。我的书画以欲自造，故不做临摹工夫，有时也走入歧途，乃至自觉不知已费去多少年月，迄今尚未有艾。我的书画要避免取巧，要笔少而意足，又要出诸自然，所以有时作一帧画，写一幅字，要换上多少纸，若冶金之一铸而就者极罕。因此我的书画不能多作，人讥笨伯，我亦首肯。我学书画，始终在学造我的书画，能否达到：鹄的是一。

——徐生翁

沈先生曾经跟记者讲过一桩事情。抗战胜利第二年，他从湛江子然一身逃难回到绍兴，特意带了两幅作品去看望我爷爷，这两幅作品是早年我爷爷送给他父亲华山先生的。颠沛流离中，凡百身外之物都散失，一家七口也独余其一人，这两幅字画能留下实在要算大头天话。展开来看，我爷爷却说勿好勿好——我给你换。沈先生内心万般不舍，在他，这两幅字画已不单是字画，而是劫后余生的一点念想。但作为小辈又勿好拂老人的意，最终自然只能放落字画，怏怏而归。等到下次再去，我爷爷果真给了他两幅新作：一张画的梅，另一张写的是陶渊明那首"种豆南山下"。

那收回的旧的两幅呢？烧了。

烧了？烧了。

祖父大半辈子累于家室，我后来读到他寄至上海的信，仿佛秦桧召岳飞的十二道金牌，每一封都在催逼：三哥吉期临近聘礼待办，弟妹学费要缴，小妹牙痛得看，七弟学校要做大衣要买英文书，各式人情世故皆大于债，而物价总在涨，已接力的二哥六弟预支了薪水，却总还是不够开销。

到得晚年，子女都有了出路，自己被省文史馆聘为馆员，每月可领津贴六十元，节头年尾统战部还会送上几块慰问金。总算再也勿用为生计忧心了，爷爷却像是入了魔怔。

按我娘娘的说法，老东西是前世作孽，越老越"变死"。借口耳聋，闭门杜客，连家人也不理不睬。年岁大了耳聋最正常，我娘娘却说老死尸是装的。想耳根清净时，铜锣震天也听勿到，要紧关头——侬讲伊一句闲话试试——耳朵煞骨洞亮。整日关在房间里，说是写字，却"写了撕，撕了写"，仿佛跟纸墨结上了仇。我娘娘次日一早进去，总是满地狼藉。

老东西最是见勿得自己的字画,遇上了挖骨脑髓都想要归来,要归来干吗,毁尸灭迹——不是撕毁就是烧掉。那些年家里人时常能看见他蹲在堂前一只破搪瓷脸盆面前烧,乌面灶司的,没人劝得进。

老店王怎么入的魔?要我看,应该就是从"复姓为徐"起头的。以前与朋友品书论画,老店王总是讲"出处"、究"来历"。舌头没骨头,涂抹数十年,忽然话锋一转,说是"熟易生难,巧易拙难",要"自造",要"笔笔脱尽碑帖"。爷爷给朋友写信:"吾姓固是徐,岂可久假?"又说:"吾书吾自乐耳,讵必人知?"现在回过头再看,这两句话其实是一句话。

剔骨还父、割肉归母——晚年的爷爷总让我想到《封神榜》里那个六亲勿认的混世哪吒。

那段时间,为防老东西闷出毛病,我娘娘时不时会差他出门去办些有要无紧的事体。爷爷出去了,总是整半日勿见归来。娘娘必得再差我或弟弟出去找寻。两蛮汉在当街角力,爷爷围观得津津有味。脚划船从桥洞下过去,爷爷看得痴痴呆呆。府山上两棵半枯的古柏,泥水工用泥夹垩一堵墙,也能让他停驻半天。至于娘娘差他办的事,自然还得我或弟弟再行代劳。

祖父晚年闭门造车,凡俗不识,却也有零星知音。上海的邓散木慕名来绍兴拜访,祖父示以书幅,邓散木看得莫名其妙,隔日拿给他的老师萧蜕庵看,萧蜕庵却拍案叫绝,认为是天人运化之笔。黄宾虹看了祖父书画后,评价说:"以书法入画,其晚年所作画,萧疏淡远,虽寥寥几笔,而气韵生动,乃八大山人、徐青藤、倪迂一派风格,为我所拜倒。"其后又专门委托张慕槎上门,转达荐贤出山的意愿,祖父婉谢,答说:我老啰,活不了几年了。那一年祖父八十岁。

到得一九六三年冬天,在为越王台新立的木刻勾践像题写"卧薪尝胆"

后，祖父患上了重感冒，此后慢性肾病、痔疮等旧症并发，病势日重。挨到次年一月初，祖父去世。临终前，环顾满堂孝子孝孙，老店王嘴里喃喃，似有交代。我爹爹把耳朵贴到伊嘴边，祖父再喃喃一句，最后那口气塌了下去。

爷爷一死，就有人来将他的书房贴了封条。等出殡之后，又有一帮人上门来搬他的书画、书籍，足足装了有三大箱。箱子出门时，有人还问了句：要不要开个收据？家里不知是谁回答：不用不用。过了些时日，我放学回家，看到家里人在堂前用一些小本子发煤炉。我上前一看，这不是爷爷的小本子吗？我知道爷爷平时读书，都会将喜欢的诗句、对联摘抄下来，用的就是这种他自己装订的黄色小本。看看煤饼炉边还有很高一沓，我就顺手抓了四本。沙孟海说我爷爷"晚年短札随手写记，拙而不矫，望之类敦煌碎纸，难得"，指的应该就是这种本子。

许多年后，我爹爹大限将至，病榻前忽然跟我提起一桩旧事。"你知道你爷爷临终时讲了什么吗？"我自然勿晓得。父亲告诉我说，祖父弥留之际，最后喃喃的那句话是："呆子孙，呆子孙。"

城　市　文　学　卷

某日的下午茶

杨小凡

深秋的一天下午，具体哪一天记不太清楚了，暂且叫做某日吧。

为一桩小三害死恩人丈夫又反告恩人的狗血官司，我在南方某城连续工作了二十多天，虽然还未开庭，身心都已疲惫至极。回到家里，睡了十几个小时。过了午，觉得该起床了，腰身依然倦怠得很，倚在床头时又无端地觉得烦闷和失落。为了朋友的一句托请，为了少得可怜的代理费，怎么就接下了这桩官司呢？活着是累的，也庸俗得很，总归是免不了情与钱。

一边洗漱，一边这么胡乱地想着，眼前的一切似乎都不太真实。

半个月没进书房了。摇开落地窗帘，窗外梧桐树的金黄扑过来。啊，已然到深秋。拉开玻璃，一丝桂花的沉香也飘进来，金黄的桂花虽已干成一团团深褐色，却依然残留着余香，这就是万物皆留香吧。

这时刻，喝茶是最相宜的，我确实也有些渴了，是那种久睡后来自身体深处的干渴。

这个时节，午后提神破闷，武夷山的肉桂是最适合的。牛栏坑的"牛肉"当然更好，马头岩的"马肉"也还不错，琥珀色的茶汤骨力苍劲，收敛而霸道，如一股开阔自由的山风迎面入喉，能浸透全身。

在冰柜里翻了半天，竟没找到肉桂。按我的习惯，这个时候喝红茶是有点早了，温热适中的乌龙是相宜的。乌龙也没有找到，只好顺手拿了盒绿茶。解渴就行。

这是春天遗留的一小盒太平猴魁，为什么没有喝呢？

　　我突然想起太平镇上的那个春日下午，以及朱山木。

　　那个春日的下午，我专门到朱山木的太平镇，是为了探寻朱山木所说的，那桩三十多年前三兄弟结拜的纠葛吗？似乎不是。那段往事与自己又有什么关系呢？作为一个爱茶人，我当时就是冲着猴魁茶去的。

　　太平镇是朱山木的老家。镇街上临水而建的"太平道"茶社，是典型的前店后坊的老店铺式样，朱山木平时也常常住在这里。

　　春天就要过完，离立夏没几天了，正是炒制猴魁的最忙时节。

　　上午采，中午拣，下午必须制完，十几个工人都在后院安静地制作。朱山木拿出新采制的猴魁，冲泡。一边泡，一边给我讲解猴魁炒制的流程和品赏的茶经。头泡茶果然香气高爽，蕴含幽雅的兰香，这个时刻是不容你多说话的，入脾的兰香让你只有静心品味。

　　第二次泡后的茶，味道便醇厚浓烈起来。

　　朱山木放下茶杯，突然说，就因了这茶叶我结识了两个朋友，快三十年不见了，但他们却像卡在我喉咙里的两根鱼刺，吐也吐不出，去也去不掉。

　　我敏感地觉察到这里面是有故事的，便端起茶杯说，可以说说吗？

　　朱山木也端起茶杯，笑了一下，他并没有喝，而是放下茶杯。

　　我喝了一口茶，也点上一支烟，望一眼街上匆匆而过的行人，对朱山木说，如果方便的话，说说吧。

　　他从茶几上拿起一支烟，点着吸了一口，然后才说，朋友啊，就像这茶，靠的是缘分。有时越品越香，有时越喝越淡，有时还能喝出苦来，但最终是水里来水里去。

　　朱山木叹了口气，开口了。

那年岁末，离春节也就十来天了。那年合肥的天气出奇地冷，小雪接着中雪、中雪接着大雪下个不停，我住在旅社一间三床的房间里，连取暖的火炉也没有，更不要说空调了。房门侧面放一张床，对面放两张床，对着门的那个角里堆着我没卖完的茶叶，有七八个蛇皮袋。大街上的行人几乎都小跑着，生怕寒风冻坏了耳朵，商店里的人也稀稀拉拉的，茶叶一天都卖不出几斤。一到下午，我就不再出门，就窝在房间里，捧着热茶杯不停地喝，可还是觉得一股冷气贴在脊梁沟里。

那时的黄山毛峰、猴魁才是真正的有机茶，茶树连化肥都不施的，更不要说打农药了。朱山木穿插着说。他当年才二十二岁，但已经卖了五年茶叶，初中毕业那年就开始背着茶叶卖。那时，茶叶在城市里也很少人喝的，当然价格也便宜。

还回到那天下午吧，朱山木接着说。

那天应该是腊月二十三，农历的小年。马路两边的胡同里从早上到下午，都有零星的鞭炮在燃放。我本来是想回老家太平镇的，可还有这么多茶叶没卖掉，路上也结冰了，去了两次汽车站都没有买到车票，真是又急又冷。我正捧着茶杯发愁，门外响起了脚步声，接着又听到服务员大姐铁环上几十把钥匙哗哗啦啦的响声。门被打开了，服务员对旁边的高个年轻人说，就是这房间。

房间里住进一个人，我是高兴的，有人说话也是可以驱寒的。这人就是东北的辛宝，个子有一米八多，两只脚很大，脚上的棉鞋有一尺多长。我拿出茶叶给他泡上，两个人便聊了起来。他是来学开卡车的，驾校放假后，没地方住了，他却没有买到火车票，只能先找到这里住下来。吉林人为什么会到几千里外的合肥来学开车，原因应该是挺复杂的，也许当时他说了，但我现在记不清了，毕竟过去三十年了。

朱山木说，他与辛宝很投机。辛宝当年二十八九岁，不主动说话，偶尔接起话茬儿也是很能说的，尤其说到他十来年在社会上四处走的见闻，还是很新鲜的。当天晚上，我俩就在马路尽头街角的小饭馆喝起了酒。那晚，我俩喝了一瓶古井玉液。说是我俩喝，其实我喝了最多二两，辛宝显然比我的酒量大多了。边喝边聊，老板要关门了，我们才离开。那天夜里，雪下得很大，但我却没感觉冷。酒驱了寒，也驱走了寂寞。这一天，我第一次知道，心与心也是可以相拥取暖的。

几杯茶喝下去，朱山木慢慢兴奋起来。

他递给我一支烟，又接着说与贾大白相遇和他们三个人结拜兄弟的事。

腊月二十六那天下午，天空中下起了雪粒子，落在树枝上、雪地上，发出沙沙的响声；风吹过来，雪粒扑到玻璃窗上，不一会儿，外面就雾蒙蒙的一片灰白。傍晚时刻，贾大白就被那个女服务员送到了我们房间。贾大白很能说，他一进屋，就开始骂天气，骂一个什么人不守信用，害得他找人找不到，回去又买不到车票。

那天晚上，我们仨又去了那家小饭馆。贾大白点了菜，辛宝让店老板拿瓶古井玉液，我那时身上有卖茶叶的千把块钱就说由我来出钱。贾大白大手一挥说，喝，这酒香，今天他刚住进来，酒菜都由他全包了。那晚，我们仨喝了两瓶酒，我还是只喝了二两多后就有点晕了，剩余的肯定是他们两个喝了。贾大白那天晚上说的话最多，几乎都是他一个人在说。他说，他是河南的，是中学教师，是诗人，是来合肥《诗歌报》找人的。我和辛宝都只上过初中，对贾大白说的那些诗歌和诗人什么的真是不懂，就任他边喝边说。

那年年底真是邪门，雪就是不停地下。我们三个人到年三十那天都没有买到回家的车票。那时的合肥，到了除夕大小饭店差不多都要关门的。我们仨早晨就跑到七里塘菜市场，买了一些熟菜、包好的饺子和几瓶酒，为年夜和初一做了准备。

那年三十，我们三个人真是守夜，一整夜都没有睡。那时没有电话，跟家里人联系不上，家里人肯定担心死了。街上不时响着鞭炮，空气中弥散着肉香，可我们三个人开始也都愁苦着脸。冰天雪地，人困旅途，又有什么办法呢。随着酒越喝越多，我们的心情也渐渐好起来了。

新年的钟声快要响起时，贾大白提议我们三个人结拜成生死兄弟。他的提议立即得到了我和辛宝的赞同。按年龄排序，辛宝是老大，贾大白是老二，我排行老三。外面的鞭炮声接连响起的时候，新年到了。我们仨举起酒杯，贾大白带着我和辛宝起了誓：兄弟结义，生死相托，福祸相依，患难相扶，天地作证，永不相违！

那夜，我们仨都喝醉了。贾大白喝得最多，也是第一个醉倒的。

现在，朱山木是猴魁的第一大庄家。他在茶叶行多年的经历，经济实力就不用说了，尤其家住太平镇这个独特的优势，每年最好的太平猴魁都要过他的手。这么说吧，我敢肯定，他送我的这茶一定是上品。

水烧开了。我洗净水晶杯子，夹起一片两端略尖的茶叶细瞅，茶叶通体挺直、肥厚扁平、均匀壮实，苍绿中披满白毫却含而不露，猪肝色的主脉宛如橄榄。这是上品猴魁，不是用地尖、天尖、贡尖、魁尖冒充的。

每一款茶叶对水温都有自己的要求，水温太高不行，太低也不行，甚至上下差一两度都可能废了茶的韵味。太平猴魁要九十度的水，这水也一定是沸后降温的，不沸的半生水是决然不妥的。水冲进去，也就一分钟的光景，芽叶便徐徐展开，继而舒放成朵，两叶抱一芽，或沉或浮，如一个个小猴子在嫩绿明澈的茶汁中搔首弄姿，煞是可爱。

品尝这样的上品，自然是要音乐的。

我打开墙角的唱机。找到王粤生的黑胶片，古筝独奏《高山流水》虽然不是王粤生最得意的作品，却是我的最爱。

这时，唱片机里，虚微、渺远的古筝曲，从高山之巅、自云雾丛林，时隐时现地飘出；杯子里如幽兰的茶香也溢出来，慢慢地弥散开，和着古筝的声音扑过来。

我微眯着双眼，深深地吸了一口混着音乐和茶香的气息。这时，与朱山木谈话的那个春日下午，又浮在了眼前。

朱山木说，他们三个分别后他的茶叶生意似乎有了转机，甚至比往年卖得更多了。

那年八月底的一天晚上，快十点了，贾大白突然来到旅行社。朱山木点上一支烟，又接着说。

贾大白见到我时，火急火燎的，好像被人追着一样。他给我说自己在外面出了点事，得出去躲一段，要向我借点钱。我想问详细一点，他却说你知道得越少越好，不能连累你，你借我钱就行了，我一定会还的。

看那样子，他真是遇到了麻烦。我就把身上的八百多元钱，全掏给了他。他接过钱，就离开了旅社，说要去赶到东北的火车。我送他到××路口，看他消失在街头，又抽了两支烟，才回到房间。那天晚上，我几乎没怎么睡着，一直在想，他一个老师，还是什么诗人，不会犯下杀人放火的事吧！

自此，有两年多再也没有贾大白的消息。

第三年初春的一个晚上，茶叶卖完了，我高兴地回到旅社。刚一进院门，那个胖胖的女服务员就诡秘地朝我一笑说，有个女的抱个孩子等你一天了。

啊，这是谁呀？自己去年谈的对象在老家太平镇啊。

这个女的二十岁上下的样子，像个没结婚的学生，手里扯着一个一岁左右的女孩。我还没开口问，这个女的便哭了起来。我把她引进房间，这个女的说她叫曹秀霞，是贾大白的学生；她怀孕后贾大白就走了，临走时给她写了字条，让她有事来合肥找我。说着，曹秀霞把贾大白写的纸条递给我。那个字条我一辈子都不会忘：朱山木生死兄弟合肥市 ×× 路 ×× 旅社。

那天晚上，我把曹秀霞娘俩带到街角那家小饭馆。点了两个菜，我自己要了瓶啤酒。曹秀霞左胳膊抱着孩子，边吃边流泪地说，她得去找贾大白，听说他去了广州，自己带着这孩子在老家没法待了。我说，这两年多我都没见他了，广州那么大到哪儿去找呢。曹秀霞就停下来不吃了，一直哭。我劝了一会儿，她又接着吃起来，显然一路上她没有吃好，是饿着了。

一瓶啤酒快要被我喝完的时候，曹秀霞说她要方便一下。小饭馆北边十几米的地方有个公厕，她把孩子递给我，就出去了。

等了十几分钟，曹秀霞没有回来。我抱着孩子去找，最终也没有见到曹秀霞的影子。那天夜里，我哄孩子睡的时候，从她上衣口袋里找到一张纸条：朱大哥，你是好心人，先替我照顾着闺女，我要去找贾大白。

记得朱山木给我说到这里时，他自己突然苦笑起来。笑着，笑着，就流泪了。他说，我是上辈子欠贾大白的债了。他和那个曹秀霞都是提前给我设好了套。很显然嘛，曹秀霞见到我之前就把纸条写好了，她是一定要把孩子这个包袱甩给我的！

听朱山木讲着这些，我也觉得一切都像注定的结局。

停止了回忆，唱片机里的古筝声又充盈了我的耳膜。

古筝清澈的泛音淙淙铮铮，如幽涧之春溪，清清泠泠似松根之细流；青山叶动，春水荡漾。此刻，我分明看见一袭长衫、白衣高洁的伯牙端坐琴前，纤长而有力的双手拨弄着琴弦，琴声与长发随风而飘，万物沉醉迷离。樵夫钟子期闻琴丢下柴刀，立耳静听，泰山之形从琴音出，子期自语："善哉乎鼓琴，巍巍乎若泰山！"少时，琴弦上的流水自高山而下，子期又语："善哉乎鼓琴，洋洋乎若流水！"

啊，山林竟遇知音！伯牙起身施礼，"吾乃楚国郢都人，晋大夫俞瑞，字伯牙是也。"子期亦施礼以答，"一介草根钟家子期！"伯牙抚琴，琴声遂如雨落山涧，山洪暴发，岩土崩塌……子期邀伯牙林中寒舍餐宿，杀鸡煮酒饮血为兄弟。及至次日破晓，伯牙方惜别子期使楚，相约翌年中秋再会。

听琴生景，伯牙和子期仿佛正与我对坐书房。这时，琴声若隐若现，飘忽无定，虚无、渺远。朱山木那个春日下午所述之事，又出现在眼前。

曹秀霞不辞而别后，朱山木只得把孩子送回太平镇老家，交给他母亲暂养。关于贾大白、曹秀霞和这个女孩的事，朱山木的母亲是信的。但他的女朋友听起来就像天书，立即退了婚事。这一点朱山木说自己倒没有什么，关键是这女孩就这样一直养着也不是长远办法。

又一晃，五年过去了。朱山木结了婚，女孩仍由母亲带着，也该上学了，可连户口也没有，这样下去肯定不是办法。

朱山木觉得贾大白一定会找辛宝的，辛宝也许会知道贾大白的一些情况。他按辛宝留下的地址写过十几封信，都不见回音。难道辛宝留的地址是假的？难道他也是不靠谱的人吗？

这年夏天，朱山木决定去东北白河镇找辛宝。

在白河镇找了三天，朱山木终于打听到了辛宝的下落：他在天池景区入口开越野车。

朱山木立即赶到天池景区入口。从山下到天池，必须换乘越野车。一个开越野车的司机告诉朱山木，辛宝拉着客人刚上山，可以拉着朱山木去找。朱山木坐上这人的车，就开始了解辛宝的情况。司机开始不愿意多说，后来说不太熟悉，辛宝才到这里半年，听说因为射杀野貂进过班房。

山路越来越险，司机不再开口。能见到辛宝就好！朱山木也不再问，他心情很好地看着车窗外的风景。

车子走到半山腰，一团一团的白雾压过来，开了车灯才能看清十来米远。几分钟之后，到了天池旁边停车处，天空突然云开雾散。司机笑着对朱山木说，你是有福之人，到这里十有六七看不到天池真面目的。

朱山木让司机找辛宝。这司机问了两个人，都说他刚拉客人下山。司机就对朱山木说，既然来了，又碰到雾散，你就先去看看天池，我在这里等你。一会儿下山肯定能找到他的。

朱山木随着游人向天池走去。

曲曲折折地踏雪走了十来分钟，天池便在眼前了。只见湛蓝湛蓝的湖面上倒映着悬崖、峭壁、蓝天、白云，一缕一缕纯净的阳光透过云层扑进湖里，又折射到峰壁的白雪上，与湖面上的粼粼光波辉映交互。游人们正沉醉在这美景中拍照留影，突然间狂风吹来，浓云滚动。朱山木刚走几百米，到哨所旁边，伴随着电闪和雷鸣，大雨倾盆而下，雪白的山顶风吹雨飘，寒气逼人。

朱山木见到辛宝时，天已经黑了。

那晚，辛宝和朱山木边喝酒，边说着他们分别八年来的事儿。虽然，朱山木喝多了，但他还是弄清了辛宝以及贾大白这些年的经历：贾大白跟朱山木借钱后，又来找了辛宝；他说有人要抓他，就在辛宝家住下来，并在他家过了年；春天的时候，贾大白提出让辛宝抓野貂收貂皮，由他带到南方去卖，赚钱平分；谁知那年突然对捕猎野貂抓得紧，贾大白带着貂皮离开不久，辛宝就被林业派出所抓了，而且判了三年；辛宝被劳改的时候，贾大白给他寄过信，他告诉辛宝说，出来后就去南方找他。

辛宝出来后去找过贾大白，但在他留下的地址处打听了一个多月，才听说贾大白可能两年前就跑出去了。辛宝想肯定找不到了，就又回到了老家，当司机拉游客。

那天，辛宝喝多的时候又说，他在监狱期间有一个自称是贾大白媳妇的女人到他家来过，后来那女人到哪里就不知道了。

这次东北之行，朱山木虽然没有打听到贾大白的太多消息，但总算见到了辛宝。辛宝说，贾大白一定还会找他的，只是或早或晚的事。但朱山木不这样认为，他觉得贾大白肯定不会再联系他俩了。

那天在太平镇朱山木家里，他端着茶杯说：我当初的判断是对的。二十八年了，贾大白仍然杳无音讯。

过去的，永远不会再来。他们仨的过往对我来说，也许就是个故事。

我再次把热水冲进壶里，茶香又飘出来。呷了一口，如兰入脾，我顿然神气清爽。这时，轻快如歌的古筝声似从天边飘来。闭目静听，竟如云行水流，悠悠扬扬，如少女的吟唱，似春风拂面，世界立即变得安谧而温润。

音乐真是可以蚀骨销魂的。我正这样想着，突然手机响了。这是谁啊，这个时候来电，真让人败兴。

手机一直在响。我睁开眼，本想立即关掉的，但来电的却是我那个爱无事生非的朋友老毛。我心里很不高兴，按了键，没好声气地说：哎呀，被你害惨了，接了你介绍的这桩官司。

老毛并没有意识到我的不快，而是讨好地说：你要请客，这个狗血官司一准抓住所有人的眼球，你大火的机遇来了！

挂了老毛的电话，我竟听不到书房内的古筝声了，脑子里浮出那桩狗血官司来。

委托人静静说，真是一念之间就注定了事情的结局。

十年前的春天，她和丈夫去考察时结识了少女那扬。当时，她学习刻苦，却面临辍学。那扬只比自己的女儿大四岁，静静决定帮她到大学毕业。毕业后，那扬来了静静在镇江的工厂上班。那扬人生地不熟，聪明能干，静静把她当女儿待。

静静因照顾患病的母亲，很少过问厂子的事。一天，她无意间在丈夫石东升办公桌抽屉里翻出本人工流产的病历。一查丈夫的微信记录，她当即晕过去了：流产的竟是那扬。

农夫与蛇的现代版啊！面对静静，石东升苦苦哀求和保证，说自己只是一念之差犯下了错误。想想女儿的未来，静静心软了，准备默默处理，让那扬立即离开镇江。

可那扬非但没走，还叫来了家人与静静和石东升大闹。面对如此乱局，两面夹击，一向要面子的石东升，激动之下心梗离世。丈夫突然去世，猝不及防的静静蒙掉了。偏偏这时，那扬拿着石东升写下的四十万欠条上门讨债，未果，最终起诉到法院。

按说，这场官司没有什么悬念。好个忘恩负义的那扬，鸠占鹊巢，拆人家庭，谋人钱财，竟还有脸诉诸公堂。但，这事却比我想象的八卦得多，曲折得多。

当我费好大周折约见到那扬时，她却哭诉着说自己被石东升强奸的经过，并出具了石东升亲笔写的忏悔书，以及四十万欠条的复印件。石东升在忏悔书上写得清清楚楚：自己一念之差，强行与那扬发生了性关系；如三年内不与她结婚，就以四十万作为补偿。

我点上一支烟，回想着这些，心里发愁。这官司还真不是那么好打的。静静当初资助那扬并让她到自己厂里工作，石东升与那扬第一次强行发生关系，都是一念之间的事啊。

正品猴魁，是特别吃水的。头泡香高，二泡味浓，三泡、四泡仍香如幽兰。

我喝茶是喜欢偏热的。一杯冒着热气的茶汤入喉，心便静了下来。

静下心来，便感觉到古筝跌宕起伏的旋律。

此时，我能想象到王粤生手中的古筝正猛滚、慢拂，流水激石声起，犹如危舟过峡，有腾沸澎湃之观，具蛟龙怒吼之象，好不动魄惊心。接着，泛音如波而渐弱，正是轻舟已过激流、平湖淹没险滩，眼前流水如歌，风畅，云舒。

仿佛是两千年前，俞伯牙与钟子期两颗心的相交相融。

我与朱山木是如何相识的呢？古筝声勾起了我的记忆。

结识朱山木，就是从买茶开始。

五年前的秋天，我这个以律师为主业的业余诗人，竟接到了参加诗会的邀请。那个诗会的喧嚣和乏味，以及男男女女老老少少的苟且，让我心里很不是个滋味。诗人死了，诗也死了。于是，我便独自去城里逛。

毫无目的地徘徊在大街上，行道树上的黄叶和微寒的风，让我感觉更加孤寂。找个酒馆或者小店喝一杯烈酒，或许会更好些。我加快了脚步向前走，没走几步，就在左前方看到一个叫"太平道"的茶叶店。

这名字有点意思，我决定进去看看。

店面不大，却雅致精巧，墙上挂着仿宋人马远的《山径春行图》，竟使这小店平添些许清新和意趣。

我看了看柜台下摆放的猴魁，便兀自地笑了，这个地方这个时节竟卖猴魁，骗人不懂茶叶吧。我让女店员拿出来我看看，这女孩审视我几秒钟，便从柜台后的一个小冰柜中取出一小盒茶叶，小心地用木夹子夹起一片茶叶，递给我。

我扫一眼就笑着说，这茶连魁尖也算不上！真正的猴魁，那是刀枪云集，两头尖而不散不翘不卷边，两刀一枪披白毫！

我正这么说着，朱山木从里面走出来。

他看了看我，有些歉意地说，这位先生，看来你是个行家，这里确实没有真正的猴魁，最好的也就是贡尖了。他有些心虚又无奈地接着说，在这里不套个猴魁的盒子，也卖不出去。如今，懂茶的人并不多，看的都是价钱。

我不以为然地反问，那就可以以次充好了吗？

朱山木掏出烟递过来，忙解释道，这价格也不是真猴魁的价啊！听口音，咱们是老乡呢。可否赏脸喝杯茶，聊会儿？我这还真有一盒猴魁！

在里面的茶室里坐定。

朱山木对站立在旁边的女孩说："鹤儿，把那盒猴魁取出来！"

鹤儿的眼神与朱山木的目光倏地碰了一下，转身离去。他俩的眼神虽然就这么一碰，但我还是看出了其中的默契、温暖以及深处的一丝暧昧。

鹤儿净杯、冲泡、分茶。茶是绝品，形、色、香俱幽；鹤儿明眸善睐，

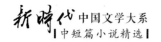

含情周到。我与朱山木从茶聊起，及至山南海北、杂闻逸趣，都有些相见恨晚的遗憾与欣喜。

自此，我与朱山木慢慢交往起来。以茶为友。

朱山木专营猴魁，虽然挣了不少钱，但至少表面上看来并不俗，金钱对他来说似乎是可有可无的事。

每次见他时，案头上都放着几卷宣纸水印的《徽州府志》，有时翻开，有时合在一起，总之，让人觉得这是一个有些文化情结的人。

今天我却突然有一种直觉，朱山木是一个深不可测的人。疑问和不解竟蒙上心头。

鹤儿是贾大白和曹秀霞的女儿吗？如果不是呢？那朱山木与贾大白和辛宝的故事真正发生过吗？鹤儿与朱山木究竟又是什么关系呢？

这样的疑虑并非突兀而出的。

因为前年秋天，我因一个案件也去了白河镇，也顺便去了天池景区。但我并没有打听到一个叫辛宝的人。

当时，我还给朱山木打了电话，他却说自从那次与辛宝见面后也没再联系过，有二十年了吧，也许他早就不在那里了。

我当时并不是出于律师的职业习惯，专门要核实朱山木所讲故事的真假，而是想见一见那个叫辛宝的人。也许，就是一个念头而已。

从二道白河镇回来有那么一阵子，我脑子里确实想过几次这些疑问，但终因世事繁杂，手上的案子又特别多，竟忘了这事。毕竟是别人的故事，自己还要为生活奔波，这样的闲事自然不会久在心上的。

直到半年后的一天夜里，鹤儿突然给我打来电话，我才又重新想起。

那是个春天的月夜，如钩的上弦月挂在湛蓝的天穹。星星特别明亮，像一双双少女的眼眸，闪着天真而又充满希翼的亮光。荡漾的微风，如

816

少男少女的私语，弥散在静谧的夜里，偶尔有飞动着的鸟鸣划过去，夜空显得更寂静了。这时刻，捧一杯绿茶坐在阳台上，也许并不是为了真喝，只是想让这茶为夜空平添一些如兰的清香。

我正沉醉在这欢喜的时刻里，手机突然响了起来。

手机真不是个好东西，它让人人都失去了安静和自由，更不用说隐私了。手机不依不饶地响着，我只好转回房间，想看一看到底是谁打来的。

原来是鹤儿。她极少打电话的，好像就没有主动给我打过，只是偶尔在微信上点个赞。有时，我把需要茶叶的朋友介绍给她，她最多也就是发一个感谢的表情。这是一个矜持而有分寸的女孩，这是我几年来跟她交往的感受。现在，她突然来电话，一定是有事情的。

鹤儿找我确实是有事情的。她那天夜里肯定是喝了酒或碰到能让她兴奋的东西，平时像茶一样安静的她，像是碰到了热水，整个人蓬勃热烈开来。她有些急切甚至焦虑地问我：一个人的口头承诺不兑现，可以诉诸法律吗？

这确实是个难题。口头承诺不履行是可以起诉的，口头形式的法律行为理论上在法律没有特别规定的情况下对双方当事人是有效的，但是要进行诉讼，证明就变得非常困难了。除非在对方口头承诺的时候有其他跟利益无关的证人在场或进行了录音或形成了有利的文字证据，否则即使起诉也会无法举证。

作为一个律师，我首先要了解案件的经过和有关证据。

我问鹤儿能不能具体地说一说事情的经过。她支支吾吾地，拒绝正面回答，说只是想咨询一下。当我问她承诺时有没有第三方无关利益人在场或录音时，她停了几秒钟，有些失望地告诉我说都没有。没有证据的维权肯定是无果的。于是，我就直接地告诉她，像这种情况没必要再

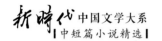

追究了；即使起诉了，带给当事人的也只能是失望和烦恼。

鹤儿失望而不甘地说，那法律援助和同情弱者又体现在哪里呢？事实上是他确实多次口头承诺过啊！

我该如何给她解释呢。想了想，我还是耐心地告诉她：法律的源头来自一个国家的社会道德，人无信而不立也体现了社会道德与法律对于信守承诺的看重！但是你没有证据来证明客观事实的存在，那么，这个客观事实在法律上就是不存在的。

我的话虽说得有些专业和拗口，但鹤儿还是听明白了。她有一分钟的样子没有说话，我正要说再见的时候，她突然很低声地说，她现在一个人在深圳，自己今天喝了酒，想跟我聊一聊。

虽然她没在我面前，但我还是能感到她的伤感、无助、孤独和倾诉的迫切。当然，我对她的过往也是感兴趣的，尤其是我想了解一下她是不是贾大白和曹秀霞的女儿，以及关于朱山木的一些事情。

那天夜里，我俩聊了很长时间，大约有个把小时的样子。她对朱山木的情况是有意回避甚至是警惕的。但从她讲述自己经历的过程中，我还是听出了一些意外和不一样来。

鹤儿说，她是朱山木的养女，大概四岁的时候来到朱家，那时朱山木还没有结婚，她是跟着朱山木的母亲即她的养奶奶一起生活。她上小学的时候，同学们都骂她是捡来的野孩子。她问过奶奶和朱山木，但他们都不告诉她真实的情况，甚至不承认她是捡来的。

那个时候，鹤儿说自己特别孤独，通过回忆她确信自己不是朱家的孩子，但她出生的家里肯定是种茶树的，因为她朦胧地记得一年春天，大人们把茶树枝条从一头编成一个圆圈，另一头伸出来，坑底洒一层金黄的小米，然后填土埋上的。她确信，那一定是她的家，那种茶树的男人和女人肯定是她爸爸和妈妈。但为什么会到了朱家？她长大后也多次问过朱山木，朱一直说她是他在广东做生意时捡来的。

我在手机这头问她：朱山木给你讲过一个叫贾大白的河南人和叫辛宝的东北人没有？

从话语中，我能感觉到鹤儿的诧异，她说从来没有听说过。

朱山木从没有给她讲过自己从商的经历，但她从七八岁时就知道朱山木一直在经商。朱山木以前究竟做什么生意，在哪里做生意，她一无所知。后来，鹤儿回忆着说，在她十岁那年，朱山木突然离家再也没有回来，那时她已经上小学三年级了。隐隐地从同学嘴里听说朱山木在外面坐了牢，是犯了诈骗罪。那时，朱山木刚结婚一年多，还没有孩子，那个漂亮的瓜子脸媳妇就走了，再也没有回来。

上初中一年级那年春节，她问过朱山木的母亲也就是她的奶奶。奶奶有些生气地说，不要相信那些坏孩子的话，你爸爸到很远的地方做生意去了，很快就会回来的。

从鹤儿那晚的聊天中，我理出了她的大概经历：她初中毕业那年十五岁，因为没有钱上高中，就到合肥去打工了；三年后，朱山木找到了她，从此她开始跟着朱山木做茶叶生意。

现在，鹤儿是在深圳做茶叶出口生意。不过，她自己单独做了。她说，自己在生意上与朱山木已没有任何联系。

为什么自己单独做呢，她与朱山木之间究竟发生了什么，她咨询的承诺兑现问题是与朱山木之间的吗？这些问题，那晚我没有得到鹤儿的正面回答。但是，有一点我是可以肯定的，朱山木给我讲述过的自己与鹤儿亲历的朱山木肯定是不一样的，而且相差很大。究竟哪些才是事实呢？

加上，我去二道白河镇寻辛宝不遇，这构成了我对朱山木的存疑和不解。

此时，这些思虑，让我有些不安和口渴。

我喝猴魁，是不续茶叶的。

这并不是茶叶多金贵，而是喜欢那种由浓到淡、由淡到无的感觉。现在，水又冲进杯里，嫩匀肥厚的叶片虽已被泡得黄绿明亮，却枝枝成朵似花地在水中浮动。呷之淡然，似乎无味，入喉后，丝丝太和之气却弥沦于齿舌之间，有一种无味之味的至味美感。

喝少许茶汤在口中，一些想法又涌上了心头。

鹤儿与我手头上这个狗血官司中的女孩那扬，会有相似之处吗？进而我又想，俞伯牙与钟子期的故事是不是真的发生过？作为律师，我只相信实证，但这流传千年的言说，可以为作历史的证据吗？没有证据证明的事实就不是事实了吗？

为什么要想这么多呢？我说不清。

茶，终于被喝得淡如白水。

古筝声也停了，高山与流水瞬间隐退。

一阵风吹过，金黄的银杏树叶，纷纷飘落……

城 市 文 学 卷

恋恋的时光

陈 武

1

"老陈，帮个忙，邀请我去你家聊会儿，十点前打我手机，千万千万！"

老阳在电话里的口气很低，低到我只能勉强听到，而且有点急切和气喘吁吁。老阳就是夏阳。老阳并不老，可二十年前我们就叫他老阳了。朋友们都喜欢这么称呼他，他自己也喜欢这个称呼。他突然让我邀请他来我家聊会儿，我就知道，他遇到事了，需要搭救了。只有我们这些关系密切的朋友，才能懂他。

我看一眼墙上的电子钟，九点五十六了——这事干的，马上就得邀请啊。

我立即拨通了老阳的手机。

"喂——"老阳拖长声调，又装腔作势地惊讶道，"老陈？是你啊？刚还提到你呢。"

"哈，这样啊，忙啥呢？"我也煞有介事地说，"好久没见你啦，朋友从山上拿来二两好茶，还有慧心泉的水，第一个就想到你了，有空吗？过来品茶聊天啊！"

"改喝茶啦？你有好茶想到我，就像我有好酒就想到你一样——给你带瓶红酒啊。对了，多多也在家，听说你家书多，二楼书房像个图书馆，正好参观参观。"

多多是老阳的老婆，上海一所初级中学的优秀班主任，天天跟学生

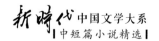
斗智斗勇，对付老阳这样的艺术家绰绰有余。她要随老阳一起上我家来，我估摸着，这就是老阳让我邀请他来我家的缘由了，或者呢，和他要送我的那瓶红酒有关。那瓶红酒肯定来路不明（或有特别的深意），只有说是送给我的，才能自圆其说。

这些年，我一直宅在家里，写一些我愿意写的文章，过一种清闲的好日子。老阳就曾羡慕过我，认为我的状态极佳，不像他，一心追求太多的钱，然后用这么多钱过烂日子。但朋友们都说，他的话过于矫情，他的日子不是什么烂日子。难道不是吗？老阳是那种在我们这个俗气的世界里难得见到的真正的雅人，他画油画，画具有莫奈风格的印象派油画；他收藏吉他，据说还有一把李宗盛的手工吉他，有一把罗大佑弹奏过《光阴的故事》的吉他；他写诗、作曲、填词，自弹自唱无所不能。关键是，他还有钱。他有钱得益于早期承包了一家五星级酒店的桑拿中心，因为酒店老板只是想靠桑拿中心招揽人气，几乎白菜价包给了他，一包就是六年。谁都没想到二十一世纪初的六年中国经济突飞猛进，六年里他赚得盆满钵盈，又恰到好处地抽身而退，紧接着在新开发的东部城区买了几间门面房，没想到又赶上房价猛涨，又翻手一连炒了几套，如此妙手经营几年之后，坐收门面房的租金，一年就是四五十万的收入，便潇洒转向，回归到艺术家的队列里了。大约是在四五年前吧，多多以特级教师的身份，被上海某区的一所初级中学引进，他也随多多成了新上海人。但他的朋友圈还在本市，在上海待不了多久就要回来玩几天。可能正是他不断回来，才引起多多对他行踪的怀疑吧，多多也会和他一起趁着双休日回来，反正开车也就三四个小时，周五晚些到家，周五周六住两天，周日晚上再回上海。多多说是陪他，实际上带有监督的意思。但有时候，他也会不随多多去上海，而是单独留下来，玩个一周半周的（那多多的监督还有意思吗？那就是警示吧）。我们在一起喝酒或参加某个读诗会时，常听他接到多多的电话，催促他回上海。他都会把手机给我，让我和多多说两句。说两句，意思是证明和我在一起，好让多多放心。

根据我对老阳的了解，他昨天回来，晚上肯定出去见朋友了，喝酒了，而且，出了点小状况，否则，不会出现这种局面——我家有什么好参观的？多多是老师，什么样的图书馆没见过？我觉得我的责任挺重大的。回味一下老阳的电话内容，有两个关键词：红酒、邀请。我邀请他，很自然就实现了。红酒是他带一瓶来，这是要证明红酒确实是为我买的，为了让这个理由充分，我也赶快把我储藏的红酒放几瓶在书房的酒柜里。

半小时之后，有人敲门了。

果然是老阳和多多。

这真是一对神仙夫妻，老阳瘦高、英俊、长发飘飘，多多微胖、白皙、神采奕奕。我简单欢迎他们到来之后，便领他们到楼上的书房坐下了。我尽量少说话（怕言多必失），只顾烧水泡茶，悄悄观察他俩的一举一动。我已经发现老阳的神情是尴尬的，多多的微笑也不太自然，更主要的是，一向讲究的多多，既没有化妆，也没有带包。多多是老师，平时虽然不是浓妆艳抹，但也都是要精心修饰的，脸部保养、手部护理，一样不差，这回太素了。太素了说明什么？心情不佳呗。心情不佳到什么程度呢？连包都懒得拿了。

老阳拿过随身带的背包，"哗"地拉开链子，取出一支盒装的葡萄酒。

不等老阳开口，我抢先说："你看，又给我带酒。知道我好这口啊？我这儿有法国波尔多 AOC，原瓶原装，来一杯？"

"不不不……"老阳连忙说，"我已经对红酒无所谓了，这是专门给你带的。"

我接过酒，一看包装，全是外国文字。生产日期我认得，1993。我一边假装拼读包装上的字母，一边思忖着刚才的话有没有漏洞，一边想着这瓶好酒是不是小猫送他的？我的话应该没有漏洞，至于红酒是不是老阳的初恋女友小猫所送，我也只能猜测到这儿了。而我话里的用词也是有含意的，我强调了"又"字，说明老阳给我带过酒，我要请他喝一杯，说明我平时确实好这一口。老阳的话呢，更是表明了他的态度。看来我们一唱一和配合得还算天衣无缝，因为我眼角的余光发现多多掠一下长发，还扶一扶眼镜，神情不那么绷着了。

我这才放松下来。我和老阳合演的这出戏成功了。

我开始烧水泡茶，讲了这个茶是山民采制的野生茶，水是有名的慧心泉的水，也是今天刚灌装的。我们又聊了些上海方面的话题——这也是我的一个小策略，因为我并不知道昨天晚上老阳干了什么，一瓶1993年的红酒又意味着什么，适时地把战场开拓到上海，岔开话题便于顺畅交流。我还尽量多问多多学校里的事。最后，是老阳忍不住把话题又引到自己身上的，他说他最近很勤奋，画了一批画，感觉不错，大约有三十幅。我便怂恿他，可以搞个画展嘛。老阳眼睛突然放亮，又瞬间暗淡，表示三十幅中，有不少是重复的风景画，要搞展览，还得再精练精练，淘汰几幅，再增加十来幅。

话说了不少，茶也喝淡了，我提出要请他俩吃饭。

多多听说要吃饭，赶紧说："不了不了，老爸老妈准备半天了，全是好吃的……陈老师你这茶太高级了，现在才四月下旬，就有新茶，而且是野生的，真是奢侈。其实我更喜欢你的书房，这么多书，真馋人啊，下次来要好好参观参观。"

我把他们送到门口时，老阳趁多多不注意，跟我挤了下眼睛，表示我们配合不错。

2

半个月后，老阳从上海给我打来电话："老陈，好久不见啦，想念兄弟们啊……再帮我个忙，今天晚上七点至八点之间，给我打个电话，邀请我到你那边搞个画展，拜托啦！"

画展的事，此前也说过。现在再说，也是水到渠成。

何况，老阳的事，我是不能不办的。当年他做桑拿的时候，我没少去他那里蹭澡、蹭饭、蹭茶、蹭酒。他早期的画，被他制作成精美的明信片，十二张一函，函套是绸缎封腰的，特精致，作为桑拿中心年票的赠品，很受朋友和客户的欢迎。那时候还没有文创产品一说，他的这套赠品，就是用现在的眼光来看，也是新潮的。如前所述，老阳不仅有多种爱好，还会时不时地组织一些很雅的小活动，比如在酒场开始前，他会把他带来的十二张一函的明信片每人分发一套，在大家的赞许声中，跟服务生一举手，就有身穿旗袍的高挑女生给他送上一把吉他，自弹自唱起来。老阳的很多歌都是忧郁的，或带有民谣色彩的。这些歌很好听，但又不知是谁写的（只有我们少数几个朋友知道是他自己的词曲），给听众带来不小的惊讶。他很享受这种惊讶。在这些活动中，更会吸引许多女文青（我们有不少交叉的朋友圈），其中就有小猫，她是一个画家兼诗人。一开始我们不知道她和老阳的关系，以为她和老阳不过是画友或诗友，或两者兼具，后来，才知道他们是曲友，更没想到的是，他们居然是师生兼初恋。老阳当过两年多的大学老师，这是大家都知道的——二十世纪九十年代初，老阳从北师大毕业后，分配到海州师范学院，主讲《思想品德》和《马克思主义哲学》，小猫就是他班上的好学生。这两门课，据说最难讲，却被老阳讲成了海师的名课，学生都爱听。小猫就是被他的课深深吸引的优秀学生。后来，他们之间便产生了令人唏嘘的爱情。但他们的师生恋，被比小猫高一级的一个女生扼杀了，这个女生就是老阳现在的老婆多多。多多小用手腕，邀请老阳利用五一小长假去苏州旅行一趟，就彻底把他捕获了。这个故事被老阳一个作家朋友写成小说，题目叫《夏阳和多多的假日旅行》，发表后引起了较大的反响。后来老阳从教师岗位上辞职，去承包大酒店的桑拿房，不知道和这场恋情有无关系。我知道的剧情是，小猫在这场恋情失败之后，埋头苦学，考取了南师大艺术类研究生，专攻美术教学，终于在学业上压过多多一头，这才心平气和地到一所学校任美术老师去了。小猫师承老阳，爱好多样，除了在教学之余画画山水小品外，也喜欢写诗和作曲。另外，她又把自己培养成葡萄酒发烧友了。小猫偶尔参加我们饭局的时候，都喝自带的葡萄酒，据说是外国的什么品牌。但饭局上不谈酒，不是谈诗就是谈画，也会唱一首歌，是她自己作曲的歌。开始我们不知道，后来才发现小猫使用的歌词，竟然是老阳的诗。小猫自己也写歌，不唱自己作词的歌，却唱老阳的诗，这让老阳感动的同时也让我们感动。小猫在酒桌上唱老阳的诗，不知怎么被多多听到了风声，便勒令老阳不许再和小猫来往了。老阳究竟执行得怎么样，我不是太知道，至少我们之后和老阳一起参加的公开活动（包括饭局）上，不再有小猫的身影了。接下来的几年，老阳成为一个不自由的自由艺术家，和我来往较少了，和朋友们也不像做桑拿时那么频繁相聚了。在这几年间，老阳完成了不少艺术作品，印象派油画、先锋汉诗、具有浓郁美国西部民谣风格的歌曲，还收藏了很多吉他。但女人的敏感和多疑永远是无穷大的，或许多多对老阳依旧不放心，这才有她应聘上海一所中学并把老阳也顺便带走的果敢决定。

老阳要回来搞画展，我自然再一次想到小猫了。关于小猫后来的故事，随着老阳一家到上海定居，我也所知甚少了。小猫从我的朋友圈里消失了。她还画画吗？还作曲吗？还写诗吗？还发烧葡萄酒吗？我就是想知道这些，也无从知晓了。

遵照老阳的指示，我按时打去了电话。我还给他找了个办画展的地方——久畹兰。老阳对我的"邀请"表示感谢，对能到久畹兰搞画展，也表示开心。久畹兰是个茶社，也兼做茶艺培训，除了几间茶室，还有一间很大的教室，把教室的桌椅茶器并一并（或临时搬走），就是个理想的展厅了，很适合搞尺幅较小和规模不大的油画展。我知道老阳的画是小画，五六十厘米见方，数量也不多，和久畹兰真的很匹配。何况久畹兰的女老板胡云不仅是我的朋友，也是个崇尚艺术的文化人呢。我便和胡老板联系。胡老板对我的创意非常欣赏，不仅愿意提供场地搞画展，开幕式那天的司仪和嘉宾的茶水都由她负责。更让我感动的是，她正在进行中的三个茶艺班的近四十名学员，也全体出动，捧个人场，烘托气氛。我听了之后，把胡老板的决定，结合我的创意，写成正式的邀请函和创意策划书，通过微信发给了老阳。邀请函上，连画展具体的时间都敲定了。老阳及时回复了"谢谢"。老阳的"谢谢"从字面上看虽然平淡，但我能感觉到他内心的激动。有了这个邀请函，我私底下认为，他可以名正言顺地多回来几次了，能名正言顺地多待几天了，更能够名正言顺地和朋友们喝喝酒谈谈艺术了。

接下来的几天里，通过微信和电话，我知道老阳都在紧张地画画，装画框，定制摆放油画的架子。在这些工作收尾之前，老阳又给我来电话了，大致还是请我在某个时间段，打电话请他提前两三天过来，因为

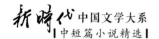
虽然画展是在周六、周日两天，布展、请嘉宾等都要提前做准备。所以我又适时地把电话打过去了。我能猜到，他在接电话的时候，身边的（或隔壁某个房间里）多多一定是听到了。然后，他再和多多知会一声。多多就是有一千个一万个不情愿，也不会扼杀老阳对艺术的追求的。毕竟，一个画展，对于一个艺术家来说，意义是非同寻常的。

3

老阳从上海回来的第二天，他托运的油画也按时到达了。

还是在昨天，老阳自驾车来到久畹兰——因为事先约好，我在久畹兰喝茶等他。他一进来，我看他一点也不是风尘仆仆的样子，也没有刚刚经历舟车劳顿的辛苦，不像开了三四个小时的车，仿佛刚从外边散步回来，飘逸的长发，有破洞的牛仔裤，一双黑色休闲皮鞋和露出来的蓝灰色袜口，一件不知是时尚还是洗旧了的白色T恤，T恤上是一个正在演唱的吉他手——仅从装束和形态上看，老阳不像一个年近五十的中年人，倒像是个从本地某个艺术工作室出来的年轻的新派艺术家，旁若无人，目空一切，自命不凡。我跳起来招呼他。他迎着我狠狠给了我一拳，使了个只有我能会意的眼神。

胡老板正要征询他喝什么茶时，他竟然要喝葡萄酒，并说，反正不用开车了。我正担心胡老板为难，没想到茶社还真有。胡老板变戏法一样地拿出一瓶葡萄酒，优雅地给他倒了一杯。接下来，我们开始聊正题，又参观了已经腾空的大教室。整个过程，从布展、开幕式的流程说下来，也就几分钟，感觉他也没认真听，总是一副心事重重的样子。但他似乎很满意。可能是为了感谢胡老板和我吧，他晚上要请客。我看他心里有事，就婉言谢绝了。他说好，等开幕那天再聚。然后，把杯中的葡萄酒一饮而尽，匆匆告辞了。

但是，画到了的时候，老阳却迟迟不露面。胡老板打我电话，挺急的，因为明天就是周六了，周六上午十点，就是开幕式了，如果不及时布展，时间上怕是很紧张了。胡老板在电话里跟我说，在画刚一到时，就联系了老阳，可他就是不接电话，联系多次都不接，让我再联系一下。我正准备给老阳打电话时，手机就响了，是老阳！真是心有灵犀啊，我赶快接通。只听老阳说："喂，老陈，麻烦你个事……帮我布个展。另外，如果多多打你电话，你就说我刚和你在一起布展……反正你知道怎么好就怎么说，明白吧？先这样啊。"老阳果断地挂断了电话。

这家伙，这事做的，也太大条了吧？看来搞画展，也不过是他的一个借口。但是，什么事比画展更重要呢？什么事能让他丢下画展的布置而去忙别的呢？我来不及多想，赶快赶到久畹兰，我得替他救这个场子。

现在，我的感觉，不仅是在帮老阳的忙，也是在帮胡老板的忙了。对于胡老板和久畹兰来说，画展是一件大事，因为她已经在自己的公众号上推送了一篇文采华丽的预告，她的朋友圈都知道了这场规模虽然不大、艺术水准却相当高的小众油画展了，点赞的人很多，而且很多朋友都转发了。我也转了，老阳和多多也点了赞。现在，在布展的节骨眼儿上，老阳却玩起了失踪。

我和胡老板及久畹兰的工作人员，把一个个画架组装起来，再把老阳的作品一件件摆放到架子上，又核实了卡片。在做完这些工作的时候，已经是下午七点多了，就是说，我们忙了整整一个下午。而在这个过程中，老阳一个电话都没有打来。但我还是松了口气，胡老板同样也像完成了一桩大事似的露出了笑容。我还拍了几张展厅的全景和两三幅代表作，发在了朋友圈，并且在文字说明上，让人感觉是老阳和我一起布的展。

在翻看朋友圈时，我发现很少露面的多多也发了篇微文。

多多在朋友圈的这篇微文引起了我的兴趣。多多只发了一张图片，我一眼就看出来是老阳的画，这幅画截取的是我转发胡老板公众号里的一幅。画面上是一个夸张的人脸。老阳喜欢画人脸，这是我们都知道的。好朋友他都画过，他画过我在吃早餐时的造型，虽然有点形似，但变异得太厉害，感觉并不好。老阳准备参展的这组画里，也有几幅人脸，我当然辨别不出是谁了。而多多发的这张，同样变异得厉害，不仅五官不清，连脸形也模糊，仅从色彩上能感觉到应该是位女性。再看多多的文字，我觉得有点意思了："某人邀请我周末回故园搞画展，被我无情拒绝。我冷漠地说：我得回家带猫撸猫。某人立刻受到一万点暴击：宁愿陪猫也不陪我！猫重要还是我的画展重要！天哪，问我这样一个显而易见的问题！亲爱的某人，你辛辛苦苦管理家产事业，挣钱养家，早起晚睡拼命写诗画画，还作词作曲弹吉他会朋友，而我的猫呢？它们只会吃了睡，睡了吃，偶尔打个呼噜卖个萌而已。所以，当然……猫更重要啊！因为你有你的三妻四妾狐朋狗友，而我的猫，只有我啊！拿自己和我的猫相提并论，是多么的不自量力啊！"

什么情况？多多的这段文字看似风趣幽默，云山雾罩无厘头，让人不明所以，实则又暗含多重意味，特别是这里的猫，和小猫有无关联？真不知道他们又在玩什么斗智斗勇的游戏了。

4

老阳还是露面了。老阳在周六画展开幕的凌晨，给我来了电话，要我在七点之前赶到久畹兰，他要换几幅画。

这家伙，不是添乱吗？

这次老阳倒是守信，我赶到久畹兰时，他已经到了，他从车上卸下来的画就靠在久畹兰的电梯间。我们聊了几句，主要是我问他这两天怎么失踪了。他倒是轻描淡写，说没失踪，画画了。我知道他在本市还有一套住宅，也是他的工作室。但我不相信他这时候还能画画。可是他又确实带来了不少画，共十五幅呢，肯定不是这两三天里画的。

等胡老板开门后，我们赶在八点半工作人员上班前，把画换上去了。老阳一副胸有成竹的样子，换哪幅画，直接就把原画撤下，把新画摆上。对于他新换上去的画，老实讲，确实更好，不仅是画的色彩更为准确，构图也有穿透力，和他一贯的画风不太一样。老阳对新换上去的画很满意，一连拍了不少照片。

九点以后，陆续有观众来了，有不少是老阳和我共同的朋友。在画展简短的前言上，我和胡云的名字都出现在上面，是以策展人的身份出现的。所以，我们三人一起在门厅里迎接、招呼各路来宾，向他们寒暄问好。让我和老阳都非常吃惊和没有想到的是，在来宾行列里，居然有一张我们非常熟悉的面孔，穿一身考究裙装的、很出挑的——哈，这不是多多吗？

多多在没有任何预兆的情况下，来了个突然袭击。看她一脸狡黠的笑，我就知道她有多得意了。

但是，我和老阳的吃惊也是不一样的。我的吃惊里，更多的是伴着惊喜。而老阳的吃惊很快就被更大的吃惊取代了。当然，他更大的吃惊，别人很难察觉——完全被他强装的喜悦掩盖了。只有我能看出他喜悦背后的惊慌和错乱。我觉得我要帮帮老阳，同时还要让多多感受到我的热情——在我的暗示下，多多被工作人员引导到贵宾室了，那里备有茶点、水果和各种饮料。

多多刚脱离我们的视线，或者说，我们刚脱离多多的视线，老阳就快速走到我身边，小声而急切地说："你去和多多聊会儿，稳住她，我要把早上换上去的画再换回来。"

这家伙，又在搞什么鬼？

我顾不得那么多了，因为老阳在我愣神的时候，猛地在我腰眼里抵了一下，示意我赶快去办。

我走进贵宾休息室，对多多哈哈笑道："老阳看到你来了，牙都喜掉了，怎么样？路上还顺利吧？"

"就你会说话——他的牙不是喜掉的吧？是吓掉的吧？路上有什么顺不顺的，到了就是顺的，要是不顺，就到不了了。"

我听得出来，多多的话是故意找碴儿，或者不大想跟我讨论这个事。我问她喝点什么。她说她车子里有水。我要给她来杯咖啡。她说不用。我要给她泡杯云雾茶。她说不喝。我要给她来杯果汁，她更是摇头。我就知道了，她不是不用，不是不喝，是不想用不想喝。我知道我不能再继续热情下去了，这会让她产生怀疑的。

"还没回家吧？"我还是没话找话地说。

"没有，我妈不知道我来。也不知道夏阳都回来几天了。"多多的后一句是对老阳的不满。

我替老阳遮掩说："这几天都忙布展了。"

"是啊，也辛苦你啦……我看看画展去，咱家老阳不得了啊，闹这么大动静！"

"那是啊……为老阳骄傲吧。"我一边说一边想着，才几分钟，老阳不会还没有换好画吧？为了保险起见，我又劝她吃个点心，还推荐了一款桃花糕，说这是以一个月前的新鲜桃花为主要原料配制的。

"是吗？桃花糕？我等会儿再吃。"

多多还是到展厅来了。

还好，早上新换下去的画，又被老阳换回来了。现在，在展厅的三十八幅画，又都变成从上海托运来的那批了。而换下来的画，转眼不知存放到哪个房间了。

多多一幅一幅欣赏画去了。老阳也在准备接受电视台的采访了。我突然有种冲动，想知道那十五幅画，究竟是谁画的，其实，我已经猜到了，那应该是小猫的作品。老阳想在自己的画展上，在展出的作品中，掺杂十五幅小猫的画，这又是什么目的呢？如果真是这样，对于老阳这几天的失踪，我似乎找到了注脚。多多驱车几百里赶来出席开幕式，赶来看画，也就有了一个合理的解释了。

5

半年之后，已经是秋末冬初了，我还是有一搭没一搭地和老阳保持着见面和联系，一月一次或两次，不算频繁，不算密集，也不算疏淡，喝喝酒，品品茶，谈谈闲话——总有说不完的闲话，也会聊聊他新画的作品（微信朋友圈他经常发）。说到画，他依然是热情不减，兴致盎然。偶尔，我会故意提到小猫，说她的音乐和绘画，甚至她的诗，他会突然停顿一会儿，就像打了一个嗝，眼睛亮一下，神情跟着就暗淡了。然后，说："小猫是天才。"就转移话题了。

有一天，老阳来电话，请我给他作一首歌词。他是诗人，写了无数首诗，也写了无数首歌词。他的诗，有时候就是歌词。或者说，他是把诗当作歌词来写的，他在很多场合唱诗。如果谁有兴趣，到酷狗音乐、虾米音乐、网易云或 QQ 音乐搜一下，他的歌会跳出来几十首。这些歌，词、曲、唱都是他一个人。了解他的朋友们都知道，这只不过是他大量音乐作品的九牛一毛而已，就像我们并不知道他画了多少幅画一样，展览出来的，不过是冰山一角。一个专业人士，突然让我给他写词，有点说不过去啊。但是他的理由也充分，让我写一首来纪念我们二十多年的友情，名字都给我起好了，《我家住在新浦街》。一听这名字，我就知道什么调调了。我脑子里迅速出现二十多年来我们相处的点点滴滴，创作的冲动油然而生，一首三四十行的歌词一挥而就，我得意地通过微信发给了他。他的反应和我一样，觉得写得很到位，是他想要的东西。第二天，他就打我电话了，要我邀请他参加读诗会，以读我的诗为主的读诗会，还要在读诗会上唱诗，就唱《我家住在新浦街》。并且，和以往一样，让我在某个时段里电话邀请他从上海回来。

我照他的指示，电话打了，邀请函发了，时间就定在本周四。

老阳提前一天到了。照例，跟我们照个面，打几句哈哈，他又忙别的去了。

参加周末读诗会的诗人没有几个，就一桌（十二人），而且人选都是老阳确定的。我到得比较早。但，在比我到得更早的人当中，不仅有老阳，还有多年不见的小猫。

这也算是惊喜了，能在这种场合见到小猫，是我没有想到的。

老阳经常给我们带来惊喜，也偶尔给我们带来小麻烦。小猫今天能在，我首先想到的是小麻烦——老阳就不怕多多再像上次画展那样搞个突然袭击吗？看来老阳是考虑周全的。因为这个诗会不是放在公共场所，比如久畹兰这样的地方，而是一个私人的小型会所，比较隐秘，这是其一。
其二，在时间的选定上，是在周四。周四不是周末，多多就是有心要搞
突然袭击，也得专门请假。

小猫也看到我了。她跟我举了下手，幅度不大，只是个简单的示意。
我却发现小猫的精神特别不好，脸色苍黄，眼神无光。还好，她脸上露
出的笑意（尽管是强装的），还能看出以前的风姿。我走到小猫身边，
试图和她打个招呼，毕竟很多年不见了。但，距离越近，越让我心里意
识到小猫确实不是以前的小猫了，她憔悴多了，像一朵枯萎的花。

"你好！"她说。仰着脸看我，并没有站起来的意思。

"你也好啊，好久不见啦！"我说。

"是啊，好久了……"

老阳也过来了。老阳对小猫说："这是老陈。"

"知道的……"

老阳说："能请到小猫，不容易的，等会儿你主持，我拍拍照片，
请小猫第一个读诗。"

"不呀，我是来听你唱诗的，听你唱老陈的诗。"小猫声音很低微。

待我们都坐下后，我收到老阳发的一条微信："小猫身体不好。不
是一般的不好，可能活不过这个冬天了。你知道就行了。开始吧。气氛
由你掌握。别提小猫的病，也别让她多说话。"

老阳的微信里，传达了许多重要的信息，我能感受得到。我悄悄看
一眼小猫，看看她的神色。她很平静。即使岁月在她脸上留有痕迹，也
在眼睛里和神态上做下记号，但此时，她很平静。

读诗会开始了。我简单介绍了来宾。在介绍小猫时，我特意强调了
她不仅是诗人、作曲家，还是画家。我注意到在我介绍她还是画家时，

她的眉毛跳动了一下。按照我和老阳设定好的程序，先由老阳唱一首歌。就是我写词的《我家住在新浦街》。老阳显然做了充分的准备，他在摆好的麦克风前坐好，抱起了吉他，没有别的辅助乐器。只见他酝酿一下情绪，开始弹奏，在并不复杂却异常忧郁和怀旧的一段前奏之后，老阳用带有磁性的、略有沙哑的男中音唱了起来：

那夜已近十点

我骑车在海连路上

经过当年的麻纺厂

只是早就看不见

那些雪白的姑娘

我家住在盐河东

华联后边的河南庄

那些年时常来喝酒的兄弟啊

你们如今在何方

谁还会在民主路上

静静地等待一场雪

谁还在曾经的大转盘

唱着轮回的歌

谁还会在陇海线上

聆听遥远的汽笛声

谁还在空旷的蔷薇河

仰望最初的星空

我家住在盐河东

华联后边的河南庄

那些年时常来喝酒的兄弟啊

你们如今在何方

　　老阳深情地唱着，所有人都保持音乐响起时的姿势，托腮的，歪头的，耸肩的，一只手支着下巴的，端着茶杯做喝水状的，像雕塑一样，生怕动一下，产生一点点动静——哪怕是细微的风，也担心惊扰这好听的歌。是的，真是太好听了。我不止一次听过老阳唱歌，唱别人的歌，唱自己的歌，应该说，这一次，或这一首，最让我动情，不仅是因为我写的词，实在是音乐、声调和他的全情投入触动了我心底最柔弱的部分。我禁不住热泪盈眶了。我看到小猫也眼含泪水，鼻翼在微微抽搐。有一个女诗人，竟然两手掩面，饮泣起来。大家都沉浸在对遥远往事的回忆中，仿佛回到旧日的时光里，那骚动的青春，无序的情感，不可名状的忧伤，还有街头酷酷的哼唱，全部蜂拥而至。

　　老阳演唱后，是读诗。我临时改变了计划，别读我的诗了，读小猫的诗。

　　小猫推辞不过，要发表感谢的话，她用微弱的声音说了几句，主要是感谢生活，感谢朋友们，感谢父母把她带到这个温暖的人世上，还感谢老阳和我，能在一个特别的场合，展出她的画，虽然不是她的个人展，但能以这样的形式亮相，也弥补了她人生的遗憾……

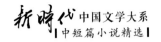

6

　　当今年的第一场寒流光临小城的时候，老阳的电话不期而至，他声音低缓而沉痛地说："老陈，小猫走了……我要回一趟新浦……明天就回，我要为她唱诗……请你……请你随便找个理由，邀请我回去一趟，晚上六点后都可以打我手机……"

　　我听到老阳哽咽着，没有说下去。但，我听明白了。挂断了电话，我看一眼时间，已经是下午五点十分了，想个什么理由呢？我脑子里突然出现了空白……难受吗？还真的很难受，邀请多年的好友回一趟故乡参加朋友的葬礼，居然要用这样的形式。

　　电话打完不久，我又想起一个事来，给老阳发了条微信："那瓶红酒，我替你保存着了，那是1993年的酒，我知道，那一年对于你们一定有着特别的意义。"

城　市　文　学　卷

云彩剪辑师

李宏伟

　　阿懒并不剪辑所有的云彩。有空又有心情时，他会推开门，来到狭长的阳台，将酒放在玻璃条桌上，躺进白色的塑料躺椅，望着天上的云彩出神。谁都不知道阿懒在想什么，他那样子本身就像一朵云。要是房东胡伯恰巧在这时从三楼阳台探出身子，就会喊一声阿懒，问他，你现在飘到什么地方去了？问完，胡伯抬头望一望，想认清哪一片云彩是阿懒，但总是确定不了。直到胡伯缩回房间，阿懒也不会回答，更不会动一动。

　　动的话，常常就是拿过酒来。阿懒喝酒不挑，根据手里的钱，依据当时的心情，下班路上，拐进那家专营酒的便利店，将酒塞进老 T 递来的布袋，拎回来。有时，他刚走到门口，布袋就已经在老 T 手里，里面装着一两瓶酒，他依老 T 说的数递上钱，回家再打开。老 T 选的酒总会带来不一样的感受，仿佛事先洞悉了什么。不过，这种情况不多。一般情况下，老 T 都让阿懒自己看，自己拿。便利店不大，酒的品种却多到令人眼花缭乱，有时让阿懒感到新鲜，有时让阿懒感到疲惫。新鲜或疲惫到头，便随手抄起一瓶。要刚好是啤酒，无论哪一款，老 T 都会露出一脸搁不下的嫌弃，非得赶紧将它藏进布袋后，才找钱，才搭话，就好像那酒不是他进的货，而是谁寄存代售的，阿懒更不是他的顾客，而是他不争气的儿子。

　　拿过酒来，举在略高于目光平行处，阿懒凝视，等待酒安静下来。要是喜欢漂浮沫子的酒，便等待每一个泡沫破裂、消散，酒面与酒杯归于阗寂。有时，这需要很长时间，还得保证手的稳定，不会晃动或抖动，

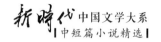

以免催生新的泡沫。阿懒有的是时间，定力惊人，这样总会等到那一刻到来。整个酒杯安静如一块石子，除了天生的透明或者自带的颜色，乃至一片静默的浑浊外，无法从被等量齐观的空中区分开。阿懒用这样的酒对着或远或近，或浓或淡，或厚或薄，或者干脆懒得形容的云彩。哪一片云让他心里一动，无论是喜欢还是讨厌，他都注目其上，多看两眼，便能从中发现不足，至少是他不满意的地方。先在心里勾勒，差不多时，将酒杯举到面前，低下去，再从酒水的倒映中，找出那片云，另一只手的食指在倒映的云影上轻轻划动。

再看那云，依从阿懒的动作，温驯地舍弃被他剪切的部分，卸去负担般更轻逸地流荡起来，要么就是更专注地行起当行之事来。这时的阿懒已经不关心那云，他只盯着杯中的酒，颇为紧张，颇为期待，仿佛这是新酿得的，至少也是刚用全新的手法，调制而成的。看上好一会儿，他举到嘴边，呷一口，让云彩的味道在口腔游走。随后，顺从咽喉落入胃里，扩散至全身。等上三五分钟——大约是被一朵云托起来的那个时间，阿懒便会露出满意的神色。到目前为止，他没有不满意的。谁都知道，每一朵云彩都是独一无二的；阿懒知道，他每一次的剪辑手法都是不重复的。两相重叠，怎么可能不是一杯值得用更多耐心去品味的酒呢？

当然，事情没有说来那么简单。云彩不是阿懒的专供，可以拿过来随意把玩，他必须考虑剪辑带来的后果。二十岁那年，教会阿懒这一切的那个女人让他离开自己的屋子，并且不允许他再登门。女人说，他应该去看看远方的云，品尝它们的滋味。更重要的是，领会一下，动一朵云彩对不相干的人，会产生什么样的影响。女人还说，你不可能知道每一次剪辑的后果，但你必须事先知道，一定有后果。那时，阿懒还不明白她为什么要说这些废话。他甚至认为，她不过是在敷衍，不过是在戏弄，她只是为了赶他走。他的心里充满了愤怒，乃至对女人的恨。

后来阿懒明白了，可他已不愿再想那么多，他不过是品尝一下云彩的滋味，打乱一下它们的顺序。偶尔，他也通过那些简单的手法，改变一下云彩投射到地上的影响，寻得一点无关紧要的乐趣。至于后果，总会有后果的，什么都不做也会有后果——只要适可而止就行。现在，阿懒就看着从马路那头走过来的那个女孩，看着在她身后五六米远跟着的那个男孩，想着怎么给他俩捣捣乱，如果能顺带帮帮那个男孩更好。两个人都十五六岁，每个周一到周五，女孩早晚从楼下经过一次，阿懒知道，她早上去的那边有一所学校。男孩通常会在黄昏，在女孩回家时，跟在她身后，远时十来米，近时两三米，从来没有过肩并肩。现在，男孩如往常那样小心，不让自己的身影与步子惊扰到女孩，但他的小心并不畏缩，谨慎中带着坦然，仿佛在宣告，他对女孩负有的责任。

女孩是知道男孩在的，阿懒对此洞若观火。阿懒还知道，女孩有些左右为难。毕竟，要是男孩更勇敢一点，或者说鲁莽一些，她反倒应对有策。或者说，如果这是男孩第一次跟随，她也知道怎么办。现在，两个人已经用不远不近的距离、不咸不淡的沉默，筑起一道柔韧的防护圈，轻易撕扯不动。推不开，走不近。眼看着女孩走到楼下，看着她很快会走到这条马路的尽头，在十字路口拐弯，阿懒不禁站起来。男孩走近了一些，但还是离着两个身位，这是突破，也是突破的极限。阿懒知道，决定性的时刻将要来临，要么女孩接受男孩，两个人并肩而行，要么女孩继续沉默以对，男孩转身离去。

阿懒抬头望，日头在加速向西奔去，可离到达山顶还有好一会儿。城市的上空是一大片摊开的白色的云彩，刚好挡住尚有余味的阳光。阿懒拿过酒杯——这次是老T特意推荐的一种蓝宝石颜色的酒——望进去，云彩都仿佛被洇染成了天空之蓝。不，比天空之蓝更蓝。左手持杯，右手拇指、食指、中指并拢又伸开，反复几次，杯中的云彩得以放大，突出他选中的位置。女孩已站在十字路口，准备拐弯，男孩则并住脚，显然准备以目送道别。阿懒瞅准时机，在绿灯亮起、女孩犹豫一下往前跨步时，他的手指按住选中的那点云彩，往杯子里滑动一下，一点白掉进蓝里，仿佛冲淡了酒。随着那一点云彩的消失，女孩头顶上的天空露出一条圆柱体的光，将她罩住。女孩吃了一惊，随即接受这启示似的，身子歪了下去。正在转身，但目光仍未脱离女孩的男孩，体内的弹簧瞬间被触动，扭身、跑起，一气呵成地冲上去，完成他酝酿已久的动作，抱住女孩。极其短暂，两个人身体在触及彼此的同时分开，但他们迎着绿灯闪烁的提示，终于并肩走了过去。

阿懒没有再追看男孩和女孩的背影，他一口饮下杯子里的酒，在杜松子的味道中，用舌尖感受那一团即将消失的白云的味道，它上面一层被阳光持续照晒的热已不强烈，但依旧隐秘而绵长。随着吞咽，一种旧日的带着灰尘的暖意，漫延于体内。接下来一段时间，阿懒经常看见楼下马路上，女孩和男孩的身影，有时肩并着肩，有时手牵着手。大多数时候，是在黄昏时，从马路的那头，学校的那边走过来。偶尔，是在早晨，男孩先骑着自行车从那边呼啸着过来，不一会儿，女孩也骑着自行车，和他一起再从这边缓缓过去。极少数时候，两个人或者骑着一辆自行车，或者就那么手拉着手，在马路上溜达够两三个来回，才道别分开。看着道别之后迈着大步幅的男孩的身影，看着他走到最后总会跑起来，阿懒忍不住就会干掉杯子里的酒。

这天下班进到店里，老T没有如往常那样递过装酒的布袋，而是看着阿懒，几次欲言又止。阿懒看着老T，静心等待。终于，老T挠挠头说，明天晚上有空的话，在胡伯家喝酒。三个人一起喝酒的机会不算多，可绝对不需要这么扭捏。阿懒没吭声，继续看着老 T。哎呀，老 T 更加不好意思起来，明天是胡伯的生日。哦，阿懒点点头，我下班就过来，需要做什么特别的准备吗？老 T 再次挠挠头，为难地看着阿懒，不是要礼物，胡伯很想他女儿，要是……阿懒截住老 T 的话，要是他女儿能回来的话，胡伯会高兴得跳起来吗？说完，阿懒自己先笑了，他想象着七十多岁的胡伯，像个孩子那样高高跳起，稀而长的银白色头发在脑袋上飘荡、起落。老 T 瞪阿懒一眼，回来是不可能的，能来个电话，道一声生日快乐，胡伯就心满意足啦。

怎么，父女俩有什么心结解不开？阿懒听胡伯唠叨过一两回，知道他有个女儿，自租住以来却从未见过，虽然奇怪，但也没多想，更不好问。既然老 T 说到……心结这种事，谁知道呢，你以为还是一根线，谁知道别人什么时候就打上结了，就算是你的老婆、儿子，就算是你的掌上明珠，你又怎么能知道呢？老 T 说着，往外看了看，并没人来。胡伯女儿小时候，跟他可亲了，他走到哪儿女儿跟到哪儿，胡伯也真疼女儿，从来不说个不字，脸色都不舍得变一下，永远笑着对她。老 T 声音低下去，咕哝几句，才又意识到阿懒在，声音高了起来，谁知道后来就不来往了。我能做什么呢？阿懒望望门外，淡淡的霞光散落在地上。不用做什么，老 T 摇摇头，我就是和你说说，你进来之前，我刚给她女儿打电话，想提醒一声，可拨打两次都没人接，便再没力气打了。老 T 停顿好一会儿，恢复些精神，不是要让你来打，明天晚上，别提这些事就成。

第二天，天一直阴着，阿懒加了会儿班，处理完手边事走出公司楼时，预报了一天的暴雨仍旧卷在天上。走到便利店前，老 T 早已关门而去，阿懒在门前站了会儿，想起前几日买的啤酒还有两罐，便走回去。到家里，

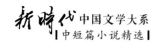

刚从橱柜里拿出那瓶多年带在身边的白酒，敲门声就响起来。老 T 站在门口，不太高兴的样子。你总算回来了，我一个人面对胡伯，真有点扛不住。胡伯站在厨房的窗户边，望着又暗去几分的天空，那身影比天空还暗。桌上摆着一堆带壳花生、一碟开心果、一盘洗净没切的黄瓜。三只酒杯，其中两只已然动过。阿懒打过招呼，依着老 T 的话，坐在朝向窗户那一边。天上的云在加速流动，要不了多久雨肯定落下来。胡伯转过身，看着桌面，似乎生出歉意。本来想做几个菜，实在……

这样挺好，就喝点酒，聊会儿天。老 T 早就倒满三只杯子，趁势端起，向着阿懒，说，胡伯的厨艺那是没得说，一道菜你吃了无数遍，下次仍旧像第一次尝到。胡伯笑着举起杯，你直接说我只会那几样不就得了。他又向着阿懒，早年好琢磨这些，现在懒得动了，过几天吧，我来整条鱼。谢谢胡伯。阿懒举起酒杯，顿一顿，祝胡伯身体健康。三个人喝下去，各自倒上，阿懒正伸手去抓一把花生，一串雷炸过来，回音未绝，雨便赶了下来。到处都是雨水击打的声音，迅速由滴变成串，一股薄薄的湿气入到鼻中，内中夹杂的灰尘的味道散开，有些呛人。胡伯偏过头，望着雨以及挂下雨水的晦暗天色，出着神。阿懒看着老 T，老 T 正示意他别说话。两人目光还没交接到第二个回合，胡伯已回过头，举杯碰过来，干掉这一杯，又去倒上一杯，举起。

接下来喝得就更快了，还没说上几句，一瓶酒已没了大半。像是配合他们的节奏似的，雨还在加大速度，哗哗的声音带着爆裂声，电闪雷鸣都难以从中突围，仿佛整个小城正被由上往下地吞没。小城之外的世界，早与雨水沆瀣一气。老 T 一边示意阿懒不要担心，只管配合胡伯的节奏，一边东拉西扯些笑话闲篇。老 T 成型的话不多，不一会儿，流浪汉到他店里骗酒喝的故事就讲上两遍。阿懒听着老 T 的絮叨，勉强配合着。老

T总算意识到了尴尬，连连向阿懒递眼色。阿懒正愁着不知道讲什么时，胡伯开口了。胡伯问，你们见过空心的雨吗？问完，又另起一行似的，说那天的雨比今天还大，一盆盆倒下来，从午饭后一直不停歇，你都搞不清楚，天是真的到时间黑下来的，还是雨把天下黑的。但那场雨是实心的，因为我女儿生在那天。天上倒的是雨水，落在我心里可都是绸缎，都是珍珠。

我女儿啊——胡伯正正身子，拿过杯子喝掉一口，又靠在椅子上——和雨真是有不解之缘。雨在她的名字里，在她所有的大事里。出生那天的大雨起了个头，后来就没再断过。就连她上小学当天，前一天晴朗无比，晚上漫天的星，早上一阵风过，雨就落下来，持续一整天都没停半会儿。那雨格外细，特别冷，送她去学校的路上，她一个劲儿往我雨衣的深处钻。她伤到膝盖，留下一拃长的伤疤。那天雨就更大了，水漫过大半个城，我拉着她说，你小心点，小心点。小心是小心了，可是谁知道从什么地方冲过来的木头上有那么锋利的一个茬口呢。你们是不知道，别说走在水里，走在路上，不管走在哪里，只要你走着，就指不定从哪里冲出来什么东西。她尖叫一声，整个人扑下去，亏得我动作快，要不然……胡伯拿过两颗开心果，却没有剥开。我一只手把她抱起，另一只手撑着伞，那时候她不小了，伞遮不住膝盖，雨冲在伤口上，血顺着往下淌，落到水里就没了颜色。就是那时候，她问我。她说，爸爸，你见过空心的雨吗？我说没见过呀。她又说，我想见见。

胡伯，你女儿在哪儿？阿懒问道，问完被自己吓得酒醒两分，看胡伯根本没留意，就盯着老T。老T也钝了，胡乱指指，那边那座城市里。胡伯不管他们，继续说。后来不只是女儿，连她妈妈和我都觉得，女儿的生日、升学这些事，不下场雨，就跟假的似的。有几次生日没下雨，我们要么带她去找喷泉淋一场，要么干脆在浴室用莲蓬头人工降雨。这家伙，一到雨里，完全和平常不一样，那个舒展啊，那个开心啊。胡伯这才掰开白色的壳，将两颗灰绿色的开心果扔进嘴里，嚼着。又伸手，杯子空了，摇摇分酒器，也空了，弯腰从桌下又摸出一瓶酒来。阿懒看看自己带来的那一瓶，心想不着急，便挪过分酒器，让胡伯给倒上，满上一整杯后，端起它，推开厨房门，走到阳台上。胡伯的声音追上来，可是她一直说，不是空心的。雨水落在遮篷上，再分作几股流下，一片哗哗声。望出去的天地一片混沌，一团汪洋，但仍旧能看得清楚在雨水中的乌黑的云彩的那些层次，低头从小小的酒杯里看去，更是分明。可几番尝试，阿懒都找不准具体的方位，都无从下手。

你见过空心的雨吗？阿懒自问，但给不出肯定的答案。空心的雨该是什么样的？如鸡蛋那样，一层薄薄的壳，内里包着空无的蛋清、蛋黄？如樱桃那样，饱满丰盈的果肉中，藏着一粒空无的核？如泡泡那样，雨水只是外围的象征性的膜？那空的心里，究竟是什么呢？阿懒想不明白，但他知道，就算他能想明白，也无法通过剪辑云彩，达成那样的效果；就算他能完成空心的雨，让它落在胡伯的女儿所在的城市，胡伯的女儿也认不出来。甚至，她很有可能早忘了问过胡伯这样的问题。想到这里，阿懒叹一口气，选了最浓重的那一朵，取了最黑暗的那一缕，迅速剪辑，落进杯中，随后一口将酒吞进去，是一团墨汁般的苦涩味道。阿懒又在遮篷下站立一会儿，伸出手去，用雨水冲刷一下杯子，让喝不尽的一两滴云彩落回水中，这才回到厨房。胡伯还在说着，但语词已连不成句，零碎的词语从他嘴里飘出，濡湿四周。……那天也是雨……雨呀，开成了花……空空的心里藏着雨，藏着花……你还笑……我没见过那么大……我耳朵尖……鼻子尖……她……她……你说再也……你说……你的手……谁敢……现在我……雨呀，开得出……听听……空的花……阿懒知道，应该让这些话语自顾自地喷涌，老 T 目光已然有些呆滞，浑似无所见地望着胡伯，但仍旧没忘伸手，不管杯子里有没有酒。阿懒在老 T 小臂上拍打一下，在他抬头时，示意将胡伯送回卧室。

这么干瘦的胡伯，醉酒后依旧沉如铁，要不是阿懒也喝得无法准确感知时间，完全不怵重复，真不知道怎么把他放回床上。好歹，胡伯躺下了。老 T 在床头坐上一会儿，双手一拍床，撑起自己，跟在阿懒身后走出卧室。两个人在狭小客厅的竹沙发上坐着，缓过最浑噩的那一段，阿懒站起来要走，老 T 突然叫住他。阿懒，那边的大城市你去过吗？阿懒点头。大城市的那边，那几座城市你去过吗？再过去就是海，你去过吗？这次不待阿懒点头，老 T 就叹了口气，我去过，好多年前。后来我就在这里，现在我就在这里。一直就在这里，不离开这两条街，不离开我的店子。你给我说说，外面现在是什么样。说完，老 T 往后一仰，靠在沙发上，两只眼睛如水泡般望过来。

阿懒看着老 T 好一会儿，站起来，略微摇晃地走到厨房，从橱柜里找出一只四方玻璃杯，拎着他之前放在桌上的那瓶白酒。看着阿懒把酒杯放在自己面前的茶几上，拧开瓶盖，倒上没过杯底半指深的酒。老 T 说，还喝啊？再喝下去我只怕——阿懒摆手止住老 T，他拿过茶几上那盒火柴，划燃一根，伸到杯子里。杯子里的酒迟疑了一小会儿，然后燃起来，一团淡蓝色的火焰在酒面跳动着，随即往上蹿升。互相挨挤，互相簇拥，火焰没有散开，只是在水面上方撕扯着，发出轻微的滋啦的声响。出了杯子的火焰开始蓬松，燃烧薄了起来，摊开去，不过仍旧没超过一张垫子的大小。升到吊灯下方时，火焰停住，它不再透明，开始由边缘往内，呈现一层层絮状的白。这是我第一次见到海时，剪下来的一小片云。阿懒告诉如痴如醉望着那一小团云彩的老 T，也是在告诉自己，或者还有别的人。和陆地上的云没多大区别，重一点，湿一点，藏在里面的叫声不太一样。你听，这两声是海鸥，是不是又有点像鸭子，又有点像大雁？

老 T 咧嘴一笑，说，云是好云，你那酒差了点。突然又静下来，眯缝着眼听上好一会儿，摇摇头，说，都不像，就是海鸥的声音，我知道。那一团白云在他们的注视下，一点一点地变浅变淡，然后突然过了自己设定的界，消失了。阿懒再往杯里倒上半指深的白酒，用火柴点燃。这一次还是一团白云，只不过比刚才的更蓬松，底如熨过般平整。这团白云直升到天花板下，穿过吊灯时，擦得灯泡直晃，并且亮了几分。这是我在高原上剪下的，那时候我已经到处跑了一段时间，没那么兴奋，只对它的平底印象深刻。老 T 不一样，他不但望着，还站起来，要摸摸那云底，仍够不着，正准备往茶几上爬，云又散了。就这样，酒从瓶子倒进杯子，点燃的火焰升起来，在房间里高高低低处停留，随着阿懒或长或短的讲述，然后散去。这不成规模的小小的云彩，经过酒瓶里的禁锢，酒杯里的发酵、燃烧，似乎把时间和酒精扩散在空气中。阿懒说，再倒一次就结束时。东方已经发白，胡伯在卧室里的鼾声早变得均匀。

那团火不太一样，内里仍旧是透明的但能感知的跳动，外围却不是单纯的蓝，而是颜色混杂且在不断生灭。因此，当它不是化成一团云彩浮出杯子，而是作为一道彩虹，从杯子跨出来，斜向上搭在房间里无明之处时，也就在情理之中。但这却出乎阿懒的意料，他愣上好一会儿，才窘迫、欣喜、伤感诸多情绪掺杂地哎呀出声。没想到，没想到，阿懒连连摇头，这个居然还在，这是我离开之后，第一次剪辑下来的，就剪了一小块。当时我想的是，剪下来的都不喝，都是最宝贵的记忆，留着以后，说不定留到老了再拿出来。阿懒看老 T 望着自己，有点不好意思，平静下来。那天上午的雪可真大，谁知道中午又换成了雨，谁知道雨落着落着就出了大太阳。你说，天气都能变得这么快，何况……

后面的话到底没再说下去，也用不着说了。那彩虹停留的时间比之前的云彩都短，倏然消失，仿佛压根儿没有存在过。老T望着空白处的目光空了一会儿，才又落向阿懒这里。结束啦，阿懒没有解释，只是伸手指着玻璃杯，你尝尝，这可是过滤掉云彩之后的味道。老T面露疑惑，但还是拿起来，抿了一口，随即仰脖将余下的全部倒进嘴里。杯子里的液体没剩多少。是水的味道，老T说完咂咂嘴，又不是水的味道。再咂咂嘴，肯定不是酒的味道。是啊，外面现在差不多也还是这样。老T点点头，这么说来，我留在这儿没错。那，那件事我就可以跟你说说了，我被云烫伤的那件事，一朵云……今天不说了，阿懒止住他，拿起酒瓶，晃几下，递给老T。还有一点，什么时候你自己把它点了吧。

阿懒下楼回到房间，转了一圈半，丝毫没有睡意。他又站上片刻，走进厨房，打开冰箱，拿出两罐啤酒，一个玻璃杯，来到阳台。塑料椅子上还留着未蒸发的雨水，也可能是露水，微凉湿意顺着裤子渗进来，贴在皮肤上，呼应了入喉的酒。东方一片的白正在分出层次，注入颜色，并且开始提速。女人让他离开时，也是这样一个早上，他当时刚熟练云彩的剪辑技术不久，早早起了床，想剪下金光灿然的一缕，为她调一杯清晨的饮料，还没动手，女人披衣出来，挨着他站了好一会儿，说了那番话，让他离开。现在，似乎一切都没有变化，东方还是东方，彩霞仍旧灿烂，就连手里握着的，也是同一款啤酒。阿懒站起来，低下头，望着酒里映衬的似有若无的云彩，始终没有上手的意兴。迟疑间，他瞥见一个人影从远处走过来，那身形有些熟悉。

移开杯子，直望下去，是那个女孩。这一次，她是从学校的方向往

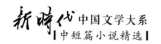

家这边而来，仍旧在马路的对面，仍旧是他见过很多次的那身衣服，但这个时间，她怎么会从学校过来，而且一个人走着？阿懒不用看时间，根据朝霞也知道，就算是往学校去，通常也还得有半个小时。女孩步子比平常快一些，清晨的光线还带着几分朦胧，从这个距离更无从分辨她的表情，判断不了是喜是悲。阿懒就这么站着，看着女孩走过对面两家尚未开门的服装店，走过街面上摆了三张桌子、桌子旁都坐着人的早点店。女孩在早点店旁停下脚步，过了一会儿才继续往前走。至少没那么糟糕，阿懒想。女孩已经走到那个路口，正要拐弯。阿懒抬头，想着是不是照着上次那样，再给她一团意外的光。太阳还没浮出来，东方的云彩足够绚烂，要剪辑到合乎所用却难。这时，阿懒才知道自己酒劲上了头。醉眼看下去，女孩已经等来绿灯，走过路口。阿懒看看女孩的背影，再看看颜色愈发浓重的云彩，忽然觉得，也许他可以在其中一朵云彩上做个标记。这样，不管女人在哪儿，要是看见，就能明白是他在致意。

城 市 文 学 卷

特工徐向璧

小 白

1

徐向北当然知道徐向璧在勾引他老婆。都是他自己怂恿的么。他要再狂些,很可以说是他自己设计的。事实上,一切都发生在他眼前。

他到底决定让徐向璧走进自己家门,来来回回考虑过不知多少趟。他一心一意想让老婆过好日子,那回胆囊炎开刀,半夜里从麻醉中苏醒过来,看到她支着下巴坐在床边,使劲睁着眼皮,一面孔疲惫。那句话当时就脱口而出:

"我一定要让你过上最开心的日子。"

可开心日子哪能说来就来。关键是手头紧。他一个中学总务处职工,能有多少闲钱闲心拿来逗老婆开心?他跟美术组老范有交情。老范那儿有一套《金瓶梅》,十本,装在木盒里,他一本本借来看。王婆那套五字诀,潘驴邓小闲,他能占到哪一项?

徐向北觉得,他有他的问题,可他老婆也有她自己的问题。从她那头说,也许都怪那名字。孟悠。真不知道她爹是怎么想的。巧不巧起这么个名字,纯粹是不着调,纯粹是个马马虎虎的定义,存心是在匆匆给她的整个人生下结论。难道真想让她一辈子梦游去?

她就是那种——好好走在平地上会摔个大跟斗的女人。她至少有一半人(肯定不是较小的那一半)生活在另一个宇宙。她整个人,好比说,就是努力想从她置身其中的那个狭窄时空跳出去,不管是那个一米六稍多点、苗条、乖巧、器官精致的身体，还是她从小到大住的石库门底楼厢房。那些缺乏想象空间的弄堂，小学语文教师办公室里的上午八点到下午五点，还有她和徐向北婚后栖身其中的那间火柴盒，那些单调的、按部就班的夜晚。

就好像，她身体里最轻盈的那部分的确已跳出去，可比较沉重的那部分却只能认命。

芸芸众生，这种状态其实于人无害。顶多是她独自发愣时，别人要把一句话翻过来倒过去说好几遍，她才能听明白。可跟她身边的人，尤其是跟她最亲密的人，问题就会很大。很大很大。

它会逼得人家跟她一起往外跳，跳不出去也得跳。或者假装跳出去。徐向北过好久才有点明白过来，泯然众人，他独得青睐，自己这个异乡人身份是占便宜的。滚滚而出的儿化音啦，国字大白脸啦，一米八的大高个啦，在她最初的潜意识里，这些东西可能暗示着生活的另外一种可能性。还有她一直以为他想必会有的爽朗脾气。他确实有，本来有。可后来——

后来不知怎么搞的，他觉得自己越长越奇怪，越长越干瘪。肩膀在往里缩，腰背渐渐佝偻，脸越来越黑，皮越来越松，法令纹扯在脸颊上，那张大脸变得像是隔夜的白面馒头，水泡过，风吹过，如今干裂着，变形变得认不出算是哪种江南点心。口音也变得南不南，北不北，北京话往南凑，上海话往北凑，两下一汇合，有点像是在本地吃不大开的江北口音。

他自己心里很明白，那都是因为他的精气神，都跟着老婆跳啊跳啊往外跳，那么多年跳下来，还能剩下点什么？夫妻二人，也就剩下看电影的时候有商有量，争抢大部头小说第一卷时吵吵闹闹，除此之外都懒得对话。

徐向璧的事，他记得三五年前就告诉过孟悠。虽然当时向北自己都弄不清他在哪，他在干什么。当时两人才刚认识——幸亏他一眼就看上她，早早拽她脱离那小圈子。不是洁身自好，也不是脑子好，有预见。纯粹是先下手为强。他俩迅速发展到议婚论嫁时，消息传来说那帮人全给公安抓去，因为开黑灯舞会。他们1983年结的婚。别人进班房，他们进新房。

那阵子"国泰"在放《黑郁金香》。孟悠对阿兰·德龙的面孔顿时着迷。童自荣那嗓音她也很迷。她对身世之谜啊，失散的双胞胎啊，这种离奇的事儿特别感兴趣。

"比《铁面人》好看。"她下结论。

那晚在襄阳公园长条椅上，他说他有个孪生弟弟。

"不见啦？怎么可能？讲给我听——"

确实说来话长。何况那时候，他能讲清楚的事实不多。有多少是记忆？有多少是幻觉？想象？你们知道，这就是话赶话——你说到一件事，就拉出另外一件事。一个小小的细节，又会蔓延开来，变成另一个复杂的故事。故事——是的，日久天长，他这个孪生弟弟的故事渐渐变成他们夫妻俩之间的一档固定节目。有时候，报纸第四版社会新闻栏的一则小故事会重新勾起他的记忆，有时候是一封来信……

偶尔，他会有那么一种感觉……好像说，这个在他头脑中模模糊糊的孪生弟弟的形象，由于他的叙述，变得越来越清晰。某种意义上，这个弟弟变成他的理想，他的寄托，变得好像是他自己——他身上最好的那部分，他身上最轻盈的那部分，他那尚未被人发现、尚未被他自己的老婆发现的那部分。

这会儿——他的弟弟，那个比他晚二十多分钟来到这个世界上的弟

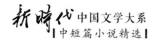
弟，他从少年起就再未见到过的孪生弟弟，这个在他二十岁那年突然神奇消失的人——这个陌生人，又一次神奇地出现在他的世界里。现在，他叫徐向璧。

他刚一说下周要出差，那封信就到。真会挑时候。信封落款是徐向璧，她不重视这名字，那封信搁在饭桌上，吃晚饭时，又转移到缝纫机面板上。饭后他才拆开它，哇哇大叫，自己都觉得激动得跟唱戏一样，有点不好意思。

"是谁啊？这么大惊小怪的？"

他再次读信，琢磨着。觉得信里说话的语气跟他自己挺像。那还能怎样？怎么说都是双胞胎弟弟。

"到底谁啊？"

"我弟弟——"

"你弟弟？"

"我跟你说起过的，我是双胞胎里大的那个。"

"啊！他蹦出来啦？"

2

谁都不知道徐向璧是从哪蹦出来的。有时候他都觉得，压根就是从孟悠那好胡思乱想的脑袋里蹦出来的。你说说，她整天就盼着日子过着过着就蹦出点奇迹，这不，奇迹来啦。

信上说，都是他一手制造的假象。二十岁生日那天，他让人把自己灌醉，农场那帮哥们。半夜醒过来，他忽然换掉个人似的，觉得自己再不能这样过下去。整个下半夜，他睁着眼睛盘算。凌晨跟着上山伐木的小队出工——这回本来轮不到他。要往山里走半天，扛着吃的喝的，连续干上两三天，全累趴下才下山。第二天上午九点，在林场深处某个背阴陡坡上，他布设出完美现场：陡坡边沿刨出的滑痕，碎土。陡峭山坡外，大林海郁郁葱葱，树顶遮蔽下深不见底，一个天坑。他拣出一件破旧衣服，裹牢大块土石疙瘩，轰隆隆往坡下扔，伸出脑袋望望，折断数根树枝。

嗯，一封信说不到那般详细，这种种细节徐向璧后来才有机会亲口补述。

简单说，徐向璧伪造事故现场，让人误以为他落下峡谷，就此消失，无影无踪。他计算一夜，确信这做法一举两得。生产现场发生伤亡事故，家里可以拿笔抚恤金。钱会送到他妈那儿。那一年，爹妈离婚，他和徐向北小哥俩像别的财产那样一分为二，向北跟着爸爸，他就跟着妈过。从小到大，他还从未给他妈挣过一笔像样的钱。

最重要的是，他就此可以自由自在，想干啥就干啥，没人管得着他，想去哪去哪，不用晚回农场报到一天就扣掉工分，取消下次休假资格。他准备充分，所欠的仅仅是决心。食物衣服早就藏进山上那间茅棚。钱，那数年积蓄，他一向统统随身带。

农场在西南边陲——信中他语焉不详告诉向北，后来那几年，他混在东南亚某个小国，混得不错。他反复警告徐向北，所有事情都要保密。

要保密！向北正念着，水池边刷碗的孟悠说："要保密要保密。跟个孩子似的。"

徐向璧在信里说，绝对绝对不能让人家知道。从法律角度说徐向璧已是死人，因公牺牲，抚恤金都发过。他没有户口，人人都有一个身份，他没有。

信上虽不说，向北能懂。这事的要害在于，他弟弟想必不止一次偷渡国境线！

"你看，他不肯说，不过他一个失踪人口，怎么可能想出国就出国，想回国就回国呢？"

孟悠乍碰上这种事，心里怦怦乱跳。自打她生下来，这得算是头一回。涉及其中的神秘人事，竟然是她小叔子。

"他怎么不问问你过得好不好，不打听打听你有没孩子？你这弟弟，跟你一点都不亲热——"

向北心里头掠过一丝懊恼。不过他什么话都没说。

星期天下午，向北不在家。多半是跟楼下那班狐朋狗友一块，躲哪个阴凉地打牌玩。或者下军棋，徐向北最喜欢四国大战，所谓五村第一高手。那是势弱时敢骗敢蒙，转强时心狠手辣，精神智慧在棋盘上发挥至极限。往小板凳上一坐，两条手臂小方桌上那么一撑，遗传天生那份燕赵豪气，全耗这上头。

孟悠在阳台上，把被褥往晾衣竿挂开。十月好太阳，晒得人发愣。李老头在楼下拿着喇叭直叫：徐向北电话徐向北电话。半天她才回过神。

"他不在——"

没多久，向北就钻进家门。

孟悠看电视，没理他。美国老片。《金玉盟》。正高潮，男的起身要走，女的双腿盖着毯子躺在沙发上。孟悠鼻子又开始发酸。

"我有电话？"

没听见。

大声："我有电话？"

"你怎么知道？"

"我——我在楼下打牌，听见的。我去看看。"

向北又蹿出门。

屏幕信号再次变花时，向北回到家里。

"又花啦。"孟悠冲着他说。向北跑到电视机跟前一阵拍打，图像渐渐显露。

"等啥辰光给你换台松下廿吋。"向北咕哝一声，鬼鬼祟祟到衣柜里翻东西。奇怪——接个电话就跟变个人似的，换彩电，气壮如牛的话就这么脱口而出。孟悠瞪着他。

向北背着身，挠挠头，想想不对，又转过头对她说："等有闲钱。"

"喊，哪会？"

"我出去一趟，见我弟弟。徐向璧到上海来。住在锦江饭店，让我去见他。"

孟悠忽然兴奋："他怎么说来就来——"

又一想："你是他哥哥，他该来见你。"

"他不便到处抛头露面。你知道。"

走到门口，徐向北又回头说：

"我这弟弟，也不知在哪儿长大，简直不像我们家家教出来。他该请你的。"

"我才不去。得他来登门见我呢。"

"行行，我让他来朝拜您，太后。"

"你们家啥家教？"

3

老天！徐向北带回来五千块钱，五十张簇簇新的百元大钞。还有一堆包装美丽的外国食品。本市大概只有"七重天"那种地方，才会见到这么漂亮的东西。一件金色的女式风衣，V 字大翻领，束腰，过膝。最让孟悠瞪大眼睛的是那只黄澄澄的金戒指。绝无可能是本地金店银楼土产。

"这是香港的？周大福？"孟悠听说过。

徐向北决定说实话："不是。来之前，他不知道有你。临时决定送见面礼。在茂名路锦江饭店楼下买的。"

白炽灯泡下，戒指上微光荡漾，像金色的鱼鳞闪烁。

"这么多钱——看起来像假的……"

"胡说。"徐向北笑着骂她。

"他怎么能赚那么多钱？"

"我没问。他胆大妄为——我猜想，一定不是什么好来路。"

"什么？"

"我是说这钱，一定不是什么合法生意赚的。"

"啊？"

"走私。多半是走私。"徐向北咧着嘴一脸坏笑。

"这种钱我们能拿？"

"你管他，"向北几乎有些兴高采烈，"他干他的，咱又不参与。他给哥哥嫂子送钱，拿着花就是。钱上还能看出好坏来？你能看出这钱是黑的白的？我反正看不出来。"

窗子开着。一阵风掠过，掀开密盖在徐向北脑门上的头发。灯光照耀下，油光光，喜洋洋，像是有一股以前从未光顾过他的春风笼罩眉宇之间，像是从那些电车路般的抬头纹里，一大拨好运气正止不住往外冒。

平素孟悠问他一句，他能回一个半个字就不错。今天他轻轻巧巧就说出这么一大串，好像早就深思熟虑过一般，好像这叠钱竟然能让他转性变个人似的。

"他长得什么样？"孟悠寻思着。

"这话说的——跟我一样！"

徐向北自己觉得没底气。跟着说："比我看起来年轻点。你说他那么多苦头吃下来，又是插队，又是逃亡，又是动那么多脑筋使坏心眼赚钱，居然看起来比我年轻！"

"你是自家把自家过老的。人哪，活的就是那股劲头。"

"也是，人一穷，越过越憋屈。"徐向北把这摞钱狠狠拍到桌上。

"你这弟弟，胆子可够大的。他过得到底是啥日子啊？"孟悠神往地说。

4

第二天一早，徐向北让孟悠把出差用的人造革大包找出来，随手往里塞几件换洗衣服，准备出门。平日他出差可不像这样，他会把包塞得鼓鼓囊囊。一大堆吃的用的，小零小碎全装包。酱菜都装一大瓶。出门在外，忘记带哪样，到时都得花钱买。

孟悠赶着上班，没顾上问他。

向北心里笃定。他有钱……他会有多少钱，甚至都还没告诉孟悠。绝对不止五千。好吧，他对自己说，弟弟的钱，给哥哥用些不行么？哥哥拿到钱，藏点私房不行么？

他先到单位，把大包塞进办公桌底下柜子，锁好。到领导办公室打声招呼，得有半个月不来上班。最后，他从抽屉里拿出昨天刚取的照片，他和弟弟徐向璧的合影，他们以前从未合影过。他再一次仔细看那照片，照片上的这对双胞胎，差别还是很明显的……他会赶上弟弟的，他把照片小心地插入钱包，放进口袋。

他从锦江饭店徐向璧订的套房出来，已然换个模样。皮尔卡丹烟灰色西服，蓝条纹白衬衫，金黄色丝绸领带，小羊皮鞋，金丝边眼镜。

他独自跑到美心酒家。要一壶花茶，几件凤爪蒸饺，消磨一段时辰。快中午才出门。又沿着淮海路向西，一路走一路趾高气扬，不管路人如何侧着眼瞧他。

他一头钻进"白玫瑰"，让人给他理个平头。像徐向璧那样的平头，他心想。决定照徐向璧那样子拾掇一番自己。

剪完头发，修脸。修完脸，又用磨砂膏磨脸。这一番弄下来——他看看镜子，整个人容光焕发。再走到街上，不自觉挺起腰来，觉得比先前高大许多。

他不着急，他有一肚子计划。他一向不是个有计划、照计划安排生活的人。可突然之间，徐向璧——来到他跟前……

某种东西进入他的身体，跟徐向璧有关。似乎是，徐向璧的性格，他的大胆、想象力，甚至……他的形象渐渐开始干预他，影响他，改变他。

层出不穷的想法和计划往他头脑里冒。他要抓住机会——人要懂得抓住机会。再也不会给他更多机会，都老大不小啦。

他认为自己能够控制徐向璧。他不是哥哥么？总还有点把握。他甚至能借用弟弟的手改变一切。首先，要让徐向璧进入他的生活。他可以让徐向璧获得合法身份。这是徐向璧唯一缺少的，此外他样样都有。而他徐向北，除却一个身份，一个安安稳稳的家庭，一份众人皆知也皆认可的工作，别的他还有什么？他们俩可以互相交换一点东西。

那一来，徐向璧就能走到大家面前，走到大街上。就能尽情花销，尽情抛撒他的钱，他那一大堆钱也都能变得合法起来。

　　当然，徐向北自己会有点小损失。连孟悠在内，都必须承受。因为归根到底，有所失才会有所得。

　　他可以跟徐向璧一起，分享那堆钱。一大堆钱！

　　五五开，四六开，哪怕算在他徐向北头上那份更少些吧，哪怕二八——他用一份，他弟弟用九份行不行？

　　没什么好担心的。他俩本来就是双胞胎。别说不站在一起孟悠分不出来，就站一起孟悠也未必能分清。别说晚上分不清，就白天也不见得能分清。那你说，这个和那个，对孟悠又有什么不一样呢？

　　别人。别人更不用担心，双胞胎，这种情形谁能看得出来？就算看出来，又有谁会管你闲事？生活在这座城市里，如同沉浮于茫茫人海。悄然而至，飘然而去，又有谁会格外注意你？

　　他觉得自己好聪明。以前看起来不大聪明，全因手里没有钱。钱是激素，是兴奋剂。人一旦有钱，自然会充满激情，充满想象力。

　　他不忙动手实施计划。先让自己好好享受一番。痛痛快快花点钱。人要学会不心软，先得学会对钱不手软。到那境界，头脑才会越发机灵，好主意层出不穷。设计更好的细节，让想象中的计划完美无缺。

　　可以让徐向璧歇几天。不管徐向璧有多厉害，现在一切由他控制。只有依靠他，徐向璧才能在这座城市立足，具有一个合法身份。事实上几乎可以说，这个弟弟如今依附于他才算存在，简直像一只牵线木偶。

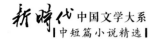

5

夜黑风高。外滩黄浦江堤。十一月江边，闲人已少。寒风从东北陆家嘴方向吹来，席卷起突突马达声。机帆船驶过，一列拖船尾随其后。正是涨潮时分，小船像是漂浮在孟悠的下巴底下，一片乌云遮挡住月亮。

事情委实有点莫名其妙。

刚把碗筷放进水池，窗外就喊她接电话。那是公用电话亭当晚最后一次进线。杨老头急着回家吃晚饭，站在电话桌边，手抓窗板盯着她看，她敢再多说一秒钟，老头很可能用木板将她横扫出门。

后来她确实想到，她忙里慌张就答应去见他，一大半要怪杨老头和他那块窗户板。

电话那头竟然是徐向璧。

"你哥他不在。"

"噢——"电话里一阵沉默。

忽然，电话里刻意压低的声音急促起来："我必须跟你碰头。今晚你出来一趟。"

"那样着急，你病啦？"

"当然不是——现在只能这样。你必须来。到外滩。"

孟悠稀里糊涂答应下来。那刻意压低的声音略显急促，有种高高在上的熟络。就好像他知道你的一切，而你对他却很陌生（像那种神秘机关给你打的电话）。昏暗的电话亭，灯泡用一根电线吊下来，风吹过，一阵摇曳。孟悠打个寒战，轻轻说一声：噢。

挺拔的身影在江灯微光下向她靠近。她回头，既陌生又熟悉，如同久别重逢。

"孟悠？"

即便是黑暗的堤岸边，她也能认出，正是徐向北的双胞胎弟弟，活脱似像。当然是比向北英俊些，板寸头发下，眉宇显得更开朗些。黑色的丝羊绒大衣，风打着竖立的领子，啪嗒啪嗒。

"别盯着看。注意我身后，两点钟方向，那两个家伙还在不在？"

五秒钟后她回过神，想起两点钟方向的意思。拿眼角瞥过去，果然有两条黑影。在江堤人行道下方，躲在粗梧桐后朝这边张望。烟头忽闪忽灭。

"轻松点。自然点。我们往前走。挽着我。"

越这样说孟悠越紧张。徐向璧胁下很温暖，光滑的羊绒襟袖摸着很舒适。但身后有一双危险人影，让她想起小说电影里的黑道仇杀。

"别紧张。"江堤台阶上，她一脚踩空。

徐向璧迅速向后扫视。拐进汉口路后，他加快脚步，拖着孟悠向前奔跑。

路边停着辆轿车。车身很长。金属漆在暗夜下闪烁。驾驶座上有人等着。徐向璧拉开车门，孟悠弯身坐进去。车厢异常宽大，她没坐过这样的汽车。后座是对面两排，与驾驶座隔一道玻璃窗。

关门动作迅速轻盈，如同收拢翅膀。门一关，汽车就滑动起来。车内很温暖，很安静。两人相对而坐。汽车无声无息地疾驶，像蝙蝠划过夜空。

她有点怯，不敢说话。

"司机听不见我们说话。"

"噢。"

良久。她问一声："这算是什么汽车？我从没坐过这样宽敞的。"

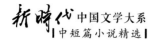

"卡迪拉克，加长型。"

"噢。"

车子平稳驶过闹市区。路灯越来越亮，车厢内光线瞬息明灭。他半闭着眼睛，似在沉思。她忍不住盯着他看，越看越觉得不像，越看越觉得弟弟长得实在是比哥哥好看。尽管闭着眼垂着头，浑身上下仍旧向外散发着一股——杀气。是因为向后绷紧的嘴角？

徐向北的嘴角总是那样咧着，嬉皮笑脸。

"我哥不在家？"

"他出差啊，没告诉过你？他昨天刚来过电话。"

沉默。他突然抓住孟悠的手，握着她的手腕，从底下托着她的手。汽车在摇晃，他的坚硬的指骨关节碰触着她的腿，似有若无。

她有些慌张，不知他想要干什么。

他盯着她看，瞳仁在黑暗里闪烁。

"有包东西，能不能帮我保存？"

……

她愣住，好像没听明白他话中含义，好像在担心这是个天大的玩笑，是谁在故意逗她，拿她开心。

他在等待。车子沿着细长蜿蜒的马路，由东向西疾驶。十月的梧桐树，树冠依然丰满茂密，遮挡住月光，遮挡住两边房屋内隐约射出的光线。十月份的天气就是这样，温柔而肃杀。

"你必须向我保证——"他的手在握紧，她的手掌被挤成一颗心形的空拳，掌缘感觉到一丝疼痛。她茫然低下头，看着自己那几根细弱的手指在他的指缝里艰难挣扎，在夜色下像一束脱水的白葱。

他的手干燥，温暖。

"你要保证，不能向任何人透露这情况。不要告诉任何人。包括——徐向北。"

她悚然一惊，抬头："为什么？"

他一声叹息。余音在车厢里袅袅不绝。

"我找不到他才找你。如果交给他，我一样会让他对你保密。多一个人晓得就多一份危险。你可以拒绝——如果你答应，就保证。这性命攸关！"

某种奇异的激荡突然袭向孟悠的心头。无来由的冲动……想要参与其中，另一种生活。与黑暗环境有关，与幻觉有关。这个密闭黑暗空间，让她想起电影院观众席。

"是什么？"

他挪动腿脚，把一个黑乎乎的东西踢出来，踢到她脚边。她等待片刻，伸手去取。是个小箱子。

他帮她提起来，放在她膝盖上。是个轻薄的密码箱。黑牛皮，银色的金属箍圈。

"不要管里头的东西。别打开。别告诉任何人。也别告诉向北。多一个人晓得就多一份危险。你不能打开箱子，不要去看，多知道一点，就多一份危险！"

徐向璧让汽车直接停到小巷深处，跳下车。朝巷口方向张望片刻，快速拉开车门，让孟悠下车。

"你赶紧走。直接上楼回家。别害怕。我帮你看着后面。"

她连走带跑冲进家门，关上门，锁上保险。

她把箱子放在桌上，惊魂未定。喘息稍停，她开始琢磨起如何藏起这件东西。她往床下塞，担心那还不够隐秘。

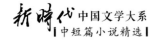
她拉来小桌，叠上方凳，爬到悬空吊高在房间门口的小储物间里（那是徐向北用两星期时间自己搭建的），在一堆灰尘覆盖的旧棉胎下，把那东西安顿好。盖上棉胎，再盖上报纸，再堆上几件装旧衣服的包裹。

她满头是汗，坐在床沿。

我是特工人员。她睁大眼睛，无法理解这电光石火般翻转的各种悬念。间谍，间谍你懂不懂？这箱子里有无比重要的文件，涉及国家安全！她快要晕厥过去。在泰国，有人追杀我。我有些大意……以为是几个小毛贼，以为不过是几个台湾的黑道杀手。我一向把自己装扮成生意人。这次我看走眼。

她没法把他说的话串联起来，这些话她都不能理解。她只是从心底里冒出一股迫在眉睫的感觉，有什么东西在逼近她，可她却不知道那是什么。只是那股气氛，她感觉得到。

6

徐向北坐在锦江饭店北楼下的酒吧，桌上放着平底杯，冰桶，水杯，还有一瓶"蓝方"。才十来天的工夫，这个人已完全变了个模样。

雪茄烟架在烟缸上，他自斟自饮，气度不凡，好像天生就属于这个地方。在他西装的内襟口袋里，左边有一沓人民币，右边有一沓外汇。犹如怀揣着两颗小型原子弹，他觉得自己的气场可以笼罩整个大厅。

杀气。

他已拉开序幕。按照计划，第一步要迅速，果断，不由分说。让人不敢不服从，不得不服从。

火到猪头烂。只要有钱，在这个城市里没有什么办不到的事儿。

租个豪华轿车实在太容易。友谊汽车公司有个贵宾车队，是市政府专门接待贵宾用的。清一色豪华大轿车。从前全都是政府养着。如今自负盈亏，也得想个法子弄钱。公务接待之余，车队可以自行出租。徐向北拍出几沓现金，先包下半年，司机的工资另开一份。车牌在 200 号以内，走在路上，交通警都不好意思拦它。想停哪儿就停哪儿，行动无极限。必要时，还可以在前窗边挂上英国旗、美国旗，你想挂哪个国家的旗就挂哪个国家的旗。

他没别的坏心眼，就想痛痛快快花钱，做梦一般花钱。让他老婆孟悠，让他自己——俩人一起做梦一般去花徐向璧的钱。

与此同时，要保证不坏事。既不坏徐向璧的事儿，也不坏自己的事儿。主要是自己的事儿。至于徐向璧的想法，根本不用管他，徐向璧得听他的，徐向璧不得不通过他，通过他徐向北，获得一个合法的身份，不对么？

7

孟悠睡在床上，如睡针毡。

连着两天她都睡不着觉。家里藏着那样一件宝贝，说又不能说，看又不能看，要命不要命？徐向璧刚一开口，她还以为是什么跟违法犯罪活动有关的东西。可又不是，可这更要命。特工！论心狠手辣，他们比犯罪团伙厉害一百倍。那天晚上，跟在他俩身后的那两团黑影，会不会跟踪到此……无数电影场景在天花板和床铺之间的半空中渐进渐出，街头追杀，密室谋杀，先奸后杀！她没睡着时一帧一帧画面在她眼前飘过，她睡着时还窜进她的梦乡。她看过太多太多录像带，徐向北职务之便，常常把学校的卡带播放机私自带回家。在看电影上头，他俩如饥似渴。

徐向北为什么还不回家呢？可他回家，她能跟他说么？

又到下班时，她发怵。一直等到天黑——

路人行色匆匆，一阵寒潮过后，天气小小回暖。她尽量选择小街小巷，弄堂深处飘散着炒锅的油香。

有人拦住她。是徐向璧。米色的束腰风衣，金边眼镜在夜色里熠熠发光。眼镜并不能给他添上一星半点书卷气，却让那脸庞变得更加严厉。

"那天晚上你没戴眼镜。"

"我视力很好。你知道，干我们这行，没有眼神可不行。不过是变个样子，我们要常常改变形象。你知道——"

"你知道你知道，我什么都不知道。"她突然发怒起来，可不知为什么，倒像是在撒娇。

他的皮鞋擦得锃亮，徐向北的皮鞋从来都是灰扑扑的。

他朝她微笑。瞳仁在镜片后闪烁，像是在嘲笑她。

她有些心慌，摸摸头发，拉拉包带。

"别害怕。今天没有人跟踪我。东西还好？你别怕——让我来处理。我们去吃饭。"

她预计错误。她还以为他会把她带去什么豪华餐厅。她希望是锦江饭店的"食街"，因为徐向北告诉过她，向璧住在锦江饭店。"食街"，学校里一个有香港舅舅的同事炫耀过，一顿饭要吃掉好几千呢！

"在公众场合吃饭，我怕你不安心。"

真的很体贴。孟悠不知道要是跟徐向璧坐在人头挤挤的餐厅吃饭，冒着那样天大的危险，她还会不会有胃口？

他让司机把车朝西区开。汽车停在衡山宾馆院子里。他扶着旋转门，让她先进。他把百元大钞夹在手指缝，轻轻塞入大堂行李房服务生的马甲口袋。

"带我们去西班牙套间。"他小声发出不容置疑的命令。

房门打开，是一条弯曲走廊，墙上是几幅水彩画，骑在马上的阿拉伯人，猎手，弯刀，枪，弃置不用的堡垒，破碎的墙，背景上是沙漠。又是一道牛皮包覆的沉重内门。客厅中央悬挂着巨大枝形水晶吊灯，正面墙上巨幅油画，鲜艳的舞女，黑暗的背景似有人头涌动。

他领着她走进餐室。两面有窗，两面墙上挂着小幅油画，画着鲜花和食物。桌上餐布洁白，纹饰复杂的印花瓷器，耀眼的玻璃，寒光四射的银色金属。

孟悠略感不适——并不是觉得受冒犯，只是有些手足无措。但他殷勤地请她入座，不适感转瞬即逝。

"你那东西，需要我帮你藏多久？"她话说出口，便觉得有些不合时宜。

"别担心。事情快解决啦。"他微笑。

"今天不说这些。"

他转身过去，摆弄一台机器，打开后一整排灯珠跳动。他抽出唱片，手指在封套上轻轻弹，就这张吧，他对自己说。

唱片在旋转，音频指示灯如金蛇舞动。音乐响起——

是重新编曲的电影音乐。她熟悉这些电影。她喜欢这些音乐。他知道她喜欢？

"这是哪个乐队？"

孟悠其实也不懂多少，她知道保尔莫利亚，知道曼陀瓦尼。

"我不知道。我不懂音乐。我猜你会喜欢——"

"你猜？"

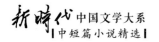

"我不会猜音乐。不过我会猜人。"

温暖的房间，音乐，美食，从窗外树顶上吹来的风。他的微笑。他的迅速在冷酷和风趣之间变幻的神态。

她觉得生活真美好，她忘掉所有的不愉快，忘掉那个危险的皮箱，甚至连徐向北也短暂从她这一刻的梦幻里消失。

8

他已让徐向璧跟孟悠会面多次。总是在夜晚。美味佳肴，音乐，酒，他从不知道孟悠那么能喝。在西区林荫道散步也很舒服，九点以后，街上行人较少。卡迪拉克跟在他俩身后。他还不敢轻易安排白天，夜晚有夜晚的幻觉。他担心一到白天，幻觉会不会消失？孟悠看到徐向璧的面孔，会不会想起他来？那很可能会破坏所有梦幻般美好的感觉。他冒过一次险，让徐向璧清晨在路上拦住她，请她去希尔顿酒店吃早餐。那是最糟糕的一次，她急着上班，早上醒来时常常脾气很大（他知道她这脾气）。

他觉得自己有些冒进，他要更耐心些，孟悠是个需要很大耐心的女人。在某种微妙的程度上，他希望徐向璧能够替代他，做他自己已难以做到的事——进入孟悠的梦幻，进入她的内心深处……

他感觉得到孟悠身上的变化。这一半是较为昭彰的物质效果，他让徐向璧送给她衣服，饰物。还有一半在精神上，那很难形容。他几乎像是紧紧跟在他俩身后，像是能偷听到两人的对话，他观察她的变化，为此兴奋不已（像个大敌当前的战略家）。

每天深夜，他都在锦江小酒吧里喝酒。平均三天喝掉两瓶，不会真正喝到醉，只是让自己松弛下来。他不敢喝过头，喝成那样，人就会伤心失落。

9

孟悠觉得头晕。全身每个细胞都像让人给注射进某种温暖的液体。大量的水分让她变得分外滞重、黏稠，浑身绵软无力。房间里所有的光源都变得轮廓模糊，像是变幻不定的反射云团。

"我有点头晕……"她低着头朝自己嘟哝。

"我这是怎么啦？"

面部肌肉僵硬，她觉得自己笑不出来。可一旦开始笑起来，就刹车不住。

徐向璧的脸在晃动。他的手指也在晃动——

竖起的两根手指——在她眼前，在她鼻翼的两侧缓慢摇晃，带着拖影……让她的鼻根一阵发痒。

"我这是怎么啦？"她傻笑着问他。

他的面孔在背光里有些阴险："我给你下药啦……"

她笑个不停，兴味盎然地打听："你给我下药？什么药啊？"

"吐真药——"声音像是从一根极细的管道里挤到孟悠的耳朵里，挤压成一丝断续的线条。

"什么？"她一点都不惊讶，她想坐起来，想问问清楚，可她笑得浑身发软。

"一种可以让人说真话的药丸。"

她头脑还是很清醒，吐真药，间谍们怎么那么喜欢使用这些奇奇怪怪的东西呢？

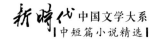

"给我看看，那药到底长什么样呢？"

他递过来一只筒状的景泰蓝小瓶，她打开盖，药片上有几个英文字母。她递还给他——

手一软，药瓶掉到地上，几粒药片滚到沙发底下——

"为什么要给我吃药呢？"她天真地问他。

"一个简单的测试——你必须说真话……你有没有打开过那个箱子？"

"没有啊，我没有啊，真的没有啊……"

"你有没有向人说起过这件事？"

"没有啊。"

"有人向你打听过我么？"

……

10

孟悠觉得自己在着魔。夜里担惊受怕，下午走在路上东张西望，暗自期盼徐向璧藏身在哪个街角，突然跳出来拦截她。每一次他出现，都意味着一个梦幻之夜。

连着两天，他都没出现。

第三天下午，她站在学校大门外，正在聆听戚老师当天最后一个八卦，抬眼看到马路对面停着那辆车。徐向璧站在人行道上，大半个身子遮掩在汽车背后，正在朝她招手。

戚老师瞪大眼睛，说话都有些结巴："那，那是谁？那不是——"

"向北的双胞胎弟弟。一直在国外——"

"啊。噢。"

披着那件黑色羊绒大衣，在风中飘飘如黑衣王子。

戚老师诡秘一笑，孟悠搞不懂这笑容的含意。

徐向璧也在朝她微笑。风卷起枯黄的梧桐树叶，在地上旋转，铺散，如同铺出一条金色的地毯，横在马路的中央。

她踩着树叶走过去，脚下沙沙，像是小心翼翼走向又一个新梦境。

"想不想看电影？"

"电影？"

"我知道你喜欢这个。"

"你知道？"

"猜的。"

说真话的药丸——那天夜里，他到底问过她多少问题？到底她说过些什么？真的是药物的作用？还是她本来就想把真相告诉他？说真话的药丸……一个不错的理由，一个可以让人说出事实的理由……

不是电影院。是西郊宾馆。树影重重，一幢小洋楼。

二楼小宴会厅已重新布置，一面墙上挂着白色帆布银幕，两侧的墙都有窗，窗子已被厚厚的丝绒覆盖。服务生把他俩引到宴会厅中央的两张巨大沙发上。茶几上放着奶茶，巧克力和酒。

徐向璧拍拍手，所有灯光突然关闭。

在黑暗里，孟悠转头问那个埋在沙发深处的身影："什么电影？"

"《不道德的交易》。"

直升机把黛米摩尔送上游艇时，孟悠已完全入戏。她紧张，不知这一夜会发生什么……

黛米摩尔身上依稀有她自己的影子，做梦般严厉的大眼，浓眉，茂

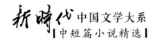

密的头发，修长圆润的身体，白皙的腿。黛米摩尔一败涂地。不是败在金钱上，而是败在一个梦境里。

她在掉眼泪，一只手伸过来，握住她的手。

11

在黑暗里，徐向北的鼻子也有些发酸。一滴眼泪滑落。

一切都在按计划实施。这不能怪徐向璧，是他自己设计的。连看电影这一出，也是他设计的，只有他晓得孟悠真的会把自己丢失在剧情里。

实际操作起来，只要乐意大把大把撒钱，一切都很容易。西郊宾馆是高级领导休息的地方。租下整幢别墅，租下宾馆的电影放映机，租下拷贝，只要找到路子，一切都好办。他的司机从前是军人，有个战友在西郊宾馆，此人的日常工作就是管理这些设备。

其实，这事情最难为的部分是他自己。谁乐意眼睁睁看着自己的老婆让人家拐走？比较说得过去的理由是，他想让自己的妻子平静地迈入金子般的梦乡，踏踏实实地花钱。人不能从贫穷的火柴盒房子里一步跳进奢侈的宫殿。她会慌张，失态，她会承受不起，尤其是因为她正派，她胆小。只有置于她自己的幻想世界里，她才会勇敢无比。

如果对自己更诚实些，他还有别的理由……

没有人像他自己那样知道自己，没人知道他脑子有多好使。他没有得到过什么机会表现。从前，只有下棋时，别人才有可能看出些微，才可能对他优秀的智商稍稍估摸出一些来。智商，他们管这个叫智商。四国大战，他喜欢下这种军棋。他善于布局，进程中灵活调整。他下手果断，稳准狠，最得意的一局，他只花七步就消灭一家对手。面对绝境他从不

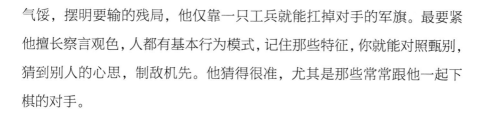

气馁，摆明要输的残局，他仅靠一只工兵就能扛掉对手的军旗。最要紧他擅长察言观色，人都有基本行为模式，记住那些特征，你就能对照甄别，猜到别人的心思，制敌机先。他猜得很准，尤其是那些常常跟他一起下棋的对手。

12

孟悠有点醉意。这类事情她从前都想过，甚至把她自己代入角色。那是她最秘密的精神游戏。既让自己参与冒险，又让自己置身事外。在心理和现实两个层面，她有足够的安全距离。

这些幻想，她从未告诉徐向北。即使在他俩最亲密的时候，她也从不告诉他。幻想本身就是自足的，不需要别的东西掺杂进来。拿性幻想来说，她可以在大脑里上演一出疯狂的床戏，如痴如醉，实际上她只是闭着那双眼睛（她瞪大的眼睛常常叫徐向北气馁），让向北用最传统最笨拙的姿势趴在她身上——足够啦。

有时幻想强烈到如此程度，以至于想象力本身就试图消除那条隔离线。有时候会失控，幻想变成真正的行动，那往往会闹笑话。有些行为，在幻想时显得那样真实可信，一旦实际去做，真实感突然会烟消云散，连自己也觉得虚假做作。

有一次，她内心的亢奋达到如此高度，突然翻过身来，赤条条跪在床上，背对着他，差点把屁股拱到他鼻尖上。那一刻她疯狂地想让他从背后跟她做，这从未尝试过。向北刚一用力，她整个人翻到床底下。丝绸被面太滑，她也太激动。徐向北一把抓住她的髋骨，把她打捞上来。

看吧，这就是试图让幻想变成真实行动要付出的代价。

这会儿她有点醉意。桌上那只蓝色长颈玻璃瓶内，调制的甜酒已喝掉一半。身体像妖异的白色昙花，在夜晚的窗台下鼓胀，盛开。

那张巨大的沙发，安置在窗台下。

她埋在沙发深处，身体顺着靠背和坐垫弯曲铺展。觉得自己像一整条青白的鱿鱼，光滑，柔软，鼓鼓囊囊，空心，一腔液体，仍在渴望吸吮。

徐向璧，跪在她的脚边，望着她。

"后来我怎么对你说的？那天夜里，你给我吃药以后，我到底对你说过什么？"

她想起那些小药片……第二天早上，她从沙发底下捡起两粒，偷偷藏在口袋里。

"你说你脑子里有一只蝴蝶在飘来飘去——"

"还说过什么？"

"你问我还有什么问题想问你。"

"那你怎样问我呢？"

"我问你想让我问你什么……"

"我怎样回答你的呢？"

……

月光下，身体在挪动，绕卷到一起，手臂和腿在寻找合适位置。

他找不到，把脑袋埋到她怀里，可怜巴巴。

"帮我一下——"

她陡然一惊。不是哪句说法，哪个动作——是这个片段本身似曾相识。是这种局面，这突如其来的感觉……

难道真像他们说的，在骨子里，在展露人性本质的行为里，在最基本的、全然条件反射的一些举动里，这些双胞胎们会表现出奇异的相似性？

13

在黑暗的房间的某个更加黑暗的角落里，徐向北也陡然心惊。他记得自己总是找不到地方，总是怯怯地求她帮一下手。他觉得徐向璧有些失控，他的双胞胎弟弟此刻正任由自己的本能驱策。

根本的情况是，他自己有点失控，他恍惚而忧伤。有些事，你可以驾驭两个人齐心合力做好，有些事你只能驾驭你自己，无法驾驭别人。有些事，你甚至连你自己都无法驾驭。

他要寻找机会，提醒一下双胞胎弟弟。徐向璧，你必须压制本能，时刻不忘自己是在表演。不然需要你干吗？你跟我有啥不一样？咱俩是双胞胎。

14

徐向璧也已醒悟。几乎同时……

在月光下，他察觉到孟悠有一丝惶惑，察觉到她那短暂顿挫。激动渐渐缓和，心气儿好像突然泄掉一大半。

他捧过她的面孔，发疯般亲吻起来。手指头在她身上又掐又摸。身体滚烫——

他猛然推开她的脸，望着她。

他使劲扳她的腰，她的眼睛在黑夜里特别明亮，像从窗外庭院里层层叠叠的树影里透射过来的路灯。他用力拍打她的屁股，把她翻转过来，

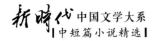

抓住她的膝弯，向沙发深处压去。她背对着他，臀部高耸，像满月，像无云之夜满月上的一片阴影。最后的一瞬间，他停止表演。

15

有些事情，你假定自己可以掌控，所以你放手任其发展。可事情一旦进入到它自己的轨道，你立刻发现并不像你想的那样简单。被你忽略掉的、你以为最无关紧要的部分突然会蔓延开来，席卷着人和事向前猛冲，让你痛苦万分。

徐向北此刻就感受到这种痛楚。

亲眼看到自己的老婆在别人的身体下喘息，呻吟，尖叫。

每一次他都在现场。这是他与徐向璧之间的约定，是双胞胎之间的不成文法律。弟弟不能忽略哥哥的存在，不能脱离哥哥的指挥，不能瞒着他自行其是。

即便亲眼看到所有的情形，他还是发现徐向璧和孟悠的幽会正在朝着他无法理解的方向迅速脱轨。

徐向北制订计划，徐向璧必须不折不扣执行。是的，徐向璧干得不错。不久他就发现，诱惑可以控制，欲望可以控制，但人的感情却无法控制，男女之间那种突如其来的互相渴望无法，无法控制……爱。

他忽然发现，这个虽然刚建立联系，却已感到十分熟悉的弟弟，他并没有真的很熟悉。

简直是彻头彻尾的背信弃义。有些人，一开始他不过是要个身份。好吧，你帮他虚构一个合法身份，然后他就想从你这抢走更多东西。完全在你预计之外。你措手不及，让你觉得自己纯粹自讨苦吃。

还有孟悠。他想让你过上好日子，天晓得要动多少脑筋，承受多大压力。可你才短短两个星期就忘乎所以，就一心一意喜欢上他的弟弟。他不怨恨孟悠跟徐向璧上床，那是他的双胞胎弟弟，假如按照冥冥天意必须如此选择（他觉得天意已昭然若揭），双胞胎岂不是由同一颗卵细胞分裂而来？就好像说，徐向璧与孟悠上床，就同他自己跟孟悠上床一样，是同一具身体在不同时空所为。但她爱上徐向璧，事情就有所不同。

　　最最让他心如刀割，是他终于发现徐向璧爱上的孟悠，并不是他熟悉的孟悠，这个更好，更快乐，更健康，更完美，更新鲜（并且一天比一天更新鲜）。这个新的孟悠，绝不是从外面什么地方突然跳进她的躯壳的，而是从来就深深藏在她的躯体深处。从未被他徐向北发现过，从未由他徐向北亲手挖掘出来过。

　　他不能任由事情就这样发展下去，他觉得属于他的孟悠在逃离他，他得想想办法。再说，他也不能以出差为名老是躲在外头，他得回家。

16

　　谁都能发现，孟悠变成了另外一个人。她与戚老师最亲厚。小戚最早发现她身上的变化。容光焕发。

　　戚老师来找孟悠，约她下班后一块洗澡。浴室在学校对面。浴票是发给教师的福利。刚入冬票子就发下来。天冷，哪家也烧不出那么多开水，本市又不供暖——据说建国初年，华东局领导发扬风格向中央提出这建议。供煤很紧张，长江以南可以不用燃煤供暖。

　　孟悠这些天住在宾馆，不必去挤公共浴室。

　　"哟，搭上阔小叔子，就不带穷人一起玩啦？"

"你胡说什么。"

"说得不对啊？你看看你，衣服贵得我们看都看不懂。"

"谁说贵？"

"喊，没吃过猪肉，还没见过猪跑？"

"嗯，你整天陪猪猡散步。"

"嗯，陪你这头猪散步。你看看你，心宽体胖的。"戚疾速伸手，在孟悠的奶上捏一记。

"我胖啦？"孟悠有点担心。

"陪我洗澡吧，我检查检查。"

孟悠真的陪戚老师去洗澡。群众关系必须搞好，已有些风言风语，有人在议论她。

在更衣室脱衣服，戚老师嘴里不停啧啧。孟悠连内衣都是手工制作的日本高档货，丝绸要缝得那样挺括，那得有多难，花多少工夫。

要好姊妹总归是要好姊妹。戚老师对孟悠没坏意。洗完澡，照老习惯穿上内衣躺在沙发上喝茶。几句一说，话题渐渐隐私。

"徐向北还在出差？"

"嗯。"

"那你肯定有问题啦。"

"啥？"

"他那个双胞胎，天天来接你。有人说看到你们坐在车里，挤在一块，那叫一个亲热。"

"是谁在嚼舌头？"

"我们是好姊妹，我劝你要当心。徐向北不成器是不成器，是个好人呢。我看他那个弟弟，不像好人。"

晚上，她想把这些话告诉徐向璧，问问他，你到底是不是好人？可她没能说出口，梦幻一般美好的夜晚，怎能用这种恼人的话题来打扰？

她觉得她的思想和行为前所未有地融为一体。她的身体和她的精神从来都没有这样合二为一过。她可以在高潮来临前一瞬间，哑着嗓子叫喊出"我爱你"，像电影里那样，而丝毫不觉得虚假，丝毫不觉得说这句话像在演戏。她只要侧过头去端详他，感受到内心的柔情蜜意，立即就会觉得那里再次变得湿润。

再度平静。她觉得有句话一定要问他。有些让人难堪的事，毕竟要放到桌面上来商量。

她的手在他小腹上抚摸。徐向北的毛发是竖直的，像刺猬。向璧的则卷曲如一蓬野菊花。

"你说——拿向北怎么办？"

他沉默。他甚至在床上不抽烟，他很少抽烟，身上没烟味。徐向北却喜欢在床上抽烟。

"我跟他离婚。好不好？"

"不行！"向璧一惊。

"我们俩——这样好……"

他的眼神变得迷离，捉摸不定。孟悠有些担心，他的瞳仁里似乎有一丝愤怒。

她怯怯地说："你可以给他钱——多给点。"

"可是钱怎能买断你们那么多年的生活？钱真的能买到感情？"他冷冷地说。

她害怕。

她抚摸他，想再次爬到他身上。他愤然挺身，她跌倒在他的膝盖上。

他下床，给自己倒上一杯酒。转过头来，他变出另外一副模样。微笑，声音像是《黑郁金香》里的更轻佻的那一个，像那个轻佻的童自荣。

"你就是想得太多。千万千万别认错我这个人……我们这样挺好的，对不对？"

她掉眼泪，猜他在演戏。猜他只是不想毁掉哥哥，不想夺走哥哥的老婆，他是好人。

"我哥哥人不错。"他搂着她的肩膀，摸她的耳垂。

"他不错。可你比他更好，更好……"

17

徐向北无法容忍这种公然背叛。他相信早晚有一天，徐向璧也敢背叛他。现在不敢，是因为他躲在角落里盯着他。他一刻不敢放松地盯着他，躲在衣柜里，躲在床底下，躲在沙发背后，躲在客厅，躲在卫生间。

他决定迅速下手解决难题。就像在下棋，棋盘上他杀性从来都很重。

18

孟悠觉得这个人千变万化。跟他的工作有关么？他真的干过特工？干特工的人是不是都这样？说他伪装作假，有时你会觉得他比谁都真。比日日在你跟前吧唧嘴吃饭，睡觉打呼，不关卫生间的门就呼啦啦小便的徐向北真切一千倍。可你伸手去触摸他，他飘忽得像鬼魅。

她弄不懂徐向璧。一分钟前他像个正派人，一分钟以后，他疯狂地扑到她身上，一边用力，一边还问她："到底谁好到底谁好？是他好还是我好？"

他拿出一张合影照片，照片上是他和向北，肩并肩，一个嬉皮笑脸，一个面色严厉。定睛看，区别又不太大。

他不相信。他要到她家里，到她自己的床上，到向北的床上。好像那样就可以证明他更好。

在她自己凌乱、破旧、散发着陈旧油烟味和马桶管道气味的家里，徐向璧显得温顺而惊恐，好像一头猛兽进入不属于他自己的环境，好像超能的天外来客坠入一个他无法理解的落后星球。

卸下昂贵衣装，他看上去跟徐向北别无二致。在日光灯下，他的身体和向北一样白胖。

"果然是双胞胎。"

"什么？"

她没回答。搂住那具刚钻进被窝的冰冷肉体。卫生间窗缝寒气逼人，她刚把水烧得有点温热，他就匆匆冲洗一番。

一进门，她就吊在他脖子上，把头埋在他怀里。她腻着声音，要拽他上床。他要洗澡。他这会觉得自己的古龙水有些浓重，太刺鼻，他担心自己的气味会残存在这个房间里，这是他哥哥的房间。而且，他更喜欢房间里只有孟悠的气味，他从风衣口袋里摸出一瓶五号，左手揉搓她，右手对着她喷香水。现在她香喷喷，还有一丝她自己的身体味道，这他早已熟悉。

黑暗温暖的被窝里，有一种可怜的安全感。狭窄的，容易惊散的安全感。动作迟疑，寒意在被缝间窥测，随时会钻进来。

有人在敲门。

"向北？"他恐慌地低声叫喊。

他猛然掀开被子，跳下床。那张照片飘落在孟悠的肚子上。她坐起身，照片滑到她的腿缝间。

他疯子般在房间里转两圈，突然开始穿衣服。衬衫敞着，领带和袜子塞进风衣兜里，他踩着皮鞋，试图钻进大衣柜，钻到床底下。

孟悠急惶惶扫视一圈。

她把他推到窗口。轻轻打开窗——

"跳下去。"

窗外是底楼人家沿围墙搭建的棚子，围墙外是一条夹弄。

19

这一次徐向北没有藏身在通奸现场。他内心充满怨毒。信心完全崩溃。他以为自己不会嫉妒徐向璧，他有求于他，他依赖他。某种意义上说，他正在为徐向璧创造真正的生活。不是他从前那种虚幻的、让人难以捉摸的生活。他正在给予他一个能让他安然行走大街、结交朋友恋人、像正常人那样生活的身份。而徐向璧却在背叛他。还有他的老婆。

他藏身在门外，在楼道里，在楼梯夹角。他计算时间，不要等太久。但要让心中怒火逐渐积蓄，让它足以爆发成一座火山。在他想象中，有一对无耻男女在他自己的床上抽搐、呻吟。天知道她有多难看，天知道她那副淫荡的模样有多难看。

这会儿，他真的准备去敲门。不要惊动邻居。楼道里有脚步声，有人在开门，关门。

他一直等到廊梯安静下来，等到整幢房子都安静下来。

他敲门，只敲两次，一次三下。

……

他在等待。他不想看到赤裸裸的身体。等她收拾好自己吧。给她一点时间。也给自己一点时间，平复一下激动情绪，调整呼吸。大口大口抽香烟，烟头上的火光在楼道里闪烁。

20

他柔情顿起。她真好看。即便惊魂未定，仍然那样妩媚好看。在寒风里等待那么久，他依然能闻到从她身上散发出来的那股骚味……

"真的是你？"

他狐疑地望着她。

"你在干什么？这么久才开门？"

"睡觉。"

"睡觉还喷那么多香水？"

她惊慌地扫一眼窗户。居然没有察觉窗子的问题。徐向璧跳出去时，忘记带上窗子。寒风不断灌进来，席卷着窗帘。

他用吓人的眼神盯着她看，疑虑，诡异，又有一丝忧心忡忡。他看看她，再看看窗子。他走近窗口，向外张望。

被子热腾腾掀开，床单皱成一团，有点湿。

徐向北走过去，摸摸被子，又摸摸床单。他转身走进卫生间，浴缸是湿的，缸沿上粘着根毛发，卷得像条虫子。

他走近她，用手背试试她的脸颊，滚烫。

突然伸手插到她的腿间（她慌里慌张穿上向璧送她的那条丝绸睡裤），温暖——但隔着薄薄的裤裆，他摸到一股黏湿。

他疾步跑到床边，掀开被子，风吹起一张照片，飘落在地。

他捡起照片，双肩一挫，愣在那里——

孟悠在他的背后，望着他。

是他？

是他。事到如今，她反而泰然。

"你不在家。我没钥匙。给小戚打电话。我以为你跟她在一起。她告诉我你被我弟弟接走。"

"她说他天天都来接你。"

你不知道么？真真叫双胞胎，那么像（这毫无意义的说法算是在安慰他？）。几乎每天都来，开着轿车。

小戚小戚，她恨恨地想。可该来的总归要来。事到临头，女人总比男人多嘴，女人也会比男人更加镇定。

"这样也好，我们离婚吧。"

他抽烟。一根抽到一半，就接上另一根。

你吃点东西吧。他们面对面坐在饭桌上。就像平时。

"他怎么会来找你——怎样开头？"

"有个箱子要我帮他藏起来。很危险，知道的人越少越好。他不让我告诉你。"

徐向北不让她帮忙。自己钻到小阁楼上，找到箱子。

密码箱放在桌上。

"你别打开它吧？人家的东西——"孟悠还是有些担心。她还害怕什么呢？难道箱子里会是一颗炸弹？就算是炸弹，这会应该也没什么好怕的啦。

他尝试几个数字。打不开。

他想想，点上一根烟。再次转动密码锁，试试看519。

啪，箱锁跳开。

她奇异地瞪大眼睛。

"他的生日。也是我的生日。"

箱子里有很多钱。现金。钱上遮盖着一叠文件。文件的上面——

赫然是一把手枪。

21

孟悠越想越害怕。像是有双金属爪子攥住她的心脏，越捏越紧。

整整一夜，徐向北坐在桌边，在黑暗里不停抽烟。烟雾在月光里盘旋，像是银白色大理石表面的暗色花纹，转动上升，让人头晕目眩。一星火光在烟雾后面闪烁，他的脸忽暗忽明。猛吸一口时，红光洒在桌上。他的手垂在桌面，紧紧抓着那把枪，在月光下像一头孤狼的下巴。

是周末。连着两天都不用上班。徐向北仍旧保持沉默，偶尔出去一趟。回来后又坐在那里，抽烟，玩弄着那把手枪。她知道徐向北会摆弄枪，他参加过民兵集训……

一把枪——就他的感觉而言（在他记忆的最深处，在他大脑皮层无意识的直接反应上）——首先是一件玩具，其次才很可能是一件可以用来杀人的武器。他爸爸刚来上海时，常常把枪带回家，拆下弹夹让儿子抱在怀里。徐向北打小就会玩枪，喜欢玩枪（哪怕是一支玩具枪）。他把枪抓在手里，那个神气劲儿，就跟姜文那样。

她坠入恐惧的深渊。周而复始进入同一个梦境，有时破碎，有时完整，场景是同一个密闭的空间。就好像这多面体的梦境在每一面都开着门，有无数扇门，每次她都从不同的门进入。又好像她在观看由无数台摄影机从不同角度反复拍摄的场景……巨大的水晶灯突然从吊杆上断裂，砸向她和徐向北。徐向北向后仰倒，四肢伸展倒在她面前的地上。倒在地上的徐向北突然变成赤身裸体的徐向璧，阴毛像一蓬野菊花瓣，卷曲，绽放。黑色的液体从花瓣里往外冒，过好久她才发现，那是汩汩喷出的血。奇怪的是，有一次她忽然发现那吊灯不是从头顶上，而是从侧面向他俩撞过来的。

她再也无法忍受。明天是上班的日子，她要想办法联系徐向璧。

22

徐向璧给过她三个电话号码。第五次拨打第二行数字——

"别害怕——你晚上来。我来想办法。"

"哈哈哈——"他在电话那头大笑，"别担心。我哥是个老实人。"

最让人害怕的就是老实人，突然发疯起来，后果谁都无法预测。

"我不怕他。我解决他。"电话那头传来冷冰冰的声音。她越发惊恐，惶惶不可终日。

西郊别墅区。占地广阔的围墙内树林茂密。徐向璧知道孟悠认得这个地方。有一天，深夜。他突发奇想，叫醒孟悠，把她从滚烫的床单下拽出来。让她穿上丝睡袍，披上羊绒大衣。他自己则裸着上身套进羊绒大衣里。

他要与她在月光下野合。

四周是幽深林子，草坪被树林包围。几只秋虫顽强地鸣叫，似乎那

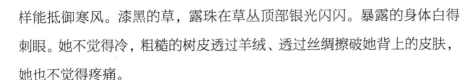

样能抵御寒风。漆黑的草，露珠在草丛顶部银光闪闪。暴露的身体白得刺眼。她不觉得冷，粗糙的树皮透过羊绒、透过丝绸擦破她背上的皮肤，她也不觉得疼痛。

但今晚她觉得冷。冷得刺骨。她害怕——

整整一天，她都觉得背后有双眼睛在盯着她。她没有责怪戚老师，但她不想跟小戚说话。这样一来，她越发孤单。

向璧背靠着树干，抱着她。

"为什么不去房间里？我害怕——"

"要真按你说，向北跟踪你。你不懂。在房间里——他在暗我们在明。空旷的地方更好些。"

她听不懂他的话。但他在抚摸她，让她安心。

"况且，"他在给她讲道理，"万一闹起来。这里更好些。别墅有服务生，有保安。两兄弟闹家务，可别弄成犯罪案件——"他呵呵笑，像是在解嘲。

闹家务，他说得多轻松。

其实他是不想闹出太大动静来吧？他是个缺少合法身份保护的人呢，他是个"黑户口"呢。孟悠静静地想。她觉得自己越来越喜欢他，离不开他，也对他越来越宽容。他会杀掉徐向北么？她陡然翻过来想这件事情。

"你可别——杀掉他。"她低低的声音在风中回荡。

"别瞎说。再说，枪在他手里。"

"他搞不过你的。你是特工。你受过训练。你会夺过枪来，把他杀掉——"她越说越轻，泪水泫然。连她自己也说不清，这话里有几分是担惊受怕？有几分是为这对双胞胎兄弟惋惜？甚至——有几分是暗暗希望？希望这一切有个结局，终究要有个结局。

他突然问她："如果这一切终究要有一个结局——你希望是谁？"

"谁？"

他的嘴角紧绷，在月光下像是一种诡秘的笑。

"这样说吧，如果你必须选一个，你希望由谁来杀掉谁？"

她不知道。她不知道。她被这问题逼得有点疯。她是在发疯，努力挣扎，想要逃出这个惊悚的梦境。她一把向下掏去，抓住徐向璧的裤裆，用力拽他的拉链——

沙沙声。像是脚步声。像是皮鞋踩在树叶上的声音。枯枝断裂。月色晃动，像是有黑影在小树林里奔跑，转着圈奔跑。她的手一紧——

徐向璧大叫："是谁？"

没人回答。沙沙声暂停。万籁寂静，只有风吹过树梢的声音。

"是向北哥么？"徐向璧再次高声喊叫。

孟悠的心脏快要停止跳动，又像是要从嘴里跳出来。她捂住嘴巴——

"向北哥，你出来。我们好好谈谈。"

孟悠失去控制，冰冷的泪水滑过脸颊，滴落在徐向璧的手上。她从未感受过如此的惊恐，连身体都无法自控的惊恐——她觉得连小便都快要失禁。

咚！树林里一声巨响。火光闪动——

徐向璧一声大叫，跳开身体伏倒在地。孟悠双腿一软，跪落草丛。良久，她才发现裤裆里又热又湿，她怀疑自己已尿在裤子上。

"别跑！你别跑！"

徐向璧一边大叫，一边弯着腰向前奔跑，他在树林里奔跑，绕着树干迅速移动。孟悠隐约看到他身前的黑色人影，旋即消失在树林里。

好久好久——好像相隔一万米以外，又是两声巨响。

咚——

咚——

23

五个小时以后。

接近凌晨时分，孟悠站在家门口。门缝里有灯光，冰冷的钥匙攥在手心里，她不敢插入匙孔。

门后有人走动，挡住光线。

良久，他说话："是谁？孟悠？"

是谁？隔着门，她疲惫万分，仍旧惊慌错乱，她分不清。是徐向璧还是徐向北？她到底希望站在门背后的是谁？是向北？是向璧？

门开，日光灯刺眼，她分不清站在面前的到底是哪个。披着黑色的羊绒大衣。她这才想起来，徐向北不知从何时起，也剪成一个平头——

面对面，一个站在门内，一个站在门外。目光疑虑，互相审视。街上传来板箱和牛奶瓶的碰撞声，孟悠打个寒战。

"进来吧。"里头的人让开身。

他用力推，门撞到墙上。她暗想，这笨拙的动作是徐向北的。

他像是知道她的心思：

"你希望我是哪一个？"

她不敢说话，盯着他看。

"我是向北。"

她心里一沉。好像突然发现失落了什么宝贝，再也无法找回。

"失望？"他冷笑。

她软软地坐到椅子上。猛然站起身，冲到衣柜前拉开抽屉，翻出几件衣服，又匆匆奔进卫生间。

她走出卫生间，像个女战士。冰冷的声音像在指责——

"为什么你穿着他的衣服？"

她盯着他看，发现他耳边的擦伤。他的手——指甲上有大片污渍，像是被什么颜色染过，又氧化变黑。

她嘶哑着嗓子喊叫，声音出来却发现近乎耳语：

"向璧他人呢？"

"我怎么知道？他不是跟你在一起么？"

她一阵心痛。可还是希望自己别这么快就相信——

24

日子过得意外宁静。她上班，下班。他在忙碌。

今天，他搬回家一台电视机，明天，他又搬回来一只冰箱。他跟她商量："东芝好不好？我喜欢东芝。"

"Toshiba—Toshiba，新系代滴东机。"他学电视广告里的唱法。

浓密的阴影只笼罩在她一个人的心上。

三天后的一个深夜，她起床上厕所，看到一只钱包掉落在椅子旁边，是从徐向北的衣服里掉出来的。她悄悄捡起，在卫生间里翻开。

钱包里有几张定期存单，分存好几家银行。数字超乎她的想象，最大的一张上写着"170000 元整"。

一星期后，她独自在家打扫房间，从床底下翻出一只破旧的旅行袋，赫然发现里面装的全是徐向璧的衣服。她熟悉这些衣服，她曾亲手从一具活生生的肉体上剥下它们。

衣服染上大片奇怪的颜色，像酱油（应该说像老抽），散发着一股奇怪的铁锈气味。她翻开衬衫，在腰胁部位，在最底下那颗纽扣旁（徐向璧会把衣服的这部分塞进裤腰，因此它是整件衬衫唯一显得皱巴巴的地方），有两个洞眼，洞眼四周有烧焦的痕迹。

她往包底下翻，手指一痛。拿出手，手指上已被划破，一滴鲜艳的血染到那件衬衫的领子上。她小心地伸进手去，赫然拿出一把锋利的宽刀，刀背有一公分厚，很少有人买回来家用，是肉店里用来切大块骨肉的砍刀。

她心慌得快要昏过去。但她勇敢地把包完全打开，在最底下，看到一柄雪亮的钢斧。

当啷，斧头掉落到地板上。她自己则掉落到冰窟里。她恍惚觉得自己在冻得人心脏发麻的冰水里下沉，下沉。

25

她的脸色苍白，她六神无主的样子让戚老师担心。

"你这两天怎么啦？没精打采——"

"我哪有怎样啊？"她打断小戚。

"失恋吧？'若得叔叔这般雄壮'——"戚老师教语文课。

她猜想这不是什么好话。心里发冷。她一直与小戚最亲密。

"你烦不烦啊你？"她低头，抱着暖水杯，蒸汽顺着她的鼻子向上升，润湿她的眼角。

"我劝你省省，"小戚有点生气，"要在以前，你这就是资产阶级腐化堕落的生活方式，立即调离教师岗位。决不能让你带坏孩子。也就是现在——"

"你说现在这是个啥世道啊？"小戚忽然又转怒为喜，"你说说看这是啥世道——"

她忽然咯咯咯笑起来。前仰后倒的。无论何时何地，小戚总想扮演成一个开心果。

"今天中午，我不是去做头发么？人不是很多么？我不是坐在那儿等么？老陈在跟一个客人吹牛，说现在啥妖孽都有啊。有个男的对老陈说，他出十倍的价钱，要老陈……要老陈……"她笑得上气不接下气：

"要老陈帮他烫……帮他烫……他要老陈把下面的毛拉直……"

"老陈说，"咯咯咯——"大头本来就比小头大十倍，再加十倍……那是多大的赚头啊？你说说，他多会算……"

"那人问老陈，那他原来是个啥式样？"

"现在小年轻不都喜欢烫个爆炸头？"

咯咯咯——

孟悠笑不起来，她哪有心情听笑话。

26

孟悠都快要崩溃了。

他看在眼里，有些心酸。照片在窗台上，面朝下，灰扑扑。

她想干什么？今天下班时，她不走平常的路，绕一大圈是想干什么？她在风中低着头，脚步踟蹰，若有所思，她在想什么？

她路过公安分局，停下脚步——

他大惊失色，但她疾步走过大门。

他要阻止她。他从哈尔滨食品店买来花生排，他知道她喜欢吃这个。他去华山路那条窄巷，在弄堂深处找一间小店。有人跑去东京，不肯打工挣钱。有人在上海开一家专卖日本高级衣饰的小店，铺子里陈设的全是赃物。

他挑一双鲜红的皮鞋（怎么可能给羊皮染上如此艳丽的红色？），金色的扣眼，金色的鞋带。孟悠老想要一双红皮鞋，这是他不知道的。但她告诉过徐向璧。

任何微小的细节都会惊动她，她一触即发。

她用奇怪的眼神望着他："你怎么会买这个？"

你怎么知道我想要一双红皮鞋？他告诉你？他把一切都告诉你？你们这对混账双胞胎，到底在背后说过我什么？你是谁？你到底是哪一个？

她理不清头绪。她觉得自己掉落在一条阴险的谜语里，所有谜底都会变成新的陷阱。

"你去自首吧……"她自己也不知道这想法是从哪儿蹦出来的。

"你胡说什么？"他厉声呵斥。他一口喝干水杯，觉得水里有股发酵般的怪味。

27

他自己也几近崩溃。他决不能让孟悠发疯，决不能让她毁掉他。毁掉这一切，毁掉他的好运气，毁掉这精心设计的假象，毁掉他几乎要触摸到的、几乎要成真的美好生活。他不能让她毁掉这个家，还有——他的钱，那一大堆钱。

他设想过，告诉她故事的另一个版本。人究竟会喜欢哪个版本，这一点最难测度。一出由性格多多少少有些怪异的主人公出演的喜剧？还是一部惊悚电影？人会在多大程度上相信生活的严酷性？或者，索性一个弥天大谎会更加让人家满意？

最难以判断的是人心。在孟悠心里，更希望故事朝哪个方向发展？她想要个怎样的结局？

在她的内心深处，究竟哪一个是她真正想要的？一个传奇般的情人么？或者，她终究想要回到日常，回到她久已熟悉的生活中？

那些气喘吁吁的、如呻吟般吟唱出来的剧烈情感到底有多少真实性可言？在那架不可捉摸的天平上，日积月累的习惯会比电光火石间爆发的快乐更沉重？

他不得不赌一把。翻开她内心的底牌。用他所有最美好的东西来下注，赌的是她那颗已被撕成两半的心。

28

"我要把一切都告诉你……"

"你看到的每一件事，你就当是一场梦幻……"

"都是假的。假的……"他片刻停顿，他持续，就像在吟诵一首传奇诗。

"我就是徐向璧。我是徐向北，但我也是徐向璧……"

29

她知道他一定会说出真相。她藏着说真话的小药丸。她从沙发下捡出药丸，偷偷藏起两粒……她把两粒全都放到他的水杯里，亲眼看到他一饮而尽。

她当真想弄清真相么？

30

国庆节。那是两个月前。（国庆节，你记得他在单位值班的那天晚上么？）

"你多半是不记得——你一向不关心我……我在家，我不在家，对你来说都一样。你总在看电影，看小说。你不记得那天我还特地把学校的放像机借回来，好让你晚上有消遣的节目？"

（你说的都是实话么？真相就是这样么？）

那样一来。他一个人值班，可就没什么好干的啦。一个人，只能喝酒。酒喝完……（她记得他喝醉的样子，把楼梯转角当成沙发，坐着坐着就躺倒，一觉睡到第二天早上。）

他决定再弄一瓶酒去。

那天夜里，街上特别亮。国庆节放灯，还放焰火。行人如虫蝇拥聚在光亮处。烟杂店却都关着门。

"从门房边小铁门走出来，我挑一条无人小巷。我可能有点醉。那条巷子我从未去过。好像有点迷路。上海这些里弄……哪儿哪儿都是通的，哪儿哪儿都走不出去。"

（她望着他，觉得他此刻也似醉酒一般，语无伦次。）

他好像走入一个迷宫。像是在一个地方绕。棚户区，没有路灯。有些路，连自行车都过不去，人要侧着身才能走过去。

路越走越黑。

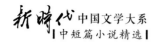

"……我记得先前就到过这里。一大块空地。两边是围墙。围墙下堆着黄沙，堆得好高，连围墙都被遮住。我记得清清楚楚，另外两边，有好多小巷，我就是从这些小巷里走进来的，可我每次出去，绕着绕着又绕回来。"

（你一向如此，从前在公园里你不知要带我走多少冤枉路。）

第三次，他忽然发现地方有点变样。他记得清清楚楚，沙堆，柏油纸盖的大棚……还有好大一棵桑树。

"我认得那树叶。但这会儿地方有些变样。过一会儿我才发现，这地方比先前亮一些。先前这里一片漆黑。"

他走过去才发现，在两堆沙子之间，停着一辆小卡车，白铁皮钉的车厢。驾驶室的灯开着，可没有人。

"鬼使神差，我想坐到驾驶室休息一会。很困，酒意有点上来。坐在那里我腰酸背痛，驾驶室很小……"

又是见鬼一样，他想到后车厢去躺一会。

堆着好多纸箱……

他躺在纸箱上，其实是靠着。半个身体压在箱子上。一个翻身，箱子被他压扁。打开箱子……

"天啊！我看到好多钱。好多好多钱，数都数不过来……"

（你读过《基督山伯爵》么？）

"说实话（当然，你说的都是实话。）……我当时连想都没想。我想搬走箱子。我不想干坏事，可一下子看到那么多钱……"

他又累又心慌。他本可以抓一把走人的。

"其实我可以抓一大把就走人的。可我连个纸袋都没有。我在衣服

兜里塞上两把。可我还是想把它们全带走……"

急中生智。人有时就会这样。一急就急出个办法来。他望着那几大堆沙子，忽然计上心来。他把装着钱的箱子全都搬下车，把它们全埋到沙子里。手指很痛，可他找不到工具。

"天知道我挖多久。挖得很深……"

他害怕。

"不知这些钱是怎么跑到这里来的。这是谁的车？那么多钱……"

"我怕找不到回来的路。幸亏口袋里有个粉笔头。不知从哪里捡起来，塞进口袋的。我一路在墙上画十字，碰到每个转角都画一个。我想下一次来，我会找到这地方的。"

第二天，他果然找到这地方。迷宫般让人晕眩的小巷，天一亮就变得简约。这会他完全知道该怎么走，粉笔记号纯属多余。

警车刚走……围着好多人，议论纷纷，有人告诉大家，警车刚走。昨天半夜这里像打仗一样，两帮人在这里打架。真的像打仗一样，不光动刀子，听说还有枪。

他担心箱子不在沙堆里。警察来过，搜索现场一定很仔细。他有点失望，也有点庆幸，前一天晚上他喝得太多。胆大包天，谁知道这些钱从哪儿来？

他们说，其中一批人是从黄浦江运虾船下来的。沿着巷子往南，的确能走到江边，王家码头。

"可我想想不甘心……"

夜里他决定回去。

"你记不记得，国庆节第二天，我告诉你老何有事，跟我商量，要我再代他值一晚班。"

箱子竟然还在那儿。整个夜里他都在搬运这些钱。

"我该把那些箱子一块运走的。该把那些箱子扔到苏州河去。他们说，你一碰到什么东西，那上头就会有你的痕迹。指纹啦，气味啦，他们说警犬很灵的。可我来不及搬走它们啦。"

他只能一点一点运钱。背着大旅行包，骑着自行车。那是国庆节，街上有很多警察，还有联防队。幸好那是国庆节，大家都很高兴，连警察都很高兴，懒得找事儿。

他把钱都埋到楼下花园，用铁锨挖很深的坑。

"提前一天我就开始挖坑，你记不记得我说想从学校里弄棵枇杷树苗？"

他把家里的马夹袋全用完。

"我把你那些藏着的旧马夹袋全拿走了。你后来问过这些袋子的去向。"

他把钱一袋袋分开，没数，数不过来。他把钱全埋到坑里。

他整天都在担惊受怕。不敢去打听。各种各样的念头钻到脑子里。警察会不会正在追查这些钱呢？沙子里的空纸箱早晚会被人发现的。

"我祈求发现得越晚越好，等气味都跑光，就不怕那些狗啦。"

"我猜想这些钱的主人，一定都是干坏事的。不然哪会有那么多钱，还都是现金。我猜想那是些大毒贩，或者大走私犯。天知道要走私什么货才用得上那么多钱。这些人连警察都抓不住，可见本事也不比警察差多少，要是连这些家伙都在找这些钱——天哪，谁要丢这么多钱，都会想办法去找回来啊。"

他不敢拿着钱去银行存。听说人家可以从银行查丢失的钱，钱都是有编号的么。香港电影里不是说有种办法，拿荧光粉撒在钱上，这钱只要一拿出去就会让人发现么？他一张张翻那些钱，好像没看到什么特别的地方。钱也不连号。

隔好几个星期，他才敢取出一点钱。

"很少——我是说，在那堆钱里，这就算是很少的一部分。我试着存银行，先存一千。没有异常动静。要是银行有人拿住我，我会说这钱是街上捡的。哪里捡的我也早就想好啦。"

又隔一个星期。他觉得这钱大概没啥要紧啦。报纸上也没说什么，公安局大门口也没贴什么布告。真逗，那几天里街上连寻人启事都不大看到。后来才听说是整顿市容。

"可我不敢把这事告诉你。你那胆子，实在是太小。我觉得我要是告诉你，你一定会去公安局报案。我得给你找个理由……"

"有那么一大笔钱，我一定要让咱俩过好日子。可我就是不敢告诉你。得有个说法……要不然，把这些钱搁在你跟前，怕是你连觉都睡不着。"

31

她凝视着他熟睡的面孔，无法置信。她盯着他不时跳动的眼皮，直到他醒来。已是半夜——

"这都是你编的！"

"这些都是假的？"她盯着他看。

日光灯闪烁几下，"嗒"一声，熄灭。徐向北爬上桌子摸索一阵，灯又亮起。

"挣到大钱的弟弟，要送点钱给哥哥嫂子用。你心里会踏实些。"

"徐向璧是你自己扮演的？"她像是有些想明白，又像是更加糊涂。

她狐疑地望着他。她隐隐觉得其中有一个悖论。一个无法绕出的逻辑：如果根本就没有徐向璧这个人，那两粒药丸还有效果么？如果连药丸都是假的？那她如何能相信他在说真话？

"我一出差，他就可以来看你。"

"你给我说实话，你到底有没有一个双胞胎弟弟？难道你那么多年一直在给我编故事？"

"我倒是有个哥哥。很久很久以前就跟着我妈回到北方老家。"

"那药是哪里来的？"

"安眠药。我把它溶在酒里。你喝下去不到半小时就睡着。"她恨恨地想，要是有多一粒，她一定会找人去化验。

"可那枪？"

"仿真玩具。"他突然从怀里掏出那把枪，摆到桌上。他把弹夹退出，拨出一粒子弹——

"看。塑胶子弹。"

"那张照片呢？"

"随便哪家照相馆，都可以印出这样的照片。他们把这个叫做艺术照。有些人喜欢把自己打扮成女人，让这个女人跟自己合影。摆一个姿势，拍一张，再摆个姿势，拍另一张。他们就能把这两张照片拼到一起。"

"那天晚上你敲开门，你闯进来——"

"十点钟左右，总是有人在敲门。"

她仍旧疑虑丛生。她抬头望着他，像是望着一个阴险的陌生人。

"那些衣服呢？那衣服上的洞呢？"

他望着她。连枪都是假的，哪里来的枪洞？

他摸出烟盒，掏出一根来，又把烟塞回盒里。

他把所有的事情，按照日期告诉她。他怎样安排所有的细节，安排室内的灯光，散步的路线。他如何设计，让自己一步步接近她。他要想象她是他从未见过的女人，想象自己从一个全新的角度观察她。他像是在对她解说一部电影的情节，可他说话的样子，怎么看都像一个彻头彻尾的阴谋家。

"为什么你要让我……为什么你要把我……"

她没能说出口。他懂她的意思。他望着她，眼神里充满无奈。像是想要告诉她，他对此无能为力，他也无可奈何。那不是计划的一部分，那完全超出他原先的想象。

她觉得羞愧难当。像是被人从一场戏里拽出来，从一场她狂热投身其中的表演情境一把推出来。好像是突然之间，她就冷静下来，察觉自己先前的表现那样夸张，那样傻乎乎，那样不得要领，她既觉得尴尬，又感到愤怒。

那个她近来一直扮演的角色，那个她一向以为是她的本质、是另一个真正的她的女人，她敢于在徐向璧面前呈现的女人，此刻孟悠却无法忍受让她暴露在徐向北面前，就好像，一旦透过徐向北的眼睛，透过他瞳仁的反射，那个形象是如此虚假，如此做作。

那些她以为自己感受到过的巨大快乐，那些梦一般的身体快感，如今变得确实像梦一样虚幻，甚至像是在一场梦里做过的另外一场梦。

她觉得虚弱。勉强站起身，她想去睡觉。好像她觉得只要再睡一觉，就可以从这一连串的梦里真的醒过来。

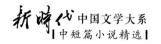

32

他小心翼翼地审视她。他想，是时候啦，该行动啦。这是唯一的机会，他有可能完全失去她，既失去从前的那个孟悠，也失去他刚发现的这个让他惊心动魄的新孟悠。但他也可能全都能得到，不仅重新夺回那个旧的，也得到这个新的。他一度觉得自己不在乎那个旧的……

在黑暗里，他向这两个女人冲过去。上一次，是徐向璧趴在她身上，他自己躲在阴暗的角落里。这一次，他要夺回他的权利，让徐向璧滚到那个角落里去吧，这两个女人，都是他的。

33

像是有两个男人在同时强暴她。她的身体好像在被左右攻击，应接不暇。她睁开眼睛，看到这一个，闭上眼睛，又看到另一个，她的心好像被撕裂成两半。

现在，两个男人又合二为一。而孟悠，与那个从前只存在于想象中的孟悠，也从未如此相容，如此安宁地共存一体。

她在黑夜里叹息。

如同所有最美好的时刻一样，两分钟内一切都烟消云散。她伸手去摸他，沿着他的小腹——她摸到一把脆硬的毛发。不是那蓬柔软卷曲的野菊花瓣，也不像挂在墙上的那把鬃刷——很久以前她偷偷这样想过，那时她才刚跟徐向北结婚。她甚至觉得有一丝烧焦过的味道，残存在那束毛发上，粘在她的手指上。

你到底是谁？疑虑再一次涌上孟悠的心头。

34

一个月后，孟悠在待洗的夹克口袋里看到一张照相馆发票。她一直都不敢去看看那家照相馆。

直到第二年春天。

春天，人不会那样紧张。春天时，人会懒洋洋，会做出一些你在冬天不敢做的事情。

她一头撞进那家照相馆。选中一个和气的老师傅。她拿出那张偷偷藏起来的照片。

"师傅。我想跟你打听打听——"

"你记不记得这个人，"她把照片转个方向，"他来拍过这张照片？"

"是啥时候的事？"老师傅在端详照片。

"去年秋天，国庆节后——"

"不记得。挺眼熟的——上这儿来拍照片的双胞胎实在太多啦。"

"不是双胞胎。这是一个人啊。是拍两次，把两张照片合在一起的。"

老师傅再次仔细看那张照片。

"我们这从来不做这种照片。没这个项目。这种照片你要到福州路上海摄影图片社去做。"

"再说——"老师傅把放大镜对着两个人当中的那部分，"不像——这不像是做出来的。哪能做得那样好，天衣无缝。这明明就是一对双胞胎么。"

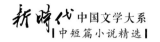

35

孟悠从未向任何人提起过这些事。她把所有的疑问都压在心底。

怀疑，是人类所有的念头里最虚妄的东西，最容易消散。不用多久，她就会忘记所有这一切的。

他们俩现在过得很好。很富有。股票市场指数跌至287点时，他把一大笔钱存入证券公司。一年以后，股指就回到700点以上。他现在很快乐（只是很少再有时间去下棋）。人变得很沉着，不太喜欢说话。他一直对她很温顺，甚至比从前更温顺。她想要什么，没等她说出口，他就会给她买回来。

也许三十年后——不，也许等到七十岁时，她才会再次想起这些事情。